JN411839

젊은 연극/회오리바람
(장편소설)

젊은 연극/회오리바람

김원우 문학선집 4

개미

차례

젊은 연극
(장편소설)

제1장

1-1

이제서야 한밤중의 느닷없는 총소리와 함께 1960년대의 군사혁명이 시작될 때처럼 갑작스럽게 막을 내린 1970년대 말을 되돌아보려는 지금, 나는 공동묘지 속의 어느 한쪽 구석에 처박혀 있을 조상의 무덤을 찾아나선 기분에 휩싸여 있다. 그 가파르던 시국 속을 헤쳐나온 나의 정황을 추억해 본다는 것이 대단히 망설여지는 일이긴 하다. 그러나 한편으로는 나의 엉거주춤한 자세를 즉시 가다듬고 성큼 발걸음을 떼놓아야 하리라는 조급증도 없지 않다.

다행스럽게도 세상이 바뀌었으므로 살아 남았다는 명분만으로도 초라하기 그지없을 내 분신의 묏자리를 가까스로 찾을 수는 있으리라는 막연한 예감이 들긴 한다. 괴로운 일이다. 결코 잊어버릴 수 없는 세월을 그동안 의식적으로 망각의 늪 속에 묻어 두고 있었으니 말이다. 비록 개망나니라고 해도 제 과거를 까마득하게 잊고 지내는 얼치기가 어디 있겠는가.

이제 나는 한 사람의 유족한 시민으로서, 그래봐야 그럭저럭 제때 밥술이나 뜨고 사는 처지로서 내가 한때 힘겹게 종사했던 그 작업을 어떻게 달리 살려볼까 하고 호시탐탐 벼르고는 있다. 하지만 한때의 그 맹목적인 열정과 치기어린 무대 기림벽, 내 주변으로 떼를 지어 몰려오던 저 우매한 대중 등등을 일정하게 가려서 깔보며, 한껏 매도하고 있다는 심정적 갈등과 편견도 미리 첨언해 두어야겠다.

아무튼 한기와 진땀이 번갈아가며 내 의식과 몸뚱어리를 흥건히 적셔대던 그 춥고 피로하던 생활, 그런 일상에 껴묻어 지내던 여자들, 그들과 시시덕거리던 한심스러운 시간 따위에 대해서 몹시도 짜증을 내면서 동시에 탐하기도 했던 '조울증 시절'이 부끄럽고 민망해서 낯을 가리고 있다. 때이른 회고 취미에 빠져서 그 시절을 찾아가려는 내 용단을 누가 좀 막아서줬으면 좋으련만. 그다지 내키지 않는 발걸음이긴 한데, 사람이란 어떤 짐승보다 경거망동하는 버릇이 몸에 밴 동물에 불과하므로 시간과 돈에 여유가 생기면 나이에 어울리지 않는 우행(愚行)을 흔히 저지르는 법이니까. 그것도 매번 후회를 앞세우면서, 온갖 변명을 늘어놓으면서.

한편으로 지금도 나는 옛날과 마찬가지로 매사에 몸조심을 꽤 하고 지내는 터이라 조울증 시절을 찾아가는 이번 여행길이 어느 정도까지는 의미 있을 것이라는 기대를 걸고 있다. '몸조심'이란 나의 성정을 말하는 것으로서 그때나 지금이나 관심이 없는 풍경에는 절대로 한눈을 팔지 않는 반골이라는 뜻이다.

서두가 다소 길어진 감이 없지 않다. 여행이란 일단 '현재'를 뒤로 까마득하게 물리고 난 후, '과거'로 예의 그 시간 '역주행'을 치르기 위해 몸부림치는 '의식'의 현실 일탈이거나 일상 탈출극이 아닐까 싶긴 하다.

1-2

극단 '시그날'의 운영을 책임지기 직전까지 내 생활이란 말이 아니었다.

그즈음도 나는 여전히 실업자였다. 물론 남이 시키는 일은 죽어도 못 하는 체질이란 자기 최면에 따른 자의(自意)의 실업자였는데, 간신히 술과 담배와 점심값과 하숙비 정도를 벌고는 있었다. 그 돈벌이는 그야말로 하기 싫은 악전고투의 매문(賣文)행위로서 오전중에 무려 20장의 방송국 원고지를 메우는 짜증스런 중노동이었다.

성우들의 입놀림을 도와주는 그 진부한 대화투성이의 원고지 메우기 작업에 신물을 켜고 있었으니. 희곡이라면 괄호 속에다 '쯧쯧쯧'이라는 혀차는 의성어라도 적어놓으련만.

그 작업에는 어떤 사건이나, 인물의 정황을 상세히 기술(記述)할 수 있는 필자의 권리가 원칙적으로 제한되어 있었다. 말하자면 글쓰는 사람 자신의 개성적인 표현이나 의식, 느낌, 생각 따위가 송두리째 배제된, 대단히 단선적이고 일방적인 의사전달만을 능수능란하게 구사하도록 못박혀 있었다. 만부득이 묘사해야 할 경우라도 '밝은 웃음소리가 섞인다', '숨을 헐떡인다', '다급하게 소리친다' 따위의 하찮은 지시어, 곧 지문을 괄호 속에 묶어 두는 게 고작이었다.

그랬다. 나는 그 방송국원고를 쓸 때만은 조역처럼 괄호 속에서 부연설명이나 해대는 인물에 지나지 않았고, 내가 그 이름이나 얼굴을 알지 못하는 주역들, 곧 정확한 한글발음이나 읊조려대는 성우들의 일거수일투족이 돋보이도록 닦달해대며, 그렇게 조종하는 피디와 그 위의 시스템이야 알아서 뭐하겠나. 도대체 자신의 삶이, 그리고 모든 언행이 괄호 속에 묶여 지내길 바라는 사람이 어디 있겠는가. 단언하건대 바보가 아니라면 누구나 자신의 행위 일체가 당대의 최상의 선남선녀의 그것과 동일하게 대접받길 원한다. 또는 그런 대접을 받기 위한 몸부림 자체가 개개인의 의미 있는 의식 행위이고 삶이다. 글을 쓰는 사람의 경우를 들어 좀더 적극적으로 말한다면, 셰익스피어와 같은 자리에 놓이기 위해 오늘도 수많은 글쟁이들이 자신의 언어를 고르고, 그 글뭉치로 기왕의 문호들이 죄다 간추려 놓은 이 세상의 구조를 다시 이해하고, 설명하려고 기를 쓰고 있다. 말하자면 셰익스피어와 함께 놀기 위해서, 또는 맞먹기 위해서 당대를 자신만의 문장속으로 증언하려고 진땀을 흘리며 살아간다. 그런 의미에서 누구를 존경한다, 누구의 글을 읽고 영향을 받았다, 그래서 글을 쓰려고 작심했다고 주절대는 글쟁이들은 아무 말이나 지껄이는 아첨꾼이거나 이 말 했다가 저 말 하느라고 머리가 살짝 돌아버린 수다꾼임에 틀림없을 것이다.

셰익스피어와 더불어 놀다 맞짱을 뜨기는커녕 성우의 얼굴에 분칠이나 해대고 있는 일상이라니.

나는 그때나 지금이나 제 값을 하는 글쟁이는 아니지만, 글이 무엇이며, 글을 왜 써야 하며, 글이 무엇에 이바지해야 하는가 라는 물음에 막연하게나마 나름의 해답은 가지고 있는, 딴에는 의식 있는 문학 애호가이기는 하다.

아무려나 한편으로는 "아니에요, 곧장 가겠어요", "피곤해 죽겠단 말이야, 제발 날 그냥 좀 내버려 둬 줘", "손님 앞에서 여자가 그게 무슨 말버릇이야, 영 글러먹었어", "애야, 밥 먹고 나가거라, 나 원, 철딱서니 없는 심통하고는" 같은 암호 같은, 의미 없는 대화를 적어 갈 때면 내가 로봇을 원격조종하는 사람 같은 착각에 빠지곤 했다. 단순하다면 지극히 단순하고 단조로운, 로봇을 원격조종하는 수치나 다름없는 그 언어조작을 풀어나가는 게 여간 힘들지 않았다.

나는 지쳐 있는, 매일 오전 중에만 지쳐 가는 로봇 조종자였다. 성우들을, 곧 로봇을 조작하는 그 매일의 손놀림에 나는 진저리를 치고 있었다. 정말 지겨운 작업이었고, 치가 떨리는 중노동이었다. 그러나 어쩌랴. 남자는 돈을 벌어야 하는 일개미이고, 돈을 벌면 다른 미물, 곧 살갗이 맞춤하게 부드러운 일벌을 주제넘게 취하려고 엉덩이를 들썩이는 변덕 많고 추악한 흉물인 것을.

그 지겨운 글쓰기 노동 중에 나는 담배를 반 갑씩 태워댔다. 그것도 꼬박 세 시간 만에 말이다. 그리고 머리맡에 붙여 둔 나의 경구를 수십 번씩 쳐다보곤했다. (나의 하숙방에는 팔걸이 달린 소파 두 짝만 덩그러니 놓여 있을뿐이었다. 그 주위에는 찬 나부랭이와 커피통과 그걸 끓여먹는 집기 따위가 어지럽게 널려 있었고, 그 외에는 심지어 옷걸이도, 책상도 없었기 때문에 나는 누워서 글을 쓰는 버릇이 있었다.)

'나의 경구'란 원고지 뒷장에다가 내가 손수 휘갈겨쓴 다음과 같은 문맥이었다.

—산문정신의 체현자, 토마스 만은 매일 오전 중에만 넥타이까지 단정히 매고 세 시간씩 일한다. 그 집필작업을 그는 '외로운 정신적 유희'라고 부른다. 부르주아의 나태와 부도덕을 막는 이 개인적인 일상의 장치로 토마스 만은 행복과 장수에 다다르는 먼 여행길을 천천

히, 그러나 확실하게 걸어갔다. 그의 글의 겸손과 오만, 어중간한 세계인식과 수다스러운 가치질서를 가시적이며 구체적인 경지로 끌어올리는 완만한 스타일=문체를 배우기 전에 그의 성실과 규칙적인 생활과 엄격하게 규격화된 처신부터 귀감으로 삼을 일이다!

술을 억병으로 퍼마신 후 귀가한 어느날 밤에 나는 그 경구를 치기만만하게 볼펜으로 써 두었는데, 그 쪽지를 쳐다볼 때마다 원고지 장수가 불어나지 않아 초조해지는 마음이 다소 진정되고, 가뭄 중의 논바닥처럼 메말라 가는 내 정서가 위안을 받았다. 글이란 아무리 지리멸렬한 것일지라도, 또 치기만만한 것일수록 개인의 정서를 부추겨 싹을 틔워 주는 촉촉한 물기 아닌가. 나는 '나의 경구'를 바라볼 때만은 적이 행복했다.

원고지 메우기를 끝내자마자 와락 달려드는 무력감, 허탈감, 무료, 권태, 미칠 것 같은 생활에의 불안감과 구속감을 떨쳐 버리기 위해 나는 돈을 헤아리는 기분으로 20장의 원고지를 엄지와 검지로 헤아렸다. 그리고 소파에 걸쳐 둔 잠바때기를 걸치고 방송국으로 줄행랑을 놓았다. 오후에는 주로 내가 기획위원으로 이름만 걸어 놓고 있는 '시그날'에서 죽치고 지내며 문고판 《마의 산》을 읽는 둥 마는 둥했다. 당연히 나는 거의 매일이다시피 극단 동료들과 폭음 행각을 벌였다.

정말 심란한 나날이었다. 도무지 내 앞날을 가늠할 수가 없었고, 중병에라도 걸려서 당분간 원고지를 대하지 않게 되었으면 하고 바라는 내 심사에 울분을 토했다. 자업자득이란 말도 있는데, 왠지 억울했다. 덩달아 그 모든 구속의 끈으로부터 풀려나고 싶었고, 판에 박은 음풍농월을 쓰지도 듣지도 않는 곳으로 격리되고 싶은 간절한 희원의 충동이 발작적으로 일곤 했다. 눈짐작이 좋은 사람이라면 내가 그런 심리적 갈등을 겪고 있을 때, 내 손이 수전증 환자처럼 떨리고 있었음을 쉽게 알아챌 수 있었을 것이다.

돌이켜보건대 그 당시의 내 형편은 아무리 좋게 말해도 '억지로 살아가는 미물의 얄궂은 생존경쟁'이라고밖에 달리 설명할 길이 없지 싶다. 닳아져서 점점 그 형체가 작아지는 부속품 같은 존재로 말이다. 사실상 오늘날의 모든 개인은 사회생활이라는 거대한 기계의 한낱 부속품이나 다름없는데, 돈이란 매개물이 그 부속품마다에 기름칠을 하고 있는 게 아닐까.

1-3

모든 직장인과 마찬가지로 실업자의 생활도 오늘이 어제처럼 한결같을 수는 없는 법이다. 내 단조로운 생활에도 변화의 계기가 주어졌는데, 그것은 세상살이가 다 그렇듯이 우연이었다. 그때까지 극단 '시그날'의 살림을 꾸려 가던 송 선생이 텔레비전 방송국의 운영위원으로 발탁되어 그 후임자로 나를 콕 집어서 천거한 것이었다. (송 선생은 나보다 무려 일곱 살 연상으로, 게다가 그의 부모의 '직무유기'로 이태나 늦게 출생 신고를 했다고 자주 주장하는 바였지만, 나는 송 선생, 때로는 송 선배로, 그는 이형, 기중아라고 부르는, 말하자면 서로 호형호제하는 사이였다.)

송 선생이나 내가 공식적인 직함을 얻게 되었다는 사실은 우연이었지만, 둘 다 자격으로 따지자면 차라리 그 기회가 뒤늦게 찾아왔다고 해야 옳을 것이다. 송 선생은 한때 텔레비전 연속극을, 그것도 사극의 연출을 맡은 경력도 있었다. 그러나 그 짧고 화려한 경력을 의도적으로 감추면서 외골수 연극연출가, 중견 연극인, 극단의 상임대표 등으로 행세하고 있던 처지였다. 그에 비해 나는 대학졸업 공연에 부조리극을 무대에 올려본 연출 경험도 있는 데다가 어느 신문사의 신춘문예 공모에서 운좋게 당선의 영예를 누려 그 단막극이 활자로 지상(紙上)에 소개되었을 뿐만 아니라 무대에 올려지기도 한 이력의 극작가였다. 알려진 대로 문예지들이 희곡에는 워낙 그 지면을 아끼는 터이므로 내 작품이 공개적으로 활자화만 되지 않았을 뿐이지, 그 당시 나는 무대에 올릴 만하다고 자부하는 모노드라마 한편과 공연하려면 무대를 음산하게든 황량하게든 확 바꿔야 하는 소위 '읽는 희곡' 두 편도 원고상태로 간직하고 있었다. 방송국 일거리는 나의 그런 이력이, 또 서로 이름만은 기억하는 안면들이 마련해준 일종의 시혜이자 친절이었고, 일용할 양식이었다.

따지고 보면 창립 당시부터 극단 '시그날'의 실무는 내 생활의 골갱이나 다름없었다. 제대하던 그 해, 마침 송 선생은 자신의 극단을 가져야겠다고 동분서주하고 있던 터여서, 나도 내 인생을 세속적인 직장인으로 출발할 수 없는 처지라서 서로 의기투합한 셈이었다. 요약하면 극단 '시그날'의 창립 목적과 비전은 송 선생과 나만의 목에 두르고 있는 목도리였다.

송 선생과 나 이외에도 극단 '시그날'의 창립 멤버로는 서너 사람이 더 있었다. 연출을 지망하는 한 동료(그는 나의 후배로서, 나보다 두 살 아래다), 텔레비전 연속극에도 가끔 얼굴이 비치지만 그 기름진 음성과 정확한 발음 때문에 무대에 올라서야 제격인 한 연기자, 직장과 무대를 다같이 애지중지하는 한 연극애호가, 송 선생의 죽마고우로서 얼렁뚱땅 돈을 버는 데는 선수인 극단 '시그날'의 상설 무대 제공자 등등이 그들이었다. 그들은 물론 발언권이 약한 주주 정도였고, 사실상 그들도 그 점을 익히 알고 있었으며, 건물주인 장 사장은 관심이 없는지 아니면 시간이 없는지 '시그날'의 공연물조차 관람하는 법이 없는 양반이었다. 어쨌든 송 선생과 나는 극단 '시그날'에 대해 무한책임을, 나머지 네 사람은 유한책임을 행사하는 묵계가 이루어져 있는 형편이었다. (물론 또 다른 고정 후원자들이 있기는 했다.) 물주이며 대부인 장 사장을 열외로 돌린다면, 나와 연령이 어슷비슷한 세 동료의 의사를 내가 대변하고 있다는 점에서 나는 극단 '시그날'의 공동 대표이거나 그 권한 대행자쯤의 자격을 갖고 있었다.

그거야 아무려나 우리 사이는, 특히 송 선생과 나 사이는 아무런 이해(利害)와 갈등이 있을 수 없었다. 그럴 수밖에 없었던 것이 그때까지 10여 편의 작품을 무대에 올렸지만, 극단 '시그날'은 여전히 재정적으로 허덕이고 있어서였다. 연출자, 연기자는 물론이거니와 공연에 따르는 일체의 진행을 맡아 보는 여러 후배들에게 '시그날'은 염치 좋게 무보수로 일관하고 있었고, 다른 극단도 대체로 그랬는데, 우리 연극판의 살림 규모가 워낙 열악해서였다. 대흥동에 있던 70평짜리 상설 무대는 여전히 무료 임대로 뭉그적거리고 있었고, 포스터 인쇄비 따위는 항상 밀려 있던 터였다. 관객들로부터 받는 관람료가 진행비로, 그것도 주로 식대와 술값으로 날아가고 있어서 '시그날'은 영일없이 가난했고, 추웠다. 새 작품을 무대에 올릴 때까지 몸으로, 찬조금 구걸로 때우려니 항상 헉헉거리지 않을 수가 없었다. 이런 전후 사정을 가장 책임감 있게 꿰차고 있던 나는 묵시적으로 '시그날'의 차기 대표자로 점 찍혀 있었다.

1-4

이제 빚더미에 올라 있는, 그러나 무형재산으로서는 그 값을 환산할 수 없는 '시그날'의 무게를 내 좁은 어깨가 어떻게 감당할 수 있느냐만이 문제였다. 연극은 그때까지 내가 나이게끔 만들어 준 지주였으므로 버릴 수 없는 것이었고, 그렇다고 그걸 내 힘으로 사수하기에는 벅찬, 앙상한 뼈만 남은 계륵(鷄肋)이나 다름없는 일종의 기호식품이었다. 닭고기를 먹지 않아도 살 수 있는 것과 마찬가지로 연극을 내팽개쳐 버려도 살아갈 수야 있겠지만, 무의미한 삶이 될 것이다. 그러므로 '시그날'은 내 삶이 남들과 다르게 살아가도록 밀어주는 자양분이었다. 나는 그 거죽이 메마르긴 해도 그 속이 찰진 땅을 애써 가꾼다기보다 의연하게 지킬 의무는 있었다.

그날 밤 송 선생과 우리 일행은 고주망태가 되었다. 송 선생과 나는 함께 외박까지 했는데, 평소의 숙취에도 늘 그랬지만 그날따라 내 의식은 유난히 명료했던 것으로 기억한다.

송 선생과 나는 30분이나 기다리다 결국 장 사장을 못 만나고, 때에 절은 누더기나 다름없는 탁한 핏빛 카펫이 깔린 '시그날'의 계단을 내려오고 있었다. (장 사장의 사무실은 4층 한쪽 귀퉁이에 있었고, '시그날'의 상설무대는 이층에 있었다.) 거리에 나서자 쌀쌀맞은 봄바람이 목덜미로 확확 몰려왔다. 송 선생은 꾸부정한 키를 더욱 돋보이도록 어깨를 잔뜩 웅크리고, 이 세상의 고민을 혼자서 다 감당하고 말겠다는 듯이 짊어지고 있는 형상으로 뚜벅뚜벅 걸어가고 있었다.

"저 장군이 요즘 종이쟁이들을(신문기자들을 뜻하는 송 선생의 상용어이다) 집중적으로 만나는 걸 보면 정치를 하기는 할 모양이야. 나야 굿을 볼 필요도 떡을 먹을 자격도 없지만…"

방금 사환으로부터 건네받은 송수화기를 들고 "알았어, 다음에 짬을 내지, 새털같이 많은 날에 머 언제라도 좋지, 그럼, 서로가 바쁘잖아. 바쁜 게 좋은 건지 나쁜 건진 누구도 잘 모르지만 말이야" 따위의 의례적인 인사말을 주고 받은 송 선생이 내뱉는 푸념 같은 말이었다.

나도 건성으로 대답했다.

"벌써 예상하고 있던 일 아니에요? 돈 있는 사람이 이름 날리기 위해 정치하고 싶은 욕심이야…"

"그럼, 예상도 했고 짐작이야 있다마다지. 짐작은 다 옳아." 송 선생은 술술 말을 풀어 놓기 시작했는데, 그 걸음걸이나 눈길은 저만큼 보이는 우리의 목적지에 가기 싫어하는 투가 완연했다. '마지못해 하는 듯한' 그의 그런 거동이 내게는 이미 낯설지 않은 것이었다.

"원래 장군은 권력지향적인 인물이지. 조상이 새우젓장사였는지 어쨌는지는 모르지만 마포 일대에 세전지물로 내려오는 땅도 많아. 정치 일선에 나서면 돈 벌 듯이 정치도 잘할 거야. 이건 틀림없어, 믿어도 좋다구. 왜냐고? 대장이 새우젓 사려, 하고 외치면 장군은 내 것도, 라고 점잖게 따라 외치면 되거든. 정치란 뭔 줄 알아? 선창자와 후창자가 엄연하게 구별되어 있는 구호 시위장이야. 그것도 유사 이래 아주 진부한 구호투성이만 난무하는 시위장이지. 유일한 예외가 있다면 그 구호의 참신성, 절박성, 저돌성에서 히틀러가 단연 압권이야. 하사관 출신이었으니까 착상이 좀 기발해야지, 추진력도 좋고, 공갈이 그럴 듯할 수밖에. 철저한 극우라서 탈이긴 했어도 반공, 반민주주의, 반유태주의를 제 인기 관리에 역이용할 줄 아는 순진성과 화끈한 정리력이 탁월했지. 구호가 머고, 정치가 먼데? 공갈을 순수성으로 포장하는 거야. 이를테면 환상을 심어 주는 거지. 그런데 저 장군은 불행히도 알오티씨 장교 출신이야. 일정한 한계가 있지. 하사관 출신이었다면 내가 그의 브레인 노릇도 사양하지 않겠는데 말이야…"

송 선생은 쌀쌀맞은 추위를 아랑곳하지 않고 '시그날'의 변화 자체를 기정사실로 받아들이고 있어서, 그것보다도 웅얼거렸다 하면 스스로의 말솜씨에 도취되는 버릇이 있어서 기분이 적잖이 들떠 있었다. 말이란, 곧 대화란 늘 삼투성이 좋아서 나도 덩달아 긴장이 느슨히 풀어져감을 실감하고 있던 중이었다.

'시그날'의 단골 음식점 중의 하나인 중화반점 '춘추각'으로 걸어가며 송 선생은 평소의 쫓기는 듯한 언행을 확 풀고, 다시 웅얼거리기 시작했다. 그의 특유의 넋두리 같은, 그래서 자의식이 강한 한 주인공이 무대 한쪽에 붙박인 다른 주인공을 염두에 두지 않고 독백을 읊조리는 투로, 간간이 실성한 사람처럼 잔잔한, 보일 듯 말 듯한 미소까지 흘리면서, 코감기가 시작될 때 같은 투명한 음성으로 글을 읽듯이.

"우리 모두 보아 왔지, 내가 이 70년대를 얼마나 허무맹랑한 짓거리로 일관해 왔는지를 말이야. 대체적으로 어물쩡거리고 뭉그적거리며 살아왔어. 몽따 왔다는 말을 이럴 때 쓰라고 만들었을 거야. 무대를 지키는 일을 제외하고는 모든 일에 무책임했고, 모른 척해왔다 이거야. 그게 가장 편리하게 살아내는 길이었는데 어째. 이 세상을 살아가는 상책 중의 상책은 바보처럼, 소처럼 맹한 눈으로 앉은 자리에서 뭉그적거리는 거야. 그게 가장 확실하고 안전하게 이기는 방법이야. 다른 방법은 전부 사기고, 공갈이고, 꼼수야. 야, 기중아, 춘계 프로개편이 나를, 아니, '시그날'을 살리는 모양이다. 돈 앞에는 누구나 개새끼가 된다. 앞으로 내 직책은 자개농처럼 내 마누라의 대외 호신용이나 장식용일 따름이고, 내 월급은 '시그날'의 경비 조달용으로 충당될 거다. 어느 시대를 막론하고 성인(聖人)을 제외하고는 누구나 무책임한 언행을 일삼을 수밖에 없다. 식언(食言)은 영원히 범인(凡人)의 특권이다. 중아(그는 나를 힐끔 훑어보고 싱긋 웃었다), 너는 이 시대를 어떻게 정의하겠냐? 제각기 다르겠지만, 아니, 정의내리기도 귀찮아하는 사람이 대다수겠지만 나는 식언과 무책임한 행동이 집중적으로, 다발적으로 난무했고, 그런 와중을 돈과 권력이라는 괴물이 어딘가로 떼지어 몰려가는 연대기로 정의내리겠다. 우매한 대중은 속수무책으로 때 아닌 집중호우를, 긴급조치 말이야, 맞고 있었으니까. 바꾸어 말하면 식언과 무책임한 행동의 점철 자체가 이 시대의 물굽이고, 최대공약수다. 우리의 현재 각계각층의 지도자들은 그런 물굽이를 가장 의연한 폼으로 내려다본다는 점에서, 또 집중호우 속에서도 당당하게 식언과 무책임한 행동을 솔선수범하고 있다는 점에서 여전히 위대하다. 물론 위대하다는 점에서는 우리도 예외적인 존재가 아니야. 연극을 평생토록 버리지 않겠다는 평소의 내 신념이 하루 저녁에 식언으로 구체화될 판이니까 말이다. 그러나 혼동하지 마라. 그것은 식언이 될 수 없는, 내 삶의 지표다. 그 지표를 고수하기 위해서는 식언을 매일 실행할 수밖에 없다는 것이 내 진의다. 야, 기중아, 내 말 알아듣냐? 내 말을 오해하지 말고 기억해 둬라. '시그날'을 지키기 위해선 식언과 무책임한 행동을 하루에도 몇 번씩 해치워야 한다. 매번 거리낌없이 말이다. 부정에 부정이면 긍정이라는 논리가 있잖아. 마찬가지다. 식언을 두 번 해버리면 그 사람은 적어도 성인이 아닐지는 몰라도 사이비 같은 요즘의 시정인과는 판이한 예외적인 인물이 된다… 내 말이 맞을거야. 박통도 식언만 줄기차게 해왔잖아."

대답을 기다리는 어투가 아니라서 나는 오히려 송 선생의 말을 새겨듣고 있었다. 익히 알 만한, 사실상 내가 평소에 실천하고 있는 좌우명을 그는 쏟아놓고 있는 셈이었다. 그의 표현대로 '집중호우'처럼. 그가 때로는 내 말의 대변인 같고, 대인관계에서는 대리인 같았다.

실제로 나는, 위선과 위악이 골고루 뒤섞인 이 시대를 시계바늘처럼 정직하게 살아가는 놈만큼 바보는 없다, 그런 작가의 삶을 야유하는 것이 나의 직능이고, 내 삶의 의무이자 본질이다, 따라서 당분간 이런 사기꾼 같은 삶을 고수할 수밖에 없지 않나 싶다 따위의 자기변명을 항상 가슴에 품고 다니는 인간이었다. (제 자랑 같아 좀 우습지만, 신문지상에 소개된 〈휘어진 시계바늘〉이라는 제목의 내 단막극은 정직하고 성실하게 살아가는 한 회사원이 연말에 양로원을 찾아가, 거기서 한 불우한 노인을 만나 조금씩 실성해 가는 과정을 희화화한 것이다.)

그런 의미에서 송 선생과 나는 일심동체라 할 수 있었다. 말하자면 우리는 같은 시대를, 서울이란 특정 지역 안에서, 같은 의식을 가지고 호흡한다는 사실 자체가 정말로 다행 천만이라는 생각을 문득문득 공유하는 사이였다. 그러므로 우리는 나이 따위에 구애받지 않았고, 사석에서든 연극의 대사로서든 말의 뉘앙스를 최대한으로 살리려는 우리의 고유기능을 기렸고, 좀더 확실한 우선적인(또는 위악적인) 삶을 자연스럽게 구체화할 수 있는 한 뼘의 무대를 지키기 위해 발버둥치는 닮은꼴이었다.

그러나 나는 때때로, 특히 돋보기를(그는 이상하게도 노안이 빨리 닥쳤음을 은근히 시위하는 '늙은 눈의 사나이'였다) 콧잔등에 느슨하게 올려놓고 연극 대본이나 신문 따위를 읽는 송 선생의 자태를 바라볼 때면, 내가 저 나이가 되도록 과연 현재의 삶의 방식 내지는 사고를 견지할 수 있을까 라는 회의가 없지 않았다. 만약 그때까지도 저런 비뚤어진 사고체계 속에서 내 일상이 꾸려진다면 내 인생이란 얼마나 초라하고 답답할 것인가 라는 생각에 다다르던 일순간에 내 몸이 뻣뻣하게 경직되고, 넋 놓은 사람처럼 멍해지기도 했다.

1-5

'춘추각'의 구석방은 벌써 엉망이었다. 장발의 한 조연급 연기자는 '이 풍진 세상'을 음치 노래로 흥얼대고 있었고, 싯누런 소콜주를(콜라에 소주를 타서 마시는 걸 말한다) 홀짝거리는 한 여자 연기자는 눈알이 동태눈깔처럼 뿌옇게 흐려져 있었고, 그 외에도 10여 명의 단원들은 하나같이 불콰한 얼굴들이라 송 선생과 내가 방안으로 들어서도 '어?' 정도의 눈짓만 던질 뿐 별다른 말들이 없었다. 방안의 공기는 대체로 탁하고, 시끌벅적한 만큼 지저분한 열기로 가득했는데, 탕수육과 양장피잡채 따위의 찌꺼기들이 지렁이처럼 꾸물꾸물 기어다니는 형상에다, 투명한 소주잔들은 말과 음성으로 살아가는 젊은 친구들의 모가지를 익사시킬 듯이 넘실댔다.

나는 잠바때기의 안주머니에 들어앉은 《마의 산》의 무게가 '시그날'의 그것보다는 분명히 가벼울 것이라고 내심 우기며 소주를 홀짝이기 시작했다. 두 잔째의 술을 마셨을 때, 액자 속에서 번들거리는 '處變不驚'이라고 수(繡)놓은 조잡한 글자가 내 시선에 붙잡혔다. 어떤 글자의 의미가 그때처럼 뚜렷하게 내 뇌리에 와 닿은 적은 일찍이 없었다.

'시그날'의 운영과 그 운명을 맡았으므로 내 처지가 분명히 바뀌었다. 그러나 나는 놀라지도 두려워하지도 않는다. 이 두근거리는 고양감은 술기운 탓만이 아니다. 뜻 글자가 던져 주는 막중한 어의(語意)가 전혀 새로운 인식으로 부각되고 있다. 과연 그럴 듯한 말이다. 한 집단이나 단체를 맡는다는 사실은 한 개인의 매일매일을, 당연히 앞날까지 묶는다는 의미 외에도 집단 구성원들의 입과 가슴, 따라서 발품도 대변하고, 대신하고 있다는 뜻이 있을 게다.

맞은편 벽에 붙박힌 나의 시선과 망연한 의식에 여러 사람이 방해를 놓았다. 누구나 앞다퉈 축하주니 뭐니 시부렁거리며 '시그날'의 앞날을 위해 제 술잔을 들었고, 소주잔들이 여러 개씩 부딪히며 작은 '신호'음을 냈다. 그 마찰음은 정말 작고 여려서 간신히 들리는 '시그날'의 신호음이었다. 뒤이어 '시그날'의 고정 연출가인 민수가 (그는 예의 창립 멤버이기도 한, 나의 두 해 후배이다) 내 옆에서 '춘추각'에 발을 들여놓을 때마다 지껄이는 상투적인 말을 중얼거렸다.

"시그날 관람료를 춘추각이 걷어 가고 있네. 관람료를 아예 여기다 내고 관람하라고 광고를 붙이고, 우리는 춘추각 식권이나 손에 받아

줘는 게 서로 번거롭잖고 편리하잖아? 티켓을 춘추각에서 인쇄하여 팔고 우리는 식권만 받는다 이거야. 이런 식으로 매사를 합리적으로 개선해 나가야 민주주의를 제대로 한번 해 볼 수 있지. 불편한 제도 밑에서 숨도 제대로 못 쉬며 살면서도 아이디어들이 도무지 깡통이야. 한심해 영 죽을 맛이야, 이놈의 짱게집에 들어오기만 하면…"

"숨을 제대로 못 쉬는데 어떻게 아이디어가 나오며, 그걸 실천할 수가 있나? 편리한 제도라고 다 좋은 게 아니야."

나의 시무룩한 반응에는 대답도 없이 민수는 유달리 땀구멍이 크게 보이는 징그러운 낯짝을 내 코앞에다 바싹 들이댔다. 그리고 남의 여편네에게(그때 마침 춘추각 안주인이 해물잡탕인가 뭔가를 우리 방으로 들이밀고 있었다) 이상한 눈길을 희번득거리며 씨부렁댔다.

"형, 저 진짜 중국여자, 연주 엄마 얼굴 좀 봐. 피부가 너무 까무잡잡하잖아? 피부에 윤기가 저렇게 잘잘 흐르기도 힘들어. 돼지비계 덕분인지 어떤지 모르겠지만 말이야. 틀림없이 색골일 거야. 눈에 흰창도 많고 부리부리한 소눈깔이야."

그때 민수의 음탕한 말솜씨를 엿듣고 있던 우리 앞좌석의 소쿌주가 삼삼오오 흩어진 좌중을 한곳으로 끌어모으겠다는 듯이 당돌한 질문을 던졌다. 그녀의 음색은 항상 기름진 것이었다. 언젠가 민수는 그녀의 음성을 '통통 튀고 야들야들하다'고 비유했는데, 그 비유는 애교와 탄력이 고루 섞인 만년 20대 중후반의 발랄한 처녀 음성이라는 말의 다른 표현이었다.

"신사숙녀 여러분, 많을수록 몸이 훨훨 날 것 같고 무게가 없는 게 뭔지 아세요? 그걸 알아맞히는 사람은 누구든지 나이와 성별을 따지지 않고 오늘 밤에 내 방에서 커피 대접을 받을 수 있어요. 단 선착순으로 한 명만…"

그녀가 얼마나 영악하며, 텔레비전 화면의 뒤쪽에서 요령 좋게 돈을 벌고 있는지를 나는 잘 알고 있었다. 더불어 그녀가 얼마나 경위 바르며, 정확한 계산속 아래 송선생에게 미리 손과 발을 비벼대고 있는지를 '시그날' 동료들은 익히 짐작하고 있기도 했다. 또한 나는 그녀의 출신 성분과 남성 편력도 대충 알고 있었는데, 그런 너절한 정보는 경양식집을 꾸려 가면서 텔레비전 연속극에도 간혹 조연급으로 얼굴을 내민 바 있는, 이제는 전직 연극배우라고 할 수밖에 없는 민수의 아내를 통해서였다.

여러 사람의 대답을 기다리지도 않고 소콜주는 깔깔거리며, 그녀의 방을 걸터 넘을 용사를 없애 버렸다.

"그건 말이지요, 욕정이에요. 성욕은 무게가 안 나가요. 그게 많을수록 몸이 날 것 같잖아요? 남녀 공히 정욕, 물욕, 식욕, 살해욕, 권력욕 다 마찬가지예요. 어느 것이 더 가벼운지는 나도 잘 모르지만요."

민수의 망발이 마구 쏟아졌다. 그의 안하무인의 쌍욕은 정평이 나 있었다. 그 쌍욕이 시비로 발전하여("쥐도 새도 모르게 방에 가둬 넣고 살가죽 몽둥이찜질을 해 버릴까 말까." 어쩌구 내뱉은 민수의 망발이 도화선이었다), 결국 그에게는 과분하기 짝이 없는 현재의 마누라를 꿰찰 수 있었고, 생활력이 강한 그녀를 지금도 개 부리듯 하고 있는 형편이었다.

"정말 섰던 좆도 죽는 말을 하고 자빠졌네. 야, 인화야, 그게 무슨 알랑방귀고 색 쓰는 소리냐. 나도 안성맞춤인 수수께끼 하나 낼까?

네가 이걸 알아맞히면 순수하고 정직한 색골이라는 작위를 이 자리에서 내가 직접 하사하지."

인화가 입방아를 찧었다.

"순수하고 정직한 색골은 또 머야? 색골은 다 순수하고 정직한데. 욕정을 가진 사람은 다 순수하고 몸이 날 것 같잖아. 그걸 그럴 듯하게 포장할 수 있는 능력에 따라서 사람의 값어치가 매겨지는 거라고. 말의 낭비야. 나는 알짜 서민이라 작위에 관심도 없고, 수수께끼를 풀 능력도 없어."

"야, 제발 방정 좀 그만 떨어. 너는 그게 큰일이다. 만방(滿房)하신 관객 여러분, 이 세상에서 제일 큰 가방의 재료는 무엇이겠습니까? 아닙니다, 말을 바꾸겠습니다. 이 세상에서 제일 작은 가방인데, 아무리 큰 물건이라도 수월하게 담을 수 있는 가방이 있습니다. 그게 무슨 가방이겠습니까?"

현직 텔레비전 탤런트이면서 간식 먹듯 연극배우 노릇도 하는 인화의 즉각적인 응수가 따랐다. 그녀의 음성은 나이에 (내 추측이 맞다면 그녀는 스물일곱 살 전후일 것이다) 어울리지 않게 어리광부리는 듯한, 그러나 제멋대로 호들갑을 떨며 비갯머리 송사나 잘할 계집스런 것이었다.

"그걸 누가 몰라, 지독하고 징그러운 음담이지."

"음담을 누가 먼저 시작했는데? 적반하장도 유분수네."

여전히 자신이 탤런트임을 의식적으로 여러 사람에게 과시하려는 무식한, 속셈이 빤히 들여다보이는 술집 접대부 같은 음성이 쏟아졌다. 그녀의 음성이 듣기 싫지는 않았으나 그 말솜씨는 옛날 기생의 다소곳한, 은밀한 그것이 아니어서 역겨웠다.

역겨움이 정욕을 부채질하는 경우도 있나? 그러면 아름다움은 정욕을 잠재우고 녹여 주나? 아니다. 경우에 따라 다르다. 역겨움과 아름다움은 같은 말인지도 모르고, 둘 다 정욕을 일구는 기교일 수 있다. 내 머릿속이 순식간에 복잡해져 버렸다.

"민수 씨, 이건 분명히 알아줘. 나는 음담을 절대로 안 했어. 미처 깨닫지 못하고 있는 남자네들의 거친 욕정의 무서움을 일깨워줬을 뿐이야. 정욕을 가진 사람은 몸이 가벼우므로 경박하고 체신머리가 없다, 이게 무슨 음담이야. 금언이지. 어머, 저 잔인스럽고 음탕해지는 눈매 좀 봐. 누가 좀 말려 줘요, 시비할까봐 겁나네. 민수 씨, 눈에 힘 풀어. 남자들이 눈에 힘줄 때 나는 제일 싫더라. 어부인께 고해바치든지 칼 잘 쓰는 백마 탄 기사라도 불러야겠네."

비아냥거리길 잘하는 한 동료의('시그날' 공연물의 주연급 고정 출연자 성국이었을 것이다) 중얼거림이 들려왔다.

"요즘 세상에 백마가 어딨나. 제주도 조랑말도 멸종 단곈데."

눈에 열기를 쑥 빼버렸을지도 모르는 민수의 음성이 나직하게 뱉어졌다.

"그 가방은 만질수록 커져. 물건을 쑤셔 넣을려면 그 가방을 이리저리 만져야 될 거 아냐, 그 가방의 촉감이 말할 수 없이 좋지. 이 세상의 모든 선남선녀가 공히 그 촉감의 부드러움 때문에 자꾸만 만지고 싶어서…"

여전히 그 어린애의 애교 같은 속삭임이 들려왔다.

"거 보라니까. 내 말이 맞잖아. 지독하고 징그러운 음담이잖아. 남자들이란 아무데서나 입으로, 코로 성욕을 쏟고 다닌단 말야. 창피스러운 줄도 모르고…"

다들 술을 많이 퍼마신 모양이었다. 나는 점점 몸을 웅크리고 자작술을 즐겼고, 송 선생은 옆자리의 동료에게 또 그 능수능란한 식언을 쉴새없이 늘어놓고 있었다. 눈에 익은 지루한 풍경이었다. 나는 폭음을 할 수밖에 없었다. 폭음을 하면서도 나는 애써 주위의 꼴불견들에 무관심해지려고 앙버티면서, 술값을, 술자리에서의 대화도 무대에서의 대사처럼 지껄이는 동료들과 술에 취한 손을 흔들며 헤어지는 방법을, 내일 아침의 하기 싫은 작업과 그 내용으로 쓸어담을 진부한 언어 따위를 머릿속에 주워 모으려고 빳빳하게 긴장하고 있었다. 나의 그런 처신은 초라한 것이었고, 이 세상을 공연히 꼬치꼬치 따지면서 어렵사리 살아가는 반골인 체하는 꼬락서니였다.

술은 마실수록 피로감을 몰아낸다. 몸에는 최면제고, 정신에는 차라리 각성제라 할 수 있는 술은 사람을 어떤 무공해지역, 또는 무인지대로 내몰아 버리고 그곳에서 가사상태가 되든 말든 모른 체한다. 영악한 인간은 술의 그런 탁월한, 실수라고는 모르는 능력 자체를 즐길 뿐이다. 그 즐김의 시간이 주기적으로 이어지거나 하루 이상으로 계속되면 술주정꾼이 된다. 나는 술 중독 증세를 극구 부인하면서도 술주정꾼이 되어갔다. 어느새 통금시간이 임박했으므로 나는 또 연 이틀 술독에 빠져야 할 신세였다.

1—6

5천 원짜리 여관방은 따뜻하고 깨끗했다. 욕실도 붙어 있었지만, 우리는 번갈아가며 화장실만 서서 이용했다. 좌석식 변기 속에는 우리의 배설물이 하얀 거품을 뒤집어쓰고 있었으며, 그 거품들은 맹렬하게 숨을 쉬고 있었다. 우리는 아예 방 한쪽에 붙어 있는 화장실 문을 활짝 열어 놓고 볼 일을 보러 들락거렸는데, 우리의 거품투성이인 탁한 오물을 걸터 넘고, 그 오물보다 더 탁하고 더럽고 잡스런 소리가 이어질 듯 말 듯 들려왔다. 옆방에서 들려오는 어떤 여자의 자지러질 듯한 교성이 그것이었다. 아마도 어느 취객이 욕실 안에서 여자의 기름진 엉덩짝을 쓰다듬다가 곧장 짐승처럼 후배위 자세로 들쑤시고 있는 모양이었다.

송 선생이 몸을 뒤척이며 짜증스런 말을 씨월거렸다.

"야, 이 잡년놈들아, 대충 그만해, 시끄러워 죽겠어. 야, 말로 하란 말이야. 말은 땡고함이나 사자후일지라도 의사전달 능력이 탁월해서 시끄럽지는 않아. 그런데 너희들 그 잡음은 시끄럽단 말이야. 전쟁이나 혁명이 소란스럽고 시끄러운 것은 그 요란한 구호 때문이 아니라 자발없는 인간들의 부스럭대는 잡음 때문에 그런 거야. 그래서 총소리나 대포소리, 비행기소리를 시끄럽다고는 하지 않아, 보통 요란스럽다고 하지. 야, 이 자발없는 것아, 여자는 잡음 투성이의 지방질 덩어리에 지나지 않아. 그걸 모르는 놈을 머라고 하는지 알아? 헛물 켜는 놈이라고 해. 알아서 해, 사내 자식이 헛물이나 켜서 우짤라고."

모든 말을 연극 대사처럼 지껄이는 송 선생의 그 버릇은 점점 기세를 더해가는 여자의 숨 넘어가는 교성보다는 훨씬 덜 시끄러웠다. 그 잡음에 지지 않겠다는 듯 계속되는 송 선생의 횡설수설을 듣는 둥 마는 둥하며 나는 그날 아침 버스 속에서 엿들은 대학생들의 한심스러운 입씨름을 어떻게 무대 언어로 변형시킬 수 없을까를 얼핏얼핏 되뇌고 있었다.

—야, 이 사랑하는 친구야, 너는 니 동생 셋과 함께 사과 한 접을 앉은 자리에서 먹어치울 수 있겠어?

—제발 그것만은 용서해 줘. 그 신 것을 내가 무슨 능력으로 한몫에 집어넣을 수 있겠어. 그것만은 도저히 자신 없어. 안 까고 삶은 땅콩 한 대는 먹어 봤고, 짜장면 세 그릇은 먹을 수 있어도.

—배가 부르면 일을 하지 않으려는 게 인간이야. 그걸 빨리 깨우치는 인간이 사람다운 사람이고, 짐승은 그걸 모르고 죽어가지.

—짐승보다 인간이 더 포식을 즐기는데?

—음식의 가짓수가 짐승보다 인간에게 더 많으니까 그거야 당연하지.

—당연한 건 권리야. 그러므로 인간은 포식을 즐기고, 일을 하지 않으려고 꾀부리는 게으름뱅이야. 다른 짐승보다는 머리가 좋은거지.

—누가 아니래. 스스로 움직일 줄 모르는 것이 다 식물은 아니지. 사람이라고 다 동물이겠어? 게으름뱅이들이 물론 식물이지.

직업이 직업인만큼, 그래서 나의 관심사가 인간의 의사전달 내지는 의사소통의 광의성과 협의성을 어떻게 형상화시키느냐에 있는 만큼 나는 항상 사람들의 대화와, 여자들의 교성이나 비음 섞인 탄성에 이르기까지 귀를 기울이고, 그 음색도 기억해 두려고 집중력과 주의력을 곤두세우고 지낸다. 나의 이런 버릇을 더욱 진전시키려고 나는 틈만 나면 시장바닥을 헤맨다. 그곳에서는 여러 사람들의 특색 있는, 그 살아 있는 대화와 음색들을 들을 수 있어서이다. 사람이 많이 모이는 곳, 예컨대 병원 대기실, 수감자 면회실, 대학생들의 시위가 벌어지는 종로 거리, 선거유세장, 강연회장, 버스표나 기차표, 운동장 입장권 따위를 사기 위한 긴 행렬 틈바구니도 나의 발걸음이 우두커니 자주 머무는 곳이다.

사람의 육성을 새겨듣는 나의 이 버릇은 술자리에서 더욱 민감하게 반응하여 때로는 동석자들로부터 멍청이로 오인받기까지 하는 형편이다. 그러나 불행하게도 음주행위 중에는 나의 이 민감한 반응을 고수하려고 애만 쓸 뿐이지, 그 수다한 말들의 다의성을 천착할 수도, 말의 뉘앙스를 기억할 수도, 연상을 이어 갈 수도 없는 한계에 부닥쳐서 곤혹스럽다. 술이 기억력과 사고력의 지속에는 일정하게 장애물임은 굳이 강조할 필요도 없을 것이다.

그날 밤 송 선생은 통금시간이 풀리자마자 발소리를 죽이며 여관방을 빠져나갔다. 그는 내가 여느 사람에 비해 잠이 많지 않음을 알고 있었고, 더욱이나 '시그날'의 앞날을 걱정하느라고 밤새 뒤척이고 있음을 눈치채고 있으면서도 모른 척했는데, 코르덴 바지 가랑이 속으로 다리를 쑤셔넣으면서는 내가 들으라고 "이 정든 바지도 이제는 더 이상 못 입게 되겠군"이라고 속삭이듯 중얼거렸다. 나는 그 조심스러운 동작을 민감하게 읽고 있으면서도 아무런 반응을 나타내지 않았다.

그가 다시 똥구멍으로 숨을 쉬는 나의 가식을 의식하며 속삭였다.

"중아, 먼저 간다. 마누라쟁이 밥을 해줘야 해. 그 호랑말코는 아침밥만 해 주면 만고강산이고, 내게 밥은 먹여 줘. 여태껏 내가 어떻게 살아온 지 너는 잘 알고 있지? 남편이 밥하고 살림사는 풍경이 식모가 그 짓을 독점하고 있는 풍경보다는 훨씬 자연스럽고 당연하다는 게 나의 일관된 주장이야. 이 엄연한 진리를 알고 실천에 옮기는 놈이 드문 세상을 내가 어떻게 인정하고, 이해할 수 있겠어? 형편없이 막돼먹은 세상이야. 이놈의 냄새나고 넌덜머리나는 세상이 말이야. 빌어먹을 긴급 조치 명령이 또 우리 발등에 떨어져 있잖아, 개판이지."

그가 콧물을 훌쩍거리는 소리를 냈다. "콜록, 콜록, 밥하러 가기 전에 코나 좀 풀어야겠네. 밥 속에 콧물을 빠뜨리면 큰일나니까. 콜록, 콜록, 훌쩍, 킁, 킁, 이놈의 감기가 언제 떨어지나? 도무지 내 코는 감기에서 놓여날 날이 없어. 불쌍해서 미치겠어, 내 코가 말이야. 일년내내 감기가 불쌍한 내 코에다 강펀치를 먹이고 있다 이거야. 감기가 앞으로 나를, 가까운 시일 안에 이 엉망인 세상을 케이오시킬 거야. 이건 믿을 만한 가치가 있는 내 예언이야. 무슨 말인지 알지? 좋아, 간다. 곧 뒤따라 나서라. 나처럼 밥이나 해댈 의무도 없는 주제지만 어떻게 잘 살아봐야지, 잘 될거야, 내가 장담해, 거짓말쟁이가."

송 선생의 마누라쟁이는 늦잠꾸러기이기해도 그 짱짱한 국립대 사범대 출신으로서 어느 사립여자고등학교 독일어 선생으로 봉직하고 있었다. 그녀는 큼지막하게 뚫린 콧구멍 탓으로 신혼 초부터 쌀이 익는 냄새라든지, 된장, 고추장, 간장 따위의 양념덩어리가 졸아드는 한국 음식 특유의 냄새를 맡으면 곧장 구역질을 토해 버리는 이상한 체질의 여자였다. 그러나 다행스럽게도 송 선생은 음식 만드는 일이 그의 유일한 취미였다. 이상하다면 이상한 조화였고, 그래서 헌신짝이든 박색이든 골라가며 찾아나서는 별난 재주도 다들 애지중지하는 모양이었다. 이런 부부 사이의 조화가 세상을 편리하게 만드는지 어떤지 알 수 없지만, 송 선생은 여자로 태어났으면 요리연구가가 되었을 것이라고 자주 말하는 양반이었다. 그는 여성지의 음식 만드는 기사와 그 화보를 매달 거의 외우다시피 열독했고, "여자들은 근본적으로 창의력이 부족해. 이건 인정해야 할 진실이라구. 내가 연극만 팽개칠 수 있다면 지금이라도 당장 새로운 음식을 365가지쯤은 세계요리사전에 올려놓겠는데 말이야, 애석한지고…" 라고 중얼거리곤 했다.

몇 번 그의 집을 방문했을 때마다 그가 손수 만들어주는 음식을 나는 맛있게 포식한 경험이 있었다. 물론 그의 음식 만드는 광경은 어느 요리사 못지않게 어울렸고, 솜씨도 일품이어서 "사방 2센티미터 크기로 잘라서 만든 이 중국식 두부찌개 맛이 어때?" 라면서 자신의 요리 비결을 뽐냈다. 실제로 송 선생의 마파 두부찌개는 그 얼큰한 감칠맛이 그만이었다. 그러나 아무래도 그의 탁월한 일품(一品)요리는 '국수찌개'일 것이다. 국수찌개란 불고기 쇠고기감을 송편 크기로 썰어 국간장으로 살짝 익힌 다음 양배추, 양파, 고추, 감자, 빨간 무, 부추, 송이버섯, 생선묵 따위를 익힌 쇠고기와 함께 자글자글 덖고, 그 위에다 맑은 찬물에 갓 헹궈낸 삶은 국수를 얹어, 채소에서 우러난 국물이 국수에 밸 때까지 정종 한 방울과 양념간장 두어 국자를 돌려가며 졸인 음식이었다. 송 선생의 '여보'께서는 그 국수찌개를 "국물 없이 개량된 꿀꿀이죽에 버금가고, 난민(難民)들의 허기를 때워 주는 구휼음식으로는 제격"이라고 불렀지만, 나로서는 "반찬이 필요없는 주식대용품, 온갖 재료가 그 맛들을 골고루 죽여 버림으로써 짬뽕처럼 그 혼탁한 맛을 한몫에 살린 술안줏감" 정도로 여기는 음식이었다.

당연하다면 당연한 일인데, 송 선생은 여윳돈과 자투리 시간이 생겼다 하면 "남자는 제 식구들을 배불리 먹여야 하는 일차적인 의무를 완수해야 해" 어쩌고 중얼대며 시장 보러 다니길 좋아하고, "한국에서 존경할 만한 사람은 그래도 우리의 궁중요리 전수자이며 무형문화재인 황혜성 씨 정도밖에 없어"라고 공언하는 터였다. 그러나 그는 자신이 만든 음식은 제대로 먹지도 않고 (만들 때 충분히 맛을 보며 미각이 제대로 발달되지 않은 사람은 음식점 주인이 될 자격이 없다는 게 그의 지론이었다), 시식하는 사람들의 음식에 대한 품평을 근엄한 표정으로 새겨듣고, 개선점을 기억해 두는 게 마냥 즐거운 수수깡 같은 말라깽이였다.

언젠가 술을 마시다 지껄인 말대로 "밥 하기 싫어 빵조각이나 씹어대는 주제에 음식상은 그짓 이상으로 너무 바쳐서 큰일이야"라며 어느 독일어 여선생의 뚱보 체격은 여자에 대한 환멸의 표적 같은 것이었으나, 나는 송 선생의 한줌이나 되는 허리통과 살점 없는 엉덩이, 연극에 대한 열의 등은 그의 음식솜씨 못지않게 애가 탈 지경으로 기린다. 왜냐하면 모든 음식은 이론적으로는 다 독특한 맛이 있게 마련이고, 음식 만들기를 싫어하거나 미각이 발달되지 않은 사람은 게으름뱅이고 짐승이며, 이 세상의 모든 관습, 제도, 전통음식, 식사법, 배고픔 따위를 개선할 어떤 대상으로 여기지 않는 인간을 아둔한 얼간이라고 타매하고 있어서이다. 그러나 한편으로는 지나친 미식가도 경멸의 대상이긴 마찬가지일 터인데, 그들의 지칠 줄 모르는 물욕, 성욕은 넘쳐나오는 배설물에 불과하며, 그게 바로 불요불급한 사치벽일 것이고, 나아가서 여러 사람에게 상대적인 빈곤감, 성적 불만족감만을 촉발시키는 비곗덩어리처럼 비치니 말이다.

1-7

송 선생의 행태가 틀림없는 택시문짝 닫히는 소리를 어렴풋이 듣고 나는 벌떡 일어났다. 늙은 총각 냄새가 쿰쿰하게 배어 있을 나의 하숙방으로 돌아가서, 성우들의 입놀림에 필요한 원고를 메워야 했다. 팬티 외에는 무엇도 걸치고는 잠을 자지 못하는 버릇이 있는 데다, 한겨울에도 살갗 여기저기가 간지러워 내복을 입지 않으므로 나는 바지와 남방셔츠와 잠바때기를 주섬주섬 입고, 화장실로 갔다. 변기 속에는 흰 거품이 말끔히 가라앉은 짙누런 배설물이 가득 차 있었다. 나는 쓸데없이 부풀어 있는 막대기를 꺼내서 세찬 배설물을 쏟아내면서 나의 발기력과 오줌 색깔을 찬찬히 훑어보았고, 나의 건강상태를 확인했으며, 옆방의 간드러진 교성이 갑작스럽게 멈춘 것 같아 다행이라고 생각했다. 나의 막대기는 어느새 툭툭 털기에 알맞을 정도로 심이 고스란히 남아 있어서 그나마 다행이었다.

나는 곧장 새카만 복도와 계단을 빠져나와 여관 밖으로 장님처럼 더듬거리며 걸어나왔다. 올려다보니 길가로 나 있는 나의 여관방 창문에서는 불빛이 흘러나오고 있었다. 그 희미한 불빛을 따라 송선생의 연극 대사를 읽는 듯한 숱한 말들과 나의 뒤척임과 어떤 여자의 방만하고 잡스러운 씩씩거림이 함께 묻어나와 나의 발길을 가로막는 것 같았다. 사람이란 곳곳에 체취를, 숨을 쉰 흔적을, 말을 흩뿌리며 떠돌아다니는 일종의 유령일 따름이다. 그것도 자신이 흩뿌려댄 그 모든 흔적들을 서서히 잊어가는 동물로서.

추웠다. 아직도 분명히 겨울이었다. 서울의 봄날씨는 언제라도 겨울보다 더 춥다. 특히 나처럼 지방 출신에게는 더욱이나 그렇다. 그래서 겨울옷을 봄에 장만할 수 있고, 봄을 따뜻하게 지낼 수 있는 사람만이 서울 토박이가 될 수 있다고 나는 생각한다. 그러니 외투도 없는 나는 아직도 서울사람이 덜 된 촌놈이었다.

송 선생이 사라졌을 길을 등지고 나는 어설프게 웅숭그리고 걷기 시작했다. 내 머리 위에는 새초롬한 그믐반달이 나의 무겁고, 비틀거리는 발걸음을 비추며 힘겹게 따라오고 있었다. 별자리들은 어디에 처박혀 있는지 그 자취도 보이지 않았다. 달은 가끔 볼 수 있지만, 별을 볼 수 없는 곳이 서울이다. 서울의 하늘은 이미 하늘이 아니다. (그 당시의 내 처지 때문에라도 '하늘을 지붕 삼고' 같은 상투적인 은유를 나는 극도로 싫어했다.) 마찬가지로 서울의 땅도 땅이 아니다. 끝없이 이어지는 아스팔트와 시멘트더미의 집합체이며, 간신히 드러나 있는 땅들도 온갖 오물로 절어서 죽어 가는 색깔을 띠고 있다. 그러므로 서울의 땅은 촌길과 달리 발바닥의 피로만 가중시키는 딴딴한 고체 더미에 지나지 않았다. 시국처럼 자연도 뻣뻣하기 짝이 없었다.

어느 순간 문득 발작적으로 헛구역질이 일어났다. 헛구역질이 눈물샘을 자극시켰는지 내 시야가 순식간에 뿌예졌다. 나는 잠시 동안 걸음을 멈추고 속이 가라앉길 기다렸다. 진땀이 흘렀고, 불안했다. 몸이, 특히 마음이 얼어붙는 듯했다. '시그날'을 맡고 떼놓는 나 혼자만의 최초의 발걸음이 이처럼 머뭇거린다면, '시그날'의 장래는 골치 아픈 애물이라는 기우가 얼쩡거렸다. 그런 소심함은 나의 천성이었다. 그러나 그런 감정을 곧장 털어 버리고 다른 생각을 이어가든지 최근에 치러냈던 일을 되새겨 보고 앞으로 할 일을 점검해 보는 또 다른 천성도 내게는 있었다.

트림은 더 이상 올라오지 않았고, 속도 다소 진정이 되었다. 아직은 한껏 젊어서, 쌀쌀한 새벽 기온이 헛구역질을 곧장 멎게 하고, 눈물까지 이내 말라붙게 한다는 생각도 앞을 가렸다.

서울뿐만 아니라 모든 대도시가 위선과 비리, 능률과 나태, 겸손과 아첨, 건강과 피로, 부도덕과 정직, 성실과 적당주의 등으로 뒤범벅되어 내일을 모르고 어디론가 달려가고 있지만, 어둠이 깔린 또는 어둠을 야금야금 벗겨가는 새벽만은 그런 저런 인간들이 내지르는 온갖 쓰레기더미를 거무스름하게 덮어 주고 있기 때문에 부득불 살아보고 싶은 의욕도 부풀리는 게 아닐까.

입 안이 칼칼해서 나는 혓바닥으로 입천장과 아래위 잇몸을 마구 문질렀다. 침이 고이는 대로 힘겹게 삼켰다. 역시 술을 삭이는 나의 버릇이었다. 갈증이 목구멍 일대를 조여댔다. 갈증을 가시려면 식초와 날계란을 먹어야 했지만, 상점들은 곤하게 잠자고 있었다. 담배도 피우고 싶었다. 어찌 된 판인지 내 주머니에는 담배도 없었다.

—왜 미공인 요리연구가는 담배를 피우지 않을까? 담배와 음식은 천적 관계인가? 담배도 안 피우는 사람이 어떻게 텔레비전 뒤에 숨어서 사극 연출을 도맡고, 연극 애호가일 수 있는가? 별종의 송 선생아, 부디 아침밥이나 담배처럼 시커멓게 태우지 마라.

나는 꺼리낌없이 길바닥을 훑어보았다. 담배꽁초를 발견한다면 주워 피울 참이었다. 거지 같은 그런 짓거리를 나는 그즈음에도 이미 한두 차례 몸소 해치운 적이 있었다. 그날 새벽따라 그 짓거리가 '시그날'의 앞날에 어떤 상징적인 징후가 아닐까 라는, 구걸 행각으로 간신히 버텨 나갈 극단이 나의 현재의 처신과 닮은꼴이 아닐까 라는 예의 그의 자자분한 기우가 일어나서, 나는 담배를 피우고 싶은 욕구를 엄숙하게 자제했다.

'시그날'은 이제 누구의 것도 아니어서 누구라도 맡을 수 있는 보통명사가 되었다. 다만 그 관리권을 내가 당분간 행사할 수 있게 된 것뿐이다. 실로 난감한 일이 아닐 수 없다. 술기운이 확확 달아나고, 머릿속이 일순간에 맑아지는 기분이 들었다.

한평생을 살아가는 동안 누구에게나 여러 번의 곤경이 닥치게 마련이라면, 그 곤경을 제때 당당하게 맞이하는 것이 떳떳할지 모른다. (운명아, 내가 간다, 비켜라는 식의 감상적 표현이겠는데, 아직도 여전히 쓸만한 구호가 아닐까.) 인간은 때때로 정신적인, 육체적인, 특히나 물질적인 고통을 받아야 하고, 그 고통을 감내하며 자신을 단련하고 혹사시킬 필요도 있다. 식자층일 경우에는, 그것도 젊은이라면 군복무처럼 의무적으로 물질적인 시련을 겪어 봐야 할지도 모른다. (모택동을 비롯한 몇몇 네오 마르크시스트들은 지식인의 의무적인 노동 봉사기간을 상정, 그 당위성과 합리성을 주장하고 있다. 이 땅에서야 감히 그 시행을 엄두도 못 낼 테지만, 설득력 있는 선동 선전술일 수는 있을 것이다.)

나는 성큼성큼 발걸음을 떼놓기 시작했다. 하숙집까지는 택시를 타야 할 거리였다. 그러나 나는 먼지처럼 떠다니면서 갈 작정이었다. (물론 내게 택시비는 있었고, 택시비를 가진 사람만이 서울시민이 될 수 있다는 게 내 생활신조였다.) 나는 아직도 새벽길을 걷는데 익숙하고, 때로는 즐기기까지 하는 서른 두 살의 남자에 불과했다.

문득 20대는 세월이 짜증스러울 정도로 느리게 지나갔는데, 30대는 살갗이 내빼고 있다는 느낌이 들었다. 20대가 자신의 생애를 걸고 싸울 일을 모색하는 시기라면, 30대는 그 중차대한 일을 어느 날 아침에 즉흥적으로 내팽개쳐 버리고 나서 다른 일에 매달려 씩씩거리는 시기라고, 말이 될까. 실제로 20대는 이 세상을 향한 무책임한 언행을 어느 때, 어느 장소에서든지 남발할 수 있는 특권을 누리는데 반해, 30대부터는 말과 행동에 제약을 받기 시작한다. 이 눈에 보이지 않는 관습은 아주 오래된 것이긴 하나 잘못됐다.

아무려나 나는 나의 언동에 책임을 져야하는 30대였다. 40대인 송선생은 자신의 언행이 사회적인 제약을 받아야 한다고 깨달았기 때문에 극단보다는 그 위력이 훨씬 막강한 방송국이라는 공공단체 속으로 슬그머니 잠입해 간 것일 게다. 그는 조만간 방송국 속의 수많은 미로에서 헤어나지 못하고 허우적거릴 것이 자명하다. 월급쟁이로서. 그 헤매는 경과 자체가 곧 사회적인 제약이다. 그는 적어도 그걸 알고 있으므로 방송국의 다른 종사자들처럼 바보는 아니다.

술기운과 한기와 갈증과 허기, 게다가 '시그날'의 무게가 나의 발바닥에 퍽퍽하게, 끈적끈적 달라붙었다. 그러나 어둠을 걷어내고 있는 여명과, 그 속을 뚫고 한 가닥 빛을 쉴새없이 아스팔트 바닥 위에 그어대고 있는 택시들의 질주와, 바람을 가르는 직선 같은 소리가 나의 파근파근한 걸음을 착실하게 떼놓게 했다.

분명히 내 손아귀에는 어떤 도전의 대상물이 쥐어졌다. 그런 대상물 자체가 하나의 가능성이기도 하며, 이 시궁창 같은 사회가 내게 베푸는 최소한의 친절일 것이라는 생각도 들었다.

1-8

낮부터 얼핏얼핏 예감이 들곤 했지만, 하숙방에 들어서니 역시 양이가 찾아와서(세 번째 걸음이었다) 나를 오랫동안 기다린 흔적들이 남아 있었다. 이불과 요가 말끔하게 개켜져 있었고, 새 인스턴트 커피 통이 하나 불어나 있었으며, 커피잔 따위의 집기가 오밀조밀 정돈되어 있기도 했다. 그런 청소와 정리정돈보다 더 중요한 흔적이 눈에 띄었다. 원고지에 씌어진 낙서질이 그것이었다. 커피포트에 전깃불을 집어넣고, 나는 그 낙서질을 심심파적으로 뜯어 읽어 갔는데, 보물찾기나 하듯 그녀의 깨알 같은 글자를 주워 가는 동안 내 느낌이 커피물처럼 부글부글 끓지 않을 수 없었다.

—알코올 중독자가 되어 가고 있는 사람에게 저주 있으라.

알코올이 사람을 길들이다니. 사람이 술을 다스려야 해. 물론 나는 이론과 실천을 별개로 파악하는 의지 박약아이지만. 이 세상은 어차피 술에 찌들어 가고 있어. 그걸 누구도 막지 못해. 그러니 나도 찌들어 가야 희석이 제대로 된 거지.

—블랙커피 상용자는 지독한 게으름뱅이다.

설탕, 크림 따위를 갖추기가 귀찮아서 말이야. 그 준비에 쏟아부을 경제적인, 정신적인, 시간적인 여유가 내게는 없다고. 그러니 나는 커피맛을 아직 모르고 있는 셈이야. 게으름뱅이다마다. 미식가와 화장을 열심히 하는 여자는 이 세상에서 제일 부지런한 사람일 거야. 너는 화장을 하지 않으니까 게으름뱅이라 할 수 있지.

—기다림은 감정과 시간의 낭비다. 하지만 내게 기다림이란 일종의 생리현상과 같다. 곧 여자의 운명은 기다림으로 빼곡이 채워진, 기다

린 시간으로 잘게 쪼개진 초조함의 연속이다.

따지고 보면 인생이 낭비잖아? 관습에 따라 쓸데없는 일거리만 만들어대는 노름 같은 게 인생이고, 운명이야. 내 패의 진행방향도 알지 못하고, 남의 패는 원칙적으로 까맣게 모르게 되어 있는 노름판 말이야. 그게 바로 인생의 축도지. 대략 30만분의 1쯤 되는, 물론 이 세상에서 제일 닳아빠진 희미한 지도지. 제법 그럴 듯해보이지만 실물과는 터무니없이 다른 어떤 표시물을 그려서 붙인 게 지도라고, 그것을 들여다보며 온갖 공상과 환상을 엮어가느라고 시간 가는 줄 모르는 인간은 정말 재미있는 미물로서 분석감이야. 그러니 우리의 인생이나 삶도 꼭 지도 같다는 게 내 생각이야.

—베개가 없는 방. 거울이 없는 방.

언젠가 말했지만 술을 엎질러 베개가 흠뻑 젖어 버렸잖아. 시골에서 어머니가 만들어 준 등겨 속 베갠데 말이야. 머리 밑에서 등겨가 바스락대는 소리가 싫지 않았는데, 그 지독한 소주 냄새를 맡아낼 재간이 있어야지. 그래서 그 아까운 걸 버렸어. 주인집 영감이 그걸 다시 내 방에 고이 집어다 줘서 쓴웃음 짓는 촌극을 벌였지만. 꼭 등겨 속 베개여야 하는데 그런 게 시장에 있을라나. 시장에는 등겨속 베개가 없을 거고, 우리 형제자매 중에서 어머니가 손수 만들어 준 베개를 잃어버린 놈은 나밖에 없을 거야. 좀 원통하고 씁쓸해. 어머니에게보다 베개에게 죄송하기 짝이 없고. 거울은 이층의 세면실에 있어. 공용이지만 그것으로 충분하다고. 제 혼자 있을 때 거울 속을 유심히 들여다보는 사내는 기생오래비야. 하기야 오늘날은 거울을 볼 시간도 없는 난장판이고, 또 거울 없는 시대가 현대야. 요즘은 자신의 실체를 비춰 볼 대상이 필요없고, 그런 성인군자 같은 인물이 없어. 사람들의 격이 옛날에 비해 많이 떨어졌어, 전반적으로 그래. 전부 제멋대로 살아가는 거야. 제 멋에 겨워 어쩔 줄 모르고, 허겁지겁 살아가는 거지머. 곧 교훈이 없는 허망한 세상살이지. 그걸 빨리 알아야지.

—상대방의 무절제한 생활에 간섭할 권리가 있다고 생각한다면, 그게 아마 사랑은 아닐 것이다. 그런 게 사랑이라면, 거지도, 사기꾼도, 치한마저도 사랑해야 한다. 아마도 그런 정서는 사랑이 아니라 인간적인 동정심이라 부를 수 있을지 모른다. 예수의 사랑은 이미 사랑이 아니다. 그래서 예수식의 사랑은 무기와 경제의 발달로 말미암아 이마 오래 전에 고사(枯死)해버렸다.

—베개를 다목적으로 사용하시길. 누워 잘 때, 글을 쓸 때, 또 여자 생각이 날 때와 죽고 싶을 때와 잠시 동안만 살고 싶지 않을 때(피곤할 때란 뜻이에요).

불에 댄 듯 화들짝 놀랐다. 짚이는 바가 있었다. 나는 낙서 쪽지를 아무렇게나 내팽개치고 소파에서 벌떡 일어났다. 잠시 방안의 여기저기를 뚜릿뚜릿 살피다, 시선이 한곳에 머물렀다.

두부모처럼 반듯하게 개켜 놓은 이불을 손으로 걷어냈다. 과연 새 베개가 요 위에 얌전히 올라앉아 있었다. 개켜 놓은 요만한 크기의 분홍색 베개로서, 신혼부부 방에서 흔히 볼 수 있는, 기계로 누빈 일정한 물결무늬의 땀이 돋보이는 넓적하고, 스펀지가 들어 있어 가벼운 것이었다. 나는 멍한 상태로 흡사 내 방의 주인처럼 군림하고 있는, 지나치게 정갈하여 내 하숙방에는 도무지 어울릴 것 같지 않은 그 이물질을 한동안 쳐다보았다. 신기하기도 해서 무슨 짐승이나 되는 듯

나는 베개를 발로 툭툭 건드려 보다가 방바닥으로 슬그머니 내려놓았다. 뒤이어 이번에는 손으로 쓰다듬으면서, 베개는 충격이다, 충격을 주는 게 여자고 베개다, 그러므로 여자는 베개고, 베개는 여자다, 베개는 살아 있는 생물이고, 성적 충동을 일으키는 여자의 팔뚝이고, 둔부이며, 성기(性器)이고, 분홍색 양(羊)이고, 살갗이 매끄러운 양이다 라는 생각을 이어 갔다.

다시 소파 위에 앉았다. 방바닥 한복판을 점령한, 얼굴에 화색이 침착하게 배어 있는 베개가 나를 말끄러미 올려다보고 있었다. 베개는 눈이 있고, 호흡까지 하는 동물이었다. 그러므로 나와 대등한 자격을 가진 방주인이었다. 내 하숙방이 일시에 환해졌다는 느낌이 들었고, 언젠가(아마도 나의 강청에 의해 그녀가 두 번째로 내 하숙방에 들어왔을 때일 것이다) 무릎걸음으로 방청소를 하던 양이의 잘록한 허리와 아담하다고 할 수밖에 없는 그녀의 엉덩이에 머뭇거리던 내 시선을 그녀가 "의뭉스럽게 뭘 훔쳐 보세요?" 라면서, 방금 우리가 치른 정사 후의 어색함을 걷어낼 때, 내 방에 가득하던 훈기와 밝음이 방금이라도 내 코앞에서 스멀거리는 착각에 빠졌다. 그런 착각은 감미로운 것이었고, 남자의 가장 나약한 감정을 부추겨 마음 한 구석이 뿌듯하게 차오르도록 들쑤시는 것이었다. 마치 가장 맹목적인 용기를 고취시키는 승리의 군가 따위를 앞세워 젊은 목숨을 전쟁, 혁명, 애국의 대열로 몰아 넣어가는 것처럼.

비로소 커피물 끓는 소리가 시끄러웠다. 전혀 기대하지 않았던 베개가 피로를 싹 가셔 주었으나, 나는 소파에 앉은 채로 역시 발로 커피포트의 전깃줄을 잡아챘다. 평소에도 나는 자주 그런 게을러빠진 짓거리를 하는 터였는데, 실수였다. 곧장 펄펄 끓는 물이 방바닥에 엎질러졌다. 우선 베개부터 요 위로 피신시켰다. 그리고 급한 대로 벽에 걸린 세면수건으로 김이 모락모락 오르는 방바닥을 덮었다. 방 한가운데 널려 있던 낙서 쪽지가 가장자리부터 젖기 시작하더니, 이내 낙서를 파랗게 물들여 갔다. 그 광경을 재미있다는 듯이 멀뚱멀뚱 살피고 있는 베개의 맹한 표정을 나는 진지하게 바라보았다.

베개는 이제 내게 있어서 완벽한 양이었다.

날이 밝아 오는 소리가 양이에 대한 나의 연상을 일시에 흐트려 놓았다. 그 소리는 도둑고양이 걸음으로 올라와서 내 방의 연탄불을 빼내 가는 주인영감의 거동이었다.

주인영감은 어느 국영기업체에서 근무하다 정년 퇴직한 초로의 신사였다. 그러나 마나 그는 아침 저녁으로 네 개의 일간신문만 열심히 읽고도 주식시세와 외자도입 현황, 서해안 간척사업의 경제성과 장래성 따위에 대해서는 할 말이 많은 눈치인데, 정치 현실에 대해서는 빤히 알면서도 정작 입을 다물고, 문학, 공연예술, 영화, 음악, 텔레비전 등에 대해서는 철저하게 까막눈이라서 "호오, 그래요? 그렇다면 그쪽 구석도 엉망이라는 얘기군. 큰일이네. 그러구서야 정치 잘한다고 큰소리 뻥뻥 치면 안 되지. 암, 안 되고 말고" 라고 물러빠진 소리나 지껄이는 쭈그렁바가지였다. 그래도 일본만 화제에 올랐다 하면 이 쭈그렁바가지는 당장 신들린 사람으로 돌변하여 "멀었지, 아직도 한참이나 멀었어. 그놈들은 제 주제들을 알아. 우리처럼 물덤벙 술덤벙이 아니야. 자기들을 알고 세계를 제대로 파악하고 있어. 그걸 모르고 있는 무지렁이들과는 엄청난 격차가 있다고 봐야지. 그래서 그놈들은 벌써 세계를 상대로 박이 터지도록 싸움도 한판 벌렸고, 이제는 전세계를 상대로 죽기 살기로 장사를 하잖아? 쪽발이들은 누가 뭐래도 초일등 국민이야. 이걸 빨리 인정해야지. 우리야 그놈들 똥이나 먹어도 싸지 싸. 암, 세상이 많이 바뀌었으니 옛날처럼 식민지야 되겠나마는 차제에 대접 받는 종노릇이나 하는 게 어떠냐 이거야, 이게 내 솔직한 심정이야. 머잖아 그렇게 될 거야. 하나만 더 애기할까? 매년 국군의 날마다 그놈들이 군사전문가, 자위대 간부와 사병들을 수십 명씩 여기 서울로 파견해서 우리의 화력, 군기(軍紀), 병참, 수송, 심지어 군과 대민의 유착관계까지도 미주알고주알 읽고 돌아가. 그 지독한 놈들이 위로출장이나 관광여행 다니는 줄 알아? 천만에, 어림없는 소리는 하지도 말라고 그래"라고 술술 내뱉으며, 스스로 감동하여 눈물을 글썽거리기도 했다. 아무려나 주인영감은 마누라쟁이의 일언지하에 밥상이나 나르고, 연탄불이나 갈아대는 로봇 신세를 면하지 못하는 늙은이인데, 내가 존경할 점이 있다면 마누라쟁이와 손을 잡고 텔레비전 연속방송극을 보면서 "재가 누구라 그랬지? 호오, 젊은 애가 어떻게 한복을 저렇게 잘 입지? 이마도 준수하고…" 따위의 싱거운 소리를 스테레오처럼 반복해댈 수 있는 그 푸근한 정서일 것이다.

연탄불 따위야 빼내 가든지 말든지 내가 상관할 바가 아니었다. 졸음이 마구 몰려왔다. 그러나 방송국 원고를 메워야 할 판이었다. 보기도 싫은 원고뭉치부터 일단 방바닥에 펼쳐 놓았다. 이어서 이번에는 내 눈치만 할끔할끔 살피고 있는 베개를 우악스럽게 방바닥에다 깔아 눕혔다. 곧장 레슬링 선수처럼 베개를 가슴으로 짓이겼다. 베갯잇과 스펀지가 서로 비벼대면서 묘한 신음소리를 토해냈다. 다른 여자와는 달리 평소에는 항상 그 속내가 아리송하던 양이가 이제 완벽하게 내 것이 되었다. 베개가 내 품 안에서 깔아뭉개지고 있으니까.

베개는 과연 편리한 물건이었다. 잘 때는 물론이고, 일할 때 특히 그럴 것 같았다. 또 양이와 그 짓을 벌일 때는 더욱 요긴하게 사용될 것이라는 쪽으로 상상에 불이 붙자 나는 곧장 안절부절못해 베개 위에다 잠시 머리를 올려놓기로 작심했다. 방바닥과 베개는 다같이 따뜻했다.

아무래도 방송국 일거리는 잠시 뒤로 미뤄 둬야 될까 보다. 바보가 아닌 다음에야 변명은 항상 거짓말처럼 저절로 샘솟게 마련이다. 우선 시시껄렁한 반공 교훈극을 여러 사람의 성우가 번갈아 지껄이는 원고 따위는 죽어도 쓰기 싫다. 커피물도 없어져 버렸다. 베개가 수상한 신음 소리를 내며 자꾸만 양이 생각이나 하라고 보챈다. 술기운이 남은 탓인지 성충동이 일기 시작해서 시간 죽이기로는 안성맞춤이다. 하숙집 아침밥이나 먹고 일을 시작하자. 어제 아침밥을 먹고 난 이후로는 곡기를 입에 넣어보지 못했다. 다 먹자고 일하는데 굶고서야 신바람을 낼 수 있나. 현재의 내 위장과 하숙방이 비아프라 지역이다. 아침밥도 먹지 않고 일을 시작하는 사람은 프롤레타리아다. 나는 엄연히 이 북적거리는 산업 사회의 제일 밑바닥 부르주아 아닌가.

이처럼 감질나는 '일하기 싫은 여러 조건'이 골고루 뒤섞여 있는 형편 아래서 로봇 조작자로서 시시껄렁한 주거니받거니를 풀어 가야 한다니, 억울하다.

말도 되지 않는 수작이었다. 생존을 위해서는 일을 해야 하지만, 새벽에 일하기가 싫을 뿐이다. 베개와 잠시 살을 비비며 지내기로 했다.

양이의 토라짐, 느닷없는 함구, 얼룩말 무늬를 닮은 우울과 명랑과 쌀쌀맞음의 다발, 그녀의 미심쩍은 온갖 행동거지와 말솜씨 때문에 내가 몇 번이나 속을 끓이며 방송국 일을 내일로 미뤘을 때처럼. 그때마다 폭음을 일삼아 그녀의 히스테리를 폭발시켰을 때처럼.

1–9

내 기억이 정확하다면 우리는 세 번쯤 육체적 관계를, 소위 남자와 여자가 그 고유의 음양을 휘저어 합치는 살 섞기를 맺었는데, 그때마다 "입에서 시궁창 냄새가 지독해요" 라면서도 술과 담배에 찌든 내 몸뚱어리를 거의 가학적으로 받아 주곤 하던 양이를 어떻게 설명해야 그럴 듯할까? 또 우리의 관계를 어디서부터 더듬어 가야 할까?

누구나 "돌멩이가 뭐야?" 라는 물음을 받으면 당황하게 된다. 너무나 자주 보고, 흔해 빠졌고, 그 형체가 워낙 다양하여 제대로 설명하기가 난감해지니까. 마찬가지로 "강이란 도대체 뭐야?" 라든지, "불이 어떻게 생긴 거야?" 라고 물으면 대답할 말을 찾지 못한다. "바위가 부서지고 닳아져서 딱딱하게 된 흙덩어리지" 라거나, "물이 낮은 지대를 넓고 길게 흘러가는 걸 강이라고 부르지" 라거나, "어떤 물질이 연소할 때 빨갛게 타오르는 걸 보고 불이라고 하지 뭐" 라고 대답하면, 막상 돌, 강, 불을 보지 못한 사람은 "이 인간이 도대체 미쳤나, 누굴 놀리나?" 라고 멍한 시선을 던질 것이다.

양이도 마찬가지다. 그녀는 누구나 자주 만나게 되는, 시중에 흔해 빠진 한 여자에 불과하다. 그러니 더 이상 설명할 길이 없다. 따라서 그녀는 돌멩이고, 강이고, 불이다. 그러므로 그녀는 누구의 발길에나 걷어채이면서 앞으로도 꾸준히 그럴 돌멩이지만, 차돌 같은 성미가 없지 않고, 강물처럼 유연하고, 어머니 품 같지만 얼어붙기도 하고 메말라 버리기도 하며, 자신과 남을 형체도 없이 태워버리지만 누군가가 불씨 역할을 담당하면서 동시에 소방수 노릇도 해야 한다.

요컨대 그녀는 평범하다. 외모도, 성격도, 학력도, 출신 성분도. 그러니 나는 그녀를 잘 모른다고 할 수밖에 없다. 돌이나 강이나 불처럼 말이다. 하지만 돌이나 강, 불은 너무 흔하게 보는 것이라 그 다양한 형체까지도 대충 짐작할 수 있다. 내가 양이에 대해 아는 것도 그런 지레짐작의 수준을 벗어나지 못한다. 다만 어떤 돌멩이나 강, 불일지라도 특색이 있는 것처럼 그녀도 분명히 어떤 특징이 있다는 것만은 확실하다고 나는 믿고 있다. 그런 뜻에서 그녀는 막연한 보통명사인 돌, 강, 불과는 엄격하게 구별된다. 그녀는 분명히 여자지만, 여성의 신체구조를 가졌다고 해서 다 똑같은 여자가 아니듯이 양이도 예사 여자는 아니다.

내가 아는 범위 내에서 양이의 현재는 대충 다음과 같다. 물론 나의 어림짐작에는 한계가 있고, 나의 편견, 편애 때문에 그때그때마다 그녀의 실물에 대한 내 설명에는 상당한 과장이 따른다.

양이는 나보다 무려 일곱 살이나 아래다. 그녀는 20대이므로 아직까지는 몸과 마음이 고루 아름답다고 할 수 있다. (30대 여자는, 송 선생의 마누라쟁이처럼 욕망의 덩어리이므로 순수한 암컷에 지나지 않지만, 20대 여자는 실현 불가능한 꿈을 가꾸고, 막연할 수밖에 없는 자신의 오늘과 내일에 대해 투정을 일삼기 때문에 아름다울 수밖에 없다는 게 나의 깡마른 고정관념이다.) 그녀는 나를 알기 훨씬 전에 자신이 이미 신체적으로 처녀가 아니었음을 담담하게 밝힌 바 있다. (그녀가 처음으로 나의 하숙방 문턱을 걸터넘자마자 우리는 즉시 칼날 같은 수십 개의 남의 귀를 의식하며, 어떤 소리도 내지 않으려고 땀을 뻘뻘 흘리면서 최초의 짧은 정사를, 그녀는 무저항주의자의 몸에 밴 체념 같은 몸짓으로, 나는 텅빈 집에 기어들어간 굶주린 선량한 거지의 허망한 몰골로, 일종의 구멍 채우기 작업을 치른 바 있었다.) 그녀는 어느 대학 영문과를 졸업했는데, 재학중에 어떤 영어극의 유일한 여자 출연자로 무대에 서 본 경험이 있었다. (내 기억에 따르면 그 경력이야말로 그녀가 자신의 주변, 과거, 예외적 동선 등에 대해 그나마 긍정적으로 털어놓은 최초의 자기 고백이었다.) 그녀는 피난도 가 보지 못한 서울토박이 부모 밑에서 자랐어도 설악산과 한려수도 등지를 여행한 적이 있다. (물론 나의 상상인데, 그녀는 언젠가 나의 민수에 대한 지나친 두둔과 경사를 화제삼아, "이북 출신들은 호오의 감정이 지나치게 분명한 게 흠이래요, 우리 서울사람들은 적당하게 거리를 두면서 이 눈치 저 눈치를 할끔할끔 살피는 게 단점이고요" 라고 말했었다.)

이런 사실들은 그녀가 실로 평범하기 짝이 없는 여자라는 점을 새삼 확인시켜 줄 뿐이다. 다만 무대에 서 본 경험이 다소 예외라면 예외인데, 그것도 초등학교 학예회와 다를 바 없는 범대학 행사의 일환으로, 게다가 그녀는 1막에서만 양념 같은 역할을 맡았으므로 굳이 유별난 경력이랄 것까지도 없다. (아무래도 여자는 추억과 회상에 지칠 줄 모르고 매달리는 동물인 듯하다. 왜냐하면 유독 날씨가 푹하던 어느 겨울날 오후, 덕수궁의 석조전 앞 벤치에서 자신의 무대 경험을 들려줄 때 그녀는 유별나게 다정다감한 눈짓과 어투로 나를 허세부리는 사내로 만들어준 바 있으니까.)

—아니, 그 몸에, 그 여리고 탁한 음성을 가진 여자를 어느 미친 놈이 무대에 올려놨어? 연극이 무언지도 모르는 무식한 놈이네.

— 음성이야 그렇다 치고 내 몸이 어디가 어때서요? 다소 약하고 가냘프게 보인다는 건 인정하지만.

—한마디로 양감이 좀 부족하잖아. 너무 살이 안 붙어 있단 말이야. 선이 너무 섬세하달지 연약하고, 의상으로 그걸 카바하면 동작에 제약을 받아. 꼭두각시가 되고 말지. 연기자가 무대의 압도감을 죽여 버려. 치명적일걸. 눈도 작고, 입은 너무 길게 쭉 찢어져서 크고, 음성에 윤기가 없어. 한마디로 여러 가지가 메말라 있어. 키는 그런대로 훌쭉하니 커지만 무엇보다 성량이 너무 작아. 여자 특유의 쇳소리이면서 성량이 풍부해야 관객에게 대사 전달을 자연스럽게 할 수 있을 거 아냐. 어? 갑자기 왜 그래, 제발 그 뿔퉁하게 부은 표정부터 좀 풀어. 어울리지 않아. 지금이 연기하는 시간이야? 사실대로 말하는데 왜 자존심 상한 얼굴로 대들고 난리야? 별 꼴이 다 많아.

—누가 자존심이 상했대요? 그래도 형과 아우가 동시에 나를 은근히, 한쪽은 열렬히 좋아하고 사랑하는 역을 맡았는데두요?

—글쎄, 그거야 유진 오닐의 작의가 그랬을 뿐이지, 누구가 적역이라는 이야기와는 상당한 거리가 있다는 거 아냐. 무슨 말인지 알아들을 만한데.

—그럼, 도대체 누가 그 역에 제격이에요? 성량은 기름지게 풍부하고, 몸매도 비곗살이 양감 있게 부풀어 있고, 눈도 솔방울처럼 굵고,

그러면서도 형과 아우가 동시에 적극적으로 사랑하지 않을 수 없는 숙명적이고도 육감적이면서 시골 생활에 넌더리를 내고 있는, 뭐랄까, 마음 한구석이 무너져 있는 그런 여자가 누구겠어요? 아무리 연기가 우선이라지만 그런 여자가 이 세상에 어디 숨어 있겠어요? 어딘가에 있기야 할 테지만, 찾기는 어려울 거 아니에요?

—있지. 콕 집어서 말한다면 퇴폐와 허무가 잘 뒤범벅된 똑똑한 여자라는 이야긴데, 국산 중에는 그런 배우가 없고, 외제로는 그나마 미셸 몰간, 잔 모로, 리브 울만 정도겠지. 그것들도 서른 직전의 얼굴로 분장을 잘해야 그나마도 써먹을 만하고, 무엇보다 우선 연출자나 감독을 잘 만나야 해. 그렇잖으면 그게 그거야. 만들어야지. 꾸미기 나름이고. 연기자야 원칙적으로 절에 간 색시니까.

—제 말은 국산품을 애용하잔 말이지요, 머. 멀리 있는 외제야 그럴듯하게 어울리는 게 쌔고 쌨지요. 사라 마일즈, 캔디스 버겐, 메릴 스트리프 등등, 요염과 청순과 육감이 풍부하게 골고루 섞여 있는…

—그 멋대가리 없이 히프만 커다란 미국 여자들? 너무 지나치게 건강하잖아. 약간 병적인 데가 있어야지. 정신이나 몸이나 어느 한쪽이. 분장 나름이고 연출하기 나름이기야 하지만, 아무튼 걔들로는 안돼, 정말 곤란해. 미국의 한계라서 아무리 뛰어난 연출가라도 그 건강미들로는 어떻게 할 수가 없을걸.

—미국을 싫어하나 보군요?

—싫어할 수도 없게 돼 있는 처지가 정말 진절머리나도록 싫어. 흡사 가난한 집안 출신의 가련한 처녀가 호남에다 경제력도 있고 똑똑하고 예의까지 바른 청년을 싫어할 수 없는 경우처럼 말이야. 불행한

점은 그 처녀에게는 이렇다 할 연사(戀事)도 아직 없었고, 앞으로도 없으리라는 예상이야. 그런대로 다행한 점은 이럭저럭 둘 사이가 겉으로는 원만하고, 앞으로도 별다른 우여곡절 없이 밀월시대는 아닐지라도 권태기 없이 살아가리라는 예상이야.

—너무 싫어하거나 정말로 좋아하거나 그런 감정의 호오를 분명하게 선 그어 보지 말랬어요. 어떤 선생님이 그러는데 그 분명한 가치관은 편견일 뿐이라서 차라리 안 가진 것보다 못하대요. 유태인들은 만장일치를 인정하지 않는데요, 우리는 만장일치를 너무 좋아하지만. 유태인들의 관습이랄지 그런 처세관은 상당히 타당할 거예요. 저는 싫고 좋은 감정을 선명하게 가지지 않으려고 부단히 노력해요. 그게 편리하고, 내가 덜 다치고, 여유가 생겨 느긋한 기분이 들게 하거든요. 미국뿐만 아니라 초콜릿이나 아이스크림이라도 별 대수예요? 싫어할 수도 좋아할 수도 있잖아요. 경우에 따라서 때때로 물리기도 하잖아요. 물리면 다시 기다리고요.

나는 양이를 정말 잘 모른다. 내게 두슨 능력이 있어서 수많은 사람의 손을 거쳐 제 형태를 갖춘 베개가 내 품 안에까지 오게 된 그 다단계 경로를 모조리 다 알 수 있겠는가? 마찬가지로 수많은 인간관계를 맺은 결과로 빚어진 한 인격체인 양이를 내가 어떻게 곧이곧대로 이해할 수 있다고 말하겠는가?

쉬운 말로 양이는 여전히 베일에 싸여 있는데, 그녀가 자신에 대해 말을 하지 않아서이기도 하지만 앙큼하니 나숭스런 성정 때문에 비밀이 많아서일 것이다. 아니다. 그 반대일지도 모른다. 비밀이 많기 때문에 계집스러워 보이고, 자신의 현재와 과거를 털어놓지 않을 것이다. 모르긴 하다, 앞으로 조금씩 까발릴지, 연극처럼. 무대는 어차피 막을 걷어 올리게 되어 있으니까.

우선 나는 양이의 직장 전화번호도 모르고 있다. 어느 외국계 무역회사에 다니는 것은 분명한데, 무슨 상품을 팔고사며 돈을 버는 회사인지, 근무시간이 어떻게 짜여 있는지(토요일이 휴무라는 사실만은 자연스럽게 알려줬다), 거기서 어떤 종류의 인간들과 어느 나라 말로 시시덕거리며 낮시간을 죽이는지를 나는 모른다. 손등에 시커먼 털이 부숭부숭 나 있는 손바닥이 그녀의 엉덩이를 슬그머니 쓰다듬는다든지, 혈색이 좋은 사내가 책상 위에 구둣발을 올려놓고 그녀가 건네주는 서류철 따위를 받는 광경을 떠올려 보면 나는 양이의 돈벌이 일터, 버터와 치즈 냄새가 풍길 그 양키적 분위기, 급료 액수, 무엇보다도 그녀의 일거리와 그 양이 궁금해지는 것이다.

—외국인 회사에 다니는 것이 창피스러워 그러는 거야 머야? 감언이설이 아니라 노동은 신성한 거잖아?

—때와 장소, 하는 일과 그 보수에 따라, 또 생각하기에 따라, 시시각각으로 변하게 마련인 감정의 기미에 따라 노동은 신성하지 않을 때가 더 많아요. 그럴 거 아니겠어요.

—누가 그걸 모른대. 누가 직장 여성이 아니랄까봐 왜 자꾸 따지려고 들어?

—직장여성이기 때문이 아니라 제 성질이 그래요. 너무 따지고 딱딱거린다고 한때는 딱딱이라는 별명도 들었어요.

—그럼 한번 따져 볼까? 노동이 신성하다는 것은 이제 산업사회에서는 구호가 아니라 정설이 되었어. 옛날부터 그래 왔지만.

—노동이 신성하다고 생각하며 직장에 다니는 여성이 우리나라에는 아직 한 사람도 없다는 게 제 생각이에요. 그런 직장여성들을 아마추어랄지 어떻게 불러야 할지 모르지만 대개가 다 그래요. 물론 저도 예외는 아니에요. 확고한 직업관이 없이 그냥저냥 시간을 죽이면서 약간의 돈을 벌고, 그 돈으로 겉멋도 부리고, 사람도 만나고, 구경거리도 찾아다니고 할 뿐이에요. 결국 직장생활이란 미혼 여성에게는 무의미한 시간 죽이기에 지나지 않아요. 당분간은 그래요. 굳이 제 직장이나 직업 따위를 밝힐 필요도 없어요. 그게 그거니까요. 그런 걸 까발리고 다니는 직장 여성들을 나는 도대체 이해할 수가 없어요.

—생각하기 나름인데 우리나라에서 어느 분야인들 프로가 있겠어? 없지, 단연코 없지. 다 아마추어들이고, 그게 그것들이고 마찬가지지, 다 마찬가지야. 정치까지도 누가 하라면 아마추어들이 곧장 뛰어난 프로 흉내를 웃지도 않고 곧잘 해대는 판인데, 정치가 얼마나 고도의 기술과 능력을 필요로 하는 전문직인데 우리는 너덜너덜한 아마추어들이 거기에 매달린단 말이야. 아무튼 사람, 더욱이나 여자가 돈을 벌고 있다는 건 중요한 사실이지 . 그 돈으로 옷도 사입고, 소위 문화를 즐기는 기회를 자주 갖고, 인간관계도 다양하게 맺어 가면 좋은 거지. 그거야 아무려나 내가 알건달처럼 전화질이나 지분지분해댈까봐 미리 보안 조치를 취하는 거지, 그렇지?

—그럴 가능성도 충분히 있잖아요. 개인적인 전화를 오래, 자주 사용하는 걸 회사에서 싫어해요. 듣기에 따라서는 이것도 제 직장 자랑을 하는 게 되겠네요. 자기 직장을 자랑하는 여자를 무슨 얼간이라고 불러야 되지요? 아무튼 당분간 제 낮 소재지를 밝히고 싶지 않아요.

—순수한 된장 덩어리가 왜 치외법권 지역을 넘겨다 볼려고 난리야, 양놈들은 아무리 한국 내에 있어도 제가 산 땅을 제것이라고 말하니까 거긴 엄연히 치외법권 영역인데, 이런 말이지? 말하자면 속된 관심사다 이거네. 내 진의는 말이야, 사람을 그렇게 동물이나 식물 분류하듯이 종(種)과 속(屬)으로 구별하겠다는 낌새가 수상쩍기도 하고, 점점 지저분한 관심을 유발시킨다 이거야. 나는 알건달도 아닐 뿐더러 대체로 모든 사람이 직장에서는 전혀 다른 인간이 되고, 가정이나 직장 밖에서는 푹 풀어져 버린 일상인으로 탈바꿈한다는 식의 미국적인 인위적 인성 체계, 그 소위 괴상한 퍼스낼리티의 형성이 바람직하다고는 도저히 생각할 수 없어. 아무튼 누구로부터 관심을 받고 있다는 사실이 기분 나쁘진 않잖아?

—관심이 지나치면 서로 불편하고 피곤해요. 우리 사이가 현재로서는 그렇다고 생각해요. 앞으로 어떻게 변할지 모르지만. 한국 사람들은 항상, 매사에, 아무에게나 덜렁이처럼 관심들이 많아서 말들이 많고, 오해를 불러일으키고, 그래서 관심의 대상자가 피곤해지고, 그 관심이 거추장스러워질 때가 많아요. 물론 저도 예외는 아니지만요.

—그렇지만 솔직하지 못하다는 성질은 좋은 심성도 아니야. 사람은 근본적으로 솔직하게 마련이야. 사기꾼도 결국에는 자신의 착한 심성을 드러낸다고. 돈을 위시한 다른 음험한 꿍꿍이 속셈 때문에, 직장생활을 죽어도 못하겠다면서 사기를 수단으로 사용하는 것뿐이야. 신사가 거짓말을 가지고 다녀야 한다는 금언은, 보다시피 이 세상이 절대 대다수 사람들의 정직한 인성대로 움직이고 굴러갈 수 없다는 뜻이야.

—아니에요. 잘못 알았어요. 저는 너무 솔직해서 항상 탈이에요. 며칠 전 누구의 하숙방에서 보낸 첫날밤을 되돌아보세요. 제가 얼마나 솔직한 사람인지 대번에 아실 거예요.

—처녀가 아니었다는 말 말이지? 오히려 그거야말로 감추었어야 할 진실이지. 짐작하게 내버려뒀어야 하는 거 아냐, 그런 건? 불필요한 말이었어. 불필요했으니까 털어놓지 않았어야 할 말이지. 할 말이 너무 많아 피곤한 판인데 불필요한 말을 하면서까지 살 필요가 있겠어?

—그건 그렇지 않아요. 그걸 밝혀둬야 제 마음이 꺼림칙하지 않고, 상대방에게 헛된 망상을 뿌려놓지 않아요. 불필요한 망상만큼은 단연코 미리 없애 둬야 해요.

—헛된 망상, 불필요한 망상? 무슨 말인지 선뜻 이해가 안 되는데?

—제가 처녀가 아닐지도 모른다는 추측과 그 추측에 따르는 온갖 의구심, 저의 못된 성질, 저의 위장, 위선을 알았을 때의 낭패감, 실망감 등등이 망상이지 머겠어요? 그런 망상이 발붙일 소지를 미리 없애 둬야지요.

양이 쪽도 마찬가지다. 그녀는 나에 대해서 너무나 모르고 있다. 모르긴 하지만, 나의 고향에 있는 어머니가 '잠자리는 가려야 하고 음식은 가리지 말고 아무거나 먹어야한다'는 생활신조를 얼마나 신주처럼 모시고 살아가는 여장부라는 사실만은 짐작하고 있을 것이다. 또한 내가 잠자리를 가릴 수 없는 천성과 처지로서 친척 하나 없는 객지인 서울에서 얼마나 전전긍긍하며 빌붙어 지내는지를 알고 있을 테고, 연극에 미쳐 있는 나의 서울 삶이 얼마나 어수선하며, 부도덕하고, 영일없이 궁한지를 웬만큼 이해하고 있을 것이다.

그래서 그녀는 나에 대해서 모르는 게 아는 것보다 더 많을 것이 분명하다. 가령 나의 부모의 고향이 평양이라는 사실은 알고 있겠지만, 아버지가 얼마나 지독한 근검 절약가이며 삼팔따라지로서 이남사회에 붙박이기 위해 갖은 비굴, 아첨, 비방, 술수를 몸소 행하고 겪어냈는지를 감히 상상도 하지 못할 것이다. 뿐만 아니라 그들이 이제는 대한민국의 허허실실을 얼마나 훤히 꿰차고 있으며, 자유 시장 경쟁 사회, 자본주의 사회, 민주주의 사회의 위대한 미덕들을 적극적으로 옹호하면서 동시에 그 쓰라린 패배감, 소외감, 그 지나친 빈부의 격차, 그 조령모개식 행정의 권위주의와 보수반동적 편의주의, 비리 따위를 혹독하게 매도하고 있는지를 그녀는 도저히 짐작도 하지 못할 것이다.

요컨대 나의 아버지는 1970년대 말 현재 '미국'에 들떠 있는 중늙은이이다. 고모네와 외삼촌 일가, 나의 두누이와 한 형이 당신의 무덤까지 만들어 놓고 기다리는만큼 그곳으로 다시 피난가기를 학수고대하고 있는 판이다. 당신께서는 고향보다 그곳을 더 기리는, 아주 밝고 건강한 꿈을 가지고 있다. 그러나 당신은 나와 동생 중에서 어느 놈이든지 하나는 반드시 한국에서 살아가길 은근히 바란다. 욕심이라기보다는 속셈이 빤한 처세술 내지는 솔직한 현실관이라고 해야 할 당신의 이 희망사항은 틀림없이 이루어질 것이다. 왜냐하면 나는 김치 없는 밥을 먹을 수 없고, 10년쯤 풍광 수려한 그 신대륙에서 살아낸다 해도 과연 영어로 나의 의사를 정확하게 전달할 수 있겠는가 라는 상상 앞에서는 거의 막막한 절망감을 느끼고 있어서이다.

마지못해 내가 한국어를 버리고 다른 언어권에서 살아가야 한다면, 그런 형편은 음치에게 노래공부를 시키는 것보다 더 곤혹스런 풍경이다. 상상만 해도 짜증스럽고, 온몸이 옥죄어들고, 머릿속이 욱신욱신해 오는 정황이다. 그런데 아버지는 나보다 형처럼 장차 병(病)덩어리 몸들을 돌봐야 하는, 의과대학 본과 실습생인 동생에게 이 땅에서 개업하라고 강권한다. (언젠가 당신은 웃으면서 "야, 그 딴따라 짓거리는 미국에서나 어울리는 직업인 모양인데, 네 형 밑에 가서 눌러앉아 갖고 설라무네 제대로 한판 벌리는 거이 어더럴까 모리갔다. 너 먼저 물 건너가라는 야기야" 라고 내게 설득조로 갈했었다.) '영구 체류'와 '장기 우거'라는 이런 이분법적 주장은 당신의 천성의 옹고집으로 철회나 수정이 불가능하다. 당신의 바위 같은 옹고집은 우리나라의 모든 법률보다 더 권위가 있고, 그 법률처럼 자주 바뀌어질 수 있는 것도 아니다. 우리 가족은 당신의 여러 옹고집들로부터 보호도 받았고, 그 이상으로 시달린 가계이다. 마치 우리 대한민국의 모든 법률, 제도, 풍속으로부터 그래왔던 것처럼.

말이 나온 김에 전혀 다른 권위를 함부로 과시하는 당신의 옹고집 사례를 몇 개만 더 늘어놓으면 다음과 같다.

당신은 모자를 여러 개나 가지고 있는데, 아무리 추운 겨울 날씨에도 장갑을 끼지 않는다. 유독 귀바퀴가 잘 얼어버리는 특수체질에다 손은 잠시도 쉬지 않고 일을 해야 하는 도구라는 좀 이상한 집착이 강해서이다. 아버지는 우리 형제들이 어릴 때 손을 호주머니에 찌르고 다니는 게 보기 싫어서 어머니에게 그 구멍을 꿰매게 한 양반이었다. 당신은 귀가하면 어김없이 지갑을 정리하고 푼돈이나 동전을 돼지저금통에 쓸어모아 넣는다. 사내는 모름지기 돈 버는 자랑을 하지 말고, 잘 쓰고 야물게 모으는 자랑을 일삼아야 한다는 일가견을 실천하느라고 그러는 것이다. "기집 자식 배불리 멕이고 등 따시게 맨글면" 남자의 일차적 의무는 완수하는 것이고, 도둑질과 투전만 하지 않으면 "딴 따라 짓을 하든 말든" 직업의 귀천 따위를 따지지는 않는다. "에미나이들, 사내 새끼믄 모리갔어도" 두 누이는 저녁 일곱 시까지 일단 집에 돌아와 있어야 한다. 일가 친척일지라도 사람을 믿어서는 안 되고, 그들과 돈거래를 해서는 "아주 골치가 아파진다 이 말씀이야, 알간" 하면서 친구와는 가깝지도 말고, 멀지도 말아라고 신신당부한다. "네 엄마처럼 종교에도 너무 미치지 마라"면서 당신은 요즘 신실한 미국인이 되기 위해 개신교 신자가 되었다. 규칙적인 생활을 하면 많은 일을 할 수 있다, 다음 일이 속속 기다리고 있으니깐 두루. 제 몸은 제가 간수할 탓이다, 그러니까 절대로 아프지 말아라, 아프면 지만 섧고 부모도 소용없다…

잠이 쏟아지기 시작했다. 여자 생각은 잠을 쫓아 버리지만, 나이가 들어도 집 생각과 부모 생각은 자장가 구실을 하는 모양이다.

서쪽으로 나 있는 내 하숙방의 창문이 어느덧 훤해져 있었다. 그런데 청교도 집안에서 태어난 둘째자식이 탕아처럼 지친 몸으로 자빠져 늘어지게 자고 있다, 개새끼가 따로 없다. 성장기간 동안 내내 나는 낮잠을 잘 수 없었고, 아버지는 날이 밝고 난 뒤에 이부자리가 방바닥에 널려 있으면 불호령을 내렸다. 그런데 10여 년의 객지생활이 나를 게으름뱅이로 만들었다. 부지런해야 술꾼이 될 수 있지만, 잠꾸러기는 게으름뱅이고, 살은 잠 잘 동안에 찐다. 그러므로 뚱보는 잠꾸러기이고 게으름뱅이이다. 나는 술꾼이었으므로 게으름뱅이도, 뚱보도 아니었다. 그러나 나는 원고지 메우는 일 따위가 하기 싫어 누워서 빈둥거릴 때가 많은, 일종의 한시적 게으름병에 자주 걸리는 병자였다.

1-10

하숙생활이란 자신이 이 시대의 버림받은 탕아거나 정처 없는 나그네라는 착각을 자주 반추해야 하는 뜨내기 살이다. 그 착각은 분명히 정신에 유해한 식품이다. 집 생각, 부모 생각, 여자 생각 따위가 그 재료들이다. 말하자면 누구로부터의 간섭이 없기 때문에 불편하고, 그 찜찜한 귀찮음을 일시적으로 덜어내느라고 낭비를 해야 하고, 그래서 무절제하고 불규칙적인 일상을 마지못해 이어가야 한다.

그즈음 나는 누구로부터 끊임없이 간섭을 받는, 또는 감시당하는 생활이 내게 필요하지 않을까 라는 생각에 때때로 매달리곤 했다. 장가를 가고 싶다는 뜻이 아니라 누가 내 생활의 무절제에 대해 잔소리를 퍼부어 주기를, 내 일거수일투족이 '파산자 및 예비파산자 치료 예방 센터' 같은 곳의 자료 화면에 입력되어 시간별로 감시당해야 하지 않을까. 그런 헛된 망상은 서울 생활에 지쳐서 기신거리며 자발적, 자폐적 방임상태라 할 하숙생활에 넌더리를 내고 있음을 반증하는 것이었다.

하숙집 바깥주인이 내 방 앞에 밥상을 갖다 놓고, 똑, 똑, 문을 두드렸을 때 나는 벌떡 일어나 '이게 생활이라면 억지다'라는 느낌부터 떠올렸다. 뒤이어 예의 '파산자 및 예비파산자 치료 예방 센터'의 직제, 직제별 업무, 대상자의 규정 범위, 예산 염출 방안 따위에 대한 나의 부질없는 공상을 이어 갔다.

나는 적어도 예비파산자가 될 자격이 있다. 나라에서 먼저 복지국가를 외쳐대고 있는 만큼 예비파산자는 마땅히 보호를 받아야 한다. 그들의 대상 범위는 지역, 연령, 성별을 초월해야 하고, 경제적인 예비파산자와 정신적인 예비파산자로 대별한다. 두 부류는 다같이 장기간 외부와 격리된 상태에서 간섭, 감시를 받아야 한다. 그 요양 시설은 물론 짙푸른 숲속에 있다. 짐승처럼 방목시키는 원칙을 지키긴 해도 슬그머니 숲을 벗어나는 파산자를(또는 예비파산자를) 굳이 잡으러 가지 않고, 자료 화면에다 이탈 일시만 입력시켜 둔다. 소요되는 예산은 지역별로 성금함을 마련하든지, 문예진흥기금처럼 모든 공연예술의 입장료에 '파산자구호기금'을 덧붙이든지, 연례행사처럼 준조세로 뜯어가고 있는 재해대책비에서 뭉청 잘라 사용한다. 파산자의 유형별 분석을 통괄하는 연구실장과 그의 휘하 연구원들이 정기적인 보고서를 국회에 제출하도록 강제한다. 희귀한 사례들은 적절하게 소화시켜 극화(劇化)한다. 지방 순회 공연을 계절별로 정례화하여 전 국민의 관심을 제고시키고, 그 관람료를 다시 파산자 구호기금의 재원으로 충당하며, 해당 극단에 보조하는 일석이조의 효과를 노린다. 당장 시행해야지.

물론 억지에 가까운 공상이었다. 밥을 먹어야 했다. 집의 밥과 달리 하숙밥은 먹어야 하는 것이다. 역시 억지였다. 이런 억지의 연속이 하숙생활이고, 객지생활이다. 억지 발상을 느닷없이 불쑥불쑥 휘둘러대고 있는 모든 한국인은 결국 예비파산자들이고, 객지생활을 운명적으로 일상화하고 있는 떠돌이나 다름없는 셈이다, 나처럼.

숟가락을 들려고 했을 때 나의 억지 같은, 비현실적인 생활의 파편을 큼직한 덩어리로 뭉쳐 버리는 현실적인 전달이 들려왔다. 주인집 영감이 층계참까지 올라와서 나에게 "1호실(그는 가끔 갓방이라고도 부른다. 1호실이라고 부를 때는 약간 귀찮다는 어투가 역연하다), 전화 받아요" 라는 소리였다. 다행히도 전화기는 2층 복도에 놓여 있었다. 그 전화기는 나와 다른 한 사람의 독방 하숙자, 또 다른 두 방의 합숙자 네 명이 통화만 할 수 있도록 자물통이 채워져 있는 검은 것이다.

예상대로 양이였지만, 음성이 까마득하게 멀었다.

"저예요, 들어오긴 했군요? 빈 집을 봐야 하는 신세가 처량해서 불쑥 시장에 들렀다가 거길 갔었는데 남의 집 빈 방만 두 시간이나 지켰댔어요. 어제는 제 일진이 아주 사나운 날이었나 봐요. 하기야 좋은 경험을 한 셈이었지만 말이에요."

빈 집, 빈 방, 좋은 경험이란 말이 묘한 억지 망상을 불러일으켜, 게다가 베개라는 요물단지까지 가세되어, 양이가 내 하숙방에서 달콤하면서도 어지러운 수음을 하지 않았을까 라는 전혀 얼토당토않은 공상이 얼핏 내 머릿속에서 요동쳤다. 잠이, 술이 덜 깬 탓이었다.

"좋은 경험이었다니 그나마 다행이네. 그렇게 됐어. 새벽에 들어왔어. 다섯 시쯤 됐을까." 나는 그녀의 이해 여부를 생각하지도 않고, 평소의 내 억지 발상을 덧붙였다. "가령 말이야, 누구에게 간섭 받고, 감시당하고 있다는 느낌이 들 때가 있어. 그런데 그 느낌이 싫지 않다는 게 문제야."

양이의 음성이 좀더 또렷해졌다. 그게 신기했다.

"누가 감시한댔어요? 지금 머하세요, 글 쓰세요?"

"하숙밥을 먹을 참이었어." 나는 굳이 '하숙밥'을 힘주어 말했다.

양이의 물음이 무엇을 뜻하는지를 얼핏 간파하고 나는 빠르게 지껄였다.

"베개를 잘 이용했어. 두어 시간 남짓이었지만. 베개가 맞춤해서 아무래도 내 하숙방에는 어울리지 않아. 그래서 베개에 어울리는 방을 하나 구해야겠어. 하숙생활을 때려치워야겠다는 뜻이야. 그게 베개뿐만 아니라 내 생활방식에도 어울리겠어. 어쩔 수 없이 진력이 났거든." 술술 지껄이는 말이었지만, 하숙을 옮겨야겠다는 생각은 즉흥적인 것이 아니었다. "지금 어디야, 회사야? 지금이 도대체 몇 시야?"

"회사 건물 속이에요. 8시 반이 돼 가고 있어요."

"베개를 구해 줬으니 머리를 눕힐 방도 하나 구해 줘. 좀 알아봐 달라는 얘기야. 작년에 국전 보러 갔을 때, 거기서 누구를 처음 만났잖아. 그즈음 이 집을 구해 들어앉았는데 양이가 내 방과 묘한 인연이 닿아 있는 것 같은 생각이 들어, 그렇잖아?"

"자기최면일 테지요. 내일이 토요일이라 그랬으면 좋겠는데 내일은 하루 종일 내게 그럴 시간이 없어요. 어딜 좀 갔다와야 해요. 천천히 알아보지요."

"집이 비었다면서 어디를 가?"

"그러니까 더욱이나 가야 해요. 내 대신 집 지킬 사람을 불러 올려야지요."

"그 빈 집을 내가 지켜 주면 어떨까? 내가 집 지키는데는 도사라고… 값 나가는 게 있으면 슬쩍 장소를 옮겨 놓고는 시침을 떼고."

"무슨 엉터리 수작이에요?"

양이가 곧장 토라졌다. 그녀의 노란 얼굴이 파르르 경련을 일으키고 있을 것이었다.

"농담이야 농담, 왜 농담을 이해하지 못하지? 무대에서 연기도 했다면서, 알다시피 연극 대사나 일상 대화의 반 이상이 농담이고 과장이야."

"왜 그런 무자비한 말을 불한당처럼 함부로 지껄이세요? 어떻게 그럴 수가 있어요. 말이나 되는 수작이에요?"

"아, 알았어. 아침부터 이게 정말 무슨 수작이야. 사과하지. 정말 지금 당장이라도 하숙집을 옮기고 싶어서 그런 불한당의 말솜씨가 튀어나온 거야. 정말 아침밥 따위야 먹지 않아도 상관없어." 또 체질화된 껄렁한 농담조의 말이 덧붙여졌다. 나의 진의와는 전혀 무관한 어투가. "베개에게도 미안하기 짝이 없고…"

나의 베개에 대한 공치사가 양이의 뾰퉁하게 부은 심사를 다소 눅여 준 모양이었다.

"왜 그렇게 서두르세요, 조급증 환자처럼, 무엇에 쫓기는 사람처럼."

"그래, 나는 환자야. 일에 쫓기고, 하숙집에 쫓기고, 파산 직전에 쫓기고…"

"대충 무슨 말인지 알겠어요. 제게 지금 넉넉한 시간이 없어요. 엘리베이터가 내려오고 있어요. 거기로 뛰어 들어가야 돼요. 베개를 사다준 공치사를 들으려는 게 아니었어요." 그녀가 나보다 더 무엇에 쫓기는 사람처럼 빠른 말을 지껄이고, 어디론가 내빼고 있었다. "일요일 오전에 만났으면 해서 전화 걸었어요. 시그날에서 제일 가까운 다방으로 나와 주세요. 9시 반쯤요. 잊지 마세요. 함께 갈 데가 있어요."

"어차피 거긴 나가야 될 걸, 봄 공연거리도 알아봐야 되고. 참, 시그날을 내가 맡게 됐어."

말을 마치기도 전에 전화기가 삐, 삐, 삐, 다급하게 울어대더니 불통이 되었다. 전화기가 바쁘다기보다 양이가, 모든 직장인이 바삐 움직이고, 이 세상이 팥죽 끓듯 곳곳에서 몽우리지며 소란스러워지는 시간이었다. 잠시 허탈했다. 그 허탈감과 내 실업자 처지를 나는 손쉽게 이해하고, 재빨리 체념할 수 있었다.

양이의 전화는 시의적절하게 '하숙집을 당장 옮겨야겠다'는 식의 내 조급증 증세를 잠시나마 가라앉혀 주었다. 고마운 일이었다. 이래서 간섭과 감시, 나아가서 어떤 생활에의 구속은 많을수록, 잦을수록 좋은 제도이자 어떤 규범이었다.

콩나물국에 만 하숙밥을 먹는 둥 마는 둥하고 나서 나는 곧장 베개의 푹신한 감촉을 가슴으로 짓뭉개며 방송국 일거리에 달려들었다.

등장인물은 여섯 사람이다. 어머니와 누이와 제대 말년의 오빠, 중대장, 선임하사, 김 병장 조수인 이 일병이 그들이다. 상황도 여섯 개이다. 마지막 휴가를 출발하기 위해 신고 준비를 하는 김 병장과 이 일병이 내무반에서 덕담과 짤막한 농담을 주거니받거니 하는 어떤 상투적인 상황의 제시, 중대장과 선임하사 앞에서 김 병장의 신고 의식, 귀향길 버스 안에서 김 병장과 승객들과의 대화, 귀가하여 가족과 오랜만에 화기애애한 식사를 나누면서 오히려 근심 걱정 없이 내무반 생활을 하는 동료들을 그리는 회상, 휴가 일정을 앞당겨 귀대하는, 어머니와 누이와 헤어지는 이별, 마침내 귀대 신고에 나서는 다부진 병사의 모습 등등이 그것들이다.

결국 '있을 수 있는' 사병생활의 한 토막을 대화로 엮는 지루한 작업이다. 병역 의무의 중요성과 그것에의 열정적 집착은 강조할 부분이다. 그 강조사항의 배음(背音)으로 가정의 따사로움과 제대 후 가난한 집안을 짊어지고 살아야 할 한 병사의 어두운 심사, 그런 사정을 적극적으로 감내, 극복하려는 의지가 씩씩하게 깔린다.

방송극은 상황 설정과 대화 진행의 명암을 요령 좋게 강조하면 되는 언어의 말같잖은 희롱이다. 그 효과나 성과도 반 이상은 성우들의 특색 있는 음성들과 배경 음악, 효과음 따위가 지나칠 정도로 자세히 강조하고, 설명하고, 이해시킨다. 그뿐이다. 그러므로 내가 할 일은 상황의 설정과 대화의 엇갈림만 지적해 주면 끝이다. 더 이상은 내 권한 밖의 일이다. 내 머리통은 라디오 속으로 들어가기에는 너무 큰 것이다. 또한 내 머릿속은 너무 단순하여 라디오 속의 복잡한 부속품들과는 비교급일 수도 없다. 애청자들은 귀만 열어 놓고 청력만 즐기도록 되어 있다. 원고상의 웬만한 허점과 성우들의 실수는(그런 허점과 실수가 간혹 드러나야 더욱 자연스럽다고 나는 연출자에게 지나가는 말로 피력한 적이 있다) 매체 자체의 일회성이라는 영구불변의 특수성 때문에 완벽하게 상쇄된다.

양이의 전화로 감정의 기복이 유달리 심한 내 심사가 일단 누그러졌고, 베개의 도움까지 받은 탓으로 나는 그날 하기 싫은 일거리를 단숨에 해치웠다. 그렇게 지루하던 군복무 기간이 지나 놓고 보면 눈깜짝할 사이였던 것처럼.

나는 허둥지둥 하숙집을 나섰다. 골목길을 막 벗어나려 하자 제대 말년의 방위병이 내 코앞에 우뚝 다가섰다. 그는 (내 하숙방과 마주보는 방에서 역시 독방 하숙을 하는 사내였다) 신사복을 말끔하게 차려입고 있었는데, 밤이면 가발을 쓰고 어디론가 외출하는 청년이었다. 하숙집 바깥주인이 들려준 말에 따르면, 그는 학사 출신 방위병이었고, 그의 어머니가 영동의 땅투기 열풍에 일익을 담당했던 여사장으로서 "돈이 풀리지 않아 성남인가 어디에 투기 목적으로 사둔 땅에다 건물을 올리고 있으니" 그의 현주소도 당분간 거기로 옮겼고, "와리깡에다 투기 바람이나 보고 듣고 자란 깐돌이인지" 밤에는 친구들과 카바레를 들락거린다는 것이었다. 그리고 덧붙이기를 "살살이를 잘 치는지 돈으로 골을 메우는지 나가는 둥 마는 둥하는 동사무소에서 돌아왔다 하면 기다렸다는 듯이 쉬어빠진 소리나 해대는 계집년들이 번갈아가며 전화질"을 해댄다고 했다.

그렇게 보아서 그런지 그의 가발도 감쪽같이 어울렸고, 넥타이까지 맨 옷매무새도 그럴 듯했다. 나로서는 그의 본격적인 위장 차림을 막상 처음 대하는 터여서, 사람이 이렇게 변할 수도 있구나, 나도 명색 사람의 탈을 뒤집어 쓰고 살아가니 저렇게 밤과 낮이 완연히 다른 인간으로 생활할 수 없을까 라는 엉뚱한 생각이 뜨끔하니 와 닿았다. 따지고 보면 내 주위에는 온통 겉과 속이 다른 이상한, 그래도 허우대들은 멀쩡한 인간들투성이다.

송 선생은 명실상부하게 한 극단을 운영하는 중진 연극인이면서, 또 전쟁광 히틀러와 그 집요하고 끈적거리는 광기(狂氣)를 가장 존경한다면서도 허구한 날 식모살이를 하고 있고, 양이는 낮 동안만은 새침

하고 똘똘한 직장인이었다가 밤이면 베개를 사 들고 직장도 없는 어떤 사내의 하숙집을 찾기도 하는 수상한 처녀이고, 민수는 자신이 모계 사회의 가장이나 된 듯이 돈 버는 일을 전적으로 아내에게 맡기고 있다. 하숙집 바깥주인도 불알을 어디에다 떼 주었는지 마누라쟁이의 큰 소리에는 슬슬 무릎걸음으로 기고, 일본과 일본인이 사라져 간 추억 속의 하숙생인 것처럼 그리워서 눈물까지 흘리며 가사를 전담하는 머슴이 되어 있다.

그들은 하나같이 자신들의 고유한 직능을 태연하게 방기하고 있다. 따라서 현대는 탈직능의 시대다. 여자는 밖에서 돈을 벌고, 남자는 집 안에서 죽도록 일만 한다. 성기를 비롯한 신체 구조를 제외하고는 그들의 외모조차 점점 구별할 수 없게 되어 가고 있다. 또 그들의 삶은 물론이고 인생까지도 자유자재로 변모시킬 수 있는 사람이 늘어나고 있으며, 그럴 능력을 갖춘 사람만이 살아남을 수 있는 시대가 곧 현대이다. 바꾸어 말하면 현대인의 위장, 변장을 수상쩍게 여기는 사람은 바보이다. 인간도 가축과 마찬가지로 포장하기 나름이고, 포장을 뜯어보아야 돼지고기인지 쇠고기인지, 암컷인지 수컷인지 구별할 수 있게 되었다. 나만이 부계사회의 일원이고, 점잔을 뺄 수도 없는 부계사회를 고수하려는 얼간이다. 그러니까 나는 필연적으로 예비파산자가 될 소질이 다분하다. 나는 점점 술꾼이, 조울증 환자가, 남자가 위에서 포개는 그 고전적인 섹스 행위에다 더 심한 자극을 주어야 비로소 성감대가 꿈틀대는 성도착증 환자가 되어 가고 있다. 양이의 토라짐이 귀엽고, 그 소년 같은 매력에 아득해져서 목서리를 칠 때가 자주 있으니까. 아직 다행히도 동성애 징후는 없지만.

방위군이 자신의 깔끔한 위장을 눈여겨보라는 듯이 나를 세워 두고 말을 걸었다. 말투까지 그의 변장을 닮아 의젓해 있었다. 실상 하숙집에서 그와의 얼굴 익히기는 화장실 앞에서(아래층 별채에 있다), 세면대 부근에서, 이층 복도에서, 옥외로 나 있는 철판 계단을 오르내릴 때 한 사람이 밑에서나 위에서 길을 내주어야 하므로 그때 수인사를 하거나 묵례를 보내는 게 고작이었다.

"아, 이제 나가시는 길이군요. 요즘 공사로 무척 분주하신 모양이지요?" 내가 뚱한 표정으로 있자 그가 점점 내 의구심에 부채질을 했다. "어젯밤에 아가씨께서 오래 기다리는 눈치던데요. 제가 일곱 시쯤 외출을 했는데 그때까지 기다리고 있습디다. 아주 참하게 보입디다. 제가 아는 미친 여자들은 하나같이 다소곳한 멋이라곤 눈 닦고 봐도 찾아볼 수가 없고 뾰루룩 전화질이나 해대며 사람을 달달 볶아요. 곧 다 정리를 하고, 확 갈아치울 작정이에요."

나는 속으로 이 쓸개 빠진 놈이 별 시시콜콜한 것에 다 관심이 많네, 호의호식하며 자란 놈은 대개 다 이렇게 호박죽처럼 물러터졌고, 처신도 물덤벙 술덤벙이고, 역시나 호박죽처럼 울긋불긋한 간섭을 아무에게나 쏟아붓는다 라고 혀를 끌끌 차면서도 말은 점잖게 건네지 않을 수 없었다.

"그랬었군요. 좋게 보아 주니 다행입니다. 되바라진 년들은 당장에 요절을 내버리세요. 그래야 조금 숙지막해집니다. 경험담은 아닙니다만."

"요절이야 벌써 냈지요. 가차없이 제때제때 조져 놓지요. 우리는 성미가 좀 급해서요."

가발의 말본새가 점입가경이었다. 나는 잔잔한 웃음까지 그 뿌연 얼굴에 끼얹으며 놀렸다.

"간밤에는 술들을 많이 섞어 자시고, 재미가 이만저만이 아니었나 봅니다. 어째 분냄새도 몽실몽실 나는 것 같고요."

가발의 눈알은 확 풀어져 있는데다 흰창에는 실핏줄이 얼기설기 시뻘겋게 기어 가고 있었고, 누런 얼굴이 부숭부숭하게 떠 있었다. (여자에게 정기를 빼기고 나면 얼굴색이 누렇게 뜬다는 나의 고정관념은 언제부터 뿌리를 내렸는지 알 수 없다.) 무당서방이나 제비족속들의 낯짝이 저럴 수 있겠구나 싶었다.

가발이 공연히 주뼛거리며 말을 받았다.

"제대 말년이라 맨날천날 술 퍼마시는 일밖에 달리 할 일이 있어야지요. 도통 마음이 잡히질 않아서요. 명색이 경영학과를 나온 놈인데 평생토록 슈퍼마켓 주인 노릇을 어떻게 해먹고 살겠습니까? 그게 말하자면 구멍가게의 존댓말인데, 우리 할마씨는 내게 그거라도 잘 붙들어 보라고 족쳐대요. 원, 기가 막혀서. 사람을 무슨 눈깔사탕으로 아는지, 경영학과가 무슨 전자계산기만 두드리는 걸 가르치는 덴 줄 아는지… 이래저래 술맛나게 생겼습니다. 자, 그럼, 바쁘신 모양인데, 저도 근무가 있어 놔서요."

"아니, 벌써 한 시가 넘었는데 지금 동사무소에 나가서 무얼 합니까? 속도 다스리고 푹 쉬시지."

나는 짐짓 놀랍다는 표정을 지어 보였으나, 가발은 여전히 얼굴에 박힌 눈깔사탕 같은 흐릿한 눈동자를 움직이지도 않았다.

"얼굴이라도 비쳐야지요. 조수 녀석이 필체도 좋고 눈치가 빨라서요. 덩치가 작아도 한 사람 몫을 단단히 해내니 저야 만고 땡이지요."

상투적이고 의례적인, 듣기에 따라서는 서로가 비아냥거리는 투가 완연한 조롱을 주고받은 셈이었다. 그가 먼저 제식훈련을 할 때처럼 각도 큰 어깻짓으로 저만큼 보이는 하숙집 쪽을 향해 돌아섰다. 건널목이 저만큼 보였고, 나는 걸음을 빨리해서 버스를 기다릴 참이었다. 잰 걸음으로 서너 발자국을 떼놓았을까 했을 때 가발이 손을 바바리 코트 호주머니 속에 찌르고 헐레벌떡 내게로 뛰어왔다.

"참, 부탁 드릴 일이 있었는데 깜빡했네요. 연극 하신다는데 그 초대권 몇 장 얻을 수 있겠습니까?"

그의 엄벙부렁한 인사말, 짐짓 거들먹거리며 돌아서던 폼, 머뭇거리면서도 호들갑을 떨던 신세타령 따위의 방금 언행이 바로 이 부탁 때문이었구나 라는 생각이 얼핏 들자, 나는 곧장 얼굴이 홧홧하게 달아오름을 느꼈다. 이 주색 밝히는 잡놈이 아직도 술이 덜 깼나, 이건 도무지 묵과할 수 없다, 말을 분질러 영원히 서로 모르는 사이가 되어야 내 속이 편하다.

"그건 안 되겠는데요. 돈 주고 사세요. 마침 지금은 공연이 없기도 하지만, 연극은 공짜 구경이 통하지 않아요."

나는 그의 얼굴을 정면으로 쏘아보면서 덧붙였다.

"그놈의 공짜 구경꾼들 때문에 제가 지금 이렇게 바빠요, 예매해서 감상하세요."

나는 아무렇게나 지껄이면서 '예매'와 '감상'에 힘을 주어 말했다.

"돈은 드리겠어요. 달리 좀 더 크게 도울 일이 있으면 힘이 되어 드릴 거구요. 사람이 할 일을 만들고, 또 가지고 있어야지요. 그럴 만한 일이 있어서 부탁드린 건데요."

"그래요? 도울 일이 머 있겠어요. 생각이야 해보지요. 아무튼 곤란해요. 돈 주고 사세요. 그래야 돈이 아까워서라도 옳은 감상이 될 거예요."

덜된 수작이었다. 몹시 불쾌하다 못해 성깔이 나서 얼굴이 달아올랐다. 이런 별종의 인간과 한 지붕 아래서 내가 살아가고 있다니. 한심스럽고 열 받는 노릇이었다. 내가 쓸개 빠진 놈 같았고, 하숙생활이란 결국 짐승 같은 인간들과의 합숙이고, 하숙집 자체가 가축의 우리나 마찬가지라는 생각도 들었다.

나는 직언을 쏟아 놓았다.

"형께 할 말은 아니지만, 지금 방 구하러 나가는 길입니다. 하숙을 옮길 작정이에요. 그러니 우리가 초대권을 주고받고 할 형편도 안 되겠네요."

나는 하숙을 옮기겠다고 가발에게까지 선언함으로써 내 신세와 앞날을 그 말에 묶어버렸다. 이제 하숙을 옮긴다는 작정을 남에게 먼저 선언한 셈이었다.

이런 식으로 내 처신을 묶어 버리는 즉흥성이 내게는 있었는데, 사려 깊지 못한 이런 언행을 나는 곧장 이해하려고 애쓰며, 실행에 옮기려고 내 몸과 마음을 쥐어 짜고, 그러는 나의 실체를 납득할 수가 없어서 나 자신에게 화를 버럭버럭 내곤 했다. 물론 그런 돌발적인 말이 아무에게나, 아무 곳에서나, 아무 때나 내뱉어진 것 같아도 나 자신을 이해하고, 내 심사를 설명하려 들고, 나 자신에게 화를 내다보면 내가 한동안 그런 결정을 하기까지 얼마나 그 말을 갈고닦아 왔는가 하는 흔적이 내 의식의 밑바닥에 자욱하니 깔려 있었음을 곱다시 추인할 수밖에 없었다. 주위 환경을 고려하지 않고 그런 의식의 조각들을 느닷없이 발산시키는 사람을 선병질적인 기질의 소유자라고 할 수 있을는지 모르겠지만, 그즈음의 내가 그런 불치의 심인성 반응을 겪고, 또 저지르고 있었음을 이제는 쓰디쓰게 인정할 수밖에 없는 노릇이다.

아무래도 가축적인 생활은 그만두고, 가축들이 득시글거리지 않는 내 우리, 곧 갈팡질팡하는 내 의식과 일신을 다독거릴 내 방을 하루 빨리 구해야 할 것 같았다.

1—11

일요일 아침이었다. 하숙밥을 '남김없이 먹어야만 하는 사료'라고 생각하며, 어떤 적의(敵意)까지 느끼면서 짓이겨 씹다가 나는 발작적으로 벌떡 일어섰다. 곧장 밥상을 내동댕이치다시피 방문 앞에다 내다 놓고, 가축의 우리를 뛰쳐나왔다. 가축의 우리를 걸터넘었을 때 나는 비로소 한 사람의 몫을 다하는 '의식 있는, 또는 의식하는' 개인이 된 것 같은 기분을 맛보았다. 그러나 곧장 어떤 짐승의 털로 만들었는지 쉬이 짐작할 수 있는 가발을 버젓하게 뒤집어쓰고 다니는 야행성 가축 새끼가 또 불쑥 내 코앞에 나타나지 않을까 하는 생각에 나는 가슴을 졸였다.

그런 가축 새끼를 만나게 되는 층계참, 세면실, 화장실 앞, 골목 따위는 내게, 나의 생존 자체에 돼지 콜레라가 창궐하는 방역(防疫)지역이나 마찬가지였다.

—이 짐승의 세계와 그 속에서 어슬렁거리는 포유동물은 내게, 아

니, 특정한 개인에게는 끊임없이 도발적이고 말고. 우호적이 아니다. 우호적이라고 기신거리는 행태도 이 당당하고 뻔뻔스러운 가치질서와 제도 일체에 대한 응전이고, 아첨일 뿐이다.

'시그날'로 가는 버스 속에 갇혔다. 마침 운전수 뒷좌석이 비어 있었으므로 나는 거기에 앉았고, 버릇대로 눈을 감았다.

—온갖 종류의 포유동물이 살을 부비고, 냄새를 피워대는 하숙집이 성가신 정물(靜物)이라면 버스는 적어도 움직이므로 무대와 다를 바 없다. 무대는 비워 둘 수 없다. 그러므로 이 움직이는 무대를 어떻게 활용할까. 진부한 말이 되겠지만 무대는 항상 생동감이 넘쳐야 하고, 한 사람 이상의 움직이는 의식이 숨을 쉬고 있어야 한다. 내 인생은 움직이는 무대에 붙박힌 게을러빠진, 그러나 남의 시선과 의식을 피로하게 만들지는 않는 정물이다, 맞을까.

여관방에는 두 개의 정물이 늘어져 누워 있다. 정물 하나가 아까부터 끙끙거리고 꼬물댄다. 그 정물은 쇠파리를 쫓고 있는 개새끼를 닮아 있다. 아니다. 쓸데없이 불끈 곧추세운 새빨간 성기(性器)를 혓바닥으로 핥고 있는 늙은 수캐를 닮아 있다. 여관방은 수캐를 무료하게 만드는 끈적끈적한 더위이고, 오뉴월의 햇볕이며 권태이다. 수캐는 눈이 부셔 벌떡 일어난다. 고샅이나 남새밭을 어슬렁거려 볼 참이다. 불현듯 한 친구의 이름이 떠오른다. (그의 이름이 며칠 전 신문의 국전 입선자 명단에 올라있었다.) 덕수궁으로 달려간다. 택시값을 내고, 국전 입장권을 산다.

—형, 나는 거지야. 거지는 위장이 튼튼하다는데, 나는 빌어먹는 강아진가봐, 아랫배가 꿍얼거려 미치고 팔딱 뛰겠어.

부조리극의 대사처럼 동문서답이 즉각 뱉어진다.

—맞아, 나는 늙은 수캐고. 지금 우리는 도망질 간 암캐를 찾으러 가는 길이야. 에미가 너를 보면 얼마나 가슴 아파하고, 술애비인 나의 얼굴을 할켜 주고 싶을까. 에미는 혓바닥으로 네 연약한 아랫배 가죽을 부드럽게 핥아 줄 거다. 잠시만 참아라.

정물화 일색이다. 정물화만을 그리는 화가나 그런 그림들을 심사하는 점잖은 화백들은 얼마나 뻔뻔스럽냐. 음부는 감추고 젖통은 송두리째 드러내고 있는 젊은 나부(裸婦)는 지극히 비현실적이고, 케케묵은 발상이고, 그림을 그린 화가만큼이나 돌대가리로 보인다. 판잣집 지붕 위를 덮고 있는 전깃줄은 왜 저렇게 팽팽하게 선(線)들이 일직선이냐. 난롯가에 흩어져 있는 책, 주전자, 커피잔, 특히 창틀은 왜 저렇게 윤이 나고 말끔하게 닦여 있냐. 하릴없는 콧수염장이 늙은이가 쪼그리고 앉아서 대바구니 따위를 늘어놓고 앉았는 노파를 어르듯 바라보고 있다. 살찐 조랑말 궁둥이 옆에 달라붙어 있는 마부의 얼굴색이 말갈기 색보다 더 짙은 고동색이다.

등뒤에서 느닷없이 맑고 단호한 방귀 소리가 연이어 들린다. 간밤의 소주와 돼지 갈비와 조개탕을 삭여내지 못하는 강아지새끼가 저도 모르는 사이에 엉덩이 밖으로 소리를 흘리는 모양이다. 아까부터 또 하나의 정물이 우리 주위에 어슬렁거리고 있어서 괜히 신경이 쓰인다. 어느새 강아지 새끼는 방귀처럼 슬그머니 사라지고 없다. 배를 움켜쥐고 화장실로 달려갔을 것이다.

풍랑이 심한 바닷가에 버려진 폐선(廢船)을 거친 터치로, 청회색 기조로 짓이겨 놓은 풍경화 앞에 선다. 그 암울한 색감으로, 하늘과 맞닿은 수평선의 그 선이 고호의 그것처럼 굵고, 짙고, 힘이 있으므로 나는 그 그림의 주인을 대번에 알아본다.

—왜 자꾸 바다만 거칠게 그려쌓냐?

—내 동생이 바다에 빠져 죽었잖아. 심장마비로. 헤엄 귀신의 뫼터가 바다라면 얼마나 아이로니칼하냐. 고호는 선도 면처럼 울퉁불퉁하게 그린다. 선이 없고 온통 선뿐인 게 고호 그림이다. 나야 바다를 지독하게 겁내는 바다 공포증 환자지만…

맴을 돌 듯 어슬렁거리는 정물이 저만치서 수캐를 의식하기 시작한다. 그 섬세한 의식 때문인지 수캐의 성기가 미적지근하게 발기한다. 정물은 결국 암캐에 불과하며, 술기운은 성감대를 자극하는 수캐의 최음제(催淫濟)이다. 핏기 없는 암캐의 조그만 얼굴이 수캐의 긴 얼굴을 또 힐끗 쳐다보아서 수캐는 낯익은 그림을 팽개쳐 버리고 다른 소 뼉다구를 찾으러 슬그머니 내뺀다. 더 이상 뜯어먹을 소 뼉다구는 없다고, 따라서 유심히 감상할 그림이 이제 국전 전시장에서는 없다고 무례한 단안을 내린 것이다.

수캐는 다시 움직이는 정물 옆으로 바싹 다가간다. 꽁무니에 붙어서 냄새를 킁킁거리며 맡는다. 앙다물고 있는 암캐의 입이 유난히 크다. 그 길게 찢어진 입이 얼굴 전체에 가득하다. 사람은 개처럼 입이 커야 얼굴이 번듯해 보이고, 비범해 보인다. 네 발 달린 짐승은 대개 입이 크고, 그래서 입이 큰 사람을 짐승 같다고 한다. 곧 입은 주둥아리가 되어야 하는 것이다. 말로써, 대화를 엉구는 직분상 나는 사람을 입부터 관찰하고, 선입관을 가져 버린다. 입술도 두껍다. 그 두꺼운 입술에 붉은 기가 없고, 일부는 하얗게 메말라 있다. 입술이 붉지 않으면 편집광(偏執狂)적인 성향이 있거나, 지병(持病)이 있거나 집념이 유별날 수 있다. 목덜미를 덮고 있는 머리카락이 치렁치렁하고, 무엇보다도 머리숱이 많고 곱슬머리다. 곱슬머리는 우성(優性)이다. 곱슬머리는 어디서나 단연 돋보이고, 직모(直毛) 인간은 왠지 초라해 보인다. 나는 직모 인간이고 열성이므로 서서히 이 지구상에서 도태되어 갈 가련한 인류다. 신경질적인 작은 눈이 옴팍하다. 다리통도 가늘어서 괜찮다. 사실상 네 발 달린 짐승은 몸통에 비해 다리가 가늘고, 다리가 가늘어야 짐승답다. 좁은 어깨에 견장 같은 각을 덮어씌운 감색 코트가 그런대로 어울린다. 전체적인 분위기는 쌀쌀맞지만 무대에 올릴 수 있는 체구는 아니다. 좀 풍만했으면 중키가 돋보이겠는데, 아깝다.

앞서거니 뒷서거니 하다가 정물의 곱슬머리에다 분무 같은 수캐의 쿰쿰한 콧김이 닿을 정도로 거리가 좁혀져 있다. 선뜻 말을 걸 수 없다는 뻣뻣한 유교적 교양이 멈칫거린다. 그 내숭을 몽따면서 서로의 은밀한 친화력을 어색하게 위장하고 있는 짓거리가 우습기까지 하다. 감미롭다. 이 세상에서 감미로운 것은 친화력뿐만이 아니라 모차르트의 음악도 있다. 음악에 생각이 미치자 곧장 마음이 뒤숭숭해진다. 내가 음악에 대해 그나마도 알량한 상식을 갖게 된 것은 '폐선'을 그린 친구의 덕분이다. 음악이 전해 주는 감동은 순간적으로 송곳이라면, 그림의 그것은 연극처럼 즉각적이므로 주먹이다.

강아지새끼가 슬그머니 꽁무니에 따라붙는다. 그의 찌푸린 얼굴이 감질나는 내 심사에 찬물을 욱 끼얹는다. 그래서 너무 정색을 하고 있는 정물과의 거리감을 단숨에 좁혀 버리고 싶은 충동이 인다. 젊을 때 치르는 일은 대개 다 그렇지만, 특히 연애의 시작은 소매치기처럼, 강간범처럼, 길에서 흘레붙는 개새끼처럼 저돌적으로, 즉흥적으로 능름하게, 도발적으로 저질러 버려야 한다.

—형, 도저히 안 되겠어. 변소에 다시 갔다가 바로 들어가야겠어. 재성이 형 그림만 봤으면 됐지, 더 볼 거나 머 있어? 죄다 도토리 키재기면서 황당무계한 환칠을 한 거잖아. 형, 동전 없어? 화장실이라면서 휴지도 준비해 놓지 않고 그림을 감상하라는 게 말이나 되는 수작이야? 도대체 일하는 꼬락서니부터 싹수가 노래, 개새끼들. 문화창달에 국전 좋아하네.

—그런 망발을 함부로 지껄이다간 쥐도 새도 모르게 잡혀가서 빨간방에 갇히든지(우리는 그 당시 사방 벽과 천장, 바닥을 새빨간 핏빛 벽지로 발라 둔 방이 유치한 동화처럼 이 한반도의 중심부 어딘가에 실재하며, 거기서 반체제 인사들을 영장 없이 일주일 이상씩 구금, 심문한다는, 말 같잖은 허무맹랑한 풍문을 듣고 있었다), 미친놈 소리를 듣는다. 제발 말조심 좀 해. 화장지 따위를 가지고 관계부서에다 항의하면 뭣하나. 화장지 대신에 이 총천연색의 고운 정물화 화폭을 찢어가는 자생력을 길러야지. 그런 순발력이 없으면 제 혼자만 쉽게 나가떨어지고 말아. 내가 항상 말하는 바이지만 정부는 작을수록 좋고, 안 믿을수록 덕 봐. 동전? 마침 없네. 늘 그렇지는 않지만 나한테는 큰돈뿐일 때가 자주 있어.

정물이 우리의 한심스러운, 여자를 의식해서 우쭐거리는 사내들의 말장난을 피해서 서너 화폭을 겅중겅중 건너뛴다. 물론 우리를 의식하는 몸짓이다. 그 계집스런 몸짓은 어떤 언어보다 확실하고 호소력이 직접적인 최초의 연애 편지다. 답장을 어떻게 쓸까? 벌써 초조해진다. 예감이, 징조가 각별하다, 저지르고 말자.

거치적거리는 강아지 새끼가 눈치 빠르게도 '슬금슬금 움직이는 정물'의 등 너머에서 수작을 건다. 한참만에 강아지 새끼가 정물에게서 빌린 동전을 들어 보이며 히죽 웃더니, 이내 이쪽으로 다가와서 심각하게 찡그린 얼굴로 빠르게 지껄인다.

—형, 내일 시그날에 나올 거지? 꼭 나와. 아무래도 계숙이년하고는 결혼식을 올려 버려야겠어.

—야, 야, 그냥저냥 그렇게 살고 말지, 인제서야 쑥스럽게 무슨 식을 올린다고 설치냐. 동거생활이 벌써 몇 년짼데.

강아지새끼는 점점 더 덜렁대며 기가 펄펄 난다. 정물이, 아니, 여자라는 요물이 술 배탈을 앓는 강아지새끼를 미친 개로 만든 꼴이다.

—식을 안 올리고 살래니 헤어질 수도 없고, 애를 낳지도 못하겠다 이거야. 이건 머 순전히 그년의 발상이지만. 또 멘스가 안 비친다고 펄쩍펄쩍 뛰고 지랄 발광이야. 이번부터는 애를 긁어낼 수도 없대. 형, 내가 애를 지독히 싫어하는 유아 기피증 환자인 줄 잘 알지? 그런데 계숙이 그년은 골치 아프게도 체질적으로 다산성(多産性)인가봐. 이건 머 했다 하면 곧바로 임신이야. 하루 저녁에 두 번을 했으니 쌍둥이를 낳을 거라고 공갈을 때려도 막무가내야. 이제는 지도 그짓만큼은 알 만큼 알아서 그런 꼼수와 공갈에 안 넘어간대. 내 불행한 결혼식 건에 대해 형의 고견을 듣고 싶어. 그 점을 염두에 두고 내일 시그날로 꼭 나와줘. 오늘 밤에 내 설사 안부를 물어봐줘도 좋고.

—어디로?

—가게가 아니면 계숙이 집에 있을 거야. 동전 아끼지 말고 꼭 전화

해 줘. 죽지는 않겠지만 겁이 나서 그래. 나 겁쟁인 줄 잘 알지? 불안하기도 하고. 밑이 따갑고 미주알이 송두리째 확 둘러빠져버린 기분이야. 현기증도 나고. 또 한동안 남의 건물들 화장실 신세를 수시로 져야 될까봐.

민수의 '주기적인 설사성 대장염'은 정평이 나 있었고, 그래서 그는 서울 시내의 웬만한 건물은 다 출입해 봤다고 장담하는 모주꾼이었다.

—설사 때문에 죽은 황구는 없어. 고추와 마늘을 안 먹는 일본 강아지들은 설사도 병이라고 죽기도 한다지만.

배를 움켜쥐고 있는 강아지새끼가 정물 쪽을 눈짓으로 가리키며 지껄인다.

—일이 잘 풀리면 소개비 내라고. 형, 무슨 말인지 알지? 뺨 맞는 일은 어느 쪽으로부터도 사양하겠어. 그러니 우연을 필연으로 꼭 발전, 승화시키라고. 승화는 형의 전용 문자잖아.

—구전 대신에 설사를 낫게 해주지. 술을 안 사주면 될 테니까.

강아지새끼가 사람들 틈바구니 속으로 꽁무니를 사린다. 순식간에 무대가 텅 빈 것 같고, 그게 오히려 긴장을 고조시킨다. 그 긴장을 깨고 말아야 할 의무감 같은 것을 얼핏 느낀다. 동작과 말이 없는 무대는 근본적으로 성립되지 않으니까.

다가간다. 대사를 읊조린다.

—얼마나 꿔 줬습니까? 동전이면 충분하지요? 제가 그 푼돈을 종이돈으로 갚겠습니다. 제가 빚진 애빈데 물론 빚이야 당연히 받으실 의향이 있겠지요?

정물이 그렇게 하기로 되어 있는 무대 위 연기대로 일체의 동작을 정지시키고, 놀랍다는 표정의 눈짓만 보탠다. 심각해질 줄 아는 여자임에 틀림없다. 정물의 대사를 기다리지 않고, 술냄새가 훅훅 풍겨지는 걸 의식하며 의도적으로 강아지새끼라는 중매쟁이에게 삿대질을 한다.

—방금 댁으로부터 동전을 빌려간 제 중매쟁이는 정서가 좀 모자라는 놈이에요. 오늘 아침부터 갑작스럽게 지독한 배앓이에 걸린 강아지새끼예요. 아니요, 일종의 하마라고 해야 할지도 몰라요. 하마는 먹이를 찾아헤매다 비를 만나면 코의 기능이 마비돼서 귀가할 능력을 잃어버린대요. 재가 그런 짐승이에요. 물론 재의 어제 저녁 먹이는 주로 술이었지요. 술만 마셨다 하면 코가 삐뚤어져서 제 집을 찾아가지 못해요. 비가 곧 술이지요. 하마가 길을 잃어버렸으면 자연경관이나 감상해야 하는데 저 짐승은 방금 말했듯이 정서가 좀 모자라서 없어진 길을 찾으려고 저렇게 허둥지둥이에요. 이까짓 쉬운 풍경화, 뻔한 정물화도 제대로 감상하지 못하는 놈이 어떻게 사람의 탈바가지를 뒤집어쓰고 살아가는지, 저러고도 남의 인생의 단면을 무대 위에서 재연시키려고 얼마나 바락바락 버둥거리는지 정말 알다가도 걱정이네요. 지금쯤 코가 트여서 앉을 자리를 찾았는지 모르겠어요. 틀림없이 짐승처럼 웅크리고 앉아서 어제 저녁부터 술에 씻겨 떠내려간 길을 더듬어 보느라고 진땀을 뻘뻘 흘리고 있을 거예요. 정말 불쌍한 짐승이고, 가증스런 천재지변이지요. 잘 아시겠지만 자연은 무지몽매한 짐승에게는 언제나 가혹해요. 그 사실을 저 하마 새끼는 까마귀처럼 자꾸 잊어먹어요. 선천적으로 지능이 모자라니까 조만간 이 지구상에

서 도태되고 말 거예요. 이건 거의 숙명적이라고 해도 틀린 말이 아닐 겁니다.

정물이 웃지도 않고 쌀쌀맞게 대꾸한다.

—저는 사람이니까 풍경화와 정물화를 번갈아 감상하도록 좀 내버려둬 주세요. 하마 양반께서 빌려간 돈은 갚지 않아도 돼요. 유유상종이라는 엄연한 생물계의 질서가 있으니까 하마 친구도 알 만한 남의 나라 짐승 아니겠어요? 저는 짐승을, 짐승적인 것을 아주 싫어해요.

—아하, 이거 큰일났네. 저도 길을 잃은 하마긴 한데, 자폐증이 있는 사람에게 길을 묻다니, 내일 중매장이를 만나면 단단히 요절내야겠군요. 길조차 가리켜 주지 않고, 인간적인 관계를 맺는 게 두렵고 코미디를 이해하지 못하는 사람을 소개시켜 주면 어떡하냐고 정식으로 항의하겠어요. 그런 사람은 머리도, 가슴도, 코도 없는 사람일 겁니다. 그런 사람을 저는 자폐증 환자라고 부르고 싶어요. 이 세상살이가 한마당의 코미디고(사실상 그즈음 나는 블랙 코미디를, 언어의 희롱으로 일관하는 생활극을 한 편 쓸 구상으로 들떠 있었고, 웃기는 연극이 왜 흥행 성적을 올리는지 뜯어보고 있었다), 오늘이라는 시간은 언제나 그 실습장인데 이 빤한 구도를 이해할 수 있는 능력이 없다니, 불쌍도 하려니와 불가해한 일이군요. 자폐증은 후(WHO)에서 당분간 암(癌)보다 더 정복하기 어려운 난치병으로 분류해 두었어요. 이건 절대로 공갈이 아닙니다. 제발 그 점을 유의하십시오. 잘 아실 테지만.

누렇게 바랜 은행잎을 일부러 낙엽으로 만드느라고 그 가지들을 빗자루로 탁탁 때려쌓는 광경을 의미심장하게 바라보며 두 남녀는 콜라를 마신다. 넓은 잔디밭은 지레 누런 짐승의 털을 뒤집어쓰고 있다.

자연도 알아서 털갈이를 하는 것이다.

—이런 하마 같은 동물적인 관계를 제대로 이해하지 못하는 동물은 사람이고, 이걸 아주 자연스럽다고 생각하고 그나마 이해하는 사람은 짐승이에요.

—그래서 하마 같은 짐승을 소개시켜 줬다고 장차 진짜 하마에게 따지겠습니까?

정물이 앙증맞은 시계를 힐끗 들여다본다. 손가락이 닭발처럼 뼈만 앙상하다. 손등에는 역시 닭발처럼 잔주름도 많고 파란 실핏줄이 여러 개 돌출해 있어서 징그럽다.

—지금부터 꼭 10분 동안만 제 의사를 반대로 말하겠어요. 제발 오해나 착오가 없으시도록 귀담아 들어주세요. 단연코 따지고 말겠어요. 하마 따위의 짐승을 만나러 찾아다닐 필요나 이유가 얼마쯤은 있을 테니까요.

—무슨 말인지 즉각 알아듣겠습니다. 앞으로 제가 연락을 취할 수 있는 일곱자리 숫자 같은 걸 알려줄 수 있을런지요?

—하마께서 문명의 이기까지 사용할 참이세요? 역시 놀랍군요. 어쨌든 알려드릴 수 있어요. 불편할 게 많을 테니까요, 아, 반대로 불편하지 않겠다고 해야겠네요.

—연극이나 영화를 좋아합니까? 저는 가끔 밤이면 길을 잃긴 하지만 현재는 연극에 미쳐 있고, 그것에 종사하는 무대 광신도입니다만.

—어떻게 그 막강한 종합예술을 좋아할 수 있겠어요? 제 힘에는 부쳐요. 연극이나 영화 따위는 단연코 싫어해요.

—그림 보러 자주 다닙니까?

—아니에요. 드물어요.

—이건 머 수수께끼 같은데요. 잠시잠시 반대 의사의 진의를 되새겨 봐야 하니까요. 음악을 좋아합니까?

—아주 싫어해요. 특히 심각하지 않을 때 힘도 없고 달콤하지도 않은 베토벤을 안 들으면 점점 더 울적해지지 않아서요.

—아, 베토벤이야 달콤하고 감미롭지요. 군데군데 싱거운 구석이 없지 않지만요. (재성이 놈은 "돈까지 많은 귀족인 브리튼"을 좋아하고, "베토벤은 간혹 싱겁다"고 말한다. 이제는 그의 멜로디를 다 외우고 있어서 베토벤을 들을 때는 심각해질 수 없다는 뜻이겠는데, 그는 레코드판을 수백 장이나 갖고 있으면서도 말수는 적고, 대다수의 한국사람들처럼 말을 정확하게 할 줄 모른다.) 베토벤은 없는 고민도 만들어서 밤낮을 가리지 않고 그 고민을 고양이새끼 어르듯이 애지중지하는 멍청이지요. 주제도 소재도 사실화의 원근법처럼 너무 선명하고, 눅진눅진한 멋도 부리고, 그래도 끈질기고, 그러면서도 사람을 깜짝깜짝 놀라게 하는 우악스런 면도 많지요. 나로서는 그가 다 좋은데 내 친구는 그가 너무 쉽대요. 긴장할 수가 없어서 이제는 싫대요. 이제 우리나라에도 위대한 사람을 싫어하는 사람이 있는 모양이에요. 분명히 좋은 현상일지도 몰라요, 그렇잖겠어요?

억지로 낙엽 신세가 된 은행 이파리들이 청소차에 마구잡이로 실리고 있다. 정물이 그걸 유심히 바라본다.

—내가 요즘 저런 낙엽 신세예요. 억지로 어딘가로 끌려가고 있어요. 우리 사이를 좀더 진전시켜 보면 어떨까요? 자주 만나서 서로의 닮은꼴을 확인해 가면서 돈독한 우의를 나눈다고 쌍방이 다치든가 손

해볼 일이야 있겠어요.

—진전시킬 짬을 낼 수 있을 거예요. 그러니까 현재로서는 진전시키고 싶어요.

정물은 정말 연극을 싫어하는 모양이다. '시그날'에 나타나지 않는다. 잊을 만하면 정물의 새침한 자태가 떠오른다. 한동안 중매쟁이와 연인 후보자는 말문이 막히거나, 결론이 뻔한 입씨름을 하며 시간을 죽일 때나, '시그날' 주위가 유독 쓸쓸하게 느껴질 때 무의미한 대사를 주거니받거니 한다. 부조리 상황극의 대사처럼.

—형, 뒤지 값을 갚아야 하는 데 말이야. 영 찜찜해서 미치겠어.

—갚아야지. 동서를 막론하고 채무자는 느긋해야 돼. 그래야 채권자가 또 돈을 빌려 주러 나타나지.

—내 말은 똥꼬 닦는 휴지값까지 밀려 있으니 시그날의 장래가 날이 갈수록 한심하게 느껴진다 이거야. 극작가라는 친구가 저렇게 말귀가 어두우니 시그날보다 장래가 더 한심천만이네. 그런데 연극을 싫어하는 여자를 무슨 멍청이라고 불러야 되지? 형, 그럴듯한 이름을 하나 지어 봐. 그 이름을 짓고 나서는 곧장 그 실물을 까맣게 잊어버리는 게 속편할 거야. 내가 지어볼까, 걔는 틀림없이 시어빠진 포도였을 거야.

—어떻게 잊어, 신 포도가 더 맛있어 보이는데. 하기야 그 나이가 되도록 시지 않았으면 씨종자 자체에 문제가 많은 포도지. 망각제라는 알약을 만들어야 할 텐데 기생충 같은 제약회사 놈들은 자꾸만 소화제, 피로 완화제 따위나 처먹으라면서 공갈 때리기를 일삼고 있어. 망각제를 먹고 나서야 그럴 듯한 희곡을 한편 써서 무대에 올릴 텐데.

(우리는 회상하고, 상상하고, 추리하는 행위를 상투적으로 희곡을 쓴다고 했다.) 그러니 희곡 속에는 아직도 리얼리티가 없는 여자야. 성격도 오리무중이고, 분위기도 애매모호하고, 모든 게 긴가민가한 상태야. 무대가 아직도 내 의식 속에서는 구름처럼 그 형체를 자꾸 바꿔 가고 있단 말이야.

—그래도 희곡 속의 내 첫대사는 그런대로 공갈스러운 데가 있었다고, 재연해볼까.

연출 중일 때 민수는 자주 출연자들에게 "힘이 없어. 공갈을 쳐. 대사는 공갈이야. 연기는 그 공갈을 옹호하고 부추기는 설득력 있는 동작일 뿐이야. 제발 연기할 생각일랑 하지도 말고 공갈부터 잘 쳐보라고. 그게 최우선의 일차적 과제야. 그러면 연기는 개처럼 사람 꽁무니를 돌방돌방 따라오게 돼 있어, 알아? 말은 근본적으로 공갈이야. 무슨 말인지 알아듣지? 공갈을 쳐, 공갈을. 자, 다시, 공갈을 치는 거야. 공갈에는 반드시 위협적인 공갈로 응수하는 거야. 그게 무대의 현장감이고 리얼리티야." 어쩌구 버럭 버럭 역정을 내곤 했다.

—저는 배가 고프고 아픈 거지입니다. 거지의 본업은 구걸 행각입니다. 적선하십시오. 적선 요망 액수는 동전 하나, 단돈 백 원입니다. 저의 본업에 자신감을 갖도록 해주십시오. 제가 멋쩍게 돌아서면 댁에서는 틀림없이 극단 시그날의 차기 공연물도 보지 못하고 지옥으로 굴러떨어질 것입니다. 정말 정중한 공갈이었지. 구체적인 공갈이었기도 하고.

—여권을 손에 쥐고 있던 여자였어. 자꾸 시계를 힐끔힐끔 훔쳐보았거든. 손가락은 닭발 같다가도 은행 이파리들을 쓸어 모으는 갈고

리 같기도 했고. 일가족이 이민을 가기로 돼 있었어. 한국에서의 마지막 문화적인 접촉, 곧 국전을 보러 온 거야. 내 희곡 속에서는 이미 미국이 무대야. 미국은 남의 나라니까 더 이상 희곡을 쓸 필요나 이유가 없지. 나는 미국에게만은 일종의 제노포비아인가봐. 너무 강대국이라서 어떻게 꼼짝할 수가 없어. 숨이 막힌다고, 미치겠어, 숨을 못 쉬니. 그 거대한 달러 뭉치의 위력만 떠올리면 오금이 저려. 아무리 따져봐도 내가 그까짓 달러 위력에 주눅들 것까지는 없는데 왜 그런지 알 수가 없어. 한 두어 달 동안 그걸 연구해 보고 싶어. 미국에나 가라는 우리집 영감의 넋두리에 진력을 내고 있는 탓인지 어쩐지, 막연하게나마 그런 생각이 들어.

드디어 매표소 앞에 정물이 나타난다. 내가 돈을 받는다. 왠지 그새 늙어 버렸다는 느낌이 와락 달겨든다. 갈등 속을 헤매다 간신히 기분을 돌려세운 무대 위의 까칠한 주인공을 닮아 있다. 겨울이란 계절 탓인가, 아니면 연말이라는 들뜬 분위기의 덤인가. 정물은 애써 무표정한 얼굴을 지으며 나의 손놀림을 고압적인 자세로 내려다본다.

아, 그렇다. 시커멓게 선팅을 해둔 유리창 탓으로 정물은 늙어 보이고, 핏기도 없고, 낯선 유적지를 찾아나선 관광객의 당황과 호기심으로 두리번거리고 있다. 협소한 매표소 공간이 나를 소인국의 주민처럼 보이게 한다는 느낌이 퍼뜩 들어, 나는 벌떡 일어선다. 물론 연극처럼 작위적이다. 아니다, 저돌적이다. 사실주의 연극의 '연극스러움, 또는 연극임을 관람객이 알아 보도록 연기하는 셈이고, 그 작위를 나는 또록또록 의식하고 있다. 그래서 일상과 작위의 총체인 인생은 연극이고, 연극도 인생이라서 위대하다. 당연하게도 우리의 대사도 연극적으로 주거니받거니해야 한다.

—드디어 연극을 좋아하게 됐나 보군요? 어째 두어 달 사이에 거꾸로 대답하기에도 지쳐 있는 얼굴입니다. 이 유리창 탓입니까, 변덕스런 계절에 지친 탓입니까? 피곤한 관광객이 말하기에도, 또 남의 말을 귀담아 듣기에도 지쳐서 털버덕 주저앉고 싶어하는 표정이 역력하고요.

정물의 겉도는 말솜씨는 여전하다.

—요즘은 심각한 일이 도무지 안 일어나서 공연히 짜증스러울 때가 많아요. 이 연극이 적극적으로 심각했으면 좋겠어요. 필연적으로 재미없어도 좋겠구요. 따분함까지 느낄 수 있다면 더욱 좋겠어요.

—심각하지 않는 연극은 이미 연극이 아닙니다. 재미있는 연극도 진짜 연극은 아니에요. 인생은 너무 길고 지루해서 심각한 구석이라고는 없어요. 어차피 모든 인생은 동어반복이니까요. 그걸 생각하면 참담해질 때가 있는데, 연극은 코미디조차도 심각하도록 장치되어 있어요. 심각, 그 자체가 연극의 본질이라는 뜻이에요. 그런데 우리나라 사람들은 연극을 연극으로 보고, 코미디를 코미디라고 생각하는 게 결정적인 한계예요. 코미디는 원래 비극이거든요. 위대한 비극도 없이 바로 코미디로 넘어온 게 우리 연극의 약점이자 취약한 전통이긴 하지만. 아무튼 오늘 밤은 모처럼만에 좀 심각해지고, 재미가 없어서 심란스럽고, 짜증스럽고, 따분해져 보세요. 인생을 유익하고 재미나게 보내는 유일한 방법은 심각한 연극을 봐서 심란스러워지는 길밖에 달리 맞춤한 오솔길은 없어요. 관극을 끝내고 나오시면 제가 더 심란하고 심각하게 만들어 줄 용의도 있어요.

시시껄렁한 외제(外製) 미스터리 영화를 보러 간다. 나는 남들이 주사를 맞는 광경도 똑바로 쳐다보지 못하는 사람인데, 그 영화에는 피투성이 장면이 여러 번 나왔다. 그녀의 손바닥이 땀으로 흠뻑 젖어 있어서, 그 갈퀴가 닭발을 닮았다는 나의 선입관이 깡그리 지워졌다. 중매쟁이도 합석한 술자리에서 그녀는 "성난 사람들처럼 악을 써대며 술을 마시는 표정들이 너무 재미있어요. 공연히 제가 폼 잡고 숨을 쉬며 사는 것 같은 느낌이 들어요" 라고 말했다. 그녀는 체질적으로 술을 못 마시는 여자였다.

—연극은 고함이고 공갈입니다. 고함은 진실이고 공갈은 사실에 가깝거든요. 아니, 둘다 진실이고 사실입니다. 사람들은 본질적으로 진실과 사실을 혼동하는 뛰어난 재주가 있어요. 연극은 사람들의 그런 탁월한 능력을 용의주도하게 이용하므로써 진실과 사실의 차이만큼은 명명백백하게 밝힙니다. 실은 분별에 진실을, 확인에 사실을 대입해야 하는데 둘다 덤벙거리다 놓치고 말지요.

밤의 보늬처럼, 그녀 자신의 사는 형편을 한사코 내비치지 않는 게 의심스러워서, "오전 내내 배를 깔고 낙서를 열심히 해대며" 돈을 버는 나의 능력을 슬쩍 비추자, 그녀는 아주 작은 목소리로 "그것도 직업이긴 하겠군요" 라고 말했다.

—그건 절대로 직업이 아냐, 작업일 뿐이지.

—그렇군요. 제가 말을 잘못했네요. 말을 연극 대사처럼 정확하게 전달할 수 있는 능력이 있었으면 좋겠다는 생각을 가끔 해요.

—그러니 연극은 진실에 가까워. 정확하게 말을 전달함으로써 사실을 진실 쪽으로 유도하려고 처음부터 최면을 걸거든. 연극의 능력은

그렇지만, 내 작업은 마지못해 돈을 벌어야 하는 대화 조작에 불과해서 무슨 희롱 같다는 게 정말 비극적인 사실이야.

—이 세상일에 우격다짐 아닌 게 어딨겠어요. 다들 마지못해 각자의 직업이나 작업에 매달리잖아요? 한심스러운 작업이 어디 그 일뿐이겠어요?

다시 '시그날' 앞에서 만났을 때, 그녀는 "팔짱을 껴도 돼요?" 라고 물었다. 그 말은 그때까지 그녀에 대한 나의 선입관을 송두리째 무너뜨리는 것이었는데, 나의 응답을 기다릴 필요도 없다는 듯이 그녀는 나의 팔꿈치를 예의 그 닭발 같은 갈퀴 손가락으로 잡아챘다.

그녀의 제안에 따라 교외선을 타고 춘천으로 갔다. 그녀는 시종 시무룩했다. 그 쌀쌀맞고 멍청한 과묵함이 나의 성감대를 경미하게 꿈틀거리도록 다잡는 것 같았다. 그녀가 짙은 녹색 코트를 벗어 무릎 위에 놓았고, 내 어깨에다 얼굴을 묻었다. 나는 그녀의 어깨에다 팔을 둘렀고, 많은 자제와 머뭇거림 끝에 그녀의 민짜에 가까운 왼쪽 젖가슴 위에 손을 얹었다. 한참 망설인 끝에 그것을 만지기 시작했다. 예상 밖으로 그녀는 나의 손더듬을 뿌리치지 않았다. '그녀'가 아니라 중성 같았다. 남자의 그런 손놀림을 호들갑스럽게 뿌리쳐야만 더욱 계집스러워 보인다는 여자들의 저 상투적이고 상술(商術) 같은 본능적인 행태를 잘 알고 있기 때문에 간지럽거나 아프지만 않다면 자신의 젖가슴 쯤은 송두리째 내맡김으로써 남자의 충동적인 성욕을 잠재우겠다는 강한 의사를 그녀는 몸소 시위하고 있는 듯했다. 그녀에게 젖가슴은 여자의 어떤 치부도, 그렇다고 남자의 성욕을 자극하는 신체의 일부도 아니었다. 실제로 나의 성기까지도 맨송맨송하니 부풀어

오르지 않아서 당혹스러웠고, 그녀의 나른하니 방임하는 듯한 자태 때문인지 나의 집요한 손놀림이 지겹고 역겹게 느껴졌고, 종내에는 내가 무분별한 색한(色漢)처럼 여겨져서 내 손을 어떻게 처리해야 할지 몰라 잠시 동안 어리둥절했다. 나는 진땀이 났고, 그녀는 태연했다. 겨울인데도 가슴이 너무 작아서인지 그는 젖가리개를 걸치지 않고 있었다. 마침내 나는 손을 빼내 팔짱을 꼈다. 그녀는 쑥색 스웨터를 입은 착한 소년이었다. 반딧불처럼 일순간 선명하게 내 뇌리를 스친, 그녀가 '그'라는 나의 이상심리(異常心理)를 설명해 보려고 나는 한동안 눈만 멀뚱거렸다. 열차 속은 흐릿한 불빛 아래서 알맞게 더웠다. 막국수는 맛도 없었고, 그는 우유를 안 먹는 어른이었다. 시궁창 냄새를 막무가내로 뿜어대는 호수 주위를 느릿느릿 거닐다가 서울행 마지막 버스에 올랐다. 버스 속에서 귤 껍질을 벗기는 그의 손이 시커멓게 지쳐 있었고, 늙어 보였다. 거무스레한 동체(動體)인 버스는 헉헉거리며, 낮보다 더욱 뚜렷하게 그 선(線)들을 드러내 보이면서 시야를 가로막는 산 사이사이로 빠르게 빠져나갔다.

일상생활을 뒤죽박죽으로 몰아가는 여행이란 피로한 것이었다. 그 피로를 간신히 떨쳐 버리느라고 나는 낮게 중얼거렸다.

—나도 경우에 따라서는 무책임한 색한일 수가 있어. 그것도 아주 자주, 그때마다 충동적으로 말이야. 오늘은 술을 안 마셨으니까 그나마 다행이라는 생각이 들어.

—알고 있어요. 바보가 아니라면 그걸 모르는 여자는 없어요. 다만 의뭉스럽게 말을 안 할 뿐이고, 그게 남자들에게는 더욱 유혹적이라는 것도 다 알아요.

나는 또 즉흥적인 말을 아무렇게나 씨부렁거렸다.

—수음(手淫)을 즐기는 늙은이를 착한 노인으로 그린 일본 소설을 읽은 적이 있는데, 내가 지금 그 소설의 주인공이 된 기분이야. 아니야, 미소년(美少年)을 항상 곁에 두고 싶은 한 늙은 남색가(男色家)가 된 기분이야. 군대 생활 중에 그 짓을 경험한 적이 있어. 고참병이었을 땐데, 내 막대기가 남자 역(役)이었지. 제대하고 나서 우연히 옛날의 대목수(大木手)들 사회에서 그 계간(鷄姦) 짓거리가 흔하다는 말을 주워 듣고 대번에 납득이 갔어. 이상하게도 대번에 요셉이 떠오르더라고. 목수들 사회에는 여자가 없잖아.

나는 늙은이가 된 기분이었다. 그래서 동성애자처럼 그의 메마른 손등을 꼭 잡았고, 이어 촉촉이 젖은 그 손바닥을 내 손등 위에 올려놓았다. 손만 꼬무작거리는 그 짓거리와 미동도 없는 그의 몸은 분명히 무성(無性)동물의 그것이었다.

—가슴이 큰 여자라든지 다리통이 굵은 여자를 나는 도무지 이해할 수가 없어. 살찐 늙은이를 이해할 수 없듯이 말이야. 아니, 그들을 도대체 어떤 말로 설명할 수 있을지 막막해. 이 세상을, 모든 사물을 설명할 수 있고, 설명하기 위해 말을 갈고 닦고 일궈야 하는 게 인간의 의무인데, 살점이 디룩디룩 붙은 늙은이와 그런 젊은 여자들 앞에 서면 갑갑하고, 무더워지고, 서글퍼진다면 이게 무슨 논리고 무슨 설명이 되겠어. 말이 안 되지. 사는 게 무료하고 따분해져서 창경원에 간 적이 있었어. 어기적거리는 코끼리의 큰 덩치를 멍청히 쳐다보다 왈칵 눈물이 쏟아졌어. 그 집채만한 큰 덩치가 새삼 서럽게 느껴졌던 게지. 그 퇴색한 회색 살갗이 방금이라도 땅바닥에 떨어질 듯이 축축 드

리운 게 서글퍼 보였던 거야. 그 이후로 살찐 사람이 보기 싫어졌어. 코끼리는 늙은 동물 아냐? 그런데도 주체 못할 살점을 디룩디룩 달고 살아가거든. 살찐 사람을 이해할 수 없고, 설명할 수 없으니 내 쪽에서 외면해야지. 사물을 한쪽밖에 못 보는 사람이라고 낙인이 찍히더라도 어쩔 수 없지 싶어.

—그럴 수도 있어요. 이해하도록 노력하세요. 말로써, 글로써 설명할 수 있도록 애써 보세요. 말이나 글은 근본적으로 어떤 대상이나 사물을 예찬하기 위한 도구가 아니겠어요? 아니면 그것을 정확하게 부연 설명하려다가 부정적인 면면도 캐내든가요?

—나로서는 당분간 거의 불가능할 거야. 내 어휘량이 반으로 줄어 있으니까.

어느새 그의 물기 머금은 두 손이 나의 왼쪽 손등을 깡그리 덮고 있었으므로 나는 불쑥 말을 뱉었다.

—오늘 밤만큼은 술도 마음껏 마시고 싶고, 하숙집에도 들어가기 싫은데 어떡하면 좋을까? 아까부터 내가 무성동물인 것 같아서 사람다워지고 싶다는 충동을 얼핏얼핏 떠올렸는데, 머랄까, 이실직고이자 성적 충동의 고백이야.

—무슨 뜻인지 알아요. 들어가세요. 정말 곤란해요, 그럴 것 같애요, 틀림없이 그럴 것 같애요, 틀림없이. 규칙적인 월례행사가 오늘, 내일 중으로 닥쳐요. 지금 조마조마하게 그걸 기다리는 중이에요. 그게 닥치면 짜증이 나서 죽고 싶어요. 그걸 가능한 대로 잊어버리기 위해 춘천행을 서둘렀어요. 바보처럼 그걸 집에서 서성이며 기다리기가 싫어서요. 아마 내일은 하루 종일 아무것도 먹지 않고 마음을 최대한

으로 가라앉히려고 기를 써야 할까봐요.

그는 자주 피로해 했고, 짜증이 나면 말을 아무렇게나 하는, 또는 숫제 한동안씩 말을 안 해 버리기도 하고, 토라지기도 잘하는 여자였다. 물론 나는 그를 이해하려고 애를 썼으나 애를 쓰면 쓸수록 나마저 무성동물이 되어 외부로부터의 여러 자극 요인에 민감하게 반응을 드러낼 수도 없고, 우울과 다변 따위의 가장 기초적인 정서도 자제하게 되어서 신체의 일부가 서서히 퇴화되고, 마모되어 가는 듯한 착각에 빠지곤 했다. 요컨대 내 특유의 상투적인 상상력은, 그녀가 '시그날' 앞에 나타나기 직전까지 내 머릿속 희곡은 완전히 엉성하고 뻔뻔스러운 허구였음이 드러났다. 허탈했고, 꼭 그만큼 씁쓸해지는 경험이었다.

최초로 그를 여관방까지 유인해 들어갔을 때, 나는 고주망태가 되어 있었다. 아니다, 나는 흔해빠진 취객이 되어 인사불성인 것처럼 실연(實演)해 보였다. 값싼 여관비를 주고 그를 사 버리고 말자는 가장 부도덕하고 무지막지한 생각만을 나는 자꾸만 간추리고 있었다. 다행히 통금 사이렌에 뒤이어 호각을 불어대는 방범대원들의 어지러운 소음이 우리를 몰이꾼에게 쫓기는 토끼처럼 어느 골목으로, 그 골짜기의 음습한 엄폐지로(그 여관은 3층짜리 붉은 벽돌집이었고, 우리의 방은 제일 꼭대기 구석방이었다) 몰아넣어 주었다.

나의 최초의 돌발적인 성욕을 그는 미리 준비해 둔 것 같은, "답답해서 미치겠어요. 제발 이러지 말아요. 알코올에 이렇게 찌든 상태에서 이런 의식을 치를 수는 없어요. 술을 마시지 않은 상태에서 정정당당하게 치르세요. 제 자신이 역겹고 불쌍해요. 자제하세요" 따위의 내 성감대를 부채질하는 말로 다독거렸다. 비로소 그는 '그녀'가 되었다. 그녀의 지쳐가는 음성이, 발악적인 버둥거림이 미워서 나는 갈팡질팡하는 나의 성욕을 함부로, 무례하게 내둘러대기 시작했다. 핏덩어리에 불과한 나의 뺏뺏하게 성난 성기가 그녀의 허벅지 속에서, 둔부에서, 아랫배 위에서 마구 비벼지고 있는데도 그녀는 그것을 손으로 걷어내거나 뿌리치지 않음으로써 나의 성욕을 더욱 고조시켰고, 나는 점점 미쳐 가는 한 마리의 짐승이 되어 갔다. 나의 집요하고 발악적인, 거의 미쳐 버린 폭력을 그녀는 머리를 세차게 흔들어대면서, 사지를 버둥거리면서 끈질기게 막아내고 있었다. 증오와 사랑은 일시적인 동의어였다. 성욕은 폭력이었으며, 지칠 줄 모르는 돼지의 식탐과 하나도 다를 바 없었다. 가증스러운 폭행, 참담한 모멸감, 무력한 애원, 짜증스러운 신경질 따위가 자기 주장만을 일삼는 공상가의 짓거리처럼 끊임없이 이어졌고, 그것들은 좁고 더럽고 끈적거리는 방바닥 위에서 수돗물 떨어지는 소리와 함께 지글지글 끓었다. 나의 저돌적인 성욕이, 그 미친 횡포가 문득 어떤 명분을 찾아 물러가 주기를 바라는 식민지 종주국의 마지막 폭력이나 발악 같았고, 그녀는 제 힘에 지쳐서 투항해올지도 모르는 식민지 백성의 힘겨운 독립전쟁을 치러내고 있었다. 우리는 거의 한 시간 이상 서로를 지겨워하면서 지루하게 싸웠다.

그녀도, 나도 서서히 신경전, 소모전에 진력을 내기 시작했다. 서로가 너무나 피폐해져서 잠들이 들었던 모양이다. 그 소강상태를 일깨우는 햇살이 창틈으로 조금씩 새어들어 오고 있었다.

새벽은 내게 언제라도 부스럭거리는 거동 소리를 내며 다가온다.

아버지의 수선스러운 새벽 기상벽 덕분일 것이다.

그녀가 꿈틀댄다. 다시 나는 한 마리의 발정한 짐승이 되어 그녀의 가슴 위에 무작정 내 성욕을 싣는다. 곧장 그녀의 메마른, 지나치게 큰 입술을 찾는다. 포개진 두 입술이 어마어마한 크기의 호수 같다는 느낌이 든다. 그녀가 순간적으로 나를 받아들일 자세를 취한다. 그녀의 짜증스럽고 지친 탄성이 짧게 토해진다. 그걸 나는 도발적인 신음소리로 알아듣는다. 착각이다. 그 지친 빠진 신음소리 때문이었는지 이번에는 불쌍하게도 나의 성기가 제대로 발기하지 않는다. 신기하게도 나의 충전된 핏덩어리는 그 동력원이 완전히 소진되어 물러빠진 조그만 해면체 덩어리로 변해져 있다. 알아차고 그녀가 비로소 홀가분한 표정을 짓는다. 벽에 붙어 있는 스위치를 눌러 불을 켠다. 환한 대낮이 된다. 조그만 돌기가 송두리째 드러나 있는 그녀의 밋밋한 가슴이 모든 것을, 이 밤의 미친 성욕이 사그라지고 있는 것을 똑똑히 쳐다보고 있다. 사방에서 뭔가를 이해한다고, 알 만하다는 무언의 함성이 들려온다. 그 차분한 시위에 나는 몸을 부르르 떨면서 착한 늙은이가 되고 만 기분이 든다. 그녀가 어느새 다시 중성 같아 보인다. 늙은 노인이 그제서야 멋쩍어졌다고 생각한다. 그 쑥스러움을 빨리 덜기 위해 나는 섹스 행위 후에 그의 '과거'를 꼭 물어 볼 작정이었다고 말한다. 그 말 같잖은 말을 뱉어 놓자마자 나의 거추장스러운 성욕이 커다란 액체 덩어리의 배설물로 변해 까마득한 곳으로 빠져나가버린 것 같음을 느낀다.

—그 계획이 아주 자연스럽게 수포로 돌아가고 말았네. 잘된 일인지 어떤지 모르지만.

—정말 다행이에요. 그런 걸 앞으로도 묻지 않게 되었으면 좋겠어요. 과거 없는 사람이 어딨겠어요. 언젠가는 제가 툭 털어 놓을게요.

그녀의 빈약한, 노르끼한 닭살 살갗의 엉덩이가 보인다. 그녀가 돌아앉아 날렵하게 옷가지들을 입는다.

—나가세요. 서두르세요. 하숙집에 가서 일을 해야잖아요.

—잠시, 날이 밝을 때까지 더 있다가 나갈 거야. 짐승들은 지치면 꼼짝하지 않아. 그게 사람보다 현명한 보신책이야.

—그러면 제가 먼저 나가께요.

그녀가 전등불을 끄고, 흐릿한 물체가 되어 뒤도 돌아보지 않고 여관방을 빠져나간다. 그녀와 나 자신을 찾기 위해 나는 방 구석구석을, 부스럭거리는 이부자리를 여기저기 두리번거린다. 벌떡 일어난다. 피폐한 내 몰골을 누르스름한 천장이 빤히 내려다보고 있어서 나는 머리밑을 손가락으로 벅벅 긁는다. 담배를 찾아 문다. 빨갛게 타오르는 담뱃불을 쳐다보면서 여기가 어디쯤일까를 생각한다. 퍼뜩 내 인생은 한 장의 희미한 지도에 지나지 않을 거라는 느낌이 들고, 그 지도를 구겨서 버리고 싶은 충동이 인다.

1–12

양이가 그즈음 한창 유행하던 목걸이 시계를 만지작거리고 있었다. 구멍이 숭숭 뚫린 검은 장갑도 그랬지만, 목걸이 시계는 가슴의 융기가 옷 밖으로 거의 드러나지 않는 양이의 몸에 어떤 살점을 보태고 있는 것 같아서 어울렸다. 낯익은 다방 안은 일요일 오전이어서인지 손님이 별로 없었고, 희끄무레한 권태가 깔려 있었다. 실업자들이 실없는 말로 설왕설래하다가 문득 머쓱해지고 민망해져서 멀뚱거리는 광경을 대변하는 다방의 진풍경. 음악마저도 조안 바에즈를 흉내내는 청승맞은 어느 여가수의 억지 가성이 졸면서 스멀거렸다.

목걸이 시계에서 손을 떼고 양이가 고개를 번쩍 쳐들었다. 그녀의 작은 동공이 반갑다는 내색도 없이 몇 번 깜빡였다.

"앉으세요. 부지런히 왔군요. 어때요. 일요일 아침에 이렇게 일찍 사람을 만나러 나온 기분이, 분명히 드문 경우지요?"

나는 곧장 동문서답했다. 버릇이 된 내 말투였다.

"베개 덕분에 꿈도 꾸지 않고 잘 잤어. 오래 살려면 종이 한 장을 베고 자라는 말이 있던데, 아무래도 오래 살지는 못할까봐. 베개가 편리한 물건이라는 데 전적으로 동의할 수밖에 없을 것 같애."

양이가 고개를 다시 떨어뜨리고 작은 소리로 말했다.

"그런 공치사를 들으려는 의도는 눈곱만큼도 없었어요. 그냥 시간이 남았고, 울적했고, 돈이 마침 있었을 뿐이에요. 남에게 대가를 바라지 않고 무엇을 준다는 일은 즐거운 일인가봐요. 너무 성경 같은 말이고, 자화자찬으로 들릴지 몰라 쑥스럽지만요."

나는 그녀의 쑥스러운 푸념을 즉시 깔아뭉갰다. 역시 나의 즉흥적인 말버릇이었다. (송 선생을 위시한 내 주우의 동료들은 말머리 곧 화두를 이렇게 휘어잡은 다음 엉뚱한 발상을 휘두를 때가 많고, 서로가 그것에 익숙한데, 우리는 그것을 '순발력이 좋다'고 한다. 순발력이 있어야 이 희극적인 세상을 그나마 연극처럼 여기며 정색한 얼굴로 살아갈 수 있고, 서로 말벗이 될 수 있다는 뜻이다.)

"연극적이려면 입구를 등지고 앉아서 사람을 기다렸어야 할 텐데.

만남은 연극의 제일 첫 번째 갈등의 출발이거든. 그래서 만나기 직전까지는 갈등을 드러낼 수 없어. 물론 연기자가 움직이지 않을 때만 관객을 등지고 있을 수 있다는 것도 연극의 불문율이긴 하지만. 상식적으로도 관객을 등지고서야 옳은 연기를 할 수 없잖아. 대사를 제대로 전달하기 어려우니까. 연기자 겸 연출자의 무대 상식이 영 제로야. 무대 의상과 소도구, 목걸이 시계나 장갑 등등은 그런 대로 나름의 분장술 안목이 드러나서 어울리는데 말이야."

양이의 즉각적인 응수도 들을 만했다.

"저도 불평을 한 가지만 털어놓을게요. 자기도 정장을 해 왔으면 좋을 걸 그랬어요. 지금부터 함께 교회에 갈 계획이거든요. 역시 연출자의 상식이 의심스러워요."

'교회'는 전혀 뜻밖이었다. 뜨악하다는 의구심과 놀람을 속으로 누그러뜨리며 나는 담배부터 물었다. 뒤이어 무대 전면으로 나서지 못하게 되어 있는 조연급 연기자처럼 주뼛주뼛 눈칫밥 먹는 소리를 흘렸다.

"의복이 인격을 재는 자는 아닐걸? 예수도 정장을 했다는 소리는 못 들었고, 넥타이는 서구의 최근세 복장 양식일 따름이야. 나는 엄연히 노동자이기도 하고. 그 장갑이 제법 잘 어울리는 것 같애, 여기서는 그래, 다른 장소에서는 어떨지 모르겠고."

말을 마치고 나자 나는 공연히 열등감을 느꼈고, '이러니 최소한의 생존을 위한 인간적인 만남을 제외하고는 대다수의 인간관계가 의식(儀式)을 위한 거래에 지나지 않고, 따라서 서로를, 더러는 일방적으로 한쪽만을 피곤하게 만든다'고 나 자신과 이 형식투성이의 세상을 비웃었다.

"어울리면 어울리지 제법은 머고, 같아는 뭐예요?" 양이는 '제법'과 '같아'를 강조했다. (그녀는 역시 웃지도 않았는데, 체질적으로 진지하며, 농담을 농담으로 받을 줄 모르고, 우선 웃을 줄을 모른다. 그래서 흔한 여자는 아니지만, 그 진지함이 나와 닮은꼴이긴 해도 상대방을 피곤하게 만드는 여자다. 그 점이 연극학도인 내게는 싫지도, 그렇다고 좋지도 않다. 사람은 때때로 피곤을 느껴야 하니까.) "저는 손에 살이 없어서 그런지 손이 잘 곱아요. 그러니 이 장갑은 저의 찬 손을 녹여 주는 생활필수품이지 정장을 돋보이게 하는 액세서리로 낀 건 아니에요. 어울리지 않아도 할 수 없어요."

양이의 자태는 꾸중 듣는 학생꼴이 되었다. 눈까지 내리깔고 자신의 의사를 털어놓는 그녀의 이런 버릇을 나는 몇 번이나 본 적이 있고, 그때마다 그녀가 내게는 감정 없는 정물처럼 제 자리를 엄격하게 지키는 어떤 장식품으로 비치곤 했다.

"말은 안 했지만 그 뼈마디가 선명한 손이 닭발 같다는 느낌을 언젠가 받은 적이 있어. 그런데 그 손이 잘 곱는다는 사실은 지금에사 처음 듣네. 사람 사는 꼴이 이래서 재미있다고들 하는가봐. 전혀 새로운 사실을 자꾸만 알아 가니까."

그녀는 여전히 학생처럼 말하기 시작했다.

"손을 가슴 위에 얹어놓고 잠을 자면 좋은 꿈을 꾼다는 말을 들었어요. 그 말을 듣고 어릴 때부터 손을 가슴 위에 얹어놓고 자는 버릇이 생겼어요. 실제로 꿈을, 자꾸 연장시키고 싶은 꿈을 숱하게도 꾸었어요. 꿈에 취해 산다는 말을 실감하면서 산 적이 있었지요. 그런데 이제는 손을 요바닥 위에 편안히 놓아둔다든지, 또 이불 위로 내놓고는 잠을 이룰 수가 없어요. 몇 번이나 이 성가신 버릇을 고치려고 시도해 봤지만 매번 실패했어요. 요즘은 좋은 꿈을 꾸기는커녕 손이 뻣뻣하게 곱아 와서 자다가도 벌떡 일어나 주먹을 쥐었다 폈다 할 때가 많아요. 물론 피돌기가 안 돼서 그렇겠고, 잠자리까지도 유교식으로 예절을 갖추라는 뜻인 줄이야 잘 알지만요. 아무튼 피로할 때는 자다가도 팔뚝부터 손까지 힘이 하나도 없이 저려 와서 일어나게 되고, 일어나서는 내 손이 영영 마비되면 어떡하나, 사람은 손이 있기 때문에 만물의 영장인데 라는 시시콜콜한 생각들을 이어 가느라고 밤잠을 설치게 돼요. 그렇게 잠이 안 오면 손톱을 깎기도 하고요, 저는 손톱이 길면 못 참아요. 한밤중에 손톱이나 깎는 내 몰골이 처연하고 을씨년스러워서 비감해질 때가 자주 있어도 사람의 몸에서 자꾸 자라는 것은 머리털과 손톱, 발톱 등인데 그 두 가지가 묘한 대조를 이루고, 왜 하필 그 두 가지만 신진대사를 몸 밖으로 적나라하게 일정한 속도로 드러내고 있나 하는 생각도 해본 적이 있어요. 이런 아집 같은 버릇을 팽개치기가 정말 힘들어요. 낮 동안에는 또 손을 끊임없이 움직여야 한다는 강박증에 시달리고, 손을 항상 깨끗이 해야 하고, 보호해야 한다는 고정관념에 얽매여 있기도 하고요. 사람은 버릇에 길들여지다가 그 버릇에서 놓여나지 못하고 천천히 죽어 가나봐요."

금시초문의 새로운 사실이었다. 동물들마다 제 나름의 수면 방법이 있을 것이다. 박쥐는 나뭇가지에 거꾸로 매달려서, 말은 서서 수면을 취한다고 하지 않는가. 그런데 하물며 사람이야. 그런데도 수면 습벽조차 모른 채 사람들은 인연을 맺고, 살을 섞고, 상대방을 이해한다고 으스댄다.

문득 그녀가 나와의 최초의 정사를 거부했을 때가 한밤중이었다는 사실이 떠올랐고, 이어서 하숙방에서 처음으로 짧은 그 몸 섞기를 치른 때가 초저녁 때였음을 떠올렸다.

나는 뻥 뚫린 시선으로 양이를 멀뚱멀뚱 쳐다보다가, 이내 다래끼같이 생긴 커다란 손가방 위에 포개 놓은 그녀의 깍지 낀 손을 찬찬히 뜯어보았다. 그 깍지 낀 두 손은 잠시도 쉬지 않고 힘을 주느라고 꼼지락거리고 있었다. 그 꼼지락거림으로 얼금덜금한 검은 장갑의 탄력이 부풀어 올랐다가 줄었다가 해댔다.

"이제서야 뭘 유심히 관찰하세요?"

그녀의 말에 재빨리 눈씨를 거두는 나를 천연스럽게 바라보며 양이가 또 엉뚱한 말을 주워섬기기 시작했다.

"의복은 항상 계절을 앞서 가야 된다고 생각해요. 여자들이 여름에, 특히 장마 중에 얇은 춘추용 코트 따위를 걸쳐 입는 것은 멋을 부리기 위해서가 아니라 계절이 늦게 지나간다는 투정일 거예요. 또 변덕이라고도 할 수 있을 거고요. 옷이 계절보다 앞서 가고 변덕스러워야 사람다워진다는 시위가 아닌지 모르겠어요. 부르주아의 사치스러운 생활 양식일지도 모르지만요."

그러고 보니 양이의 옷차림은 초봄의 날씨를 훨씬 뛰어넘는 것이었다. 개구리 색 티셔츠 위에 검누른 커피색 재킷을 걸쳤고, 마직(麻織)의 미색 스커트를 받쳐입고 있었다. 늦봄이나 비가 온 후의 눅눅한 초여름 날씨에나 어울릴 옷차림이었다. 나는 역시 관찰력이 부족한 맹꽁이 눈의 사내라는 생각이 들었다. 나 자신의 옷차림에 관심이 없다고 해서 그녀의 옷차림에까지 신경이 무뎌 있다는 사실을 깨닫고, 내가 무슨 업보처럼 죽을 때까지 단일색조의 털을 덮어쓰고 살아가는 어떤 짐승의 일원이 된 것 같은 생각이 얼핏 들었다.

나는 불쑥 역정을 냈다. 그녀의 찬찬한 어조 때문에, 또한 실업자로서의 나의 예민한 정서 반응 때문에 비비꼬인 말을 쏟아 놓지 않을 수 없는 기분이었다.

"서로를 제대로 이해하려면 옷차림까지 길들어져야 한단 말이지? 나는 먹고 살기에 바빠 계절을 모르는 프롤레타리아야. 의복이 자신의 심리적인 행복감을 떠받들어주는 매개물의 일종이라고 생각한다면 그런 사람은 허영꾼일걸?" 나는 '가발'을 의식하며 덧붙였다. "아니야, 그런 사람들은 분명히 공작 같은 가축일지도 몰라."

양이는 다시 진지하게 말했다.

"잠타령, 옷타령은 이쯤하고 나가세요. 조금씩 길들어져야지, 사람이 갑자기 변하면 불상사가 일어난대요. 저는 어릴 때부터 이런 속설을 절대적으로 믿는 못난 버릇이 있어요."

"그건 버릇이라기보다도 일종의 자기최면이라는 거야. 사람은 누구나 자기최면에 걸려들고, 또 걸려들고 싶어하는 심리가 있다는 거 아냐. 그러니 사람은 사회적인 동물이기 전에 우선 심리적인 동물이라고 해야 맞아."

"버릇, 버릇으로 인한 불편함, 그런 갈등으로 말미암은 마음의 상처 따위를 모르고 살아가는 사람은 아마도 진짜 행복한 사람일 거예요."

"사람이 아니라 돼지겠지. 돼지의 식탐도 생존을 위한 필사적인 버릇일 테니까. 그것들은 그걸 잘 모르고 꾸역꾸역 먹고 살아가니 말이야. 버릇, 갈등? 그런 버릇, 갈등의 완충장치는 많아. 교육이랄지, 각종 정보 따위, 대인관계 등이 다 그 못난 버릇들로 인한 갈등이나 불편함을 막아 주고 줄여 주는 제도들일걸."

"직접 당해 보면 그런 완충장치들이 별로 소용에 닿지 않는다는 것을 알 수 있어요. 물론 사람에 따라서 다르긴 하겠지만요. 종교가 그나마 다소 제 구실을 다 하는데, 오히려 종교 자체가 한낱 버릇이고, 갈등을 증폭시켜 주는 오래된 관습이라는 게 문제예요. 그러니 어떤 갈등을 늘려줄지, 또는 갈등을 줄여줄지 구경하러 가세요. 벌써 넉넉한 시간도 없어요."

양이가 일어섰다. 목걸이 시계가 그녀의 밋밋한 가슴 위에서 다리를 흔들며 나를 빤히 내려다보았다. 그녀가 천 원짜리 지폐를 말없이 내게 건네주었고, 나는 그것으로 커피값을 지불했다. 자신이 만나자고 했으니까 커피값은 자신의 '필요에 의한 지불'이라고 생각하는 모양이었다. 그녀 특유의 이런 계산된 분명한 처신까지도 내게는 싫지도, 그렇다고 좋지도 않았다. 여자가 남자의 소유물이 아니라는 당연한 시위 같아서 싫어할 수도 없는 것이었지만, 여자가 남자 위주의 이 세상살이에 돈처럼 따라다니는 부속물이 아니라는 싸늘한 도전 같아서 마뜩잖고, 그 차갑고 곱기까지 하다는 손이 싫어질 뿐만 아니라 그녀의 실체를 자꾸만 뜯어보게 만들어서 피곤해지는 것이었다. 말하자면 그녀는 끊임없이 오리무중 상태 속의 여자이고, 그게 호기심의 대상일 수는 있다. 그러나 그녀가 투명한 여자이기를 바라는, 요컨대 평범한 한 사람의 여자이기를 바라는 남자들의 성가신 성향을 못마땅하게 여기는 듯해서 나의 성마른 심리적 갈등만을 배가시키는 게 귀찮기도 했다.

밖은 밝은 봄날이었으나 바람이 꽤 불어댔고, 그 차지 않은 바람이 목덜미 속으로 기어이 비집고 들어와서 겨울이 물러났음을 알려주었다. 내가 바람처럼 썰렁하고 싱거운 말을 불쑥 건넸다.

"이 위대하고 잔인한 계절의 일요일 아침에 목사님의 고리타분한 설교를 듣겠다는 게 어째 억지 같은 생각이 들어, 그렇잖아? 하기야 종교가 억지를 잘 부리고 생떼거리를 잘 쓰지만. 온갖 자질구레한 금기사항, 지시사항이 은근한 억지고 생떼거리가 아니고 머겠어? 오후쯤에 방이나 구하러 어슬렁거릴 참이었는데 말이야, 일광욕도 겸해서…"

양이는 잠시 뾰로통한 표정으로 걸으면서 말했다.

"방이야 언젠가처럼 즉흥적으로 구하면 되잖아요?" 잠시 사이를 두었다가 양이는 말을 이었다. "지금이 3월 중순인데 월말까지는 시간이 너무 많이 남았잖아요?"

나는 한달치 하숙비를 매달 월초에 내고 있었고, 그때마다 선금 장사는 학교 사업과 하숙업밖에 없다는 역정을 내고 있는 판이었다.

"물론 즉흥적으로 구할 참이야. 민수가 월세방을 알아봐 준다고 큰소릴쳤으니까 믿어야지. 그건 그렇다치고 교회는 언제부터 다녔어? 배냇 교인인가?"

양이는 또 잠시 뜸을 들였다. 육교 위가 붐비기도 했지만, 어떻게 말을 끄집어낼까를 찬찬히 간추리는 듯했다. 차량 행렬이 그녀의 스커트 자락 밑으로 휙휙 스치고 지나갔다.

"거의 맹목적으로 종교를 믿었던 때가 있었어요. 머랄까, 특수 교회의 열렬한 신도였어요. 혹시 다방교회라는 말을 들어 보셨어요?"

"다방교회? 처음 듣는 소린데. 허지만 선뜻 감은 잡히네. 그럴 듯한 복합명사 같기도 하고. 시장바닥으로 내려온 대중교회거나 민중교회라는 뜻인지 어떤지. 예수는 원래 시장바닥으로, 거리로 떠돌아다니는 낭인이었잖아. 그 시절이나 지금 우리 처지나 정치적 압제가 엉망진창으로 가혹하고…"

육교에서 내려오자마자 양이는 담담하게 말하기 시작했다.

"성북동 비탈길가에 있던 한 다방을 빌어 일요일 아침마다 성경 읽기에 맹렬하게 매달렸어요. 6개월 남짓만에 흐지부지되고 말았지만, 그때는 일주일 전체가 그 시간을 위해 존재하는 것 같았어요. 성경만을 포식하던 때였으니까 내 생애에서 가장 진지한 시간이었다고 해도 과장이 아닐 거예요. 지금의 제 사고방식, 말투 등은 전부 그 당시에 자발적으로 세뇌 받은, 그것도 일종의 버릇이에요. 물론 학교 공부는 뒷전이었고요. 실제로 학교 공부야 사전을 뒤적거리며 암기하는 것밖에 없잖아요? 진지하게 생각할 수 있는 시간은 거기서밖에 가질 수가 없었어요."

양이가 나를, 거리의 인파를, 더불어 이 구석 저 구석에서 숨어 있다가 아우성처럼 우우 몰려나오는 봄바람을 의식하지 않고 지껄이는 말투에 감염되어, 나는 무풍지대였을 것이 분명한 '다방 교회'의 분위기를 나름대로 '희곡으로 쓸 수 있을 것 같은 정서적, 무대 시연적 충동'에 곧장 빠져 들어갔다.

남녀 대학생 떼거리가 일요일 아침에 지정된 다방을 점거한다. 후줄그레한 옷을 입은 회원 하나가 다방 출입문에 '금일 영업은 오후 1

시부터 개시'라는 팻말을 내건다. 곧장 집회가 시작된다. 모든 회원이 약속 시간을 엄수할 수밖에 없음은 정해진 시간에 다방문을 안에서 잠가버리는 불문율이 있어서이다. 다방교회는 일반 교회처럼 정형화된 일체의 의식(儀式)이 없다. 한 사람이 그날을 위해 할당된 성경을 읽고, 나름대로 해석할 뿐이다. 그 해석에 회원들의 주석이 각주 맞잡이로 꼬박꼬박 엉겨붙는다. 성경은 거대한 바위이고, 그 바위에 달라붙는 수많은 새김질들이 각양각색의 해석이고 주석들이다. 해석, 주석들은 저희들끼리 한뼘의 땅이라도 더 차지하기 위해 이전투구에 가까운 언쟁을 벌일 때도 자주 있다. 일방적인 해석, 주석만이 바위를 새카맣게 덮고 있다. 멀리서 바라보면 바위라는 엄청난 크기의 덩치만 바닷가에 우뚝 솟아 있고, 음각의 새김질 따위는 보이지도 않는다. 두 시간만에 성경 읽기를 끝낸다. 그동안 회원들은 우유를 한 컵씩 먹었을 뿐이고, 말들만 수다하게 뱉어 놓았으므로 몸과 머리가 고루 허기로 지쳐서 푹 데쳐 놓은 시금치 꼴이다. 그런 노란 현기증이 가물거리는 분위기를 깨고 누군가가 벌떡 일어나 햄릿처럼 외친다.

—한국에도 분명히 예수의 세계가 있지? 아니, 말을 바꾸겠어. 이 땅에도 예수의 세계가 조만간 도래할 테지. 이건 분명히 믿을 만한 가치가 있는 사실이지, 그렇지?

얼굴도 없는 음성이 말을 받는다.

—믿어야지, 예수의 세계가 온다는 것을. 우리는 겁내지 말고 노력해야지, 예수의 세계가 오도록.

조명조차 못 받는 무대 뒤에서 음성이 들려온다.

—믿는 자만이 예수의 세계가 목전에 다가와 있음을 감지한다. 예

수의 위대한 생애가 우리의 마음속에 있듯이 예수의 밝은 세계도 각자의 머릿속에 이미 굵은 글씨로 각주처럼 분명히 새겨져 있다.

더 이상의 대화는 없다. 갑자기 거대한 바위가 짓누르는 듯한 침묵만이 다방교회 안에 가득하다. 그 침묵을 깨면서 하나 둘씩 일어나, 점점이 어디론가로 흩어져 간다.

양이가 나의 '희곡'과 무대를 허물기 시작했다.

"지금은 자의반 타의반 남의 나라에 가 있다고 알려진 서 선생이라고, 대단히 꼬장꼬장한 목사님이 한 분 계셨어요. 그분의 성경 해석을 아침 여덟 시부터 두 시간 동안 듣고, 질문하고, 토의하는 모임이었어요. 딱 한 번의 기도 외에는 일체의 의식이 없는 집회였어요. 많을 때는 회원이 스무 명 이상까지, 아마도 서른 명은 채 안 되는 날도 있었는데, 시나브로 무단 이탈자가 생기고, 개척 교회의 전도사로 나가고, 막벌이 노동자로 변신하고, 누군가에 쫓기느라고 불참자가 속출하는 통에 점점 줄어들다가 나중에는 집회를 주도하던 구세군이, 우리는 늘 옛날 대학생들의 감색 교복을 입고 다니면서 토요일 밤은 숫제 종업원 대신에 그 다방에서 밤을 지새우며 우리를 맞아 주던 그 남학생을 구세군이라고 불렀어요, 그 지칠 줄 모르는 무교회주의 맹신자가 어느날 갑자기 증발하는 바람에 집회가 흐지부지되고 말았어요. 모일 때처럼 그렇게 갑작스럽게 흩어지는 게 신기하기도 하고, 황당무계한 에스에프 영화를 보는 것 같아서 어리벙벙했어요. 한동안 처음 보는 사람들마다 그 다방교회 신도 중의 누군가와 닮은 모습을 찾는 묘한 버릇이 생겼어요. 멍청하게 목적도 없이 어딘가를 헤매듯이 그렇게 세월을 보냈어요. 저는 물론 우연히 그 집회에 나가게 됐지만, 그곳에서 말을 조리 있게, 정확하게 할 수 있는 법을 배웠고, 또 그렇게 되도록 애썼어요. 그 이후 저의 삶은 변화없고, 발전도 없는 납작한 것이 되고 말았어요. 한심하지만 저로서는 어쩔 수 없다고 체념만 되풀이해서 쌓아가는 사람이 됐고 물론 후회한다는 생각은 추호도 없어요."

양이는 자신의 젊은 날의 호된 열병을, 나의 시선을 의식하지 않고 길거리에서 털어놓는 게 다행이라는 듯이 앞만 바라보고 걸으면서, 나의 관심 따위는 전혀 염두에 두지 않고 단숨에 지껄였다. 나는 그녀의 진지한 추억담에 심각하게 대응할 필요가 없다고 내심 심술을 부렸다. 아니, 더 이상 그 열병의 시간 속으로 그녀가 되돌아가는 게 무익할 뿐만 아니라 불필요한 감정의 사치라고 단정했다. 이런 변덕스런 심통과 단정은 아마도 갈등을 점증시키기로 예정된 연극의 작위적인 얼개라고 불러도 좋을 것이다.

"그런 집회가 원래 그렇게 황당무계하게 끝나게 돼있어. 동서고금의 모든 독서회는 그렇게 박살나는 거야. 왜냐하면 독서는 본질적으로 정신의 유희와 자유를, 이상의 추구를 위해서 혼자 사유하는 것인데 모임은 현실을 위해, 복수(複數)를 위해 존재하거든. 모순이고 자가당착이지. 그러니까 모순투성이들끼리 치고받다가 다같이 나둥그러지고 마는 거야. 일종의 사필귀정이라고 보는 게 정확한 말일지도 몰라." 나는 심통을 더욱 진전시켜 농조의 질문을 퍼부었다. "그 다방교회는 당연히 시쳇말로 불순분자의 집회장소였겠군? 구세군이라는 그 꼬장꼬장한 치를 양이가 몹시도 좋아했던 거 아냐? 혹시 그 반대였는지도 모르겠고. 그런 불순단체에 양가집 딸이 뭣하러 들어가서 고민을 스스로 만들고, 쓰다듬고 난리를 피웠어? 집회를 사랑하고 그러니까 집단적으로 무엇을 사랑하고 그것에 맹목적으로 미친다는 것은 신들린 행위고, 말짱 가짜고 거짓이야. 달하자면 애국 같은 너절한 집단적인 시위나 행위도 마찬가지야. 한마디로 신들린 소용돌이지."

나의 진의와는 점점 다르게 지껄여지는 걸 내 스스로도 느끼고는 있었지만, 역시 말의 희롱이 지나쳤던 모양이다. 양이가 발걸음을 멈췄다. 나도 한 발자국 떨어져서 우뚝 섰다.

"그 집회는 결코 불순단체의 모임도 아니었고, 저는 양가집 딸도 아니에요. 저희들은 절대로 자신의 출신성분이나 가정형편 따위를 서로 묻지 않기로 돼 있었어요. 그런 너절한 생활 조건에 우리들의 관심을 쏟을 틈도 없었고, 그런 관심 자체를 속된 것으로 이해했어요. 제발 불쑥불쑥 상습적인 조롱끼의 말투를 제게 퍼붓지 말았으면 좋겠어요. 저는 몸이나 정신이 그런 조롱, 야유를 받아들일 수 있을 만큼 건강하지도 건전하지도 못해요. 그러니 조롱감이 될 수 없어요."

나의 철딱서니 없는 심통은 도무지 속수무책이었다. 곧장 또다른 심통이 자연스럽게 이어졌다. 분명히 도가 지나친 억지였다.

"무슨 소리야. 경우에 따라서는 모든 인간이, 사물이 조롱의 대상일 수가 있어. 또한 몸이나 정신이 다 건강하면 이미 사람이 아니야. 사람다워지려면 건강하지 않아야지. 나는 건강한 몸과 건전한 정신을 갖고 있는 상인이나 운동 선수나 정치가 따위를 도저히 바른 사람으로 바라볼 수가 없어. 이게 내 확고한 직업의식, 아니 내 작업의식의 골자야. 연극과 무대에 그런 상식이 버젓이 올랐다가는 관객의 조롱만 불러온다고."

이윽고 양이가 걸음을 떼놓았을 때, 나는 몇 발자국 더 떨어져서 삐치기를 잘하는 소년 같은 그녀의 홀쭉한 몸매와 걸음걸이를 빤히 쳐다보고 있었다. 내가 먹이를 좇는 짐승 같고, 돈벌이감을 찾는 사기꾼 같다는 생각이 얼핏 들었다. 또한 위선을 뒤집어쓰고 나돌아다니는 흔해빠진 시정잡배 같았다.

여전히 앞만 바라보고 걷는 양이의 표정이 싸늘하게 굳어 있었다. 그녀의 그런 표정이 내게는 이미 낯설지 않는 것이었지만, 나의 조롱투의 언행 일체를 꾸준히 흉물스러운 것으로 간주하고 있다는, 또 우리 사이에는 아직도 상당한 거리가 있다는 확인 같아서 싫었고, 당분간 서로의 함구를 요구하는 위엄이 섞여 있어서, 무엇보다도 나의 체질화된 비아냥거림에는 스스로도 머리가 내둘려져서 나는 양미간을 찌푸렸다. 양이는 제 뜻대로 움직여지지 않는 세상을 향해 자주 신경질을 부리면서, 때로는 그 신경질이 가짜 명랑과 진짜 분노로 변하여 외부세계와는 점점 견고한 담을 쌓아가는 심약한 병원체였고, 나는 늘 자기 비하벽에 빠져서, 때로는 피해의식에 젖어서 이 위선을 뒤집어쓰고 있는 희극적인 세계를 깔보아야만 직성이 풀리며, 그런 비비꼬인 세계상을 가진 사람만이 성실하다고 여기는, 그 하찮은 시각이 딴에는 제 것인양 잘난 체해대는 반풍수였다. 우리 사이의 이런 근본적인, 따라서 기질적인 거리감은 비단 나와 양이 사이의 문제라기보다는 나와 외부 세계, 곧 한국 현실 전체 사이에 가로놓인 벽이며, 한계이고, 동시에 매도의 대상일 수 있는 것이었다.

모순 덩어리와 고집불통이 온갖 이물질로 썩어 가는 쓰레기 같은 세상을 헤쳐 가고 있다는 생각을 하며 나는 발걸음을 착실히 떼놓고 있었다. 고집불통이 고개를 빠뜨린 채 낮은 소리로 말을 흘렸다.

"이제부터 아직도 신성불가침한 주일학교예요."

양이가 인도한 주일학교는 신촌의 어느 대학교 구내에 있는, 그것도 일종의 다방교회와(엄밀히 말하면 강당교회였지만) 비슷한 이색적인 신교 집회 양식이었다. 일요일 아침마다 오전 열 시와 열한 시 반에 각각 집회가 있는데, 두 사람의 설교자가 한 달씩 그 시간을 번갈아 맡는다고 했다. 형식적인 헌금 거두기와 찬송가 합창이 있긴 하지만, 성경의 새로운 해석을 두 설교자가(두 사람 다 목사는 아니지만, 꽤 널리 알려진 개신교 신자였고, 반체제적 성향이 농후한, 기독교 교리를 섬기는 어느 사립대학의 간판형 교수였다) 주문처럼 강조해대는 '의식(儀式)은 없지만 의식(意識)이 서로 교통하는' 집회였다.

대학 구내에는 시샘바람이 가득했고, 문자 그대로 산상수훈을 들으러 가는 대학생 차림의 남녀, 젖먹이까지 가슴에 달고 있는 젊은 캥거루 부부, 곱게 늙은 백발의 노인들이 점점이 언덕길을 오르고 있었다. 그 한가로운 풍경속에는 온갖 정치적 압제에 대한 불평불만, 분열, 불화 등이 점차 엷어져 가는 한 시절의 중산층의 안온함이 곧이곧대로 드러나고 있었다. 나는 그 풍경 속을 거닐면서 문득 '인생행로란 변덕 많은 바람 속을, 또는 이 불가해한 시대 속을 꼬물거리는 인간들의 자발없는 서성임이 아닐까?'라는 생각을 떠올렸다. 그 생각은 양이의 신경질적인 삐침이 더욱이나 경솔한 행태로 보이도록 했고, 나 자신은 태연할 수밖에 없다고 내심 주장하도록 들쑤셨다.

양이의 옆얼굴을 훑어보니, 무언가를 골똘히 생각하며 나 따위의 동행자를 의식하지도 않고 있는 듯한 그녀의 쌀쌀맞은 표정이 행복해

보였다. 사람은 열심히 일할 때보다 골똘히 생각할 때가 더 행복해 보이는가, 맞는 말이지 싶었다.

우리는 지각생이었다. 아무런 장식도 없이 비스듬히 경사진 바닥의 강당에 들어섰을 때, 막 찬송가 합창이 길게 여운을 끌며 끝나가고 있던 참이었다. 예정대로 곧장 검은색 신사복으로 정장을 한(그 진절머리나는 정장이었다) 설교자가 교단 앞에 서서 성경책을 뒤적거리고 있었고, 일군의 청중들이 연단 앞으로 몰려나가 조그만 녹음기들을 설교자의 성경책 옆에 촘촘히 올려놓고는 제자리로 물러나오고 있는 중이었다.

청중들은 곧장 어느 양순한 목자(牧者)의 양떼가 되었다. 사람들은 본질적으로 말에 길들어지는 양떼인데, 대화와 대사를 새기면서 사는 인간답게 나는 말귀를 활짝 열어 놓은 양이 되어 보자고 작정했다.

—나사렛 사람들은 전통적으로 상상력이 부족한 주민들이었다. 그 점은 그들의 집회 양식이었던 시나고그가 오늘의 템플이나 처치, 채플과는 분명히 다르다는 사실에서도 알 수 있다. 유태 교회당인 시나고그는 오늘의 교회와는 달리 질문과 토의가 따르고, 관례적으로 식사가 베풀어진다. 곧 말과 식사의 향연이다. 시나고그에 참석한 사람들은 말과 식사를 통해 친교(親交)의 심도를 증폭시킨다. 이 일상적인 의식은 교통하는 말과 식사가 없어져 버린 오늘의 의식화된 세속적인 교회와는 근본적으로 다르다. 어느 쪽이 옳고 그름을 떠나 물고기가 유난히 많이 잡혔고, 따라서 어장이 사시장철 크게 번창했던 갈릴리 호수 주변의 유태교인들은 그들의 일상적인 생활이 윤택했기 때문에 말과 식사의 성찬을 늘 즐겼고, 스스로의 상상력을 고이 접어 두고 살

았다. 말 그대로 현실적이고 세속적인 삶을 누렸다. 예수의 위대한 점은 그들에게 그 성찬에서, 그 일상성에서 벗어나라고 질타하면서 현실을 뛰어넘어야 한다는 상상력을 심어 준 것이다. 그렇다. 그리스도교는 일상을 극복함으로써 세속계의 모든 질서를 부정하고 나선 종교이다. 익히 아는 바와 같이 예수는 그의 위대한 죽음을 본보기로 현시함으로써 유태교인들의 마비되어 가는 의식에 상상력이라는 불을 점화시켰다. 그의 제자들이 하나같이 먹고 살기에 과히 째이지 않는 집안 출신이었음과 그들이 지나칠 정도로 단순, 소박하고 건실한 심성의 소유자들이었음에도 불구하고 예수는 그들에게 유태교에서 강요하는 현세에서의 근검절약과 몇 가지 금기사항을 무시해버리라고 고함쳤다. 그 텅빈 현실에 내세, 크게 말해서 앞날을 위한 신앙, 곧 불행과 불만이 없는 천국을 미리 채워보는 상상력을 그들에게 심어 주었다.

찬찬히 분별을 이어가다 보면 예수 자신도 목수라는 기능공의 아들이었으므로 농민이나 어민처럼 1차산업 종사자가 될 운명은 애초부터 면제받고 있었다. 즉 그는 시나고그에나 충실히 다니고, 예의 말과 식사의 성찬에도 꼬박꼬박 참석하면서 이웃사람들과 친교만 쌓아가면 편안한 한평생이 보장된 신분이었다. 그러나 예수는 그런 안온한 생활 속에 주저앉아 있어야 하느냐고 묻는다. 곧 세속성과 일상성의 전면적인 부정이고 근본적인 터부시이다. 요컨대 예수는 상상력이 마비되어 가고 있는 지역을, 그 주민들의 마비되어 가고 있는 의식을 충전(充電)시켜 준 위인에 불과하다. 그의 언어가 얼마나 단순하고 친밀한가를 눈여겨보면, 그가 소년처럼 마비되지 않는, 늘 생생한 꿈을 꾸는 상상력의 소유자라는 사실을 손쉽게 알 수 있다.

오늘의 우리 주변을 예수의 깨어 있는 의식으로, 그의 탁월한 상상력으로 점검해 보자. 누구나 오늘의 우리 현실 자체는 의식이 마비되어 가는 연대기이며, 상상력이 고갈된 풍토임을 부정할 수 없을 것이다. 허황한 상상력만이 활개치며, 몽상가들의 어거지 환상 같은 기대감만이 비명을 지르고, 순수하지 못한 수단과 목적만을 추구함으로써 우리의 상상력을 영원히 잠재우려는 괴수들의 넋두리만 득시글거리고, 그런 사고에 물든 황폐한 의식들만이 설치고 있다. 곧 단순사고라는 누런 병적 증후군이 한국 땅 전체에 널리 퍼져가고 있는데, 그게 보이지 않는다면 청맹과니가 아니고 무엇인가. 이 상상력이 메말라 가는 풍토의 개선에 우리의 모든 규격화된, 의식화된 교회들은 자기 반성을 철저히 잠재우면서 새로운 형태의 한국적 샤머니즘이라는 포장을 동원하여 우리의 능동적 상상력을, 현실을 직시할 수 있는 우리의 적극적 심성을 구조적으로 겹겹이 싸발라 버린다. 그러므로 상상력이 설 자리를 잃어버린 오늘의 우리 대기는 질식상태라고 불러야 마땅할지 모른다. 진부한 진단 같지만, 신화가 없고 상상력이 부족한 곳이 한국이다. 그래서 한국인은 이제 유태인들인 것이다. 예수 행세를 자처하려는 신흥종교 교주들의 속출도 그런 맥락에서 읽을 수 있다. 한국인은 누구나 예수가 될 수 있지만, 상상력을 점화시킬 수 있는 쉬운 언어와 마비되어 가고 있는 의식을 충전시켜 줄 능력 있는 사람이 없으므로 한국에는 당분간 가짜 탈을 뒤집어쓴 사이비 교주의 세계만이 불가사리처럼 비대해지고 있는 것이다. 이 부기(浮氣)를 빼낼 수 있는 능력이 상상력이라는 주사이고, 예수이다.

그랬다. 1970년대의 한국은 신들린 세속계였다. 돈과 그 돈으로 불러들인 풍요와 그 풍요을 탐하느라고 의식이 마비되어 가고, 그렇게 비대해져 가는 의식이 세찬 탁류 속에서 익사 직전의 가련하기 짝이 없는 허우적거림을 누구나 누구에게 과시하는 풍경이 뻔뻔스럽게도 당연시되고 있는 추악한 풍요의 시대였다. 그런 일상적 풍요가 우리의 의식을, 상상력을 조금씩 잠재워 갔는데, 그 사실을 감지하는 부류는 소수였고, 그 소수들마저도 여러 사람의 의식을 일깨우기는커녕 공허한 말로 일상의 단물을 들이키는데 급급했다.

미친 듯한, 전후 문맥을 고의로 뒤섞어 놓고 있는 난해시 같은 설교에 나는 거의 저항감 없이 동의했다. 다같이 일어서서 주기도문을 낭송했고, 양이는 그 갈퀴 같은 흰 손으로 준비해 온 하얀 봉투를 시커먼 헌금 바구니 속에 집어넣었다.

우리는 다시 바람이 몹시 부는 밝은 대기 속에 갇혔다. 대학 구내를 벗어날 때까지 양이는 시무룩한 표정을 풀지 않았고, 그 길게 찢어진 입을 앙다물고 있었다. 나는 그녀의 입을 열게 할 어떤 대사도('대화'가 아니다. 그녀의 함구를 유발한 나의 말은 분명히 의도적이었고, 따라서 연극적이었고 작위적이었다는 생각이 들어서였다) 쉬 떠올릴 수 없었다. 답답했다. 답답했기 때문에 우리는 유태교인이 아니었고, 동지(同志)도 아니었고, 연인 사이는 더구나 아니었다.

다시 육교 앞에 다다랐을 때 양이는 연극을 더 계속하려는지 그 특유의 여린 음성을 뱉어냈는데, 그 음성은 어느 쿰쿰한 하숙방에서 몸을 두어 번 섞은 특정한 개인은 안중에도 없다는 듯이, 아니, 강당교회에 참석한 사람이면 누구라도 자신의 뜻에 따라야 한다는 독선적이고 묵시적인 힘이 느껴지는 그런 것이었다.

"우리집으로 가지요. 먹을 것을 약간 준비해두었어요.

"우리도 방금 유태교인이 됐군. 예배와 기도가 끝나자마자 식사를 하는 세속성을 배우고 실천하려고 하니까 말이야."

양이가 다시 걸음을 멈추고 이번에는 싸늘한 눈으로 나를 건너다보며, 진지함이라고는 찾아볼 수 없는 나의 대응이 지겹고 역겹다는 표정을 지었다. 우리는 개성이라기보다는 고집이 너무 다발적으로, 상습적으로 치졸하게 부딪치는, 소돔이나 고모라와 다를 바 없는 이 음탕한 도시에서 세속 인간들 틈바구니에 부대끼며 살아가는 별종의 미운 오리 새끼들이었다.

미운 오리 새끼는 항상 피곤한 법이다. 그래서 우리는 지쳤고, 서로를 경멸했고, 자신을 혐오하면서 냉랭한 시선들을 힘없이 거뒀다. 양이가 육교 위로 올라갔으나, 나는 뒤돌아서서 우리가 방금 벗어나온 언덕 위의 강당교회를 멀거니 쳐다보았다. 무리지어 대학구내를 벗어나는 교인들이 막 음란의 도시를 떠나는 것 같았고, 나는 계시(啓示)를 어기고 저주받은 도시를 되돌아보는 롯을 닮아 있었다. 돌아서니 벌써 소금기둥이 되었어야 할 양이가 육교의 층계참에서 화난 얼굴로 나를 내려다보고 있었다. 나는 공연히 그녀의 시퍼런 의사 앞에 주눅이 들었다. 그 주눅은 곧장 지겨운 원고지 메우기 작업 같은 구속감을 안겨 주어 여자도, 성교도(여자가 남자를 집으로 불러들이는 것은 몸을 허락하겠다는 적극적인 의사 표시라고 짐작할 수밖에 없지 않은가), 연극도, 심지어는 나의 피로하고 위선적인 서울 생활까지도 내팽개치고 싶은 충동적인 유혹을 불러들였다.

나는 육교를 등지고 돌아섰다. 소금기둥이 되든지 말든지 양이를 버려두고 나는 진짜 롯이 될 작정이었다. 걸음을 떼놓자 내 마음은 롯 이상으로 초조해졌고, 무엇에 쫓기는 듯 바빠졌다.

내가 왜 롯이어야만 한단 말인가? 아니다, 왜 누구나 롯처럼 그 알량한 도덕성을 고수하려고 전전긍긍하며, 이 아수라장 같은 세상을 벗어나려고 허둥지둥하는가? 쫓기고 있는 도덕성이 갈팡질팡해서인가, 아니면 쫓아내고 있는 이 들뜬 시대와 시끌벅적한 풍토와 조악한 제도 탓인가? 또는 뒤틀어지고 있는 사물과 갈팡질팡하는 언어의 환상이 어떤 긴장을 몰아오지 않기 때문인가? 그런 환상들이 어떤 길항력 아래서 당당하게 대응하지도, 그렇다고 성글게 화해도 못하고 있는 탓인가?

제2장

2-1

개인이 한 시대를 전체적으로 조감하고, 이해하기는 힘겨운 노릇이다. (숱한 지식이 자기가 본 시대와 세상이 옳다고 떠들며 책으로 펴내는 이 제도가 과연 옳은가. 그런 잘나빠진 소신에 시비를 가려보자는 말질은 얼마나 어리석은 짓거리인가.) 나아가서 어느 한 개인이 다른 사람을 완벽하게 알아보기도 벅찬 일이다. 특히나 통찰력도, 이렇다 할 사명감도 없는 나에게는 더욱이나 그렇다. 한 시대에 대한 정의 내리기는 내 능력 밖의 일이며, 나와 매일이다시피 만나고, 껄껄거리고, 먹고 마시고, 심지어 잠까지 함께 자는 여러 개인들을 나는 상투적으로 이해하고, 그 수박 겉핥기 식의 이해 정도에 따라 도움을 주고받으면서, 때로는 의식의 공감대까지 나눈다 해대지만 종내에는 그들 개개인에 대한 나의 몰이해를 깨닫고 자탄할 때가 비일비재하다.

요컨대 '시그날'을 맡고부터 나는 점점 형평을 잃고 삐딱하게 기울어져 가는 이 세상의 가치 질서, 그 보편타당한 모호성에 대해 자주 따져 보았으며, 근본적으로는 다수와 그 다수를 에워싸고 있는 막강한 제도, 전통, 환경과 치열하게 싸우고 있는 개인들의 쓰잘데없는 노력, 그 도로(徒勞)에 한사코 매달리는 불가해성에 대해서도 많은 의문을 품고는 했다.

결과부터 말한다면 나는 점점 더 이 세상을 시니컬하게 직시해 갔고, 어떤 적의를 가지지 않고는 개개인을 이해할 수도, 똑바로 쳐다볼 수도 없게 되어 갔다. 이런 냉소주의와 적대감정 속에 부대끼느라고 나의 심적 갈등은 이만저만이 아니었다. 어쨌든 한 조그만 극단의 운영을 주도하는 공인이었으므로, 밖에서 일이 잘못 되면 공연히 집사람과 애들을 구박하고 짜증을 내는 찜부럭 가장처럼 말이다. 그러나 한편으로는 그런 심적 갈등과 고통 자체가 내게는 위안이었고, 일시적인 행복을 제공하는 전원(電原)이었으며, 내 삶의 작은 흔적들이었다. '과거는 행복했네' 투의 감상벽이 아니라, 사회 속으로, 동시에 개개인에게로 나를 적극적으로 희석시켜 감으로써 자아를 잊어버릴 수 있었고, 찰나적인 가짜 행복에 한동안씩 젖어있기도 했으니까.

돌이켜보건대 공인(公人)이라는 구실로 다람쥐처럼 싸돌아다니며 그 뒤틀린 연대 내내 열심히 숨을 쉬고는 있었던 셈이다.

2-2

'전쟁이 끝났어도 변한 것은 아무것도 없다'는 어느 감상적인 허무주의자의 말대로 가축의 우리를 뛰쳐나왔어도 내 주위에는 아무런 변화도 없었다.

강당교회 앞에서 토라진 양이는 여전히 새초롬한 자세를 풀지 않고 있었고, 송 선생은 두어 번인가 '시그날'로 전화를 걸어 왔는데 그때마다 속사포처럼 탄알을 낭비하는 장기를 발휘했다.

"별일 없지? 빨리 별일을 만들어. 이건 머 지상 명령이라고 해도 좋아. 와싹와싹하니 사람들을 꼬여들게 만들고 일을 일단 벌려 놓고 보란 말이야. 뒷갈망은 모두 내가 맡을 테니까. 무슨 말인지 알아듣지? 그럼, 들려야지. 내일이라도 한번 나갈게. 아니, 안 바빠. 쥐뿔이나 내가 머 바쁠 게 있나. 마냥 눈치놀음이고 아래윗것들이야 다루기 나름이잖아. 그냥 죽치고 뭉그적거리는 거지 머. 아, 그건 대단히 중요한 문제야. 하루 빨리 작품을 선정하자고. 개학 무드도 이제 끝나가잖아. 지금이야말로 시그날이 죽느냐 사느냐의 귀로에 서 있어. 그럼, 좋은 걸 골라서 곧장 연습에 들어가야지. 오늘이라도 전부 불러 모아. 대들은 요즘 왜 전화도 안 하고 그러지? 다들 바빠? 세상이 바쁘겠지. 지금이 일천구백칠십구년 아냐, 무지무지하게 중요하고 바쁜 시기야. 북쪽은 자꾸 회담을 결렬시키지, 평양 세계탁구대회 말이야. 이른적으로는 우리 쪽이 밀리고 수세야. 일단 만나고 봐야지. 가령 예를 들어 말이야, 일이 년 후쯤에 우리가 저쪽 이북 애들보다 탁구공을 잘 못치면 어떡할 거야? 그러니 우리가 백번 양보하고 흑백 텔레비전이나 선물로 한아름씩 안고 들어가서 남북 탁구인 교류환영대회를 그럴듯하게 한판 벌리고 오는 거야. 한번 들쑤셔 놓고 온다 이거야. 좀 좋아? 그까짓 것 쥐뿔만한 탁구공 잘 받아넘긴다고 대수야? 내 말은 일의 선후가 다르잖냐 이거야. 탁구가 바빠, 서로 만나서 자본주의 냄새를 확확 끼얹어 주는 게 바빠? 또 국회는 왜 이래 말썽이야? 다 똑같은 놈들인데 야당 놈들은 머 잘났다고 전국구 백발을 우두머리로 진주시켜서는 안 된다고 난리야. (유정회 소속 백모 의원의 국회의장 선출을 둘러싸고 겪는 정국의 경화 현상을 뜻한다.) 원, 꼴값들 하고 자빠졌지. 그건 그렇고 언제 날 잡아서 함께 우리집에 한번 가자고. 내가 요즘 또 수세에 몰리고 있어. 아침밥을 안 해 준다고 호랑말코가 또 침묵 데모를 하고 지랄이야. 꼭 한번 쳐들어와봐, 이 세상에서 유일무이한 음식을 또 하나 개발해 뒀지. 아, 이거 녹화실 앞 공중전화야. 점심 먹고 나니 졸음이 솔솔 퍼부어서 말이야. 끊는다. 전화 좀 해."

역시 송 선생의 식언은 알아줘야 했고, 민수는 "결혼식을 후다닥 해치워 버리느냐, 차일피일 미루느냐" 라는 한결같은 고민거리에다가 "애를 낳느냐 마느냐, 낳게 되면 남자가 맡냐 여자가 맡냐" 라는 잠꼬대 같은 헛소리를 보태고 있었고, 성국이는 제정(帝政)러시아의 고민 많은 지식인 같은 몰골로 이 극단 저 극단을 기웃거리며 서울시의 시한부 소극장 폐쇄 지침을 성토하면서 "시한부 데모라도 벌어야 할까봐" 라고 제의하며 "스타 시스템의 부재(不在)는 사기야 사기"라고 중얼대고 있었으며, 인화년은 텔레비전 화면 속에서 눈을 흘기며 데바라진 말이나 콩닥콩닥 맞대거리를 하고 있었고, 재성이는 그림이 안 된다면서 "바다는 너무 단조로워, 변화가 없어. 시퍼런 물뿐이잖아. 바닷물이 바람처럼 펄럭거리기야 하지만"이라고 씨월거리며 스케치북을 들고 인천 앞바다를 자주 찾는 모양이었고, 지방의 국립의대를 나와 서울의 왕십리 쪽 한 사립대 종합병원에서 레지던트로 근무하는 내 동생놈은 "맨날천날 박봉에 야근이야, 서울 의대 수련의들처럼 데모를 하든지 무슨 묘수를 찾아야겠어. 영 죽을 맛이야. 왜 거름 지고 서울로 왔는지 모르겠어. 형, 조만간 만나서 소주나 한잔 사줘" 라고 오히려 내게 억하심정을(형인 내가 미적거리면 자기부터 먼저 결혼하겠다는 간접적인 실토인 줄이야 익히 알고 있었지만) 쏟아놓고 있었다.

그런 게 변화라면 일상적인 변화였지만, '와싹와싹한 별일들' 은 아니었다. 그러나 내 신변에는 몇 가지 변화와 갈등이 있었다.

우선 서강대학교 후문과 그 위의 자유의 광장이 훤히 내려다보이는 대흥동 산동네로 기어들어간 나의 우리는 여관을 개조한, 복도가 복모음 '요' 자의 밑받침 꼴로 나 있는 2층의 제일 끝방이었다.

주인집 여자는 자식들 때문에라도 여관업을 못할 형편이라고 했지만, 언덕길을 한참이나 올라와야 하는데다가 방마다 욕실이 없어서 월세방이나 놓아야 제격일 집이었다. 나는 그 붉은 2층 벽돌집의 세포 하나를 매월 2만원씩 선금으로 주고 사용하기로 했는데, 그 세포 같은 방마다에는(2층에만 무려 열다섯 개의 방이 있었고, 아래층에도 대여섯개의 방을 월세로 놓고 있었다) 밥은 닥치는 대로 사먹으며 서울 시내 소재의 이런 저런 대학교에 다니는 머리털이 긴, 사투리를 상용하는 남도 토종들이 두 사람씩도 우글거렸으므로 지하에 마련해 둔 세면실 겸 화장실, 세탁실 앞은 라면 냄비를 씻는다, 빨래를 한다, 커피잔을 닦는다 등등으로 항상 바글거렸다. 그야말로 생존경쟁이 치열한 짐승의 우리가 거기에 있었다.

나는 아침이면 신문이나 책 따위를 들고 셋 중 어느 하나의 문이 열리기를 기다리면서 변의(便意)를 한사코 물리쳐대곤 했는데, 재래식 변기 위에 알궁둥이를 까놓고 앉기가 무섭게 "아, 아, 이거 급한데" 어쩌구 꿍얼대며 노크질을 해대는 짐승들이 여럿이었다. (술탓이겠지만 나는 만성 변비증세를 갖고 있어서 대변을 보는 시간이 유달리 길그, 담배와 읽을거리가 없으면 배설의 시원함을 누리기가 힘들므로, 그런 다급한 노크 소리로 남녀를 식별하는 별난 감성까지 터득하고 있었다.) 또 전화도 없었다. (그 표면이 곱다 못해 빤질거리는 시멘트 바닥이었으므로 슬리퍼를 끌고 다녀야 하는 이층 복도로 올라오는 층계참에 초록색 공중전화기가 한 대 놓여있을 뿐이었고, 그 앞이 또 항상 바글거렸다.) 연탄비를 내면 연탄은 갈아 주었고, 산동네의 언덕배기에 절간의 요사채처럼 들어앉은 집이어서인지 대문은 밤 늦도록 열려 있었다.

나는 나의 우리를 '세포의 집'이라고 부르기로 했고, 언덕배기를 내려와서 독서실 옆에 붙은 음식점에서 매식을 하기로 했다. 매식집에서 '시그날'까지는 양반 걸음으로 걸어도 15분이면 족한 거리였다.

최초로 단골 매식집에서 식사를 마치고 나와 '세포의 집' 일대를 나는 한동안 망연히 쳐다본 적이 있었는데, 숲속에 가려 있던 대학 구내의 석조 건물인 강당교회를 바라보다가 돌연 소돔이나 고모라 같은 도시를 떠올렸던 때와는 달리 빨랫줄과 텔레비전 안테나, 전봇대 따위가 촘촘히 임립(林立)해 있는 그 산동네가 내게는 훨씬 '사람들이 사는 마을'로 여겨졌다. 다행이었다. 그때 마침 곁에 붙어서 있던 민수가 나의 느낌을 읽고, 그에게서는 드물게 듣는 실속 있는 말을 중얼거렸다. 그토록 오래 사귀어 오면서도 '꿈이 없는 인간'이라고 파악하고 있었던 그가 그때는 꽤나 미래지향적인 인물로 다가와서 내게는 충격이었다.

"그럴 듯하지? 애초에는 기마민족이었다가 알게 모르게 농경민족으로 변신한 한국사람들이 갑자기 도시에 우글우글 모여 사는 모습이 곧이곧대로 드러나 있잖아? 결국 우리는 산악국에서 태어났으므로 근본적으로도 세일즈맨이 될 수 없어. 그러니 하루 빨리 그린벨트를 풀고 산 속에 집을 짓고 살아야 해. 무역을 뭣하러 기를 써 가며 한다고 난린지 모르겠어. 자급자족해야지. 누구한테 들은 얘기지만, 코딱지만한 저쪽의 어떤 공산주의 국가가 그렇대. 무역도 필요 없고, 경제원조도 마다하고 그냥저냥 작게 먹고, 문명의 이기도 최소한으로 이용하면서 그런대로 잘 살고 있대. 좀 궁상스럽긴 해도 얼마나 좋아. 그런 찌들어빠진 생활방식이 우리 삶의 진짜 원형이야. 미국식의 확대재생산만 불가피한 이 산업 사회가 꼭 바람직스러운 것도 아닐 거야, 형, 안 그래? 직장, 연극 따위의 사회적, 문화적 접촉? 그딴 것들은 가능한 한 멀리 떨어져 있어야지. 오늘날의 직장이란 게 원래는 사냥터였잖아. 그러니까 직장이 멀리 떨어져 있을수록 짐승이 많이 잡힐 것은 뻔한 이치 아냐? 어느 병신 같은 짐승이 인가 주위에서 빌빌거리겠어. 또 연희(演戱)는 제 흥에 겨워 부락 단위로 까마득히 떨어져 있는 마을 공터로 나아가 여러 사람이 동시에 참여해야 제격이잖아. 그것 더 이상은 문명의 희롱이야. 배운 놈들끼리의 연극 감상, 그것의 확산을 위한 부산스러운 노력은 엄밀하게 말하면 저희들끼리의 마스터베이션이야. 그래서 점점 문화적 소외계층만 더 확고히 늘려 간단 말이야. 그렇잖아, 형? 형은 형편되는 대로 직장이나 공연장 따위와는 멀리 떨어져서 살라구. 나도 조만간 그럴 거야. 저쪽 강원도 쪽으로 들어가는 거야."

반주로 소주 한 병을 나눠 마신 탓으로 그의 다변은 지칠 줄 몰랐다.

"우리나라가 왜 이렇게 바글바글거리면서 못 사는 줄 알아? 그건 산에서 내려왔기 때문이야. 바로 집 앞에서 농사 지어 먹고 사니 시드

때도 없이 자식 농사나 짓고, 허구한 날 마주 대하는 게 그 못난 얼굴에 늘 지겨운 낯짝이니 이웃 간에도 신경질적인 유대감정만 생기는 거야. 그러니 벼르고 벼른 연희에 대한 기대감도 사라지고, 연희를 통한 뜨거운 인간적 유대감도 없어지고 만 거야. 지루해진거지. 시그날이 너무 가까이 있다는 것 말고는 저 세포의 집 일대가 다 좋아. 아주 만점이야. 여기서 좋은 작품을 못 쓰면 형이야말로 일찌감치 사냥질이나 하러 가라고. 이건 망발이 절대로 아냐. 명심해."

물론 시건드러진 억측이었고, '시그널' 식 표현으로는 수선스러운 공갈이었다. 그러니 새까만 산동네를 바라보고 한국인의 삶의 원형을 끄집어내는 그가 내게는 미친놈일 수밖에 없었다. 그러나 말뜻이야 이론(異論)의 여지가 있을 수 없는 것이었다. 나도 지지 않고 농담 섞인 진담으로 받았다.

"사냥감이 없는데도? 인류는 이제 돌이킬 수 없는 죄를 저질러 놓고 말았다고." 문주란의 〈동숙의 노래〉의 가사가 자연스럽게 튀어나왔는데도 우리는 다같이 웃지도 않고 무덤덤했다. "야, 민수야, 그런데 말이야, 아침마다 똥을 배설할 때는 정말 풀밭에서 누고 싶은 욕심이 생겨. 어느 늙다리 시인의 회고투 수필에도 그런 게 있어. 똥을 한 무더기씩 들에다 싸고 자리를 옮기며 볼 일을 계속 본다는 대목이야. 그런데 나는 이게 뭐야. 이건 머 아침마다 완전히 장터야. 장터에서 어떻게 큰일을 보나? 바로 코앞에서 라면 냄비 달그락거리는 소리, 쌀 씻는 소리, 푸푸거리며 비누칠하는 소리 때문에 빠져나오던 똥도 도로 들어갈 판이야. 정말 미치겠어. 아무래도 앞으로 나의 배설장소를 참한 데로 구해야 될까봐."

"사치야. 그건 아주 말단의 지엽적인 사치야. 생활조건을 전면적으로 혁명적으로 바꿔버리면 그만 거야 자동적으로 해결되잖아. 사냥터가 멀리 떨어진 곳에 가서 살면 온 천지가, 그 인기척조차 없을 대지가 온통 화장실이 될 판인데 무슨 걱정이야. 그런 의미에서도 요즘 대학생들의 데모, 정치인들의 투정, 투쟁이 결코 아니야, 그런 투정들도 아주 말단의 지엽적인 부스럼이라는 점에서는 마찬가지야. 피부병 부스럼 알지, 투정으로 생활이 바뀌나, 어림없지."

"야, 야, 수야, 길 건너 파출소가 있어." 나는 짐짓 호들갑을 떨었다. "시끄러워 죽겠어, 이건 머 분명히 이불 속에서나 고함치라는 긴급조치의 엄명에 위배되는 범법행위야. 매우 불경스러운 언동이고. 잘 알겠지만 나는 지금 공영방송에 목줄을 달고 있는 판이니 너와는 생면부지의 관계이고 싶어. 어차피 남남이고 무관한 사이긴 하지만."

민수는 즉각 더욱 기세등등해졌다. 그는 연출가답게 공갈과 농담을 지나칠 정도로 요란하게 포장하는 별난 기술이 있었다. 아마도 그 버릇은 여러 사람을 개 부리듯 달달 닦아세우는 무대 위에서의 그 능률이 몸에 뱄기 때문일 것이다.

"형, 아니, 내가 머라고 했는데? 내 진의는 우리 모두 산으로 기어들어가자는 거 아냐. 지금 형처럼 산동네의 주민이 되어 보자는 거라고. 전폭적으로 옳은 개 소리잖아. 긴급조치의 골자가 먼데? 애국은 내가 전담할 테니까 너희들은 국으로 가만히 있으라는 거 아냐. 그러니 조용하게 살아가자는 내 말과 일맥상통하지. 자중자애, 자주국방, 자급자족이 다 그런 맥락의 좋은 말이라는 데야 뭣이 잘못됐어?"

"야, 네 언어가 왜 점점 정치적이고, 관료적이고, 포괄적으로 변해

가냐? 도대체 모호하고 물덤벙 술덤벙이야. 무책임하기 짝이 없고, 딱 귀에 거슬리는데. 그나마 추상적이 아니라서 한결 다행이다만."

"나라고 머 구호와 엄포로 닦달해대는 이 시대의 희생물이 아닐 수 있어? 나는 장차 산으로 갈 거야. 여기는 공기가 탁해서 못 살겠어. 공기가 탁하면 제가 무슨 소리를 지껄이고 있는지도 모른다고."

"꿈을 제대로 꿀 수도 없는 시대에 그단 실천 불가능한 꿈이라도 가졌으니 다행이다."

"실현 불가능한 꿈이 아니라 실천할 용기와 인내, 결단력이 없을 뿐이야. 내게는 늘 그런 게 부족하지만, 또 이 시대 자체가 실현 가능한 꿈을 제도적으로 가로막고 있어. 어느 쪽도 억지지. 서로 어느 쪽이 먼저 김이 빠지고 지치고 체념하나를 조마조마하게 기다리고 있는 중이야. 그러니 산에 들어가서 오래 살아야지. 어느 한쪽이 나가 떨어지든, 두쪽 다 벌렁 나가 자빠지든 그걸 맹한 눈으로 바라볼려면."

자신의 진의가 대충 전달되었다고 생각했는지 말을 흘리면서, 민수는 이내 축 처진 모습을 드러냈다. 평소라면 어색했을 그의 그런 언동도 그날 따라 꽤나 그럴 듯했다.

환경의 변화가 가져다주는 심적 갈등은 꽤나 다양한 반응을 불러일으키는 듯했고, 민수도 실은 피에로 같은 광대는 아닌 게 틀림없었다. 나는 그의 검붉은 얼굴색과 땀구멍이 돋보이는 거친 피부를 새삼스럽게 힐끗힐끗 살펴보았다.

2-3

매주 금요일 오후 여섯 시 반에 '시그날'에서 만나기로 했으므로 나는 4월 둘째 주 금요일 오후 한 시쯤에 '세포의 집'을 나섰다. 물론 나의 손에는 방송국에 넘겨줄 원고가 든 누런 봉투가 들려 있었지만, 바로 방송국으로 갈 참은 아니었다. "장군의 성미가 그러니깐 점심은 각자가 따로따로 먹고 오후 한 시 반쯤에 시그날에서 만나 올라가자"라는 송 선생의 제의에 따라 우리는 그날 오후 두 시에 장 사장을 만나기로 되어 있었기 때문이었다.

매식집에서 아침 겸 점심을 먹고 상놈걸음으로 달려갔더니 '시그날' 주위는 상춘(賞春) 인파 같은 선남선녀들이 삼삼오오 짝을 지어 어슬렁거리고 있었다. 그들은 대개 다 신촌 일대의 사립대학 대학생들일 것이었다. 나는 하루 빨리 무슨 공연물이든 무대에 올려야겠다고 생각했다. 그래서 언젠가 길을 메우고 있는 인파 속을 헤쳐나가다가 송 선생이 불쑥 중얼거리던 말을 떠올렸다.

—이것들이 다 돈인데 말이야. 이것들을 어디다가 한두 시간씩 가둬 놓고 돈을 울궈내는 게 가장 손쉬운 치부법이란 말이야. 식당, 여관, 다방, 술집이 다 그런 종류의 치부책이지. 그것들에 비하면 연극은 훨씬 양질이야. 구경거리까지 제공하며 한두 시간직 가둬 놓고 있으니까.

거리에는 계절 덕분에 바야흐로 돈들이 우글우글 굴러다니고 있었다. 눈이 달린 그 돈들을 어떻게 한곳으로 모으느냐는 것만이 문제였다. 연극은 물꼬였다. 물꼬를 터 주기만 하면 돈이 '시그날'이라는 논바닥으로 흘러들어오게 되어 있다. 돈들이 내 옆으로 냄새를 피우며 지나간다고 생각하니 방송국 원고지 메우기에 피로했던 어깨와 팔꿈치의 둔통이 일시에 가시는 듯했다.

계단을 막 올라가려니까 "애들은 다들 어디 갔어? 문이 철통 같이 잠겼어" 어쩌구 하며 내려오는 송 선생과 마주쳤다. 송 선생은 지하 다방으로 갈 것도 없이 바로 장 사장 사무실로 올라가자고 설쳐대서 나는 순순히 따를 수밖에 없었다.

요리 전문가 겸 식언가(食言家)가 그 시끄러운 공갈을 구라로 늘어놓기 시작했다.

"결국 돈을 울궈내러 가는 거니까 너무 비굴하게 굴 필요는 없어. 물주에게는 어디까지나 당당해야 해. 이 장군의 첫 찬조금이 늘, 잘 알듯이 시그날의 공연 착수금이었던 셈이야. 쥐뿔만한 돈이었지만 정말 눈물겹도록 고마웠지. 물론 장군에게야 떼돈이자 목돈일 테지만, 나는 그걸 문화세(文化稅) 정도를 거둔다고 생각하며 매번 당당하게 받아냈어." 건물 천장을 턱짓으로 가리키며 송 선생이 말을 이었다. "이 친구가 푼돈에는 지독하게 인색하고 목돈에는 후하지. 그러니 다들 입지전적인 인물이라고 칭찬해대고 그러는거지. 동대문에서 단추 장사, 모포 장사, 서대문에서 전기공사 청부업, 미장업, 장사라는 장사는 안 해 본 게 없는 친구야. 지금은 싱크대 생산 공장까지 안양에 가지고 있어. 이 친구가 한창 바쁠 때 지 별명이 중국놈에 짜장면이라고 했어. 제 사무실에 찾아온 친구가, 야, 점심이나 먹으러 가자고 말할 때까지 아무 말이 없어. 나중에는 어떤 친구가 이 친구 속내를 알고 끝까지 입을 안 떼고 버텼지. 그랬더니 이 친구가 짜증스럽게 사환을 불러, 야, 짜장면 두 그릇만 시켜라 하고는 그만이야. 그걸 친구들이 두고두고 놀렸더니, 아, 이 친구 말하는 것 좀 봐. 지 부친이 그런다는 거야, 당신 친구와 함께 길을 가다가도 상대방에서 먼저 입을 떼기 전에는 말도 없다가 이녁이 배고픈 것을 못 참을 만하면 그때서야 점심은 따로따로 먹자고 그런데요. 그러고는 국말이밥이나 시루떡 한쪽으로 점심을 떼운다는 거지. 그래서 이 친구 별명이 또 따로따로가 됐어. 장군 부친은 원래 창호지에 장판지 장사를 했다는데 그거야 어쨌든 돈을 어떻게 벌었냐 하면, 마포에 있던 조그만 땅을 가지고 자꾸 구석지로 들어가면서 큰 땅과 바꿔치기를 했다는 거야. 땅이 눈덩이처럼 불어난 거지. 땅은 빤한데 사람은 불어나니 땅값이 오를 수밖에. 그저 앉은 자리에서 땅만 불끈 움켜쥐고 뭉그적거리는 거야. 이제는 이 친구가 지 어른 것 말고도 지 몫 건물이나 땅이 상당할 거야. 이 건물도 그런 수법이야. 땅만 넓지 건축물이야 쓰레기통 아냐? 구조물이 낡았건 말았건 상관없다 이거지. 시그날을 들어 앉힌 건 건물값이나 떨어지지 않게 만들겠다는 임시방편책이고. 어쨌든 나는 이 친구를 눈물겹도록 존경해. 다른 얼렁뚱땅이들보다 배울 게 한두 가지가 아니니까. 우선 이 장군은 남의 눈치, 남의 말 따위에는 태무심이야. 우리는 남의 눈치를 너무 의식하잖아. 그게 살아가는 데는 아주 고질 같은 병폐인 줄 뻔히 알면서도 말이야. 이 친구는 그런 뻔히 아는 병을 안 가지고 있으니까 건강하지. 건강한 사람은 존경받아야 마땅해.'

허풍이 많이 가미된 장 사장네의 이재(理財) 수완일테지만, 나로서는 처음 듣는 내력이었다. 점심을 누구와도 함께 먹지 않는 사람이니까 송 선생은 장 사장을 굳이 나에게 소개시킬 엄두도 내지 못했을 것이었다. 게다가 장사꾼이 연극 따위에는 관심도 없었을 터이고, 송 선생은 나름대로 장 사장을 무대 위의 스포트라이트처럼 그 조명도를 '시그날' 단원들에게 은은하게 과시해오고 있는 셈이었다.

장 사장의 사무실만은 낯이 익어서 송 선생의 뒤꽁무니에 따라붙어 성큼 들어섰더니, 역시 낯익은 사환이(그녀는 '시그날'의 무료 입장객 중의 대표적인 인물이었다) 송 선생에게 아는 체를 하며 집게손가락을 입술에다 세로로 붙였다 뗐다 하면서 조용하라는 시늉을 해댔다. 송 선생은 이내 도둑놈의 눈짓놀음같이 고개를 주억거리면서 음성을 잔뜩 낮춰 "알아, 알아, 잘 알다마다. 오수를 즐기지?" 라고 말했다. 곧장 그는 평소의 식언가답게, 또 연극 연출가답게 발소리를 죽이는 일방, 무언극 시늉을 해대며 장 사장의 사무실 안으로 깊숙이 들어갔다. (사환의 책상과 장 사장의 그것 사이에는 칸막이가 길게 쳐져 있었다.) 나도 덩달아 도둑놈처럼, 한편으론 야간 각개전투 훈련 중의 침투 자세 시늉을 해 보이며 한껏 발소리를 죽였다. 칸막이를 돌아서 장 사장의 책상 앞으로 다가갔더니, 과연 꼴불견의 장면이 내 시선에 확 달려들었다. 책상과 소파 사이의 널찍한 빈 공간에 돗자리까지 깔고 장 사장은 반듯이 누워 낮잠을 즐기고 있었다. 입까지 헤벌쭉이 벌리고 누운 그의 모습은 아마도 이승에서는 가장 편한 자세일 성싶었다. 가슴만 오르락내리락하지 않았다면, 또 핏자국만 여기저기 뿌려져 있었다면 시체의 모습이 그런 것일 터였다. 송 선생은 여전히 코미디언들의 도둑놈 걸음으로 시체에게 다가가 코앞에서 손으로 바람을 일궜다. 숨쉬는 시체는 정말 꿈쩍도 하지 않았다. 송 선생이 턱짓으로 내게 소파에 앉으라고 지시했다.

고참 도둑놈이 내 옆에 살풋이 앉으면서 들릴락말락한 소리로 내 귀에다 속삭였다.

"이 친구의 유일한 건강 유지법이 이거야. 전쟁이나 혁명이 터져도 따로따로 점심을 먹고 나서는 곧장 여기 와서 가장 편한 자세로 한 시간씩 누워 자지. 일요일이나 퇴근 후 집에서는 무릎걸음으로 물걸레질을 하는 게 이 친구의 또 하나의 건강 유지법이야. 정말 멋진 친구야. 이 태평스런 자세를 봐, 존경할 만한 친구잖아."

요리 연구가는 빙긋이 웃는 자신의 웃음까지 소리가 난다고 생각했는지 손짓으로 그걸 날려 보내는 시늉을 했다. 나는 진지하기 짝이 없는 자세의 시체 때문에 웃을 수도 없었다. 역시 요리 연구가의 친구들은 유유상종으로 만나고, 모이는 모양이었다.

장 사장이야 근검절약과 건강을 위한 한 방편으로 집안 청소를 한다지만, 모계사회를 꾸려 가는 사람들은 하나같이 진지하단 말인가? 민수까지도 요즘에는 해산 날짜를 기다리는 배불뚝이 그의 아내(현모양처가 될지 그냥 애 낳고 무일푼의 사내를 건사하는 동거녀로 간주할지는 아직 미지수지만) 앞에서 갑자기 진지해지고 있지 않은가.

이윽고 사환이 칸막이를 똑, 똑, 똑 두드린 후 들어섰고, 보리차인 듯한 누런 물이 반쯤씩이나 든 글라스 석 잔을 받쳐들고 꼿꼿이 선 채로 "사장님, 일어나실 시간이에요" 라고 말했다. 그 말 한 마디에 숨 쉬는 송장은 지시에 따라 움직이는 로봇처럼 부지직 기지개를 켜기 시작했다. 흡사 기계 동작 같은 기지개 켜기가 끝나자마자 시체는 벌떡 일어섰다. 역시 기계처럼 방문객에게는 일별도 주지 않고 연극적인 탄성을 내질렀다.

"아, 달다. 맛있게 잤다. 잠이 이렇게 달 수 있단 말인가."

장 사장이 아무 말도 없이 소파의 상석(上席)에 앉았다. 무대에서의 예정된 연기처럼 그는 나에게는 별로 관심도 없다는 듯이, 흔히 돈 있는 사람들의 곁눈질 같은 눈길로(그런 깔보는 눈에는 항상 자신에게 해를 끼칠 사람이 아닐까 하는 염려스러운 눈깔이 숨어 있다) 잠시 거들떠보았다. 그런 사람을 봉상(鳳相)이라고 할 수 있을 것이다. 매부리코에 희끗희끗한 머리를 단정히 빗어넘기고, 붉은 기가 감도는 혈색에 눈꼬리가 쭉 찢어졌고, 굵고 짧은 눈썹이 짙었다. 넥타이도 단정히 맸고, 면도질이 잘된 턱과 입술 주위가 파랗고, 입술이 유난히 붉었다.

그 붉은 입술 사이로 보리차를 꿀꺽꿀꺽 밀어 넣으면서 장 사장은 "자, 한잔들 하십시다"라고 말했다. 보리차 물로 커피 대접을 대신할 모양이었다. 커피를 마시고 싶긴 했지만, 그 비상투적인 손님 접대 방식에도 꽤나 '생각한 흔적'이 엿보이는 듯해서 나는 좋게 보았다. 나는 우리의 역사만큼이나 짱짱한 이 상투적인 세계를 경멸하면서, 비상투적으로 이해한 후 내 식으로 설명하려고 낑낑거리는 사람 중의 하나임에는 틀림없을 테니까.

나는 굳이 보리차를 마시지 않았다. 역시 버릇이 된 비상투적인 나의 대인 방식이었다. 그러나 송 선생은 그 보리차를 달게 마시면서 느긋하게 말을 건넸다.

"자네는 참 용하네. 이 맨바닥에서 어떻게 낮잠을 자나? 아, 누울 자리만큼은 카펫을 깔았나, 돗자리 밑에…"

장 사장은 여전히 무덤덤한 표정을 풀지 않고 말을 받았다.

"카펫은 무슨… 옛날에 장사하다가 남은 모포 두 장을 깔았지. 돈 안 드는 최상의 건강 유지법이야. 송군, 자네도 꼭 한번 해봐. 이 세상에서 제일 편한 자세로 낮잠을 꼭 한 시간씩만 자 봐. 만병이 씻은 듯이 가시지. 내가 돈 번다고 끼니 놓치기 시작하고부터 허리가 영 안 좋았잖아. 허리가 끊어질 듯이 아팠던 거 잘 알지? 맨날천날 돈을 이리저리 메울 걱정에 잠을 설치곤 했더니 낮에도 눈곱이 끼고, 하얀 백태 같은 게 눈가로 자꾸 비집고 내려오고 그러대. 눈이 피로한 증거지. 찬 물수건으로 눈을 닦고 나서 눈꺼풀 위에 한참씩 얹어 두어도 소용없었어. 그런데 낮잠 자고부터 허리고 눈이고 말짱해졌어. 음식도 적게 먹을수록 더 좋고…" 그때까지 동그란 스테인리스 차반(茶盤)으로 아랫배를 가리고 있던 사환에게 지시했다. "됐어. 뭣하고 있나, 저기 모포부터 치워라. 남들이 보면 오해하기 꼭 좋겠다. 그리고 아침에 준비해 두라던 그 봉투 날 다오."

송 선생의 소개로 나는 장 사장과 수인사를 나눴다. (먼발치에서, 그리고 '시그날'을 들락거리며 서로 스치면서 안면이 있긴 했지만, 직접 면대하기는 그때가 처음이었다.) 미리 생각해둔 어떤 덕담을 건넬 요량으로 잠시 머리를 바쁘게 굴려 보았다. 그러나 기껏 "일찍이 돈을 많이 버셨다는 소문은 익히 듣고 있습니다. 그래도 배금주의에 물들지 않으셨다니 얼마나 다행입니까" 식의 돼먹잖은 인사말을 떠올리고는 진땀을 흘렸다. 그것은 덕담이 아니라, 듣기에 따라서는 악담이 될 게 뻔했다. 이런 식의 만남 앞에서 화제를 못 찾고, 우물쭈물하고, 책에나 씌어있는 의례적인 인사말을 머릿속에서 주무르고 있는 나라는 멀쩡한 인간이 한심하게 여겨졌다. 나의 그런 뻥 뚫린 곤혹감을 역시 사환이 인계받았다. (그때 마침 사환은 모포와 모포 위에 깔린 돗자리를 개키고, 둘둘 말아 장 사장의 책상 아래로 치우고 나서, 흰 봉투를 두 손으로 모아쥐고 소파의 상석 옆에 서 있었다.)

여자 상업학교를 나왔을, 스물 두셋쯤 되어 보이는 사환이 공손하게 흰 봉투를 내밀면서, 그 봉투 속에 수줍게 들어 있을 돈처럼 다소곳하게 말했다.

"사장님, 말씀하신 것 갖고 왔습니다. 여기 있습니다."

"응, 그래?" 장 사장은 약간 힘을 들인 음성으로 말을 이었다. "어이, 미스 장, 그 돈 들은 봉투를 자네가 내게 건네주면 어떡하나? 명색이 내가 사장이고 자네는 내 부하직원인데 자네가 내게 봉투를 건네주는 법도 있나?" 장 사장이 탁자 위를 손바닥으로 탁, 탁 치면서 말했다. "여기다 놔라, 여기다. 돈이나 봉투는 사장이 부하직원에게 건네주는 거 아닌가. 내가 몇 번이나 말했나, 이렇게 머리가 허옇게 쉰 내가 자네 아랫사람인가, 돈 든 봉투나 건네받게. 요즘 학교에서는 뭘 가르치는지 알 수가 없어. 윗사람이나 사장한테 젊은 애들이나 부하직원이 수고하십시오, 라고들 하지 않나, 저희들이 선물을 먼저 준다고 나대질 않나. 이건 머 도무지 사업하고 돈 벌어 볼 신명이 나야 해 먹지. 원, 참. 무슨 말인지 알아듣지?"

미스 장이 하얀 봉투를 탁자 위에 놓았다. 곧장 킥킥거리며 터져나오는 웃음을 억지로 얼버무리고 나서 말했다.

"네, 잘 알겠습니다." 곧장 그녀는 물러갈 차비를 하며 덧붙였다. "앞으로 꼭 시정할게요."

"또 봐, 아직 내 말이 덜 끝났어. 상대방이 설혹 아랫사람이라도 말이 끝나고 나서야 자네 소관을 보든지 해야지. 국어학자가 아니라서 할게요가 맞는 말인지 어떤지는 모르겠으니 자네가 직접 알아보고…" 그는 '할게요'라는 말에 힘을 주었다. "그리고 은행에 연락해서 우리

어음이 떨어졌나 알아봐 주게. 또 안양 공장에 연락해서 영동에 납품 끝내고 결재 받았는지 알아보고… 그리고 말이야, 김군한테 아무 소리 하지 말고 내가 곗돈 탔냐고 물어 보더라고만 말해 주게. 그 친구가 지난 가을에 집 산다고 내 개인 돈을 빌려 갔어. 지난 월말이 갚겠다는 약속 날짠데 아직도 아무 말이 없어. 운전깨나 한다는 친구가 그렇게 정신머리가 없어 어떻게 기계를 만지는지 알 수가 없어. 됐어, 이제 자네 소관을 보라고."

장 사장은 말을 마치자 표정도 바꾸지 않고 탁자 위에 놓인 하얀 봉투를 송 선생 앞으로 밀었다. 송 선생의 임기응변이 즉각 연기처럼 시원스럽게 드러났다.

"아, 이 봉투도 자네가 정식으로 내게 건네주어야 하는 것 아닌가? 자, 일어서세, 격식을 갖추세."

장 사장이 송 선생에게 자리에 앉으라고 손짓하며 말했다. "무슨 소리야, 자네와 나는 같은 항렬인 친구 사인데 어떻게 돈을 주고 받나? 인편이 있고 제삼자가 있고 다 그런 거지."

"아, 그런가? 그러면 이 탁자가 인편이고 제삼자겠군. 그건 그렇다 치고 어떻게 종씨에게 그런 무안을 주나, 손님들 앞에서?"

"아, 미스 장 말인가? 내 사촌동생이야. 명색이 오래비라면서 그런 거라도 가르치지 않으면 뭣에다 써 먹겠나. 요즘 교육이 문제는 문제야. 정치야 달달 볶든 말든 교육이라도 제대로 시켜야 하는데 큰일이야. 정말 한걱정이 따로 없어. 눈칫밥을 안 먹어서 그런지 요즘 애들은 말귀를 못 알아들어. 남의 말들은 죽으라고 안 듣고, 또 전쟁이라도 한판 붙어서 배부터 굶기는 교육을 시키든지 해야 될까봐. 먹이는 음식 장사, 재우는 여관 장사 말고는 이런 장사 저런 장사 다 해봤으니 이제 학교 장사나 한번 해볼까 궁리 중이야. 큰 교육은 시킬 것도 없이 말귀나 알아듣도록 귀나 뚫어 주면 될 거 아닌가 말이야, 안 그런가?"

송 선생이 말을 받았다.

"말귀? 야, 야, 말도 마라. 요즘 애들은 저것들이 더 잘 안다고 오히려 우리에게 설명하려고 덤비는 판이야. 그래서 내 요즘 관용어가 또 하나 늘었어. 머냐하면, 제발 설명 좀 하지 마라, 나도 알 만큼 안다, 왜 자꾸 설명해 줄라고 덤비고 설쳐, 가만 있는 사람에게, 이거야. 정치하는 사람들이 브리핑 받기 좋아하고, 뒷짐 지고 귀동냥하는 버릇이 전염된 탓인지 전부 다 하나같이 설명만하려고 설쳐. 가만히 있는 사람을 세워 놓고 바보라고 손가락질하는 꼴이야. 이렇게 개판이라고. 쓸데없는 설명이나 늘어놓으면서 말이야."

"그럼, 그런 경향이 다분히 있어. 우리를 가르칠려고 해쌓지. 하기야 정치라는 게 여론에 의해 끌려가야 하는데 사람을 짐승처럼 질질 끌어가고 있으니까 내남 없이 죄다 누구를 끌어가야 속이 편한가 봐. 그게 점차 체질화되어 가나봐. 자네 말대로 설명이나 하려고 벌떼처럼 우르르 몰려들고… 이래서야 되겠어? 그러니 지금부터라도 교육이나 제대로 시켜야지. 그래서 남을 끌어갈 게 아니라 끌려가면서 끌어가는 방법을 배우고, 가르치게 말이야."

"그 생각 한번 잘했네. 제발 잡부금이나 안 거두는 학교 사업을 꼭 한번 해봐. 나처럼 공갈로 이런 봉투나 뜯어가는 친구들은 수위로 취직시켜 문전축객하는 역할이나 맡기고."

“그거야 별 문제도 아니고… 그래서 토지 용도를 변경하려고 여론을 짬짬이 만들고 있어. 신문사 친구들한테.”

“무슨 일을 그렇게 어렵게 하나? 막바로 다리를 놓아 요직에다 돈을 들이밀지.”

“일은 우회하는 게 가장 안전해. 세금 문제도 골치 아프고. 아무튼 우리 집 어른 앞으로 등기된 땅이 좀 있거던, 그걸 학교 부지로 쓰고, 일부는 용도를 바꿔 볼 참이야.”

두 사람은 각자의 직업 따위에 대해서는 관심도 없는 모양이었다. 송 선생이 흑백 텔레비전이긴 하지만, 그 위력이 뜨르르한 방송국으로 다시 직장을 옮겼는데도 장 사장은 막상 그것에 대해서는 의례적인 안부도 묻지 않았고, 마찬가지로 송 선생도 장 사장의 사업 근황에 대해서는 겉치레 인사도 건네지 않았다. 관심도 없으려니와 모른 체해야 예의고, 그래야 서로 권위가 서고, 돈도 벌고, 출세도 할 수 있다고 생각하는 눈치였다. 나로서는 느끼는 바가 많았다.

그런데 도대체 나라는 놈은 무엇인가? 온갖 사회 현상에 대해 예민한 반응을 보이며, 그때마다 느낌이나 주견이 팥죽 끓듯 하다가 제풀에 신경질이나 버럭버럭 내고, 무식한이나 지식인이나 유산자나 무산자나 가릴 것 없이 미워하며, 그 변덕스런 증오감에 들떠 매일 울그락붉으락하지 않는가. 이런 기질은 내 나이 탓인가, 기질 탓인가, 돈벌이가 시원찮은 신분 탓인가, 아니면 시절 탓인가?

송 선생이 하얀 봉투를 내 쪽으로 스르르 밀어붙였다.

“나도 한번 써 먹어야겠군.” 뒤이어 송 선생은 장 사장에게 넌지시 물었다. “액수는 그대로지? 잘 쓰겠네만.”

"그럼, 내가 약속한 액순데 여부 있나. 나야 돈을 요령껏 쓸라는 사람 아닌가."

송 선생이 자리에서 일어섰으므로 나도 봉투를 들고 일어섰다. 그리고 장 사장이 내미는 손을 잡았다. 그의 싸늘한, 그러나 두툼한 손바닥을 놓자마자 나는 주뼛거리며 말했다.

"고맙습니다. 연극, 공연 경비로 잘 쓰겠습니다. 언제 소주라도 대접할 기회를 주십시오. 이건 절대로 빈말이 아닙니다."

"저는 술을 전혀 못합니다. 병신이지요. 우리는 그냥 낮잠이나 자고 집안 청소나 하는 무지랭이입니다."

"그러면 언제 동부인해서 우리 극단에 연극 구경이라도 한 번 오십시오."

"우리 집 사람요? 나보다 더 무지랭입니다. 우리는 무식해서 연극이 뭔지도 몰라요. 머릿속에는 숫자만 뱅글뱅글 돕니다. 그냥 이렇게 정기적으로 만납시다." 장 사장이 송 선생에게 말했다. "자, 그럼 또 일간 만나세."

"우리야 이런 식으로, 거지와 기부자 관계로밖에 더 만날 방법이 없지 않나?"

장 사장이 사무적으로 말을 받았다.

"이게 좋지 않나? 쓸데없이 한 말 또 하려고 만나는 사람들도 부지기순데. 자, 먼저 나가세."

등뒤에서 장 사장의 사무실 문이 닫히는 소리가 들리자마자 나는 담배부터 꺼내물며 송 선생에게 말했다. 장 사장도 송 선생처럼 담배를 피우지 않는지 그의 탁자 위에는 재떨이도 없었고, 그때까지 나는 흡연 욕구를 애써 참고 있던 참이었다.

“저 양반 꽤나 권위주의잔데요. 손님을 앉혀 놓고 부하 직원에게 서슬 시퍼런 훈화나 해대고. 도무지 웃음이 터져나와서 미치겠는데 장사장이나 미스 장은 오히려 진지한 연기를 해대서 그게 또 더 우습고요. 도처에 희극투성이야. 인생은 짤막한 소극(笑劇)이고 세상은 권위가 당당한, 근엄하기 짝이 없는 희극이라니까. 새삼스런 발상도, 확인도 아니지만.”

“저 친구의 권위주의? 물론 있지. 그러니 권력지향적인 인물이지. 권위가 뭔 줄 알아? 허영이야. 다만 권위 세울 때는 음성을 더 낮추는 게 저 친구의 장점이고, 다른 치들과는 다른 점이지. 배금주의에 물들지 않았다는 똥품을 잡는 게 다 권위고 허영이지. 그게 아마 50만 원일 거야. 50만 원어치의 허영과 권위를 우리는 장군으로 하여금 누리게 해준 은인인 셈이지. 우리가 없으면 저 친구는 그런 허영을, 권위를 돈 주고도 살 데가 없어. 잘 알겠지만 시장 바닥에서는 허영을 파는 장사가 없어. 그러니까 그 허영과 권위를 구걸해서라도 사지 못하는 병신들이 우글거려서 우리나라가 현재 요 모양 요 꼴이야. 허영, 권위는 정신적인 사치 중에서 최상급의 상품이지. 그게 좋은 거잖아. 아프터 서비스를 두고두고 받을 수 있고, 공치사나 덕담 말이야. 하기야 우리가 사는 게 다 허영이고 사치잖아. 그게 없는 놈은 짐승이지. 가축에게는 허영과 사치가 없으니까 권위주의도 없어. 직장, 가정이 다 권위로 간신히 유지되는 거 아냐. 양반이 있고 권위가 엄연히 서 있어야 이 사회가 제대로 굴러가잖아. 그런데 요즘에는 전부 다 제 잘난 맛에 살고, 권위 있는 사람이 없어. 서민뿐이야, 이게 도대체 무슨 꼬락서니란 말이야."

송 선생이 마지막 계단에서 내려서며 말했다.

"자, 나도 권위를, 허영을 부리는 곳으로 들어가 봐야겠어. 이따 만나. 할말이 많아."

2-4

귀가 밝은 사람이라면 무대 위의 출연자들 숨소리도 들을 수 있는 소극장 안이다. 관객은 없다. 열려 있는 출입문 옆에 붙은 매표석에서 간간히 잡담과 웃음소리가 들린다. 서북쪽으로 난 창들에는 시커먼 커튼이 쳐져 있다. 그 커튼의 칙칙한 위엄 사이를 비집고 들어오던 희미한 빛이 방금 켜진 실내의 형광등 불빛 때문에 그 광도가 갑작스럽게 죽어 버린다.

아무런 장식도 없는 무대 위에는 여러 개의 의자가 아무렇게나 놓여 있다. 의자 주인들의 앉음새도 의자의 놓임새만큼이나 각양각색이지만, 그들의 표정과 그들이 연출하는 분위기는 전체적으로 칙칙한 색깔의 커튼처럼 엄숙하다. 그러나 개인적으로는 하나같이 그 엄숙한 권위, 속물스런 허세 따위를 깨부수고 싶어 안달이 나 있고, 새것, 신선한 것 따위에 대한 추구열에 들떠 있다. 좀 과장해서 말하면 무대는 전위적인, 따라서 추상적인 분위기가 충만해 있는 것이다.

한 의자의 주인이 발언권을 스스로 얻는다. 그는 다리를 번갈아 가면서 달달달달 떨어대다가 말을 쏟으면서부터는 언제 그랬느냐는 듯이 몸가짐이 점잖아진다. 말솜씨뿐만 아니라 몸놀림까지도 그는 다분히 연극적이려고, 따라서 전위적이려고 노력하는 것이다. 하기야 모든 의자 주인들이 그들의 생활, 생활 속의 일거수일투족마저도 연극적이려고, 당연히 물론 전위적이려고 애를 쓰는 편이긴 하다.

"좋아, 좋다고. 창작극 부재에 번역극 무성이라는 노래는 다 알다시피 어제 오늘의 유행가가 아냐. 그게 1970년대 우리 연극계의 대히트곡이라는 걸 도대체 누가 몰라. 그러니 식상할 음식에 식중독 걸릴 말은 삼가기로 하고… 그러나 불행하게도 이 대히트곡은 당분간 그 인기가 더 오래도록 지속될 전망이야. 왜냐고? 창작극이 없고, 옳고 그럴 듯한 게 있어 봤자 인기가 없는데 어째. 그 이유를 여기서 따질 필요는 없겠지만, 숨통을 콱콱 조여대는 정치적인 상황도 이유의 하나랄 수 있겠지. 이 사회는 풍선이야, 아주 예민하고 부드러운. 위에서 누르면 한쪽이 불거져, 튀어나오지, 흉물스럽게. 불거진 그 예민한 부분이 문화야. 보기 싫은 소비문화지. 소비문화는 원래 외래지향적이야. 남의 것을 좋아한다 이거야. 남의 것은 곧 새것이거든. 새것은 또 좋은 것이고 모방하고 싶은 거야. 그렇지 머, 안 그래?"

종이 커피잔에 담뱃재를 털고 있던 의자 주인이 침을 뱉어 담뱃불을 끄고 발언한다.

"모든 공연물의 사전심사제가 실시되고 있는 판국이니 번역극이나 무대에 올리자 이런 얘긴데, 무슨 연극 원론인지 알수가 없네."

"연극 원론으로까지 면칭해 줘 고맙긴 한데 내 말은 그게 아냐. 아, 물론 번역극이나 올리고 말자는 결론을 유도하려는 의도가 없진 않아. 그걸 재빨리 읽는 독심술을 미쁘게 보고 있어. 아무튼 아직까지 내 이야기는 우리의 정치 현실과 문화의 상관관계만, 그것도 많은 설명이 필요한 가설만 제시하고 있을 뿐이야. 경직된 정치적 환경 아래서는 소비문화가 발달되고, 그 소비문화는 자아상실의 길을 필연적으로 밟아 간다. 그런 도식이 뻔뻔스럽게 무슨 모델처럼 우리나라에서, 그것도 오늘의 이 시점에서 과시되고 있는 현장이 지금 우리 연극계다. 그게 불행하고, 불쌍하다, 그렇지 않은가. 대충 이런 요지야. 아직도 설명이 미흡하고, 많은 해설이 따라붙어야 하지만."

"현실을 우리 힘으로 깔아뭉갤 수도 없으려니와 까뭉개봤자 그게 그거다. 불가항력적으로 누적되어 오는 잘 길들어진 문화 풍토 때문에. 그런고로 엄연한 현실을 선선히 받아들이면서 번역극을 우리의 차기 공연물로 부치자는 말씀이신 듯한데?"

결론을 유도하려는 말솜씨에 짜증을 낼 만한데 유들유들한 응수가 따른다. 의사소통이 불가능해지고 점점 불명확해지는 부조리극의 대사를 닮아 간다. 그러나 누구도 초조해하지 않는다.

"글쎄, 그런 뜻이 아니라니까. 오늘의 우리 문화 현상, 정치 현실이 이런 꼬락서니니까 어쩔 것인가 라는 이야기래도. 무슨 말이지 알지. 수용 후 감상은 다음 문제고, 알고 침을 뱉든지 모르고 침을 삼키든지를 함께 공부해 보자 이거야, 내 진의는."

의자 주인들마다 한 마디씩은 다할 채비가 갖추어져 있고, 그게 또 그들의 의무라고 느끼고 있다. 개중에는 코뼈가 전연 보이지 않는데도 얼굴에는 살이 많이 붙은 그 뭉툭한 큰 코뿐인 듯한 인상의 의자 주인은 연신 코털을 뽑아대면서 눈물을 찔끔거리고, 담배를 어금니로 질근질근 깨물면서 필터에 묻어난 제 이빨자국을 유심히 관찰해대는 의자 주인도 있고, 넥타이를 단정히 맨 월급쟁이 꼴의 의자 주인은 바지 위로 불쑥 솟은 제 불두덩을 슬슬 문지르고 있는가 하면, 삐딱하게 닳아빠진 구두 밑창 속에 돌이 들어 있는지 그걸 파내느라고 아까부터 성냥개비로 후벼대는 의자 주인도 있다. 그러나 다들 이런 구름 잡는 식의 토론에는 익숙해서 의자 주인들마다의 표정이 밝고, 말귀도 어둡지 않다. 그래서 저마다 비유법을 되도록 많이 써 가며 말솜씨에 멋을 부리려고 애쓰며, 더욱더 구름 잡는 식의 이야기에 노곤하니 빠져들려고 덤빈다.

"그 대히트곡을 무비판적으로 수용하지는 말아야지요. 지겹지도 않아요? 이제 그런 노래는 듣기도 지겹고, 하기는 더욱 싫어요."

"밥을 먹기 싫고, 살기 역겨워도 살아가면서 먹어야 하는 것도 숙명이고 일종의 멍에지."

"누가 뭐래? 번역극의 인기가 지속되는 현실을 인정했으면 그 중에서 히트할 만한 곡목을 골라서 불러야 하는 것은 필지(必至)고, 그 선택의 폭은 우리 임의로, 공연물 사전심사제도를 피해 갈 수 있는 것으로, 좀더 거칠게 말하면 저속한 인기 곡목만큼은 적극적으로 피해 가자는 게 내 의사고, 그런 방향으로 중의를 모으자 이거야. 딴 뜻이 아니야, 바로 이거라고. 이런 결론도 감히 누가 빠르다고 타박을 줄라는가? 돌이야 던지면 맞아야 하지만."

"글쎄, 너무 겅중겅중 뛰는 감이 없지 않지만, 대충 말하면 그런 의견들인 모양인데, 내 말은 긴장의 연속이 연극이고, 오늘날의 이런 폭폭한 우리네 정황에 그 긴장을 더 보태는 게 무슨 의미가 있느냐, 그것은 서로가 서로에게 무익한 짓거리가 아니냐, 그러면 대안은 뭐냐? 복고풍의 것을 가지고 와서, 창작극이든 번역극이든 말이지, 눈만 달린 허름한 돈이나('관객'을 뜻하는 그의 수사법이다) 꼬셔 먹자. 이것도 하나의 적극적인 방법이 아닐까? 언뜻 생각이 안 떠올라 아주 조악한 예가 되고 말았지만, 외국의 것으로는 낭만적인 사랑물도 있을 테고, 우리 것으로는 춘향전이나 배비장전, 이수일과 심순애도 있을 테고…"

"이 소극장에서 그런 거창한 것을? 무슨 허풍에 과대망상증세인지…"

"무대를 너무 여기다(발바닥으로 바닥을 쿵쿵 차면서) 국한시키지 말고, 경비도 너무 겁내지 말고. 어차피 우리는 거지고, 빚쟁이인데? 빚 있는 놈이 돈 벌지, 빚도 없는 사람들은 인간도 아니고 돈도 벌 수 없어. 아, 물론 현대화, 패러디화시킬 수 있으면 더 이상 좋을 게 없을 테고. 아무튼 하나의 방법일 수는 있지 않나 이거지. 경비와 장소 걱정은 고양이 방울이야. 우리는 쥐새끼고. 그러니까 방울은 있는데 고양이가 없다는 투정이나 방울을 고양이 목에 걸 생각일랑 여기서 미리감치 하지 말기로 하고."

"패러디화? 누가 뭘?"

"그것도 일종의 고양이 방울이지. 방송국 밥그릇을 딱 사흘 동안만 걷어차 버리고 우리 극단의 현명하신 영도자 기중이가 만들든지 밤을 도와 여관에서 합숙하며 합작으로 만들어내야지. 다만 장난기만은 확 배제해서 좀 엄숙한 패러디가 되었으면 좋겠어."

"자, 자, 정리를 해보면 어영부영 번역극은 쑥 들어가고 상업주의 창작극이 산뜻한 마스크를 내밀었는데, 여러분의 인기를 한몸에 받을 수 있을지 어떨지. 차제에 서로가 주먹다짐까지 하는 치고받는 격론을 벌입시다. 문화 쪽에서 난장판을 만들면 정치 쪽에서는 어리둥절해서 개판을 못 칠 테니까. 저것들이 뭔데 감히 풍선에다 손가락을 찌르려고 설쳐? 풍선이 빵구가 날 판인데 저것들이 감히 어떻게… 각설하고, 글쎄, 아직 확고하지는 않지만, 상업주의 창작극에 대한 제 생각은 당분간 이렇습니다. 그런 복고풍이 이런 속악한 시대에 과연 무슨 의미가 있느냐. 물론 인간만사, 세상만사가 의미 없는 행위는 없을 테지요. 의미 없는 연극이 없듯이. 그러나 그 의미의 질적 가치가 시시할 때 과연 우리는 물론이고 눈 달린 돈들까지도 신명이 나겠느냐, 이런 것도 생각해 봐야지요."

"그래서 엄숙한, 고급스런 패러디를 만들자는 전제를 내세웠지."

"잠시 가만, 그런 패러디의 작업 자체는 단순하고 시시껄렁한 화제, 화제를 위한 화제로 취급할 게 뻔한 저 태산 같은 매스컴의 막강한 위력이 있고, 그 한마당의 소극(笑劇)을 제대로 음미하지도 못하면서, 웃기지, 웃기잖아, 그래서 어쨌다는 거야, 어쩌구 주절대며 돌아설 저 절대다수의 관객을 미리 상정해 봐야 되지 않겠느냐는 거지요. 내 말이 어디가 틀렸습니까?"

"신파가 되는 것은 지양해야지. 누차 강조해 오고 있는 바이지만."

"글쎄, 신파 아닌 패러디? 점점 주문이 어려워지고 많아지는데, 고양이 방울에 수(繡)까지 놓고 고운 무늬까지 새길 의사는 없으신 걸로 아는데."

"아니야, 무슨 소리야. 방울이 예쁘면 좋지, 나쁠 게 머 있어. 그거 그럴 듯해. 패러디화 작업 말이야. 한바탕 웃을 수 있는 능력을 길러 주자는데 누가 머라겠어. 그게 우리의 사명이다, 라고 당당하게 소리치면 어중이떠중이들도 신명들을 낼 거야. 다들 하나같이 점점 제대로 웃지도 못하는 사람들이 되어 가고 있는 마당에. 사실상 우리나라 사람들은 너무 엄숙하잖아, 아무 일에나, 아무 데서나, 아무 때나. 나는 그게 몹시 못마땅해."

"아, 물론 당연히 그런 교훈을 주기적으로 줄 필요가 있지. 그래도 지금 내 진의는 그 교훈의 의미, 다른 공연물에 비해 상대적인 가치와 의의를 찾자는 말씀이야."

"명분과 실속 중에서 어느 쪽을 택하느냐는 거 아냐? 명분도 못 살리고, 그야말로 우스갯거리가 되고 눈만 달린 허름한 돈도 꼬여들지 않으면 어떡하냐. 그러면 망신스럽지 않냐, 머리도 없는 무지랭이들한테 창피만 당하는 꼬락서니가 아니냐, 이거 아냐? 그런데 내 짐작으로는 차라리 실속은 없고 명분은 찾을 수 있을 거라는 거야. 그런 예상이 쉽게 들지 않아? 복고조의 패러디 작업에 머리도, 가슴도 없는 돈들이 몰릴 것 같애? 천만에. 그건 황당한 망상이고, 환상이라는 거야. 이놈의 망할 나라는 고전도 없고, 그 알량한 고전 나부랭이들도 잊어가고 있고, 인기도 없어. 두고 보라고, 내 말이 빈말인가. 이건 절대로 꼬시는 말이 아냐. 이걸 주지해줬으면 좋겠어."

"그럼, 실속도 없는데 뭣 하러 하나? 그 알량한 명분을 찾으려고? 명분을 알아 줄 머리와 가슴이 희귀하다면서?"

"원래 무식한 것들인데 우리가 알 게 뭐야. 풍선의 터질 듯한 한 쪽면, 그 긴장을 풀어나 보자 이거야. 그게 명분이지. 풍선의 비정상적인 팽창도 모르고 있는 놈들에게 말이야. 그것뿐이야. 몰라도 할 수 없어. 그것까지 우리가 어떡하라는 말이야. 칼 파는 놈이 사람을 죽일지 고기를 저밀지 어떻게 알아. 상관할 것도 없고."

"취소, 취소. 취소하겠어. 예가 아주 적절하지 못했어. 정치적 시위가, 공연물 사전심사제도 같은 것 말이야, 그게 심하면 심할수록 문화는 찌들어 가는 의식의 피신처일 수 있지 않을까, 하는 낭만적인 생각 때문에 헛소리가 튀어나왔어. 복고풍이란 게 낭만적인 것하고 묘한 연관관계가 있나 봐. 더 좀 찬찬히 생각해봐야 될 테지만, 방금 언뜻 그런 생각이 드네. 복고풍조는 고도의 정치적 압제를 더 당당하게 만드는 현상이다, 그들은 그것을 우매한 민중에게 애드벌룬처럼 띄워놓는다, 이런 함수 관계 말이야. 그러면 우리가 뭣이 돼? 파쇼의 조력자가 아니고 뭐겠어? 그리고 종내에는 풍선처럼, 애드벌룬처럼 의지가지없는 가련한 신세가 되잖아, 한심하게도. 민중처럼 뿌리가 있고, 땅을 밟고 살아야 하는 데 우리는 공중에 붕 떠 있게 되고 말잖나 이 말이야. 다만 패러디 작업 자체의 의의를 무시하지도 영영 배제하지도 말기로 하고. 다음 기회가 있을 테니까. 인생도 지루할 정도로 길지만, 무대의 수명은 거북이보다 더 길잖아. 그러니 패러디의 역사는 무대의 그것보다 딱 한 치쯤 더 길지. 기존의 것에다 다른 해석을 심으니까. 숙명적으로 수명이 더 길어, 다행하게도. 그럴 것 아냐?"

"아니에요. 그거 괜찮아요. 그럴 듯한 발상이에요. 워낙 앞뒤도 재보지 않고 튀어나온 순발력 만점의 착상이라 정신이 없는 고양이지만…"

"제발 살려줘. 그 이야기는 이제 그만하기로 하고… 대히트곡간은 적극적으로 피해가자는 쪽으로 다시 의견들을 개진하지, 어때?"

"인기 곡목이 아니고요?"

"아 참, 그런가? 대히트곡 중에서 인기 곡목만은 피해가자는 쪽으로…"

"물론 팝송도 도마 위에 올려놓기로 하고."

"물론이지. 클래식만 좋은가 머."

"팝송 중에서 인기 없는 것, 또 우리가 모르고 있는 것? 아무려나 원작료를 안 줘도 될 테니 홀가분하기야 한데… 대히트곡은 그게 매력이야. 새것을 하나 헌 것을 하나."

"원작료는 무슨… 있는 놈들 것은 좀 훔쳐먹고, 베껴먹어도 괜찮아. 그들도 양해한다고. 가령 말이지, 내 작품을 아프리카 깜둥이들이 양해도 구하지 않고, 물론 원작료도 주지 않고 공연했다고 내가 시퍼렇게 대들어 봐. 그놈들은 저 친구가 왜 저러나고 멀뚱멀뚱해할 거 아냐. 그 아름다운 눈으로 말이야, 상상들 해보라고. 그럼 내가 뭣이 돼, 코메디안이 되고 말지. 마찬가지야. 지구상에 아프리카가 한 군데뿐일 줄 알아? 도처에 널려 있고, 여기가 바로 거기야. 이건 물론 여담이지만. 여담이 또 원래부터 가장 중요하잖아."

"팔, 다리, 머리가 없는 연극을 하라는 게 공연물 사전심사제도의 골잔데 말이야, 그런 게 비인기곡목이면서 감동적인 게 있나? 말도 아니지. 케케묵은 것으로야 감동이 전달되나 머. 예술은 새것이 생명인데 말이야. 몸통만 달랑 보여주고 팔, 다리, 머리가 있을 자리를 상상해 가면서 감동을 받으라니. 이건 도시 머가 뭔지, 지시하는 사람도 제가 무슨 소리를 지껄이고 있는지 아는가 몰라. 그게 가장 궁금한 내 최대관심사야."

운동화 같은 누런 랜드로바 구두 뒤창에서 굵은 돌을 드디어 끄집어낸 의자 주인이 홀가분하다는 듯이 처음으로 지껄이기 시작한다.

그도 순발력에서는 어느 의자 주인에 못지않다.

"토르소? 무언극? 제발 더 이상 말도 하지 마. 비겁해. 추접스럽게 촌놈처럼 영악해가지고. 무식한 관객들이 뭘 알아야 말이지. 그 불쌍한 것들을 속인다는 게 사람의 탈을 쓰고 할 짓이야?"

"사기 자체가 나쁘다고 너무 몰아세우지는 말기로 하고, 예술이 원래 사긴데?"

"남의 말을 너무 자르지는 말기로 하고. 물론 아주 요긴한 지적인 줄이야 알지만. 우리나라 사람들은 아직 손에 뭘 집어줘야 해. 아직 계몽주의 시대니까 설명을 해줘야 한다니까 그러네. 손에 쥐어 주고 설명을 장황하게 늘어놓아도 알까 말까야. 또 그걸 노골적으로 바라고 있기도 하고. 그래야 홍당무인지 말의 신(腎)인지 알아. 그래도 미심쩍어 하는 판인데? 우화적인 수법 좋아하네. 그거야말로 상업주의의 탈을 쓴 대표적인 견강부회고 무책임한 상식이야. 너희들이 알아서 해석하라고? 좀 우습잖아? 뭘 알아서 해석하고 이해하고 감동을 받아? 니미, 지금이 이솝의 우화 시댄가, 말장난만 하고 있을 시단가, 짐승들에게 말이나 시키고 앉았을 시댄가 이 말이야. 작품 감상을 본대로 느낀 대로 임의로 하라고? 보편적인 감동을 끌어내야 하는 의무가 있잖아, 모든 예술 작품에는. 무식꾼들이 어떤 사람들인데. 무식꾼은 다의적인 해석을 못하는 병신들이야, 별것이 아냐. 이걸, 이 단순한 사실을 우리나라 사람들은 늘 까먹고 있어요. 병폐지, 전통이기도 하고. 사색 당쟁이 머야, 고집이잖아, 남의 말은 죽으라고 안 듣는다 이거지, 별거야. 생각하기 싫어하는 치들이라니까."

"그래서 적당한 수준의 교훈을 주자는 거 아냐?"

"교훈을 어떻게 주냐구? 팔, 다리에 목까지 없는 토르소 같은 무언극으로? 말이 돼? 행동도 중요하지만 아직 무식꾼들한테는 몽둥이나 말로 타이르고 윽박질러야 한다니까."

"나는 아까 그 패러디 작업이 괜찮은 순발력 같애. 불쌍한 것들한테 교훈도 슬슬 뿌려 주면서. 그 모이를 못 주워먹으면 그거야 우리도 어쩔 수 없잖아?"

"글쎄, 그 교훈을 무엇으로? 몽둥이로? 말로? 천만에, 전적으로 반대야. 현재 우리는 팔, 다리, 머리가 있잖아. 토르소가 아니라는 소리야. 그런데도 말을 우화처럼 빙빙 돌려서 하자 이거지? 그게 패러디다 이거지? 그게 도대체 머야? 당연히 사실주의극이라야 해. 그런 의미에서 연극적인, 너무나 연극적인 연극이라야 해. 너무 설명만 늘어놓은 서사극은 또 곤란해. 연극이 아닌 것 같다고 은근히 찍자를 붙어. 우리 다 봤잖아, 지난번 공연들에서 막스 프리쉬, 브레히트 따위가 얼마나 무참하게 묵사발이 났는지를."

"설명적이면서 연극적인 걸 좋아한다, 잔소리를 늘어놓지 않고… 그 말이지, 우리 관객들이 그런 걸 좋아한다 그 말이지?"

"그럼, 당연히 그렇지. 그걸 아직 못 읽었어? 불쌍한지고… 다 불쌍해서 불쌍하지 않은 사람들이 오히려 불쌍해 보여서 다행이고 행복하다는 느낌이 들지만. 우리 주위가 그렇다는 애기야, 너무 고깝게 새겨듣지는 말고."

"전혀 그렇게 새겨듣지 않고 있어. 그런데 설명을 하지 않으면서 연극적인 것도 있나? 또는 설명을 잘했는데도 추상적이고, 연극같지 않은 것도 있나?"

"있지. 이론과 설명을 자욱하니 덧붙여야겠지만 전자가 부조리극이라면 후자는 서사극이 그것들에 해당돼. 대충 말하면 그렇다는 얘기야. 둘다 많이 소개되었는데 다 하나같이 시시했지. 해석이 엉망에다가 연출하는 놈들이 출연자들을 말씨름 투로 너무 조져댔어. 아무튼 그나마의 것들이라도 허름한 돈들이 알아먹지를 못해. 실속은 앞의 것이 다소 나았고."

"명분은?"

"명분? 둘다 사기였지."

"그럼 우리도 지금 사기칠려고 이러는 거야?"

"사기 안 칠려고 이러는 거지. 사기로 확대 해석해도 상관없고. 일종의 공갈인데, 공갈은 제법 먹혀들어가. 사기는 고답적이고 공갈은 현실적이고 즉각적이지, 구체적이기도 하고. 그래서 사기가 안 먹혀들어가는 족속들이라니까. 사기가 안 먹혀 들어가는 광경을 상상해 봐. 사기꾼이 얼마나 억울하고 희극적이겠어. 내 말은 이상 끝이야. 솔직해져야지. 솔직하게 해석할 수 있어야지, 현실이든 작품이든. 내 진의가 이거야, 그뿐이야."

"자, 자, 중의를 한곳으로 모으지. 부조리극도, 서사극도, 패러디도 다 문제가 있다는 데는 나도 전적으로 동감이야. 이 말은 프랑스적인 것, 독일적인 것, 미국적인 것들은 사실상 다 우리와는 일정한 거리가 있다는 것인지도 몰라. 그러나 그걸 모르는 사람이 어딨어. 다 알지. 그런데도 유독 그것들이 극성스럽게 인기 방석 위에 올라타고 있는데 어째. 어쩌겠냐구? 불가항력이지. 그런 맥락에서 보면 탈춤판이다, 민중극이다고 떠들어대는 요즘 대학가의 또 다른 유행가가 일면 긍정적이긴 하지. 물론 그것들도 문제가 많기는 하지만. 무슨 문제냐구? 한바탕의 카타르시스나 마스터베이션으로 끝나 버리는 게 문제야. 그것도 집단적으로 말이야. 사람의 본능만 배설하고, 시원해하고 그뿐이야. 생각거리가 없으니까 교훈을 주지 않아. 본능은 교육이나 교훈과는 상관이 없거든. 그런 의미에서는 오히려 그것들이 더 철두철미한 상업주의적 목적극이지. 이런 인간도 있다, 괴물이지? 이런 해학도 있다, 우습지? 그리 알아라, 그러고 그뿐이야. 그래서 어쨌다는 거야? 얌체 같잖아? 따지고 보면 관객들을 아예 무시하고 있다는 점에서 탈춤판, 굿판은 상업주의적이지. 민중 앞세워 설치는 놈치고 장사꾼 아닌 놈이 어딨어, 이 바쁜 시대에? 직업적인 예술가는 아니다 이거야. 그런데 우리들은 꽤 나름대로 직업적이잖아. 더불어 한바탕 놀고 말자는 것만큼 솔직하고 설득력 있는 구호가 다시 없지만, 그게 도대체 뭐야? 너무 노골적이라 야하고 속돼 보이잖아. 놀고 난 뒤에는 뭣을 얻어? 흔한 말로 또 다른 소외감 밖에 남는 게 없지. 놀기보다는 함께 공부해서 깨달음을 얻고, 또 주어야지."

"그건 뭐 브레히트 구라 같은 냄새가 풍기는데? 그 치는 색골인 주제에 되게 권위주의적이야, 좀 지겹다고, 지 잘난 체 잘하고, 별것도 아닌게. 잘난 체하는 떠버리들은 막상 뜯어보면 꽝이야. 무식하기 이를데 없는 걸 스스로 잘 아니까 지 혼자 헛소리를 그렇게 씨부린다고, 장광설이지."

"몰라. 그것 비슷하겠지. 요즘 똑똑한 것들치고 제 말을 가지고 다니는 놈이 어딨어? 전부 남의 말을 가지고 다니지. 브레히트는 지 말이 있었나, 뻥이나 거칠게 쳐대니까 어중이 떠중이들이 박수치고 따라서 되뇌고 지랄를 떨었지."

"아니, 잠깐만. 그것도 괜찮은 것 같은데. 누구는 알고 보면 아이디어맨이야. 남의 말을 많이 가지고 다니시는 분이라서 그럴 테지만. 그게 부러워. 광고쟁이라는 놈이 아이디어가 없어서 나는 요즘 영 죽을 맛이야. 아무튼 어차피 관객을 매도할 바에야 배설의 기쁨이나 주자, 이거 아냐? 그럴 듯해. 관객 속으로 출연자가 뛰어든다든지, 그 반대로 뛰어나온다든지 하는 몇 가지 장치만 만들어 함께 놀 자리를 연극적으로 만들자, 이거 괜찮잖아? 브레히트를 베껴먹지 머."

"놀지 말고 공부하자는데? 교훈을 한사코 심어 주자는데?"

"아, 그런가? 이래서 나는 요즘 약 광고 하나를 콘티도 못 짜. 밥줄 떨어지게 생겼어. 도와줘, 누가 나를."

"좀더 직접적으로 토론을 개진해 나가도록 하지. 그 복고풍이라는 거 말이야. 그런 것에는 '세일즈맨의 죽음'이나 '대머리 여가수' 따위도 당연히 들어가겠지?"

"말하면 뭣해. 그것들이야말로 대표적으로 케케묵은 것들이잖아. 앞엣것은 여기(또 발바닥으로 바닥을 쿵쿵 치면서) 소극장에는 들어맞지도 않지만. 이층집을 지을 수 없으니까."

"무대는 상정하지 말라니까. 정기공연이니까 큰 델 빌릴 수도 있어. 세종문화회관도 있잖아. 이건 뭐 절대로 허풍이 아냐. 스폰서를 하나 꼬시면 간단하게 해결되지."

'시그날'의 스폰서 중의 하나인 광고쟁이가 순발력을 발휘한다.

"장소 얘기가 나왔으니 하는 말인데 우리도 지금 장소를 한번 옮겨보면 어떨까? 춘추각 같은 데서 각자의 연극론을, 아니 무대 감각을 한층 더 떡벌어지게 펴 보면서 말이야. 괜찮은 아이디어지?"

"지금 화제는 춘추각 따위의 일상성에서 벗어나자는 거 아냐?"

"아, 그런가? 이래서 나는 요즘 아이디어 고갈 상태야. 정치가 나부랭이들보다도 못하다니까."

"그 춘추각 주인 여자가 너무 오향장육을 닮아서 말이야. 그 까무잡잡하고 매끌매끌한 피부도 그렇고. 이건 머 도무지 돈을 벌었다는 내색도 없어요, 오향장육처럼. 그냥 한결같이 네, 네, 곧 나갑니다야. 신통할 지경이야. 너무나 비연극적이야. 그런 데서 연극론을 펴기에는 너무 억울해. 내 생각이 어때, 맞지, 적절하지?"

"반대야, 전혀. 인생은 그렇게 살아야 하는 거야. 아주 모범적이야. 생활 연극이란 장르가 없진 않지만, 연극은 연극이고 생활은 엄연히 생활이거든. 생활적인 삶과 연극적인 삶은 불가분의 관계가 아니야. 물론 장사치들이나 정상배들에게는 그 둘이 더러 제멋대로 뒤섞여 있기도 하지."

"이건 또 무슨 연극원론이야? 내 이야기는 출출하다는 건데. 술과 입이 다 심심하고 출출하다 이거야."

"여기 있는 몇몇 사람은 알 테지만, 구로공단의 여자 근로자가 생활 연극을 하겠다고 내게 그 지도를 맡아 달래, 아르바이트로. 보수는 저녁밥에다 콜라, 소주 정도에 십시일반으로 일당 5천 원 정도는 주겠대. 며칠 나가줬지. 아휴, 말도 아냐. 그것들이 배우가 되어보겠다는 엉뚱한 환상만 주무르는 것들이더구먼, 착각이지. 질려 버렸어. 하기야 웬만한 우리나라 배우들도 의식 수준이 다 그것들이나 마찬가지지만, 그래서 생활적인 것과 연극적인 것이 어떻게 다른지를 설명만 해

주고 줄행랑을 놓고 말았어. 어? 그런데 보소, 자꾸 전화질이야. 배우가 될 수 없느냐는 은근한 의사 타진이지."

"좋잖아? 아양이고 아첨 같은데 그거 싫어하는 사람도 인간일 수 있어? 난 잘 모르겠어."

"아첨이야 언제라도 좋지. 그런데 연극이 밥 먹고, 똥 싸고, 연애하는 것만 재현하는 거는 아니잖아. 그런 건 생략해야지, 생활적인 것이니까. 걔들이 그걸 모르고 있더라고. 그들 자신의 순수한 작업 현장을 몇 토막씩 엮어 공연하자는 거야. 뭣이 순수한지 모르겠지만."

여전히 코를 만져대는 의자 주인이 한결같은 지론을 편다. 물론 그는 자신의 발언이 희극적임을 의식하고 있고, 제 주위를 희극적인 정조로 덮어 버리려는 계산이 체질화되어 있는 연기자이다.

"아니, 그것 좋잖아? 그럴 듯한데. 괜찮은 것 같기도 하고. 걔들의 언어 선택 폭은 워낙 학력이 학력인 만큼 따분할 테지만, 그러니 논외로 치고 나면 머가 남겠어. 생활을 연극적으로 만들어 보자는 투사들 아냐? 좋은데, 그거…"

"환상이야. 딱 두 가지 의도가 있을 거야. 하나는 노동운동의 한 방편이든지, 아니면 연극을 여가선용식의 오락으로 파악하여 카타르시스나 하자는 거지. 사용자측은 슬며시 그들의 배설 쾌감을 누리게 한다는 이익을 얻어내고. 도처에 이처럼 연극적인 분위기는 철철 넘쳐흐르는데, 하나같이 초등학교 학예회처럼 환상 심어 주기 수준을 넘어서지 못하는 게 오늘의 우리 연극 풍토야. 그러니 진실로 연극적인 것은 없어, 아직 우리나라에는. 물론 현상 파악력, 현실 이해력이 정박아 수준이라서 그렇지만."

"아, 너무 자학하지는 말기로 하고, 그 자학과 비판을 극화시키고, 무대로 끌어내라고, 귀하께서. 그것이 귀하의 당면 최대 과제야. 아까 술이 출출하다는 이야기는 그러면 연극적이야 생활적이야?"

"동시에 여러 사람이 그런 깨달음에 이를 수 있도록 만들면 연극적일 수 있지. 많은 장치와 말로써 그것을, 사람을 닦달해대면 그렇게 될 수 있을 거야. 그런데 걔들은 배 고프다, 고단하다. 따라서 그걸 좀 알아라, 그걸로 끝이야. 그게 머야? 그런 진부한 언어와 생활을 아무런 암시도 주지 않고 재현하는 게 연극을 하는 거야 머야. 너무 수고스럽고 수다스러운 짓거리잖아, 생활 연극이란 게 말이야?"

"그러면 걔들보고 정치하라고 할 거야? 워낙 저질이라서 탈이지만 옳은 정치도 구호 같은 걸 앞세워 진지한 연극으로 꾸려갈 수 있잖아. 어느 게 어느 것에 도구가 되든지, 그것은 다음 문제고. 이제 우리도 누가 누구에게 교양 없다는 말은 못하게 되고 말았잖아. 그런 소리 자주 하면 썩어빠져서 닳고 낡은 인물이 되고 말지. 재능 없다는 소리도 마찬가지고."

"정치? 누구나 다할 수 있어. 연극? 못할 게 없지. 그런데 둘 사이의 차이가 뭔지 알아? 앞에 것은 안 할려는 사람을 억지로라도 하게 만들어야 옳은 정치 풍토가 조성될 테고, 뒤에 것은 안 할려는 사람이나 할려는 사람이나 마구잡이로 하게 만들 수는 없다는 점이야. 그렇게 시킬 수는 없지. 그라면 안 돼야. 의미있게 시켜야지. 연극이 그들의 생활에 하나의 장식이 되면 곤란하다는 얘기야. 그런 장식 말고도 생활적인 장식, 곧 삶을 삶답게 일구는 재미야 좀 많아."

"모르겠구먼, 무슨 소린지. 공연물 사전심사제도나 피해 가면서 맞춤한 공연물을 찾고, 공연은 일단 부치고 보자는 결론이나 내려 두지. 창작극이든 번역극이든 명분과 실리를 다 쫓고, 찾아먹을 수 있는 것으로. 적당하게 우리 실정에 맞도록 윤색도 하고."

"아니, 그 적당하게란 말이 좋아. 정말 적당해. 적당하지 않은 게 이 세상에 어딨겠어? 다 적당하니까 무대에 구현되지, 별 수 있어?"

"팔, 다리, 머리 다 떼어 버리고 나면 막상 공연할 게 없는데 공연거리는 찾아야 한다는 지상명령이 우리의 결론 아냐? 그 말은 연극을 안했으면 꼭 좋겠는데 연극적인 이야기는 너무 흔해 빠졌다는 거 같은데? 그러니 어째, 찾아내고 공연해야지. 아무거나 해야지. 누구 말대로 적당한 걸로 골라서."

"우리만 당하고 있는 각박한 사정도 아냐. 배설 창구는 늘 좁게 마련이야. 원칙적으로 좁게 만들어 두고, 자아를 잊어버리게 만들거나 똑같게 만드는 게, 그런 연극적 유도 장치 자체가 정치지 별 건가."

"참, 긴급 동의가 하나 있어. 오래 전부터 심사숙고한 안건인데, 실리 말이야, 그 실리를 증폭시키기 위해서 관람료를 대폭 인하하면 어떨까? 그러면 장기공연은 따 놓은 당상이 아닐까?"

한 의자 주인이 벌떡 일어서며 말한다.

"말 같잖은 소리는 하지도 마. 설렁탕 두 그릇 값밖에 안 되는 현재의 관람료가 창피하지도 않아. 오향장육 한 접시 값 정도로 대폭 인상해도 속이 안 찰 판인데. 말도 안 되는 그런 소리는 앞으로 입 밖에 내지도 말아."

이구동성으로 옳다고, 관람료 인하 제안자까지도 발을 구르며 박수를 치고, 개중의 어떤 의자 주인은 "오늘 토론 중에서 제일 옳은 개소리야. 진리고, 진면목이야"라고 소리친다. 관람료 인상 주창자는 약간 우쭐대는 시선으로 좌중을 훑어보다가 발로 바닥을 쿵쿵쿵쿵 구른다. 회의를 마치자는 관례화된 신호이다. 다들 기다렸다는 듯이 발을 구른다.

의자 주인들이 제가끔 간발의 시차를 두고 의자에서 일어난다. 그리고 제 의자들을 들고 출입구 쪽으로 다가간다. 층계식의 나지막한 관람석은 말의 홍수를 잘 받들어 모셨다면서 그들을 엄숙하게 내려다본다. 늘 그렇지만 지치는 쪽은 관객이 아니다. 그것을 의자 주인들은 잘 알고 있으며, 어차피 연극이므로 고달프지만은 않다고 주장하고 싶은 것이다.

2-5

C의 J를 (작자와 작품명을 굳이 영어 이니셜로 표기하는 것은 번역극임을 드러내기 위한 것이기도 하지만, 공연물 사전심사제도의 협잡성을 염두에 둔 분별이기도 하다.) 극단 '시그날'의 차기 공연 작품으로 무대에 올리기로 결정을 보았다. 우연히, 자연스럽게, 예의 순발력에 의해 결정되는 것처럼 송 선생은 그 탁월한 식언과 중언부언으로 유도해 나갔지만, 실은 나와 민수에게 여러 차례 뜸을 들여 두었던 바 있었다. 물론 두 번째 회합에서 결정되었는데, 공연물 사전심사제도에 통과할 수 있을지는 미지수였다.

공연 장소도 미정상태였던 4월 중순의 어느 토요일 오전이었다. 대충 내정된 아홉 사람의 출연자들에게 출연 여부와 연습시간 따위를 타진하느라고 '시그날'의 출입구 옆댕이의 군지기석에서 민수는 열심히 전화질을 해대고 있었다. 그가 잠시 송수화기를 내려놓고 있는 짬을 비집고 방정맞은 전화가 걸려 왔다. 민수는 예의 지론인 "정치는 안 할려는 놈을 억지로라도 시켜야 하는데 연극은 그럴 수가 없단 말이야. 그런데 연극도 제 스스로 하겠다고 자청하는 놈들은 하나 같이 마음에 안 들어. 이건 또 정치하고 똑같아서 지랄이야" 라고 중얼거리며 전화질에 진력을 내고 있어서, 내게 "이건 또 웬 미친놈이야. 제발 형이 좀 받아 봐" 라고 명령을 떨구었다. 미친놈이 아니라 미친년이었다.

"기중 씨? 거기 민수 씨 있죠? 좀 바꿔줘봐요. 급해요."

"어디야? 그렇잖아도 귀하를 찾고 있는데. 요즘 바빠? 공작 부인이 한번 되어 볼 의향이 없어? 제 남편을 죽인 테러리스트에게 자비를 베푸는 미모의 중년 부인 역이지. 일생일대에 얻어 걸리기 힘든 기회걸. 신분제도가 철저하게 무너진 금세기에서는 더욱이나 그럴 수밖에. 좌우당간 한번 만나. 그리웠어. 우리 사이가 이렇게 소원해질 수도 있는 거야?"

"지금 그런 한가한 이야기를 듣고 있을 때가 아니에요. 만나기야 해야겠지만." 그러나 인화는 한가한 모양이었다. 곧장 다급하던 음성이 느물느물 풀어졌다. 여자들이란 전화기만 잡으면 감쪽같이 제 주제를 잊어버리고 까악까악거리는 까마귀가 되는 모양이었다. "송 선생님께 대충 들어서 알고 있어도 기껏 얼굴 마담 역이나 맡으라구요, 시시하게. 차라리 테러리스트의 애인 같은 역이 나한테 맞잖아요? 정부(情婦)라도 좋고요."

"우리의 영용하신 연출가 민수 동지의 생각은 전혀 그렇지 않은가

봐. 대단한 미모이긴 하지만 인화의 얼굴에는 자기가 없대. 너무 얼굴이 팔렸다는 이야기가 아니라, 그 왜 있잖아, 우리나라 미혼 여성 중에서 자기를 가진 얼굴이 쉬워? 다 이게 저것 같고 저게 이것 같이 두루뭉실이지. 이 땅에는 여전히 자아가, 다른 말로는 내면이지, 그게 제대로 박힌 얼굴이 없다는 게 지금 민수의 노래고 한숨이야. 다만 출연하지 않겠다는 사람만 골라 출연시키겠다는 점에서는 인화 너야말로 다소 적격자인 것 같긴 하고."

까마귀가 즉각 시큰둥하게 지껄이기 시작했다.

"그놈의 얼어 죽을 자아. 요즘 세상에 그런 게 어딨어요. 개성 있는 얼굴이 그렇게 쉽나 머. 없는 개성도 스스로 찾고, 없어도 그러려니 하고 그냥저냥 쳐다보며 사는 거지. 배우론은 그만 늘어놓으시고 빨리 좀 바꿔줘요. 큰일났어요. 여기 민수 씨 집이에요."

짚이는 바가 있었던지 민수가 송수화기를 가로채 갔다. 그의 험담이 쏟아질 만한데, 예상 밖으로 민수는 문의 전화질이나 해대는 고분고분한 라디오 청취자로 돌변했다. 남의 말을 귀담아 듣는 사람의 얼굴만큼 어리숙해 보이는 표정도 달리 없을 텐데 민수의 모습이 꼭 그랬다.

민수는 송수화기를 놓자마자 벌떡 일어섰다. 곧장 연출가답잖게 허겁지겁 담배를 찾아 물었고, 잔뜩 짜증스러운 표정을 지었다. 미상불 그의 짜증스러운 얼굴은 연극 연출 때뿐만 아니라 평소에도 어울리는 것이어서, 그럴 때면 그의 얼굴의 땀구멍이 유달리 크게 돋보였다.

"나, 지금 나가 봐야겠어. 형도 좀 따라가줘. 지금 계숙이 년이 말이야, 양수가 터지나봐. 며칠 남았다더니만 의사놈들은 그런 것도 하나 제대로 못 맞추고 있으니 도대체 뭣들을 하는 치들인지, 나 원 참. 병신들 천지야. 멍청한 눈으로 흰 가운이나 걸치고 똥폼이나 잡고 엄숙주의에 빠져서. 원, 니미럴."

나는 몸에 밴 농조로 대꾸했다.

"이세를 보는 판에 무슨 상스러운 욕지거리야. 엄숙해야지. 마땅히 자중자애해야 하고."

민수는 '이세'라는 말에 피식 웃고는 좀더 다급해졌다.

"형, 가. 이거 큰일이네. 집에 사람이라고는 있어야 말이지. 어떡해야 되지, 도대체 내가 할 일이 머야?"

"가만히 있는 게 네 할 일이야. 죽치고 가만히 있으면 아버지가 되어있을 거야."

"도무지 실감이 안 나네. 내가 어쩌다가 벌써 이 모양 이 꼴이 됐지? 정말 한심하네, 내가 애 아버지가 될 수 있다니. 형, 나는 정말 애를 싫어해 왔어. 도대체 시끄러워서 말야. 그런데 이게 도대체 뭐냔 말이야. 내 형편에 어린애가 무슨 소리야. 낭패네. 우리 집 영감 말대로 낭패도 큰 낭패구먼."

그때까지 내가 아는 범위 내에서 민수의 가정 형편은 대충 이러했다.

그의 집안은 3대째(그 이상은 자신도 모를 것이었다) 서울 바닥에서 붙박여 살고 있는 본토박이였다. 그는 언젠가 이런 말을 내게 한 적이 있었다.

—서울 토박이의 구십 프로가 양반에 빌붙어서 그냥저냥 제때 밥술이나 뜨며 살아낸 아전 출신일 거야. 아전도 벼슬이긴 했으니까 좋게

말한 거고, 그냥 행랑아범처럼 허드렛일꾼이었을 테지. 아전도 명색이 관직인데 그런 자리라도 머 많았나. 아무튼 이 아전 나부랭이, 행랑아범 곁다리들은 농사도 안 지어. 지을 땅이 있어야 말이지. 그 구십 프로의 서민 중에 대충 반 정도는 장사꾼이었을테고. 장사치, 아전들, 행랑살이들이었으니까 눈치들이 워낙 빠르지. 장사꾼, 아전, 행랑아범들의 주임무가 뭐야? 양반들 심부름이잖아. 장사도 결국은 심부름 아냐? 심부름꾼이 눈치가 없으면 낭패 보지. 그러니 그냥 눈치로 뭉그적거리며 사는 거야. 또 이 눈치붙이들의 살림이란 게 허구한 날 그 모양 그 꼴이야. 보다시피 그럴 수밖에. 주인 잘 만나 심부름질이나 잘 하고, 말깨나 하는 영민한 것들은 일찌감치 한 살림 물려받았을 테지. 그런데 그 살림이란 게 또 보나마나 누워서 뒤주에 쌀 보이는 꼴이었을 거야. 장사치들도 마찬가지지. 맨날천날 양반들 뒤치다꺼리에, 가렴주구에, 돈푼이나 만졌다 하면 뇌물 바치느라고 영일이 없었다고. 서울 본토박이 중에 대상(大商)이 없는 것도 바로 그런 맥락이야. 아니, 우리나라에는 왜 유독 대상이 없지? 누가 한 번 독심 품고 단단히 연구를해봐야 할거야. 왜 대상이라는 말이 우리 풍토에는 부자연스럽게 들리는지를 말이야. 양반들 등쌀에 허리 펴 볼 날이 없었으니 어떻게 자본이 형성될 수 있었겠어. 죄다 망조가 든 콩가루 집안 꼴이었지. 온통 양반들, 중인 계급들이 저희들끼리 다 해쳐먹다가 막강한 근대자본의 산물인 무력이 들이닥치자 하루아침에 거덜이 나고 만 거야. 꼴값들 하고 자빠졌지. 그런저런 뜻에서라도 우리 집안이 일찍부터 양반 계급이 아니고 눈치붙이 계급, 심부름꾼 출신이었다는 데 대해 나는 말할 수 없는 긍지와 자부심을 갖고 있어. 이런 역사적인 지방색과 출신 성분을 누가 규명을 해야 할 텐데 말이야. 서울 사람은 태생적으로 누구나 눈치붙이고 심부름꾼들이다, 얼마나 떳떳하고 좋아. 암, 이건 조촐하고 성실하며 정직한 역사적 시각이야. 나머지는 전부 엉터리 허구 사관이라고 봐야지. 암, 그렇다마다.

미루어 보건대 그의 집안은 그런 내림이었을 것이다. 아마도 그의 부친은 타고난 건장한 몸을 밑천으로 권문세가의 살림 뒤치다꺼리나 하는 행랑아범 노릇을 하다가 해방 전후에는 드난살이꾼으로 승격했을 테고, 사변 전후에는 그 권문세가의 집이나 공장 따위를 지키면서 채전밭을 일궈 푸성귀나 따다 먹으며 살아냈을 것이다. 그러다가 환도 후에는 정치를 한다고 거들먹거리는 예전 주인으로부터 허름한 살림집 한 채와 이권을 하나쯤 얻어낼 수 있었을지도 모른다. 그 이권은 담배 점포가 딸린 건재상 영업권 정도였을 것이다. 민수는 언젠가 공업학교를 나온 그의 삼촌이 집장사로 떼돈을 벌다가 홀라당 까먹고, 알음알음으로 시멘트 대리점을 하다가 이제는 다리도 놓고 호텔도 짓는 쫀쫀한 건설업자가가 되었는데, 그게 전부 그의 부친이 뒷배를 봐준 덕분이라고 했다. 한동안 밥 걱정, 집 걱정 없이 잘 살다가 삼촌의 빚보증을 서 준 탓으로 집까지 날리고 길에 나앉은 거지가 되었다가, 몇 년 후에 그 삼촌이 마련해 준 '옴팍집'에 들어앉게 되었다고 했다.

재학 중일 때, 군복무 중의 휴가 때, 그 이후로도 나는 몇 번이나 민수와 함께 그 옴팍집에서 며칠씩 누워 잔 적이 있었다. 그 옴팍집은 네 가구나 오골오골 모여 사는 방 많은 한옥집이었는데, 사거리 골목을 끼고 있는 집이어서 민수의 부친은 담배 점포가 딸린 복덕방 주인이었다. 모르긴 하지만 평생토록 집만 건사하다 죽을 그 양반은 붉은 주먹코를 가진, 몸피가 씨름꾼처럼 생겨서 '왕십리 옴팍집'으로 들어앉고부터 배운 술이 하루에 소주 세 병을 까마셔도 허튼 소리를 할 줄 모르는 영감이었다.

민수는 2남 3녀 중의 막내였다. 형이란 친구는 "어릴 때 장질부산가 뭔가 하는 열병을 앓다가 죽다가 살아난 이후로는 워낙 기(氣)가 새들새들해져서" 그즈음도 삼촌네 회사에 빌붙어 그럭저럭 살며 '담배 점포가 딸린 옴팍집'이나 물려받을 궁심을 내비치는 답답한 위인이었다. 그러나 세 누나는 하나같이 잘 살고, 특히나 무슨 장사꾼의 여편네들인 듯한 위의 두 누나는 민수를 끔찍이 위해 주는 듯했다. 언젠가 그의 두 누나는 자가용을 타고 와서 '시그날'의 공연물을 감상하고 나서는 여러 사람이 보는 앞에서 핸드백을 맵시있게 열더니 "옛다, 구경값이다"면서 민수에게 하얀 봉투를 건네 준 바 있었다. 한눈에 내주장이 심한 드센 여편네들임이 분명했다. 드센 만큼, 또 '정신이 늘 오락가락하는 형'에 비해 덜렁대긴 하지만 사내다운 민수를 더 좋아하는 만큼 두 누나는 전직 연극배우에다 텔레비전에도 한두 번 얼굴이 비친 계숙이를 그들의 올케로 맞아들일 의사는 전혀 없는 눈치였다. 민수의 전언에 따르면 두 누나는 "야, 이 미친놈아, 지 애비도 없고, 지 에미는 물장수에다 앞으로 네 새끼들 외갓집도 없을 그 집구석이 우리하고 어떻게 사돈이 되냐. 한번 곰곰이 생각을 해봐라. 눈이 삐어도 보통 삔 게 아니지. 그 해사한 촌것의 어느 구석이 이뻐서 집안에 이런 분란을 일으키냐. 니가 시방 우리 말만 잘 들으면 이 옴팍집은 네 것 된다"면서 공갈을 때리다 어르기도 한다는 것이었고, 그의 부친은 헛기침만 하다가 "낭패도 큰 낭패다, 짝이 기울어도 한참이나 기운다" 라면서 더 이상 아무 말이 없다는 것이었다.

계숙이는 인천 출신인데, "제 애비는 뱃놈이었는지 어쨌는지 일찍 죽고, 시집 간 언니 집에서 빌빌거리다가 얼굴 값 하느라고 일찍 바람이 나서 연극판에 얼쩡거린" 악바리였다. 짐작컨대 가문도 보잘것 없고, 피붙이라곤 언니와 엄마뿐이고, 학벌도 겨우 고졸이니 좋은 데 시집 가기는 다 틀렸다고 생각할 줄 아는 똘똘한 구석이 있어서 그녀는 민수의 다리를 잡고 늘어졌을 것이고, 그 영악한 머리를 굴려 스타에의 꿈은 일찌감치 포기하고 연극판에서 사라졌을 것이었다. 아무려나 그녀는 "인천에서 물장산지 뭔지 하는 지 엄마처럼 팔을 걷어붙이면 사내 하나 밥은 못 먹이겠냐"고 장담하는 억척같은 여자였다. 대개 이런 여자에게 걸리면 사내들이란 너나없이 허물허물 등뼈 없는 백수건달이 되게 마련인데, 아니나 다를까, 민수는 그녀와 동거생활을 시작하자마자 그녀의 부친 기제사에도 너부죽이 참석하는 눈치였고, "수틀리면 내일이라도 걷어차 버리고 갈라서지 머" 라고 큰소리를 쳐대도 워낙 입에 혀같이 지 서방 불알을 잘 주물럭거리는 그녀가 사랑스럽다 못해 대견스럽고, 실제로 둘은 행복한 모양이었다. 그녀가 삼선교 부근에서 오므라이스, 가락국수, 통닭, 생맥주, 커피 따위를 밤낮없이 팔아대는 경양식집을 차린 후, "보기보다 살림 솜씨가 맵짜"라는 소리가 들리는 걸 보면 궁합이 맞는 천생연분은 민수와 계숙이를 두고 하는 말임에 틀림없었다.

계숙이의 경양식집 '시네마'가 저만큼 보이는데 택시가 신호등에 걸렸다. 민수는 초조한 빛을 감추지 못하면서 운전수에게 "좀 빨리 갑시다. 쭉 가다가 오른쪽 골목으로 꺾어서, 다시 오른쪽으로 꺾어 두 번째 파란 철대문 집 앞에 세웁시다"라고 말했다. 그의 임시 살림집으로 가는 길을 가리켜 주는 말이었다.

민수가 별러 온 말을 뱉어냈다. 어느새 그는 초조하고 짜증스러운 표정은 간 곳 없고, 나들이 길에 나서서 느꺼운 어린애를 닮아 있었다.

"형, 요즘 이 동네에 산파가 어디 없을까? 조산원 말이야. 없으면 낭팬데, 벌써 애가 불거져 나왔으면 더 큰 낭패고. 기다려 주면 좋을 텐데. 차분히."

내가 의아해서 물었다.

"산파는 왜? 돈이 없어서? 걱정하지 마. 궁하면 통하게 마련이야. 사람이 애를 낳지, 돈이 애를 낳나."

"아니, 돈이야 있지만, 그런 문제가 아니라 병원을 믿을 수 있어야 말이지. 종합병원 같은 데서 낳다간 애가 뒤바뀌곤 한데. 지난달부터 곰곰이 그 생각을 해봤는데 병원에서는 아무래도 불안해서 안 되겠어. 내 자식이 남의 애와 뒤바뀌면 그런 비극이 어딨겠어. 생각만 해도 아찔하고 끔찍해. 불안해서 잠을 제대로 잘 수 있어야 말이지."

"야, 그게 어째 비극이냐, 희극이지. 어쩌다가 그런 불상사가 있기도 했겠지. 야, 민수야, 너는 어째 별 걸 가지고 다 소심하게구냐. 나 원, 이런 소심증환자를 봤나. 오래 살다보니 별난 놈을 다보네."

"아니야, 그렇잖아. 유독 나한테 그런 희비극이 닥칠 수도 있어. 누가 장담할 수 있겠어? 병원과 의사는 도저히 못 믿겠어. 그 의사 새끼들 해산 날짜도 하나 못 맞추는 거 보라고. 한마디로 엉망이지 머. 오늘 아침까지도 예정일이 일주일이나 남았다고 콩나물국도 끓이고 했는데 이 난리 아냐. 그러니 내가 어떻게 그놈들을 믿겠어. 형이 택시에 내리자마자 산파집을 좀 수소문해 줘. 아니, 그럴 필요없겠어. 기사 양반, 이 부근에 산파집이 어디 있는지 몰라요? 옛날에는 담벼락에 산파집이라고 간판이 붙은 집이 더러 있었는데 말이야. 요즘은 세상이 어떻게 돌아가는지… 애 안 낳는 방사만 하나 어쩌나, 도통 알 수가 없어… 엉성하기 짝이 없고. 만사가 엉망이야."

완전히 미친놈이었다. 또 피해망상증 환자였다. 그러나 미친 양반이 한 사람 더 있었다. 모자 밑으로 흰 머리가 듬성듬성 난 운전기사였다. 눈치가 빠른 걸 보면 운전기사도 서울 본토박이임에 분명했다.

"젊은 양반, 그 일리 있는 말이외다. 요즘 의사, 병원 다 못 믿어요. 그 젊은 양반이 요즘 사람치고는 꽤 심지가 굳고 사리가 밝구먼. 우리 같이 산파집을 어디 한번 찾아봅시다. 갓난애는 어떡하든지 애를 많이 받아 본 들어앉은 여자가 제격이요. 자, 서둘러 봅시다."

미친놈이, 피해망상증 환자가 대뜸 기세등등했다.

"형, 거 보라구, 내 말이 맞잖아. 산파가 내 자식, 내 새끼를 받아야 한다구. 이건 중대한 문제야."

가만히 듣고, 좌시할 일이 아니었다. 도대체 말도 안되는 수작이어서 나는 버럭버럭 고함을 질러댔다.

"야, 이 소심꾼아, 너 정말 미쳤냐? 지금이 어떤 시댄데 아직 의사를 못 믿어. 부모들 피검사를 다하고, 낳자마자 암수를 구별해서 부전지를 붙여 따로따로 눕혀 놓는데 어떻게 애가 뒤바뀌고 섞이나? 요즘 세상에 산파가 어딨어? 산파, 조산원 그따위 것들은 이미 옛날 옛적 직업이야. 야, 수야, 산파가 애를 받는 게 얼마나 비위생적인 줄 알기나 해? 개숫물통에 핏덩이를 씻고 난리 아냐. 제발 내 말을 믿어. 내

동생이 산부인과 전공의야. 지금 저 왕십리 너머 종합대학병원에서 고참 레지던트로 있어. 참, 너도 잘 알잖아? 내가 좀 알아. 내게 맡겨. 돈 걱정은 아예 하지도 마라. 무슨 말인지 알아듣지?"

미친놈은 한결 더 침착해졌고, 운전기사는 힐끔 나를 돌아보며 이상한 젊은이라고 싸늘하게 비웃었다.

"사람 피는 네 가지밖에 없잖아. 너무 단순해. 다 어슷비슷할 수밖에 없게 되어 있잖아. 경우의 수가 너무 적어. 그러니 구별할 수 없지. 그리고 부전지라고 그랬지? 그 부전지를 어떻게 믿어? 애가 연방 수도 없이 불거지는데, 씻기다가 우유 먹이다가 수시로 바뀔 수 있어. 나는 그렇게 못하겠어. 불안해, 내가 편하고 봐야겠어. 이건 돈 문제도 아니고, 잘 낳자는 문제도 아냐. 지금 문제는 그런 걸 떠나 있어. 형, 무슨 얘긴지 알아듣겠어?"

"맞아요, 당사자가 아니면 그 사정을 몰라요. 친구 양반은 아직 철이 덜 들었구먼. 왜 쓸데없는 데다 헛돈을 낭비하려고 기를 쓰나 모르겠네. 자, 여기서 애 아범 될 양반은 일단 내리시고…"

환장할 지경이었다. 곧장 또 말시비가 벌어졌다. 미친놈은 그의 동조자에게 "산파를 빨리 좀 불러다 주세요. 꼭 사례하겠어요"라고 공손하게 명령했고, 나는 즉각 "아니에요. 가세요. 아니, 잠시만 여기서 기다리세요. 산모를 태워 병원으로 갑시다"고 고함을 내질렀고, 늙어빠진 운전기사는 나에게 "그 이상한 젊은이네. 당사자가 하기 싫다는데 왜 헛돈 써 가며 쓸데없는 고집을 부리려고 해싸. 어허 참, 그 이상한 성미네. 산파가 제일 안전하고 애 바뀔 염려없고 돈 적게 들어 좋다는데 왜 그 남의 말을 못 믿어?"라고 노골적으로 면박을 주었고, 나는 어이가 없고 억울해서 "야, 민수야, 제발 남의 말 좀 들어. 이게 무슨 돼먹잖은 짓이야, 배울 만큼 배운 새끼가. 병원이 조직적으로, 과학적으로 애를 순산시켜 준다고, 내 동생에게 맡겨. 입원비, 해산비용 다 할인 받도록 내가 책임지고 주선하겠어. 장담해"라고 통사정했다. 나의 통사정에도 불구하고 미친놈은 냉담하게 나를 따돌리고 "빨리 산파나 좀 불러다 줘"라고 말하며 개구멍 같은 철대문의 쪽문을 밀치고 기어들어갔다.

운전기사는 "곧장 돌아오겠시다"라면서 나를 버려두고 어디론가 신명이 나서 가 버렸다. 해괴망측한 일이었고, 어쩔 수 없는 일이었다.

네모반듯한 마당을 온통 시멘트로 포장한 집에 들어섰다. 민수의 살림방은 문간에 있었고, 붉은 벽돌담을 의지해서 부엌과 출입문이 있었다. 연탄 아궁이에는 큼지막한 양은솥이 걸려 있었는데, 물이 미적지근하게 데워지고 있는지 김이 여닫이 부엌 문짝에 어리는 중이었다. 닫혀진 방문 안에서 간간이 신음 소리가 들리는 듯하더니, 이내 인화와 낯익은 중늙은이인 안주인 얼굴이 얼핏 보이고, "남정네가 어딜 들어오고 그래요. 밖에 나가서 점잖게 기다리세요." 어쩌구 해대는 인화의 음성이 벌겋게 달아오른 민수를 몰아냈다.

이 세상에서 가장 난감한 표정의 남자 얼굴과 가장 어정쩡한 사내의 자세가 그런 것일 거라고 생각되는 민수의 몰골을 마주 대하고 있으니, 막상 나도 그에게 건넬 말이 쉬 떠오르지 않았다. 나는 무르춤하게 마당 한복판에 서서 그에게 담배를 권했고, 그는 4월 중순의 푸른 하늘을 향해 투명한 연기를 한 차례 뿜어내더니 "양수는 터졌나 본데, 저러면서도 한참이나 있어야 되나봐" 라고 넋 놓은 사람처럼 중얼거렸다.

결혼식장에서의 의례적인 혼인선서, 첫날밤에 벌어지는 정충과 난자의 필사적인 만남, 정상적인 임신, 10개월 후의 도식적인 해산, 산부인과 의사의 상투적인 도움 따위의 기계적이고 과학적인 거대한 메커니즘을 송두리째 부정하고 있는 듯한 민수의 일상을 되돌아보니, 그가 미상불 전위적인 인물처럼(민수는 사실상 전위적인 연극연출가이기는 하다) 보였다. 아니, 차라리 그가 세속적인 모든 관행을 거부하며 살아가는 전투적인 투사처럼 비쳤다. 그러나 한편으로는 끊임없이 '양수, 양수가 터졌다' 운운해대는 것을 듣고 있으니, 그가 그 합리적인 메커니즘에서 일탈해 있다기보다는 우리의 답답한 삶과, 아니, 지구의 중력과 타협하면서 땅 위에 늘어붙어 씩씩하게 살아가야만 하는 한낱 평범한 위인일 수밖에 없다는, 속기(俗氣)가 많이 몸에 밴 흔해빠진 고집쟁이라는 생각도 들었다.

당연하다면 지극히 당연한 민수의 두 가지 얼굴을 무엇에 비유할 수 있을까? 사람이란 본질적으로 지구 같은 물체가 아닐까? 수평선과 지평선이 있으면서도 둥그런 구형(球形)이 지구의 실체이듯이 사람은 관찰할수록 표면으로는 직선으로 보일망정 그 짧고 긴 면면이 시시각각으로 새로운 빛깔을 띠는 게 아닐까? 어느 쪽에서 보아도 단순한 선과 평면뿐인 듯해도 말이다.

계숙이와도 '산파 손을 빌리는 해산'을 하기로 이미 말이 오고간 눈치였다. 그것을 증명이나 하듯 지퍼로 배를 쿡 가르는 간이옷장과 그보다는 훨씬 끌밋한 경대만 덜렁 놓여 있을 기다란 단칸 셋방 속의 두 여자는 숨소리도 죽이며 임부의 신음을 다독거리고 있었으며, 민수는

"이 늙은 운전기사 양반을 믿어도 되나?" 라고 중얼거리며 쪽문 밖으로 나갔다.

나도 어쩔 수 없이 이어질 듯 끊어지곤 하는 임부의 안간힘 쓰는 신음 소리를 뒤로 물리고 골목 밖으로 나왔다. 대단히 화창한 봄날씨였다. 새파란 하늘에는 초등학교 여름방학책 표지에서나 보았던, 포대기에 누인 어린애 같은 하얀 구름이 여기저기 무리지어 떠 있었다.

골목이라지만 포장이 되어 있고, 바로 코앞에 이차선 차도가 보이는 곳인데도 택시는 눈에 띄지도 않았다. 초조할 만한데 민수는 "올해가 무슨 띠지?" 라고 엉뚱한 말을 지껄였다.

나는 잠시 생각을 더듬어 보다가 "양띠야. 양 좋잖아? 털도 좋고 순하고, 고기까지 맛있는 짐승이야" 라고 미친놈처럼 대꾸했다.

'양띠' 란 말에 다소 진정이 되었는지 민수는 "계집애나 낳았으면 꼭 좋겠네. 띠가 양순하니 말이야" 라고 씨부렁거리다, 나를 빤히 쳐다보면서 불쑥 지껄였다.

"그 왜 양이란 여자 있잖아, 형 이거(그는 새끼손가락을 내 코앞에 들이밀었다) 말이야. 그 친구가 꽤 양순하지. 그런 인물이 자기가 있는 얼굴이야. 작고, 선뻔이고, 불통하게 성난 듯한 입상으로 보일 때도 있지만 말이야. 대체로 다소곳하면서도 속이 있는 얼굴이지. 괜찮아, 충분히. 양순하고. 그런데 요즘 왜 콧빼기도 안 비치지?"

"양순한 거 좋아하네, 성깔 있는 암캐야. 단단히 삐쳤나봐. 내일쯤 찾아나서 볼까 어쩔까 하고 있어. 성질이 개차반이야. 내 성질도 줄변덕이 심한 수캐 같지만." 나는 양이라면, 아니, 여자라면 당분간 머리가 내둘려 얼른 화제를 바꾸는 순발력을 발휘했다. "맞을 거야, 니 새끼는 사낼 거야. 면양이란 짐승이 털이 많잖아? 그게 또 원래부터 수태(受胎)기간이 짧아. 내가 그걸 좀 알지. 수태기간이 반 년도 채 안될 거야. 그러니 예정일을 앞당겨 낳을려고 하니 틀림없이 사내야. 면양이란 놈이 또 성질이 급해요. 맞았어. 사내야. 믿어도 좋아. 나는 사실 옹호자야. 허구가 싫어. 공주누각이나 짓고, 가짜 사실 아냐."

미친놈이 즉각 흥분하기 시작했다.

"아니, 가만, 그게 무슨 소리지? 사내라고? 왜 그렇게 된다고? 털이 많고 성질이 급하니 사내라고? 면양은 여성하고 이미지가 맞아떨어지잖아?"

"그 반대야. 아무튼 허튼소리가 아냐. 예정일을 앞당겨 나오면 사내래. 내 동생한테서 들은 말이야."

"그거야말로 덕담이지? 밑져 봐야 본전이니까. 아닌게 아니라 초조하긴 하네. 처음이라서 그런지. 성급하니 사내라면 좋겠다 이거야? 오늘을 넘기지 말아야 할 텐데, 그지?"

"아니, 아까까지 예정일을 앞당겨 불거진다고 건짜증을 내고 한 건 누군데 그래?"

"그땐 그랬지만 방금 한 말을 들으니 그럴 듯해서 그래. 사내만 낳으면 할 일이 산더미처럼 줄을 서서 기다리고 있을 것 같은 기분이야. 사실상 내가 좀 바빠져야지. 이때껏 지 엄마년만 바빴지, 나야 백수건달이었잖아? 형도 잘 알고 있다시피."

"바빠질 거야. 우선 공연부터 올려야 하잖아? 그러니 사내로 태어나야 앞뒤가 맞아떨어져." 바장이다 우리는 이차선 차도까지 나와 있었다. 평소에 그 흔해 빠졌던 택시는 코빼기도 보이지 않았다. 혈안이 된 민수의 몰골을 엿보면서 내가 "개똥도 약에 쓸라면 없다더니"라고 중얼거리자마자, 민수가 "저게 머야, 그 영감이 모는 택시 아냐?" 라고 소리질렀고, 손을 번쩍 쳐들어 보였다. 과연 4월의 파란 하늘색을 덮어쓰고 있는 예의 그 늙은 운전기사가 몰고 있는 택시가 면양 새끼처럼 뒤뚱거리며 우리에게로 다가오고 있었다. 멈칫거리는 꼴이 골목길을 찾고 있었던 모양이었다.

늙은 운전기사가 한쪽 손을 들어 보였고, 우리 곁을 살같이 지나 골목으로 꺾어들었다. 그리고는 얼룩덜룩한 무늬의 폭이 좁은, 그 소위 월남치마를 입은 중년 아낙네와 함께 택시에서 내렸다.

늙은 운전기사가 챙 달린 향토예비군 모자를 벗었다. 곱게 센 숱 많은 백발이 드러났다. 면양 같았다. 이마의 땀을 소매 끝으로 훔치며 면양 영감이 단숨에 지껄이기 시작했다.

"아, 이놈의 골목을 찾느라고 애먹었네. 마음이 급하니 머리가 도통 안 돌아가. 정신이 없어. 아직 산모는 분만 전이지요?" 그리고는 숨을 돌리면서 연방 열려진 쪽문 쪽으로 눈길을 돌리고 있는 중년 아낙네를 돌아보며 말을 이었다. "자, 이 분이요. 우리 내자가 소개한 분인데 믿을 만할 게요. 와이따블류씨에이에 해산구완부로 등록이 되어 있는 양반이라니 더 말하면 잔소리지. 우리집이 마침 저기 보문동 언덕배기에 있시다. 서로 한번 믿어 보며 삽시다. 안 그렇소, 젊은 양반?"

민수가 면양 영감과 중년 아낙네를 번갈아 보며 침착하게 응수했다.

"그럼요, 믿다 말다요. 단칸 셋방이라 민망스럽지만 잘 좀 부탁합니다. 애도 좀 잘 받아 주시고, 산모가 기동할 때까지 산후구완을 잘해

주세요. 사례는 나름대로 성의껏…"

해산구완부가 전문가답게 말을 가로챘다.

"그건 와이따블류씨에이 부녀자 직업 알선 부서에서 규정해 놓은 금액이 있어요. 일주일이 될지 열흘이 될지 일당으로 쳐서요. 하루 이틀만 산모와 한 방에서 누워 자다가 그 다음부터는 일일파출부로 왔다가갔다가 하는 거예요, 통상으로."

면양 영감도 말을 거들었다.

"아, 믿으세요. 믿을 만한 어른이요. 서로 믿어요. 이쪽은 우리 내자가 잘 아는 양반이고, 이쪽은 내가 첫눈에 마음을 준 젊은 양반이고."

면양 영감의 눈빛은 벌써 당신 주위에 둘레둘레 서 있는 사람들이 제 새끼라도 되는 양 자비로웠다. 해산구완부가 쪽문 속으로 꽁무니를 사렸고, 민수는 바지에서 돈을 꺼냈다. 그가 5천 원짜리 한 장을 면양 영감에게 건네주었다. 면양 영감이 "거스름 돈이 있나?" 라면서 작업복 윗도리 주머니를 뒤지려 하자, 민수는 재깍 손을 내저으며 "놔두세요. 정말 고맙습니다. 언제 연락이 닿으면 약주라도 대접해야 도리겠습니다만" 어쩌구 의례적인 인사말을 주워 섬겼다. 그러자 면양 영감은 "원, 이렇게 고마울 수가"라고 응수하며, 뒤이어 "나는 일 때문에 바쁘고 우리 내자가 한 번 들를 거외다"라고 정색을 하며 말했다.

볼일을 마치자 면양 영감은 순식간에 길 잃은 양새끼를 인도하는 한 사람의 착한 목자로 변했다.

"젊은 양반들, 우리 술 먹지 마십시다. 반드시 예수 믿도록 합시다. 하루에 착한 일을 한 가지씩만 하십시다. 일일일선이면 천당이 바로 그 사람 겁니다. 예수님 받들고 믿읍시다. 나는 바빠 가지만, 우리 내자가 여러분을 인도하러 한번 들를 겁니다."

말을 마치자 착한 목자는 휙 돌아서서 택시께로 뚜벅뚜벅 걸어갔다. 무엇에 머리를 받힌 듯 나는 어리둥절해 있었는데, 민수는 면양 영감의 수작과 거동을 시종 잔잔한 웃음으로 받아들이고 있어서 가관이었다. 삼선교 쪽으로 달리고 있는 목자의 택시 위에는 토실토실하게 살이 찐 면양을 닮은 구름이 몇 점 꾸물거리고 있었다.

2-6

그날 오후 세 시쯤부터 민수는 사내애의 아빠가 되었다.

그동안 우리는 붉은 벽돌담 밖으로까지 들려오는 임부의 간헐적인 끙끙 앓는 소리에 한참이나 귀를 기울이다가, 계숙이 언니가 이불 보퉁이 같은 걸 들고 택시에서 내리는 걸 마중하고 나서야 그 자리를 벗어났다. 우리는 곧장 '시네마'로 가서 무슨 짐승처럼 서로 머리통을 맞대고 점심으로 가락국수를 먹었다. 내 앞에서 허세를 부리느라고 그랬는지 민수는 국수 가락을 입에 물고서 음식 그릇 따위를 나르는 두 종업원을(처녀 꼴이 완연한 계집애와 총각 꼴이 나는 머슴애인데, 그 밖에도 주방 안에는 그 두 마당쇠의 나이를 합한 연세쯤의 여자가 음식을 만들거나 행주를 들고 얼쩡거렸다) 불러세워 놓고 "손님들한테 잘해. 웃는 낯에 욕 못하지, 그렇지?" 라고 가게 바깥주인 행세를 톡톡히 하더니, 내게는 좀 득의만면한 얼굴로 지껄여댔다.

"오늘 아침에 계숙이년이 말이야, 머라는 줄 알아? 사내가 돈을 못 벌어들여도 기백이라도 좀 있어야 할 거 아니냐, 이러잖아. 말이야 지

당하다 싶어 뚱하게 쳐다봤더니, 사내가 지 기집 주머니에 돈 있는 걸 눈치로 때려잡았으면 슬슬 구슬려서 그 돈으로 무슨 일이든지 벌여볼 궁리를 해야 늘푼수가 있잖냐 이거야. 그런데 내일 모레 애 아버지가 될 양반이 허구한 날 술이나 퍼마시면서 세월아 네월아 하고 돌아다닐 거냐 이래. 속으로 거참 기특하다면서도 나는 어째 그 생각도 못했는가 싶어 콱 죽고 싶더라니까. 그런데 막상 무슨 궁리가 나서야 말이지. 기껏 이놈의 가락국수도 그만 만들고, 낮에는 커피만 팔다가 밤에는 여자도 이쯤씩 (그는 두 손을 들어보였는데 그게 열명이라는 시늉인 듯했다) 데리고 있다가 술병과 함께 바로 손님한테 잡수실 것으로 대령하는 꼼수밖에 생각이 안 나는 거야. 그래서 그 여자 장사를 말해줬더니 피씩 웃고 말아. 어이없다는 듯이 말이야."

"야, 니 마누라가 벌써 돈을 꽤 모았구나, 이 장사로"라고 내가 물었더니, 민수는 "돈 천은 안 되고 몇백은 있는가봐. 벌써 같이 산 지가 얼만데, 만 이 년이 넘었잖아"라고 말을 받고서는 "이놈의 물장사는 지가 알아서 할 테니 바깥주인 양반이 있다는 폼만 한 번씩 잡아 달라 이거야. 그거야 여부 있나. 그러더니 또 은행 금리가 연간 30프로가 넘고 인플레가 이렇게 심하니 큰일이다 어쩌구 씨부렁거리더니, 우리 누나들한테 얼마씩 빌리고 해서 개집만한 거라도 이 근방에 있는 집을 하나 잡자 이거야. 우선 계약이라도 해 놓고 보자 이거지. 말하자면 일단 일을 벌이고 보자는 거야. 무슨 간댕이 부은 소리냐 싶어 콧방귀도 안 뀌고 시그날로 나갔는데, 지금 가만히 생각하니 그 말이 꽤 솔깃하게 실감으로 와닿네. 그럴 듯하잖아? 사람은 무슨 일이든지 닥치면 다 하는가봐. 옛날에는 애 낳고 애 아버지 되는 일이 너무나 엄청나고, 생각만 해도 간이 졸아붙는 듯하더니 지금 이렇게 당하니 그럭저럭 넘어가잖아. 다 마찬가질 거야" 라고 수월수월 지껄였다.

그런 수작을 주거니받거니 하는 중에도 커피나 오므라이스 따위의 군것질을 찾는 손님들이 끊어질 만하면 이어지곤 했고, 우리는 음식 그릇을 물리고 맥주를 한 병씩 차고 앉아서 마시는 듯 마는 듯하고 있었는데, 인화가 뽀르르 달려와서 제 손목시계를 손가락질하며 "정각 오후 2시 25분에 대망의 고추가 태어났어요. 산모와 갓난애는 모두 건강합니다" 라고 알려주었다.

그 이후부터 민수의 흥분은 가히 가관이었다. 그토록 애를 싫어한다던 친구가 어쩔 줄 몰라 설치는 걸 보고 있노라니, 나는 어리둥절해서 속으로 "해프닝치고는 기억해둘 만하네. 산파 구하기보다는 훨씬 실감이 나는 현실이잖아, 애야 실물이니. 고추 탄생이야 멜로드라마 만큼이나 당연한 귀결이고" 라고 혀를 끌끌 차댔다.

"그래? 형 말이 진짜 맞는데. 사내애래. 야, 인화야, 너 정말 고추를 봤어? 그게 정말 달려 있대? 그런데 사내 애라면 양띠가 너무 약하잖아?"

"지랄하네, 띠가 약하고 강한 게 무슨 소용있니."

인화도 민수의 너무 설치는 꼴에 약간 기가 질리는 눈치였다. 그래서 시커멓고 파르끼한 눈화장을 두텁게 해서 항상 눈동자가 물기에 젖어 있는 듯한 그 눈에 힘을 주면서, 그러나 어조는 냉랭하게 받았다.

"내가 이 눈으로 똑똑히 봤어. 그런데 말이야, 너무 좋아하지 말어, 애가 제 아빠의 거무튀튀한 피부색은 흔적도 없고, 너무 뽀얗게 하얗더라구. 아마도 백인 피를 받았나봐."

민수가 즉각 호들갑을 떨었다.

"이건 또 무슨 공갈이야. 나도 어릴 때는 피부가 하얬고 고왔다고. 술 담배와 세파에 찌들어 요 모양 요 꼴이지."

하는 수 없이 나도 주워들은 덕담을 늘어놓았다.

"원래 그래. 뽀얀 애는 노랗게 되었다가 검게 되고, 빨간 애가 하얗게 되는 거야. 조선 토종이니 노랄 수 밖에. 깜둥이가 우성이긴 하지만."

경험자연하는 내 말에 민수는 곧장 정신을 수습했다.

"아니, 내가 직접 가 보고 와야겠어. 고추를 내 눈으로 확인하고 오께. 어이, 형, 그리고 인화 너, 맥주 더 달라고 시켜서 마시고 있어."

민수가 들떠서 나가고 나자, 나는 "꽤나 좋은가보네"라고 말을 흘려놓고서는 이어 인화에게 물었다.

"명색이 처녀가 남의 여편네 애 낳는 걸 빤히 보고있었어?"

인화는 곧장 되바라진, 제 스스로는 탄력 있는 응수라도 되는 양 몸에 밴 대꾸를 내놓았다.

"명색이 처녀라니요? 엄연하고 확실한 처녀지. 난 아직 애도 못 낳아 본 노처녀잖아요, 잘 아시면서." 뒤이어 그녀는 예의 그 촉기 있는 눈을 내리깔고 주섬주섬 말을 흘려놓기 시작했다. "머, 아무렇지도 않대요. 다른 친구들 만나면 말 잘한다는 소릴 듣지만 명색이 연극한다는 우리들끼리 있을 때는 서로 말 잘하는 줄 모르잖아요. 마찬가지였어요. 쑥스러운 줄 전혀 몰랐어요. 오히려 좋은 경험한다고 생각하면서 빤히 쳐다봤어요. 애 낳는 다큐멘터리 찍듯이 내 카메라로 낱낱이 훑어 갔지요. 오죽했으면 탯줄 끊어내고 핏덩이를 보자기에 쌀 때 내이 시계까지 볼 정신이 있었을라구요. 좋대요, 여자라는 동물이. 제 배를 가르며 꼬물거리는 생물도 만들어내는 게 신기하고요."

나는 점점 무덤덤해질 수밖에 없다고 내심 우겼다. 노총각이어서가 아니라 나도 민수 이상으로 어린애라면 진절머리를 내는 편이었다.

"순산이었군, 다행이네. 계숙이가 고아나 다름없는 악바리 아냐?"

"아이구, 그 악바리는 말도 못해요. 하혈이 쏟아지자 산파가 얼른 기저귀를 두어 장이나 갖다대는 데도 눈을 말똥말똥거리면서, 글쎄 나보고, 정말 아들이야, 이러고 있잖아요. 옆에서 보고 있던 제 언니도 아이구, 저년은 어쩌구 해대며 고개를 절레절레 흔들어댔어요."

나는 인화의 수다에 더욱 심드렁해졌다. 아무리 가까운 친구 사이라지만, 민수가 큰일을 해놓은 차제에 나 자신은 아무 한 일도 없는 게을러빠진, 더욱이나 앞으로도 할 일이 없는 한가한 사람처럼 느껴졌고, 예수교 전도를 열심히 해대던 예의 그 면양 영감처럼 공연히 남의 일에 호들갑을 떨어대는 어리숙한 인간이 곧 나 자신이 아닐까 라는 생각이 들어서였다. 게다가 일일일선(一日一善)은 고사하고 남의 가게 술만 공짜로 축내고 있지 않은가.

나의 시무룩한 감정을 인화는 그냥 내버려 두지 않았다.

"갓난애 울음소리를 들으면 방금까지의 그 모진 통증은 간곳없고, 애를 한 번 더 낳고 싶은 욕심이 생긴다는 글을 책에서 봤는데, 계숙이 걔가 진짜 그런가봐요. 눈을 사르르 감고 돌아눕는데 걔 얼굴에 보일 듯 말 듯한 희열 같은 게 번져가요. 아까까지의 고통스런 표정은 깡그리 지워지고 말이에요. 민수 씨가 저렇게 날뛰는 걸 보세요. 그러니 남자나 여자나 어른이 한 번쯤은 되어 봐야 하나봐요. 그래야 세상을 제대로 볼 줄 알고, 사람도 바로 알게 되는 가봐요."

"어린애가 요물은 요물이군. 듣자하니 귀하께서도 빨리 시집이나 가서 애나 낳고 싶다는 수작같이 들리는데, 그렇잖아?" 나는 쓸데없는 토를 달았다. 물론 상습적인 말투였다. "여유가 아직 남아 있으면 나 같은 상대도 대상자로 진지하게 고려를 좀 해줘."

"고려야 못할 것도 없지만, 서로 살아가는 차원이 다르잖아요? 물론 고깝게 새겨듣지는 마시고요. 저라고 왜 그러고 싶지 않겠어요. 여기까지 오면서 묘하다면 묘하고 당연하다면 당연한 충격을 받았어요. 이상하게도 제가 힘이 쑥 빠지는 게 이렇게 아득바득 산다는 것이 도대체 무슨 의미가 있으며, 장난 같고 허무하다는 생각이 들었어요. 계숙이는 애까지 낳고 제 속을 깡그리 비워냈는데도 저렇게 힘이 펄펄 넘친다고 생각하니 말이에요. 자꾸만 내 인생이 초라해서 되돌아보이고, 제 나이가 벌써 스물 아홉인데 이게 무슨 꼬락서니겠어요. 그 알량한 사극 단역이라도 얻어걸리려고 방송국 문전에나 얼쩡거리고… 여기까지 오는데 공연히 삐죽삐죽 울고 싶더라니까요. 계숙이가 산모로서 그렇게나 뿌듯해 하는 걸 보고는 나도 덩달아 기분이 좋았는데 말이에요."

과연 어린애는 요물단지였다. 평소에는 늘 생기발랄하게 처신하면서 스스로 스물 서넛의 처녀로 행세하는, 또는 그런 착각 속에 살아가는 인화가 그 위선의 탈을 곧장 벗어 버리고 말았으니까. 얼핏 훔쳐보니 그녀의 눈동자가 물기 때문에 흐릿해져 있었다. 나는 그녀의 여려가는 마음을 어루만져 주고 싶은 충동이 일었다.

따지고 보면 인화는 여러 사람 앞에서만 되바라진 말투가 상습적으로 튀어나오는, 의식적으로 이중 성격을 가장하고 있는 여자에 불과하다. 유명해지고 싶고, 조금 알려진 배우여서 그런데, 막상 어떤 추남의 남자라도 그녀와 홋홋이 만나면 대번에 다소곳해지며, 자신의 미모를 코에 걸고 우쭐대는 배우로서의 자취는 감추어진다. 게다가 알게 모르게 밤일에도 불려나가는 모양이지만(물론 민수와 나의 믿을 만한 어림짐작이다), 그 매소(賣笑)행위가 자신의 생존에 지극히 필요한 하나의 수단임을 분명히 의식하고 있는 여자이다. 물욕과 정욕 때문에 육체적 거래를 하는 건 아니라는 자기변명이 남들에게는 한낱 어리광이거나 입에 묻은 넋두리로 받아들여진다는 사실도 그녀는 환히 알고 있다. 그러므로 그녀의 낮일과 밤일은 당연히 생존 그 자체이다. 미지의 진짜 서방을 사랑하면서 따뜻한 가정을 꾸려 가고 싶은 욕심은 그녀의 현재의 생존 형편에서는 하나의 꿈이고, 사치고, 신기루일 뿐이다. 그렇다면 그녀의 흉허물 없는 친구인 계숙이처럼(인화가 두 세 살 위일 것이다) 영악하게 어거지 살림이라도 차려서 그녀의 그 알량한 두 가지 직업, 대중에게 얼굴을 알림으로써 유명세를 치르는 행위와 그것을 빌미로 그녀의 생존을 도모하는, 그 살아가기 위한 몸부림을 왜 걷어 치우지 않나? 기회가 없었을 것이고, 나이가 그 기회를 서서히 쫓아 버리고 있는 중일 게 틀림없다.

이제는 서서히 제 직업에 염증을 낼 기력도 사그라들고 있으므로, 위선과 위장이라는 포장이 더욱 두텁게 망을 덮어써버리고 있다. 그녀는 그 두터운 당의정 포장 속에서 간신히 숨만 쉬면서, 그 달착지근한 표면을 혀로 핥으면서, 그 갑갑한 삶에 대한 보상행위로 물욕과 정욕에 젖어 가는 일시적인 암컷 역할을 맡고 있을 뿐이다. 요컨대 그녀는 이제 이러지도 저러지도 못하는, 제 삶의 허구와 장래를 똑똑히 인식하면서, 그 가짜의 삶에 빠져서 하우적거리는 여자이다. 다만 위선의 삶도 열심히 살아간다는 점에서는 어떤 성실하고 정직한 삶에 못지 않다는 또다른 자기변명을 앞세우면서. 오늘의 여러 삶들 중에서 위선적인 껍데기를 깡그리 없애 버린다면, 그 개개인의 삶은 아마도 피톨이 서서히 말라가는 백혈병 환자의 그것과 거의 마찬가지일 터이므로.

아무튼 대단히 어려운 주문이 될 테지만, 그녀를 사랑하게 될 남자가 몸부림 같은 그 삶에(타성과 타의에 따라 치르는 돈벌기로서의 웃음 팔이 거래 말이다) 대해 모른 체만 해준다면, 그녀는 미모와 정감을 겸비한 여자로서 뒤늦게 돈과 성욕에 눈뜨는 중년의 허영꾼 자격은 일찌감치 면제 받고 있을 것이다.

그런 그녀의 행복한 앞날은 민수의 전언으로 예상할 수 있다. 그녀의 출신이 영동 끝머리의 땅부자였던(기껏 논밭뙈기를 많이 가졌겠지만) 농부의 딸이고, 부친이 일찍 죽자 오빠가 돈으로 바꿔어진 그 땅을 유흥비와 차 사치로 삽시간에 거덜낸 저간의 사정으로 말미암아 '돈으로 인한 가정의 와해'에 대해서는 워낙 잘 알고 있을 뿐만 아니라 원한도 가지고 있다고 하니까. 그러므로 나는 민수와 마찬가지로 여러 사람 앞에서 수시로 부려 놓는 그녀 특유의 가짜 명랑과 허세, 저 혼자가 되었을 때의 진짜 우울과 참담함을 훤히 들여다보고 있다.

한동안 무료했다. 인화와 나는 애꿎은 맥주만 홀짝거렸다. 극단 '시그날'의 동료 의식이 나와 인화를, 또 민수와 우리 둘을 잡아 두고 있는 셈인데, 그 무료감을 나는 깨부수고 싶었다. 그러나 마음뿐이지 우리는 끈끈한 접착제 같은 걸 등짝에 붙이고 있는, 연극을 통한 자기현시욕을 스스로의 힘으로는 떼어놓을 수 없는 닮은꼴들이었다.

민수가 그 무료감을 깨뜨리면서 나타났다. 좀 과장된 언행이 그의 개성이니만큼 그는 여전히 흥분 상태였고, 자제력을 발휘할 건덕지도 없다고 외치듯이 괄괄거렸고 우쭐거렸다.

"형, 맞아. 아들이야. 배냇머리가 왜 그렇게 새까맣지? 그게 좀 징그럽대."

나로서는 그의 흥분에 더 이상 동참할 생각이 전혀 없었다. 친구의 생남 턱 따위를 마셔야 할 자리가 허구한 날 똑같은, 그래도 기고만장과 울분의 성토 현장인 '시그날' 주변에서의 술자리보다 더 나을 것도 없지 싶어서였다.

"산모는 어때?"

"괜찮아. 흔들어 깨웠더니 눈을 번히 뜨고는 희죽 웃던데. 고생했다니까, 우리 애 봤냐구 묻고."

인화도 나와 동류항이 되어 침착해졌다.

"다행이에요. 자, 축하해요." 그녀가 맥주잔을 권했다. "지금부터 아들 턱이나 한잔 얻어마셔야지."

민수는 맥주를 벌컥거리고 나서, 잔을 기세 좋게 탁자 위에 놓으며 말했다.

"자, 나가지."

그가 일어서자마자 출입구께로 걸어가는 걸 보며 나는 소리쳤다.

"야, 어디 가는 거야?"

술기운이 완연한 그의 얼굴에 실없는 웃음이 번지면서 지껄였다.

"남자가 집을 보러 다닐 줄 알아야지. 보문동 쪽이 길하겠어. 동네 이름도 좋잖아. 그 예수쟁이 운전사가 목자는 목자야. 양 새끼가 하나 더 불었으니 집이나 하나 장만해야지. 사내가 좀 바빠져 보는 것도 좋을 것 같애. 어서 나가, 술 살 테니."

인화가 의아한 눈으로 나를 빤히 건너다보았다. 나는 심드렁해져서 낮게 중얼거렸다.

"완전히 미친놈이네. 지 애 새끼에게 개집을 하나 사줄라나봐. 예수교도 한국에서는 꼼짝없이 무당 같은 샤마니즘이 되고 마네. 도처에 미친놈투성이야."

2-7

몇 번 연이어 뒤척거리는 통에 어설프게 잠에서 깨어난다. 짐 지고 난 사람처럼 온몸이 뻐근하다. 아니, 온몸이 물에 젖은 듯 후줄그레하다. 바닥이 침대임을 등짝이 먼저 알아챈다. 소스라쳐 윗몸을 일으킨다. 눈을 손등으로 비비고, 그 피로한 눈에서 묻어나온 누런 액체의 눈곱을 잠시 바라본다.

낯선 방이다. 인화의 아파트인 모양이라고 얼핏 생각한다. 팬티만 걸치고 있는 벌거벗은 몸이다. 뚜릿뚜릿 안을 살핀다. 침대가 길이대로 양쪽 벽에 닿아 있고, 그 옆에는 큼지막한 거울이 달린 서랍장이 놓여 있으며, 거울 앞에는 갖가지 모양과 색깔의 올망졸망한 화장품이 빼곡하다. 창 쪽으로 고개를 돌린다. 수많은 물방울 위로 짧고 긴 빗금이 물방울보다 더 촘촘하고 어지럽게 프린트 된 파란 커튼 너머에서 밝은 기운이 배어나오고 있다. 날이 밝은 게 아니라 벌써 오전인 듯하다. 담요에는 성기같은 녹색의 수세미가 주렁주렁 매달려 있다기보다도 꿈틀꿈틀 어딘가로 그 대가리를 밀어댈 것 같은 무늬가 새겨져 있기도 하다.

담배를 찾아 피우기도 귀찮아서 벌렁 누워 버린다. 침대의 출렁임이 그런대로 싫지 않고, 의식이 행진곡처럼 차곡차곡 깨어난다. 화면에 비가 주룩주룩 흘러내리는 간밤의 흐릿한 흑백 활동사진이 뒤죽박죽으로 풀려나온다.

피, 피가 성난 성기의 끄트머리에서 사정없이 흘러나온다. 방금 그걸 움켜쥐고 있던 그녀의 손이 얼른 입을 막다가 잽싸게 그걸 다시 거머쥔다. 곧장 그녀의 한 손이 피로 곱게 얼룩진다. 그녀의 속치마에도 벌써 피가 한두 방울 묻어있고, 허벅지에서 무릎께로 붉은 선이 한가닥 그어져 있다. 나도 그렇지만, 그녀도 어리둥절해하다가 이내 당황하고, 어쩔 줄 모른다.

—왜 이래요, 이게 머예요, 이런 일이 전에도 있었어요? 어떡하면 좋아. 난 몰라.

—처음이야, 모르겠어, 머가 먼지. 고단한가봐. 몸이 완전히 망가졌나봐.

진저리쳐지는 쾌감의 여진(餘震)은 말끔히 사라지고, 벌거벗은 상체의 여기저기에서 진땀이 솟아남을 느낀다. 땀이 아니라 정액일지도 모르고, 피일지도 모른다.

붉은 피가 누수처럼 뚝, 뚝 간격을 두고 떨어지는 것을 막을 듯이 한쪽 손으로 그걸 움켜쥐고 있는 그녀가 다소 진정이 되는지, 피로 물든 자신의 손바닥과 귀두를 힐끔힐끔 훔쳐본다.

—병 있어요, 성병 앓았어요?

—그런 일 없었어. 월남에선 꽁까이 곁에도 안 갔어. 정말 왜 이러는지 나도 모르겠어.

—어떻게 해요, 병원에 가야 되잖아요?

그녀가 한 손으로 내 이마의 땀을 닦아 준다. 다행히 피는 성기가 성을 죽이면서 멎어 간다. 사정이 멈춰진 모양이다. 그걸 알고 그녀는 재깍 쪼그리고 앉아 급격히 움츠러드는 음경을 빤히 쳐다본다. 저쪽 꽁무니 항문께에서 음경의 뿌리로 전해지는 찌릿한 통증의 여운이 생식기의 심을 빼내 가는 듯하다.

찡그려지는 내 얼굴을 힐끔 올려다보면서 그녀가 묻는다.

—아파요?

—아니, 괜찮아. 사정 후에 더러 그럴 수도 있어. 그게 뭔지 모르겠어, 피 말이야.

—안 되겠어요. 나가세요. 나가서 좀 누워 쉬세요.

그녀는 얼른 피 묻은 손을 세면대에 담근다. 수도 꼭지를 틀어 불그레한 물을 씻어내린다. 그 물 묻은 손으로 누에처럼 뼈 없는 벌레로 변해 버린 음경을 거머쥔다. 곧장 조심스레 그 뿌리까지 훑어가며 씻는다. 비누를 손에 묻히려 해서 내가 그 손을 툭 건드린다.

—하지 마. 됐어.

그녀가 종아리께에 흘러내린 내 팬티를 익숙한 솜씨로 끌어올린다. 방 안의 침대께로 길 안내를 하며 그녀가 말한다.

—아휴, 혼났네. 온통 정신이 다 나갔네. 근데 그게 머였어요?

—몰라. 내가 어떻게 알아. 피지 머야. 나도 모르겠어.

—안 아팠어요?

—아프긴, 몰라, 안 아팠을 거야.

그녀가 침대에 걸터앉으며, 비로소 제 정신이 돌아온 말을 흘린다.

—야, 이건 머, 남자가 그런 걸 다하는 걸 봤네.

—아, 모르겠어. 왜 그랬지? 이런 경우는 정말 처음이야. 죽고 나면 구멍마다에서 피가 흐른다는 소린 들었어도. 난 아직 살아 있잖아, 술이 엉망으로 취해 있긴 하지만.

그녀가 앉은 자리에서 벌떡 일어선다

—자, 자, 주무세요. 수면제 드려요?

—필요없어.

그녀가 아른아른한 속치마 속의 엉덩이를 보이지 않으려고 뒷걸음질해서 나간다.

—정말 따로 잘 거야?

—그럼요. 정말 큰일 날 소릴 하네. 남자 주제에 멘스까지 해놓고선.

—불 끄지 마.

그녀가 문께에서 쳐다보는 걸 의식하며 팬티를 까내리고 형편없이 줄어든 음경을 내려다보면서, 방금 거기서 피가 쏟아진 게 거짓말 같아 머리를 흔든다. 뒷골이 울울해 오고, 식은땀이 피처럼 뚝, 뚝 방울져 내리는 듯 온몸이 스멀거린다. 눈을 힘주어 감는다. 이 방을 어떻게 벗어나나. 빠져나가는 것도 주인 허락을 받아야겠네, 여관과 달리.

어둑어둑해지자 실내에 갇혀 있던 빛과 사람들이 한몫에 우르르 밖으로 쫓아나온 밤이다. 틀림없이 아직 혜화동 부근이다.

낮 동안의 흥분이 진정되어 아예 훌쩍거리기까지 한 민수가 비틀거리며 다가온다. 어디서 오줌을 누고 왔을 것이다.

—형, 어디로 갈 거야? 나는 왕십리 옴팍집으로 가야겠어. 끄윽, 끅. 지까짓 게 안 가고 배겨. 가서 내 호적을 파내와야겠어. 나도 이제 어엿한 가장에다 세대주에 일가를 이뤘다 이거야. 이 사실을 단단히 담배포 주인 영감에게 강조해 둬야겠어. 사실혼을 두고 이제 어쩔 거야. 이젠 낭패의 단계를 일단 벗어나 있어, 이 사정이야 곱다시 인정해야지. 사리가 밝으면 그걸 알 걸, 아마. 양새끼를 입적시켜야겠다 이거야. 서자도 아니잖냐고 대들어야지 머.

—가라. 수야, 제발 가라. 그놈의 양새끼를 꽁무니에 달고 빨리 사라져라. 내일이 아마 일요일일걸, 모레부터 일하자.

—아, 나는 내일 하루 종일 개집 보러 다닐 거야, 씨팔. 사내는 일을 벌려만 놓으면 된다 이거 아냐. 나야 두쪽밖에 가진 게 더 있어. 그런데 일을 벌려 놨더니 애도 생기잖아. 계집년이 뒷감당을 다한다 이거야. 그 짓도 그렇지만, 모든 일 뒤처리는 여자들 전문이잖아. 근데 이 여자는 어디 갔어? 뒷감당도 제대로 못하는 주제에. 가자, 형, 옴팍집에 같이 가자구.

어디서 튀어나왔는지 인화가 가로막는다.

—옴팍집 좋아하네. 어딜 가자고 꼬셔? 날 굴레방아 다리께에 떨어뜨려 주고 개미집에 가야 해, 기중이 형은, 그렇잖아? 민수야, 너 먼저 가라.

—야, 인화야, 개미집이 아니라 세포의 집이고, 굴레방아 다리가 아

니고 굴레방 다리야. 너는 왜 자꾸 그걸 고의적으로 혼동하냐?

—나는 그래, 내 고집이야. 내 상상력으로는 개미집이고 굴레방아 다리야.

—니미 시팔. 나는 가겠어, 술 깨워서 가겠어. 옴팍집에, 호적 파오러. 가운뎃다리로 애나 만들어. 여자가 애나 만들어야지, 별수 있어. 뒷감당을 잘해야지, 어쩔 거냐구? 형, 가, 가운뎃다리로.

—알았어, 민수 씨, 어서 가. 니 각시보다 니 양새끼 보러 옷 사가지고 한 번 가께. 우리는 애 같은 거 안 만들어. 죽어도 못 만들겠어. 짐스러워. 뒷감당 잘못해서 집이 망하나, 일 벌려서 망하지.

연탄재 위에 오줌을 갈기고 돌아서니 민수는 횡단보도 따위는 무시하고, 헤드라이트의 기다란 행렬을 걸터넘으며 어디론가 뛰어갔다. 혜화동의 재성이 화실은 불이 훤히 켜져 있었는데도 막상 문은 자물쇠로 잠겨 있었다. 예쁜 아내와 두 딸년을 거느린 환쟁이가 말끝마다 "일이 년쯤 아무도 모르는 데서 고생이나 죽도록 했으면 좋겠어"라더니 요즘에는 도무지 만날 수가 없다. 환쟁이들은 왜 무일푼인 주제에도 그렇게 여유만만하고 늘 한가하냐? 그림처럼 화폭 안에, 네모반듯한 테두리 속에 갇혀 지내는 게 그들의 인생인가.

—기중씨, 나 토하겠어. 속이 울렁거려 죽겠어. 담배를 너무 피워댔나봐.

민수가 갑자기 자취를 감추고 둘만이 남자, 그녀는 애벌레처럼 꼬물거리는, 아니, 잘 길들어진 한 마리의 양순한 암컷이 되어 있다.

—담배 때문이 아니라 설탕 덩어리에다 조미료 범벅인 그놈의 조개탕이다, 낙지다, 그딴 안주들 때문일 거야. 토해, 깡그리 토해버려.

—술이 취해 죽겠어. 지긋지긋해.

—뭐가?

—술이 말이에요. 머릿속이 지글지글 막 끓어올라.

인화가 방금 오줌을 덮어쓴 연탄재에다 코를 쑤셔박고 왝왝거린다. 손가락을 입 속에 집어넣어 휘젓자 누렇고 붉은 구토물이 와르륵 쏟아진다. 등짝을 토닥거리고 있는 내게 "형, 휴지 없어, 휴지?" 라고 소리친다.

—손수건으로 닦어. 손수건 없어? 내것 줘?

—내 핸드백 속이 지저분해서 그래. 이 오물만큼이나 잡동사니투성이야. 그걸 정리하기가 정말 싫어. 아, 어지러워. 어찔어찔해.

벽에는 지린내가 켜켜이 배어 있고, 그림도 그려져 있는데 외눈알을 멀뚱히 뜨고 있는 굵은 남자의 생식기가 그 무게를 지탱할 수 없어 방금이라도 인화의 머리 위로 떨어질 듯하다.

—어떻게 됐어, 괜찮아?

—그 등짝을 치지 말아 봐, 됐어, 한결 나아.

—이제는 내가 속이 뒤집힐 것 같애. 어느 놈이 벽화를 너무 사실적으로 그려 놔서 말이야. 원래 사실주의가 사람 죽인다니까.

느닷없이 민수가 어디서 나타난다. 그가 불쑥 말한다.

—넌 어째 콤플렉스로 똘똘 뭉친 애 같애? 살아갈수록… 나처럼 좀 긍정적으로, 큰 눈으로 이 세상을 바라보고, 살아 봐.

—우쭐대고 있네. 이럴 때 실눈의 사내 보고 머라는 줄 알아? 꼴값한다고 그래, 신발이나 한 켤레 사 신고 와서 사람을 타일러. 저 걸레 같은 누런 랜드로바 좀 봐. 지 주제에 누구한테 훈계야.

—콤플렉스, 그거 좋은 거잖아? 그게 많을수록 자의식이 강한 사람이야. 사람이 돼먹었다는 소리야.

—하는 짓이 깔보게 만들고 있으니 하는 말 아냐. 왜 울고 난리야? 누가 중퇴했다고 깔봤어? 인생만 도중하차 안 하면 될 거 아냐?

—무대에서처럼 말이지?

—그럼, 제 아무리 강심장이라도 관객이 있는데 어떻게 내뺄 수 있어?

우둘우둘한 그녀의 유방을 한 손으로 잡는다. 방금 치약을 묻혀 주던 그 손이 내 손목을 잡고 있다. 치약 덩어리가 입 속에서 이내 하얀 거품으로 변했듯이 그녀의 볼록한 가슴의 탄력이 손 안에서 녹아 버릴 것만 같다.

—여기서 왜 이래요?

구토가 목울대 너머로 울컥울컥 몰려온다. 무슨 무리 같은 망울 덩어리들인데 성욕인지도 모른다. 좌석식 변기 속에 오줌을 세차게 갈기면서 구토물도 그 누런 액체 위에 간신히 떨어뜨린다. 오물 찌꺼기만 없다면 누렇고 검붉은 핏빛이 변기 속에 가득하다.

—어이, 안 되겠어. 칫솔 없어? 올려야겠어. 목까지 오물이 꽉 찼어. 변기 속처럼 말이야.

—내것 쓰세요. 손수건도 빌렸는데 머 어때. 가만 계세요.

맵시있게 치약을 칫솔에 묻혀 준다. 울컥울컥 오물이 목울대를 넘어 온다. 얼금얼금한 배수구가 이내 누런 오물로 덮여진다.

—더 토하세요. 더 토해요. 등 두드려 줘요? 자다가 이게 무슨 날벼락이야. 아휴, 이 썩은 오물 냄새. 쉬어빠진 냄새야, 더 토해요.

—물 좀 줘. 바가지에 물 좀 받아줘. 휴지도 좀 많이 줘. 정말 휴지가 꼭 필요해. 이 오물을 치워야겠어. 수채 구멍 막히겠어.

물이 떨어지는 소리가 들리더니, 콸콸 쏟아진다.

—괜찮아요, 더 토해요. 내가 치울게요. 그 칫솔대 끝으로 얼금얼금한 그 뚜껑을 꼭 집어내면 되요. 구멍에다 끝을 쑤셔서. 그러고 나서 물을 쏟아부으세요.

갯지렁이 덩어리 같은 머리카락이 뚜껑에 찰싹 달라 붙어서 오골거린다.

—머리 감았어요. 이제 좀 살 것 같애요.

—이 칫솔 내일 버려. 이 구토물보다 더 더러워.

—아, 알았어요. 더 토하세요. 오늘은 낮부터 번갈아가며 하루 종일 토하다 마치네. 이런 것도 화투 패에 나오나 어쩌나?

—친구하고 술이지 머야, 그것도 아직 몰라.

—그놈의 지겨운 친구, 지겨운 술. 그것 때문에 망조가 들었는데.

—누가?

—누군 누구예요, 내 오빠지.

인화가 아예 화장실 속으로 들어온다. 깡총한 속치마 속에 얼른거리는 헐렁한 팬티가, 가느다란 어깨걸이 끈이 어깨 밖으로 흘러내리려 하는 그 내리닫이 속옷보다 훨씬 더 커 보인다. 바가지로 끊임없이 똑, 똑, 똑 떨어지는 누수가 고인 욕조 안의 물을 뜬다.

—뭘 씻으려고 그래? 오물은 다 씻겨 내려갔잖아.

—냄새가 배 있잖아요. 사람이나 뭣이나 냄새가 항상 문제 아니에요.

여자의 음부처럼 시커먼 구멍에 불과한 배수구가 오물 찌꺼기마저 무슨 빨판처럼 집어삼킨다.

어깨까지 내려온 머리카락 속으로 한 손을 집어넣어 목울대를 잡는다. 도리질을 하는 그녀의 여기저기에다 치약 냄새를 묻혀댄다. 뿌연 백열등 불빛이 눈에 부시다.

—무슨 크림 냄새도 안 나잖아?

—어마, 이게 머야?

—뭔데? 왜 그래, 칫솔이야.

—겨드랑 밑을 무슨 벌레 같은 송곳이 마구 찌르잖아. 깜짝 놀랬어.

물 세수로 화장을 말끔히 지워 버린 그녀의 얼굴에는 불긋불긋한 반점이 쫙 깔려 있다. 아마 화장독일 것이다. 마침내 그녀의 입술을 훔친다. 뱀 혓바닥이 치약 냄새를 마구 핥아 간다. 유방을 거머쥔 손으로 이번에는 속내의 위의 둔부를 쓰다듬다가 팬티 속으로 집어넣는다. 팬티끈은 헐거워서 속곳 같다. 손가락을 움직일 때마다 거웃이 스걱거리는 소리가 들리고, 물기도 없는 질 입구는 서늘한 느낌이 들 정도로 차다. 곧장 그 손을 빼내 그녀의 한 손을 잡아챈다. 곧바로 팬티 위로 솟은 음경을 움켜쥐게 한다. 그녀의 손은 그걸 움켜쥐고만 있다. 어떤 말도 필요없다는 시위라도 하듯 그녀는 입술과 혓바닥만 빨아댄다. 지루하다. 숨이 차다. 불편해서 얼굴을 떼고, 팬티도 까내린다. 몸이 가벼워진 듯하다.

—자다가 이게 정말 머예요?

—이제부터 자면 될 거 아냐.

다시 그녀의 손을 잡아 탱탱한 핏덩어리인 음경을 잡게 한다.

—그건 안 돼요. 애 갖기는 정말 싫어요. 그냥 자고 가세요, 서로 딴 방에서 자면 돼요.

—그럼 갈 거야. 내일 어디 갈 데가 있어.

—통금에 걸리는데두요?

핏덩어리를 조금씩 만져댄다. 어느새 몸이 떨어져 있고, 계곡 사이에 걸린 다리처럼 그녀의 손이 그걸 잡고 있다.

—통금? 길 한복판으로 당당하게 걸어가면 불러세우질 않아.

핏덩어리의 대가리에 벌레가 기어가는 듯하다. 얼굴을 찡그린다. 그녀가 그걸 알고 급히 다리를 걷어내고 나서 돌출한 핏덩어리 일대를 주시한다.

—원숭이에게는 용두질을 가르쳐 주어서는 안 된대. 그 재미를 알고 나면 그 짓거리만 해대는 통에 밥도 안 먹고 말라죽는다 이거지.

—그래요? 처음 듣는 얘기예요. 재밌어요. 사람은 지각이 있잖아요.

—말귀를 못 알아듣는군. 인연을 맺는다는 게 무섭다는 얘기야. 김유신이 원숭이고, 말대가리를 베어 버린 건 인연의 무서움을 알았기 때문이야.

그녀가 다시 그걸 한 손으로 움켜쥐고 말한다.

—시집만 갈 수 있다면 말값쯤이야 못 물어 주겠어요?

—용두질을 아는 남자 쪽 이야긴데 무슨 여자들 이해타산이야?

당연히 사정인 줄 안 원숭이가, 피가, 새빨간 한줄기의 피가 갈겨지는데 의아해하다가 곧장 깜짝 놀란다. 그녀의 손이 그걸 얼른 놓아 버리고, 가슴에 두 손을 모은다.

작년 연말의 어느 추운 밤에 송 선생, 민수 등과 함께 이 아파트로 몰려와서 쫑파틴가 뭔가를 벌였는데, 그때 인화는 유리곽 속에서 꾸벅꾸벅 졸고 있는 경비원을 보고 "저 아저씨는 밤낮 잠만 자. 자면서 인터폰도 받고 돈도 벌고 남의 집 열쇠도 맡아줘"라고 했었다. 그 앞을 어떻게 통과했는지 궁금하다. 그때 민수와 인화가 입씨름을 해대며 올라온 4층까지의 그 지겹던 계단을 밟은 기억이 없다. 제대 후 복학생이었던 민수는 인화와 한 학기 동안 몇 강좌를 함께 듣기도 한 사이인데, 그날 밤 계단을 올라오며 둘은 대충 이런 말을 주고받았다.

—야, 인화야, 이 집은 어느 사회사업가가 집 없는 아이에게 선물로 줬냐?

—스폰서가 있으면 이실직고하라 이거지? 친척도 아니면서 배가 아파하는 소린가, 형으로서 내정간섭을 하겠다는 수작인가 모르겠네. 알토란 같은 내 돈 주고 전세로 삽니다.

—어째 이런 낡아빠진 아파트 한 채를 사줄 아버지 같은 물주도 아직 장만 못 했냐. 실망이야.

—그러게 말이에요. 그러나마나 민수 씨, 큰일났어. 집주인이 안 나타나. 집으로 전화 걸면 웬 할머니가 공장으로 연락하라고 그러고, 공장에 전화 걸면 안 받고. 돈을 빼내야겠는데 큰일이야.

—그게 무슨 큰일이야. 전셋값으로 아파트 한 채가 굴러왔는데.

—아니야, 내가 막상 당해 보니 무엇에 홀린 기분이야. 도대체 연락이 없어. 민완형사는 안 나타나고 사건은 점점 미궁 속으로 빠지는 무슨 추리극 같잖아.

—불행하게도 너는 그 추리극에 조연급이다. 선의의 피해자밖에 안

되니 말이야. 주인공이 될려면 죽이든지 죽든지, 아직 베일에 가려 있어야 되잖아. 지금 집주인처럼.

—아, 진짜? 주인공 안 된 게 다행이네.

—그럼, 주인공은 좋지 않아, 항상, 어떤 드라마에서라도.

그날 밤 인화는 이 침대가 놓인 방을 굳이 안에서 걸어잠그고 청바지와 털스웨터로 갈아입고 나왔는데, 그때 민수는 "야, 그 안방 구경 좀 시켜 주라. 잠시 누워 보기만 할께"라고 통사정을 했고, 그녀는 재깍 "저 안에 지금 사람이 널브러져 자는데?" 라고 응수하자, 송 선생은 "그 널브러져 자는 놈이 어떤 건달이야, 이상(李箱)이야?" 라고 물었었다.

그런데 이 실내에 고주망태인 내가 어떻게 들어왔는지 모르겠다.

2-8

유년시절의 여러 가지 기억 중에서 그후 내 삶의 행동 양식에 결정적인 영향을 미친 장면이 하나 있다.

사변 직후 우리 일가가 대구에 정착하여 여러 개의 십자가가 삐죽삐죽 키재기를 하고, 그 십자가들 아래에는 현란한 모자이크형 색유리창들이 촘촘히, 그러나 흐릿하니 칙칙하게 빛을 내쏘던 계산동 성당 자락의 어느 판잣집에서 살 때였다. 여름이면 시커먼 콜타르가 눅진눅진하게 녹아내리고, 겨울이면 그 루핑 지붕이 햇빛을 받아 차갑게, 그러나 사금파리를 뿌려 놓은 듯 은성하게 반짝이고, 바람이 골목 속으로 몰아칠 때면 관솔 구멍이 숭숭 뚫린 송판 담장이 넘어질 듯 휘청거리던 그 판잣집에서 우리 일가는 길쭉한 방 하나와 담벼락에 붙은 달개 부엌간을 의지 삼아 월셋방살이를 하고 있었다.

그 당시 아버지는 월남한 동향의 어느 친지 소개로 신설한 여자 상업학교의 부기 선생으로 봉직하고 있었다(물론 임시교사였다). 상업부기를 가르친다지만, 영어 선생이기도 했던 아버지는 삼팔따라지 신세로서, 코앞에 있는 성당을 마다하고 5백 미터쯤은 족히 떨어져 있던 어머니의 잦은 교회 나들이를 '일하기 싫어 놀러나 나다니는' 작태쯤으로 치부하면서도, 호구를 마련해 준 친지가 바로 그 교회에 다니고 있었기 때문에 당신도 마지못해 자식들을 데리고 일요일 오전의 예배길에는 꼬박꼬박 나서곤 했다.

그즈음 우리 동네는 미친 사람들이 자주 출몰하여 며칠씩 어슬렁거리곤 했는데, 그들은 나타날 때처럼 홀연히 사라지곤 해서 어린애들 말고 어른들은 그들의 몰골을 보기도 싫다는 듯이 외면했고, 따라서 굳이 내쫓는 법도 없었다. 다들 하루하루 살아가기에도 지쳐서 그런 정신병자들 따위에는 관심을 가질 여유가 없었을 것이다. 아무튼 젖먹이까지 딸린 어떤 미친년은 집집마다 돌아다니면서 밥을 얻어먹을 생각도 하지 않고 이나 잡다가 그 짓도 싫증이 나면 양지 바른 어느 담벼락 밑에 자빠져서 지친 기색도 없이 잠만 잤고, 어떤 미친놈은 수박이나 참외 따위의 껍데기를 주워 우물거리며 보는 사람마다, 특히 여자들에게만 제 간식을 권하기도 해서 처녀들은 질겁을 했고, '바바바바 바아압'이라는 말 이외에는 '으으으, 이이이, 우우우' 따위의 지시어밖에 모르는 미친 연놈 내외는 하루 종일 오물이나 다름없는 깡통 밥그릇만 차고 앉아서 아귀처럼 먹어대기만 했는데, 그런 시커멓고 땟국이 줄줄 흐르는, 한마디로 괴기스럽기까지 하던 광경을 우리 형제들은 쉬임없이 보고 있었다.

잔서가 남아 있던 어느 초가을의 일요일 오전이었던 듯하다. 우리 가족은 오전 예배를 마치고 서둘러 귀갓길에 올랐다. 물론 아버지가 앞장서서 걷고 있었는데, 당신은 예의 '마지못한' 예배 걸음에 따라나서서인지, 아니면 설교가 당신의 꼬장꼬장한 생활관과는 상당한 거리가 있었든지(지금도 당신은 "그 많은 헌금으로 장학재단 하나 못 만들고 어떡하든지 연보나 긁어모으는" 한국 교회에 대해 삿대질하길 좋아하신다) 성이 잔뜩 나 있었다. 당신은 그 특유의 걸음걸이, 구두 뒤꿈치로 땅의 견고 여부를 확인하며 걷는 듯한 걸음을 착실히 떼놓고 있었고, 머리카락 한 올도 흐트러짐이 없는 단정한 뒷모습은 사람이 걷는다기보다 풀 먹인 빳빳한 옷이 걸어가는 듯했다. 성이 잔뜩 머리 끝까지 난 당신의 정수리 위에는 열기가 많이 죽은 가을 햇볕이 따갑게 내려쪼이고 있었다.

이윽고 여름 내내 뜨거운 햇살이 방 안 깊숙이까지 진주해 와서 물러날 줄 모르던 예의 그 판잣집 속의 동향받이 우리 방 지붕이 저만큼 보이는 골목길로 꺾어들었을 때였다. 어머니는 물론이고 형과 누나도 아무런 말이 없었지만, 송판 담장의 끝머리쯤에서, 그 담장 밑바닥과 바로 붙어 흐르는 수채 구덩이 앞에 장승처럼 서 있는 미친놈을 우리 가족은 한 눈에 담을 수 있었다. 우리 동네 사람들은 누구나 며칠 전부터 그 허우대가 멀겋고 올이 드러나는 후줄그레한 국방색 군복을 걸치고 있는, 미친놈이라기보다 아편쟁이 같은 그 사내의 출현을 익히 알고 있던 터였다. 뿐만 아니라 그 누런 안색의 아편쟁이가 낮 동안 허여멀건 제 음경을 바지 밖으로 끄집어내서 만지작거리는가 하면, 주물럭거려서 고무풍선처럼 길쭉하게 부풀렸다가는 바람을 빼고는, 쉬임없이 털어대는 미친 지랄도 두 눈으로 똑똑히 보고 있었다. 그 해괴망측한 지랄은 말로 옮기기도 워낙 창피스러운 것이라 어른들은 그 아편쟁이가 우리 동네에서 하루 빨리 떠나 주기만을 기다리고 있던 형편이었다. 그러나 아버지는 이외에도 그 아편쟁이의 출현을 처음 대하는 모양이었다. 아침 일찍 집을 나가 해가 져서야 집으로 돌아오는 파리한 임시교사였기 때문일 것이다.

아버지는 그 아편쟁이 옆을 무심코 지나치는 듯했는데, 잠시 주춤거리다 돌아섰고, 그 미친 지랄을 한참이나 눈에 불을 켜고 주시하더니 단안을 내린 듯 그에게로 다가갔다. 그리고는 곧바로 그 아편쟁이의 멱살을 잡아 당신 코앞으로 돌려세워 놓고 뺨따귀를 사정없이 올려붙였다. 아편쟁이가 골목길 위에 벌렁 나가떨어졌고, 그의 허여멀건, 비정상적으로 기다란 생식기가 우리 가족의 코 앞에 다가와 있었다. 눈 깜작할 사이였다.

거친 숨소리에 묻어나오는 아버지의 욕설이 아편쟁이의 힘 빠진 음경 위에 마구 쏟아졌다.

—에이 썅, 이 미친놈아, 이거이 머이 하는 짓이가. 네미, 이 아편쟁이를 어카믄 좋으까. 사대육신 멀쩡한 놈이 이거이 머이가. 밥이라도 얻어먹으러 싸돌아당기든지, 거랑에서 옷이라도 빨아입든지, 애 맨글 수작이라도 해야 할거이지, 사내 새끼가 이거이 무슨 짓이가. 야, 이 미친 간난이 새끼야, 여북하믄 니 옷에 이라도 잡고 있어야 할 거아이가. 이런 정신머리를 봤나. 퉤, 퉤, 속이 북적거려 미치갔구나야.

한차례 씩씩거리며 욕을 퍼붓다가 아버지는 그래도 분이 삭지 않았는지, 그 아편쟁이의 멱살을 한손으로 잡고 성당 쪽으로 난 골목길(우리가 세 들어 살던 그 판잣집 앞을 지나가게 나 있었다) 끝까지 개 끌듯 질질 끌고갔다. 그리고는 다시 패대기를 치고 나서, 그 길쭉한 생식기가 드러나 있는 사타구니 께를 구두발로 마구 짓이겨 버렸다.

그런 쌍욕과 수모를 당하는 중에도 그 미쳐버린 아편쟁이는 맥 풀어진 눈동자를 굴릴 기운도 없는 듯했고, 손을 뿌리치거나 내뺄 엄두도 내지 않고 돌발적인 이쪽의 발악을 고이 받아들이고 있었다. 그 탈진한 정신과 기력이 아버지를 더욱 화나게 했을 것이다.

정말 충격적인 장면이었다.

물론 나는 그때 아버지가 그 아편쟁이에게 퍼붓는 욕설을 다 기억하지는 못한다. 그러나 그때 아버지의 시퍼렇게 질려 있던 표정, 우리 가족이 감히 당신의 발악을 말릴 엄두도 내지 못했던 광경은 손에 잡을 듯 새겨두고 있다. 돌이켜보면 그때 당신의 그 미친 듯한 발악은 성적(性的) 피해망상 내지는 과대망상환자였던 어떤 사내의 추잡한 몰골을 자식들의 마음에 죄악의 한 표본으로 점찍어 두기 위해서였다기보다도 섹스 자체에 탐닉하여 흔히 정신과 육체가 고루 망가져 버리게 마련인 인간의 수성(獸性), 곧 종내에는 제 명까지 단축하는 것도 모르고 탐닉하는 원숭이의 저 집요한 용두질의 무서움을 깨우쳐 주기 위한 것이 아니었나 싶다. 덧붙이건대 섹스 행위 자체가 결코 나쁜 것은 아니지만, 그것에의 하릴없는 탐닉, 그 때문에 겪는 육체의 부패와 정신의 나태는 타기시해야 마땅하다는 시위가 아니었을까?

훨씬 후에 나는 아버지의 그 미친 발악의 원인이 무엇이었을까에 대해서도 오랫동안 생각해 본 적이 있는데, 당신의 성적 불만족감이

한 요인이었을지도 모른다는 생각을 하고는 피식 웃은 적이 있다. 적어도 내가 아는 범위 내에서 아버지라는 사람은 생식기가 종족 보존에만 사용되는 물건이 아님도 알고 있었고, 무엇보다도 '하릴없으면 이라도 잡지' 식으로 부지런한 사람이었던 만큼 당신의 몸의 일부를 게으름에 젖도록 내버려 둘 리도 없었지 싶다. 사람이 미쳐 버린 경우는 결국 지나친 탐닉과 혹독한 충격 따위로 정신이 제 할 일을 방기해 버린, 그래서 게으름 자체가 그 미친 사람의 몸뚱어리, 실존, 나아가서 생존을 연명하는 전부가 된 상태일 테니 말이다. 다행하게도 나는 성장하면서 아버지로부터 "정신을 놓지 말고 부지런하면 밥이야 먹고 산다"는 말을 수없이 들었고, 그 교훈을 어느 정도까지는 체질화시킨 엄벙한 사내이기는 하다.

나는 풀기라고는 없는, 시들어빠져 미동도 없이 축드리워진 내 음경을 잠시 내려다보다가, 그것을 손으로 집어 여기저기를 건성으로 훑어가다 발작적으로 그것을 손에서 털어 버리고 나서, 고무줄 팬티를 소리나게 끌어올렸고, 침대에서 내려와 무엇에 쫓기는 사람처럼 허겁지겁 옷을 찾았다. 내 옷이 방 안에는, 침대가 놓인 인화의 안방 안에서는 보이지 않았다. 가능한 한 발소리까지 죽이고 그녀의 아파트를 빠져나갈 참이었는데 난감했다. 곧장 그 낭패를 방금 내 음경을 털어내듯 뿌리쳤고, 아무런 미련없이 방에서 벗어났다.

누런 커튼이 쳐진 거실에는 방 안보다 훨씬 더 밝은 기운이 넘쳐났고 예의 그 담벼락 곁처럼 착 가라앉은 분위기에는 소파 위에서 길게 누워 자는 인화의 반듯한 얼굴이 일조를 보태고 있었다.

자동문도 아닌데 쿵 소리를 내며 문짝이 닫혔다. 경첩의 조임새가 너무 미끄러웠던 모양인데 나도 놀랐고, 인화도 깜짝 놀라 소파에서 벌떡 일어났다. 그녀는 여전히 얼른얼른한 속치마 바람이었고, 가느다란 어깨걸이 끈이 방금이라도 팔뚝으로 흘러내릴 것 같았다.

소파 앞에 놓인 탁자에서 바지를 주워 가랑이 속으로 다리를 쑤셔 넣으며 나는 말했다.

"몰래 빠져나가려 했는데, 저놈의 문짝이 남의 단잠을 깨워 놨네."

인화가 졸음이 가득한 큰 눈을 몇 번 깜빡거리며 중얼거렸다.

"벼라별 잡생각이 꼬리에 꼬리를 물어 잠을 설쳤어요. 그래, 멘스는 멎었어요?"

어이가 없었으나 웃을 여유도 없어 나는 심드렁하게 대꾸했다.

"그게 머 밤새 쏟아지는 건가? 명색 남자가. 도대체 어젯밤에 어떻게 된 거야? 내가 왜 여길 왔지? 도통 기억이 없어…"

"제가 길에서 토하고 나서 또 맥줏집에 간 거 모르지요? 그리고 여기 와서 혼자 맥주 한 병을 또 병나발 불은 것도 모르나봐?"

"둘 다 모르겠어. 필름이 너무 낡았나봐. 이제 웬만큼 돌렸으니 폐기처분해야 될까봐."

인화는 잠이 덜 깬 듯 눈을 감고 중얼거리기 시작했다.

"여기 와서는 제발 고함 지르지 말라니까 술만 주면 약속하겠다 그래서 맥주를 한 병 따서 대령했더니 그걸 또 병나발 불고 이 바닥에서 폭삭 고꾸라졌어요. 샤워하고 머리 감고 나오니 벌거벗은 채로 여기 맨 바닥에서 기억자로 고꾸라져서 씩씩거리더라구요. 원남동 맥줏집까지 내려오면서는 민수 씨 욕을 마구 하더라구요. 양새끼에 미친놈이니, 나 먼저 장가 간 버르장머리 없는 개새끼니, 나중에는 연극적인 재능도 제로고 무책임한 정서만 여기저기 사정하며 돌아다니는 알건달이니, 또 그 머라더라, 아, 제 삶에 이데올로기가 없는 원시인인데 계숙이는 그걸 야성미로 착각하고 있다고 고래고래 소리 질러요. 그래서 제가 왜 민수 씨 욕을 하냐고 물으니까, 히죽히죽 웃으며 머랬는 줄 알아요? 민수 씨가 너무 잘나 보여서 열등감에 빠져 그런대요. 또 제가 민수 씨를 은근히 좋아하는 것 같아서 질투가 나서 그런대요."

나는 쑥스러워서 "내가 진짜 그랬어? 하기야 낮부터 너무 퍼마셨지" 라고 건성으로 응수하고는 녹두색 점퍼를 걸치고, 팔소매를 걷어붙였다. 탁자 위의 앙증맞은 탁상시계는 정각 열 시 반을 가리키고 있었다.

그 시계를 힐끔 쳐다보는 내 시선과 졸음기가 싹 가신 인화의 촉기좋은 눈동자가 마주쳤다.

"바빠요? 오늘도 라디오 방송국 글 써야 돼요?"

"아니야, 토요일, 일요일은 놀아. 바쁘다기보다도 가야지, 내가 왜 여기 있어? 내가 뭔데? 소문나잖아. 나는 이런 불편한 자리에 오래 못 있어."

내가 소파 옆에 서서 바장이자, 인화는 날렵하게 담요로 제 몸을 둘둘 감싸더니 소파에서 일어섰다. 곧장 뒷걸음질로 안방으로 다가가며 말했다.

"잠시만요. 가지 말아요. 가면 안 돼요. 사람의 집에 와서 그냥 맨입으로 가는 법이 어딨어요. 멘스까지 한몸에 잠까지 자고서. 제가 먹을 것 만들어 드릴게요. 잠시만 거기 앉아 기다리세요, 네? 앉으세요, 좀."

내가 손을 내저으며 대답했다.

"됐어. 먹은 셈치고, 정말 가야 돼. 공연히 난 이렇게 바빠, 늘 이래 쫓긴다고. 도대체 이게 무슨 꼬락서니야, 벌건 대낮에 남의 여자 집에서 노닥거리기나 하고. 정말 어젯밤에는 너무 개판쳤던 모양이야. 술 먹은 개쯤으로 생각하라구. 정말 갈 거야."

인화가 한쪽 손으로 담요를 잡고, 다른 한손으로는 머리카락을 이마로부터 빗질해 올리며 다급하게 말했다. 좀 화가 난 쇳소리였다.

"안 돼요. 잠시면 돼요. 기중 씨, 아니, 기중이 형, 이게 머시기야요? 그냥 가면 안 돼요. 화났어요? 머라도 먹고 가세요. 못 가요. 가면 죽여 버릴 거야."

시선을 어디다 둘지 몰라 어정쩡하게 서 있는 나를 주시하며 말을 뱉고 나자, 인화는 잽싸게 돌아서서 안방으로 들어갔다. 꼼짝없이 잡혔다고 생각하면서, 나는 잠시 선 채로 말목을 단칼에 잘라 버렸다는, 다분히 과장스러운 김유신의 결단력과 원숭이의 집요한 수음 행위의 그 중간쯤에서 내 성욕과 생식기가 갈팡질팡하고 있는지도 모르겠다고 생각했다.

인화는 곧장 튀어나왔다. 낯익은 헐렁한 청바지를 입었고, 조대흙색의 가로 줄무늬가 굵게 처진 하얀 반팔 티셔츠를 입고 있었다.

"아, 제발 거기 좀 앉으세요. 10분? 15분이면 돼요. 세상이 망해도 사과나무를 심는다는 사람을 좀 배우세요. 제발 거기 좀 질편히 앉아 봐요."

말을 마치자 인화는 잰 걸음으로 화장실로 들어갔다. 이빨 닦는 소리가 들렸다. 뒤이어 얼굴에 물 끼얹는 소리가 들리는가 하더니 "가지 마세요. 정말 할 이야기가 있어요. 거기 현관문 열어 신문과 우유 좀 집어다 주세요"라고 소리쳤다. 내가 "손님을 가지 말라고 붙잡아 두고 소처럼 마구 부려먹네"이라고 툴툴거리자, 그녀는 뺄줌한 화장실 문 밖으로 물 묻은 얼굴을 슬쩍 내밀면서 "노동은 귀한 거예요"라고 씨부렁거렸다.

물컹물컹한 비닐 봉지 우유를 화장실 옆에 붙은 부엌의 식탁 위에 놓았고, 여전히 선 채로 나는 신문을 훑어갔다. 일요일이라 뉴스거리도 없는지 일면 머리기사는 '구로 공단 근로자 39만 명, 월평균 3만 원의 저임'이었다. 한심한 일이었고, 하기야 가장 다급한 뉴스였다.

인화가 화장실에서 나왔다. 머리에 둘러쓴 수건을 벗겨 얼굴을 닦았다.

그녀가 말했다

"이럴 때 남자들 머라고 그래요? 에이, 니미 씨팔, 정말 성질나네, 거기 좀 질편하게 앉아 봐, 이러잖아요? 죄송해요. 그 신문 읽는 동안만 기다려 주세요. 어차피 늦었잖아요."

나는 신문을 든 채로 무너지듯 소파에 앉았다. 냉장고를 여닫는 소리가 들렸고, 가스 불 지피는 경쾌한 소리도 두 번이나 탁, 탁 거렸고, 뒤이어 계란을 깨는 소리가 네 번이나 들려왔다. 그 소리들은 듣기 좋을 만하게 시끄러웠다. 신문을 읽는 둥 마는 둥하며 그런 소리를 듣고 있는데, "왜 담배 안 태우세요?"라고 인화는 나의 무료감을 돌아보지도 않고 걱정해 주어서, 나는 조급증이 좀 진정되어 "몸이 축날까봐 겁나. 멘스 중이라서"라고 농담으로 받았다.

"정말 바로 병원에 가 보세요. 내일 오전 중으로요. 돈 없으면 제가 빌려 드릴게요. 아휴, 어제 밤엔 정말 혼났어요. 그 소동 통에 잠이 와야 말이지요. 혹시 이 집에서 남의 집 귀한 총각이 죽어나가면 어쩌나 하고 문에 귀를 대고 숨소리도 들었다니까요. 그게 머예요, 신문에 나면 나야 그 덕에 자동으로 은퇴해서 좋겠지만… 그때가 새벽 두 시쯤 됐으니까, 저는 아마 네 시쯤 잠이 들었을 거예요. 옆방에서 자다 이쪽 거실로 나왔다가 한참이나 서성이고 그랬다고요."

나는 신문에 눈을 박고 말을 흘렸다.

"최은희는 이북으로 갔는 게 맞는가봐."

"그 늙은이야 아무려면 어때요, 어딜 가든지. 남의 나라가 아니라서 그나마 다행이잖아요? 욕 먹을 소린지 모르지만, 그런 양반이라도 그 꽉꽉 틀어막힌 곳에서 살아간다니 이북이 좀 가까이 다가오잖아요? 남의 나라 같지 않게… 그놈의 숨 막히는 나라는 아직도 강제납치, 테러, 이런 말 같잖은 짓거리들 너무 밝혀요. 그런 말 자꾸 밝히니 까마득히 멀어져 있는 남의 나라 같잖아요."

"피장파장에 오십보백보지. 그러니 자꾸 남의 나라, 남의 나라 그러지마. 같은 얼굴에 같은 말 쓰는 우리나라가 잠시 교통이 두절되었을 뿐이잖아. 말 같잖은 이데올로기 때문에… 그래도 최은희야 그나마 덜 지루한 얼굴 아냐, 화장도 덜 해서 봐줄 만하고."

"글쎄, 누가 머래요. 우리 서민이야 그렇지 않은데 저쪽의 주체 떨거지들이 자꾸 남의 나라로 만들잖아요. 생사람 잡아가는 그런 나라는 정말 너무 말이 안 통해 골치 아프잖다요."

"골치 아픈 상대일수록 살살 잘 구슬려야지."

"모르겠습니다, 저는. 그래도 그 늙은이가 거기 산다니 다행이에요.

자, 오세요. 같이 먹읍시다. 맛 없을 수밖에 없는 요리지만 맛있게 드세요. 시장하지요? 어제 낮부터 술밖에 더 먹은 것도 없잖아요?"

사실상 시장하다 못해 맥살이 허물허물 풀어지고 있는 판이었다. 얼굴에 청승살이 잔뜩 올라붙은 어떤 늙은 여배우가 젊었을 때는 요부였다고 주장하는 신문을 나는 내팽개쳤다. 젊을 때 요부가 아닌 여배우도 있을까 라는 심통도 떠들고 일어났으나, 신문이란 원래 얼룩덜룩한 말을 제멋대로 지껄이며 아첨이나 떨어대는 광대와 다를 바 없었다.

나는 식탁 앞으로 다가갔다. 계란 프라이 두 개, 토스트 두 쪽, 우유 한 컵이 서로 마주 보고 있었고, 그 먹을 것 너머에 인화의 꽤나 생명력 있는 얼굴이 활짝 웃고 있었다.

"아메리칸 스타일이야 머야?"

"베이컨이 없지만, 잘 좀 봐주세요."

바싹 구운 토스트를 우유에 찍어 먹으면서 인화가 말했다.

"어젯밤에 그 맥줏집에서 기중이 형이 제게 머랬는 줄 알아요? 저를 꼬시겠다면서, 인화 씨, 자신의 미모에 지나친 자부심을 가지고 계시지요, 그럴 수밖에 없겠지만 그 자부심의 일부를 버리세요, 그래야 인간다워지고, 연기가 살아나요, 이러잖아요. 술이야 확 달아났지만, 원, 멋대가리 없이…"

"됐어, 이제 그만해, 어제 일은. 듣기 싫어, 낯 뜨거워져서."

"그래요. 이제 정말 그만할게요. 저도 지금 곧 나가봐야돼요." 내가 우유를 벌컥벌컥 마시며 빤히 건너다보자 그녀가 눈을 내리깔고 말을 이었다. "내 집에서 남자가 나가는데 제가 가만히 앉아서 배웅하긴 정말 싫어요."

나는 그 말을 그녀가 창녀는 아니라는 뜻으로 새겨들었다. 아마도 그런 나의 이해라기보다는 상상력은 최대한으로 엉뚱할지도 몰랐다. 인화 정도의 자존심을 가진 여자라면, 진짜 창녀들처럼 나태하고 방만한 몸짓이나 말로 남자를 배웅하지는 못할 것이다. 나는 얼핏 양이와 보낸 지난 겨울의 어느 날 밤을 떠올렸고, 그때 여관방에 널브러져서 나태한 몰골로 어두운 뒷모습을 보여주며 사라지던 그녀를 배웅한 내가 한 마리의 남창(男娼)이었을지도 모른다는, 그 억지스러운 상상이 징그러워 머리를 흔들었다. 물론 양이도, 인화도 창녀가 아니라는 생각이 그런 어릿광대 같은 상상을 불러왔을 것이다. '공중누각'은 언제라도 백해무익한데도.

나는 농담으로 응수했다.

"우린 어젯밤에 아무런 일도 없었는데? 남자도 고단하면 멘스를 한다는 사실만 확인했을 뿐이지, 인화는 아직도 내게는 처녀잖아."

"여자는 특정한 남자한테는 늘 처녀로 덤벼요. 믿거나 말거나지만. 아무튼 집에 가 봐야 돼요. 데모꾼이던 남동생이 요즘 마음을 잡고 고시 공부를 한대요. 걔가 보고 싶어요. 인정머리가 있는 애거든요. 오빠가 우리집을 분탕질한 원수를 걔가 꼭 좀 갚아 줬으면 좋겠어요."

"그 오빠는 요즘 뭘해?"

"몰라요. 한창 바람이 나서 술집에 돈을 뿌리고 다녔을 때는 옆 좌석 손님이 시끄럽다고 우산대로 옆구리를 찔러 버릴 정도였어요. 그 손님이 마침 검사였어요. 그 사건 때문에 내가 당한 수모를 생각하면 제 동생이 언제가 됐든 고시에 꼭 붙어 주기만 했으면 좋겠어요. 또

제 넋두리를 늘어놓았네요. 기중이형이 만만해서 그런가봐요."

"만만해 보이긴 정말 싫은데…"

"만만한 게 좋아요, 우리 사이는. 어젯밤에 그 요란한 남자의 멘스를 보고 나서 기중이 형한테는 영원히 처녀로 보일라고 작심했어요. 개미집으로 갈 거지요? 잠시만 기다려 줘요, 같이 나가요."

"세포의 집이라니까."

"아니에요. 내 상상력이 맞아요. 개미집이에요. 이 집은 벌집이고요."

"나는 일벌인가, 인화는 여왕벌이고?"

"여왕벌이 되기 싫어 벌집 안에 앉아 일벌을 밖으로 내보낼 순 없다니까요."

그녀의 동적인 생명력이 사정할 때의 짜릿한 쾌감처럼, 사정 후의 찌릿한 통증 같은 느낌으로 성큼성큼 다가왔다.

2-9

실내에 들어서니 뿌연 햇살이 와락 내 시야를 장악했다. 눈이 부셨다.

먼지투성이의 그 햇살은 조명등의 질서정연한 밝음을 닮아 있고, 원근법이 제대로 표현된 성화(聖畵) 속의 후광처럼 천연스럽게 쏟아져서 의자 없는 층계식 관람석의 맨 아랫줄에 오골오골 모여앉은 무리들을 일사불란하게 비춰 주고 있다. 그러나 무대쪽과 관람석 위쪽은 희끄무레한 어둠 속에 휩싸여 있는데, 그 어둠의 정적이 바로 코앞에까지 몰려와 있는 한 무더기의 밝음을 샅샅이 훑어가면서 먼지투성이의 햇살을 집어삼키고 있다. 어둠과 정적은 햇살과 밝음, 또 먼지 따위들을 단숨에, 그러나 줄기차게 빨아들이는 리트머스 시험지다.

민수는 무리들 앞에서 후광을 등에 업은 희미한 실루엣의 자태로 어슬렁거리며 읽기와 듣기에 따르는 깨닫기, 말하자면 예의 그 탁월한 지론인 '공갈치기'의 방법론을 구체적으로 일러주고 있는 중이었다. 물론 그는 나의 출현을 알고 있으면서도 '공갈치기'의 핍진감을 더욱 고조시키느라고 짐짓 모른 체했다. 미상불 그런 작위적인 짓거리도 연극적이기는 해서 꽤나 그럴 듯하게 보였다.

나라는 한 사람의 관객을 의식한 민수의 연극적인 '공갈치기'가 돌발적으로 실내의 정적을 쩌렁쩌렁 갈라놓기 시작한다.

"가만, 머야, 머야, 도대체 머시냐고? 다시, 다시 읊어봐. 그것 좀 이리 줘 봐부터 다시. 가급적이면 감정에 가식을 붙이지 마라고. 주문이 어려워? 그 어려운 걸 해내야 연기가, 동작이 자연스럽게 따라붙는 거야. 말은 아양이고 연기는 교태나 미태란 말이야. 무슨 말인지 알지? 다시."

각각 개성이 얼마만큼씩 배어 있는 특이한 음성들이 지문만큼이나 형형색색이고 개성적일 수밖에 없는데, 번갈아가며 대사를 읽어갈 준비를 한다. 무대 위에서의 행동, 곧 동작 익히기 전에 감정을 넣은 소리내기, 그 의미 있는 소리를 각자가 새겨듣기, 그래서 서서히 무대를 의식하기 위한 공연 연습 시간이다. 이런 깨닫기 과정에 유독 많은 시간을 할애하는 것이 민수의 별스럽다면 별스러운 연출법이다.

보통 사람들이 주고받는 대화와는 영 딴판이고, 따라서 도저히 서로 의사소통이 될 수 없을 듯한, 차라리 소음이나 잡음 같은, 그러면서도 더 정확한 발음의 목소리들이 번갈아가며 정적을 깨고 햇살 속의 먼지에 껴묻어 들려온다.

"그것 좀 이리 줘 봐."

"끄나풀들은?"

"우글우글합니다."

"기분이 과히 좋지 않았겠군?"

민수가 햇살 속으로 깊숙이 들어갔다가 홱 돌아선다. 꾸준히 그는 나를 못 본 체하지만, 관객을 의식한 연기를 하고 있다.

계속해서 잡음이 햇살 속을 뚫고 들려온다.

"좋은 기분은 아니던데요."

"세파트 앞에서 기분이 좋을 사람이 누가 있겠나. 흥분해서는 안 돼."

"별로 두렵지는 않아요. 난 거짓말을 못하는 성미여서, 그래서 좀 거북하다는 것뿐이에요."

"인간이란 동물은 누구나 거짓말을 하지, 다만 능숙하게 거짓말을 하는 거야. 그것이 필요하단 말이야."

구두 밑창으로 회색 카펫이 깔린 바닥을 쿵, 쿵 찍으며 감정이 풍부한 민수의 고함소리가 내질러진다. 그의 고함소리는 주절주절 뱉어지는 잡음의 내용보다는 훨씬 부드럽고, 그래서 무리들의 짜증을 자극하지 않을 뿐만 아니라 그들이 우스개로 받아들이도록 만든다.

"가만, 가만. 정말 이럴 거야? 지금 무슨 소음을 쏟아놓고 있는 거야? 글 읽고 있어? 귓속말하고 있어? 무대는 넓고 객석은 더 넓어. 그런 아기똥만한 소리를 누가 알아듣겠어, 그런 정감없는 말에 어느 사내나 계집이 꼬여들겠어? 관객들이 보청기 달고 글 읽는 소리를 들으려고 연극 구경 온 줄 알아, 비싼 관람권 샀어. 감정을 좀 넣으라니깐. 가식을, 가성(假聲)을 붙이지 말구. 무슨 말인지 몰라? 공갈을 때리란 말이야. 이 세상의 모든 언어는 공갈이야. 현실을 현실답게 옮기려면 공갈을 쳐야 그럴 듯하게 보인다니까. 언어는 결국 공갈이 그 생명이야. 여기서도(손에 들고 있던 문고판 책을 흔든다) 방금 그 이야기를 하고 있잖아. 거짓말을 하라고. 인간은 결국 거짓말을 하는 동물이라고. 모든 언어, 그 언어 속의 모든 메타포어는 결국 거짓말이고 공갈이지 별게 아니라고. 어렵게 생각하지 말어. 맹한 눈의 얼간이들처럼. 그런 비유법, 메타포어를 사용하지 않고 곧이곧대로 말하고, 글을 써 봐, 무엇이 되나. 물론 원초적으로 도저히 그럴 수도 없지만, 만에 하나 그렇게 따분하게 쓸 수 있다 해도 그건 한심스럽기 이를 데 없고, 이미 말도 아니고 뭣도 아니야, 아무 의미도 없어. 무슨 말인지 알지? 끄나풀, 기분, 세파트, 사람, 거짓말, 인간, 동물(어휘들을 소리칠 때마다 그는 구두 밑창으로 바닥을 쿵, 쿵 일정하게 찍어 간다), 이런 단어들에 박자를 주고 악센트를 줘. 그러니까 제발 토씨 따위는 잊어 먹으란 말이야. 아니, 토씨 따위가 되려고 이 세상에 태어났어? 그래서, 기껏 깜냥대로 토씨나 주절대려고 무대에 설 작정이야? 한심천만이군. 토씨는 아무 의미도 없어. 토씨는 글자 그대로 숙주인 앞 단어에 붙어서 꾸물거리는 기생충이야. 그러니 없어도 돼. 그까짓 기생충 한두 마리가 없다고 말이 안 통할 줄 알아? 천만의 말씀이야. 그러니까 숙주만 강조하고 존중하란 말이야. 토씨 따위는 아예 빼먹어도 좋아. 그래야 대사 외우기도 쉬워지고, 대사 전달, 곧 공갈치기도 설득력이 생겨. 자, 자, 세파트 앞에서부터 다시. 공갈을 치는 거야."

민수는 조금씩 미쳐 가고 있었다. 점점 미쳐 가는 자신의 열병을 출연자 무리에게 전염시키고 있었는데, 그 전염 속도가 늦다고 안달을 내는 판이었다. 그는 때와 곳을 가리지 않고 자신의 열병을 온몸으로 옮기는 떠벌이였고, 전도사였고, 약장수였고, 세일즈맨이었다. 송 선생이 자신의 말솜씨에 스스로 도취되고, 서서히 자기최면에 빠져들면서 종내에는 제 말의 홍수에 빠져죽어도 좋다고 시위하는 사내라면, 민수는 수없이 흩뿌려지는 제 말을 멀뚱멀뚱 쳐다보다가 그 말들이 어떤 반향과 파문을 불러일으키는가까지 주시했다가는 싸늘한 웃음을 머금고 돌아서버리는 친구였다. 그런 멍청이, 헛똑똑이, 덜렁이, 수다꾼의 표정은 흔히 뛰어난 외국 만화가가 즐겨 다루는 소재이기도 하다.

아무려나 나까지 그 잡음과 열병의 전염지대에 무르춤하게 서 있을 필요는 없었다. 나는 출입구 옆의 문지기 방으로 들어갔다. 언제라도 영역동물인 고양이처럼 출입자의 내색을 찬찬히 훑어보는 매표석은 '별일 없지?'라며 나를 맞았다.

저런 말씨름이 어느 정도 본궤도에 오르면, 출연자들은 무대에 올라가서 저마다 제 말에 동작을 붙여 갈 것이다. 더불어 민수의 '공갈치기'는 점점 더 기세당당한 아우성으로 헐레벌떡거리며 어떤 정점을 향해 나아간다.

—야, 재훈아, 거기서 이리로 쑤욱 나오라니까. 나와서는 주춤거리지 말아. 관객들이 지금 너만 보고 있다 이거야. 동선에 절도를 주라마. 이쪽 전면으로 쑥 빠져나와. 쑥 나와서 곧게 서 있어, 다음 동작을

예비하면서 엉거주춤하지는 말고. 지금은 종이로 만든 인간 같애. 일본 제국주의 군인들과 흡사해. 무대는 획일적인 병영이 아니야. 다만 관객들에게 획일적인 충동을 주려고 하지.

—어이, 명희야. 왜 그렇게 뻣뻣해. 너도 마찬가지야. 종이로 만든 인형 같애. 강태, 쟤는 플라스틱으로 만든 로봇 같고. 공갈을 쳐 놓고 난 다음의 연계 동작을 자연스럽게 이어 가라 이거야. 자, 봐, 이렇게. 그런데 넌 어떻게 하는 줄 알아? 동작이 뚝, 뚝 부러져. 버석버석하는 소리가 들려, 종이처럼 어색하고 어설퍼, 관객이 속으로 웃는다고.

—걷기가 어려워요. 왜 그런지 모르겠어요.

—원래 걸음마가 어려워. 사람마다 걷는 폼이 다르잖아. 그런데 그 걷는 동작이 연기의 기본이야. 당연히 어려울 수밖에. 그걸 제대로 해치우는 연기자가 이 세상에는 하나도 없어. 걷는 법부터 배워야지, 만사가 다 그렇지만, 죄다. 일류 배우들 걸음걸이를 유심히 봐. 다르다고. 우선 제발 데이트할 때처럼 하느적거리지는 말어 봐, 정말 구역질 나. 걷는 데 절도와 힘을 주란 말이야. 군인들처럼 제식훈련 폼은 잡지 말고. 그러니 연애할 때처럼 말하지 말어. 그건 말도 아니고, 아무도 못 알아듣는 어리광이라고. 관객들이 어리광을 봐 주나, 어림없지. 비린내 난다고 도망가 버려. 연극은 너희들끼리의 밀어가 절대로 아냐. 자, 다시. 손, 팔, 다리를 건들거리지 말어, 엄숙해야 돼. 다시.

—또 손이 어려워요. 어디다 둬야 돼요? 정말 미치겠어요. 시선은 어디다 두고요?

—원래 그 손, 팔이 어렵다고. 신경 쓰지 말아 봐. 의식하지 말란 말이야. 그냥 내버려 두란 말이야. 무대에 섰지만 무대를 의식하지 말라

니까. 아직 연극에 몰입하지 못했다는 증거야. 손, 팔, 몸뚱이를 의식하지 말란 말이야. 공갈치기와 발 움직이는 것, 그러고나서 눈씨 주는 곳만 신경쓰란 말이야. 그 대본 일루 던져. 이제 필요없어. 대사는 아무래도 좋아. 자, 의지적인 여자가 다가간다. 재훈이는 이리로 피하고.

관람권이 얼굴을 들이미는 반달 모양의 구멍을(민수는 그걸 '돈구멍'이라고 부르고, 연극을 무대에 올려놓고는 "돈구멍 앞이 줄을 섰어, 파리를 날려?"라고 씨월거린다) 빤히 쳐다보다 나는 까맣게 잊고 있었던 일을 방금 찾아낸 사람처럼 허겁지겁 바지 뒷주머니를 뒤적였고, 봉투를 끄집어냈다. 봉투 속에는 '로봇 원격 조정 작업'으로 번 한 달치의 돈이 들어 있었다. '피와 땀을 흘려서 번 돈'이라기보다는 '골을 파서 번 돈'이었다. 나는 엄지와 검지 손가락 끝에 침을 퉤, 퉤 뱉어 수전증 환자의 손놀림으로 돈을 헤아리기 시작했다. 늘 그래왔던 것처럼 치사하다는 생각이 얼핏 들었고, 얼굴에 열기가 확확 끼얹어졌다.

돈을 헤아리고 있는 중에도 뻴줌히 열려진 문 틈 사이로 민수의 잡음이, 열병을 앓고 있는 환자의 헛소리가 마구 대갈통을 디밀었고, 나는 그 장발의 머리통이 내지르는 소리를 지폐 다발 헤아리듯이 속으로 새겨듣고 있었다.

"아니야, 아니야. 가만히 잘 생각해 보라구. 잠자는 숲속의 미녀가 아냐, 숲 속의 잠자는 미녀지. 번역이 잘못됐다는 뜻이 아니라 한국사람들은 흔히 이걸 혼동하고 있다 이거야. 지금 바야흐로 일막이지. 앞으로 네 막이 남았어. 그러니까 지금은 등장인물들의 성격만 조금씩 드러내고 있는 중이야. 잠자는 숲에는 신경 쓸 것 없다 이거야. 잠자는 미녀가 언제쯤 잠에서 조금씩조금씩 깨어날건지만 보여주면 되는 거야. 지금 테러리스트들이 하나둘 꿈틀거리고 있어. 기동하기 시작했다 이거야. 잠자는 숲이 아니지? 알지, 무슨 소린지? 자, 내가 죽이는 것은 그가 아냐, 나는 전제정치를 죽이는 거지부터 다시. 이제 잠자던 테러리스트들이 숲에서 뛰쳐 나올라는 거야. 인센티브가 막 주어졌어. 그러니 의지를 보여줘야지, 필연적으로. 물론 그 의지란 이막, 삼막에서 몇 번의 좌절을 겪다가 므참하게 성공하지만. 자, 어쨌든 타동사의 시점은 자동사의 시점으로 바뀌고 있어. 잠자다는 자동사지만 무대 위에서는 타동사야. 왜냐구? 의도된 거니까. 잠이야 깨게 마련이니까. 자, 이제부터 자동사의 상황이야. 자, 내가 죽이는 것은 그가 아냐부터 다시."

신들린 사람의 주문 같은 잡음이, 말도 되지 않는 그런 '공갈치기'가 출연자들에게 도대체 어떻게 받아들여지고 있는지 나로서는 도저히 짐작도 가지 않았다. 그러나 그들은 무슨 텔레파시를 주고 받는지 수굿수굿 말귀를 알아듣는 모양이었다. 불가사의한 일이었고, 이상스럽기 짝이 없는 풍경이었다.

오늘날은 어차피 잡음의 시대이다. 그것도 가장 가까운 거리에서 들려오는 잡음에 어쩔 수 없이 시달리며 살아갈 수밖에 없다. 잡음이 말이 아님은 더 말할 나위도 없고, 그런 터무니없는 말의 홍수 속이 곧 오늘의 삶의 현장이다. 그렇긴해도 그 잡음은 어떤 말보다 가장 현실감 있는 메시지이다. 그 메시지의 의사 전달력이 너무나 위력적이어서 기가 질렸는지 누구도 새겨듣지 않고, 갈을 하지 않고, 남발하는 그 말들은 죄다 잡음보다 못한 얼렁뚱땅 식의 잡소리들뿐이다. 그럼에도 불구하고 잡음은 지칠 줄 모르게 누구나의 귀바퀴에 매달린다. 대개의 사람들은 귀찮아서, 지쳐서, 신경질이 나서 그 의미 없는 잡음을 알아들은 체한다. 그런 의미에서라면 오늘날은 주관보다 그 대상의 중요성이 앞서는 어떤 타의(他意)의 시대일지도 모른다.

이래저래 나는 울고 싶은 심정이었다. 말의 조리정연한 힘을 구사하는 기능인인 주제에 말을 믿지 않고, 말의 애매성 나아가서 무의미성을 전적으로 인정하고, 말의 홍수를 역겨워하다니.

왜 이럴까? 방금 내가 헤아린 돈은 얼마였나? 지금 내가 무슨 소리를 듣고 있나? 왜 이렇게 멍청한가? 또 우울증이, 소심증이 엄습한 것인가? 월말이니까 바이오리듬이 하향곡선을 그려 가고 있는 중인가? 바이오리듬이란 결국 무엇인가? 그것은 남자에게도 월경 주기가 있다는 역설(逆說)이고 가설(假說)이 아닐까? 그 주기가 엄살을 부리면서 우울증으로, 좀더 구체적으로는 갑갑증과 염세증과 무력증으로 나타나고 있는 것이 아닌가? 도대체 나의 이 끊임없는 우울증의 원인(遠因)과 근인은 무엇인가? 이 우울증을 잘게 쪼개서 그 정체를 밝혀보면? 그 진원지를 모르는데 어떻게? 햄릿처럼 우주적이고, 우주적인 만큼 피상적인 번뇌도 막상 없는데 가슴이 왜 이처럼 답답한가? 이 진땀과 무력감과 얼굴부터 달아오르는 열기는 무엇 때문인가? 왜 이 세상은 내게 유독 어른스럽지 못하고, 나는 왜 이 세상에 대해 다소곳하지도 너그럽지도 못한가? 내가 이 세상의 잡음 같은 한낱 장식품이기 때문일까?

민수가 매표석의 여닫이문을 벌컥 열고 들어섰다. 그는 곧장 세파트 흉내를 내며 콧구멍으로 킁, 킁, 킁 냄새 맡는 소리를 냈다. 그는 이미 오래 전부터 나의 돈줄은 물론이거니와 그 보수를 받는 날짜까지도 익히 꿰차고 있는 반려동물 같은 육감을 지니고 있다.

"어째 돈 냄새가 현저합니다. 킁, 킁, 킁. 요즘 내 코가 돈 냄새에는 무척 예민해졌어요. 씩씩한 속물이면서 동시에 빌어처먹는 기성세대가 되어 가고 있는 확실한 징조잖아요. 어쨌든 후각이 살아 있는 것만도 다행이라는 심정이고요. 시계(視界)는 점점 몽롱해지고, 청각은 말 같잖은 소리만 주워 담는데도 급급하지만요."

나는 책상 위에 올려놓은 랜드로버 형 구둣발을 쉴새없이 까딱거리며 심드렁하게 받았다. 아마도 정신병자의 엉뚱한 대답이 그런 것일 터였다.

"돈만 가지고 있으면 왜 이렇게 불안한가? 이걸 어떻게 설명할 수 있을까? 대다수의 사람들은 돈이 생기면 행복하고, 바빠지고, 할 일이 갑작스럽게 많아진다는 데 나는 정확히 그 반대야. 슬퍼지고, 할 일이 없고, 불안해지고, 울고 싶고, 고아 같은 생각에 안절부절못하겠어."

"또 정기적인 우울증이 덮치셨군. 이해할 수 있어요. 이렇게 설명할 수 있을 거야. 그런 증세는 말이야, 좀 공갈을 치면, 소비문화의 최첨병이 되기 싫다는 가장 소극적인 반발이 생리화된 사람들에게 흔히 나타나는 증후군이야. 세상 기피증이 맞을걸. 이미 그런 선례가 많이 있어, 우리 조상들에게. 진주 자린고비도 비근한 예겠고, 근검절약을 무슨 대단한 이데올로기나 되는 양 신주단지처럼 모시고 살아낸 최근세사의 대다수 식자(識者)들이 맨날천날, 아니 주기적으로 잔걱정에 우국충정에 앙앙불락이었지. 요컨대 그들은 확대재생산, 몸을 내던지는 투쟁 대열에는 거리를 두면서 혼자 제 체증을 쓰다듬고 살아낸 거야. 고질의 큰병이고, 몹쓸 전통이지. 그러니 마음껏 낭비를 해 버려야 해. 그러면 그 증세가 일시적으로 치유되지. 내가 다소 도와 줄 수 있어. 그 비감, 그 앙앙불락을 내가 다소라도 풀어 줄 수 있다 이 말씀이야. 함께 유흥비로 탕진해 보면 어떨까? 당연히 자아를 상실하기 싫다고 반발하시겠지, 우리네 양반들처럼. 할 수 없지 머, 그것도 전통이니까. 만사는 유전인자 탓이고 환경의 시혜 덕이지. 풍토성인데, 더 혹독한 우울증에 시달려 보든지."

순식간에 고리타분한 옛날 선비가 되고 만 내가 힘없이 말했다.

"할 일이 너무 많아서 할 일이 없다면 말이 될까?"

민수가 내 발치께의 책상 위에 청바지 엉덩이를 올려놓으며 나와 시선을 맞추려고 눈알을 이리저리 내둘렀다. 예정대로 검지 손가락을 제 눈앞에서 흔들며 응수했다.

"형, 이게 몇 개로 보여?"

나는 탈진한 사람처럼 아무렇게나 중얼거렸다.

"걱정이 너무 많아서 걱정할 게 없다는 말도 말이 되지?"

"당연한 패러독스 아닌가?"

"이 세상이 어지럽고, 나와 이 세상과의 관계가 헝클어진 실뭉치 같다는 걸 알고 있으니까 나는 정상인이고 속물이지? 속물이 되기도 이렇게 어렵나?"

"말이 안 되면 어떻고, 정상인이 아니면 어때? 왜 그런 게 문제가 되지? 형, 병원에 갈까? 술집에 갈까?"

“병원? 인화, 걔는 왜 또 오늘 연습에 빠졌지? 걔는 매사에 연습이 부족해. 바로 실습을 하려든단 말이야, 연습은 기피하고. 완벽주의자가 내 주위에 이렇게 귀한가? 완벽한 상태, 무균(無菌) 상태에서 사나흘만 살아 봤으면 좋겠어. 완벽주의자와 함께.”

“못 살 걸. 가만. 인화, 무균 상태? 이건 또 무슨 연극대사지? 큼, 큼, 큼. 이건 분명히 무슨 냄새가 나는 대사야. 갈등 구조의 핵심이야, 분석해 봐야겠어.”

민수는 즉각 멍청한 내 시선 앞에 땀구멍이 많은 콧잔등과 뺨을 들이밀었다가 어깻죽지로, 등줄기로, 나중에는 사타구니께로 코를 쑤셔 박으며 냄새 맡는 시늉을 했다. 그러거나 말거나 나는 천성의 소심증, 잔걱정, 내 주변의 어지러운 인간 관계와 일 따위에 대한 노파심을 슬슬 엮어 갔다. 묘한 자기 정리벽이랄 수 있겠는데, 그게 성가실 정도로 나의 우울증을 부추기고 있는 것도 사실이었다.

“공연 허가는(문고판에 수록된 희곡을 복사해서 대본 심사에 밀어 넣었다고 송 선생은 며칠 전에 전화로 알려왔다) 나오는가? 문예진흥기금도(관람료에는 문예진흥기금이 포함되어 있다) 적기(適期)에 납부했지, 대명(代名)을 해준 적도 없지, 부실(不實)공연을 한 적도 없어. 그런데 이런 조건들과 공연 허가는 무관하다는 게 이상해, 그렇잖아? 광고도 구두나 화장품, 책 따위만, 그러니 돈 받은 것만 실었으니 준법정신이 너무나 양호했는데 말이야. 법을 잘 지키는 사람을 못 살게 구는 게 요즘 세상인가봐, 그렇잖아? 법을 무시하는 놈들은 다 떵떵거리고 으스대고 거들먹거려. 도대체 뭐가 뭔지 알아먹을 수가 없어. 우리 서민들만큼 법을 잘 지키는 국민이 어디 있어? 위정자들이 하나같이 죄다 법을 어겼지… 개판이지 머, 한마디로. 개판에서 살려니 이렇게 불안한가봐. 내 우울증도 그런 맥락일 거야. 따분한 식자들의 우환이 아니라."

민수가 천성의 탁월한 억지를, 그 터무니없는 잡음을 쏟아내기 시작했다. 이제 그의 잡음은 내게 자동차의 소음만큼이나 귀에 익은 것이었다.

"문예진흥기금이야 우리가 일부 떼먹었지. 고의적인 계산 착오로. 복식부기장부도 없는 영리단체에, 아니, 시그날이 영리단체이기나 한가 머. 아무튼 현금출납부 하나 없는 단체가 계산 착오로 문예진흥기금을 미리 문예진흥을 위해 유용하게 썼다고 해서 그게 탈세 혐의라도 된단 말이야? 막돼 먹은 수작이지. 또 그거야 대본 심사와는 엄연히 주무 부서가 다르잖아. 관람료에 붙은 문예진흥기금의 납부 여부는 일단 세무서 관할일걸. 또 머 대명? 어느 미친놈이 시그날을 빌려가겠어. 이 말로 만든 집은 법으로, 주먹으로도 훔쳐갈 수가 없을걸. 광고물 순화? 웃기고 자빠졌네, 행정 지시라는 게 원래 그런 거 아냐. 겉만 번지르르하니, 좋은 말로만 적당히, 피상적인 용어로만 너불너불하니. 팜플렛에 등장인물 허벅지가 좀 보였기로서니, 그러면 구두 선전에 허벅지는 왜 등장하고, 화장품 선전에 젖통은 왜 불거져? 대기업체라고 선전물도 봐 준다는 거야 머야. 하기사 잘 봐 줘야 될 테지, 정기적으로 뇌물을 코가 삐뚤어지게 받아먹었을 테니까. 아무튼 그런 거야 우리 소관도 아니고, 내가 알 게 머야. 한마디로 말이 안 되지. 미니스커트 입은 처녀들을 풍기 위반으로 다 잡아넣지 왜? 그 뜨르르한 행정력으로 말이야. 괜찮아, 괜찮아. 형, 형은 공연히 자격지심을 일부러 일구고 개발하는데 일가견이 있어, 그렇지, 내 말이 맞잖아. 노파심을 풀어. 그런 행정 지시는 공갈이야, 공갈 몰라? 공갈은 듣는 사람의 배포에 따라서 아무런 의미도 없는 지시일 수가 있다는 걸 잘 아시면서. 훈련소에 처음으로 들어갔을 때 기간 사병들이나 훈련 조교들의 그 효과적인 공갈을 생각해 봐. 그 위력이 얼마나 막강했어. 벌벌 떨고, 오금을 제대로 못 폈잖아. 훈련병들이 맹꽁이에다 새로운 세계에 대해 두려움으로 덤비니까 그걸 역이용하는 거 아냐. 마찬가지야, 순전히 공갈이야. 오늘날까지 우리 조정(朝廷)에서 나온 모든 언어는 공갈이고, 임시방편이고, 시의 적절한 얼렁뚱땅이었어. 염려 마, 우리는 공갈에 넘어갈 나이도 아니고, 그런 단체가 아냐. 말로 지은 단체니까 웬만한 말, 공갈은 흔적도 없이 희석시켜 버리는 뛰어난 자생적 능력이 있어. 요컨대 공연 허가는 나올 거야."

"제정 러시아의 테러리스트 이야긴데도? 공갈 이상의 지시가 떨어질걸. 폭탄 소리도 나오는데?"

"그러니까 나온다는 거야. 러시아가 우리와 무슨 상관이야? 누누이 말하지만 테러리스트라는 신분은 돈의 위력과 소총의 대량 보급으로 멸종되고만 직업이야. 산파처럼 간신히 명맥이라도 이어가는 직업도 아니란 말이야. 물론 중동 아시아 일부 국가에 남아 있지만 그거야 개네들이 알아서 멸종시켜가야 할 테고, 아무튼 우리나라에서도 테러리스트는 오래 전에 멸종됐어. 다행인지 불행인지 모르지만, 이건 엄연한 역사적 사실이란 말이야."

"그걸 누가 아냐고? 너나 알지. 나처럼 우울증, 편파적 의심증, 노파심이 죽 끓듯하는 사람들이 관계 부처에 똥폼을 잡고 앉아 있는데."

"쯧, 쯧, 쯧. 애석한지고. 테러리스트들을 돈 밝히는 갱 단원들이 총질 난사로 내몰아 버린 걸 누가 몰라, 다 알아. 형조차도 그걸 몰라? 미국 갱영화를 그렇게 수없이 보아 오면서도?"

"권총의 신속한 보급으로 미국의 민주주의가 제대로, 일찌감치 정착된 것은 대충 어림짐작하고 있지. 콩알이 뚫고 지나간 자리에서는 피가 콸콸 쏟아지는 건 만고의 진리니까. 그 진리 앞에서는 누구나 평등하지. 법을 안 지키고 삐딱하게 굴면 콩알을 현장에서 먹여 버린단 말이야, 누구나 누구에게. 아니다, 아무나 요인에게. 요컨대 콩알이 미국식 민주주의의 성립 요건이자 담보물이야. 위대한 국가고 간단명료하면서도 그 효능이 탁월한 제도지. 아무튼 우리는 평등하지도 못하고, 그런 담보물이 없어서 나 같은 얼치기는 할 일이 없어. 대본 심사라는 제도를 총알로 가지고 있는 사람들은 허구한 날 바쁘고. 광고를 얻으러 나가지도 못하겠고, 대본, 팜플렛, 관람권도 인쇄할 엄두가 안 나. 다 차일피일해야 할 것들이야."

"공연 장소도?"

"그럼, 그것도 차일피일해야지. 그게 순서잖아. 우리의 위대한 전통과 일의 선후책은 오로지 차일피일이야, 그렇잖아? 만사가 관(官)에서 해라고 해야지 우리 민(民)이야 언제 우리 몸, 우리 마음을 우리 멋대로 할 수가 있었나? 그래서 불안한 거야. 돈이 있어도 쓸 수가 없어."

"시그날의 밀린 빚이나 갚지?"

"글쎄, 그것도 우리 멋대로 할 수가 없잖아. 차일피일해야지 머. 그것도 공연 허가가 나온 다음 순서잖아. 밀린 빚은 계속 일을 주고받기 위한 담보물인데? 빚을 갚아 버리고 공연 허가가 안 나와 봐, 그건 빚

잔치 아냐? 시그날이 그렇다고 해체되었거나 파산 선고를 낼 입장은 아니잖아? 너 말대로 말로 만든 집이니까 해체도 불가능하지만. 말로 쌓아올린 집을 순서에 맞게 뜯어낼 수도 없잖아."

"그럴 듯한데. 그럼, 지금 나의 공갈치기 연습도 말짱 헛것일 수가 있군 그래, 맞을까?"

어리둥절해 있는 민수의 표정에 나는 엄숙한 단언을 끼얹었다.

"헛것이라기보다도 도로(徒勞)가 될 여지도 없지 않아. 그래서 내가 지금 불안하고, 할 일이 없고, 할 말이 없는 거야. 그래도 무슨 말인지 몰라?" 나는 잠시 사이를 두었다가, 축 처진 몰골의 민수를 찬찬히 훑어보면서 화제를 바꾸었다. "설마 세종문화회관을 빌려달란 소리는 안 하겠지?"

민수는 곧장 기세등등해졌다.

"왜? 코앞이라고? 코앞에서 테러리스트 이야기라고? 유신시대가 제정시대와 비슷하다고? 이십 세기 초엽의 러시아가 이십 세기 말엽의 우리와 너무나 흡사하다고? 여기저기서 불평, 불만, 상대적인 불만족감이 팥죽처럼 끓고 있다고?"

이번에는 내가 민수의 말투를 흉내냈다.

"그러니까."

민수는 순식간에 얼굴을 활짝 폈고, 즉각 피에로가 되었다.

"맞아, 맞아. 우리가 할 일이 없고, 할 말이 없다는 말이 맞아."

내가 그의 활짝 편 얼굴에 윤기까지 나도록 도란 화장품을 듬뿍 찍어 발랐다.

"그래서 하는 말인데, 지금 우리가 할 일을 하나 만들까? 내 골 판

돈으로. 나는 돈이 있으면 불안해지는 놈이잖아."

민수는 내 진의를 곧장 알아들었다.

"좋지, 지금 당장."

"무언가 할 일을 찾아야겠어. 할 일이 없으니 불안해. 차제에 내 신변을 좀 정리해야겠어."

"형은 또 머가 자꾸 정리, 정리야. 그냥저냥 사는 거고 뭉그적거리는 놈이 이기고 오래 산다는 게 송선배(민수는 송 선생을 깍듯이 송선배라고 격하해서 불렀다) 지론인데. 나는 그 지론의 절대적, 주체적 신봉자야."

"그래도 자꾸 정리를 해야지 어째. 요즘 내 신변이 온통 뒤죽박죽이야. 가장 최근의 일로는 뭉그적거리는 사람이 이긴다는 여자가 내 주위에서 새침하니 사라져 버렸고, 공갈치기라는 요상스러운 협잡질을 실천에 옮기고 있는 어느 놈이 지 양새끼를 낳는 걸 보니 내 삶의 이데올로기가 갈팡질팡이 되고 말았어."

"내 양새끼가 지독한 쇼크를 먹인 모양이네."

"쇼크가 아니고 혼란을 가중시켰어. 곧은 직선 위를 질주하는 삶이 타당하고, 지극히 정당하다고 생각하고 있었는데 그런 삶이 교과서적이고, 교과서적인 삶은 우리 시대에 없는 것이 아닐까 하고 생각하게 됐어. 그러니 온통 뒤죽박죽 갈팡질팡이 되고 말았어. 내 골 판 돈을, 그것도 막강한 자리에 있는 친구들이 일부를 떼먹고 난 나머지를 받고 보니 그런 교과서적인 삶을 확 구겨 버리고 싶어졌어. 또 다소나마 어수선한 내 신변이 정리된 기분도 들고. 그러니 나머지 돈도 확 정리를 해야 할까봐."

"형, 알았어. 중형(민수는 때때로 나를 중형, 송 선배를 백씨라고 불렀다), 기중이형, 알았아, 우리 중형은 골판 돈을 받을 때마다 우울해져. 우리 백씨는 돈이 생기면 유쾌해지는데 말이야. 아무튼 우리 중형의 우울증은 상습적이야. 상습적인 건 모두 범죄야. 상습적인 건 세속적인 것이고, 세속적인 건 비예술적인 것이야. 그러니 형의 직선 같은 삶은 좀 꾸불꾸불해져야 할 필요가 있어. 뒤죽박죽으로 살아가라 이거야. 글은, 방송국 원고는 끊임 없이 새로운 걸 보여줘야 되잖아? 그런데 방송국에서는 적당히, 세속적인 것만 우물딱주물딱 써 달라는 거 아냐? 그러니 말이 안 되지. 맨날천날 골을 파야 되지. 그 골 판 참담함을 모르고 그놈들은 적당히, 세속적이고 상습적인 걸 썼으니 저네 부원들의 회식비로 얼마를 떼먹겠다는 거고, 형은 그게 분하고, 비상식적인 걸 못 쓰게 되어 있는데도 비상식적인 걸 안 쓰려고 골을 파다가 결국 상식적인 것만 쓰고, 요컨대 악순환의 되풀이지. 그래서 지금 지쳐 있고, 우울해진거야. 말하자면 햄릿의 번민과는 차원이 다른 고민에 쩔쩔매고 있단 말이야. 형이 우습다는 게 아니고, 시대가 꾸불꾸불하게 살도록 강요하고, 직선 같은 삶을 용납 못한다고 매일 여러 장면으로 보여주고 있는데도 형은 그걸 못 본 체하고 있어."

민수의 잡음이 그런대로 제법 꾸불꾸불해서 나의 상습적인 우울증도 그럭저럭 제법 느슨하게 풀어져 있었다. 잡음이란 그런 의미에서 꽤나 위력적이었고, 오늘날에는 필요악이라기보다는 자동차 소음만큼이나 당연한 것인지도 몰랐다.

도시의 자동차 소음이 원래 그렇듯이 잡음은 끝이 없었다. 내 귀는 거의 무방비상태로 그 잡음을 무조건 받아들여야 했다.

“중형, 거북이가 왜 이삼백 년씩 사는 줄 알아? 웬만한 외부의 쇼크, 혼란에는 꿈쩍도 안 해. 중국사람들 문자 그대로 처변불경이야. 눈만 껌벅거려. 그것도 마지못해 그러는 것처럼 눈꺼풀만 간신히 꿈뻑거리고 꿈쩍도 안해. 송 선배 말을 곧이곧대로 옮기면 대체로 뭉그적거리고만 있지. 그게 다야. 그게 이기는 길이고, 살아내는 완벽한 지고(至高)의 절대선이야. 그래서 거북이가 영물이야. 우리 인간이 배워야지. 원고료, 개런티 떼먹는 게 무슨 부정부패고, 혼란이고, 쇼크야. 꾸불꾸불한 한 단면이지. 그러니 우리도 그냥 눈만 꿈뻑거리고 있자 이거야. 그리고 비예술적인 것, 세속적인 것, 상투적인 것만 휘갈겨 써 줘, 요구대로 상식적인 것을.”

“점점 살이 쪄 가는 내 우울증만 뚱보로 만들려는 수작이네. 내 우울증은 지금 그런 차원을 넘어 있어. 그 따위 거야 대수야. 내가 햄릿은 아니지만 내 마음을 알아주는 사람이 이렇게 없어? 정말 답답천만이네. 그러나 마나 거북이를 닮아라 이거지? 꿈쩍도 하지 말고 고민도 하지 말고. 그러면 이긴다 이거지? 그러면 굼벵이처럼 몇 년씩 땅속에 고개를 처박고 살아남는다 이거지?”

“그럼, 그렇고말고. 그러면 온몸에, 전 신경에 딱딱한 딱지가 앉아, 거북이처럼. 그러면 도사가 되는 거지. 거북이란 놈은 이제 도사가 다 되었으니까 배고픔 같은 생리적인 욕구에도 오래전부터 둔감해져 버렸어. 배고픔까지도 잘 참는다 이거야, 그러니 오래 살아남아. 얼마나 위대한 영물이야. 그쯤 되면 부처님이고 만사형통이야. 앞으로 이 반도 국가의 반쪽에서 살아내려면 그쯤은 돼야할 걸? 그 무신경, 그 무감동, 그 무감각, 그 인내를 몽땅 배워야지. 호들갑이란 낱말은 눈만 간신히 꿈뻑거리고 있는 거북이 앞에서는 정말 무력해지고 무의미해진다고. 그런 의미에서 거북이처럼 눈만 꿈뻑거리며 눈길, 눈씨를 지그시 맞추는 작업이 지금 우리가 할 일이야."

"그래야겠군. 호들갑을 떨지 말고, 물단 홀짝이면서, 짐승이 되어야겠네."

"그럼. 우울증, 소심증, 자기부정도 호들갑의 가장 대표적이고 상습적인 증후군이지."

민수는 신바람이 나서 문지기석을 잽싸게 빠져나갔다. 앞장서서 춘추각으로 달려가 나의 상습적인 자기기만, 자기소외에 카운슬러 역할을 자청할 채비였다. 말할 필요도 없겠지만, 진짜 중국사람이 꾸려 가는 춘추각의 소주가 민수의 잡음보다 훨씬 더 성실한 카운슬러 노릇을 감당할 텐데, 계단을 탕, 탕, 탕 구르며 뛰어내려가는 민수의 경쾌한 발소리가 나의 자질구레한 자기응시를 큰 묶음으로 얽어매는 듯했다. 큰 묶음이란 두 개의 근심거리라 할 수 있겠는데, 하나는 어떻게 하면 '시그날'의 정기공연을 무사히 치를 수 있을까 하는 지레 걱정이었고, 다른 하나는 양이와 인화가 내 앞에 나타나지 않는 데 따른 온갖 조바심이었다. 아무래도 조급증, 우울증, 소심증 따위가 무시로 덮치는 걸 보면 나는 거북이 같은 영물은 될 수 없는, 영영 꾸물거려야 하는 구더기에 불과한 모양이었다.

2-10

우리는 한동안 말에 지친 사람들이었다. 그래서 말을 먼저 건네는 쪽이 내기에 지는 사람들처럼 서로 눈만 멀뚱멀뚱 맞추고 있었다. 방금 움막 같은 문지기석 안에서 말을 마구 흩뿌리고 온 탓도 있었을 것이다. 또한 조만간 밀어닥칠 '시그날 단원'들과('단원'이라고 공식적으로 소속감을 심어 준 적은 없었지만, 그들은 '시그날' 단원들이었고, 출연진들이었고, 진행을 맡기도 하는 스테프진들이었다) 나눌 다변에 미리 역정을 내고 있어서 그랬을 테지만. 그거야 어쨌든 우리 사이에 흐르는 침묵이 내게는 소중했다. 나의 우울증을 걷어차 버리고 내가 해야 할 일을 간추려 보아야 한다는 강박관념과 씩씩거리려니 그 침묵은 극적인 긴장감까지 몰고 오는 것만 같아서 나는 즐거웠고, 머릿속이 바쁘게 일을 하고 있어서 그 침묵의 시간을 얼마간이라도, 가능하다면 영원히 이어가고 싶었다.

내 앞에 웅크리고 있는 이 짐승 같은 인간을 내가 얼마나 이해한다고 할 수 있을까? 주름 많은 코끼리의 살갗처럼 때 이르게 두껍고 늙은 피부를 가진 이 사내는 정상인이기나 한가? 낯가죽, 곧 피부가 두꺼운 사람은 콧수염마저도 솔처럼 거칠고 뻣뻣하고, 모공이 눈에 보일 정도로 굵은가? 그러니 그는 정상인이라 할 수 있는가?

지금 그는 뚱하게 부어 있고, 넋을 놓고 있다. 아니다. 탕수육인가 뭔가를 게걸스럽게 집어먹고 있는 걸 보면 그는 누구에겐가 터뜨리고 싶은 분노와 슬픔을 간신히 잠재워 두고 있다. 저 왕성한 식욕은 어떤 숨어 있는 욕망의 우회적인 현시가 아니고 무엇인가. 그 숨어 있는 욕망은 성욕인가, 물욕인가, 명예욕인가? 성욕? 계숙이의 출산 때문에 몇 달째 성욕을 우물쭈물 어떻게 해소하고 있는가. 물욕? 오늘날 돈이 다다익선인 것만은 누구나 잘 알고 있다. 다만 그게 너무 위력적이어서 진절머리를 내고 있을 뿐이다. 명예욕? 그는 연극 연출가로 이름을 남길 생각은 추호도 없다고 누누이 강조한다. 신문, 잡지, 방송에 이름과 얼굴을 팔고, 들이미는 치들을 그는 가장 저질의 인간 쓰레기로 치부하고 있다. 그런 치들을 그는 껌이라고 부른다. 매스컴에서 단물을 빨아먹고는 곧장 뱉어버리고, 구둣발로 짓뭉개 버리는 껌 말이다. 무식하게도 그런 껌들은 제 운명을 모르고, 대중들은 식탐꾼처럼 매시간마다 새로운 껌을 찾고, 아귀아귀 씹어댄다.

나는 그의 다변 속으로 쉽게 들어갔다가 곧장 빠져나온다. 그의 비상투적인 세계관, 예컨대 반체제적인 성향이 농후한 직언, 위선으로 포장된 기성 도덕관에 대한 역설적인 비방, 반문화적인 풍토에 대한 일방적인 매도 따위에는 귀가 솔깃해지다가도 그만의 속된 표현, 반성 없는 넋두리, 비아냥거림으로만 시종일관하는 체념주의 냄새가 우리 세대만의 '또다른 질서'가 되고 있다는 막막함에 사로잡혀 있기도 하다. 대체로 말해서 그는 '불안한 균형감각'을 억지로 유지하고 있는 우리 세대의 전형적인 한 인물임에는 틀림없다.

목욕탕에서 서로의 등짝을 밀어 주고, 서로의 특징 없는 생식기를 힐끔힐끔 쳐다보고, 서로의 몸무게를 눈여겨보고 난 후 작취미성의 상태에서 서서히 깨어날 때 우리는 서로를 속속들이 알고 있다고 생각했다. 그러나 그것은 피상적인 앎이었다.

그는 휴전선 경계병이었다. 낮에 네 시간, 밤에 네 시간만 근무하고는 밤낮을 가리지 않고 잠만 자는 삼 년 동안의 사병 생활을 무사히 끝마쳤다. 그는 야간 근무 때 철조망 너머의 시커먼 산천경개를 바라보면서 자신이 기억할 수 있는 모든 사람들의 이름을 더듬어 갔다. 그와 하룻밤 내내 살을 섞고 비빈 숭인동의 어느 창녀 이름에서부터(물론 가명이었을 테지만) 미국의 역대 대통령 이름까지, 한국 영화배우 이름에서부터 조연급 외국 영화배우 이름까지, 초등학교 때의 짝궁 이름에서부터 대학 재학 중일 때의 아슴아슴한 급우들 이름까지, 세익스피어에서부터 노먼 메일러까지의 모든 글쟁이들 이름까지, 일가친지와 국회의원 입후보자와 내무반 식구들의 이름까지 그는 사흘에 걸쳐 무려 이천 개쯤 떠올릴 수 있었다. 무서리가 내리고 뿌연 아침 햇살이 지척을 분간할 수 없이 덮인 안개를 거둬 갈 때, 그 희미한 산하에서 피어오르던 저쪽 군인들의 밥짓는 연기를 바라보면서 시장기를 달랠 때, 아직 응달에는 눈이 녹지 않았는데도 파릇파릇한 움이 산자락을 온통 초록색 세상으로 바꿔 갈 때, 그는 하루에도 두 번씩은 꼭 탈영할 생각을 쓰다듬던 사내였다.

그가 '시그날'의 정기공연물의 연출을 처음으로 맡고 그 쫑파티를 했을 때, 우리는 영등포 역전의 사창가에서 창녀와 동침했다. 길쭉한 형광등 한 개를 두 방이 반반씩 나누어 쓰고 있었다. 취기 때문에 무감각해진 발기가 쉽게 죽지 않아서 그는 밤새도록 한 여자를 지분거렸고, 칸막이 이쪽의 나는 내 의식과 성기가 누런 분비물 속에서 시들어 가고 있음을 똑똑히 의식하고 있었다. 목욕탕에서 그는 주인집에 전화를 걸어 계숙이를 찾았다.

"여기가 어딘지 모르겠어. 완전히 박살났어. 밥 좀 해줄 수 있어? 중이 형하고 같이 갈께" 어쩌구 지껄여대는 거짓말 전화질을 듣고서야 나는 그를 이해할 수 있겠다고 생각했다. 우리는 느지막이 출근길에 오르는 주인집 남자의 뒷모습을 우두커니 쳐다보다가 쪽문을 밀고 들어갔다. 콩나물이 익는 비릿한 냄새가 확 풍겼다. 계숙이의 얼굴에는 억지 웃음이 실룩거리고 있었으나 뒤통수께에는 성이 잔뜩 올라붙어 있었다.

—어이, 숙이, 소금 좀 줘. 그거 좀 볶아 놨어? 그게 술 깨는 데는 최고야. 형, 이리 와 봐. 저것 봐. 저 굵고 시커먼 소금을 저렇게 프라이팬에다 놀면놀면하도록 볶아. 저걸 입 속에 털어 넣고 물로 가셔, 가르륵, 가르륵거리며 목구멍과 입 속을 가신다 말이야. 숙련된 전문가들은 목울대 속까지 깊숙이 집어넣었다가 토해 놓을 수도 있대. 그러면 술병이 발을 못 붙인다 이거야. 형도 한번 해봐. 머리가 맑아지고 입안이 개운해. 돈 안 드는 보약이야. 저 시커먼 소금이야 동전으로도 얼마든지 살 수 있잖아.

가르륵, 가르륵. 욱, 욱. 소금물, 소금물.

굵은 소름을 노랗게 볶아 입속과 목울대를 가신다. 개수물통에다 머리를 처박고 노란 소금물인지 위액인지 모를 멀건 거품을 연신 토악질해낸다.

그 광경을 방 안에 앉아서 멀건히 바라보며 나는 비로소 민수를 완전히 알게 되었다고 생각했다. 그게 그의 꾸밈없는 모습이었고, 그의 생명력이었고, 그의 일목요연한 진짜 일상생활이었다. 말하자면 신문조차도 받아 보지 않는 삭월세방에서의 동거생활, 그곳에서 잡초 같고, 개숫물 같이 끈질기고 칙칙하게 살아가는 모습이 민수의 본성이자 진면목 자체였다. 이제 그에게는, 그의 삶에는 그 잡초가 없어져가고 있다. 양새끼를 얻었으니까.

마찬가지다. 나는 이제서야 인화를 이해할 수 있다. 굵은 소금을 볶아 입안을 행궈쌓던 어느 사내의 모습과 아침밥을 지어 주던 어느 탤런트의 모습은 분명히 통하는 구석이 있다. 그녀는 아직도 서울 근교의 농부의 딸이다. 그러므로 제 집에서 자고 가는 사람에게 밥 한 그릇을 먹여야만 직성이 풀리는 여자다. 여러 사람 앞에서의 거짓 웃음, 가식의 호들갑, 의도적인 새침함은 그녀의 현재의 삶을 꾸려가기 위한 수단일 뿐이다. 물론 가짜의 삶이고 개숫물 같은 삶이지만, 그런 만큼 잡초처럼 끈질긴 삶이다. 텔레비전 화면 속의 그녀의 쌀쌀맞은 미모는 허상이다. 그 허상에 무식한 대중들은 혼이 빠져 있다. 그녀가 허벅지를 드러내는 모습이 언제쯤 무대에 나타나는지에만 온 신경을 곤두세우고 관객들은 '시그날'로 벌떼처럼 몰려왔다. 그러나 그녀의 본심과 실상은 남자에게 아침밥을 해먹이는 화장기 없는 모습에서만 찾을 수 있다.

그 전까지 내가 그녀에 대해 품고 있었던 막연한 경원감, 탤런트라는 직업에 대한 상투적인 멸시벽이 이제는 서서히 엷어져가고 있다. 그래서 나는 지금 당황하고 있다. 한 인간에 대한 이해가 달라지고 좀 확실해질수록 그 수습으로 어리둥절해지는지 어떤지. 그 새로운 자각이 작은 위안을 주는 것 같다. 흡사 에스키스와는 전혀 다른 모습의 대작(大作)이 조금씩 그 윤곽을 드러낼 때 화가가 느끼는 당황과 희열처럼. 요컨대 희미한 실루엣을 벗겨가면서 정확한 실상을 드러내는 화면을 보고 있으면 누구나 신뢰감과 안도감을 느끼게 마련이다. 인화는 이제 적어도 내게 실루엣이나 그림자 같지는 않다. 다행이라면 다행이고, 내 눈이 훨씬 밝아진 기분이다.

나는 몸도 마음도 탈진한 상태로 흐느적흐느적 걸음을 떼 놓고 있었다. 몸은 무거웠지만 머릿속은 맑았다. 한 인간을 어느 정도까지는 이해했다는 충일감을 느끼고 있었기 때문일 것이다. 문득 김수영(金洙暎)의 어떤 수필 중에서 한 대목이 떠올랐다. 시인(詩人)은 그의 아내가 떨어뜨리고 간 방바닥 위의 머리카락을 줍고, 한사코 방문을 뻬쯤하게 열어 놓고 출입하는 아내의 버릇을 머러카고 욕한다. 소탈한 성격일 뿐이지 흉이랄 것도 없는 아내의 그런 버릇을 시인은 조용한 육성으로, 그러나 그의 시만큼이나 노골적으로, 격렬한 어조로 비난하는 대목을 읽고 나서 나는 김수영의 시세계를 깡그리 이해할 수 있다고 생각했다. 서정적인 자아의 넋두리만을 줄기차게 읊조린 우리네의 저 완강한 시문법(詩文法)을 송두리째 깔아뭉개고, 자아와 그 자아를 둘러싸고 있는 시궁창 같은 세계의 실상을 정직하게 까발려 버린 그의 시세계를 한몫에, 그것도 철저하게 이해할 수 있겠다는 느낌은 그런대로 신선했다. 마찬가지로 나는 인화를, 그녀의 실상을, 그녀의 허구 같은 삶을 '밥 한 끼로' 완전히 알아버린 것 같았다. 그녀의 솔직한 알몸을 훤히 들여다본 이상 그녀의 처녀성이 시궁창 속 같다고 할지라도, 또 그녀가 매일 밤 비싼 돈을 받으면서 소위 얼굴 팔기에 몸을 맡겨도 나만은 이해할 수 있을 뿐만 아니라 그녀의 몸과 마음은 보호받을 가치도 있을 것이라는 생각도 들었다. 걸음이 한결 가벼워졌다.

—간밤에 미진(微震) 같은 게 온통 내 몸과 마음을 흔들어 놓고 지나간 기분이야.

—쉬세요. 남자들은 뭣이 잘났다고 쉴 줄을 몰라, 그러니 바보든지 과대망상증 환자지. 전쟁영화 같은 걸 보면 군인들이 미친 듯이 일하고 총 쏘고 뛰어다니다가 길가나 헛간 같은 데서 담배 한 대 물고 쉬는 장면이 나오잖아요. 그런 장면을 정감있게 그릴 수 있는 감독이 진

짜 영화 작가일 거예요. 전쟁과 인생이 무어라는 걸 고상한 말로 표현하는 대사도 그런 대목에서 주로 나오고 빛도 나고요. 미친 듯이 전투만 하고 일만 하는 영화는 3류 감독의 저질 싸구려고, 또 군인도 아니고 아무것도 아니잖아요. 우리나라에는 유독 그런 유치한 인간이 많아요.

—그런 영화가 많고 그런 멍청이 같은 영화 감독이 많겠지.

—아니에요. 그런 사람이 많아요. 일에 미친 과대망상증환자 말이에요. 나 아니면 안 된다면서 쉴 줄 모르는 사람들 있잖아요.

—그러고 보니 누구가 시시껄렁한 단역 탤런트인 줄 알았더니 그럴듯한 역설로 중무장한 개화기 신여성이네. 놀랐어. 내가 이렇게 얼빵하다니까.

—그렇잖아요? 그러니 쉬세요. 쉬어야지요. 기중 씨는 간밤에 피까지 흘린 몸 아니에요.

—전투도 없이 말이지?

—싸움만 하는 군인은 사람 같잖아서 싫다니까요,

—집에 가는 느낌이 어때?

—느낌요? 그냥 편해요. 집이 있고 동생이 있다는 생각만으로도 그냥 편하고 좋아요. 옛날에는, 처음 집 나왔을 때는 한 번씩 집에 갈 때 일부러 버스를 몇 번씩 갈아타고 이런저런 생각을 참 많이 했어요. 나 자신의 몰골을 자꾸 되돌아보면서요. 이제는 절대로 그러지 않아요. 택시 타고 아무런 생각도 하지 않고 마구 달려요. 집이, 동생이 그냥 빨리 보고 싶어요.

—경제력이 많이 좋아진 증거겠지.

—아니에요. 남자들은 그런 거 모를 거예요. 아, 저기 빈 택시가 굴러와요. 먼저 가야겠어요. 이제는 내가 공연히 이렇게 바쁘네요. 민수씨에게 우리집에서 잠잤다고 솔직히 까발려도 상관없어요.

—미쳤어? 내가 그렇게 할 말이 없는 놈인 줄 알아? 또 그렇게 한가한 놈도 아냐. 사람을 잘못 보고 있다그.

—알아요, 알다마다요. 그러니 푹 쉬세요. 개미집에서.

—또 방금 미진이 덮쳐서 잠잘 생각이 전혀 없어. 어디든지 마구 싸돌아 다녀야겠어. 내 버릇이 그래.

—이러니 한국 사람들은 전부 과대망상증 환자들이라니까요. 제 몸과 능력을 지나치게 믿고 잘난 체하고 혹사해대는. 그럼 먼저 가요. 운전수 아저씨, 말죽거리 쪽으로 가 주세요.

내가 먼저 침묵을 깨고 민수에게 물었다.

"인화가 언제 너네집에 왔댔어? 애 옷 사갖고 간댔잖아?"

"아니, 몰라. 아직 안 왔을걸. 이번 일요일쯤 오든지 할 테지 머. 걔도 내 양새끼에게 쇼크를 먹은 모양이지? 코빼기도 안 비쳐. 전화 걸지 마래, 지가 알아서 나온대. 원래 걔는 돈 없고 골치 아픈 일 생겼을 때는 사람들 앞에 잘 안 나타나는 성미잖아."

"그거야 제 천성이라고 해도 연습장에는 나와야지."

"나오겠지 머. 눈치는 빠른 애니까. 걔가 맡은 대공(大公)부인 역은 후반에 나오잖아. 테러리스트 애인 역은 못 맡겠다잖아, 바쁘고 늙었다고."

"테러리스트의 애인이 좀 늙수그레해야지, 무슨 소리야?"

코끼리의 주름투성이 살갗처럼 퇴색한, 거무튀튀한 얼굴을 내 쪽으로 한 뼘 쯤 들이밀며 민수가 말했다.

"형, 인화와 식사했어?"

'식사했어?'는 여자와 성교(性交)를 나눴냐는, 여자라는 고기까지도 먹어치우는 먹성 좋은 우리 또래 사내들의 은어다.

"무슨 무례한 소리야. 난 거짓말 못하잖아. 아니, 거짓말 안해. 괴팍한 성미 때문에 먹성도 걸지 않고, 잘 알면서… 너 먹성이 부러워."

"내 먹성이야 한결같지. 어째 변명이 길어지는 게 설득력이 없어보인다 말이야. 우리 사이에도 프라이버시가 있어, 형?"

그의 한결같은, 일부러 과장하고 있는 먹성을 빤히 바라다보며 나는 담담하게 지껄였다.

"프라이드는 있겠지. 말을 안해 봐, 더 비밀스러워 보일 텐데. 아무튼 프라이버시 같은 건 없어. 앞으로도 그럴 테고. 프라이버시는 돈이나 많고 꿍꿍이 수작을 부릴 만한 지체들의 자기 과신일걸."

인화의 아파트에서 내 몸과 마음이 미진을 겪은 지가 불과 열흘 남짓 흘렀을 뿐인데 몇 달이 지나가 버린 것 같았다. 아마도 세포의 집으로 내 우리를 옮기고 난 후, 일련의 사건들이 너무 한몫에 밀어닥쳐서 내 정신이 어리둥절해 있어서일까. 양이와의 신경질적인 절교도 그렇지만, '시그날'의 정기공연 허가도 오래전에 결말을 내고, 또 결정이 났어야 하는 데 차일피일하고 있어서 내가 초조해 하고 있는 것처럼 말이다. 조급증과 의기소침, 민수의 진단대로 나의 자격지심은 아무래도 내 고질의 지병임에 틀림없었다.

세월은 어딘가를 향해 끊임없이, 쏜살같이 달려가고 있는데 나는 제자리에서 뜀박질만 하고 있다는 느낌이 지배적이었다. 나를 무슨 사냥감인 양 빤히 어르고 있는 낯가죽 두꺼운 민수의 몰골이 흉물스러워 보이기 시작했다. 사람에 대한 호오(好惡)의 감정이 이처럼 줄변덕을 부리고 있어도 과연 온전한 사람일 수 있는지 모를 일이었다. 나 자신이 미워졌고, 조금 서글퍼졌다.

2-11

'배우는 죽어도 연극은 계속된다'는 말이 있지만, 공연 허가는 나지 않았어도 '시그날'은 정기공연을 강행할 참이었다. 물론 송 선생의 오랜 경험담에 힘을 얻어 강행할 방침을 굳히고 있던 셈이었다.

그의 경험담이라기보다도 예의 그 탁월한 식언은 대충 다음과 같은 너스레였다.

"괜찮아, 걱정하지 마. 내가 있잖아. 책임진다니까. 다 그런 거지 머. 계속 밀어붙여. 연습도 밤새워 강행군하고, 진행도 다들 맡은 일에 충실하라고. 공연 허가? 날 거야. 담당자가 시방 위의 지시보다 앞질러 공연의 가부를 결정하기가 두렵다 이거 아냐, 뻔할 뻔자지. 머리가 뻣뻣 안 해졌으면 상상력을 발휘해 보란 말이야. 누구도 책임 안 지겠다 이거야. 제 모가지, 밥줄과 연관되는 문제니까. 그것뿐이야. 흔히 이런 경우를 미적미적한다고 그러지. 미적미적은 조만간 도장을 꽝꽝 찍어 주는 것으로 끝나는 게 우리의 오랜 관행이자 타성이고 미덕이야. 전에도 이런 경우가 여러 번 있었어. 공연 장소도 숲 속이라 한갓지고 좀 좋아. 남산이 서울의 심장이잖아. 좋지. 흥행에 실패해도 좋아. 일 주일만 딱 붙이지 머. 금, 토요일은 낮, 밤으로 두 차례씩 막을 올리고, 일단 사실화시켜 놓고 보는 거지, 별 수 있어. 조용히 막을 올려놓고 본다 이거야. 그러면 지네들이 어쩔 거야. 그냥 여전히 멀겋게 앉아서 미적미적할 수밖에. 신문에서 기정사실화시켜 놓은 걸 멀건이 보고 있을 거란 말이야."

그의 식언은 줄기차게 숨도 쉬지 않고 뱉어졌다. 과연 말로 집을 짓고, 밥을 먹는 사람다웠다.

"그러면 이번에는 우리 쪽을 한번 점검해 보자구. 정기공연은 일단 막을 올리는 데 의의가 있는 거야. 다른 극단의 눈치 때문이 절대로 아냐. 작품이야 노벨문학상까지 시시하게 받아 먹은 작자 것이라서 내가 좋다 나쁘다 할 수가 없지만, 그러니 번역극이라서 말하기도 싫지만, 연극이 이 세대에 꼭 필요한 장르라는 걸 보여준다는 게 얼마나 중요해. 바로 그거야. 연극이 도대체 머야? 공연 자체가 생명인 유일한 예술 장르 아냐. 당연한 말이고, 다 알고 있겠지만. 그러니 공연 허가는 근본적으로 잘못된 복합어일 수가 있어. 공연과 허가, 뭔가 이가 안 맞고 우습잖아. 공연은 누가 하라마라 할 수가 없는 거니까 말이야. 공연이 생명인데, 그 생명을 누가 칼로 베고, 살려주고 그럴 수가 있어? 공연을 하지 마라, 이게 말이나 되는 수작이야? 아무리 유신치하라고 해도, 그렇다면 너는 이제부터 살지 마라도 말이 되겠네. 그런 말을 누가 아무에게나 할 수 있어? 마찬가지 논법 아냐. 훤한 세상에서, 민주주의가 국시인 나라에서 모법(母法)에 위배되는 처사라고. 그러나마나 허가가 날 거야. 내가 좀 알아, 그 허가 메커니즘을 말이야. 원래 그런 구석이 있지. 기정사실을 존중하는. 동성동본의 사실혼을 마지못해 인정하는 아버지처럼. 쉽게 말해서 책임 회피지. 나는 책임 회피라는 말이 그렇게 좋을 수가 없어. 책임진다는 말은 무지막지하게 싫고. 과연 누가 무엇을 책임져? 일을 자꾸 떠벌리고 많이 하는 사람들은 대개 무책임하다고. 틀림없어. 주위를 잘 살펴봐, 진리지. 그런 사람들은 정신이 이상한 사람들이야. 부도덕한 사람들이고. 그런 의미에서 책임 회피를 일삼은 우리나라 사람들이 진짜 사람다워. 정말 얼마나 인간적이야. 알지, 무슨 말인지?"

자신이야말로 일을 떠벌리고 많이 하려는 사람임에도 불구하고 그런 식언을 내뱉는 송 선생은 무책임하기 짝이 없는 인물이었지만, 나는 그의 말을 충분히 이해할 수가 있었고, 믿을 수 밖에 없었다. 그가 책임을 진다니까, 또 믿으라고 하니까. 나로서는 그야말로 얼마든지 책임을 회피할 수 있는 입장이었다. 아무튼 말의 진의에 접근하려면 때로는 거꾸로 새겨들을 줄도 알아야 할 테니까. 특히 송 선생의 식언이 그러했다. "미워 죽겠어" 라고 남자에게 눈을 흘기며 속삭이는 여자의 말이 무슨 뜻인지를 곧장 알아차려야 할 때처럼.

공연 허가가 나오지 않을 수도 있다. 아무리 '미적미적'이 우리 행정력의 전통이라지만 공연 일자가 꼬박꼬박 닥쳐오고 있지 않은가. 그러나 공연은 강행해야 한다. 신문 문화면의 광고형 기사가 '시그날의 정기공연'을 기정사실화시켜 줄 것이다. 그것이 바로 공연허가일 수도 있다. 결국 '시그날'의 명맥은 유지하는 것이 된다. 그러니 그것은 관객을 위한 공연이 아니라, 관객에게 알릴 수 없는 공연일 수도 있다. 칼자루는 '미적미적'이 여전히 손에 쥐고 있으니까. 그 공연 아닌 공연이 며칠간이라도 무대에 올려진 후 대차대조표에 남는 것은 '시그날의 권위랄지 공연 횟수일 테고, 빚이 또 얼마쯤 더 쌓이는 것뿐이다.'

그것이 다다. 그 후에 남는 허탈감과 패배감은 상업주의 연극을 무대에 올려 관객에게 아부하지 않았다는 알량한 자부심으로 상쇄시켜 버리면 된다. 그것도 그런대로 '연극을 위한, 공연 예술을 위한' 삶의 또다른 묘미가 아닐까. 관객에게나 사회에게 긴장을 주게 마련인 공연 예술은 이런 시대에 원칙적으로 불가능하다. 쇼나 코미디가 기성을 부리고 있는 것이 그 좋은 반증이 아닌가. 연극이 그런 소비문화의 촉진제 노릇을 할 수야 없지 않은가. 그러므로 '시그날'은 오로지 공연 횟수만 늘려 가는 데 만족해야 한다. '미적미적'은 오히려 소리 없는 강제성 격려로 그걸 우리에게 가르쳐 주고 있지 않은가. 그 친절에 우리는 다만 감사해야 할 뿐이다. 빚? 그 따위 즉물적인 것은 역시 '미적미적'으로 대응하는 게 상책이고, 빚쟁이들은 불어 가는 공연 횟수 앞에 감히 말로 만든 집인 '시그날'을 차압에 붙이지는 못할 것이다. 그렇지 않은가. 과연 맞을까, 이런 가파른 시국에.

나는 송 선생의 식언을 그런 식으로 받아들였다. 솔직하게, 글처럼 명징하게 털어놓았다면, 아마도 자신의 속셈을 너무 정확하게 꿰차고 있다고 그는 속으로 혀를 내둘렀을지도 모른다.

그렇다면 이 '미적미적' 앞에서 안달이 나 있는 '시그날' 단원들에게 송 선생이란 사람은 무엇인가? 교활한 스컹크일 수 있다. 어둠 속에서 곤충이나 작은 짐승을 마구잡이로 포식하는, 냄새가 지독한, 긴 털로 그의 알몸을 철저하게 감싸고 있는 스컹크. 그는 자신의 식언을 언제나 포식하고 있었고, 그 풍성한 식언은 무책임하게도 사방으로 악취를 풍겨댔고, 공연물 자체는 위장막 같은 긴 털이었다.

한 사람을 이해하기란 이렇게 힘이 드는 게 사실이다. 그러면서도 한 사람을 이해할 수 있다는 것이 사람으로서의 자격일 수 있고 보람일 수 있다. 사람으로서의 그 자격과 보람을 단끽할 수 있다는 것은 어떤 사람이라도 사랑할 수 있다는 또다른 잠재 능력일지도 모른다.

공연은 반드시 강행해야 할 모토였다. 나의 소심증은 그런 대로 가치 있는 것일 테지만, 성가신 장애물일 수도 있었다. 번역극이라서 우리 현실을 반영할 수 없어 섭섭하지만, 연극은 삶에 대한 회한(悔恨)의 저작 아닌가. 일상생활에서의 '연극적인 말, 몸짓, 분위기' 따위를 나는 몹시 싫어하지만, 그래도 연극은 우리의 반성 없는 삶의 근사치를 어느 정도까지는 정확하게 옮기고 있으며, 그 연극적인 삶, 곧 공연은 반드시 우리의 삶을 새삼스럽게 곱씹도록 강요하고 있지 않은가.

2-12

따가운 태양의 열기가 바야흐로 피부에까지 닿아 오던 5월 초순의 어느 날 오후였다. 나는 방송국에 원고를 넘기자마자 공중전화기에 매달렸고, 재성이에게 전화를 걸었다. 마침 그는 화실에 있었다. 그의 화실에서 함께 점심을 먹기로 약속했다. 나는 혜화동으로 가는 버스에 몸을 실었다.

하늘이 맑았고, 숲이 좋은 창경원 돌담길마저도 더워오기 시작하는 날이었으나 재성이의 화실은 설렁했고, 대개의 화실이 다 그렇듯이 어지러울 정도로 지저분했다. 두리번거리며 화실 속으로 들어서자 재성이는 그 특유의 웃는 듯 마는 듯한 웃음을 입가에 베어물고, 시멘트 바닥 위에 놓인 전화통의 송수화기를 집어들었다. 그는 사방벽에 화폭들이 빼곡히 세워져 있는 그 앞을 어슬렁거리는 내게 "뭘 시킬까?"

라고 물었고, 나는 "아무거나 시켜" 라고 대꾸했다. "짜장면 두 그릇, 양파 두 접시 위층으로 올려 보내 주세요"라는 그의 목소리가 들렸다. 바로 아래층에 있는 중국 음식점에다 들이미는 소리였다.

시커먼 국수 가닥을 한 입 가득 넣어 우물거리며 나는 "잘 돼? 잘 돼 가는 모양이지? 못 보던 침대도 갖다 놓고"라고 물었고, 그는 "늘 그렇지 머, 심드렁해하다가 짜증도 내고"라고 간단하게 받았다.

그는 평소에도 말이 별로 없는 친구였다. 그는 제 양파 한 접시를 다 먹고, 내 것까지 반쯤이나 먹어치우고 있었다. 양파를 먹기 위해 억지로 짜장면을 시켜 먹는 듯한 그의 식성을 나는 익히 알고 있었다.

그의 막내 동생은 바다에 빠져 심장마비로 죽어 버렸다. 그 이후 그는 양파가 심장에 좋으며 심장병으로 죽어가는 사람도 양파즙만 제때 먹이면 살릴 수 있다는 '양파 광신도'가 되었다. 외국 영화나 소설에 흔히 나오는 장면, 예컨대 주인공의 아버지가 이층 계단에서 내려오다 갑자기 가슴을 쥐어뜯으며 죽어가는 저 만고불변의 '스테레오 타입'을 미리 예방하기 위해서는 평소에 양파를 많이 먹어 두어야 한다는 맹신을 그는 몸소 실천에 옮기고 있는 셈이다. 그래서 그는 일반 주택도 이층집을 극도로 싫어하며, "초가 삼간을 좀 널찍하게 개량해서 실내에는 문짝이 하나도 없는 집 한 채를" 손수 지어 보고 싶은 욕망을 가꾸고 있기도 하다.

재성이는 반도 채 비우지 않은 짜장면 그릇을 그대로 둔 채, 역시 시멘트 바닥 위에 널브러져 있는 커피 집기 따위들을 주섬주섬 주워 커피를 만들기 시작했다. 그림 그리는 일을 제외하고는 어떤 노동도 최대한으로 삼가겠다는 게으름증이 어색하지 않게 몸에 밴 친구다.

화구와 물감, 붓 따위의 자질구레한 그림 도구만 한쪽 창가에 놓아 두고, 화실 입구에는 군용 간이침대, 한가운데에는 등짝만 붙은 의자 네 개, 그 주위에 책, 라디오, 카세트테이프, 신문, 연필 따위를 얹어 놓은 조그만 탁자 두 개, 전기 곤로, 전화기, 커피통 따위를 오골오골 널브러 놓고는 손만 까딱거리면 커피도 먹을 수 있고, 일본 잡지《미술수첩(美術手帖)》도 볼 수 있고, 에프엠 방송의 음악도 듣고, 집에서 녹음해 온 카세트테이프로 바흐도 경청하면서 화실 생활을 꾸려 가고 있다. 가끔 응용미술학과 출신의 2년 후배인 그의 아내가 불쑥 화실에 나타나서 대청소를 해주면 그는 꼬박 하루쯤은 아무 일도 못하고, 조금 전까지의 지저분한 상태가 그리워서 멍청해지고, 눈 앞에 단정하게 정리해 둔 카세트테이프도 찾기가 싫어 한숨을 내쉬고, 발치께에 있는 인스턴트 커피통도 눈에 안 보이는지 더듬거리고, 결국에는 제 주위를 어지럽게 만들어 놓아야 직성이 풀리는 성미다.

게으르고, 지저분하고, 굼뜨고, 뜨직뜨직한 말수의 사내였다. 그와 함께 있으면 '좀 우습다'는 그에 대한 느낌마저도 실없다는 생각이 들 정도고, 차츰 마음이 푸근해지는 것도 사실이다.

꿈쩍도 하기 싫어하는 그에게 일을 시키고 싶었다. 나는 용무를 끄집어 내놓았다. '시그날'의 정기공연물 선전 포스터를 만들기 위해 그의 자문을 구하러 온 참이다. 포스터야 그의 아내 전공이지만, 인쇄물 광고 디자인이나 화장품 팜플렛 꾸리기 등으로 수입이 좋은 그녀의 능력을 사려면 비싸다. 손님인 내가 짜장면 그릇을 전화기 옆에다 내려놓음으로써 그의 노동을 덜어 주었다. 뒤이어 탁자 위에 내가 미리 준비해 가지고 간 종이 뭉치를 지저분하게 늘어놓았다. 연극 연습을 하는 여러 장의 사진, 포스터에 들어가야 할 글자들을 적어 둔 원고지 따위였다. 그는 에프엠 방송에서 흘러나오는 음악을 손가락만 까딱해서 죽여 버렸다. 커피맛은 곰 같은 놈이 진하게 타 주어서인지 그런대로 괜찮았다. 그는 커피를 입속에 넣어 한참이나 즐기다가 한꺼번에 소리를 내며 꿀꺽 삼켰다. 마지못해 약을 먹듯이 커피를 마시는 듯한 그의 그런 저작도 굼뜬 언행과 잘 어울려서 멋이 있다.

그는 한참 동안이나 사진과 원고지만을 번갈아 쳐다 보았다. 제 친구가 옆에 있는 것도 모르는 듯했지만, 내가 담배를 피우자 그는 손으로만 더듬어 담배와 라이터를 찾았고, 담배 연기를 탁자 위에다 토해냈다.

마침내 그가 나지막한 소리로 내게 일을 시켰다.

"커피 한 잔 더 타라. 내 것은 프림만 한 스푼, 커피 가루는 세 스푼 넣고."

가장 작은 말수로, 그러나 가장 의논성스럽게 손님에게 일을 시켜 먹는 인간이다. 이런 지저분한 분위기와 멍청한 몰입벽, 세속계(世俗界)와는 한사코 담을 쌓아 가려는 사내를 곁에서 보고 모성애를 발휘하고 싶은 충동을 받지 않는 여자는 좀 모자라는 사람일 것이다. 하물며 숱한 소비자의 눈에 파고드는 광고술 전문가인 여자한테 매여 있는데. 아마도 그의 아내는 이 어지러운 화실을 광고처럼 정리해 주고 싶은 안쓰러움 때문에 그의 차가운 품속으로 뛰어들었을 것이다.

내가 타 준 커피를 보지도 않고 한 모금 꿀꺽 삼키더니, 그는 역시 의논성스럽게 다음과 같은 지시를 내놓았다. 그의 성정을 잘 아는 만큼 어떤 설명도 내놓지 않고, 그에게 나의 잡일을 불쑥 들이민 것은 참으로 잘한 짓이었다.

—권위 있는 번역극인 만큼 제명(題名)의 글자체는 고전적인 게 좋다. 갸쭉한 명조체로 말이다. 그 글자들을 포스터 상단에 단정하게 올려놓아라. 자간(字間)을 빈틈없이 붙여서. 글자의 색깔은 자주색이다. 자주색이 어렵고 위험한 색인데, 스칼렛보다는 조금 짙은 홍색을 써라. 테러리스트가 감옥에 갇혀 있는 얼굴 사진은 그 가장자리의 네모반듯한 창틀을 잘라내 버려라. 잘라내 버린 그 사진은 흑백의 명암을 거꾸로, 그러니 음화(陰畵)상태로 인쇄하라. 그 색깔은 회색이다. 역시 위험하고 어려운 색인데, 잿빛보다는 짙고 쥐색보다는 조금 옅은 색이 좋다. 자주색 글자가 쥐색 벽과 하얀 창살 위에 올라타는 꼴인데, 쥐색 위에 올라타는 홍색 글자가 약해 보일지 모르지만 곧고 긴 하얀 창살이 힘을 받혀 줄 것이다. 사실상 이 사진은 명암이 너무 뚜렷하고, 너무 사실적이고, 너무 근접 촬영을 해서 재미가 좀 없긴 하다. 원작자와 출연배우와 스텝의 이름들, 극단명, 장소, 일시 따위의 글자는 몽땅 포스터 하단에 사열하듯이 가지런히 올려놓아라. 역시 홍색이고, 글자체는 단정한 고딕체도 무방하지만 사열하고 있는 글자 전체의 크기가 제명보다 커서는 안 된다. 어떤 선전문귀도 넣지 않는 게 오히려 바람직하다. 요컨대 정의를 외치며 죽어가는 테러리스트에 대한 일반적인 선입관, 고정관념을 까뭉개고, 거꾸로 조용하고 단정하게 선전할 요량을 하란 말이다. 아래위로, 그러니까 이마와 목에 빨간 글자띠를 두른 투사가 ("테러리스트가 빨간색에 미쳐 있는 황소라면 창살은 투우사 아닌가" 라고 그는 말했다) 아두룩게나 자란 하얀 수염을 달고 창살 안에 갇혀 있는 것보다 더 압도적인 선전은 없을 거다. 그러니

자극적인 선전 문구는 아예 없애라. 이상이다. 다만 두 가지색뿐이라서 불안하니 교정쇄(校正刷)를 내게 꼭 보여주고 난 후 인쇄를 하든지 말든지 해라.

바쁜 세상과 쏜살같이 내빼는 세월을 물끄러미 바라보며 살아가는 인물이 테러리스트의 울먹이는 어깨까지 다독거려 주는 듯이 뜸직뜸직하게 말했으므로, 그의 말들이 화실 안에 잔뜩 괴어 있는 '멈춘 시간들'을 채근하는 것 같아서 나는 심호흡까지 했으므로, 게다가 전문가다운 그의 지시에는 여느 극단의 포스터에서 볼 수 있는 호들갑이나 과대선전이 전혀 배제되어 있었으므로 나로서는 어떤 의심이나 불만도 내놓을 수가 없었다. 왠지 내 마음이 뿌듯해 왔다. 그의 나직나직한 자문, 엉성한 그의 화실 분위기, 양파나 되새김질하면서 눈만 끔벅이는 그의 일상 따위들이 부산스러운 열기로만 가득한 '시그널' 주위와는 너무나 대조적이어서 나의 평소 조급증이 다소 눅어지는 듯한 느낌도 만끽했다.

나는 사진과 원고를 주섬주섬 챙겼다.

그가 의자에 등을 기대고 말을 건넸다.

"그 사진들이 하나같이 시원찮네. 무대에 정말 감옥소 창살이 나오는 건가?"

전염이나 된 듯 나의 말수도 갑자기 줄어 있었다. (이런 순발력, 모방력은 비록 이름 없는 극작가일망정 나도 현실을 나름대로 베끼는 연극학도로서의 자질이었다.)

"안 나와. 창살이 막처럼 드리워진 무대가 성립될 수야 없지."

그의 입가에는 예의 그 웃을 듯 말 듯한 웃음이 번지려다가 슬그머니 꼬리를 감추었다.

“그럼 사긴데? 왠지 창살이 너무 매끄럽다 싶더니.”

“사기지 가짜고. 연극이 원래 그런 거지.”

“사진을 다시 찍지? 감방이 촘촘히 박힌 긴 복도에 주인공을 세워 놓은 원근법 사진이라든지, 창살을 벽 뒤에 두고 쪼그리고 앉아 있는 걸로.”

“지금 그럴 시간이 없어.”

그는 비아냥거린다기보다도 내 쪽의 처지 일체가 한심하고 가련하다는 어조로 자문자답했다.

“시간? 그렇게 바빠? 바쁘겠지. 얼마 전에 나는 또 바다 보러 며칠 갔다 왔어. 어디서 또 실기 강의를 맡으라고 해서 뺑소니치느라고. 귀찮아서 말이야. 결국 시간이 없다는 핑계나 댄 꼴이지만. 참, 니가 읽어 보라던 거 말이야. 그 《마의 산》, 그거 폐병쟁이들의 시간 죽이기 이야기데. 읽어 봤지. 여기 앉아서 꼬박 삼개월 만에. 대단한 거야 하나마나한 소리고 또 시건방진 수작일 테지만 결론은, 내게 하나도 도움이 안 되는 책이다, 무용지물의 책이다, 지겨워하며 읽은 탓인지 책장을 덮자마자 그 생각만 했어. 산 위에 있는 기분이 아니라 굴 속에 갇혀 있다는 생각만 자꾸 들었고. 그림에는 말이야, 그림 속에는 그런 지루한 시간의 경과가 없거든. 만사는 과정이고 경과잖아. 미술은, 그림은 장면이고.”

한껏 게으른 자세로 지껄이는 그의 주위에 다시 ‘꼼짝하지도 않는 시간들’이 꾸역꾸역 모여들고 있는 듯했다. 그 시간들이 거대한 빨판으로 그의 말들을 집어먹어가고 있는 광경이 빤히 보였다.

"시간이 없는 게 아니라 시간의 연속, 그 간격이 없겠지, 그림에는."

"그런가? 시간의 흐름이 없지, 평면 속에는. 그러니 시간이 없지."

나로서는 곧장 귀가 솔깃해지는 화제였으나 짐짓 나의 호기심을 누그러뜨렸다.

"꽤 진지하게 잘 쓴 소설이지. 책을 무슨 도움만 받으려고 읽어? 그런 책은 사전(辭典)이나 사전(事典)밖에 없어. 그런 사전들은 통상 읽는다고 하지 않고 그냥 본다고 그러지. 마찬가지로 양파처럼 영양만 생각하고 음식을 먹을 수는 없잖아?"

내 말에서 불쾌감을 읽었던지 재성이는 곧장 응수했다.

"물론 그럴 수야 없지. 그냥 너한테 내 독후감을 늘어놓고 싶어서 해본 말이야. 그림쟁이들은 혼자서 중얼대느라고 늘 말에 굶주린 치들이니까."

"어떤 얼간이가 프랑스의 어느 글쟁이에게, 그 글쟁이 이름이 갑자기 안 떠오르네, 유명한 양반인데, 어쨌든 그 글쟁이 장서 앞에서 이 많은 책들을 다 읽어 보았습니까 라고 물었지. 그러니 그 글쟁이 대답이 당신은 식탁에 올라 있는 음식을 다 먹어치웁니까였어."

"알아. 지금 다시 읽고 있다니까, 그 제목도 무슨 미신 같은 책을. 시간을 죽이기 위해, 심심풀이로. 요하임인가, 그 지 사촌이 죽는 장면이 정말 그럴 듯해서 그 대목이 천천히 나왔으면 하고 아껴 가면서 읽는 중이야."

나는 무엇에 뒤통수를 얻어맞은 듯 얼떨떨해졌다. 그처럼 재미없고, 그림에는 아무런 도움도 주지 않으며, 시간 타령이나 늘어놓는 책이라고 불평한 친구가 두 번째로 그 책을 천천히 독파해가고 있다니.

결국 그는 자신의 독후감을 들려주려는 게 아니라 두 번씩이나 읽을 만한 책이라는 자신의 의사를 드러낸 것이다. 알 수 없는 친구라기보다도 제 의사를 그렇게 전하는 엉큼대왕이었다. 흡사 하루쯤 지난 후에야 무릎을 치며 킥킥거리게 만드는 좋은 외국 영화나 연극의(불행히도 우리나라에는 아직 그런 영화나 연극이 없지만) 메시지처럼 말이다.

"왜 거기도 그림 그리는 의사가 나오지 아마? 간통인가도 하고. 아니, 그 여자가 그림을 그리든가."

"그 장면이 제일 시시해. 그림을 볼 줄 모르는 작자 같대. 시간을 죽이느라고 숲 속을 수없이 걸어다니는 수채화 같은 대목보다 더 못해."

"그래? 안 떠오르는데. 다시 한번 훑어봐야겠네."

이번에는 그가 고압적으로 내게 일렀다.

"정말 다시 한번 읽어 봐. 진짤걸? 커피 더 마실래?"

"됐어. 가야지. 이 포스터 교정쇄나 들고 술이나 마시자."

"그래. 정말 꼭 그러자고. 술이야 좋지. 시간 죽이는 데는. 그놈들은 시간과 싸우는 게 아니라 술과 싸우더만, 폐병쟁이들 말이야. 나도 술이 고픈 거 보니 몸이 삐꺽거리나."

그는 이제 나보다 더 《마의 산》에 미쳐 있었다. 그 습기차고 우중충한 《마의 산》의 마(魔)에 덮씌워지기 싫어서 나는 자리에서 일어났다. 그는 여전히 앉은 자세를 허물지 않았다. 말을 너무 많이 했다는 표정이 역력했다. 나는 양파 냄새를 잔뜩 묻혀서 그의 화실을 벗어났다. 그가 손가락을 까딱여서 라디오의 버튼을 눌러버린 모양이었다. 너무나 귀에 익은 모차르트의 밝은 음이 현란하게 흠투성이의 거친 시멘트 바닥 위로 깔리고 밟혔다.

2-13

나는 재성이의 지시를 받아들고 혜화동 로터리에서 버스를 탔고, 청계천 2가에서 내렸다. 걷기 시작했다. 날씨 탓도 있어서 기분이 한껏 좋았다. 나는 칙칙한 황소 털색 남방셔츠의 소매를 팔꿈치께까지 걷어붙이고 충무로 쪽으로 방향을 잡았다. 겨울 내내 새들새들해진 팔뚝의 털을 몇 번 문질렀다. 글을 쓰는 것도 노동이라면 내 팔뚝은 재성이의 것보다는 훨씬 억지 일거리에 치인 몸이었다. 역시 그림쟁이는 글쟁이보다는 부르주아에 가깝다.

을지로를 건넜다. 영화 골목이라고 불리는 충무로의 어느 한쪽 구석에 '시그날' 인쇄물의 단골 거래처가 있었고, 영락교회로 들어서는 신작로가 바로 코앞에 닿아 와 있었다. 영락교회 앞길은 그 투박한 모양새가 가로수로서는 제격인 버즘나무들이(그 소위 플라타너스다) 하늘을 가리고 있어서 언제라도 걸을 만한 곳이다. 밀린 인쇄비를 갚기 위해, 인쇄물을 맡기고 찾기 위해, 오프셋 인쇄의 원판을 교정 보러 가기 위해 나는 그즈음 그 길을 자주 걸어다니는 편이었다. 앞에서도 이미 드러난 대로 나는 혼자 걷기를 좋아했고, 걸으면서 여러 가지 생각을 이어 가는 버릇이 있었다. 특히나 나무 밑을, 풀밭 길을, 인적이 드문 길을 걸으면서 이런저런 생각을 이어갈 때, 나는 내 생애의 어떤 희열과 용기와 의욕을 느낀다. 그날도 물론 예외는 아니었다.

양이는 언제쯤 '시그날'에 나타날까? 지금 그녀가 내게로 또박또박 다가오고 있다. 공연날이 가까워 오고 있으니까. 그녀는 조만간 길에 붙은 포스터를 볼 것이고, 내가 열심히 일하고 있다는 사실을 새삼스럽게 깨닫게 될 것이다. 만나게 되면 우선 쑥스러워하자. 정말 미안하다고, 진심으로 사과한다고, 내 시건방진 성질을 이해해 달라고 애걸복걸하자. 그것이 그녀의 참새 가슴에 대한 나의 도리이다. 짐승들처럼 길에서 매식(買食)이나 해대는 지방 토종 돼지들이(그들의 먹성은 지방 토종 돼지와 버금간다) 우글거리는 세포의 집으로는 제발 그녀를 끌어들이지 말기로 약속하자. '강당교회'에는 매주일 다니고 있을까? 영락교회와 '강당교회'의 차이점은 무엇인가? 헌금 액수의 차이만큼이나 설교가 질적으로 다르지 않을까? 배금주의로 물든 오늘날의 우리네 기복 신앙 풍토에서는 영락교회가 훨씬 '위대(胃大)'하지 않을까? 내가 '강당교회'를 찾아가는 것도 우리의 만남을 위한 한 통로일 수 있다. 실제로 나는 인화의 아파트에서 그녀와 함께 빠져나온 날, 강당교회 주위를 잠시 배회했다. 물론 우연의 만남을 기대하면서 어슬렁거렸던 것인데, 예배가 끝날 시간쯤 되어서는 쑥스러워졌고, 곧장 얼굴을 붉히며 세포의 집으로 줄행랑을 놓았다. 그리고 낮 동안 내내 죽은 듯이 잠만 잤다. 그 배회 사실을 자연스럽게 들려줄 주변머리가 내게는 있을 테고, 그게 그녀의 환심을 살지도 모른다. 사실상 여자란 그런 낯간지러운 수작 앞에서는 곧장 흐물흐물 녹아 버리는 지방질 덩어리가 아닌가. 지방질은 언제라도 열에 약할 수밖에 없다.

저 늠름한 버즘나무를 어떻게 표현할 수 있을까? 재성이의 말을 따오면 버즘나무는 '단정하고 조용한 기교'가 전혀 없는 나무이다. 옹이도 못 생긴 채로 여기저기서 툭툭 불거져 나와 있고, 나무 껍질은 버짐을 앓는 소년들의 머리처럼 얼룩얼룩하니 나무 줄기를 온통 뒤덮고 있고, 그 얼룩진 나무줄기와 가지가 천방지축으로 뻗어 간다. 모든 생물에는 일정한 생장(生長)의 규칙이 있을 텐데, 버즘나무라는 저 활엽교목은 그걸 송두리째 무시해 버리고 있다. 무시해 버리는 그게 그의 고유한 생장법일 테고, 무기교가 곧 기교인 그런 나무이다. 그런데도 치열하게 아우성치고 있는 파릇파릇한 이파리 밑을 지나가면 푸근해진다.

이 세상은 너무 간사스러운 기교덩어리이다. 사람의 모습이 다른 짐승들에 비해서 너무 기교 덩어리듯이. 아무튼 그 기교조차도 영악한 인간이 만든 것이다. 재성이의 그림은 이제 그 무기교로, 버즘나무의 줄기처럼 거친 터치로 제 몸을 어느 정도까지는 발가벗겨 가고 있다. 구룡포 앞 바다에 빠져죽은 동생의 넋을 달래느라고 고심참담인 모양인데, 이제부터라도 제발 그 바다 연작(連作)은 그만 그려라. 초록색 잎 사이로 보이는 파란 하늘은 꽤 기교적이다. 모자이크 무늬처럼. 저런 기교가 재성이의 화폭에는 아예 없다. 내게 할당된 시간의 총량이 저 모자이크 무늬같이 자잘하게 해체되어 있다면 재성이가 요리하고 있는 시간은 온통 초록색 하나뿐인 단일색조이다.

길은, 우리의 가로수 길은 대개 다 그렇지만, 내게는 유독 언제나 짧았다. 늘 느끼는 대로 공연히 억울하다는 생각이 들었다. 그 억울하다는 자격지심조차도 달콤한 것은 사실이었다.

아스팔트로 포장된 좁은 길을 두 번 꺾어 돌아가면 저만큼 '시그날' 인쇄물의 단골 거래처가 보인다. 그 인쇄소는 알루미늄 새시로 만들어진 미닫이문이 길가에 붙어 있고, 일층에 두 가지 색 동시 오프셋 인쇄기 두 대와 단색(單色) 오프셋 인쇄기 한 대가 가지런히 놓여 있다.

출입문 입구의 바로 옆에는 좁은 계단이 가파르게 천장 속으로 치솟아 있어서 인쇄공들이 찻잔을 나르는 다방 아가씨의 허벅지를 보려고 인쇄물 옆에 쪼그리고 앉아 고개를 비틀어쌓는 광경을 나는 몇 번이나 목격한 바 있다. 천장이나 다락 속으로 들어가는 듯한 그 이층에 사무실과 제판실이 있는데, 게처럼 옆으로 서서 엉금엉금 기어내려오는 다방 아가씨에게 어떤 짓궂은 인쇄공은 "난 아까 다 봤어" 라고 우스개를 건네면, "보긴 뭘 봐요" 라고 톡 쏘아 주는 장면도 나는 얼마 전에 보고 들었다.

나는 알루미늄 새시 문을 드르륵 밀고 인쇄소 속으로 들어갔다. 곧장 계단에 막 발을 올려놓았을 때, 세 대의 인쇄기가 맹렬하게 돌아가는 평소의 그 요란한 소음이 들리지 않고 괴괴한 침묵이 웅크리고 있다는 느낌을 받았다. 인쇄공들이 2교대로 철야 근무까지 불사하는 인쇄소였으므로 평소에 없던 일이었다. 나는 고개를 돌려 아래를 내려다보았다.

거기에는 어처구니없는 광경이 벌어지고 있었다. 아니다. 말이 틀렸다. 갑작스러운 정적일순(靜寂一瞬)에 심장이 얼어붙는 듯한, 차마 눈뜨고 볼 수 없는 광경이 벌어졌다기보다도 '놓여' 있었고, 인쇄물처럼 생생한 한 장의 실물 사진이 가운데 오프셋 인쇄기 위에 '인쇄되어', 꼼짝 없이 '붙박혀' 있었다. 여전히 설명이 부족하다. 나는 예고 없는 정전(停電)인가 라는 생각을 얼핏 떠올리며 고개를 돌렸을 테고, 뒤이어 찬찬히 인쇄소 내부를 훑어갔을 것이다. 그리고 그 '인쇄되어' 있는 실물 주위에 예닐 곱 명의 인쇄공들이 옹기종기 모여 서서 평소의 철거덕거리는 금속성 소음을 차단하고 있는 광경이 의아스럽다고 생각했을 게 틀림없다. 차츰 나는 그들의 우왕좌왕, 수수방관하는 자세, "조금만 참아"라는 동료의 풀 죽은 소리, "문 걸어 잠가"라는 사장의 고함, 하나같이 나를 외면하고 있는 그들의 어정쩡한 태도, 인쇄용지처럼 하얗게 얼굴색이 바래져 있는 그 '실물'을 귀와 눈에 담아 갔을 것이다.

나는 심장이 얼어붙는 듯했다. 두 번째 계단에 올라서서 나는 한동안 그 '붙박인 실물 사진'을 내 눈에 인쇄라도 할 듯이 노려보았다.

고통으로 사색이 되어 있는 '실물 사진'이 제 얼굴을 간신히 다른 쪽으로 돌렸다. 내 쪽의 시선을 외면한 셈이었다. '붙박인' 실물사진의 실체가, 곧 사고의 원인이 한 눈에 드러났다. 그의 왼쪽 팔이 소위 블랭킷이라는, 오프셋 인쇄기 롤러 사이로 기어들어가 있었다. 희끄무레한 색깔의 아연판이(오프셋 인쇄는 요판이며, 따라서 잉크를 묻혀 갈 그림, 글자 따위가 아연판 위에 부식되어 있다) 육중한 두 개의 롤러를 둘둘 감고 있는 그 사이에 한 인쇄공의 팔이 인쇄용지 대신에 끼여 있는 꼴이었다. 그것도 블랭킷의 한쪽 모서리의 틈바구니 속으로 거의 팔꿈치까지 이미 끼여 들어가 있는 상태에서 인쇄기는 작동을 중지하고 있었다. 인쇄공은 인쇄기 위에 비스듬히 누워 있다기보다도 오징어처럼 납작하게 되었을 그의 한쪽 팔 때문에 간신히 '매달려' 있는 모양새였다.

부장, 과장이라는(사장과 상무, 사무실의 사환 외에 열 사람 안팎의 인쇄공들뿐인 그 조그만 인쇄소에도 그런 직책이 있었다) 기술자들도 그 '실물 사진'을 인쇄기에서 떼어놓을 수가 없는 모양이었다. 넥타이 자락을 불룩한 아랫배 속으로 집어넣은 사장이 "근무자 일지 가지고 와봐" 라고 누군가에게 고함을 내질렀다. 그는 그때까지 진땀을 손바닥으로 훔치며 어디론가 전화를 걸어대고 있는 부장을 멀건히 내려다보고 있었다. "예, 예, 인쇄기 만질 줄 아는 기술자면 됩니다. 사람이 다 죽어가는 판인데… 옛날에 거기 왜 신 씬가 누구…" 부장은 황망중이어서인지 말도 제대로 못했다. 인쇄기 제조회사나 수입회사로(두 대의 2색 오프셋 인쇄기는 '고모리'라는 상호가 전면에 양각되어 있는 반자동식 일본제 기계였다) 전화를 걸어 인쇄기 기술자를 찾고 있는 듯했다. 천장 속에 들어앉은 제판실(사장이 다른 별도의 회사였지만, 그 인쇄소에서 인쇄하는 모든 인쇄물의 원판을 만드는 곳이었다) 속에서도 "사람이 다 죽어가는데…"라고 전화기에다 원망을 털어놓고 있는 중이었다.

나는 계단에서 내려섰다. 인쇄소 안은 전화 음성만이 두런거리고 있었고, 인쇄공들은 말조심을 하는 방관자가 되어 나와 눈만을 맞추고는 슬슬 옆으로 비켜섰다.

롤러에 '매달려 있는' 인쇄공은 나와는 얼굴이 익은, 콧날이 유난히 길고 오뚝하며 콧날개가 보이지 않을 정도로 살이 붙어 있지 않아 선(線)으로 그어 놓은 듯한, 그 큰 코가 얼굴 전체를 장악하고 있어서 초라해 보이는 곱상한 외모의 젊은이였다. 아마도 스무 살 안팎일 것이다. 평소에 나는 그에게 "우리 인쇄물 언제 떨어져요?" 따위의 말을 걸면서, 그가 부지런히 인쇄물을 간추리고, 잉크를 개고, 수동식 오프셋 기계의(단도 인쇄기를 뜻한다) 발판에 올라서서 쉴 틈도 없이 하얀 백지 상태의 인쇄용지를 롤러 속으로 밀어넣는 걸 (인쇄공들은 그걸 '삽질한다'고 했다) 보아 오고 있었다. 내 추측이 정확하다면 그는 인쇄공 중에서 다방 아가씨들의 선망과 동정을 한몸에 받을 수 있는 유일한 젊은이였고, 나보다 훨씬 깔끔한 옷차림으로(아마도 회색 코트의 깃을 올리고 있었지 싶다) 눈이 녹아 질척거리는 충무로 길을 걸어가는 모습은 멋이 있었다. 그러나 우리는 아직 통성명이 없어서 서로 이름을 모르고 지낸다. 허지만 그가 '시그날'의 이번 정기공연물 팸플릿과 관람권을 인쇄할 것이고, 그 관람권에 내 도장을 찍은 초대권을 그에게 두 장쯤 건네주려고 벼르고 있던 참이었다.

참혹한 장면이었다. 어떤 사람도 그 참혹한 '실물 사진'을 빨리 거둬내 버리지 못하고 있었다. 그것은 피상적인 인쇄물이 아니었다. 실물이었고, 현실이었고, 고통과 공포로 서서히 죽어가는 사람의 모습이었다.

나는 평소에 주사도 한 대 제대로 맞지 못하는 청년이다. 내 형과 동생이 피투성이와 고름투성이의 환자를 돌보는 국립대학 의대 출신의 의사인데도 나는 병원 앞을 지나칠 때면 걸음을 빨리한다. 나는 영화에(내 자랑 같아 우습지만, 나는 대학 졸업 후 일 년쯤 어느 영화 감독의 조수 노릇을 했고, 각색도 세 편쯤 했고, 조감독으로 일하다가 입대했다) 거의 미쳐 있는 사내지만, 영화 속에서 수술 장면이나 피를 보면 곧장 눈을 감아 버린다. 모가지나 팔뚝이 댕강 잘려서 땅바닥에 떨어지고, 사지를 묶어 고문을 한다거나 늘어져 누운 여자에게 물을 끼얹고, 치솟는 피가 화면을 덮어 버리는 그런 장면들이 영상미학의 새로운 문법이라면, 그런 잔혹취미는 영화 메커니즘의 가장 추악한 승리일 것이며, 과학의 발전이 인간에게는 또 다른 가공할 공해라는 고함이기도 하며, 리얼리즘을 오도(誤導)하는 가장 속된 몰취미일 것이기도 할 테고, 포르노 영상의 모든 장면이 그렇듯이 인체(人體)에 대한 가장 저속한 호기심의 발로일 것이다. 사실상 그런 이상한 잔혹 취미는 고우영 정도의 만화가가 극화(劇畵)《삼국지》 따위 속에서 수십 개의 사람 목을 한 줄의 가느다란 선(線)으로 몸통과 분리시켜 버리는 것으로 충분하다. (고우영의 잔혹취미 남발에는 약간의 해학이 숨어 있다는 것은 상식인데, 영화 속에서는 그런 코믹마저 남성들만이 일방적으로 즐기는 전유물, 곧 사디즘으로까지 변질시키고 있다.)

붙박였고, 매달렸고, 인쇄되어 있는 인쇄공은 이제 참을 수 없는 고통의 단계를 지나서 죽음의 공포로 거의 기진맥진이었다. 눈을 힘없이 감고 있었고, 목울대를 간신히 들먹이고 있으나 기름과 잉크가 여기저기 묻어 있는 작업복 속의 몸뚱어리는 귀찮고 불편한 어떤 이물질이라도 되는 듯 간간이 파르르 경련을 일으켰고, 얼굴에는 권태와 짜증스러움이 배어 있었다. 그 초라한 몰골이 내게는 저주스러운 것이었고, 분노를 일으키기에 충분한 것이었다. 그러나 말할 필요도 없이 나로서는 도저히 어떻게 도울 수도 없었고, 영화를 볼 때처럼 외면할 수도 없었다. 사람이란 이처럼 무력하고, 초라하고, 고통스러운 물체인가라는 생각만 나는 되뇌고 있었다.

나는 그 '붙박인 실물 사진'의 곁을 떠날 수가 없었다. 어떻게 떠날 수가 있단 말인가. 미칠 것만 같았다. 그 생생한 '현장 사진'은 영화 속의 한 장면이 아니었다.

인쇄공들의 수군거림에 의하면, '붙박인 실물'은 그날 낮 근무가 비번이었는데 처음으로 반자동식 인쇄기 근무를 자청한 모양이었고, 철야 근무 후의 대리 근무가 그런 사고를 자청했다고, 사고 원인이라기보다는 그의 불운에 대한 원망을 저마다 뇌까리고 있었다.

'붙박인 실물'이 그 원망을 들었던 모양이었다. 내 귀창을 찢어 놓을 듯한 고함 소리가 그 순간 인쇄소 안에 울려퍼졌다.

"야, 이 개새끼들아. 사람이 죽어가는데 뭣들 하고 있어. 나 좀 끄집어내 줘. 내 팔이 없어졌단 말이야. 제발 날 좀 살려 줘. 아이고 엄마, 날 어떻게 좀 해줘…"

악에 받친 땡고함이었다. 거의 죽어가는 사람의 마지막 절규 같았다. 그 죽어 가는 몸에서 어떻게 그런 절규가 나오는지 알 수가 없었다. 물론 '살려 줘, 아이고 엄마' 쯤에서는 거의 사정투였고, 울먹이는 소리였으며, 말을 흐리면서 울음소리로 자신의 고통을 잊으려는 안간힘을 보여주고 있었지만, 그 마지막 안간힘, 울음소리가 내게는 고마웠다. 그렇다. 사람은 그처럼 '붙박인 실물'인 채로 힘없이, 소리도 내지르지 못하고 죽을 수는 없는 존재였다. 그의 분노의 고함 소리, 어깨를 들먹이며 섧게 우는 울음소리는 당연한 것이었고, 나는 그 당연함이 정말 고마워서 코끝이 시큰했고, 눈에 눈물이 괴었다. 나는 인쇄기 밖에서 덜렁거리는 그의 발치께로 조금 다가갔다.

그는 지쳐서, 고통과 분노와 공포와 억울함에 짓눌려서 눈을 감고 있었다. 실신 상태임이 분명했다. 갑자기 인쇄소 안이 들떴다. 그의 동료들이 하나 둘 '붙박인 실물' 주위로 다가왔다. 웅성거림이 조금씩 커져 가다가 뚝 멈췄다. 잉크와 기름때가 묻은 그의 후줄그레한 작업복이 아직도 천천히, 그러나 조금 전보다 훨씬 가녀리고 가볍게 오르락내리락하고 있었다.

과장이라는 30대 중반의 사내가 울먹이면서 자신의 머리칼을 쥐어

뜯고 있었다. "내가 죽일 놈"이라고 그는 울먹였다. 뒤이어 그 사내는 "돈이 뭔데 좆 빤다고 대리 근무를 자청하고 지랄이야, 좋면서 와 기계 옆에 붙어서 있어, 어, 이 미친 새끼" 라고 버럭 소리를 질렀고, 갑자기 미쳐 버린 사람처럼 짜증과 분노가 뒤범벅이 된 일그러진 얼굴로 '붙박인 실물'에게로 달려들었다. '붙박인 실물'의 등줄기나 다리를 잡고 늘어질 작정이었던 모양이지만, 힘이 없는 발악이었다. 그의 발악이 '붙박인 실물'에 닿기도 전에 동료들이 잽싸게 그의 몸뚱어리를 잡고 늘어졌다. 그는 몇 번이나 팔을 내젓고 허우적거리다가 동료들에게 개처럼 질질 끌려가서 한쪽 벽에 차곡차곡 쌓아 둔 인쇄용지 곁에 버려졌다. 그는 지푸라기처럼 구겨진 몰골로 얼굴을 손에 묻었고, 어깨를 들먹이기 시작했다. 푸념과 한탄이 뒤섞인 그의 울먹임만이 인쇄소 안의 유일한 소음으로 퍼져 오고 있었다.

그의 갑작스러운 발악도 역시 내게는 고마운 것이었다. 이런 사태 앞에서 발악할 수 있어야만 사람이었다. 또는 발악할 수 있게 되어 있는 생명체가 사람이었다.

사장이 울먹이고 있는 과장에게 다가가 그의 어깻죽지를 다독거렸다. 계속되는 그의 울먹임에 의하면, '아악'이라는 비명 소리를 듣자마자 인쇄기의 작동을 중지시키느라고 갑자기 버튼을 눌러 버린 게 실수였으며, 그 반동의 힘으로 롤러 아가리가 '저 개새끼의 팔목'을 좀더 억세게 물고 들어갔다고 했다. 그 이후부터는 누구도 기계에 손을 못 댔다고 했고, 두꺼비집으로 달려가서 전원(電源)부터 제거했다는 것이었다.

그런 발악이라도 있어야 인쇄소 안에 괴어 있는 시간이 빨리 흘러가는 것만 같았다. 사실상 그런 발악이 인쇄기에 매달려 있는 '붙박인 실물'에게는 한없이 지루하고 고통스런 시간을 쫓아버리는 경과일 테고, 과정이지 싶었다.

사장이 누구에겐가 "야, 이 문 좀 열어 봐. 누가 이렇게 처닫았어"라고 소리쳤고, 문 밖으로 나가면서 "어이, 장 부장, 또 전화 걸어. 출발했는지 알아봐. 병원에도 전화 걸어. 빨리 차 여기 대기시키라고, 빨리"라고 소리쳤다.

스무 살 안팎의 동료들만이 '붙박인 실물' 주위에 엉거주춤 모여 서 있었다. 출입문과 마주 보는 한쪽 구석에서('실물'을 아가리로 물고 있는 그 인쇄기 앞쪽이었다) 전화기 다이얼을 돌리는 소리가 들렸고, 3, 40대 동료들이 그 주위에서 두런거리는 소리도 들렸다. "이 기계는 몰라. 하이델베르크(독일제 오프셋 인쇄기의 상품명이다)는 전에 몇 번 뜯어 봤어도. 반자동이 지랄은 지랄이야. 안전장치가 없으니 꼼짝도 못해, 완전히 개판이라고. 예, 여기가 어딘가 하면…" 그런 투정 섞인 소음마저도 '붙박인 시간'을 제법 멀리 쫓아내 버리고 있었다.

사장이 알루미늄 새시 문을 드르륵 밀고 들어섰다. 뒤이어 기계 공구가 들었을 납작한 양철 가방을 손에 든 사내가 들어왔고, 두 사람의 동료도 뒤따랐다. 기술자들이었다. 그들은 다짜고짜로 '붙박인 실물'의 팔꿈치께를 무표정한 얼굴로 살피기 시작했다. 신경이 없는 사람들이었고, 말이 없는 인간들이었다. 그들은 하나같이 '붙박인 실물'의 가녀린 헐떡임만 힐끔 쳐다보았고, 그 곁을 떠나버렸다. 곧장 그들은 사태를 파악했다는 듯이 고개를 몇 번 끄덕였고, 전원을 찾았고, 공구에다 전기를 집어넣었고, 전선을 꽂았고, 한 사람이 인쇄기 밑에 쪼그려 앉았고, 어금니를 악물어 가면서 조임새를 풀어갔고, '붙박인 실물'의 몸뚱어리가 반쯤 걸쳐져 있는 얼금얼금한 평판(平版)을 끄덕여 보았고(인쇄된 용지가 켜켜이 쌓이는 곳이다. 당연히 '붙박인 실물'의 몸뚱어리 밑에는 인쇄물이 빼곡히 쌓여 있었다), 전류가 몸에 닿은 듯 몸뚱어리가 이따금씩 파르르 몸서리쳐 가고 있는 '실물'의 몸을 들어 달라고 인쇄공들에게 도움을 청했고, 롤러의 동력원을 벗겨냈고, 롤러의 한쪽 모서리 이빨을 톱니바퀴로부터 떼어냈고('실물'의 팔목은 바로 그 아가리께에 물려 있었다), 두 기술자가 견고한 두루마리 같은 롤러를 힘들여 들어올렸고, 인쇄기 양쪽에 붙어 있는 커다란 쇠붙이 동테를 시계 바늘 반대 방향으로 풀어댔고, 마침내 한쪽 틈새로 찌부러진 허연 살이, 피범벅이 된 팔의 일부가 조금씩 보이기 시작했다.

나는 눈을 감아버렸다. 더 이상 지켜볼 수가 없었다. 아니, 볼 필요도 없었다. 그의 한쪽 팔은 그의 몸으로부터 완전히 떼어져 있을 테고, 피범벅에 걸레쪽 같은 살점들이 여기저기 흩어져 있을 것이었다. 누군가가 그 살점들을 기계로부터 무참하게 떼어 버릴 터였다.

단말마의 기성 같은 외마디가 짧게 인쇄소 안에 울려 퍼졌다. 그 외마디는 정말 안도의 한숨이나 마찬가지였다. '붙박인 실물'이 아직도 완강히 살아 있다는 표시를 그렇게 소리치고 있었으니까.

앰뷸런스가 왱왱거렸다. 사장이 또 총총걸음으로 인쇄용지 사이를 빠져나갔다. 출입문이 소음을 내고 열려졌다. 왱왱거리는 소음이 훨씬 크게, 다급하게 다가왔다. 동료들은 인쇄기 주위에 시커멓게 달려들었다.

'붙박인 실물'이 기계로부터 완전히 떼어졌다. 한쪽 팔이 없어진 채로 그는 이제 '사람'이 되어 있었다. 웅성거리는 소음이 문밖에서 들려왔다. 한쪽 팔이 힘 없이 덜렁거리는 채로 '죽어가는 사람'이 동료의 등에 업혀, 동료들에 둘러싸인 채로 문 밖으로 빠져 나갔다.

나는 혼이 빠진 상태로 가파른 나무층계 바로 아래 쌓여져 있는 인쇄용지 위에 엉덩이를 걸치고 앉았다. 어느 틈엔가 내 남방셔츠의 소매는 팔목까지 내려져 있었고, 단추까지 단정하게 채워져 있었다. 그 사실이 새삼스럽게 신기할 지경이었고, 대단한 발견처럼 느껴졌다. 팔짱을 꼈다. 내 팔이 제대로 붙어 있는지를 알아보려는 듯이 손아귀 힘으로 여기저기를 마구 꾹꾹 눌러 보았다. 살점의 적당한 탄력감이 믿음직스러웠지만, 그 팔은 이미 무신경한 어떤 이물질처럼 내 몸뚱어리에 그냥 '잠시 붙어 있는 실물'처럼 느껴졌다.

2-14

나는 걷고 있었다. 어디로 가야 할지를 모르고 있었으므로, 아니, 그 따위 생각을 간추릴 여유가 없었으므로 나는 무작정 걸어가고 있는 중이었다. 길이 있는 곳이라면 어디든지 내 발길이 닿을 수 있다는 듯이 발을 번갈아 떼놓고 있었다.

당연한 노릇이겠지만, 거리의 모든 사람들은 방금 한 젊은이에게 닥친 불행을 감쪽같이 모르고 있었다. 그들은 하나같이 날씨 탓으로 생기에 차 있었고, 부산하게 움직였고, 즐거워했고, 그래서 행복해 보였다. 그들은 '붙박인 실물'을 목격하기 전까지의 내 모습과 똑같았다. 그러나 이제 나는 그들과 같은 선남선녀가 아니었다.

가로수 밑을 지나게 되었다. 나는 그 짙푸른 그늘이, 그 그늘 사이로 사금파리처럼 빤짝빤짝 내리꽂히고 있는 하얀 햇빛이 내 심사를 어둡게 만들 뿐만 아니라 얼룩얼룩하게 색칠하고 있다는 생각이 들어서 무조건 싫었다.

나는 누구에겐가 버럭버럭 화를 내고 있었다. 그 불특정 다수는 내게 적(敵)이었다. 사람이 무력하다는 것은 새삼스럽게 말할 필요도 없지만, 하느님과 예수 그리스도와 교회도 아무런 능력이 없기는 마찬가지였다. 이 청명한 5월의 하늘 아래서 어느 선량한 인쇄공이 한쪽 팔을 잃어버렸는데도 교회는 침묵하고 있었고, 전지전능하시다는 하느님은 '붙박인 사람'의 고통을 까맣게 모른 채, 또 그이를 철저히 믿는 신도들은 어떤 충격도 받지 않은 채 어디데선가 버티고 있는 모양이었고, 그들은 아무런 동요도 없이 높다란 곳에서 세상을 굽어보며 엄숙하게 생활하고 있지 싶었다. 그 근엄한 위용은 가짜였고, 위선이었고, 따라서 사기(詐欺)였다. 그들과 한 젊은이가 기계에 매달려서 서서히 죽어가는 고통의 시간을 지켜본 '우리' 중에서 어느 쪽이 더 짐승에 가까운가? 이 짐승의 세계에, 이 짐승의 시간 아래서 그들은 짐승보다 더 못한 각진 사물에 불과한 것 아닌가? 각은 무엇인가? 그것은 불특정 다수에게만 통용되는 허세이고 가짜 권위다.

나는 신경이 죽어 버린 사람이었다. 땅을 밟아 가고 있었지만, 내 발바닥과 다리는 어떤 저항감도 느끼지 못하고 있었다. 나는 말을 잃어버린 사람이었다. 원망스럽고 억울했으므로 어떤 말도 쓸데없는 소리였다.

나는 왜 그 '붙박인 실물'을 지켜보고 있어야만 했고, 왜 그 자리를 떠나지 못했던가? 왜 그 '붙박인 실물'의 시선이 살아 있기를, 분노에

차 있기를 조마조마하게 지켜보고 있었던가? 그 징그러운 '실물'은 이미 사람도 아니었고, 도저히 있을 수 없는 기괴한 한 장의 인쇄물에 지나지 않았는데도 말이다.

평생토록 충격과 고통과 분노와 억울함을 경험하지 않고 곱다라니 살아갈 수는 없을까? 슬픔이란 그런 충격, 고통, 분노, 억울함을 삭이기 위한 진정제인가? 아니면 그런 몹쓸 경험을 잊어버리기 위한 마음의 완충장치인가?

그 '붙박인 실물'은 얼마나 오랫동안 인쇄기의 아가리에 물려 있었을까? 그가 참아낸 그 고통의 시간은 그 시각에 불특정 다수가 경험한 어떤 시간보다도 더 길었다고 할 수가 있을까? 만약 그렇다면 절대시간이란 있을 수 없다는 말이 옳지 않나? 사람마다 제가끔 관장하는 절대시간의 길이가 길고 짧을 수 있다면, 그 상대적인 시간의 길이를 재는 척도는 무엇인가? 어느 화실에 괴어 있던 정체된 시간도 길이가 있는가? 이 고통과 충격과 슬픔의 내 시간은 과연 언제까지 계속될 것인가?

나는 끊임없이 무언인가를 생각하고, 정리하고, 정의(定義)해내려고 안간힘을 쏟고 있었다.

이 5월의 싱싱한 녹음 아래서 성실하게 일만 하던 팔뚝 하나가 없어져 버렸다. 아니다. 저 새파란 하늘로 날아가버렸다. 아니다. 너무나 갑작스러운 안전사고여서 아직도 하늘 한가운데 걸려 있다고 해야 옳을 것이다. 그 팔뚝은 가장 선량하고 싱싱한 몸뚱어리와 영원히 분리되었으므로 이제 아무 말이 없다. 고통도 없어져 버렸다. 힘든 일을 면제받았다. 그러니까 죽어 버린 것이다. 흔적도 없어져 버렸다. 그러나 그 팔뚝은 영원히 살아 있다. 환청(幻聽)과 환시(幻視)가 있듯이 그는 내일 아침쯤부터 '붙박인 실물'이었을 때보다 더 참을 수 없는 환통(幻痛)에 시달릴 것이다. 이제부터 그에게 남은 통증이라면 팔뚝이 날아가 버린 부위에 한정될 것인데, 또한 그 통증은 마취제로 서서히 잠재워질 텐데, 방금까지 엄연히 지 몸이었던 어느 부위가 없어져 버린 데 대한 자각 증상, 곧 환통은 아마도 지독할 것이다. 그는 조금씩 미쳐 갈 수밖에 없을 테고, 그 경과는 몇달, 아니, 평생 이어질 것이다.

그런 환청, 환시, 환통에 신음하는 병사들을 나는 월남에서 꼭 한 번 목격한 바 있었다. 야전병원에서였다. 작전 참모의 심부름으로 나는 그곳에서 어떤 약을 얻기로 되어 있었다. 병동 밖은 작열하는 태양 아래 모든 것이 시들시들 말라 가고 있었고, 권태와 무료 속에 졸고 있었지만, 병동 안은 죽어가는 사람들이 내뿜는 악취와 소음으로 깨어 있었고, 서늘했고, 점점 시끄러워지고 있었다. 죽어가는 사람들은 산 사람들보다 확실히 더 시끄러웠다. 그러나 병동 전체는 촛불이 꺼질 때의 마지막 안간힘을 닮아 있어서 이미 죽은 거나 마찬가지였다. 내 손에 들려져 있는 남빛 유리병 속의 하얀 물약을 말끄러미 쳐다보면서 나는 작전 참모의 헛배와 끄르륵거리는 신트림 소리를 떠올리고 있었다. 내게 약을 전해 준 군의관은 작전 참모와 고등학교 동기동창생이었다. 나는 군의관과 함께 메스홀에서 맛대가리라고는 없는 미군용 부식으로 점심을 때웠고, 수세식 변소 속에서 "작대기가 줄줄 새거든 곧장 나한테로 달려와"라는 그의 친절한 명령을 들었고, 곧장 올 때와는 다른 병동 속을 관통하게 되었다. 복도에 발을 들여놓기가 무섭게 내 귀를 의심할 정도의 외마디 소리가 연이어 달려들었다. 전상자들의 아우성이었다. 그 병동 전체가 하얀 붕대로 뒤덮여 있었다. 온통 하얀 불구자들 천지였다. 그들은 여기저기서 내게로 몰려들었고, 손짓했고, 불러댔고, 매달렸다. 내 힘으로는 그 거머리처럼 척척 달라붙는 몸부림과 아우성을 도저히 떼어낼 수가 없었다. 그들은 이미 의학적으로는 어떤 소리도 들을 수 없는 귀머거리들이었고, 어떤 사물도 볼 수 없는 장님들이었고, 고통이 완벽하게 제거된 반신불구자들이었다. 그럼에도 불구하고 그들은 피를 쏟고 있는, 살점이 썩어 가고 있는, 천천히 죽어가고 있는 병사들보다 더 심한 통증에 시달리고 있었고, 기성에 가까운 신음소리를 지칠 줄 모르게 내지르고 있었다. 정말 무서운 광경이었다. 눈을 힘주어 감아 버렸다. 내가 이 세상에서 가장 비겁한 사람이라고 해도 상관없었다. 우선 그 자리에서 벗어나고 싶었다. 오로지 그 신음소리를 듣고 싶지 않을 뿐이었다. 내가 살아 있다는 또렷한 확인감이 몸서리쳐지도록 싫었다. 적어도 나는 '일시적인 환청 환자'일 이유가 전혀 없는 몸이었다. 어떻게 그 병동을 벗어났는지 몰랐다. 운전 솜씨가 유독 거친 운전병도 기가 질려 있었다. 그도 월남전의 참상을, 아니, 전쟁의 무서움을 처음으로 목격했을 것이었다. 군데군데 포탄이 파먹은 넝마 같은 국도를 지프 차는 날 듯이 달리고 있었다. 피엑스 막사로 뛰어들어갔다. 매복조가 한 무더기 몰려와 있었고, 그들의 벌거벗은 상체는 핏빛같이 붉게 타오르고 있었다. 그 속의 시끄러운 소음도, 이윽고 어떤 술주정꾼 병사가 엠식스틴으로 천장을 두두두두두 긁어 버리는 속사음조차도 내 귀에는 방금 듣고 온 그 절규, 신음소리에 비하면 훨씬 감미로운 것이었다. 막사 천장에 뚫려진 수많은 구멍을 통해 그 통증 없는 환통 환자들의 울부

짖음이 한사코 몰려왔다. 나는 두 개의 빈 맥주 캔 앞에서 빌었다. 죽게 된다면, 이 덥고 썩어가는 냄새로 가득 찬 나라에서 죽게 된다면 통증 없이 죽어가게 해달라고. 영화 속에서처럼 몇 마디의 말을 흘리면서 고개를 떨구게 해 달라고. 그런 즉각적인 현장에서의 죽음만이 사람의 죽음일 수 있을 것이라고 나는 되뇌었다.

나는 가급적이면 환통 환자의 가족이 조만간 겪게 될 경악과 충격과 슬픔 따위에 대해서는 생각하지 않기로 했다. 왜냐하면 그런 복수(複數)의 경악, 충격, 슬픔, 나아가서 분노의 대변자가 바로 '나'일 수 있다는 생각이 들어서였다.

그렇다면 나의 이 경악, 충격, 슬픔, 분노가 당사자에게는 어떻게 받아들여질 것인가? 나의 이 돌발적인 경악과 충격은 환통 환자의 정서를 휴지처럼 구겨 버리고 있는 무책임한 수선이 아닐까? 무책임한 수선은 환통 환자에게는 진정제이며 망각제에 불과한 것 아닌가? 나의 이 싸늘한 슬픔과 분노는 어떤 불구자가 앞으로 겪게 될 모든 고통의 삶을 종이처럼 하얀 단일색조로 바래게 만드는 표백제에 불과한 것이 아닐까? 표백제는 기존의 색깔을 감쪽같이 무효화시키고, 백지화시키지만, 그 희뿌옇게 떠오른 색깔은 불안하고 병적이며 더욱 고통스러운 것 아닐까?

점점 참담해지는 기분이었다. 거리의 사람들이 점점 불어나는 것처럼, 그들의 표정이 기를 쓰며 점점 밝아지는 것처럼 나의 돌발적인 경악과 충격은 점점 가닥이 늘어나고 있었고, 나의 싸늘한 슬픔과 분노는 더 새까맣고 음울한 것으로 변해 갔다.

나는 어찌할 바를 모르고 있었다. 초등학교 아이들처럼 마음이 들떠 있었는데, 이제는 그들처럼 슬펐고, 투정을 부리고 싶었다. 건들거리는 내 팔뚝의 건재가 주체 못 할 정도로 짐스러웠다. 산업사회의 한 이름없는 불구자에게 나는 끝없이 겸손해지고 싶었다. 배금주의의 열풍에 휩싸이고부터 우리 사회는 얼굴에 철판을 깐 사람들처럼 뻔뻔스러워졌으며, 겸손을 찾아볼 수 없는 진흙구덩이가 되고 말았다. 그 뻔뻔스러운 진흙탕 속에서 서로가 서로에게 진흙을 뒤집어쓴 얼굴을 내보이고 있다. 겸손은 교활의 다른 말일 수 있지만, 최소한의 그 교활조차도 불구자는 받아들일 아량이 없어져 버렸다. 하얀 색은, 그 병적인 지친 색깔은 어떤 정서도 받아들이지 못하게 되고 말았다. 그렇다. 빛바랜 색은 모든 색을, 정서를 되쏜다. 그러나 정적과 어둠과 제 색깔을 가진 모든 사물은 어떤 특정의 색을, 그 정서를 흡수하고, 감싸고, 안아 버린다.

이제 환통 환자와 나 사이에는 메울 수 없는 틈이 생겼다. 그래서 우리는 서로 적의(敵意)를 얼마쯤 갖고 있는 다른 종류의 생명체가 되어 버렸다.

이 소음이 들끓는 시대와 길에서 서성이는 우리 세대 전체가 처절하게 볼썽사납다는 생각이 들었다. 휴지처럼 마구 구겨지고 있는 내 의식이 불쌍하다는 생각도 들었다. 팔뚝이 천장에 매달려 덜렁거리는 정육점 같은 이 시대의 어느 한 쪽 귀퉁이에서 나는 오랫동안 서성여야만 될 것 같았다. 그런 서성임은 환통 환자와 불구자에 대한 도리도, 겸손도, 도의적인 책임감도 아닐 테지만, 적어도 폭폭하게 썩어가는 내 마음의 고통을 다소나마 덜어 주기는 할 것이다.

짓물러 터져 버린 살점이, 피로 물든 시커먼 톱니바퀴가, 피를 철철 흘리는 팔뚝이, 소름 끼치는 백지장 얼굴이, 뼈가 부서지는 소리와 악에 바친 외마디 소리가, 다급한 경적음이, 쇠붙이를 갈아대는 금속성 소음이, 힘 없이 덜렁거리는 또다른 팔뚝과 다리가 내 눈앞에, 거리에, 인파 사이에, 햇빛 아래 마구 뒹굴어다니고 있었다.

2-15

'미적미적'은 여전히 말이 없었다. 의사 결정권의 유보가 자신의 주특기인 양, 그런 침묵이 자아내는 어색한 권위주의, 묘한 공포 분위기, 뻣뻣한 엄숙주의를 한껏 만끽하면서 빈둥거리고 있는 것 같았다. 아무려나 '시그날'이 짓조를 수 있는 일이 아니었다. 침묵에 대응하는 가장 효과적이고 경제적인 자세는 역시 침묵밖에 없었다. 그래서 '시그날'은 기세등등하게 말들을 쏟아놓고 있었고, 땀을 뻘뻘 흘리고 있었다. 다행이었다. 적어도 '당분간'은 다행이었다. 물론 송 선생은 그 '유보적인 다행'을 잘 알고 있었으므로 오히려 더욱 의기양양하게 '시그날'을 독려해댔다. 민수는 '타동사의 시대' 따위의 종잡을 수 없는 고함을 내지르며 무대 위를 뛰어다녔고, 대본을 집어던졌다가는 곧장 주우러 기어다니곤 했다. 성국이는 밥을 먹을 때도 공연히 주위를 두리번거리면서 자신이 반쯤은 테러리스트가 된 흉내를 의식적으로 체질화시켜 가고 있었다. 테러리스트에게 제 남편이 폭사(爆死)당한 대공부인 역(役)인 인화는 연습장에 모습을 나타냈다가는 홀연히 어디론가 사라지곤 했고, 몇 번이나 고의적으로 나를 못 본 체했다. 진짜 중국음식점 '춘추각'의 식대는 하루가 다르게 불어나고 있었다.

나는 퇴근하자마자 '시그날'로 달려오는 송 선생과 머리를 맞대고 권위와 허영을(그 소위 찬조, 구걸 행각과 팜플릿이나 관람권의 광고 스폰서를 물어 오는 일 말이다) 사줄 사람을 인선(人選)하고, 그들을 찾아다닐 궁리를 짜내곤 했다. 그런 기획 일에 매달리면서도 나는 환통 환자의 고통을 얼핏얼핏 떠올렸다간 후딱 지우고는 해서 '시그날' 동료들로부터 '물 먹은사람'이라느니 '풀기 없는 사람'이라는 소리를 듣고 있었다. 사실상 맞는 말이었다. 내 몸과 마음이 두루 후줄근해져 있었으며 나사 풀린 로봇처럼 흐물흐물 무너지고 있었다. '붙박인 실물'을 목격하고 난 다음날, 나는 민수로부터 "분명히 눋는 냄새가 나는데, 큼, 큼, 막상 당사자 나리는 아직 엉덩이가 안 타는지 전혀 내색이 없으니 속내를 알 수가 있어야지"라는 불평을 듣기도 했다. 나는 누구에게도 환통 환자의 고통을 털어놓지 않고 있었다. 그럴 필요도 없었고, 그러고 싶지도 않았다. 내 마음의 환통을 아무리 정확하게 옮겨 놓는다 해도, 그것은 눈에 보이는 '실물'이 아니기 때문에 설득력도 없을 것이고, 엄살이라고 치부해 버릴 것이었다. 사람들은 오로지 '실물'만을 믿으려 들 테니 말이다.

잊어야 했다. 이 시끄럽고 들뜬 산업사회의 일원으로 살아가려면 하늘로 날아가 버린 팔뚝 하나쯤은 슬그머니 잊어버려야만 할 의무가 있었다. 그러나 도저히 잊히지 않았다. 팔뚝은 여전히 집요하게 하늘에 걸려 있었고, 거리의 인파 속에서 걸어다니고 있었고, 세포의 집의 내 우리 속으로까지 따라와서 맴돌고 있었다. 잊을 궁리를 하기도 싫었고, 하지도 않았고, 할 수도 없었다.

그즈음 '시그날' 주위에는 새로운 소문 하나가 갑작스럽게 부상하고 있었다. 대개의 소문이 다 그렇듯이 그 소문도 진의를 확인할 길이 없었으므로 끊임없이 '커지고', '퍼져 가고', '만들어지고' 있었다. 요컨대 그 소문은 호사가들의 귀를 솔깃하게 만드는 데는 안성맞춤이었고, 그만큼 의문에 의문이 꼬리를 물고 일어나는 유별스러운 것이었고, 당시의 전시민 '봉기설', 대국민 '발포설' 같은 괴소문처럼 숱한 버전이 이어졌다.

'춘추각'의 안주인, 곧 딸 하나를 두고 있는 중국사람 연주 엄마, 그 새카만 눈썹이 유난히 돋보이고 까무스름한 얼굴색이 인상적이며, 얼굴도 그렇지만 온몸이 투실투실한 살점으로 뚤뚤 뭉쳐져 있는 듯한 사십대 초반의 이 여자가 오래 전부터(글쎄, 이 시기라는 것도 정확히 알 수 없는 소문에 불과한 것이겠지만) 두 남자를 데리고 산다는 것이다.

'춘추각'에는 두 사람의 남자 요리사가 있었다. 한 사람은 오십 대 초반의 조로(早老)한 사내로서 머리칼이 희끗희끗했고, 뻔질뻔질한 정수리께가 훤하게 떠오르는 대머리에, 오른쪽 콧날개 위에 완두콩만한 검은 사마귀를 달고 있어서 단골손님들에게는 '춘추각'의 주인으로 알려져 있는데다 '사마귀 아저씨'라고 불려지고 있었다. 동네 사람들은 그가 아침 저녁으로 맥주용 상자 두 짝에다 음식 재료를 가득히 담아 싣고 힘겹게 자전거 페달을 밟아대고 있는 광경을 봐오곤 했다. 또한 틈이 나는 대로 4인석 식탁이 열 개 남짓 놓여 있는 가게로 나와 한국 신문을 열심히 읽는 장면도 자주 볼 수 있었다. 그런 시간은 물론 손님이 없는 한가한 때였고, 그가 주방에서 요리를 만들지 않을 때였다. 어쨌든 그는 출입문 입구에 있는 카운터 부근에는 얼씬도 하지 않았고, 그곳에 앉아서 돈을 받고, 음식 주문을 주방 구멍 속으로 밀어

넣고, 손님에게 음식도 나르는 연주 엄마와 말을 주고받는 일이 드물었다. 대체로 말해서 이 허여멀건 살색을 가진 중늙은이는 착하게, 조금 뚱한 표정으로 열심히 살아가는 중국인이었고, 곱게 늙어가는 깡마른 체구의 과묵한 사내였다. 다른 한 사내는 나이를 짐작할 수 없을 정도로 거무튀튀한 살점을(소문이 퍼지기 전까지는 그 피부색과 살점 때문에 그가 연주 엄마의 사촌동생쯤일 것이라고 짐작했다) 디룩디룩 붙이고 있는 투박한 사람이었고, 머리숱이 많았고, 거뭇거뭇한 모공(毛孔)이 선명하게 드러나는 턱수염을 적당히 길러 두었다가 어느날 파랗게 밀어 버리기도 하는 30대의 남자였다. 그는 밀가루 반죽이 전문이라는 믿을 만한 소문의 주체였지만, 연주 엄마와 다정하게 말도, 물론 중국말로 주고받았고, 연주의 머리도 자주 쓰다듬어 주곤 했다.

연주 엄마는 이 두 사내와 의논성스럽게 살아간다는 것이었다. 그것도 '일주일 단위'로 번갈아가며 산다고 했다. 소문의 속성이 원래 '만들어지는 데' 있는 만큼 '보름 단위설'도 떠올랐다. 그러나 그 즉흥적인 소문은 한 달이 30일인 경우는 상관없을 테지만, 그렇지 않을 경우는 형평의 원칙에 어긋난다는 순발력 좋은 반론에 부딪쳐 즉석에서 사그라졌다. 어쨌거나 세 사람은 일부일처제에 얽매여 사는 대다수의 문명인들보다 더 화기애애하게, 또 엄격하게 이부일처제(二夫一妻制)를 구가하며 살아간다는 것이었다.

놀랄 일이었다. 그 소문의 진원지는 물론 '시그날'이었다. 그즈음 시그날은 밤 10시 안팎까지 연습을 강행군하는 터여서 대개 그 시간쯤에야 '춘추각'으로 우르르 몰려가 소주나 배갈을 마시고 우동이나 탕수육 따위로 요기를 하는 게 거의 관례화되어 있었다. 따라서 어느 날 밤 어떤 순발력 있는 동료가(아마도 송 선생이나 민수가 그중 하나일 것이고, 그날이 바로 '붙박인 실물'의 팔뚝이 날아가 버린 날이었던 모양으로 나는 그 자리에 없었다) 평소의 관찰력을 느닷없이 발설했을 것이고, 자신의 그 정밀한 관찰력에다 온갖 소음과 식언을 덧붙여 갔을 게 틀림없었다. 그 소문, 곧 이부일처제의 실상은 다음과 같은 분위기 때문에 좀더 그럴듯하게, 연극처럼 자연스럽게 구체화되어 갔던 듯하다.

'춘추각'은 시중의 여느 한국식 중국음식점과는 달리 '신속배달'이라는 경영방침이 상호에도 명시되어 있지 않았다. 그 상호라는 것도 여닫이 유리창문 위에 붙어 있었는데, 새카만 나무판대기에다 '춘추각'이라는 한자 글씨만 금색으로 양각(陽刻)되어 있을 뿐이었다. 물론 그것보다 더 작은 새카만 나무 판대기가 출입문 양옆에 붉은 헝겊을 모가지에다 걸고 매달려 있었다. 당연히 '춘추각'에는 음식을 배달하는 한국인 종업원이 없었다(중국인 총각이 한 사람 보였다간 없어지곤 했는데, 역시 믿을 수 없는 소문에 따르면 두 사내 중의 어느 한 사람의 일가붙이로서 어느 큰 중국음식점에서 중국요리 수습생으로 일한다고 했다). 그 대신 유비(劉備) 삼형제가 액자 속에서 눈알을 부라리고 있는가 하면, 합죽하니 입을 다물고 웃는 장개석(蔣介石) 초상화가 붙어 있었다. 그 외에도 중국옷을 입은 요염한 여자들이 득시들거리는 인물화와 한 자도 읽어낼 수 없는 초서체 족자 몇 점이 걸려 있기도 했다. 길쯤한 가겟방이 하나 있었고, 카운터 뒤가 주방이었다. 가겟방과 기역자로 붙은 주방의 천장으로 나무계단이 나 있었다. 그 계단에는 밀가루 부대가 빼곡히 길을 메우고 있어서 그런저런 집기와 장식들이 중국인 특유의 장중한 긴장감을 대변하고 있는 셈이었다.

대체로 '춘추각'은 불친절했다. 유일한 친절이 있다면 그 이상스러운 우리말의 억양 정도라고 할 수 있었고, 연주 엄마는 표정 없는 얼굴의 전형이었다. 그러나 '음식점은 음식 맛으로'라는 원칙에는 충실해서, 예의 탁월한 식언가이며 미공인 요리 연구가인 송 선생까지도 '준합격'이라고 '춘추각'의 음식을 칭송해마지 않았다.

'춘추각'의 형편이 대충 이러했으므로 그 소문은 확인할 길이(중국말도 모르려니와 아는 사람인들 무얼 꼬치꼬치 더 물어보겠는가) 없었지만, 상당히 신빙성이 있는 것이었고, 그 소문의 실체가 눈덩이처럼 커져 갔으나 그 핵심은 아주까리만한 것에 불과했다.

한 여자가 두 남자와 오순도순 살아간다, 그것뿐이었다. 단순하다면 가장 단순하고 자연스럽기까지 한 삶의 모습이었다.

다들 말들이 많았다. 틈만 나면 그 소문에 달려들었다. 그 소문은 먹어도 먹어도 물리지 않는 고기 덩어리였다. 그 소문조차도 중국 요리를 닮아가는 진풍경이었다.

—원래 중국 사람들의 셈본은 엄격하고 정확하기가 이를 데 없어요. 그러니 아무런 마찰이 없는 거야. 일 주일씩 교대 교대로. 도대체 무슨 마찰이 있겠어. 요컨대 합리적이라는 얘기야. 남자가 늙어 가면 발기가 어렵다는 건 만고불변의 생리현상이야. 그렇다고 아내의 성욕을 무작정 방치해 두는 것도 말이 안 되지. 의무 태만에 남자로서의 자격 상실이야. 그러니 합리적이고 실리적인 길을 서로가 오순도순 머리를 맞대고 찾았다 이거야. 중국인들은 우리나라 사람들처럼 억지가 없어요. 얼마나 좋아. 세상은 원래 모계사회였다는 학설에 나는 원

론적으로 동의할 수밖에 없어. 신체 구조상, 생리 구조상 그렇게 되어 있는 데 어째.

—말도 안 돼요. 연주가 알면 어떻게 하느냐구요?

—그 문제도 생각해 봤어. 자세히 설명해 주는 거야. 더욱이나 그 소위 남녀 간의 밤일이라는 것도 자세하기에 따라서, 더 구체적으로는 체위에 따라 얼마든지 성스러운 행위일 수가 있어. 그걸 자식에게 설명해줌으로써 충격을 줄일 수 있어. 사춘기 때는 어차피 모든 게 충격이잖아. 연극도 인위적으로 충격을 주려는 제도이고. 나이가 들어갈수록 자식은 부모의 사정을 이해하게 마련이야. 아무튼 연주는 조만간 대만, 자유중국이지, 거기로 유학 가게 돼 있어. 아니, 이런 경우는 유학이 아니라 본국에 공부하러 가는 거겠지. 어쨌든 세 사람이 그렇게 합의했어. 그래서 지금 집도 늘이지 않고 현금만 모으고 있는 중이야. 그 남루한 이층집이 집이야 뭐야. 원래 중국 서민들은 집 사치가 없어요. 몇천 년 동안 오랑캐들에게 시달렸으니까.

—그러면 도대체 춘추각 주인이 누구란 말이에요, 세 사람 중에?

—다 주인일 수도 있고, 다 아닐 수도 있지. 우리에게는 이처럼 비현실적이고 황당무계한 이부일처제를 그처럼 엄격하게 시행하고 있는데 무슨 원칙이 없겠어? 있을 거야. 그 사람들은 셈본이 정확하거든. 어떤 탁월한 원리원칙을 세워 두었을 거야. 내가 상정할 수 있는 것은 젊은 사내 쪽이 월급쟁이에다 이익금의 일정한 몫을 상여금조로 받을 거라는 추측이야.

—감정의 갈등은 어떻게 처리할까요?

—이런 답답한 질문을 봤나. 현실인데, 엄연한 현실을 앞에 두고 무

슨 감정의 사치를 부리려는 거야. 어느 쪽도 체념주의, 패배주의에 젖을 하등의 이유도 없어요. 감정도 세속적인 여러 본질과 원칙의 테두리 안에서 생기는 거니까. 서로 그 감정, 원칙을 존중해주면서, 한편으로는 해소해주려고 노력하는 거야. 일 주일 후에는 기회가 항상 있으니까. 바로 그거지 머. 그 원칙을 믿고 사는 거야. 우리에게는 그런 합리적인 원칙이 없어요. 불행한 일이야. 아니야, 원칙은 있는데 다들 실행을 안 하니 사문화되어 버렸어. 안타까운 일일뿐이야, 더 머?

—그러면 연주는 누구 애애요? 또 앞으로 태어날 애는 또 누구애애요?

—연주는 물론 사마귀 아저씨 소생이지. 물론 그 반대일 수도 있지만, 그런 비정상적인 경우는 일단 접어 두기로 하고, 아무튼 소생이 더 없었던 게 이부일처를 탄생시킨 조그만 원인(遠因)이었다고 봐야지. 그리고 앞으로 태어날 애의 친권(親權)의 확인은 당연히 연주 엄마의 소관이지. 여자의 생리 구조상 그건 확실한 짐작이 가능해. 가령 하루 차이로 정자와 난자가 만난 경우라도 말이야. 그러니까 사마귀 아저씨의 정자가 어젯밤에 난자와 만났고, 오늘 밤에는 젊은 남편의 정자가 들어왔다고 해도 연주 엄마는 확실한 짐작을 가지고 있게 마련이지. 더 극단적인 실례를 들어 볼까? 하루 저녁에 두 가지 종류의 다른 정자가 들어왔을 때도 그 친권은 구별이 가능해. 그런데 무슨 문제야? 자식을 낳으면 이때껏 해온 대로 잘 키우면 되는 거지 머. 그것뿐이야. 우리가 너무 상식적이고 상습적인 일부일처제의 세상에서 살아오니까 다른 세상을 모르고 있을 뿐이야. 더 적극적으로 말하면 테러리스트가 어떻게 나올 수 있냐는 억지발상과 마찬가지야. 체제, 관습

을 인정하고, 거기에 얽매여 사는데 어떻게 테러리스트가 탄생할 수가 있어? 없지? 그런데도 테러리스트는 있어 왔잖아. 그러니까 다른 세계를 인정하면 오히려 기존의 세계가 부조리하고 부자연스럽고, 다른 세계는 비인위적이라서 좀더 자연스러울 수가 있어. 이부일처제 아래서 살아가는 사람들은 우리처럼 일부다처제, 다들 외간 여자와 그 짓도 하고 심지어 이것까지(그는 새끼손가락을 들어 보였다) 둔 사람이 한 둘이야, 이런 세상에서 아무런 의심이나 죄의식도 없이 살아가는 우리들이야말로 좀 우습지. 그렇잖겠어?

숱한 억측에도 불구하고 그 소문은 끊임없이 화제였다. 세상을 달리 볼 수 있다는 그 시각 교정의 요구가 나로서는 곤혹스러운 일이었다. 환통 환자의 신음소리가 내 귓바퀴에 매달려 있는 시점에서 그 소문 자체는 나의 고통을 덜어 준다기보다도 더 심화시켜 주는 것 같았고, 환통 환자가 팔을 한짝 잃고 바라보는 세상도 성한 몸이었을 때의 그것과 과연 같을까 라는 의문이 들기도 해서였다. 그렇지 않을 것이었다. 어떻게 같을 수 있단 말인가. 물론 한 사람의 연극학도로서 나는 타성적이고 무비판적인 세계관에 저항하는 게 나의 조그만 직분임을 알고 있다. 허지만 나의 그런 직분은 환통 환자의 어제와 오늘을 가늠해 보는 변별력에는 아무런 도움도 주지 않았다. 이상하게도 나의 그런 분별력이 미궁 속으로 빠져드는 기분이었다. 그럼에도 불구하고 더욱 이상스러운 일은 연주 엄마의 그 좀 욕심 사나운 이중생활이 내게는 전혀 부도덕하게 받아들여지지 않는다는 사실이었다. 가치관이 갈팡질팡하는 유신 치하의 한복판에서 나는 전혀 엉뚱한 일로 신음하고 있었다. 이런 종류의 신음이 무슨 가치가 있을까 라는 또다른 또렷한 자각은 나를 수시로 전류에 댄 사람처럼 파르르 떨게 만들었다. 이래저래 나의 폭음과 번민은 어떤 정점을 향해 치닫고 있는 형국이었다.

2-16

막이 올랐다. 그러나 뜻밖에도, 아니 예상대로 남산의 어느 한쪽 귀퉁이에 폭탄이 떨어져서 '시그날'의 1979년 봄 정기공연은 이틀만에 막을 내렸다. 그 폭탄은 '시그날'의 정기공연물인 예의 번역극, 한 테러리스트가 정의와 자유, 인간에 대한 사랑과 연대감을 쟁취하기 위해 폭력에 호소하다가 서서히 얼어붙어 가는 그 극 중의 3막에서 터져나오는 요란한 폭음보다 더 위력적이었다. 폭음은커녕 고함소리도 들리지 않았던 그 폭탄은 '공연 중지'라는 '미적미적'의 조용한, 그러나 단호한 행정명령이었다. 조마조마하게 기다린 당국의 반응이었지만 어이없는 행정조치였다. '시그날' 단원들은 한동안 허탈하고 허망한 표정을 짓지 않을 수 없었고, 할 말들을 잊어버렸다. 이런 물리적인 행정지시는 일제시대부터, 아니, 그보다 더 오래 전의 전제군주국가 시절부터 끈질기게 이어져 내려오는 일종의 폭력임은 말 하나마나인데, 우리 사회와 그 구성원들이 겪고 이겨내야 할, 결국에는 극복해 왔던 어떤 무책임한 직권 남용이며, 무정견의 소치일 뿐만 아니라 한 시대의 총체적인 힘을 결집, 앙양시키기는커녕 오히려 소진, 말살시켜 왔던 병폐인 동시에 우리 지배계층의 고유한 횡포임이 확실하다.

누누이 강조해도 성이 안 차는 바이지만, 나라는 사람은 소심한 성정의 착한 소시민에 불과하고, 폭력을 극단적으로 싫어하는 연극인이다. 그것도 늘 무대에서의 말과 동작을 머리로 그리는 극작가일뿐이다. 그렇다고 연극 제일주의를 부르짓는 계몽주의자도 아니고, 쇄말주의에 빠져 있는 고집쟁이도, 제 주의주장과 제 일과 제 것만을 고립무의(孤立無依)한 경지로까지 몰고 가는 완벽주의자도 아니다. 그럼에도 불구하고 한 시대의 물꼬를 어떤 식으로 터야 논이 기름질 것인가를 나름대로 뜯어보려고 노력하는 젊은이이기는 하다. 물론 나의 그런 하릴없는 천착벽, 어쭙잖은 사유 능력은 한계가 있고, 무엇보다도 한 나라의 역사와 한 사람의 인생이 과연 그 소위 짱짱한 '변증법적인 발전'을 거듭하고 있는가 하는 감질나는 회의 때문에 달콤한 낭만주의자나 길항력을 잃고 있는 허무주의자의 탈을 뒤집어쓰고 하루살이처럼 살아가기는 하지만 말이다. 요컨대 긍정적인 사고방식이 결핍되어 있고, 아무리 하찮은 목적이라도 그것을 추구, 쟁취하기 위해서는 물불을 가리지 않는 철면피가 되지 못하는 나의 기질을 나는 지금부터 우회적으로 늘어 놓으려고 한다.

물꼬가 그 모양인데, 논바닥이 기름지기를 바란다고? 이 척박한 토양에서 우량아 같은 사고방식을 가지라고? 이게 도대체 무슨 논리인가? 모순이 아니고 무엇인가? 이런 불합리하고 억지투성이의 말로 변죽만 울려대는 코미디 같은 지적 풍토에서 과연 어떤 식의 대응이 정당한가?

심사숙고해야 할 문제였다. 아니, 생각할 필요도 없었고, 그럴 가치도 없는 생각거리였다.

한 사회 속에, 또는 어떤 특정한 한 개인에게 성가시고 귀찮은 존재가 있다면, 그를 어떤 유배지로 귀양살이 보내 버리면 된다는 발상만큼 같잖은 임시방편책도 달리 찾아볼 수 없을 것이다. 사실상 그 귀찮은 존재의 생존 자체에 폭력으로 유해를 가하는 적기(適期)의 그런 대증요법이 만성화 내지 습성화된 사회는 어른스러운 세계가 아니다. 또 이 사회가 혈기왕성한 젊은이들의 즉흥적인 자기 과시벽으로 들끓고, 그런 소란스러움 속에서 제자리걸음만 하고 있다면 절대 대다수의 어른들은 불안해 하고, 초조해 하고, 자포자기에 빠질 것이다. 그런 사회는 가장 저속한 동적(動的)인 삶으로 가득 찬 세계이지, 공동체적인 삶이 보장된 세계는 아니다. 정적(靜的)인 사회가, 굳이 부언하자면 비이성적인 사건이 일년 내내 일어나지 않는 조용한 사회가 바람직스럽다는 염원은 우리의 해묵은 체증이다. 내친김에 좀더 거칠게 말하면 나라는 사람은 애국, 통일, 평화, 정의, 양심, 도덕, 관용 따위의 거창한 어휘를 무시로 남발하는 정치인, 지식인, 문필가들이 적어지기를 바라고 있다. 그런 혈기방장한 사람이 우리의 이웃이라면 공연히 겁부터 나는 게 솔직한 내 심정이다.

나는 지금 감상적으로, 또 노골적으로 우리 사회의 쓸데없는 긴장의 도식화, 그 전통화에 대해 울분을 토론하고 있는 셈인데, 이런 사회적인 긴장은 불행을 예비하지만, 동시에 씁쓰레한 내일에의 기대, 요즘 말로는 전망과 그 부재마저 잉태하는 법이다.

방금 철거한 무대장치를 위시해서 대충 꾸려 놓은 분장용구, 효과음 장치, 의상, 책걸상 따위의 소도구를 공연장 밖의 널찍한 광장에다 아무렇게나 널브러놓고 우리는 용달차 두 대를 기다리고 있었다. '시그날' 단원들은 누구도 흐드러지게 피어 있는 노란 개나리꽃의 치열한 아우성을 무심히 바라볼 수 없었다. 그 처연한 분홍색을 수줍은 듯이 드러내고 있는 진달래꽃도 군데군데 피어 있었지만, 남산은 바야흐로 경망스러워 보이기까지 하는 샛노란 물결 일색이었다.

어떤 꽃이라도 그 색깔은 주위의 모든 다른 색깔에 비해 단연 부각되며, 그 색감이 아기자기한 모양새에 힘입어 돌올하게 선명하다. 그래서 유심히 바라볼수록 말을 잃어버리게 되고, 종내에는 노곤한 현기증에 빠져들게 한다. 나처럼 감성이 두딘 인간도 그런 경험을 몇 번 가지고 있다.

늦은 가을이었다. 동이 트기도 전에 점호를 끝내고, 우리는 곧장 이십사 킬로미터의 구보 훈련길에 올랐다. 안개가 자욱했으므로 구보 속도는 느렸고, 발을 떼놓을 때마다 치기로 되어 있는 손뼉 소리와 훈련 조교들이 불어대는 호루라기 소리가 안개를 느릿느릿하게 벗겨 가고 있었다. 반환 지점에 도달했을 때에야 시야가 점차 분명해지면서 흐릿한 새벽길이 오롯하게 떠올랐다. 쌀쌀한 날씨였지만 우리는 땀을 뻘뻘 흘렸고, 뿌연 입김을 안개 속에다 뿜어대고 있었다. 낙오병들을 싣고 오는 트럭이 오리처럼 뒤뚱거리며 뒤따랐다. 가을걷이를 끝낸 황량한 논바닥에는 서리가 하얗게 덮여 있었다. 개울의 징검다리를 첨벙거리며 뛰어넘었다. 야산 자락을 동아줄로 감아대고 있는 듯한 붉은 황토길 군사도로에 접어들었다. 그때 길가에 무리지어 피어 있는 코스모스가 문득 내 눈에 붙잡혔고, 그들은 유독 내게 수많은 말을 걸어왔다. 순간적으로 나는 콧잔등이 시큰해졌고, 눈앞이 침침해졌다. 그날은 밤새도록 훈련이 계속되는 날이었는데, 바로 그날 오후에 (아마도 '십 분간 휴식 중'이었을 것이다) 나는 들국화 몇 송이를 무심히 바라보다가 이번에는 나도 모르게 눈물을 주르륵 흘려 버렸다. 별이 들지 않는 개울가에 희미하게 피어 있는 들국화였다. 들국화는 그 색깔이 결코 희미한 꽃이 아니었다. 이 세상의 어떤 꽃보다도 선명하고, 강렬하고, 그래서 그 색깔만이 돌올하게 '떠오르는 빛'이었다. 주위에 사람이 있거나 말거나 나는 울어 버렸다. 울고 싶었고, 그 곁을 떠나기 싫었고, 죽고 싶었다. 그 순간만은 죽어도 좋다고 생각했다.

1979년 늦봄에 피어난 남산의 개나리꽃은 내게 있어서 모차르트였다. 누구보다도 감미롭고 선명한 서정의 멜로디를 들려주는 모차르트를 흔히 너무 현란하다고, 방정 맞을 정도로 영롱해서 더욱 찬란한 그 음색의 얼룩이 분명하고 경쾌하여 듣는 사람을 곧장 들뜨게 만들고, 속된 고양감에 젖어들게 하고, 싫증나게 하다가 피로하게 만든다고들 한다. 그런 혹평은 사실상 지나친 면칭이지만, 자신의 감상안을 감추고 있거나 모차르트 애호가들의 교활한 겸사와 다를 바 없다. 그거야 어떻든 모차르트는 들을 때마다, 듣고 난 후에도 귓가에 달착지근하게 감겨들고, 자꾸만 더 듣고 싶어지는 것도 사실이다. 그러나 엄밀한 의미에서 모차르트는 경쾌하지도, 달콤하지도, 생기에 차 있지도 않다. 대단히 복잡한 인물이라서 그의 음들에는 하나같이 슬픔과 고민과 명랑과 해학이 골고루 맴돌고 있고, 되풀이되고 있다.

요컨대 모차르트는 풀 길 없는 번뇌 속에서 팥죽 끓듯 솟아오르는 악상이라는 몽우리를(그는 안구돌출증 환자였다) 마구 뒤섞어 버리고 나서, 이번에는 방금 자신이 '저질러 놓은' 작업에 불안과 불만을 쏟아놓고, 점점 그 부피가 커져 가는 자신의 번뇌를 하염없이 쓰다듬었던 괴짜이다. 그러므로 골치 아플 정도로 수많은 작의를 한 작품마다에 모조리 우겨놓고, 제멋대로 뒤범벅시켜 놓았으므로 그 복잡다단

한 악상은 들을 때마다 감상이 달라질 수 있고, 그가 숨겨 놓은 비밀의 보물을 그 자신은 물론이거니와 감상자도 낑낑거리며 찾아내봐야 평범한 옥가락지에 불과하다.

마찬가지다. 개나리꽃은 샛노란색의 촘촘하고 화려한 만개에 불과하지만, 바라볼수록 수많은 슬픔과 고뇌를 가지고 있다(누구나 아는 대로 '개나리꽃 한 송이'란 말은 성립되지 않는다). 꽃이 아니었다. 사람의 마음을 환하게 열어 주는 밝은 색의 도열도 아니었다. 소름이 끼칠 정도로 무서운 색이었다. 사람의 마음을 처연하게 만드는 꽃이었다. 울분에 지쳐서 죽은 넋의 메아리였다. 숱한 질문과 대답을 던지고 있었으므로 개나리꽃은 살아 움직이는 어떤 미물이었고, 군중이었다(물론 '개나리꽃 한 포기'란 말도 있을 수 없다). 점점 그 갈래가 많아지는 의문투성이의 혐의를 받고 있는 착한 도둑놈 같았다.

내 시야에는 온통 샛노란색뿐이었다. 그 환한 색깔이 사람을 노랗게 지쳐 자빠지도록 고함을 질러대고 있었다. 나라는 사람은 내 삶과 인생이 감성보다는 이성에 지배받기를 바라는 한낱 시민이다. 그래서 울지 않으려고 애를 쓰는 편이다. 당연히 냉정하다는 소리를 듣기도 한다. 그런데 그날은 그럴 수 없었다. 마냥 울고 싶었다. '시그날'을 내가 맡고 난 후 공들인 노력이 이틀 간의 공연 끝에 무효화 되었기 때문이 아니었다. 사람들은 도로(徒勞)를 종종 경험하게 되고, 그것 때문에 허탈감에 빠지고 울분에 휩싸이긴 하지만, 보상받을 길 없는 나의 도로 때문에 울고 싶다고는 하기 싫었다. 나와는 무연하다고 여기고 지내던 개나리꽃이 나에게 수많은 질문을 던지고 있기 때문에 울고 싶다고 나는 우기고 있었다. 우리네에게 어떤 한(恨)이 있다면, 그것은 이와 같이 누증되는 사회적인 폭력에 대해 대응할 길 없는 어떤 무력감의 간헐적, 단층적 집적물일지도 몰랐다.

민수는 저만큼 떨어져서 "이게 머야? 이게 무슨 꼴이지? 이런 것도 현실이야?"라고 중얼대는 듯이 바장이고 있었다. 인화도 쏟아지는 햇볕 속에서 개나리꽃을 꺾을까 말까 만지작거리면서 "말도 아냐, 도대체 말이나 되는 수작이야 머야" 라고 넋두리를 늘어놓고 있는 듯했다. 우리는 분명히 하나였다. '찬란한 슬픔'과 싸늘한 울분을 나누고 있다는 점에서 그러했고, 출구 없는 광장에서 허탈감과 무력감에 젖어 있는 말의 투사들이란 점에서 그러했다. 우리는 남들이 아니었고, 남남 사이는 더욱이나 아니었다.

나는 얼핏 이 찬란한 슬픔과 싸늘한 분노가 누군가를 몹시도 사랑하고 있는 반증일지도 모른다는 생각을 떠올렸다. 그랬다. 사랑해서, 서로가 사랑을 나누고 있어서였다. 햇볕을, 개나리꽃을, 연극을, 남산을, 광장을, 광장의 한쪽 귀퉁이에서 절망에 빠져 있는 민수와 인화를, 아까부터 줄담배를 피워대며 아스팔트에다 개나리꽃 가지로 낙서를 해대는 성국이를 신들거리면서도 사랑하고 있기 때문에 슬픔과 분노를 저작하고 있었다.

용달차는 지겹도록 늑장을 부리고 있었다. 마치 우리의 슬픔과 울분을 더욱 고조시켜 가라고 부추기는 것처럼. 그것이 무슨 큰 시혜나 되는 것처럼.

쫓기는 짐승처럼 씩씩거리며, 삶에 지쳐서 죽은 넋처럼 흐느적거리며 내게로 다가오는 그림자가 있었다. 민수와 인화와 성국이와 다른 '시그날' 단원들이었다. 이제 그들은 실물이 없는 그림자 같은 물체일 수밖에 없었다. 나는 광장의 한쪽 귀퉁이에 쪼그리고 앉아 있었다. 그들의 가랑이 사이로 샛노란 개나리꽃 무리들이 둥그렇게 원을 그리며 어지럽게 흔들렸다. 두툼한 노란 목도리가 나의 모가지를 졸라댔고, 우리를 한 동아리로 동여매고 있었다. 내가 소인국의 힘 없는 시민이라면, 개나리꽃 무리는 거인국의 다산성 식물이었다.

누군가가 불쑥 물었다.

"미적미적의 생리를 그렇게 잘 안다던 사람은 어디 갔어. 요긴할 때 꼭 빠지는 미꾸라지가 우리 사이에도 아직 남아 있다니. 한심하군. 누가 가서 좀 찾아오지. 찾으면 용달차나 좀 불러오라고 그래. 이 공연장은 더 이상 쳐다보기도 싫어. 지긋지긋해."

식언가 겸 미공인 요리 연구가인 송 선생을 염두에 두고 하는 말이었다. 그 노골적인 하극상의 발언을 누군가가 누그러뜨렸다.

"미적미적에게 불려갔겠지. 타의에 의한 자술서나 한 장 휘갈겨 써주고 오겠지. 그게 전문이고 그 선순데 뭐. 당신께서는 언제라도 그런 메커니즘의 생리와 마무리까지 훤히 꿰차고 있다는 거 아냐. 어젯밤에 못 들었어? 정말 무슨 예언자 같데."

또 누군가가 자조 섞인 말을 뇌까렸다.

"돈 좀 따 볼려니 훼방꾼이 나타나서 화투판을 파장으로 만든다더니, 아예 장이 안 서든지 훼방꾼이 없든지."

"시장경제의 원칙을 무시하면 되나, 장이 서야지. 또 우리 극중의 주인공들처럼 아나키즘을 신봉할 수야 있나, 이십 세기 말인데. 차라리 미적미적이라도 없었으면 우리끼리 시장경제의 원칙에 부화뇌동하며 자생과 자멸을 거듭할 것이라는 투정이야 물론 힘 빠지는 소리고. 또 그런 발상은 체념이라기보다도 순진무구한 농담에 불과하고."

역시 민수의 역설이었다. 그의 입술에는 싱싱한 개나리꽃 한 점이 물려 있었다. 사람의 얼굴은 역시 꽃에 비하면 지저분한 쓰레기나 다를 바 없었다. 나와 같은 대학 같은 학과에 동시에 입학했으나 함께 강의실을 들락거린 시절은 통틀어 삼학기도 안 되는 성국이가 그 훤한 얼굴에 땀을 얼마쯤 묻혀 민수 옆에 멀뚱하니 서 있었다. 그는 연기가 탁월하고 용모와 음성이 나무랄 데 없으나 약간 무식하다는 인상을 지울 길이 없고(부잣집 맏아들처럼 뿌옇게 잘난 인물은 무식하게 보인다는 게 나의 또다른 고정관념이다), 남대문 시장에서 미군용 고동색 도꾸리(뒷덜미 깃이 두툼하고 목젖 밑에 누런 단추 다섯 개가 촘촘히 붙은 스웨터형 셔츠다)와 야전 점퍼를 헐값에 사서 평상복으로 입을 줄 아는 멋쟁이긴 하나, 병역을 합법적으로 면제받은 친구인 만큼 경험 세계가 좁고, 자신의 그 취약점을 극복하기 위해 극 중의 어떤 역할이라도 철저히 소화시키려고 극성을 부리는, 그러나 한시 바삐 연극계를 떠나 텔레비전 연속극의 고정 출연자가 되려고 그 기회를 호시탐탐 노리는 호남아였다.

호남아가 말했다.

"야, 기중아, 말 좀 해봐, 대책없지?"

인화가 내 대신에 대꾸해 주었다.

"그럼요. 기중 씨라고 별 수 있겠어요. 이럴 때는 무책이 상책이라고요. 불가항력이란 말도 있잖아요. 우리는 앞으로도 꾸준히 불가항력일 수밖에 없는 운명을 타고났어요. 그러니 충분히 삭여지요. 그러고나서 내일을 준비해야지요. 가을 공연말이에요."

"뭘 삭여? 우리 속이 무슨 술독인가."

"여기 술독 안 가지고 있는 사람이 어딨어요? 사람은 한마디로 섬세한 발효공장이라구요. 웬만한 근심, 걱정, 짜증, 울분, 화딱지 따위도 명랑, 행복감, 기쁨 따위의 양념을 듬뿍 쳐서 푹 썩혀낼 수 있다구요. 눈먼 운명의 지배를 무작정 감수하면서요."

이번에도 역시 민수가 나의 원군을 자청했다. 그는 남의 마음을 읽는 능력에 있어서만은 어떤 심령술사보다 나았다.

"지금 우리 중형께서는 깡패가 못된 게 원통스러워 미칠 지경이야. 그래서 지금 속으로 복장을 치고 있어. 손방망이질 소리가 안 들려? 나는 또록또록하게 들리는데. 쿵, 쿵, 쿵, 쿵. 잘못하다간 중형 복장이 터질지도 몰라. 그러니 용달차라도 빨리 와야 하는데 말이야."

성국이가 또 뚱하게 물었다.

"깡패?"

"그럼. 우리 사회는 유구한 전통이 하나 있어. 그게 머냐 하면 힘의 논리, 더 노골적으로 말하면 돈 놓고 돈 먹기고, 제 똥 굵은 사람이 장땡이라는 깡패세계의 논법이 있지. 백범 김구 선생이 자나 깨나, 요동정벌을 책임 회피하고 엉뚱한 야심만 채운 그 때려죽일 이성계 놈이라고 욕한 그이도 바로 그런 졸장부야. 이런 세상에서는 가장 간단, 명쾌한 논리만이 남아. 머냐? 힘 없으면 죽으라야."

인화가 말을 가로챘다.

"어디 우리만 그래요? 세계가 다 그렇고, 이때껏 쭉 그래 왔는데. 그래도 미적미적 잘 살아오잖아요. 그게 인류 역사의 요첸데 민수 씨는 무슨 대단한 발견인 것처럼 떠벌이고 있어. 과대포장하는 데는 일가견이 있다니까."

"연극은 인간 심성을 과대포장함으로써 빚어내는 술 같은 발효물이란 게 한결같은 내 주장이야."

"그것마저도 과대포장이고."

민수의 그럴 듯한 순발력은 나의 심정을 어느 정도까지 꿰뚫고 있는 말이었다. 그가 입에 문 개나리꽃을 훅 불어 버렸다. 꽃이란 역시 폭력 앞에는 힘을 못 쓰는 약골이었다. 그 광경을 물끄러미 쳐다보다 나는 문득 어떤 대목이 떠올랐다. 그 대목은 그즈음 집중적으로 몇 차례 만났던 재성이로부터 쇼크를 받은 나머지 다시 차근차근 읽고 있던 토마스 만의 《마의 산》의 한 장면이었다.

정신과 육체가 두루 멀쩡한 한 젊은이가 '마의 산'을 방문한다. 이 주인공은 폐병을 앓고 있는 그의 사촌을 위문하기 위해 그 산정(山頂)에 올라갔던 터인데, 그곳에서 그 자신의 폐도 건강 여부가 의심을 받아 눌러앉게 되고 만다. 그도 폐결핵 환자로서 투병생활을 하게 된 것이다. 아무튼 그는 그곳에서 여러 특이한 폐병쟁이들을 알게 되고, 그들과 함께 시간을 죽이기 위해 많은 이야기를 나누고, 발길 닿는 대로 걸어다니면서 자주 옛날을 되돌아보는 회고 취미에도 빠진다. 그의 그런 회고 취미 중에 나를 매혹시킨 장면은 주인공이 히페라는 학생에게 묘한 연정을 품는 대목이다. 히페는 사내애고, 그보다 한 학년이 위다. 어쨌든 그는 히페에게 말을 걸 기회를 끊임없이 노린다. 마침내 어느 날 그는 조심스럽게 연필을 빌려 달라고 히페에게 말을 건다. 연필을 빌린다. 그는 '히페의 연필을 쓸 수 있었던 그 그림 시간만큼 기뻤던 일은 난생 처음'이었고, '게다가 나중에 그 연필을 소유주에게 돌려주는 기쁨이 남아 있었다'고 애닯게 옛날을 추억한다. 뿐만이 아니다. '그는 실례를 무릅쓰고 연필 끝을 조금 뾰족하게 깎았는데, 그때 떨어진 빨간 칠을 한 연필 깎은 부스러기 서넛을 거의 꼭 일 년 동안 책상 서랍 안에 보관해 두었다.'

독일에서만 있을 수 있는 동심의 세계가 아니다. 우리에게도 이런 동심의 세계는 수없이 있어 왔고, 지금도 있을 게 분명하다. 연필 대신에 다른 수많은 소도구를 대입시킬 수도 있고, 수많은 다른 히페가 있을 수 있으며, 히페는 계집애일 수도, 또는 중성 같은 사내애일 수도 있고, 그의 여러 신체 부위와 그 특징이 연필의 대용물이 될 수도 있을 것이다.

금세기 최고의 역작이라고(지루하지만 대단히 '힘들 게 읽힌다'는 점에서 그러하다) 일컫는 남의 나라 유산 속에 남아 있는 풍경을 나의 이 회고 취미에 여러 차례 들먹이는 것은 (앞으로도 꼭 한 번쯤은 더 '실례를 무릅쓰고' 빌려다 쓸 작정이다) 물론 시시껄렁한 행태이다. 그러나 위의 대목을 인용하는 나의 진의는, 그즈음 다시 그 대목을 읽었을 때 '아, 이건 예사로운 세계가 아니다. 적어도 깡패세계의 풍경은 아니다. 작가의 작의야 어찌 되었든 우럽 사회의 가장 기초적인 단위가 바로 이 광경이고, 이것이 붕괴되는 과정이 곧 《마의 산》의 정수이다'라는 나의 충격을 강조해 두자는 데 있다.

마찬가지로 우리의 인간관계도 남의 연필을 깎은 부스러기를 몇 년씩이나 간직할 수 있는 상태여야 한다. (실제로 주인공은 '마의 산'에 올라 왔을 때까지 히페의 연필을 깎은 그 부스러기를 다락방 속 그의 책상 서랍에 보관하고 있었다. 결국 연필 깎은 부스러기를 남기고 죽은 주인공의 반평생, 그것이 곧 《마의 산》의 세계이고, 유럽 시민사회의 붕괴이다.)

너무나 단순한 동심의 세계일 뿐이니, 허풍스러운 사설조 두둔이랄까 칭찬은 거두라고 해도 어쩔 수 없다. 그러나 그런 동심의 세계가 바로 참다운 인간적 세상인데 어쩌란 말인가.

나는 주섬주섬 응수했다.

"남의 연필을 뺏지 않아야 돼. 깡패가 머 힘만 센 별종인가. 예의가 없으면 깡패고, 깡패 사회지. 누가 우리 사회를 유교 사회라고 그랬어? 이제부터 나는 동방예의지국이란 말은 죽어도 사용하지 않을 거야."

"거봐, 맞지? 그런데 말이야, 너무 말을 학대하고 죽이지 말어. 어휘력을 스스로 그렇게 삭제해 가면 무식하다는 소릴 들어. 무식하면 죽어야지. 나는 우리 중형께서 무식한 깡패가 될까봐 두려워, 어느 날 갑자기부터."

용달차가 언덕배기를 올라오고 있었다. 우리는 잔뜩 성이 난 사람들처럼, 삐친 어린애들처럼 우리 물건들을 용달차에 집어 실었다. 그리고 남산을 터벅터벅 걸어 내려왔다. 우리의 몰골은 미친 시대의 치맛자락을 입에 물고 숨을 헐떡이면서 어디론가로 뛰어가는 개새끼 같거나 깡패처럼 으스대며 걸어가고 있는 사회의 바지 가랑이에 껴묻어 살아가는 똘마니 같았다.

제3장

3-1

한때의 '우울증 시절'을 찾아가는 나의 이 여행담도 이제 막바지에 접어들었다. 익히 알아챘을 것이고, 그런대로 드러나 있을 것이라고 자부하는 이 회고 취미담은 이 세상을, 그 속의 구성원을 쓰잘데없는 역설(逆說)과 반어법(反語法)의 되풀이로 뜯어 본 것이다. 도대체 이런 어투의 강조구문이 무슨 소용에 닿겠는가 라는 자괴감이 없지 않다. 그러나 말이 나온 김에 좀더 그런 어투를 잠시만 진전시켜 보면, 이 여행담은 자아 형성의 과정을 보여준다기보다는 자아 상실의 경과를 토막쳐서 들려주는 한낱 기록에 불과하다. 예상컨대 곧장 "그런 공연 불허령도 떨어졌어? 언제 어느 나라 이바구야?" 하는 신소리도 저쪽 구석에서 들려오니까 말이다.

우회적으로 설명하면 그 당시는 그 뜨르르하던 일련의 '긴급 조치령'으로 사회적인 긴장이 극도에 달해 있었는데, 누구도 그 정치적 강제와 압력의 실체를 보지 못하고 피상적으로만 '듣고' 있었다. 다들 하나같이 까막눈들이었고, 귀머거리들이었다.

왜 그랬을까? 두 눈으로 똑똑히 보고 있으면서도 못 본 체했기 때문일까. 아니면 침묵만이 살길이며, 침묵이 곧 동의는 아니라는 가장 비겁한 경구만 좌우명으로 삼고 있었기 때문일까. 아닐 것이다. 소문의 부피가 너무나 크고 믿을 수 없을 정도로 위력적이고 막강했으므로 소문에 소문을 덧붙여 감으로써 자기 연소 내지는 자기 소실에 젖먹은 힘까지 다 쏟아넣고 있었기 때문일 것이다. 그래서 듣고, 즐기고, 말하고, 껄껄거리기에만 다들 급급했던 셈이다. 말하자면 어떤 길항력을 구성원들 스스로가 앞다투어 내팽겨쳐버렸던 시대였다.

그 당시 나 자신은 말할 것도 없고 우리네 대다수의 개개인들도 저마다 개인적인 갈등을 겪고 있었다고 봐야 할 것이다. 말할 필요도 없이 개인적인 갈등은 사회적인 긴장과 상호 함수관계에 있고, 어느 쪽도 다른 한쪽이 그 원인이며 모태이다. 나는 지금 공동체적인 삶의 바람직한 모양새가 어떤 것인가를 알아보고 있는 게 아니다. 오히려 그런 삶의 허구를 우리가 몸소 보고 들으면서도 유유낙낙하고 있지나 않았을까 라는 반성문을 쓰고 있는 것이다.

좀더 솔직하게 이야기를 개진해 보도록 하자. 벌거벗은 임금님을 보고 "아, 우리 임금님, 옷도 안 입은 빨가숭이야"라고 바른 소리를 내지르는 어린이의 순진무구함은 물론 귀하고 교훈적인 시사이지만, 그 어린이가 공동체적인 삶의 일원이 될 수는 없는 노릇이다. 어린이기 때문도 아니고, 또 어린이의 발상에 때가 묻지 않아서가 아니라 그의 탄성에는 개인적인 갈등이 전혀 없기 때문에 그렇다. 그렇다면 '임금님의 옷이 비단 이상으로 곱고 눈이 부시다'라고 알고 있어야 하는 어른들만이 개인적인 갈등을 느끼고 있다는 말이 되고, 그런 엉터리 약속과 가짜 갈등 속에서 이루어지는 억지 삶만이 공동체적인 삶이라는 논법이 성립된다. 결코 틀린 논법이 아니다. 그러나 그런 갈등, 긴장, 삶은 허위의식의 가장 후안무치한 토로임도 사실이다.

개인적인 갈등, 긴장을 겪지 않는 사람이야 있을리 만무하지만, 그것이 다른 이의 그것과 어떤 연관이 있으며, 어떻게 이어지고 맺어지는가를 따져보지 않는 사람은 바보이다. 나는 바보였다. 남들이 바보라면 바보일 수밖에 없는 게 현대 생활의 한 단면이기도 하다. 허지만 스스로 바보임을 자각하면서 끊임없이 병신 노릇을 하는 사람을 어떻게 불러야 할까. 나는 그 당시의 사회적인 긴장을 분명히 의식하고 있었고, 나 자신의 개인적인 갈등도 충분히 자각하고 있었다. 그러나 '내일도 과연 해가 동쪽에서 솟아오를까' 하고 절망적인 가위눌림에서 놓여날 수 없는 나날을 보냈던 것도 사실이다. 얼마나 한심스럽고 어리석고 무력한 정황인가. 그러나 어쩔 수 없었다. 사실상 나라는 인간은 가장 허약한 몸과 심성을 가진 짐승이었다. 짐승이라기보다도 한 마리의 벌레였다. 지금도 가끔 나는 그때의 가위눌림을 환청, 환시, 환통처럼 듣고 보고 느낄 때가 있다.

반성의 되풀이만 일삼는 정황이 곧 인생이고 역사라면 얼마나 갑갑한 노릇인가. 분명히 말하건대, 지금 그 당시의 나의 갈등이 어느 정도 해소되었다고 해서 사회적인 긴장도 많이 이완되었다고 할 수는 없을 것이다. 그러므로 우리 사회는 여전히 여러 부류의 구성원과 겉돌고 있는 수레바퀴이다. 바람직한 공동체적인 삶이 아직까지도 신기루처럼 보이는 허상일 수밖에 없다는 말이다. 정의와 가치관에 대한 어떤 변별력도 없는 자갈밭 위를, 그 무지한 민의를 짓밟으며 수레바퀴는 오늘도 요란한 소리를 울리며 굴러가고 있으므로.

3-2

무덥고 긴 여름이 시작되었다. 화불단행(禍不單行)이란 말대로 횡액은 연거푸 일어나는 모양인지 계절까지 무더워지기 시작한 것이다. '없는 사람이 살기는 그래도 여름이 낫다'는 우리 조상들의 생활의 지혜야말로 나와는 전적으로 무관한 경험칙에 지나지 않는다. 우선 더위를 지독하게 타는 내 체질 때문에도 그렇지만, 찜통 같은 우리 속에 갇혀서 하기 싫은 매문 행위를 해야 했으니 말이다. '여름은 지긋지긋한 싫증의 대상이다'라는 경구는 서울에서의 오랜 하숙생활, 자취생활에서 우러나온 나의 체험담이다. 온몸에서 은은하게 풍기는 쉰 냄새, 땀에 흠뻑 젖은 내의를 며칠씩 입은 채로 말려야 하는 고충, 방바닥으로 스며드는 누기, 통풍이 제대로 되지 않는 방 속에서 모기 때문에 밤새도록 뒤척여야 하는 여름 잠, 불면으로 인한 가벼운 현기증과 두통, 식욕 부진으로 인한 탈진감과 탈수감, 창궐하는 무좀으로 인한 발작적인 가려움증과 신경질 따위와 나는 매년마다 장장 3, 4개월 동안 싸워야만 했다.

이제 그 살기등등한 여름이 바로 내 코앞에 또다른 폭군으로 다가온 것이다. 생각만 해도 여름나기가 끔찍스럽고 아찔해질 지경이었다. 게다가 공연 중지 소동으로 말미암아 '타의에 쫓겨 새로운 실업자'가 되고만 것 같은 패배감과 허탈감까지 덮쳤으니 나의 자기 비방이 어떻게 외부로 터뜨려질지 조마조마했다.

돌이켜 볼수록 나는 꾸준히 방정맞은 일만 저질러 놓은 것 같았다. 그러고 보니 일이 그처럼 박살나도록 은연중에 빌고 있었는지도 몰랐다. 사람의 예감이란 정말 무서운 것이다.

그즈음 민수와 내가 나눈 대사는 새삼 의미심장하게 새겨 둘 만한 가치가 있는 것처럼 보인다.

—우리 시그날은 항상 포스터가 말썽이야. 허벅지 과다노출로 공연윤리심의위원횐가 뭔가로부터 득달 같은 경고를 두드려맞더니 이번에도 틀림없이 그 창살 있는 감옥이 말썽이었을 거야. 그것 아니고야 무슨 문제가 있었겠어? 전비(前非)가 아니라 전과까지 있었으니. 허구한 날 그 바쁜 미적미적이 우리 공연물을 제대로 보기를 했겠어, 듣기를 했겠어?

—읽기를 했겠지. 대본을 훑어보기는 했을 테니까. 대본 사전 심사제도가 뭔데. 면밀히 검토를 했겠지. 아무리 빳빳하고 시끄러운 시대라고 해도 우리만 열심히 일하고 있는 게 아냐. 다들 열심히 생업에 충실히 달려들고 있어. 흔히들 자기만 일을 많이 하고 있는 것처럼 기고만장해 하는데, 그건 허세고 어리광이나 다름없어.

—실제로 그렇다면 그런 다행이 없고. 우리가 불철주야 일을 시키고 있으니까. 어느 쪽이 국력 낭비의 적극적인 동참자인지 모르겠지만. 작품은 어땠어?

—누가 물을 말이야? 연출자가 가장 잘 알 텐데.

—아니, 형의 솔직한 감상, 노골적인 혹평을 듣고 싶은 거야. 우리에게는 도대체 반성할 기회가 없잖아. 그 기회를 누군가가 자꾸 빼앗아가고. 첫 공연이야 원래 그런 거고 회를 거듭할수록 연출의 해석력이 드러나는 거 아냐? 영화와 달리 연극을 첫날 첫회 보러 오는 놈은 바보지, 하릴없는 얼치기든지.

—그럼 내가 바보든지 얼치기란 말이야? 그런데 관극평을 해달라

고?

—그러니까 울화통이 치민다는 얘기야. 몰라. 만족스럽지는 않았어도 그런대로 의미 부여는 했을 거야.

—자화자찬이야말로 바보들이 하는 짓이지.

—정말 누가 바보야, 우리가 바보 아냐? 이런 시대에 남산에서 폭음이나 터뜨리고 있었으니 말이야.

—폭죽을 폭음으로 듣는 사람들이 문제지. 줄은 좀 섰지? 이번 기회에 시그날 재정 형편을 반석 위에 올려놓아야 했었는데 말이야.

—줄? 누가 물을 소리야? 기획자가 알아야 할 일이 아닌가? 자리는 찼지만 줄은 돼지꼬리만큼도 안 섰어. 줄 설 시간이나 있었나 머. 이 틈만에 폭탄이 떨어졌는데. 이제야 다 죽은 애 불알 만지기지만.

—성국이 걔가 첫날부터 연습에 빠지고, 건들건들 오바 액션이 심하더라니까. 이건 절대로 방정맞은 내 예감을 지금에서야 털어놓는 게 아냐. 민수, 내 말 들어? 무슨 말인지 알지?

—모르겠어. 요즘에는 텔레비전 쪽에 얼굴을 디밀고 다니나봐. 연애한다는 소문도 슬슬 흘리고. 이러다가 정말 시그날이 자중지란에 봉착하는 거 아닌가 몰라.

—내 걱정이 바로 그거야. 말로 만든 집이 얼마나 튼튼하며, 또 얼마나 오래 가겠어. 가끔씩 와르르 무너지고 있다는 예감이 들어. 말이 뿔뿔이 제 갈 길을 찾아가고 있는 게 훤히 보이기도 하고 말이야.

—중형, 자꾸 예감, 예감 하지 말아. 정말 자꾸 방정맞은 생각이 들어서 그래.

—지금 그런 예감을 날려 보내고 있는 중이야. 재성이가 뭐라는 줄

알아? 작품이 잘 될 것이다는 예감을 스스로 만들어서 붓을 잡고 화폭 앞으로 다가간다는 거야. 그런 예감을 만드는 데 시간을 너무 뺏겨 미치겠대.

—그 굼벵이 같은 형이야 충분히 그러고도 남을 거야. 심장병으로 죽을 예감을 미리 막느라고 양파만 밥 먹듯 한다면서?

—예감이야 일종의 자기최면인 거지만. 좌우간 이번 공연은 뭔가 예감이 안 좋았어. 레퍼토리 선정 때부터 우격다짐과 자조(自嘲)가 너무 심했고. 길을 두고 뫼를 찾아간 꼴이야. 사람이 그렇게 마(魔)에 뒤집어 씌일 때가 있어. 결과는 딱 반반인데 우리는 나쁜 쪽의 패를 잡았지. 결과적으로 마의 예감이지. 오늘날만큼 정의가 필요한 시대도 없다는 카테고리에만 우리가 묶여 있었다는 얘기야. 정의는 어느 시대나 필요한 거지만 사랑이 더 우선이다, 라고 생각할 수도 있잖아? 망할 놈의 그 마의 정의였지. 미쳤으니 마에 홀리고 만거야. 정말 미치겠어.

—제발, 제발, 그 예감 타령 좀 그만합시다. 그러면 소문은 예감과 어떤 함수관계가 있을까, 형, 생각해 봤어?

—또 별스럽지도 않은 중국 여자의 그 이부일처제 소문에 집착하는 낌새네. 단단히 마에 걸렸어.

—좋잖아? 우리에게 흙탕물이 튀어올 염려는 없으니까. 소문의 종점이야 뻔하지, 흐지부지란 말 알아?

—소문이 예감의 진원지인지도 모르지. 전쟁이 터진다는 소문이 파다하더니 육이오사변이 일어난 것처럼 말이야. 그러나 전혀 다른 개념들일 거야. 상위개념과 하위개념 정도의 차이로 말이야. 예감은 소문의 포괄적인 합창 소리에 비해 너무 섬세하고 개인적인 독창이거

든. 물론 소문의 위력이 훨씬 더 클 테지만.

그런 말씨름 중에도 얼핏얼핏 덮쳐 오는 쓰라린 열패감은 우리로부터 연극에 대한 열의를 빼앗아 가고 있는 어떤 거대한 힘을 청자나 화자가 동시에 느끼고 있다는 또렷한 자각이었다. 그 자각을 우리는 누구도 먼저 발설하지는 않고 있었지만, 그것이 또다른 예감으로 정착할까봐, 그 방정맞은 예감이 맞아 떨어질까봐 두려워하고 있었다.

그 거대한 힘을 어떻게 설명할 수 있을까? 그것은 막무가내로 지 먼저 내빼고 있는 망나니인 세월, 사회적인 긴장이 고조될 대로 고조된 시대상황이라는 변수, 다들 제 살기에 급급한 생활 형편, 공연이라는 명분과 무대라는 실천을 잃어버린 연극, 제 직분을 빼앗겨 버린 연극학도의 무력감, 점점 엷어 가는 우리 사이의 연대감일 수도 있었다. 굳이 덧붙이자면 자연의 주기적 횡포인 무더위도 우리의 와해, 극단 '시그날'의 붕괴를 도우고 있지나 않은지.

예감을 떨쳐 버리듯이 그 거대한 힘에 대한 자각에서 놓여나기 위해서라도 우리는 우리의 직분에 매달려야 했다. '시그날'은 대개 5월이나 6월의 정기공연에 이어 8월 공연과 9월이나 10월의 정기공연을(두 작품을 연이어 공연할 때도 자주 있었다) 준비하고, 실제로 막을 올려 왔다. 그러나 "뜸을 들이고, 어느 쪽도 인간의 탁월한 능력인 망각에 등을 기대고 있는 지금을 시그날은 십분 활용하고, 우리는 우리대로 전화위복의 계기로 삼으면서 시간을 벌자"는 송 선생의 제의에 따라 한여름 공연은 일단 유보하자는 결정을 보았다. 경망스럽게 미리 말해 두는데, 그 결정은 잘한 일이었다. 왜냐하면 익히 알려진 대로 그 더운 여름에 한 여공이 낙엽처럼 떨어져서 죽은 사건을(와이에

이치무역회사 여공들이 '폐업 반대'라는 구호를 앞세운 구사救社 또는 애사愛社 농성 시위를 말한다) 비롯하여 일련의 사회적 발작증세가 속속 불거져 나왔기 때문이다. 정말 머릿속까지도 달아오르던 한때의 긴급 사태였다.

연극의 목적은 환상을 심어 주는 것인지도 모른다. 그런가하면 관객의 관람 목적은 일시적인 도락일 수도 있다. 이율배반적인 관계이다. 환상이 현실답지 않을 때 그 연극은 설득력을 잃는다. 관객이 그들 고유의 권리인 도락에 빠지지 않기 때문이다. 그렇게 되면 연극의 목적은 발 붙일 땅이 없어져 버린다. 당연히 연극의 존재 의의도 없어진다. 물론 그 소위 리딩 드라마, 곧 읽는 데만 만족하고 공연 자체를 거부하거나 무대화가 불가능한 희곡의 의의를 나는 전폭적으로 인정하고, 그것이 환상의 넓이와 깊이를 전반적으로 발전시킬 것이라는 데 동의한다. 본말이 전도된 연극의 목적론이긴 하나, 무대 위에 펼쳐지는 환상에는 일정한 한계가 있고, 그 환상과 현실 사이에는 메울 수 없는 간격, 틈이 있다. 예술의 한계를, 더불어 표현의 자유의 제약을 말하는 게 아니라, 지금 현실답지 않은 우리의 시국을 어떤 식으로든 무대화시키려면 이중, 삼중의 장치가 필요하고, 그런 우회적인 또는 은유적인 기교가 작가는 물론이거니와 연기자와 연출자, 심지어는 관객까지 피곤하게 만드는 부담이라는 사실을 토로하고 있다. 아무려나 그즈음은 현실 자체가 곧 환상이었고, 우리 모두를 그 환상의 관객으로 만들었고, 그 관극에 빠지라고 미치도록 조져대는 통에 온통, 다들 제 정신이 아니었다. 그러니까 '시그날'은 굳이 공연거리를 제공할 의무에서 한시적으로 놓여난, 일종의 유예 기간을 누리는 판이었다.

역시 송 선생의 식언은 모든 음식처럼 오래 음미할 값어치가 있었다. 자신의 주의주장을 시의적절하게 울긋불긋 색칠해대는 카멜레온 같은 인물인 송 선생을 좋은 의미에서 기회주의자라고 몰아붙인다면, 나도 당연히 그편에 서겠다. 그는 식언가에다 미각까지 발달되어 있는 만큼 카멜레온처럼 혀도 길고, 자기 주위가 어떤 화염이나 황진(黃塵)에 휩싸여도 곧장 제 몸뚱어리 색깔을 바꾸어 버릴 수 있는 능력이 있으니까. 내게는 물론 그런 능력이 없었다. 아마도 간사스러운 세월이 앞으로 그것을 조금씩 가르쳐 줄 게 틀림없다. 어차피 나도 조만간 송 선생 같은 닳아빠진 속물에 기성세대의 탈을 뒤집어쓸 테니까.

3-3

재성이가 만들어 준 그 말썽꾸러기 포스터 위에 하루빨리 새로운 포스터를 덧붙여 버리자는 여러 사람의 제안을 "그러니 망각을 존중하자"는 송 선생의 식언이 묵살해 버린 다음날, 나는 평소대로 느지막이 '시그날'로 나갔다.

내 생활이란 아무런 변화가 없었다. 규칙적인 매문 행위, '시그날'에서의 한담과 전화받기와 건성의 책 읽기, 술 마시기, 사람 만나기와 사귀기, 매식으로 밥통 채우기와 그 밥 사먹기가 지겨워서 자주 끼니 거르기, 느닷없이 밀어닥치는 삶에의 권태와 무료감을 떨쳐 버리기, 혼자서 혼곤하게 잠자기, 나이 덕분으로 아침이면 팽팽하게 일어서 있는 발기를 죽이기. 혁명이 일어난다 하더라도 나를 위시한 모든 개개인의 삶은 근본적으로 변화가 있을 턱이 없다. 도대체 무슨 변화가 있을 수 있겠는가. 변화는 바라지도 않을 뿐만 아니라 있을 수도 없게 되어 있는 것이 보통사람의 일상이다.

아무려나 '보통 사람으로서 사람다운 나의 일상'이 그러했다는 소리다. 그러나 내 머릿속은 예의 그 방정맞은 예감, 곧 주춤거리다가 자꾸만 엇길로 발걸음을 떼놓고 있으며 결국에는 수렁 같은 곳에 깊숙이 빠져 버릴 것 같은 내 인생에의 비감으로 가득 차 있었다. 게다가 우리 시대에 대한 혐오감도 항상 내 머릿속에서 와글거렸다. 어떻든 잠시도 짬을 주지 않고 온갖 잡스러운 생각으로 모래집을 지었다가 허물고, 다시 담장까지 치곤 했다. 나는 매일같이 그런 집짓기에 지칠 줄 모르는 도목수였다. 희열, 만족, 희망, 기쁨 따위를 잠시도 느껴보지 못하는 매 시간의 누적이 나의 하루하루였다.

그날은 바퀴벌레를 두 마리나 잡아죽인 날이기도 했다. 한 마리는 매문 행위를 하는 중에 내 코앞으로 살금살금 기어 와서, 오히려 제쪽에서 이쪽의 작업을 눈여겨보다가 양이가 남기고 간 베개에까지 달려들려고 했다. 방관할 수 없는 처사였다. 지체없이 나는 원고지를 덮고 손으로 눌러죽였다. 그놈의 유언 소리는 컸다. 찌지직 찍. 나는 살해자로서 곧장 그놈의 사망 장소를 들여다보았다. 바퀴벌레의 주검 밑에는 과연 유서가 남겨져 있었다.

—점증하는 우리 시대의 폭력. 싱싱한 팔뚝 하나가 짓이겨졌다. 말의 집이 허물어지고 있다. 폭력의 현장에 있으면서도 제 몸에 피가 묻을까봐 조바심을 내는 방관자의 비감, 절망감을 더 극단적으로 몰아붙여서 극화(劇化)시킬 것. 능력에 대한 의구심보다 시도부터 해 놓고 보는 과단성을 보일 것. 주요 등장인물들은 끊임없이 '대규모 민중봉기설' 같은 소문에 기대를 건다. 출구가 없는 단칸방 속에 갇혀서. 산

업사회에서 우발적인 폭력과 제도적인 폭력은 철길처럼 평행선을 달린다. 하나는 안전사고이고, 다른 하나는 안전핀의 사전 제거이다. 둘 다 그 건수를 줄기차게 늘려가고, 철도망처럼 방방곡곡으로 넓혀간다. 어떤 위로의 말도 필요없다. 아니, 사양한다. 아무 짝에도 쓸모없는 죽음 동정론을 철저히 배제할 것. 그러나 소문은 누구나 공유한다. 귀머거리는 관객이 될 수 있는 자격도, 산업사회의 일원이 될 수도 없다. 매문 행위도 일종의 폭력이다. 우리 사회의 모든 구조를 폭력으로 명명, 나 자신의 행동은 물론이거니와 나와 얽혀 있는 타인들의 모든 행동거지도 폭력의 의미망 안에서 관찰해 볼 것.

나의 낙서였다. 동시에 나의 또다른 일상이었다. 낙서와 일상의 생리가 원래 그런 것이지만, 그것은 얼마간의 농조와 무의미성을 배면에 깔고 이어지다가 결국에는 막막해져서 막다른 골에서 우물쭈물거리고 만다. 그래도 정색을 하고 그것을 뜯어보면 거기에는 미상불 꽤 의미심장한 구석도 없지 않다. 나만 이해할 수 있는 낙서도 그처럼 유치했다는 소리다.

비명횡사한 바퀴벌레도 결코 무의미하게 죽지는 않았던 셈이다. 마찬가지로 내가 목격했고, 당했던 두 개의 폭력도 내게는 의미 있는 충격이었고, 지진처럼 전신을 흔들어놓았던 만큼 상흔도 컸고, 오랫동안 그 환부가 크게 남아 있을 것 같았다.

이래저래 내 매문 행위는 뒷전으로 물러나 앉게 되고 말았다. 지하에 있는 예의 세면실 겸 세탁실 겸 부엌 겸 화장실로 내려갔다. 심리적으로 들볶일 때면 대변 정도야 임의로 배설할 수 있는 이상한 증세도 나의 장기였다. 화장실은 바퀴벌레 소굴이었다. 재래식 변기 위에 쪼그려 앉은 채로 바퀴벌레 한 마리를 발로 밟아 죽여 버렸다. 배설 기관이 정상적인 사람이라면 대소변은 동시 배설이 불가능하다. 불가사의한 일인데 사람의 생리 구조가 그렇게 되어 있다.

그럼에도 불구하고 배설 중에 미물을 죽일 수 있는 즉각적인 저돌성은 무엇을 말하는가? 좀 따져 봐야 할 문제 같은데?

묘한 기분이 들었다. 피해망상의 발상이 꼬리를 물고 이어졌다. 다른 사람들이 억지라고 해도 어쩔 수 없는 노릇이었다.

인간 세상에서 폭력이란 무엇인가? 약육강식이란 말은 인간 세계에도 그대로 적용되는 철리(哲理)이다. 따라서 한 발자국도 물러설 수 없는 낭떠러지 위가 생존의 현장이고, 생존 법칙의 요체는 폭력이다. 그렇지 않은가? 죽든지 죽여야 하는 것이다. 죽으면 바퀴벌레이고, 살아 남으면 사람이다. 사람이라면 살아남아야 한다. 윤리, 도덕 따위는 폭력 앞에 부르르 몸을 떠는 변명이고 애걸이며 아첨이다. 정의, 관용, 양심 따위는 호들갑이고 수선일 뿐이다. 그러니 폭력은 살아남기 위한 수단이자 몸부림이다. 그러므로 폭력을 수호신처럼 떠받들고, 매일 아침마다 그 앞에 머리를 조아려야 한다.

머릿속에 바퀴벌레들이 와글와글 들끓었다. 아직도 오전 중이었고, 매문 행위도 덜 끝나 있었으나 나는 바퀴벌레의 소굴을 벗어나야 했다. 배가 몹시 고팠으나 매식을 하기는 싫었다. 원고지 메우기에는 포만감이 대적이다. 특히 내 경우에 그러한데, 그래서 나는 흔히 고의로 밥통을 비워 두는 편이다. 공복감을 잊어버리기 위해 양이의 베개로 내 복부를 압박할 때 흐리마리하게 밀려오는 현기증, 살아내야 한다는 의무감, 훨씬 진척이 빨라지는 매문 행위, 당연히 따르는 성취감,

그 후의 전투적인 폭식과 폭음. 건강에는 유해한 버릇이겠으나 내게는 편리하고 능률적인 습관이었다.

그날치 원고가 마무리되어 있지도 않았지만, 항상 이삼일치 원고가 녹음실에 대기중이므로 나는 매일 방송국에 갈 필요는 없었다. 더웠다. 거리는 더위로 붐볐다. 서울의 거리는 바야흐로 더위로 한꺼풀의 장막을 두껍게 두르고 있었다. 시민들은 적자생존의 법칙에 희생자가 되지 않으려고 안간힘을 쏟고 있는 것 같았다. '질식할 것 같다'는 말을 먼저 내지르는 사람이 이 더위 속에서 영원히 떨어져나갈 것임을 다들 잘 알고 있는 게 아닌가 싶었다. 하나같이 말도 없고 숨만 헉헉거리고 있었다. 보기에 딱했고, 나도 그런 부류 중의 한 사람이었다.

언제나처럼 '시그날'은 시커멓고, 음침했고, 토라져 있었고, 한쪽 구석에 웅크리고 있었다. 굶주린 짐승이 먼 데 있지 않았다. 그러나 그 속이 내게는 익숙한 여자의 음부처럼 여겨졌고, 나도 허기에 지쳐가는 짐승이었다. 외부로부터의 어떤 자극이나 충격을 완벽하게 막아주는 아기집 속으로 들어갔다. 나는 순하고 건강한 아기가 되고 싶었다.

들어서자마자 문지기석의 전화기가 요란하게 울어댔다. 전화는 공해였고, 나는 아기일 수가 없었고, 이 세상에 아기집 같은 곳은 있을 리 만무였다.

전화 송수화기를 들었다. 앳된 여자 목소리가 들렸다.

"시그날 극단이지요?"

빨간 책가방을 내던져 버린 지가 불과 이 년도 채 안 되는 여사무원인 모양이었다.

"네, 맞아요."

"지금 예매할 수 있어요?"

"없어요."

"어머, 무슨 말씨가 그래요? 좀 친절할 수 없어요?"

부사장 방이나 전무이사 방으로 커피잔을 줄기차게 날라대는 직분의 아가씨임에 틀림없었다.

"아니, 이 아가씨가 지금 누굴 잡고 시비를 하나, 누구한테 서비스 강화교육을 시키나."

"어머머, 정말 왜 이래요?"

처녀 행세를 하지만, 말본새를 보면 진짜 처녀는 아닐 게 분명했다.

"예매 안 해요."

"전화로 안 된다는 거예요, 그렇지 않으면 예매 제도가 없다는 거예요?"

비서직인 만큼 야간대학 따위에 학적을 걸어 두고 있는지도 몰랐다.

"제도?"

그딴 것에도 그런 엄청난 말을 갖다붙여야 하나? 나는 다소 신경질을 누그러뜨렸다. 억양도 더위에 지친 투로 풀기를 죽였다.

"그런 거 없어요. 연극 구경을 처음으로 하실라나 본 데…"

"처음이요? 이래 뵈도 꾼이에요. 그럼 어떻게 해야 돼요? 지금 거기 가도 저녁 표를 못 산단 말이에요?"

똘똘한 아가씨였다.

그때나 지금이나 우리네 연극계에서는 관람권을 전화로 미리 살 수는 없다. 물론 극단 '시그날'의 관람권도 예외는 아닌데, 전화로 사겠다고 예약을 해 놓고 코빼기도 안 비칠 수가 있으므로. 그런 장난질 전화에 한쪽만 일방적으로 당할 수도 없으려니와 암표가 떠돌 정도로 극장('영화관'이 아니다. 흔히 영화를 보러 가면서 말버릇대로 '극장에 간다'고 하는 데 틀린 말은 아니나, 정확한 어법도 아니다) 앞이 붐비지 않아서이다. 물론 신분의 고하나 직업의 귀천에 관계없이 관람권을 미리 살 수는 있다. 다만 맞돈과 맞바꾸기 위해 연극 관람('감상'이 아니다) 예정인이 매표소 앞에까지 직접 나와야 한다.

"예, 못 사요."

"왜 그래요? 벌써 매진됐어요? 내일이 마지막 날이지요?"

정말 곤혹스러운 질문이었다. 포스터를 보고 이처럼 '교과서적인 질문'을 하는 모양인데 어떻게 응답해야 한단 말인가.

"매진요? 그랬으면 얼마나 좋겠습니까만은…"

귀찮아서, 아니 짜증스럽고 울화가 치밀어서 불쑥 아무렇게나 대답해버렸다.

"남산에다 알아보세요."

"남산요? 공연장에 말이지요?"

"예, 거기에다 알아보세요. 남산에다. 남산 아시지요?"

"혹시… 실례지만 직원이세요?"

끈질긴 여자였다. 물리학이나 수학, 미생물학을 전공하는 여대생인지도 모를 일이었다.

"직원요? 어디요? 여기는 직원은 없고 단원이라고 불러요. 나도 시그날 단원이기는 해요."

"아, 네, 그러세요. 혹시 거기 이민수 씨라고 지금 계세요?"

귀가 번쩍 뜨였다. 이때까지의 내 조잡한 상상력을 한꺼번에 허물어뜨렸을 뿐만 아니라 그 질문이야말로 말다웠고, 따라서 내가 가장 확실하게 대답할 수 있는 물음 같은 물음이었다.

"지금은 없어요. 아니, 어떻게 민수를… 잘 아는 사이예요?"

"잘은 몰라요. 그분이 저희들 연극을 지도해 주셨걸랑요. 알겠어요. 그럼 끊어요."

"아, 여보세요. 여보세요. 누구라고 할…"

전화가 매몰차게 끊겼다. 난감했다. 이게 무슨 구름 잡는 식의 전화질이란 말인가. 남산에다 물어 보라니. 무엇을 물어 보란 말인가. 남산은 서울의 한가운데 우뚝 솟아 있는 단순한 산일 뿐이므로 당연히 사람과 말을 주고받을 수 없는 '신분이고 몸'이다. 어떤 질문에도 그것은 묵묵부답으로 일관하는 버릇이 장기다. 또한 남산에 있는 공연장은 수많은 말만 담을 수 있는 그릇에 지나지 않으므로 전화질을 할 수 있는 이기(利器)는 아니다. 민수의 제자(?)는 남산의 공연장으로 또 전화를 걸 것이다. 그 똘똘한 음성으로, 그 교과서 같은 순진한 질문법으로.

—오늘밤 표 예매할 수 있어요?

—없어요. 공연이 중단됐습니다.

—네? 아, 그랬었군요. 이제 그 연극은 영원히 못 보게 됐군요.

—그렇게 된 셈이네요. 연극은 영화와 달라 재생이 원칙적으로 불가능하니까.

—며칠이나 공연했어요? 어쩜 좋아… 일찍 서둘렀어야 하는 건데.

—지금에사 그걸 알아서 뭣합니까? 이삼 일쯤 됐나, 아마 그러고 말았을 거예요. 나는 잘 몰라요. 나는 여기서 밥 먹는 직원이라서…

—아, 네, 실례했습니다. 아, 참, 한 가지만 더 알아볼게요. 지금이라도 거기 가면 팜플렛만이라도 구할 수 있을까요? 저는 그것 수집광이걸랑요.

—여기서요? 여긴 공연장일 뿐인데요. 장소만 극단에 빌려 줘요, 대관료 받고. 극단에 직접 알아보세요.

—네, 알겠어요. 시그날로 알아볼게요, 실례 많았습니다.

민수에게 연극을 지도받았다고? 그러면 여고생이란 말인가? 아니면 구로공단의 어느 섬유봉제회사 여공인가, 아니, 전자제품의 부품 조립공이라고 했던가? 민수는 '연극의 무차별 확산'을 기도하기 위해 '촌지 받듯이' 그 사례비를 서로 주고받는 '아르바이트'로 고등학교, 대학교, 공단의 연극반을, 심지어는 여교사 연극 동호인들의 모임에까지 초빙되어 연극 연출을 맡기도 하는 직업 연출가이다.

아무래도 그날은 전화만 받기로 예정된 날인 모양이었다.

"시그날이지요? 재홍 씨 계세요?"

역시 여자다. 여자는 남자보다 전화질 그 자체를 더 좋아하는 것 같다. 마치 남자가 여자 그 자체보다 그 짓이나 연애를 더 좋아하듯이.

"지금은 없어요. 이따 다시 걸어 보세요."

"남산에 나가 있나요?"

"아마 그렇지 않을걸요."

"남산에서 철수했어요?"

"철수요?"

"왜, 아니에요? 공연이 중지됐잖아요?"

"아, 예, 벌써…"

"예, 알겠어요. 저는 전화받는 분이 누구신지 알아요."

"나도 알 만해요."

"그럼, 끊어요. 이따 걸게요. 재홍씨가 혹시 거기 얼쩡거리면 전화왔더라고 전해 주시겠어요?"

"네, 그러지요."

이번에는 '철수'고 '공연 중지'다. 공연 중지, 공연 중단은 엄밀한 의미에서 말이 안 되는 용어이다. 공연이 중지되고, 공연이 중단된다니? 그런 어법은 이 세상에서 도저히 있을 수 없다. 화재 때문에, 공연장의 붕괴 때문에 그럴 수가 있을지 모르나, 그것은 천재지변에 해당된다. 그렇지 않고서야 연극 공연 자체는 중도에서 그만둘 수도, 그만두게 될 수도, 그만두어서도 안 되게 못박아 둔 공개 행위이다. 연극공연은 중도에서 막을 내릴 수 없게 되어 있는 관객과의 약속인 것이다. 만약에 중도에서 어떤 실수로 인해 막이 내려졌다면 당장 소동이 일어날 것 아닌가. 관객들은 굳이 그럴 마음도 없으면서, 부아가 나고 심술이 지글지글 끓어 '표값 물어내라'고 연좌데모를 벌일 테고, 그런 소동은 지면 내주기에 인색한 신문이 단연 화제라고 호들갑스럽게 보도할 것이다.

'시그날' 공연물의 단골 고객이 있다. 가을이면 멋있는 중절모를 깊숙이 눌러쓰고 나타나는데, 공연장에 들어설 때면 다소곳하게 그 중절모를 벗어 두 손으로 모두어 잡고서 더듬더듬 앞자리를 찾는다. 그의 은발은 도무지 나이를 짐작도 못하게 만들고, 전직도 종잡을 수 없게 한다. 일본 유학 시절에, 또는 해방 직후에 연극광이었거나 실제로 어느 극단의 주요 멤버였는지도 모른다. 아무튼 유족했고, 지금도 여전히 넉넉한 재산을 규모 있게 관리하는 노신사임은 분명하고, 연극 애호가임에 틀림없다. 그는 한 번도 '시그날' 공연을 빠뜨린 적이 없을 정도이니까.

언젠가 송 선생과 민수와 내가 관극을 마치고 나오는 그를 동시에 물끄러미 바라본 적이 있었다. 정말 멋있는 노신사였다. 보일 듯 말 듯한 미소를 얼굴 전체로 잔잔히 피워 올리면서 그는 우리에게 짧은 일별을 주었다. 그 찬찬한 시선을 곧장 거두고는 뒤도 돌아보지 않고 어디론가 걸어갔다. 말을 걸 수도 없게 만드는 그의 쌀쌀맞은 처신까지도 멋이 있었다. 송 선생은 그의 침착한 뒷모습을 바라보면서 "스폰서잖아? 물주 자격이 충분한데. 어떻게 접근하지? 아마도 성북동의 어느 한옥에 살 거야. 분위기가 그래. 귀가 두툼하고 큼지막하니 잘생겼어, 복귀야. 평생 번 돈보다 쓴 돈이 더 많을 사람이야. 우리 물주 장군하고는 완전히 정반대의 인물이야. 장군의 분위기에는 상것들 냄새가 묻어 있잖아"라고 흥분했었다.

노신사가 한결같이 깔끔한 옷차림으로 내게 다가온다. 서로 낯이 익지만, 그는 짐짓 얼굴에 별다른 표정을 띄우지 않는다. 그런 몸에 밴 점잖음은 대단히 연극적이다. 그가 길쭉한 악어 가죽지갑을(아마도 틀림없을 것이다) 양복 저고리 안주머니에서 끄집어낸다. 빳빳한 5천 원짜리 지폐를 내게 내민다. 건네 준 돈만큼 깨끗한, 그러나 천천히 곱게 늙어 가는 손등에는 거뭇거뭇한 저승꽃이 여기저기 피어 있다.

—정말 죄송하게 됐습니다. 공연이 중지됐습니다.

—아, 그래요? 낭패군. 그거 참 큰 낭패로군. 나도 나지만 그쪽이 더 낭패겠군.

—예, 그렇게 되고 말았습니다.

—공연 불허다 이거지?

—예, 공연 불가래요.

—불가? 불허(不許)가 맞을걸, 젊은이.

—네? 불허요? 불가가 아니고요?

—그럼. 불허지. 불허가(不許可)의 준말로 썼다면 틀린 말은 아닐 테고. 잘 생각해봐. 공연 중지는 말이 안 돼. 일제 때부터 내려오는 잘못된 말이야. 엉터리로 사용하고 있단 소리야. 그때도 이런 일이 비일비재했지. 공연 불허가 말이야.

—예, 정말 그렇겠군요. 잘 알겠습니다. 저희 극단 단골 관객이신데, 이건 원, 민망스럽습니다. 면목없게 됐습니다.

—무슨 소릴. 자네들이 민망스러울 게 뭐가 있나.

—까놓고 말하면 그렇긴 합니다만… 어디 가서 차라도 한잔 대접할까요?

—관두게. 알 만하네. 짐작이야 있지. 짐작없는 사람이 이 세상에 어디 있겠나. 애쓰네. 일간 또 보세.

—다음 공연은 꼭 초대권을 보내겠습니다. 주소라도 가르쳐 주십시오.

—무슨 소린가. 일 없네. 호의야 고맙기 이를 데 없지만.

—호의라기보다 저희들 성의지요.

—그런가? 성의가 맞겠군. 호의는 위에서 베푸는 걸 테니까. 어쨌든 사양하겠네. 이 세상에서 가장 간곡한 진심으로 성의를 사양하겠네. 자네들한테 조그만 후원금은 못 보태 줘도 식객까지 돼서야 늙은이가 경위 없는 짓이지. 우리 연극이 아직도 많이 멀었어. 일본 것이나 저쪽 것들(노신사는 정확하게 서울의 북쪽 하늘을 고갯짓으로 가리킨다)보다 아마 한 이십 년은 좋이 뒤졌다고 봐얄 거야. 이 늙은이는 둘다 봤지. 참 무지하게 봤지. 일본 연극 좋지. 제 육성이 있어. 남의 소리가 아냐. 비장미가 있어. 고적미(孤寂美)도 있고, 또 아취가 많아. 얼굴을 온통 하얗게 분장한 여배우들의 연기가, 대사가 관객의 가슴을 후벼판다고. 저쪽 것은 힘이 좋지, 억지라도 말은 맞춘다고.

—따라잡을 수 있습니다. 이제 몇 년 남지 않았습니다. 우릿걸 제대로 보여줄 수 있습니다.

—어떻게? 어림없는 소리. 공연 불허 같은 날벼락이 멀쩡한 하늘에서 떨어지는 판인데. 유엔군이 인천에 등륙(登陸)한 다음인가, 아니야, 그 훨씬 전인가봐, 우리가 피난을 못 갔으니까. 그때 저쪽것들 진짜 연극을 좀 봤지. 기가 차고 기도 막히더군. 우리 것하고는 완전히 딴판이더라고. 사람도 없고, 주인공도 없어. 그야말로 새떼의 군무(群舞)야. 무슨 세뇌공작 같은데, 그게 알고 보니 또 지남철이야. 사람 마음을 그렇게 마구 끌어당겨. 막 옥죄기도 하고. 볼 때는 야, 야, 역시 다르다 하고 무릎을 쳤지. 그런데 곧장 싫증이 나. 사람의 마음이 원래 변덕쟁이지. 울리고 웃기는 거는 간단하지. 그게 연극의 힘이야. 어쨌든 배울 건 배워야지. 좋다면 좋은 거구 나쁘다면 나쁜 거지만. 자, 가네. 오늘은 이 늙은 것이 쓸데없는 말을 너무 많이 늘어놓았군. 노망

이고 낭패야. 알지. 암만, 알다말다. 또 봄세. 우리 조선 사람들이 옛날에 약속을 어떻게 했는 줄 아는가, 다음 장날 보세야. 장소도 시간도 없어. 그냥 다음 장날 보세야. 그래도 잘들 만나고, 만나서 긴한 말 못할 말 다하고 살았지, 무슨 말인지 알아듣지? 다음 장날 또 보세. 장날만 기다리고 사네. 연극이 뭔 줄 아나? 신명풀이야. 이편 신명을 대신 풀어 주는 거야. 이쪽 답답한 갑갑증을 대신 말해 주는 거야. 요샛말로 페스티발이라고 그러지. 그걸 막으면 더릿속에 가스가 차. 가스는 꽉 차면 언젠가는 폭발하는 거야. 그러니 그걸 페스티발로 풀어 줘야지. 더운 나라나 추운 나라나 그런 행사가 다 있지. 페스티발, 축제 같은 게 자꾸 많아지는 걸 찬찬히 뜯어 봐. 재미있을 거야. 차가운 마음을 풀어야 하거든. 매일 풀어도 모자라지. 옛날에는 마음들이 다들 따뜻했어. 일 년에 몇 번씩만 언 마음을 녹여 주면 충분했어. 그런데 요즘은 그렇지 않아. 매일, 매시간 마음들이 꽁꽁 얼어 붙어 있어. 그러니 매시간 녹여야 할 거 아냐. 자, 다음 장날 또 보세. 그때까지 이 늙은이는 또 마음을 꽁꽁 얼려 놓을 테니까.

전화는 계속해서 공해를 훅훅 끼얹었다. '시그날'의 단골 노신사에게 나의 구슬픈 인사말도 제대로 전하지 못하도록 했으니까. 아무려나 공해를 피할 도리는 없었다. 나는 비록 '미적미적'이라 할지라도 이번에는 '공연 불허'라는 정확한 용어를 정정당당하게 구사할 채비를 차렸다.

지금도 나는 그때 나의 음성이 순식간에 제법 활달했을 것이라고 짐작한다.

"여보세요. 시그날입니다."

"알아요. 아직까지 전화번호판을 엉뚱한 곳으로 돌린 적은 없어요."

양이였다. 약간 토라진 듯한 말투도 여전했고, 여느 여자 목소리들처럼 기름기가 있는 게 아니라 좀 탁하고, 대체로 말해서 특징 없는 음성도 '그의' 것이었다. 양이는 전화 음성부터가 '여자도, 그렇다고 처녀도' 아니다. 적어도 내게는 그랬다. 어쨌든 우선 반가웠다. 특징도 없고, 여자다운 음성도 아니고, 말솜씨까지 전화번호 구멍처럼 일정한 규격품 같고, 따라서 그런 게 매력이라면 매력일 수밖에 없는 그의 음성은 내 귀에 설지 않는 어떤 팝송 가수의 그것처럼 묘한 친밀감이 있었다. 말하자면 듣기 좋지도 않지만, 듣기 싫지도 않은 천부의 육성으로 아무런 기교도 부리지 않고 말하듯이 노래하는 가수의 자연스런 개성이 양이의 목소리에는 흐르고 있었다.

"어? 오랜만이야." 뒤이어 나의 상습적인 농조의 말이 따랐다. "이럴 때 여자들은 어떻게 말하지? 어머, 이게 누구야? 너, 내 짝꿍 양이구나. 얘, 우리가 정말 이렇게 격조해도 되는 거니? 정말 애타게 그리웠어. 넌 나보고 싶지 않았어? 이러잖아."

양이는 짐짓 우습지도 않다는 투였다. 아마도 웃음을 깨물기 위해 입술을 앙다물고 있을 터이고, 볼우물이 살짝 파져 있을 것이었다.

"여전하시군요. 그 여전한 게 사실상 반갑지 않은 것도 아니에요. 하기야 그걸 기대하면서 전화를 걸기는 했지만요. 정말 우리가 이래도 되는 거예요?"

"어쩔 수 없었잖아. 시그날 포스터 봤지?"

"네, 봤어요."

"연락이 오길 기다렸지."

"오늘쯤 연극 보러 갈 참이었어요."

"아, 오지마. 올 필요가 없게 됐어."

"네? 무슨 말이에요. 내일 밤에는 쫑파티할 거 아니에요?"

"그렇게 됐어. 공연 불허령이 떨어졌어. 날벼락이야. 지금 다들 혼비백산이야. 죽을 맛이야."

"네? 무슨 말이에요?"

양이는 전혀 모르고 있었다. 당연한 일이었다.

"만나서 얘기하기로 하고… 거기가 어디야?"

"회사 앞이에요. 더 정확히 말하면 덕수궁 돌담을 쳐다보며 전화 걸고 있어요. 웬 사람들이 하얗게 차려입고 무더기로 재판을 받으러 가고 있나봐요. 식사는 하셨어요?"

"식사? 아침 말인가 점심 말인가, 지금이 도대체 몇 시야?"

"지금은 점심 먹을 시간이에요"

"뱃속이 텅 비었어. 뱃속만이 아니야, 모든 게 텅텅 비어 버린 느낌이야. 나는 텅 빈 집이나 지키는 문지기고. 누가 이 빈 집으로 쳐들어왔으면 좋겠어. 남자는 근본적으로 집을 지키는 어린앤가봐."

"그러게 소하고 남자는 밥그릇을 안겨줘야 한다잖아요. 집주인이 못 되게 되어 있으니까요." 양이의 모성애가 조금씩 꿈틀거리는 모양이었다. "그동안 별일 없었어요?"

"많았어. 무지막지하게 많았어. 필설로 다 말하기 어려울 정도야."

"우선 식사부터 하세요."

양이라는 여자는 양은 냄비가 아니다. 천천히 달아오르고 덥혀지는 무쇠솥 같다고 해야 할 여자다.

"식욕이 간 곳 없어. 짓뭉개진 팔뚝을 보고 나서부터 이 지경이 됐나봐. 내 머리통이 불쌍해서 미치겠어. 누가 내 머리통 안에 앉아서 죽어라, 죽어라 하고 호령을 하고 있는 기분이야. 이때까지 나는 소문을 듣는 데만 만족하는 사람인 줄 알았는데 그렇지도 않은가봐. 내가 소문을 퍼뜨릴 수도 있는가봐. 그런데 그걸 퍼뜨릴 수 없어 더 골치가 썩나봐."

통화가 뚝 끊겼다. 어디선가 라디오에서 삐이 하고 시보(時報)를 알리는 긴 여운 소리가 들렸다. 조마조마한 마음으로 전화통을 노려보았다. 전화통이 다시 울었다.

"퍼트릴 소문이 왜 그렇게 많아요?"

"모르겠어. 왜 이런지 모르겠어. 신이 있다면, 그 양반이 나에게만 온갖 시련을 떠안기기로 작정을 했나봐. 모르겠어, 그런 느낌이야. 이런 느낌은 분명히 젊은 혈기의 울컥하는, 지 잘난 체하는 그런 겉멋과는 관계도 없는데 말이야, 그렇잖겠어? 요즘 세상에 고행길에 나서기를 자청하는 멍청이가 어딨겠어?"

"왜요, 그런 보통사람들이 없지 않을 거예요. 많지 않다뿐이지. 다섯 시쯤 거기로 가면 돼요? 만날 수 있겠어요?"

"있을거야."

"거기 가서 다시 전화 걸겠어요."

"그게 좋겠어. 여기는 초상집이나 다를 바 없어. 사망 확인 전화로 전화통이 불이 나고 있어. 전화받기가 지겨워 또 미칠 지경이야. 민수는 코빼기도 안 보이고."

"이따 만나서 얘기해요."

"참, 민수가 애를 낳았어. 귀여운 양새끼를, 올해가 양띠잖아."

"부인이 낳았겠지요. 끊어요."

일시에 전화 송수화기 속이 잠잠해졌다. 좀 머쓱했다. 상대방을 깔보고 무시하는 듯한 이런 통화의 마무리는 양이 특유의 쌀쌀맞음을 잘 드러내는 단적인 예이다. 나로서는 싫지도, 그렇다고 좋지도 않은 양이의 버릇이라고 하겠는데, 조금 전까지 털어놓은 내 쪽의 과장된 감정 표현을 내 스스로 수습하려면 머쓱해지고 씁쓰레해지는 것도 사실이다. 이것은 나의 불평이라기보다는 양이가 좀 다소곳해 주었으면 하는 나의 좀스러운 바람이거나 투정일 뿐이다. 이런 투정은 또 하나 더 있다. 나와 헤어질 때 양이의 뒷모습에는 분명히 쓸쓸하고 애잔한 구석이 어려 있었다. 보기에 따라서는 얼마쯤의 이국정취(異國情趣)까지 풍기는 양이의 그런 분위기는 그녀만이 갖고 있는 일종의 개성이며 체취라고 여길 수 있다. 끈적끈적하게 달라붙지 않으면서도 이쪽의 관심을 몽땅 빨아들이고 있는 흡인력 같은 게 그 체취에는 분명히 녹아 흐른다. 그래서 그 분위기가 남자의 보호 본능을 불러일으키는 것도 사실이다. 이 보호본능이란 말은 사랑의 우회적인 표현이 절대로 아니다.

아무튼 나는 양이의 그런 분위기를 지나칠 정도로 꼼꼼히 느끼고는 있었지만, 그때까지 그것의 정체가 무엇인지를 이해해 보려고 덤비지는 않았던 듯하다. 나의 실책이라기보다는 그녀에 대한 나의 이해의 무성의였고, 실례였다. 변명을 둘러대자면 그녀는 자기 자신을 너무 베일 속에 감춰 두고 있는 듯하면서도 동시에 너무나 쉽게 자신의 몸을 내게 던졌고, 당돌할 정도로 빨리 나의 의식을 그녀 곁으로, 또는 자신의 의식을 내 곁으로 바싹 밀착시켜 버린 탓도 있었다. 요컨대 양이는 나에게 그녀 자신의 실체를 이해시킬 만한 기회도, 시간도 주지 않았다. 그럼에도 불구하고 나는 곧장 그를 나의 분신쯤으로 간주했고, 또 이해했다고 단정을 내렸던 듯하다. 잘못이었다.

그날은 통화가 끝났을 때, 유독 그 점이 마음에 걸렸다. 망치로 얻어맞은 기분이었다. 그의 그런 분위기 뒤에는 아무래도 무슨 비밀이 있을 것이라는 생각이 들었다.

그 베일을 벗기자. 사실상 그녀는 언젠가 그녀의 베일을 스스로 털어놓겠다고 하지 않았나.

나는 사시(斜視)를 가진 멍청이였다. 사람의 의식에는 맹점이 있음에 틀림없다. '사랑에 눈이 멀었다'는 말도 사람의 의식에는 스스로 느끼지 못하는 어떤 사각지대가 있다는 말의 다른 표현일지도 모른다.

빨리, 또 자주 양이를 만나야 할 일이었다. 그것은 우리의 의무이기도 하려니와 그녀를 이해해야만 하는 나의 권리이기도 했다. 몸이 달아올랐다. 내 몸에는 땀 냄새가 묻어나고 있었다. 나는 인근의 단골 대중목욕탕으로 달려갔다.

3-4

오래도록 사귀다 보면 유전인자에 관계없이 서로의 의식도 닮은꼴이 되어 가는 게 아닌지. 그날이 바로 그 점을 확인시켜 준 날이었다.

송 선생과 민수와 나는 각기 다른 대중 목욕탕에서 목욕을 하고, 다들 뱃속이 텅빈 채로 '시그날' 앞의 길거리에서 만났다. 우리는 약속이나 한 듯이 웃지도 않고 신수가 훤한 서로의 얼굴들을 잠시 멀뚱멀뚱 쳐다보다 억지로라도 먹을 것을 입속으로 집어 넣어 두어야 한다고 합의했다. 당연히 '춘추각'으로 발걸음을 떼놓았다.

다들 하고 싶은 말을 툭 털어놓지 못하는 답답함을 애써 감추고 있었지만, 속마음들을 훤히 읽고 있었다. 아마도 사람은 몸에 때를 벗기고 나면 서로의 속내가 투명하게 드러나고 마는지.

민수가 그 투명함을 확인하고 싶은 눈치였다.

"이제부터는 우리가 소문을 만들려고 여길 들어가는 거지?"

"그럼, 그런 의무가 우리에게도 있고 말고."

송 선생이 즉각 받았다.

"소문을 만들기는 해도 퍼뜨릴 필요는 없고."

"그럼요, 그 쓰잘데없는 소문을 뭣하러 퍼뜨려요. 소문이 진짠지 가짠지 확인해 보고 싶은 욕심이 또 다른 소문을 만들어내기도 할 거예요. 사람이면 누구라도 그런 소질을 다분히 즐기잖아요."

"당연하지. 다들 진짜를 그리워하니까. 별것도 아닌 그게 뭔가 하고 귀를 쫑긋 세우고들 있지. 메시아에 대한 기대가 바로 그런 거고."

한 중국 여자의 기이한 사생활에 대한 소문을 우리는 그런 식으로 중얼거리고 있었다. 그 잔다란 관심사 자체가 곧 우리의 한심한 몰골이었다. 가짜 정보를 호도하고, 진짜 정보를 적당히 은폐하려는, 요컨대 어떤 정보라도 수문 조절하듯이 엄격하게 통제하는 시대에는 그런 소문도 중요한 정보이기나 한 것처럼 요모조모 따지려 들고, 소문에 소문을 붙여 가야 직성이 풀리는, 한 시대의 민낯이자 천박 일변도의 집단 심성이었다.

'춘추각'은 우리의 뱃속처럼 텅 비어 있었다. 점심시간이 훨씬 지나

버려서 그렇지 않은가 싶었다. 중국 여자는 한결같이 뚱한 표정으로 우리를 맞았고, "우르면이 셋이요?" 라고 확인했고, 점점 제 엄마의 투실투실한 몸피를 닮아 가고 있는 연주와 무슨 이야기를 나누고 있었다. 반쯤은 중국말이었고, 반쯤은 우리말이었다. 아직도 꿈만은 중국말로 꾸는 일가(一家)임에 틀림없었다.

계란을 풀어서 걸쭉하게 만든 국물에다 굵은 우동 국수를 넣은 울면은 나의 기호식이어서 어느 새 '시그날'의 단체 배식이기도 했다. 울면 국물을 그릇째로 들고 후루룩거리며 내가 말했다.

"당분간 두더지생활을 해야지. 이 더워 오는 여름에 갑갑하고 답답하겠지만 꾹꾹 참아야지. 참고 견딘다는데 어느 건달이, 어떤 미적미적이 시비를 걸겠어."

송 선생이 국수 가락을 입에 물고 말을 받았다.

"그럼, 이 여름 동안 두더지로 살아야지. 다만 저쪽, 유신의 두목이자 위선의 주인장이 보기에 무해무득한 벌레로서 말이야."

두 달쯤 뒤에 있을 팔월 공연을 유보하자는 다짐이었다. 민수도 말귀를 알아듣고 끼어들었다.

"두더지가 원래 이 땅의 토종일걸? 이름이 그렇잖아, 개나리나 진달래가 우리것이듯이. 두더지 좋지. 야금야금 시절의 하수상도 정찰하면서. 그 특유의 후각과 청각으로."

"물론 그래야지. 두더지의 적성에 맞게 눈뜬 장님 흉내를 내면서. 정기 공연의 잠정적인 보류는 우리쪽에서야 백해무익이겠지만."

민수의 느닷없는 순발력이 튀어나왔다.

"동화가 없는 시대니까 우리가 두더지로서 동화를 만들고, 동화 속의 주인공이 되어야지. 동화 속의 주인공들처럼 착해빠져 보는 것도 무익하지는 않을 거야. 잠시 동안만이라도 이 폭발 직전의 시대적 특혜라고 여기면서."

내가 노파심에서 다짐을 놓았다.

"결속을 다지면서, 기회를 보면서, 가을 공연에 대비하면서."

"두더지처럼 박박 기는 거지 머, 밤낮으로." 민수가 갑자기 음성을 낮추고 눈빛에 힘을 주었다. 민수는 연주와 연주 엄마를 주시하고 있었고, 송 선생과 나는 카운터를 등지고 앉았다. "가만, 저게 무슨 동화야, 잘 들어봐."

우리는 즉각 귀를 모았다. 피부만큼이나 윤기가 돌고 기름진 중국 여자의 말소리가 들렸다.

"겉이 없어. 모양, 외양(外樣)이 없는 거야."

우리는 고개를 돌렸다. 우리의 주시를 무시하고 중국 여자는 딸에게 찬찬히 설명해 주고 있었다. 한 손을 주먹 쥐고는 다른 손으로 그 주먹손의 등을 쓰다듬으며 중국 여자는 진지하게 이해를 시키고 있는 중이었다.

"이런 겉이 없는 거야. 모양이 없어. 마음이 그거야. 그게 이 세상에서 제일 큰 거야. 또 알아봐, 이 세상에서 제일 작은 게 뭐야?"

연주는 잔뜩 생각하는 눈매를 지었다. 중학생쯤 되었을 그녀에게는 미심쩍은 세상 이치가 한두 가지가 아닐 것이었다.

"몰라, 모르겠어. 엄마, 그게 뭐야?"

"잘 생각해 봐. 알 수 있어. 쉽게 생각해 보란 말이야. 반대로 생각해 볼 줄 알아야지." 중국 여자는 주먹손으로 딸의 머리통을 두어 번

쿡쿡 쥐어박는 시늉을 하고 나서 말을 이었다. "이 머릿속에 무엇이 들었어? 돼지다, 돼지야, 너는 돼지 돈(豚)이다."

중국 여자는 물론이고 연주도 분명히 우리의 시선을 의식하고 있었다. 그러나 중국 여자는 그런 주시를 꾸준히 무시하면서 딸에게 윽박질러댔다.

"머야, 몰라? 너는 공부할 머리가 없다."

우리는 의미심장한 눈길을 서로 맞췄다. 중국 여자는 우리와 시선을 마주치지 않으려고 딸의 머리통과 눈초리만 어르고 있었다. 주방 쪽에서도 인기척을 죽이고 이쪽의 수수께끼를 엿듣고 있는 듯했다.

"그게 머냐 하면 그건 속이 없어. 알맹이가 없어. 핵(核)이 없어. 그게 이 세상에서 제일 작은 거야." 또 주먹손을 만들어, 이번에는 남녀의 교접을 시늉하듯 검지 손가락으로 주먹손 속을 쿡쿡 찔러대며 덧붙였다. "이 속이 없어. 속이 없으니 이런 형체가 없는 거야. 그러니 얼마나 작겠어."

연주의 얼굴이 서서히 풀리기 시작하더니 곧장 물었다.

"진짜. 그런 게 이 세상에 있어?"

"없지. 이 세상에는 눈에 안 보이는 게 훨씬 더 많아. 그런 걸 생각할 줄 알아야지."

뒤이어 중국 여자는 중국말을 두어 마디 지껄였고, 연주는 손에 들고 있던 책을 들고 쪼르르 주방 쪽으로 사라졌다.

그것은 어렵다기보다도 생각하게 만드는 수수께끼였다. 사물과 우주에 대한 무슨 철학적인 한담 같았다. 역시 뜻글자를 상용하는 민족다웠고, 국민성다웠다.

민수가 곧장 흥분했다. 그의 음성은 여전히 낮았다.

"야, 띵한데. 역시 한족(漢族)은 달라. 그럴 듯한 동화잖아? 겉과 속이 없다 이거야. 형님들, 나가요. 우르면 세 그릇 값은 내가 낼게요. 내 양새끼 분유값이 날라가는 한이 있더라도."

우리는 엉거주춤 일어섰다. 민수가 성큼성큼 걸어가서 중국 여자에게 지폐를 건넸다.

송 선생이 민수의 등뒤에서 점잖게 말했다.

"여사장님, 그 수수께끼 그럴 듯합니다."

중국 여자는 즉각 바보 같기도 하고, 이쪽의 눈치를 살피는 능글맞은 주뼛거림과 부랑 민족의 비굴이 잘 어우러진, 그러나 은은하게 우월감을 감추지 않는 그 묘한 웃음을 입가에 베어물고 대답했다.

"예? 예에. 여기 잔돈 있습니다."

민수가 어린애처럼 물었다. 연극 연출 선생 노릇으로 동화작가의 역량도 기른 모양이었다.

"연주 엄마는 장개석 총통이 좋아요, 모택동 주석이 좋아요?"

중국 여자는 여전히 그 묘한 웃음을 거두지 않고 말했다.

"몰라요. 잠시예요. 이제 삼십 년 됐어요. 우리나라 본토 누가 차지하는가가 문제 아니에요. 다 중국사람이 살고 있어요. 모택동 주석, 말년에 실수 많이 했어요. 음식, 말 다르듯이 생각 다를 수 있어요. 백 년, 이백 년 지나면 어느 생각이 옳은지 나타나요. 대만에 일가 많고, 남경에도 우리 친척 많아요."

중국 여자가 입을 다물었다. 너희들 따위가 우리 민족의 깊은 속내를 어떻게 알겠냐고 핀잔을 주는 듯했다. 우리는 사실상 연주나 다름없는 나이의 어린애였다.

이번에는 내가 물었다.

"방금 그 수수께끼가 책에 있습니까? 어린애한테는 어려운 수수께끼인데."

"어려운 수수께끼가 아니라 해답이 어렵지요. 좀 많이 생각해야지요. 우리 어른들은 다 아는 수수께끼예요. 책에 있는지 어떤지 우리는 몰라요."

사마귀 아저씨가 한국 신문을 손에 들고 슬그머니 주방에서 나왔다. 구석 자리에 앉자마자 시선을 신문에다 묻고는 홀리는 말투로 연주 엄마에게 무어라고 말했다. 우리는 도저히 알아들을 수 없는 빠른 중국말이었다. '손님과 무슨 쓸데없는 말을, 짐작컨대 장 총통과 모 주석까지 들먹일 게 뭐냐' 라는 꾸지람인 듯했다. 갑자기 주방 속에서 젊은 남편의 쾌활한 중국말도 단음절로 울려 왔다. 맞장구를 치는 탄성일 터였다. 사마귀 아저씨가 또 중국말을 짧게 웅얼거렸다. 중국 여자는 곧장 양순한 쥐새끼가 되어 고개를 들지 못했다.

우리는 쫓겨나듯이 밖으로 나왔다. 음식을 만드는 소리조차 들리지 않던, 음흉스럽고 괴기스럽기까지 하던 음침한 한쪽 구석에서 진지하게 수수께끼를 주고받던 중국인 모녀의 분위기는 이 세상의 것이 아니었다. 내가 알고 있는 범위 안에서는 중국의 문헌들에도 그런 분위기는 절대로 없었다. 그러나 부랑 민족을 떠올릴 때면, 예컨대 '노인은 빌어서라도 모셔야 가정이 가정다워진다' 는 속담을 기리는 유태민족의 침침한 가족 관계, 그들이 꼬물거리면서 끊임없이 세계사의 진행에 어떤 일익을 담당하고, 주도하는 집념과 역할과 그 결과를 상정할 때 떠오르는 그 어둡침침한 색조의 그림 같은 분위기가 '춘추각'에는 분명히 넘실거렸다.

물론 우리에게는 그런 어둡침침한 자긍심이 없었다. 열등감이라기보다는 몹쓸 놈의 자괴감이자 집단 무의식이었다.

민수가 동화를 짓기 시작했다.

"그러면 겉도 속도 없는 게 뭘까?"

송 선생의 즉답이 튀어나왔다. 중국 성씨(姓氏)를 가지고 있는 만큼 생각이 깊었다.

"그거야 생각이고 사유일 테지. 수수께끼 같은 민족이야. 알 수가 없어. 그런 천연스러운 얼굴로 자식 교육도 시키면서 두 남자와 번갈아가며 방사도 치르고 하는 모양인가? 이런 분위기는 설명할수록, 이해할수록 거짓말 같고, 알 듯 말 듯한 수수께끼가 된단 말이야."

"그러니까 더 사실적인 거 아니에요? 우리는 도대체 너무 노골적이고 투명해서 동화도 없고 수수께끼도 없고 사실주의도 없는 족속들이에요. 긴급 조치가 도대체 머야, 깡패처럼 막말이 너무 심하잖아. 교양 없이. 그냥 일방적으로 닦달하고, 일방적으로 조지고, 일방적으로 깨지고, 그뿐이잖아요. 한심스럽게도…"

"두더지 생활을 좀 철저하게 하면 그런 자격지심에서 놓여나겠지."

이부일처제라는 그 덧없는 소문이 훨씬 더 가깝게, 생생한 현실처럼 다가오고 있었다. 그 소문은 기계 속에서 너덜거리는 싱싱한 팔뚝보다 더 또렷한 그림이었다. 적어도 내게는 그렇게 느껴졌다. 비가 오려는지 후텁지근한 6월 초의 어느 날 오후 날씨가 우리를 소문 속에서 허우적거리는 어떤 맹꽁이로 만들고 있었다.

3-5

"여기다, 여기."

나는 한쪽 손을 어깨 위로 번쩍 들어 보이며 횡단보도 저편에 서 있는 양이를 향해 소리쳤다. 길 가는 사람 두엇이 나의 객쩍은 고함소리를 듣고 힐끔힐끔 노려보았으나 나는 개의치 않았다. 양이는 허여멀건(우리의 여름 옷이란 게 대체로 하얀색 일색이고, 직장인들의 경우에 특히 그러하다) 두루뭉수리들 속에 앙증맞은 하나의 노란 점처럼 붙박여 있었는데, 그 작은 몸매로 좌우를 자발없이 휘둘러보고 있는 품이 얼마쯤의 무리를 거느리고 다니는 졸장부 같았다. 내가 부르는 소리를 못 들은 모양이었다. 버스들이 줄기차게 개나리꽃 무리 같은 양이의 작은 몸뚱어리를 지웠다가는 다시 오롯하게 새겨 놓곤 했다. 내가 빤히 주시하고 있는 줄도 모르고 양이는 여전히 주위를 뚜릿뚜릿 살피다가 고개를 떨구었다. 그리고 잽싼 걸음으로 걸어오기 시작했다. 길거리에서는 의무적으로라도 바쁜 체해야 하는 도시 여자들의 날렵한 걸음걸이였다. 약간 성이 난 듯했고, 다소 초조해 있는 듯했고, 꽤나 피로한 듯했다. 복잡미묘할 뿐만 아니라 섬세하기까지 한 도시 여자들의 상투적인 한 표정이 다급하게 나를 만나러 오고 있다는 것은 미상불 가슴 뿌듯한 장면이었고, 멋도 있어 보였다. 아마 그때 나의 기분도 그런대로 수수했을 것이다.

나는 뒷걸음질로 몇 발자국 물러섰다. 양이는 직선처럼 내게로 다가오고 있었다. 이번에는 나도 양이를 향해 바쁜 걸음을 떼놓았다. 곧장 서로 마주쳤고, 각자의 갈 길이 막혔다. 내가 짐짓 오른쪽으로 내 갈 길을 잡는 체하자 양이도 왼쪽으로 비켜서려 했고, 뒤이어 내가 왼쪽으로 걸음을 떼놓자 양이는 자꾸만 제 갈 길을 가로막는 걸음에게 속삭이듯이 "미안합니다"라고 말하며 깡충 잰 걸음을 놓아 내 왼쪽 겨드랑이 옆으로 빠져나가려 했다.

"미안할 거까지 없는데. 일부러 연기와 연출을 하고 있으니까."

내가 우뚝 서면서 양이의 어깨에다 대고 낮게 말을 걸었다.

그제서야 양이는 고개를 들었고, 바쁜 몸짓을 멈췄다.

"나야. 마중 나와 있는 참이야, 귀하를."

"아, 그랬었군요."

양이가 어깨를 축 늘어뜨리며 탄성이라기보다도 신음에 가까운 말을 토해 놓았다. 양이의 복잡한 표정이 잠시 활짝 펴지더니, 보일 듯 말 듯한 웃음을 얼굴 전체로 잔잔히 펼쳐가다가 꽤 오랫동안 소원했던 우리 사이를 떠올렸음인지 표정을 대뜸 딱딱하게 굳혔다.

양이가 걸음을 떼놓으며 말했다. 음성은 여리고 탁했다.

"다방에 앉아서 멀뚱거리며 기다리기가 싫어서 방금 전화를 걸었댔어요. 버스에서 한 정거장 먼저 내려서 공중전화로요. 민수 씨가 전화를 받았어요. 방금까지 있었는데, 슬그머니 어디로 나갔대요. 이리로 곧장 오래요. 자기가 책임지고 찾아 준다고. 기분이 아주 복잡해졌어요."

나는 양이의 불신감을 풀어 주어야겠다고 생각했고, 그래서 곧바로 말 흉내를 냈다.

"돈 받고 표 주는 문지기 자리에 앉아서 전화를 기다리기가 싫어서 일찌감치 길에 나와 서성거리고 있었어요. 저만큼 떨어져서요. 개나리처럼 자그마한 노란 점이 또박또박 내게로 다가오고 있대요. 새삼스럽게 기분이 복잡다단, 미묘해지다가 은근히 들떠고 설레지고 그러대요."

양이가 내 농담을 재깍 이해했다는 듯이 치뜬 눈으로 나를 잠시 동안 훌겨보았다. 그 작고 옴팍한 눈길에는 분명히 약간의 지모같은 게 녹아 있었다. 나는 얼핏 여자는 굳이 아름다울 필요까지도 없으며, 아양이라기보다는 여자 특유의 조용한 미태를 시의적절하게 구사할 수 있는 능력이나 그런 눈치만 있으면, 평생을 함께 살아가는 데 불편함이 없을지도 모른다고 생각했다. 그런 능력이나 눈치가 어느 특정한 개인, 좀더 솔직하게 말한다면 제가 사랑하는 남자에게나 남편에게 필요하다기보다도 이 빳빳한 사회가 사회답도록, 또 매사에 짜증스럽게 마련인 당사자가 여자답도록 만드는 데 이바지할 것이라는 조잡한 느낌도 우정 간추려 보았다.

양이가 단호하게 내게 물었다.

"어디든지 잠시 들어가야지요?"

"그래야지 머. 날씨가 더워, 후텁지근해. 그늘을 찾아가야지."

"무더워지고 있어요."

"비가 올라나봐. 비가 좀 와야 해. 좍좍 쏟아져서 온갖 소문, 공연불허령, 환통 환자의 신음소리, 가급적이면 연극이나 연극 공연 같은 수선스러운 행태들도 다 떠내려 보냈으면 좋겠어. 이 땅에서 살아가기에 지쳐서 꿍얼대기만 하는 나 같은 얼치기들은 모두 다 싹싹 쓸어내버려야 돼. 진절머리가 나, 날씨까지 이 모양이니. 내가 여름에 약하다는 사실을 아직 모르지, 귀하께서는? 내가 누누이 말했던가, 지난 겨울에? 고소공포증 환자에다 바다 무서움증 환자에 여름 혐오증 환자야."

"주기적인 염세증 환자에다 조울증 증세도 있고요?"

"그럼, 뿐인가. 조포증(粗暴症) 같은 못돼 먹은 성질도 있어. 특히 여름에는. 여름만 되면 그런 무슨 멍에 같고 훈장 같은 걸 나는 주렁주렁 달고 다녀. 약골이 주제에 말이야. 어깨가 묵지근해서 영 죽을 맛이야. 비라도 꼬박 일주일쯤 주럭주럭 내려 퍼부어서 내가 까맣게 떠내려가든지 원고지 따위를 푹푹 썩어 문드러지게 해주었으면 더 이상 바랄 게 없겠어. 미치겠어, 이 후텁지근한 더위가. 왜 나한테만 유독 이렇게 더위를 먹이지?"

소나기 같은 나의 과장된 다변을 양이는 빗발처럼 촘촘하게 새겨듣고 있었다. 아마도 자신을 다시 만나게 된 반가움을 투정으로 둘러대고 있는 나의 객기를 어른스럽게, 경망스러운 노란색으로가 아니라 이것도 저것도 아닌 회색으로 느긋이 이해하고 있음에 틀림없었다. 이쁘다기보다도 미쁜 여자였다.

"됐어요, 알 만해요. 그만하세요. 더위는 이제부터 겨우 시작인데요 머. 저기 맞춤한 다방이 있는 것 같애요."

우리는 시커먼 실내에 갇혔다. 시끄러운 팝송 가락에다 기를 써가며 소음을 보태고 있는 무리들이 칸막이마다에서 바퀴벌레처럼 바글거리고 있었다. 음악을 싫어할 수는 없지만, 팝송은 때때로 내게 대장간의 망치 소리만큼이나 단조롭고 외마디 소리보다 더 무의미한 절규나 다를바 없다. 사람의 혼을 빼놓고 있는 그 떠들썩한 기성(奇聲)에 무감각한 치들이 정상적인 지구인이라던 나는 공기도 없는 무중력 상태에서 떠돌며 소리라고는 들어 보지도 못한 외계인이었다.

양이가 병아리 색깔의 홑껍데기 면직 재킷을 다소곳이 벗어 옆자리에 내려놓았다. 팔 없는 살색 원피스가 후줄그레하게 드러났고, 실낱같은 쇠줄 목걸이가 부드럽게 불거져나온 쇄골을 걸터넘어 양감 없는 가슴팍 속으로 기어들어가고 있었다. 양이의 맨살 팔뚝이 탁자 위에 가지런히 놓여졌다. 감쪽같이 손목이 잘려진 사람이 되었다. 손가락을 움직이고 있는지 팔뚝의 근육이 가끔씩 꿈틀거리고 있었고, 어디선가 뿌려지고 있는 조명이 작은 벌레처럼 팔뚝 위를 기어가고 있는 잔털을 훤히 드러내 보여주었다. 질서정연하게 드러누워 있는 그 잔털은 명주올보다 더 섬세한 성감대일지도 모른다는 생각이 들었다.

"왜 이렇게 시끄럽지? 요즘은 다들 이렇게 시끄러워야 사는 것 같고, 살맛이 나는 모양이지? 이런 풍조도 정치를 잘못한 탓인가, 아니면 이런 풍조를 본받아 정치를 개판으로 몰고 가는 건가?"

"밝은 빵집을 찾아갈 걸 잘못 들어왔나봐요. 나이에 어울리지 않게. 제가 아주 애매한 나이라는 걸 요즘에야 실감할 때가 자주 있어요."

양이는 곧장 스물일곱 살의 늙은 처녀티를 보였다.

"화장을 했나 보네."

길에서 마주쳤을 때부터 나는 양이가 화장을 꽤나 짙게 하고 있음을 알았기 때문에 물으려고 벌러 온 말이었다. 그러나 무심코 지껄이는 관심사인 듯 위장했고, 은은히 건네 오는 화장품 냄새가 딴에는 나쁠 것도 없다고 내심 우기고 있었다.

"네, 화장을 좀 했어요. 하고 싶었고, 해야만 했어요."

양이의 딱 부러지는 말솜씨에 짐작이 가는 바 있었으나 나는 일부러 딴전을 부렸다.

"후텁지근한 날씨 탓으로 말이지?"

"아니에요. 제 기분 탓으로 화장을 했어요. 정성 들여 할 기력이 없어서 조금쯤 심란했지만요. 언젠가 화장을 안하는 여자는 게으름뱅이일지도 모른다는 말을 누가 했잖아요, 기억하시지요? 그 말이 자꾸 생각나서 화장이 더 내 마음대로 안 됐어요. 자, 뭘 시키지요?"

우리는 "커피 둘이요, 하나는 블랙이고요"라는 검은 홀태바지를 입은 젊은 사내의 말을 귀 밖으로 흘려들었다.

"화장은 말이야, 사람을, 아니야, 그 사람의 인격이랄지 실체를 화려한 배경쯤으로 물러나 앉아 있게 하고, 그 얇은 가면의 막을 하나의 소품이랄지 배역으로 세워 놓은 기술 같아. 그것도 감쪽같이. 분장사들은 그런 남다른 재주가 있어. 간혹 유심히 보거든, 도란을 겹겹으로 짓이겨 발라대는 그들의 손놀림을 말이야. 신기하지. 순식간에 소품이 놓여 있고, 배역이 그럴 듯하게 살아오르거던. 그 사람 실물은 어느새 없어지고. 얼마나 위대한 재주인지 몰라."

"그래서 제가 지금 작은 소품 같아 보이는군요?"

양이는 웃지도 않고 진지하게 나를 건너다보았다. 다방교회에서 익혔을 것이 분명한 그런 당돌한 질문법과 정색한 표정에는 얼마쯤의 도발적인 방향(芳香)도 노골적으로 풍겨 오는 것이었다. 그 고혹적인 체취를 한순간도 놓치지 않고 코를 벌름거리며 맡아내고 있는 나라는 놈은 확실히 성선(性腺) 비대증을 겪는 젊은 환자인지도 몰랐다. 사실상 엄밀한 의미에서 한 인간을 이해한다는 것은 자신의 치부를 낱낱이 확인해가는 과정이나 마찬가지이기도 하다.

"아, 아니야. 또 과민한 정서적인 반응이군. 자격지심의… 내 화장에 대한 느낌이 그렇다는 소리야. 아니야, 소품이 아니라 단연 주역 같애. 권태와 무료감, 나아가서 무더위를 무찌르기로 작정한 주인공 같애. 표정이나 포장이란 조악한 것일지라도 공들인 만큼은 가치가 있고, 또 돋보이는 거니까, 사실상 표정, 포장, 화장은 공력(功力) 바로 그 자체잖아. 좋아. 어울려. 훨씬 돋보여. 활짝 핀 꽃 같다면 아첨성 과장이라서 욕 먹을 테고, 생기 있어 보이는 것은 사실이야, 일종의 액센트랄까."

나는 허겁지겁 둘러댔다. 양이는 여전히 그 당돌맞은 시선을 걷우지 않고 나의 이모저모를 샅샅이 훑어보았다.

"그만하세요. 공연히 허둥지둥 둘러댈 게 머 있어요?"

"나는 늘 매사에 이렇게 허둥지둥이야. 일을 벌이면서 미리 변명을 준비하는 꼴이라니까, 한심하게도."

양이가 나의 수선을 가로막았다.

"좀 많이 야위었어요. 눈도 피로해 보이고요."

"늘 이 모양이야. 만신창이가 됐지 머. 몸무게는 그런대로 정상이었어. 아까 낮에 목욕탕에 갔었거든. 눈꺼풀이 까칠해서 잠을 자려고 했는데 수렁 같은 데서는 눈을 못 붙이겠대. 쫓기듯이 튀어나왔지."

양이가 커피잔을 들었다. 닭발처럼 뼈마디가 앙상한 손가락이 커피잔 손잡이 속으로 꾸물거리며 기어들어갔다.

"오랜만에 만나니 별로 할 말이 없네요. 이럴 때는 보통 누가 먼저 별일 없었어요 라고 물어야 되잖아요?"

나는 내 관심사부터 물었다. 동문서답이 아니라 동문서문이었다.

"강당교회에는 자주 나갔댔어?"

"한 주씩 걸러서 나가곤 했어요. 그때 이후 두 번 더 나갔었고, 모레는 나갈까 어쩔까 망설이고 있어요."

나는 사과하는 투로 강당교회에서 양이와 함께 들었던 설교에 대해서, 돌발적으로 서로 삐쳤던 불상사에 대해서 주섬주섬 내 느낌을 풀어 놓았다.

"그때 말할 기회가 없어서 유감천만이었지만, 그 강당교회가 꽤 그럴 듯했어. 일종의 사실극을 보는 느낌이었어. 리차드 부룩크스의 엘마 간트리라는 영화에도 그런 비슷한 장면이 여러 번 나왔어."

양이가 즉각 끼어들었다.

"그 영화가 정말 괜찮았어요. 사랑 때문에 건달이 부흥회 전도사가 되었다가 허망하게 나가떨어지는 내용이었지요?"

"그 영화에 그럴 듯한 장면이 꽤 많아. 영화는 기억할 만한 장면이 몇 개만 있으면 수준작이지. 많을수록 수작(秀作)이고. 아무튼 그 영화 냄새가 났어. 내가 어릴 때 다녔던 교회 냄새도 났고. 의식(儀式)을 의식적으로 생략한 분위긴데, 부흥회 같은 무드는 전혀 없었고. 요컨대 요즘 우리 교회들 속에 안개처럼 자욱히 진주해 와 있는 그 일종의 배금만능주의 같은 샤머니즘이 없었어. 그런 말을 설교 중에도 아마 했었지? 어쨌든 머랄까, 투명한 유리 속을 걷는 듯한 분위기가 있었어. 말로써 우리의 몸, 마음자리, 정신, 나아가서 우리의 관습, 집단무의식, 체제 따위를 말끔히 세척하고 있었다고나 할까, 연극처럼 말이야. 그런데 여느 교회들처럼 세뇌시키려는 의도는 전혀 안 보였고. 매주일마다 나가면 그것도 일종의 세뇌가 되고 식상해질지 어떨지 모르겠지만. 씻어내야지 머, 부지런히. 비가 마구 억수같이 쏟아져서 떠내려

보내야지 머. 그래서 우리의 습관적, 도덕적, 수동적, 획일적, 속물적 삶과 고정관념들을 조금씩 까부수고 씻어내 버려야 돼. 그런 반성의 비등이 그 강당교회 안에서만 끓는다는 것은 물론 문제겠지만, 일주일에 한 번씩 개개인의 마음자리 속에서 펄펄 끓는 건 바람직하다고 생각했어. 정말 그 말의 홍수가 그럴 듯했어. 교우들끼리의 친교 범위를 원칙적으로 상정하지 않는 것도 좋았고. 그런데 왜 내가 삐쳤던가 몰라. 그동안 얼핏얼핏 생각해 봤어. 아마 그 말의 홍수를 카세트 테이프 속에다 가둬 놓으려고 설치는 치들이 보기 싫어서 그랬던가봐. 흡사 내가 연극을 좋아하고, 또 연극이란 평생 해볼 만한 장르라고 생각하지만, 관극하는 치들의 느닷없는 홍소, 진지성의 결여, 요컨대 대다수 우리 관객의 수준이 딜레탕트 같아서 당장에라도 연극 공연 자체를 까뭉개고 싶듯이 말이야. 아무튼 그런 복잡한 심정으로 그 다음 주일날 강당교회 주변을 헤맸어. 잠시 동안. 나중에는 누구를 만나게 될까봐 부끄러워서 도망쳤지만."

"그때 저는 서울에 있지 않았어요. 어딜 좀 갔다 왔어요."

나는 잠시 뜨악한 표정을 크게 지었다. 곧바로 평소의 내 의구심을 들이밀었다.

"가끔씩 어디 간다는 그 어디가 어디야?"

양이는 아주 담담하게, 그러나 익살기가 없지 않은 눈길로 나를 바라보며 말했다.

"집이요. 시골에서 살고 있는 아버지 움막에요. 이제 제법 농장 꼴까지 갖추어 가고 있는 여벌집이라기보다도 본집이에요."

"아니, 그러면 서울뜨기가 아니었단 말이야, 여태?"

"아니에요. 저는, 저희 집은 대대로 서울내기들이에요. 저희 큰 집마저 중앙청에서 녹을 먹는 관린데요."

나는 순식간에 미련하기 짝이 없는 소 같은 가축이 된 기분이었다. 그동안 나라는 인간은 양이의 일신상에 대해서 너무 태무심한 머저리였다. 다시 말해서 내 신변에 대한 쓰잘데없는 까발림에나 급급하면서 차돌 같은 양이의 옹골진 외모와 성격만을 탐해 온 것이다. 주체하기 어려운 성욕을 하루에도 두 번씩쯤은 얼버무려야 하는 대다수의 젊은 사내에게 있어서, 특히나 정상적인 직장생활도 하지 않고 결혼 따위가 아직까지는 짐스럽고 뜬구름처럼 여겨지는 사내에게는 한 여자의 가정 형편쯤은 흔히 무시해 버리곤 하는 공원 속의 경고 푯말 같은 것일 수도 있으므로. 더욱이나 성행위를 두어 차례 서둘러 나누고 난 다음부터 사내 쪽은 '잔디를 밟지 맙시다'라는 경고 문구는 안중에도 없어지며, 알게 모르게 그 꺼끌꺼끌한 풀 속에 발을 디밀어 넣고, 그 짙푸른 풀빛과 은은한 풀냄새에 온몸을 던져놓고 허우적거린다. 자연스럽게도 그 치열한 풀의 이식(移植)과정이나 자라온 사계(四季) 따위는 마냥 간과해 버리기 일쑤다.

내쪽의 그런 맹점이야 어찌 되었건 양이는 자신의 신변을 그때까지 의도적으로 털어놓지 않고 있었다. 그랬다. 양이에게는 틀림없이 어떤 의도가 있는 듯했다. 다방교회의 사경(査經) 회원들끼리는 서로의 출신 성분이나 가정 형편 따위를 묻고 털어놓는 것을 속된 짓거리라고 간주했다면서, 그 한때의 불문율이 자연스럽게 몸에 배었다고 시위해 대면서.

"화장한 기념으로 그 시골집 이야기나 좀 들려 주지?"

"그럴 참이에요. 그래서 화장한 건 아니고요. 자랑할 거리도 못 돼서 말하지 않았던 것뿐이에요. 고의로 그랬던 건 아니었고요. 알고 나면 아주 간단해요. 그런데 우리 집은 여느 가정들이 살아가는 형편에 비하면 좀 비정상적이었달까, 좀 특이한 구석이 없지는 않았어요. 제가 어릴 때부터요."

양이가 잠시 뜸을 들였다. 그럴 경우에 대개의 여자들은 머리카락을 쓸어올린다든지 눈길을 창 밖으로 돌리는 법인데, 양이는 그러지 않았다. 무대에서라면 왼쪽 전면(前面)으로 나와서 서성여야 할 테고, 점증하는 갈등을 푸는 실마리를 털어놓으려는 찰나이므로 어떤 대사보다 더 명확하게 지껄여야 할 것이다. 그럼에도 불구하고 무표정한 양이의 얼굴과 잠잠한 자태는 다방교회의 맹렬 신도다웠다.

창 밖이 훨씬 더 어둑해졌고, 빗방울이 한두 점 먹빛 선팅이 된 유리창에 엉겨붙었다. 길 가는 사람들의 발걸음이 바빠지고 있었다. 조르주 무스타키의 '르 땅 드 비브르'가 흐느적거리며 비오는 날의 굴뚝 연기처럼 탁자 아래로 깔리기 시작했다. 전혀 힘 들이지 않고 읊조리는 듯한, 그래서 무기교가 가장 완벽한 기교라고 설명하고 있는 무스타키의 타고난 가창력이 양이와 나 사이에 스멀거리며 몰려왔다. 아는 사람은 알 테지만 무스타키는 '삶의 시간' 타령을 중얼거리고 있는 참이었다.

"프랑스 말은 기역자도 모르지만, 노랫말을 재깍 알아들을 수 있었으면 정말 좋겠어요. 그러면 제 메마른 정서가 훨씬 촉촉해질 것 같애서요."

"우리말 노래 가사도 재깍 알아듣기 힘든 게 수두룩하잖아? 그런데 하물며 무스타키야. 그런 건 어학 실력과 관계없는 것일걸? 저 친구 발음이야 천부의 음성으로 정확한 것 같지만."

양이가 상송을 무시해 버리고 입술을 뗐다. 입술 화장 덕으로 얇고 빨간 아랫입술에 윤기가 자르르 흘렀다. 평소의 메마르고 뿌연 입술을 루주가 감쪽같이 덮어버리고 있었지만, 앵두같지는 않았다.

"오래 전부터 저희 아빠는 집을 나가서 생활했어요. 명분은 화실에서 그림 그린다는 것이었지만, 엄마와의 사이가 원만하지 못했기 때문이었어요. 다행히도 요즘에는 늘그막에 두 양주 사이가 좋아지고 있어요. 제 아빠 그림이 늘그막에 조금씩 나아지고 제대로 대접을 받고 있듯이요, 그뿐이에요"

"알 만해. 대학 강단에 서지는 않았고?"

"한때는 미술 교육에 한몫을 맡았었지요. 입시 파동 때문에… 실기 시험에 정실이 개입되었다고 누가 말썽을 일으켰던가봐요. 동료 중의 한 사람이 앙심을 품고 치사하게 밀어내기 술수를 부렸대요."

"권력 쟁탈 싸움에서 밀렸군?"

"그 책임을 당신께서 선선히 혼자 떠맡았어요. 곧장 잘됐다고 그만뒀어요. 정년 퇴직을 십 년이나 앞두고요. 학교에 오래 남아 있을 분이 아니었어요. 그때 학교를 그만둔 게 요즘에는 전화위복이 되고 있어요. 그림도 좋아지고, 그림 값에다 인품 값까지 덩달아 덧붙여지는 셈이니까요. 아무튼 저는 막내라서 한 언니와 두 오빠가 까맣게 모르고 있는 두 양주 사이의 갈등을 낱낱이 알고 있어요."

"언니와 오빠들이 더 잘 알 거 아냐?"

"몰라요. 그들은 내가 어떤 앤 줄도 잘 모를 거예요. 다들 줄줄이 미국으로 공부하러 갔어요. 뿐만 아니라 엄마도 미국에서 시집간 언니네 집에 다니러 갔다가 오빠들 결혼식도 거기서 치르고 아예 눌러앉아 버렸어요. 무려 구 년이나 남의 나라에서, 그것도 동부에서 서부 끝까지 오락가락하며 살다가 제가 대학 졸업하기 직전에 나왔어요. 언니가 우리 형제 자매 중에 제일 맏인데, 저와는 나이가 무려 열네 살이나 차이가 나요. 지금 언니는 미국의 어느 제약회사 연구원에다 약학 박사이며, 동시에 신장 결석 수술 전문의의 아내가 되어 있어요. 오빠들도 제가끔 미국 시민이 돼서 밥벌이들을 잘하고 있기도 하고요."

나는 심드렁하게 말을 흘렸다. 물론 나의 집안 사정을 부지불식간에 떠올리고 내뱉은 말이었다.

"도처에 미국병에 걸린 집들 천지군."

"그래요, 맞아요. 우리 엄마의 경우는 편집광적인 자식 교육열 때문에 미국 광신도가 됐어요. 당신의 극성이 없었더라면 언니와 오빠들이 일등 미국 시민이 못 됐을 것이라는 소리가 무슨 자랑거리예요. 사실상 이제는 누구나, 심지어 아빠까지도 서로에게 독수공방을 강요한 엄마한테 공치사를 늘어놓고, 당신은 그걸 떳떳하게 받아내고 있어요."

"누구마저 미국 귀신, 아니, 미국 시민이 안 된 게 나로서는 여간만 다행한 일이 아니라는 생각이 드는데?"

"우리 집에서 아빠와 나만 미국과 일정한 거리를 두고 있는 게 정말 다행스럽고 고맙고 자랑스러워질 때가 있어요."

"두 부녀가 다 미국에 피해를 입은 사람인데도 말이지? 중학교 때부터, 그때쯤 되겠지? 그때부터 집안에 안주인이 없는 썰렁한 생활을 두 부녀가 꾸려냈을 테니까?"

"그런 셈이에요. 딱히 썰렁할 것까지도 없었고, 그런 걸 느끼지도 못 하고 컸어요. 오히려 미국에 내 형제 자매가 있다는 게 알량한 자부심도 갖게 만들었을 거예요. 그런데 그게 제 정서를 모래처럼 깔깔하게 만든 더 큰 요인일지도 몰라요. 어쨌든 일찍이 홀몸이 된 외할머니가 저를 그런대로 잘 거둬 줬어요. 아빠는 처갓집 식구들이 득시글거리는 게 싫어서 여자를 싫어하고, 집 나가 생활했을 거예요. 당신 천성이 가정, 아내, 자식 따위의 구속을 싫어했기도 했을 테지만요."

"그 반속물 아빠의 작업실이 어디야?"

"청평 가는 길목에 마석우리라는 데가 있어요. 평당 몇백 원짜리 야산 자락을 사서 혼자 밥 끓여 먹고 지내세요. 이제는 제법 별장 같은 분위기를 가꾸어 놓고 있고요. 집안 일이라면 못도 하나 못 치시는 양반이요. 그런데 나이가 드시니 나무도 심고, 당신이 손수 옮겨 심어 놓은 잣나무나 껍데기가 빨간 소나무에 눈이 내려쌓이면 뿌옇고 암울한 색깔로 설경도 그려요. 일하가 싫다는 말이 노래인 양반이요."

대번에 알 만한 사정이었다.

양이의 아버지 곧 최 화백이라는 위인은 자기 세계 속에서만 갇혀 지내기를 고집하는 서양화가일 것이다. 내 동향 친구 재성이를 곁에서 보아 알 듯이 이런 화가들에게 따뜻하기 짝이 없는 가정, 맹하니 예쁘기는 하나 관습적인 삶의 상대적인 성취 욕구에는 시샘이 자심할 아내, 끊임없이 자상한 부상(父像)을 요구해댈 자식들은 그가 꾸준히 기피하는 어떤 색조와 다름없을 게 틀림없다. 재성이에게는 붉고 따뜻한 색깔이 그런 기피색(忌避色)이다. 최 화백의 캔버스에는 어떤 색깔이 주조를 이루고 있는지 알 수 없지만, 적어도 서양 여자를 닮은 해말쑥한 소녀 좌상 따위를 밝게 환칠해대는 한심한 실내화가는 아닐 것이다. (재성이의 영향력 때문인데, 나는 실내의 장식물, 인물, 탁상 위 정물 따위를 그려놓은 실내화를 좋아하지 않는다. 그는 언젠가 이렇게 중얼거렸다. "난로 위에 놓여 있는 주전자마다 어째 하나같이 새것들이냐. 하다못해 허연 김이라도 뭉얼뭉얼 서려 있어야지." 또한 고운 분말 같은 한국화의 한 전형인 산수화도 나는 싫어하는 편이다. 인물화나 풍경화, 그 중에서도 조선 사람의 골상이 제대로 형상화된 그림, 예컨대 1930년대의 매일신문 따위에 그려져 있는 연재 소설 속의 삽화, 곧 청전(青田) 화백이 삽화가로, 또 만화가로 간신히 살아갈 때의 토막 그림을 나는 차라리 기리는 쪽이다.) 계속해서 나의 어쭙잖은 상상력에 채찍질을 더해보면 최 화백은 세속사(世俗事)에는 철저하게 무심한 한 사람의 어릿광대일지도 모른다. 물론 그런 어릿광대 짓거리도 천성을 핑계삼은 계산된 위장일 수 있을 것이고, 풀을 잔뜩 먹여 다리미질이 필요 없는 그 위장이 예술가의 신분과 직분을 얼마쯤 돋보이게 만드는 베레모 맞잡이임을 당신은 한시도 잊어버리지 않고 있을 것이다. 이런 인물에게 가부장적인 가족 제도, 위계 질서를 매일 요구하는 대학사회 속에 미만해 있는 투명한 알력, 이름 석 자만 보고 획일적인 구매 욕구를 촉발시키는 데 전심전력하는 화단(畵壇)과 화랑가 따위는 진절머리나는 터부일 터이다. 그는 그 모든 권위주의에서 어느 날 일탈해 버린다. 당연하게도 그때부터 그림을 그리는 노동 이외에는 손끝도 까딱하지 않는다. 그는 아버지 노릇을 하기가 귀찮고, 매일 밤마다 던적스러운 비계 덩어리 옆에서 잠을 자야만 하는 남편 구실도 성가시고, 국전 심사위원 겸 대학 교수가 되기 위해 갖은 술수를 다 부려대야 하는 이상한 사교가가 되기 싫어진다. 그래서 그는 자신의 그 일탈을 좀더 완성시키기 위해 느닷없이 세속계와 뚝 떨어진 화실 속으로 도피, 침잠, 칩거해 버린다. 이제 그의 일상 중에 그림을 그리는 일 말고는 먹고 자는 노동마저 방기해 버리고 싶지만, 차마 그 짓거리만은 어쩔 수가 없다. 그 점이 유일한 한계라서 그는 어느 날 아침에 불쑥 "날계란에 참기름을 한 방울 떨어뜨려 달라니까. 나는 프라이한 계란 같은 걸 못먹잖아. 뻔히 알면서 왜 자꾸 성가시게 만들어"라고 엉뚱한 울화를 터뜨리고, 그의 아내마저 서울로 쫓아버린다(나는 아직 젊기 때문에 계란프라이도 잘 먹는 편이지만, 비릿한 날계란을 훨씬 더 좋아 한다).

대체로 말해서 최 화백은 일찍부터 신경질투성이의 생활인이 되고 말았을 테지만, 대학에서 들려나오고부터는 오히려 당신 자신이 그렇게 타기시하던 권위주의에 빠져서 가정에서나 화단에서나 치외법권 지역을 엄격하게 고수하고, 그곳에 안주해야 직성이 풀리고, 당연히 그런 널찍한 제 자리를 몰염치하게 요구하는, 제멋대로 카리스마를 휘두르며 안주해 있는 노화백이 되었다고 봐야 할 것이다.

양이가 말을 이었다.

"저희 아빠 그림 중에 눈 풍경이 그런 대로 좋은 게 몇 점 있어요. 청회색 기조의 설경에 큼직큼직한 눈뭉치들이 하늘에 자욱하게 늘려 있는 그림도 있고요. 어쨌든 우리집에서 나 말고는 우리 아빠 그림을 아무도 몰라요. 언니와 오빠들은 전공이 자연과학, 사회과학이라서 그렇다고 쳐도 엄마까지도 아무것도 몰라요. 다들 아빠를 무슨 별종의 사람으로 취급하듯이 그림도 음식 같잖은 군것질쯤이나 되는 것으로 생각해요. 그러면서도 그림이 돈이 된다는 사실은 명명백백하게 알고 있어요. 신기한 세계예요. 그런데도 이제는 아무런 갈등이 없어요. 서로 공치사들을 못해서 야단법석이에요. 전화로다, 고생했다, 수고하셨어요, 다 아빠 덕분이에요, 이런 덕담들을 입이 닳도록 주워섬기는 걸 보면 어리벙벙해져요. 나만 외돌토리로 저만큼 떨어져서 겉돌고 있다는 기분이 들기도 하고요."

양이가 볼수록 점점 좋아지는 그림을 닮아 가고 있었다. 게다가 꼭 '이런 말을 하고 있는 그림'이라고 이해해야 하고, 점차 이해가 가는 한 폭의 난해한 그림으로 떠올랐다.

나는 진심에서 우러나온 말을 힘도 들이지 않고 수월수월 지껄였다.

"우리 주변에 그런 두 부류의 사람들이 화기애애하게, 적어도 겉으로는 화기애애하잖아, 오순도순 살을 부비고 살아가는 게 얼마나 다행인지 몰라. 그 공존공생이 내가 보기에는 눈물겹도록 고맙고 좋아. 서로가 서로에게 계속해서 충격을 주고받고, 그 갈등의 해소책을 찾아가고 있으니까. 속으로는 서로 싸늘하게 비웃지. 마치 우리가 미국을 대하듯이, 미국이 우리를 대하듯이 말이야. 그러나 겉으로는 적당한 거리를 두고 서로 존중해줄 줄 알거든, 적당한 이해관계 때문에. 좀 좋아? 물론 이것도 미국식이라서 은근히 거부반응이 생기지만. 그러나마나 충격과 갈등이 없는 가정, 사회, 나라는 몹쓸 것들이야, 근본적으로. 그래서 나는 한반도를 떠나기 싫어. 그러니 미국 병 따위에는 체질적으로 걸릴 수 없는 토종이야. 아무튼 우리 말이 아주 만만하고 좋고 편해서 그래, 나는. 그걸 씨가 닳도록 써먹자는데 왜 말이, 간섭이 심하냐고."

양이도 지지 않고 대꾸했다.

"그런 역설에는 이제 저도 웬만큼 익숙해졌어요. 이해도 하고 동조도 하고요. 저는 저희 집이 그런대로 살아 볼 만한 가정이라고 진작부터 단정을 내려 두고 있어요. 우리 집이 온통 유학병, 미국병에 걸려 어수선해지기 시작할 때부터요. 연전에 돌아가신 외할머니도 미국이라면 무슨 천국쯤으로 알고 있었어요. 텔레비전 화면에 미국이 나오면 나를 빤히 쳐다보며, 다 팔자다, 저런 데도 못 가보고, 라면서 내가 불쌍해 죽겠다고 혀를 끌끌 찼어요. 엄마와 떨어져 살아서가 아니라 미국에도 못 가는 불쌍한 막내 외손녀라 이거지요. 어쩌다가 영문 타자나 쳐대는 지금 직장을 얻었을 때 외할머니한테만은 자랑하고 싶다는 묘한 생각이 얼핏 들어 속으로 얼마나 쓴웃음을 지었는지 몰라요."

창 밖에는 굵은 빗줄기가 마구 내려꽂히고 있었다. 팝송은 줄기차게 '여기가 바로 유에스에이다'라고 외쳐댔고, '마이 달링, 마이 러브, 마이베이비, 마이 스위리'라고 누구에겐가 노골적으로 무엇인가를 구걸해댔다. 귀가 멍멍했다. 달콤하기는커녕 지랄발광의 고함소리가 곧 팝송이었다.

양이와 나는 비가 쏟아지는 우리의 낯익은 서울 거리를 한동안 헐뜯듯이 바라보았다. 따분하기 이를 데 없는 애국가라도 목청껏 부르고 싶은 심정이었다.

도저히 갈피를 잡을 수 없는 나의 심술을 아는지 모르는지 양이는 증명사진처럼 허리를 꼿꼿하게 펴고 시커먼 벽 위에 찍혀 있었고, 그 위쪽에는 벌거벗은 노랑머리의 서양 여자가 해변가에서 햇볕에 잘 그을린 탐스러운 몸매를 자랑하는 사진이 번듯하게 걸려 있었다.

3-6

우리의 여름철 날씨는 전통적으로 가뭄과 장마의 연속이다. 이 줄변덕 앞에서는 누구나 거의 속수무책이다. 오로지 양수기 보내기 운동, 절수 캠페인, 수재 의연금 각출 따위의 범국민적인 연례행사만이 줄기차게 뒤따를 뿐이다. 지겨울 정도로 되풀이되는 이런 하릴없는 관행을 비웃기라두 하듯 팔자 좋은 부류가 있는데, 대체로 말 못하는 짐승들이 그런 부류에 속한다. 무더운 여름 한철을 두더지처럼 지내기로 작정한 극단 '시그날' 단원들은 마냥 팔자 좋은 부류였다. 그 중에서도 특히 내가 그런 짐승이었다.

그해 여름 한철의 풍속도를 어떻게 그릴 수 있을까? 아니, 어떤 식으로 희화화시킬 수 있을까? 성화(聖畵)가 아니면서도 유독 어중이떠중이들로 꽉 찬 군중을 한 폭의 그림 속에 담았고, 결국 뒤틀린 자기 현시벽의 가장 노골적인 모사(模寫)에 불과한 자화상, 인물화, 초상화 따위를 한사코 그리지 않은 중세의 화가 브뤼겔이라면 그때의 서울을, 그 당시의 소란스러움을 어떻게 그렸을까? (나는 재성이의 화실에서 일본판 서양화 미술 전집 중 몇권을 집어주는 대로 감상 해본 적이 있고, 그때 브뤼겔의 '죽음의 승리'와 '여섯 사람의 장님' 등등의 도판을 보면서 그의 당대에 대한 희화화 정신을 기억해 둔 바 있다. 이런 말이 통할지 어떨지 모르나 브뤼겔의 그림에는 어떤 소리라기보다도 울림이 들려오고 있었다. 그것도 아우성이나 신음, 또는 마차바퀴가, 예컨대 '베들레헴의 인구조사'에서, 굴러가는 소음 같은 단절음들이 연이어, 번갈아 들려왔다.)

나는 인간을 무지몽매한 한 마리의 벌레로 취급하는 브뤼겔의 과장법에 무릎을 친 바 있지만, 아직 젊어서 내게 그런 시선이나 능력이 없다. 과장법은 인간의 본질과 사물의 특성을 정확하게 꿰뚫고 난 후에나 가능할 터인데, 따라서 그런 능력은 어떤 사실화보다 훨씬 더 뛰어난 묘사력에 힘입어야 하고, 그것에다 그만의 독특한 시선을 꼼꼼하게 새겨 넣어야 하는 이중의 부담이라기보다도 해석력이 있어야 할 테고, 나는 이성도, 그렇다고 감성도 특별나지 않았던 단순한 생명체에 불과했으므로 그때의 서울 풍경을 그럴듯하게 옮겨놓을 재주가 없다. 다만 눈을 뜨고, 간신히 숨을 쉬고는 있었으므로 그 당시 내 앞을 스치고 지나간 몇 장의 스케치는 그려 놓을 수가 있다. 그것도 브뤼겔의 데생력처럼 대단히 단순화시켜서 말이다.

양이와 나는 주로 거리를 헤매고 다녔다. 시장 바닥, 공원 속, 다방이나 영화관 주위 따위는 우리의 발걸음이 자주 머무는 곳이었고, 그런 곳에서 우리는 기분을 돌렸다. 그때마다 우리는 무더위에도 불구하고 손을 잡고 어슬렁거렸다.

신촌 시장 부근이었을 것이다. 민수가 분유통 두 개를 싸들고 좌판마다를 기웃거리고 있었다. 그는 흡사 기분이 한껏 좋은 술주정꾼이 반찬거리로 간고등어 한 손을 사들고 오랜만에 집으로 돌아가는 몰골이었다. 우리는 그의 동정을 낱낱이 눈에 담아갔다. 미행당하는 줄도 모르고 민수는 미제 파인애플 깡통을 샀다.

—지갑이 없나 봐요. 주머니마다에서 종이돈을 끄집어내고 있잖아요.

—원래 그런 친구야. 술집 변소 안에서 큰돈 작은돈을 각각 다른 주머니 속에 쑤셔박다가 나한테 몇 번이나 들켰지. 저 친구 마누라가 또 애를 뱄나봐. 체질적으로 다산성이래. 젖먹이가 파인애플을 찾을 리야 만무하잖아.

—애만 낳다가 살림과 가게는 누가 꾸려 가요?

—저 친구가 그런 걸 미리 걱정할 재주가 있나 머. 닥치는 대로 살아가는 하마 새낀데.

—그래도 애와 마누라는 몹시 귀여워하나 보네요.

—짐승이니까 그럴 수밖에.

민수의 어깨 위에서 달랑거리는 비닐백이 점점 커지고 있었다.

—우리 엄마가 저를 뱄을 때 이미증(異味症)이 아주 심했대요. 그래서 생쌀을 한 말은 좋이 씹었대요. 그 때문에 내가 핏기 없는 미안(米顔)이 되었다고들 했대요.

—양이 아빠께서는 저 짐승보다도 지아비 구실을 제대로 못했나 보군.

—어쩌다가 밴 애에게 미지근한 애정이라도 쏟았을라고요. 언니와 오빠들 경우도 어슷비슷했을 테고요.

양이의 촉촉한 손이 내 손바닥 안에서 꼼지락거리고 있었고, 내 신체의 일부도 꿈틀꿈틀 기지개를 켜고 있었으나 왠지 불경스럽게 느껴졌다.

—늘그막에 본 막둥이가 원래 느슨해지는 부부 사이의 접착제 구실

을 한다는데?

—그건 그 후 이야기잖아요, 지나 놓고 보니 그런 결과였다는 식으로… 우리 아빠는 가정도, 여자도, 자식도, 상식까지 알면서도 모르는 체하는 양반이에요.

—재성이 경우를 봐도 화가들은 어째 꼭 아메바 같애. 웅덩이 같은 데서 꼬물꼬물 제 일에나 골몰하다가 어느 날 갑자기 참을 만큼 참았다고 종족 번식이나 해대고. 도대체 짐승도 못되는 최하위 동물 아냐. 세상이야 어떻게 돌아가든 말든, 마누라야 애를 낳든 말든 모른 체하고. 하기야 화실이 웅덩이고, 웅덩이야 비바람 같은 것과는 무관할 테지만. 그런 삶이 편하기야 할 테지. 이 세상에 대해 책임감 따위를 느낄 필요가 없을 테니까. 물론 우리나라 화가들 이야기야. 그런데도 어쩌다가 이혼 같은 외풍(外風)도 맞지 않았을까 골라? 역시 팔자 좋은 아메바야. 여권 신장이 여전히 위태위태한 시운에 얹혀서 기지개를 켜고 있으니 얼마나 좋아.

—호들갑스럽게 이혼 같은 걸 해서 머해요. 아메바인 주제에. 자기변명이나 자기해명까지도 귀찮아하는 사람에게는 이혼을 운운할 수도 없고, 그런 걸 상대방에서 들고 나오면 멀뚱멀뚱 쳐다보는 것만으로도 충분한 대답이 돼요. 그러면 제물에 나가떨어지게 마련일 테니까요.

—이 사람이 지금 미쳤나, 정신이 어째 돌았나 하는 표정만 껌뻑이면서 말이지?

—바로 그래요. 그러면 서로가 반성할 기회가 생기거든요. 따지고 보면 의식주에 불편은 없으니까, 그런 멍한 성격이 이럭저럭 살아가

는 데는 편리한 면도 있는 게 사실이니까 이혼 조건도 딱히 성립되지 않아요.

—그거 편리한 수작인데. 수선스럽고 호들갑스러운 사람과 일정한 거리를 두고 살아가는 방법으로서는 말이야.

—그것도 적절하게, 체질적으로 써먹을 수 있는 사람이 따로 있어요. 사람이 어디 다 똑같아요? 아메바 같은 사람도 있고, 누구처럼 짐승에 가까운 사람도 있으니까요.

—그러면 그림은 좋지만, 화가는, 또 화가의 삶은 지탄받아야 한다는 논리도 나오는가? 아무리 게르니카 같은 외풍을 곧이곧대로 잘 증언한 그림쟁이라도 말이지?

—그림값이 좋고 나쁜 그림을 분별하는 줄자나 척도가 아닌 것만큼이나 다른 사항일 거예요, 아마도. 저희 아빠는 그림 인쇄물만 오려서 벽에 붙여 두고 있어요. 당신 그림을 걸어 두지도 않고, 남의 그림은 더구나 사지도 걸어 두지도 않아요. 좋은 그림은 인쇄물로 봐도 알 만하대요. 더욱이나 당신 그림을 팔 생각도 안해요. 노안(老眼)이 되니 그림도 살아오르고 좋은 그림도 볼 줄 아는 눈이 생긴대요.

—화가들은 하나같이 늦둥이들인가봐, 세상을 모르기로 작정한 사람들이라서 그런지 어떤지.

덕수궁 앞에서였다. 나는 남대문시장에서 일상복으로 입을 남방셔츠를 살 작정이었다. 양이가 덕수궁 돌담 아래에서 기다리고 있었고, 어디선가 애국가가 나른하게 울려퍼졌다. 길 가는 사람들이 모두 발걸음을 멈췄기 때문에 나도 멀뚱하게 서 있지 않을 수 없었다. 처음으로 무대에 선 조연급 배우처럼 어색했고, 쑥스러웠다. 뒤로 돌아서야 했으나 내 주변머리로는 그럴 수가 없었다. 애국가가 무더위 때문인지 평소보다 더욱 축 처져서 흐느적거렸다. 양이가 나를 멀건이 건너다보고 있었다. 시청 꼭대기에서 태극기가 내려지는 중이었다. 이윽고 애국가가 시작될 때처럼 슬그머니 꽁무니를 사렸다. 사람들이 바쁘게 움직이기 시작했다. 애국가가 태엽이라면, 사람들은 그 밥을 방금 잔뜩 처먹은 장난감 로봇 같았다. 전제 군주 체제답게 사람들을 일시에 멍청하게 세워 놓던 애국가가 손을 떼자 로봇들이 어디론가 뿔뿔 기어가고 있었으니까.

—물건을 싼값에 잘 사겠다고 흥정한 게 아니라 장사꾼들 말솜씨를 더 많이 주워 들으려고 그랬던 거야. 저 사람들의 집요한 권매에는 묘한 심리적 암투가 철철 흘러넘치고 있거든. 민수 말을 빌리면 공갈이 살아 있지. 민수는 연출할 때 연극 대사를 공갈치기라고 해. 설명하고 해설하고 설득하기의 다른 말이 곧 공갈치기라 이거지. 우리나라는 여전히 공갈치기만이 먹히는 희한한 세상이란 소리야, 그럴 듯하잖아? 어쨌든 장사꾼의 말솜씨에는 뉘앙스가 있어. 내가 그 말씨름의 뉘앙스를 새기며 살아가는 사람이잖아. 그런 하찮은 업이야 물론 자랑거리도 아니지만. 그뿐이야. 사실은 내가 꼭 사고 싶은 물건은 없었어. 매번 그렇지만 오늘은 특히나 좋고 값싸고 내 마음에 드는 물건이 하나도 없대. 그래도 샀어. 말씨름을 들은 값으로.

—저는 그런 싸구려 물건만큼이나 아주 값싼 여자예요. 누구에 한해서. 누구가 골라주는 한.

나는 얼핏 날씨만큼이나 더운 여자와 함께 걷고 있으며, 땡볕에 오래 달구어진 차돌처럼 뜨거운 손을 잡고 있다고 생각했다. 이어서 양이가 예의 다방교회 사경 회원 출신답게 그 묘한 진지성을 또 휘둘러 댈까봐 더럭 겁이 났다. 묘한 진지성이라고 말했지만, 양이는 나 이상으로 이 시대에 대한 사랑이랄지 연민을, 갈등을, 또한 그 속을 헤매고 있는 자신을 헐뜯는 듯한 자기비난, 자기변명을 너무 길게 불쑥불쑥 들이밀어서 나를 때때로 적잖이 곤혹스럽게 따돌렸다. 어쨌든 그날의 사설은 내가 꼭 들어 두어야 할 것이었고, 양이도 언젠가는 털어놓으려고 약속한 사연이었다.

—가장 비싼 물건이 가장 싸다는 영국 속담이 있어. 그 역(逆)도 물론 바른 말이지. 이 말을 사람에게 대입시켜 보면, 누구는 가장 값비싼 물건일 수 있잖아? 그러니 너무 자격지심 같은 거 가질 필요 없어.

—애국가를 들으면서 수줍어할 수 있는 사람이 진짜 애국자인지도 몰라요. 엄숙해지고 눈물을 글썽거리는 사람들보다도요.

—누가 아니래. 기계가 애국을 어떻게 하겠어, 사람이 애국을 하지. 부모를 사랑하라고 자기 자식에게 매일 말하는 사람이 어딨어. 사랑하는 마음이 저절로 우러나야지. 우리는 매일 애국을 너무 강요해서 탈이야. 그러니 이렇게 땀만 뻘뻘 흘리고 쑥스러워하는 기계가 되잖아. 애국은 사람을 사랑하는 것보다 훨씬 더 맹목적일 거야. 아무런 보상도 바라지 않고, 이해타산도 따지지 않으니까. 원호 연금 같은 걸 타 먹으려고 애국하다가 죽는 사람은 없을 거 아냐. 그러니 더 무섭지. 우리는 그 무서운 열정을 역이용할 줄을 몰라.

—여자들은 애국 같은 거 잘 몰라요. 간이 작고 겁이 많으니까 애국하다가 죽겠다는 사람이 드물어요. 유관순의 크기를 봐도 알 수 있잖아요. 말이 헤프면 애국도 싸구려가 된다고요, 정치인들처럼.

—그러니 여자가 남자보다 훨씬 더 사람답잖아.

남대문 시장을 벗어나면서 양이는 느닷없이 "물건을 고르고 사는 모습이 아주 그럴 듯했어요" 라고 나를 빤히 쳐다보며 대놓고 칭찬했다. 내 기분이 소년처럼 곧장 들떴다.

—언젠가 제 과거를 스스로 털어놓겠다고 했었지요?

—들은 것 같네. 내 하숙방에선지 여관방에선지. 기억을 더듬어 가면 알 수 있을 거야.

양이가 내 손을 슬그머니 놓았다. 양이의 그 묘한 진지성이 그의 탁한 음성만큼이나 자연스럽게 쏟아지기 시작했다. 그로서는 벼르고 별러온 사연일 터였다. 제 과거를 스스로 털어놓겠다는 약속을 굳이 지키려는 그의 고집을 나로서는 막을 수도, 그렇다고 나무랄 수도 없는 노릇이었다.

—작년 봄에 큰집에 놀러간 적이 있었어요. 그날은 제 언니 가족이 귀국해서 오랜만에 집안 식구들끼리 저녁을 먹기로 돼 있었어요. 다들 나만 쳐다보고, 차라리 잘됐다고, 전화위복이라고 그랬어요. 그런 관심과 위로가 나를 너무 초라하게 만들었어요. 슬그머니 조카 방으로 기어들어갔어요. 거기서 사촌오빠의 큰애가 읽는 동화를 무심코 들여다봤어요. 신통하게도 내 처지와 꼭 같아서 깜짝 놀랐고, 한편으론 많은 교훈을 얻었어요. 그때 뻔한 교훈을 유도하는 유치한 동화라는 장르가 어른들에게 더 유익한 읽을거린지도 모른다는 생각을 했어요. 그 이후 제 성격이랄지 대인관계가 조금 더 달라졌어요.

양이의 동화는 이러했다.

옛날 어느 시골에 한 농부가 살았다. 농부가 들에서 벼를 베고 있는

데, 동네 할아버지가 농부를 보고, 자네, 이제 쌀밥을 먹겠군, 이라고 말했다. 농부는 연신 벼를 베면서, 글쎄요, 밥을 먹을지 어떨지 두고 봐야지요 라고 대답했다. 며칠 뒤 타작을 하고 있는 농부에게 할아버지는 또 같은 말을 했다. 자네, 이제 쌀밥을 먹겠군. 농부는 여전히 글쎄요, 쌀밥을 먹게 될지 어떨지 두고 봐야지요 라고 말하는 것이었다. 한참 후에 농부가 쌀밥을 지어 먹으려 할 때 할아버지는 자네, 이제는 정말로 쌀밥을 먹게 되었군 이라고 말했다. 농부는 밥숟갈을 입에 넣으면서도, 글쎄요, 어떻게 될지 두고 봐야지요 라고 말했다. 할아버지는 버럭 화를 내며 밥이 입에 들어가는데도 두고 봐야 한단 말인가, 고얀놈 같으니라구, 라고 고함을 치며 주먹으로 밥상을 내리쳤다. 밥이 쏟아져 버렸다. 농부는 빙긋이 웃으면서, 이것 보세요, 그래서 제가 쌀밥을 먹게 될지 어떨지 두고 봐야 한다고 그랬잖아요. 다된 밥도 뱃속에 넣기 전에는 어떻게 될지 모르니까요 라고 대답했다.

—갑작스럽게 얼굴이 화끈화끈 달아오르는 기분이었어요. '두고 봐야지요'라는 제목의 그 동화가 바로 제 이야기였거든요. 그 할아버지가 제 부모 형제들과 너무나 닮았는 게 이상해서 한참이나 멍해져 있었어요. 나보고 쌀밥을 먹게 되었다고 다들 그랬으니까요. 그런데 저는 어리석게도 그 농부만큼 사려가 깊지 못했어요. 나도 덩달아 좋은 데 시집을 가게 되나 보다 했어요. 결국 나는 그 농부처럼 쌀밥을 못 먹는 신세가 되고 말았어요.

양이는 무더위까지도 까맣게 잊고 있는 듯했다. 나는 곧장 양이의 그 묘한 진지성이 지루하게 느껴져서, 나이값도 못하고 촐싹거리는 동화 속의 할아버지가 되기로 작정했다.

—그 쌀밥이 누구였어? 밥상을 누가 내리쳐 버렸어? 중매였어?

—중매였어요. 외국 생활을 오래한 큰아버지가 소개한 자리였어요. 사람이야 누군들 무슨 상관이겠어요.

—흔해빠진 장삼이사(張三李四)였던 모양이군.

—그래요. 결과적으로는 아주 흔해빠진 시정잡배였어요. 돈 많은 집 자식이었으니까요. 그런데 남달리 머리도 좋고 건강하고 싹싹한 사람이었어요.

—우량아였다 이거지. 의식 없는 그런 덜렁이들을 믿을 순 없지. 서로 어울리지가 않아.

우리는 서로가 다른 동화를 읽어 가고 있는 꼴이었다. 대화가 겉돌고 있는 게 그러했고, 상대방에게 무관심한 체하면서도 그 동화의 내용이 무엇인지를 염탐하고 있는 꼴이 그랬다.

—결혼에 조건 같은 게 있다면 거의 만점에 가까운 유복한 집안 출신이었어요.

우리는 서울역 광장을 지나 서부역 쪽으로 건너가는 육교 위를 걸어가고 있었지 싶다. 양이의 서울 집이 여의도에 있는 어느 아파트였으므로 버스를 타기 위해서였을 것이다. 만리동 고갯마루에 빼곡히 차 있는 집들마다 뜨거운 태양의 열기를 정면으로 받아내고 있었고, 도대체 언제쯤 무더위가 한풀 꺾여 해거름이 닥칠지 알 수 없었다. 지독한 더위였다. 양이는 약간 성이 나 있는 듯했고, 분을 삭이고 있는 것 같았다. 그래서 지칠 줄 모르게 과거를 되돌아보는 어떤 연극의 주요 인물을 닮아 있었다.

—지금은 다 잊었어요. 한때의 제 실수였으니까요. 굳이 따진다면

우리 아빠와는 전혀 다른 의논성스러움, 따뜻함, 상대방 눈치를 잘 읽는 기민한 성격을 체질적으로 가지고 있는 어떤 남자에게 제가 일시적으로 빠졌던가봐요. 아마 내 스스로 어떤 헛된 환상을 키우고 있었던 셈인지도 몰라요

—더워. 이 더위만큼이나 무더운 이야기야. 잊어 먹어. 그런 일과성 과거, 자아 상실, 자아 도취는 너무나 흔해빠진 멜로드라마야. 주간지에 잔뜩 실려 있어.

말은 대충 그렇게 했는 듯싶지만, 나는 사실상 양이의 한때의 또다른 홍역을 더 듣고 싶어했을 것이다.

—제가 그 하찮은 결혼 조건 때문에 꾸준히 어떤 팔등신 미인에다 부잣집 둘째딸과 비교의 대상이 되었다고 생각하니 미칠 것만 같았어요. 약혼까지 하기로 말이 오가던 때에 말이에요. 남자가 유학을 가기로 되어 있었으니까 미국을, 유학 따위를 시큰둥하게 여기는 제가 그쪽 집에서는 무슨 혹이나 부담으로 받아들여졌을 테지요.

이미 드러난 대로 예의 그 매문 행위에 시달리는 반사 작용으로서의 비아냥성 허튼 소리를 상습적으로 지껄이는 버릇은 나의 당시 생리 현상이었다. 그날도 물론 그랬다. 남의 말을 누구보다도 새겨듣는 버릇만큼이나 잘 길들어진 나의 망발벽에 대해서 그때처럼 치를 떨었던 적은 일찍이 없었다. 그 앞뒤 정황은 대체로 이랬다.

그런 대로 나와 취향이 맞고, 나를 이해하고, 나아가서 서로를 위해줄 수 있다고 생각하던 한 여자가 자신의 과거를 털어놓고 있는데도, 더욱이나 자신이 이미 처녀가 아니며 한때 어떤 영악한 사내에게 농락당할 대로 당했다는 사실을 듣고 있으면서도 나는 그런 과거가 나

와는 전혀 무관한 어떤 사연쯤으로 여기고 있었다. 동화 때문도 아니었고, 무더위 탓도 아니었다

나로서는 하나의 충격으로 받아들이든지, 그렇지 않으면 쓸데없이 솔직하고 정직한 양이의 성품에 혀를 내두르면서 그를 다독거렸어야 옳았을 것이다. 그러나 나는 따지듯이 양이를 채근만 했고, '이건 흔해빠진 처녀 상실기잖아. 진부해, 그래서 어쨌단 말이야' 라고 속으로 자문자답하며 비아냥거렸다. 내가 충격을 받지 않았다고 해서 양이를 사랑하지 않았던 것은 아니었다. 솔직하게 말하면, 양이를 어느 정도 알고 난 후부터 나는 그가 내 결혼 상대자일 수는 없다고 지레 못을 박아 두고 있었는지도 모른다. 그래서 충격을 받지 않았을 것이고, 그렇기 때문에 그를 위로하지도 않았던 셈이다. 그렇다고 밀쳐낼 마음도 없었으니 무슨 마음보였던지, 스스로 미안하게 여겼으니까.

어쨌거나 나는 양이의 과거를 들으면서 나대로 그 지저분한 사연의 내막을 얽어매 가고는 있었다. 요컨대 그런 사연은 있을 수 있는 한 토막의 멜로드라마였다. 가장 단순한 사기극이랄 수도 있을 테고, 정략 결혼의 파탄극이랄 수도 있었다. 다방교회의 사경 회원으로서 이 시대의 부박한 사이비성에 대해서 꽤나 혹독한 단련을 거듭했을 순수한 한 처녀가 어느 날 문득 길바닥에 내팽개쳐졌을 때, 그는 이미 한동안의 정서적인 방황을 스스로 짊어진 넋이다(양이가 이미 솔직하게 밝힌 대로 다방교회는 그처럼 반체제 학생 운동가들 때문에 허무하게 공중분해되고 말았으니 말이다). 어영부영 졸업이 코앞에 닥친다. 그는 여전히 다방교회 속에서 자라온 무균(無菌) 덩어리에 불과하므로 세상 물정에 어둡다. 떠밀리다시피 졸업을 맞는다. 큰아버지의 폭넓은

대인관계 덕분으로 그는 어느 외국인 회사에 취직이 된다. 뒤이어 그럴 듯한 혼처도 소개받는다. 그의 방황하는 넋이 조금쯤 의지를 찾는다. 곧장 이 황당무계한 사회를, 이 불한당 같은 시대를 치열하게 씹고 싶어진다. 그의 언니와 오빠들이 사람답게 살아가고 있는 미국이 부정할 수 없는 하나의 도피처로서 떠오른다. 그러나 불행하게도 그 좋아 보이던 혼처가 또한 불한당이다. 영악할대로 영악한 그 혼처는 매사에 따지는 버릇이 있는 무균덩어리에게서 어딘가 남자를 피곤하게 만드는 구석이 있음을 알아채고 짐스럽게 여긴다. 요행히 부족한 것 모르고 자란 한 양가집 규수가 나타난다. 그 영악한 속물은 저울질을 열심히 해보다가 무균 덩어리를 차 버리기로 하고, 유학길에 오른다. 무균 덩어리는 한때의 환상을 저주하면서, 이미 시궁창이 되어 버린 그의 아랫도리를 박박 긁어낸다(양이가 그런 수술을 받았는지 어쨌는지 나는 아직도 모르고 있기는 하다).

우리 사회의 가장 추잡스러운 치부임에 틀림없는 그 치사스러운 성도덕, 유학병, 그것에 한 매개물이 되고 있는 가장 지저분한 혼사의 파탄기를 듣고 내가 왜 충격을 받아야만 한단 말인가. 일부러라도 충격을 받지 않았다고 소리쳐야 내 속이 덜 불편할 것이었다. 그래서 나는 양이의 흘러간 동화를 들으면서도 '진지해질 이유가 없다. 양이의 결벽증에는 경의를 표하지만, 그의 처녀성 상실기 내지는 결혼 미수기에는 의식적으로 냉담해질 필요가 있으며, 가능하다면 못 들었던 것으로 해두어야 한다'고 속으로 부득부득 우겼다. 그러나 누구에게나 마찬가지로 내게도 지우개가 없었다. 잊으려고 할수록 양이의 동화는 못내 지워지지 않고 귓바퀴에서 자꾸만 맴을 돌았다.

잊어야 했다. 지워 버려야 했다. 그러나 잊히지도, 지워지지도 않았다. 충격이 컸다기보다 그것과 씨름하는 내 심사가 못마땅했다. 양이가 평생토록 자신의 치욕을 못 잊듯이 나도 그녀의 동화를 내 마음속에서 지워 버릴 수는 없을 것 같았다.

나는 자기변명을 만들어 스스로를 달래 갔다.

나마저 영악한 속물이 될 수는 없다. 경우에 따라서는 한 남자에게 또 버림을 받을 수 있는 치명적인 자신의 비밀을 벌건 대낮에 털어놓은 양이가 성처녀는 아닐지라도 어떤 양가집 규수보다 신선하고 상대적으로 당당하다. 사실상 헐어빠진 아랫도리를 가지고 엄숙하게 결혼식을 치르는 처녀가(엄밀한 의미에서는 처녀도 아닐 테지만) 얼마나 흔한가. 또 평생토록 한두 건의 비밀을 영원히 묻어 두고서 남편과의 잠자리에서는 요부가 되라고 각종의 성생활 정보는 얼마나 집요하게 교사해대고 있는가.

그런저런 복잡한 심정으로 나는 걷고 있었다. 양이는 버스를 탈 마음이 없는 듯했다. 우리는 만리동 고개를 천천히 걸어서 넘어갔다.

그날이 바로 마포 공덕동 로터리께에 있는 한 야당 당사 주위에 인파가 개미떼처럼 우글거리는 날이었을 것이다(기억이 정확하지 않지만, 날짜 따위야 아무려면 어떻겠는가). 그야말로 인산인해였다. 경찰들이 삼엄한 경비를 펴고 있는 일방 교통을 통제하고 있었지만, 벌써 소문이 날 대로 난 뒤여서 점점 불어 가는 인파를 어쩌지 못했다. (명색 극작가라서가 아니라 어떤 여론과 개인적 의식의 형성에 절대적 영향력을 행사하는 소문과 풍문의 시비야말로 모든 서사 장르의 최대 주제라는 것이 내 문학적 인식의 골갱이이다.) 퇴근길에 오른 인파들까지 꾸역꾸역 모여들고 있었고, 마포 일대를 지나치는 노선 버스들도 갈 길이 막혀 승객들을 토해냈고, 그들은 좋은 구경거리가 생겼다는 듯이 슬몃슬몃 마포 아파트 쪽으로 몰려가고 있었다. 양이와 나는 손을 잡는 듯 마는 듯하며 철교 밑을 지났고, 야당 당사를 빤히 건너다볼 수 있는 자리에까지 떠밀려갔다. 당사 주위에는 경찰들이 새카맣게 깔려 있었다. 와이에이치 무역회사 여공들이 '폐업 반대' 농성시위를 벌이고 있는 중이었다. 하얀 띠를 머리에 두르고 있는 여공들이 유리창가에서 어른거렸다. 어디선가 또 그 지겨운 애국가가 이번에는 육성으로 들려왔다. 4절까지 줄기차게 이어지는 그 노랫소리는 절규에 가까웠다. 애국가의 가락과 가사 자체가 곧 자기 주장이기라도 한 것처럼 그들은 악을 쓰고 있었고, 팔을 힘차게 흔들어댔다. 그러나 내가 보기에는 그 절규가 우국은 물론이고 애국도 아닌 듯이 여겨졌고, 그들만의 집약된 조그만 권리주장은 더구나 아닌 듯이 느껴졌다. 그럼에도 불구하고 그들은 또 애국가를 1절부터 불러대기 시작했다. 그 노래만이 그들을 지켜 주고 보호해 주는 유일한 울타리라도 된다는 듯이. 애국이나 애국가라면 진절머리가 나서 그때 나는 인파들의 표정을 살폈던 듯한데, 하나같이 어떤 비장감이나 엄숙함이 어려 있지 않았다.

이것 보라고. 애국은 비단 나이 어린 여공이 외쳐도, 또 외쳐대면 외쳐댈수록 그 진정성이 낙엽처럼 떨어지고, 발길에 거치적거리지 않나.

하지만 악에 받친 그 절규의 합창이 농성장의 열기를 배가시키고 있을 게 틀림없으며, 그 신들린 열기가 그들의 의지이며, 최면이고, 또 다른 결의를 다지는 촉매이기는 할 것이라고 나는 생각했다. 인파 속에서 수군거림이 들려왔다. 여공들을 강제로 해산시킬 것이라고 했다. 그 시간이 다가오고 있다는 것이었다. 해거름이었으므로 믿을 만한 소문이었다. 모르긴 하거니와 새카만 밤이 여공들을 덜미잡이로 끌어내기에는 안성맞춤일 것이었다. 바로 그 어둠의 장막이 인파들의 시야를 어느 정도까지는 차단할 터이고, 여공들이 내지르는 울부짖음도 얼마쯤은 그 장막의 치맛자락 속으로 휘감겨 들어가 버릴 터였다. 또 다른 야유성 소문도 들렸다. 여공들이 차례로 낙화암(落花岩)의 3천 궁녀처럼 하나씩 떨어져 죽을 각오가 되어 있다고 했다. 그 소문은 즉각 내게 믿을 만한 정보로 받아들여지지 않았다. 자신들의 권리주장이 막다른 골목에 부닥쳐서 투신자살로 그들 자신의 결의를 보여주겠다면, 뭇 사람들이 둘러서서 보고 있을 벌건 대낮에 낙엽처럼 떨어져야만 참다운 극적(劇的) 시위가 아니겠는가.

내 정신은 거의 혼비백산이 되어 있었다. 이게 무슨 짐승의, 아니 부조리의 세계인가. 어쩌다가 내 주위가 이 모양 이 꼴이 되었단 말인가. 간신히 목숨을 부지하기에 급급한 여공들이 그들의 일터를 사수하겠다고 며칠째 농성을 벌이고 있는 마당에 한 여자의 처녀막 상실 내막이나 주워듣고 심란해하며, 짜증스러워하고 있다니. 나는 얼마나 좀스러운 인간인가. 또한 애국가가 듣기 싫어 신경질을 부리다니. 나는 얼마나 덜렁이인가.

요컨대 나는 허섭쓰레기나 다름없는 인간이었다. 양이도 마찬가지였다. 여공들도 목이 쉬도록 애국가만을 부르고 있었기 때문에, 또 투신자살이라는 무시무시한 폭력행사를 저질러 버리겠다고 설치고 있었기 때문에 짐승보다 못한 허섭쓰레기였다. 매트리스 따위나 땅바닥에 두툼하게 깔아 놓고 아무런 대책도 없이 호각만을 불어쌓는 경찰도 마찬가지였다. 뿐만이 아니었다. 나이 어린 여공들이 방금 땅바닥으로 몸을 날리겠다는데도 불구경이나 하듯이, 아니면 현대판 삼천궁녀의 눈물겨운 비화를 두 눈으로 똑똑히 목격이나 해보겠다는 듯이 뒷짐을 지고 있는 인파들은 눈도 멀고 귀도 먹은 장승이나 마찬가지였다.

늘 겪다시피 사람의 삶은 본질적으로 얼마쯤의 무의미한 행태의 연속에 불과하다. 삶 자체의 그런 무의미성과 애매성을 극복하느라고 저마다 잠시도 쉬지 않고 꼼지락대지만, 그런 온갖 피눈물나는 노력마저도 역사의 완강한 진보 내지는 답보 상태 앞에서는 한낱 부질없는 짓거리이기가 일쑤이다. 그런데 바로 그날 한 사람의 여공이 낙엽처럼 떨어져서 죽었다는 사실을 나는 그 다음다음날 신문을 통해서야 알게 되었다(역시 정확한 날짜는 미심쩍은데, 긴급조치 아래서였기 때문에 보도가 통제되는 판이었고, 그 따위 통제 기능이 그 당시 내 기억력도 시의적절하게 제어하고 있었다). 나는 그 소식을 읽고 대뜸 "이게 뭐야, 이게 무슨 공갈이지, 이게 무슨 막돼먹은 짓거리야, 개 돼지보다 못한 몹쓸 작태잖아, 도대체 무엇을 위해 죽어 갔단 말인가"라고 속으로 부글부글 역정을 냈다. 신문에서는 굳이 '추락사'라고 못박고 있었지만, 그 따위 사고 원인이야 한낱 믿기지 않는 소문이었다.

그는(이 경우에는 분명히 '그녀'가 아니다) 왜 죽기로 작정했을까? 자신의 보잘것없는 삶이 죽어짐으로써 하나의 의미 있는 불씨가 되려고? 그렇다고 대단원의 막이 내려지나? 도대체 이런 망신살이 뻗친 독단이 어디 있는가? 저마다 최대한으로 귀중한 한 목숨을 연극의 소도구처럼 일회용으로 사용하고 말겠다고? 제 몸뚱어리 하나가 죽어짐으로써 이 모순덩어리의 사회 질서가 다소라도 나아지기를 기대했단 말인가? 그런 소영웅심리는 무지의 가장 거친 시위에 견줄 만한 행태가 아니고 무엇인가? 그것은 결백함의 현시도, 순수성의 과시도 아니지 않나?

그의 투신자살은 군중의 메마른 무관심도 환기시키지 못했고, 단지 야당 의원들의 집단 농성을 유발한 심지 곧 불씨에 그치고 말았다. 역시 허섭쓰레기에 불과한 야당 의원들의 집단 농성은 기념식장의 순국선열에 대한 묵념만큼이나 의례적인 허례(虛禮)에 지나지 않았고, 따라서 일시적인 눈가림일 뿐이었다. 그렇지 않은가, 정말 그뿐이다. 그따위 심지가 되기 위해 굶주린 배를 참아 가며 눈이 아리도록 재봉틀을 돌려 왔단 말인가? 그렇다면 고인은 자신의 삶에 지쳐 있어서였다기보다도 오래전부터 삶 자체의 무의미성을 속속들이 간파하고 있었던 허무주의자였단 말인가? 아닐 것이었다. 장담하건대, 고인은 그 정도의 섬세한 감성과 열렬한 이성을 가진 사람은 아니었을 것이다. 그럼에도 불구하고 고인에게 하등의 잘못은 없었고, 그의 죽음이 초라하기 그지없었을 그의 삶보다 가치가 없었다고 할 수는 없는 노릇이었다. 그러니 그가 스스로 죽어 간 것이 아니다. 이성이 설 자리를 잃어버린 이 허황한 시대가 그를 죽인 것이라고 해야 옳았다. 그럴 수밖에 없지 않나. 모든 사회적 죽음에는 이유가 있고, 살해자가 있게 마련이라면, 고인의 죽음에는 이 시대에 대한 적의(敵意)라는 명명백백한 이유가 있었고, 그 살해자는 의심할 여지없이 이 들떠서 미쳐 돌아가는, '긴급 조치'가 연이어 불가피한 시대 자체였다.

나는 그렇게 결론을 내리고 싶었다. 우울했다. 아니다, 맥살이 빠졌고 살기가 싫어졌다. 가증스러운 무더위도 이 들끓는 시대만큼이나 비이성적이어서 무조건 정나미가 떨어졌다.

3-7

드디어 기다리던 가을이 저 멀리서 조촘조촘 닥쳐왔다. 내 계절이었다. 내 생일이 추석 바로 밑이라서가 아니라 가을 날씨의 쌀쌀맞음, 삐친 여자처럼 돌아서는 짧은 절기, 뒤이어 성급하게 닥치는 으스스한 추위가 사람을 긴장시키므로 미리 대비해야 하듯이 가을은 온전히 내것이었다. 긴장은 갈등과 마찬가지로 연극의 요체인데, 나는 그것을 연극 이상으로 좋아했다. 알려진 대로 그해 가을은 긴장이 유독 한몫에 우리 사회 곳곳으로 퍼져 가던 절기다. 오래전부터 예비되어 온 것이었지만, 그 돌발적인 긴장에 우리는 얼마나 부들부들 떨었고, 동시에 새가슴처럼 파닥파닥 뛰던 그 조마조마함을 얼마나 기리고 즐겼던가.

물론 내게도 개인적인 긴장이 연속적으로 몰아쳐 와서 때로는 나를 어리둥절하게도, 들뜨게도 만들었다. 마치 어느 인쇄공의 싱싱한 팔뚝이 잘려나가던 광경을 목격하고 내가 환통 환자가 되어 치를 떨 때처럼. 그런 나만의 개인적인 긴장에서 풀려 나오자마자 사회적인 긴장의 한 정점이었던 어느 여공의 죽음을 맞닥뜨리고, 고인에게 최대한의 경의를 보낼 때처럼.

무엇보다도 양이와 나 사이에는 제법 심각하고 농밀한 성적(性的) 긴장이 있었다. 양이의 민짜 가슴을 멀건이 쳐다볼 때, 숱이 많아 탐스러운 고수머리에서 샴푸 냄새인지 뭔지 모를 은은한 방향(芳香)이 풍겨 나와 내 코를 간지럽힐 때, 화장이 제자리를 잡지 못해서 어리둥절하고 있는 듯한 미숙미(未熟美)를 무슨 구경거리인 양 완상할 때, 내 가슴과 아랫도리에는 분명히 우람한 성적 충동이 일었다. 성선(性腺)만이 비대해질 대로 비대해진 어느 속물 앞에 앉아 있는 조그만 미숙아의 몸뚱어리를 나보다 먼저 어느 뿌연 우랑아가 한동안 마구 짓이겼고, 매달렸고, 더듬었을 것이라는 상상을 저작할 때, 나는 미칠 것만 같았고, 양이의 미태가 보기 싫었고, 내게 들려준 그 동화가 원망스러웠다. 그 성적 긴장은 질투였고, 양이의 등화는 끊임없이 성적 도발을 일구는 음서(淫書)였다. 양이는 나의 성적 긴장을 예민하고 정확하게 읽어냈다.

—새삼스럽게 뭘 헐뜯듯이 바라보세요. 의뭉스러워요. 그런 **눈길** 제발 푸세요. 제 기분이 묘해져요. 마음도 마구 옥죄어들고요. 전 보잘것없는 여자예요. 내 비밀을 아는 누구에 한해서 저는 아주 값싼 여자라니까요. 다른 사람에게는 도도하고 쌀쌀맞고 비싼 여자지만요.

—제 동화를 영원히 털어놓지 않았어야 할 걸 그랬어요. 후회막심이에요. 역시 여자는 비밀을 가지고 있어야 하고, 남자는 거짓말을 지니고 다녀야 되나봐요. 제발 제 동화를 잊어버리세요. 또 누구에게도 말하면 안 돼요. 약속해 주세요. 약속해요, 앞으로 서로 그 동화를 입 밖에도 내지 말기로요.

—인화라는 그 팔등신 배우, 요즘 만났어요?

—안 만나. 전번에 그 멘스 소동이 벌어진 날 조만간 지 종적을 감추겠다더니 공연 불허령이 떨어지자 정말 안 보이네. 다들 궁금해 하

는 판인데.

—제발 만나지 말아 줘요. 공적인 일을 제외하고는 말이에요. 제게 숨겨놓은 동화가 있었다고 기중씨도 다른 비밀을 만들려고 하면 안 돼요. 그건 상쇄할 수 있는 일도 아니에요, 그렇잖아요? 그러니 또 남의 여자 집에서 해프닝을 벌이면 전 경멸할 거예요. 믿어요. 제 동화 제목을 기억하시지요? 두고 보겠어요. 한 여자의 저주를 받으면 손해를 입는 당사자가 누군지 잘 아실 테지요?

솔직하게 털어놓겠다. 양이와 나는 그 거추장스러운 성적 긴장을 몇 번인가 풀었다. 여관에서, 또 여의도에 있던 양이네 아파트에서(양이 어머니는 일주일에 이삼 일은 마석우리에 있는 최 화백의 화실에서 지냈고, 그럴 때면 일찍이 딸 자식 하나를 얻고 소박데기가 된 먼 일가붙이가 낮 동안만 파출부 노릇을 했다). 그때마다 우리는 거의 가학적이었고, 미친 듯이, 거침없이 서로의 벌거숭이 몸뚱어리를 탐했고, 종내에는 너무 섬세해진 우리의 성감대와 성충동을 깡그리 불태우느라고 악을 썼다.

나는 양이의 동화에 자꾸만 압도당하고 있다는 느낌을 떨쳐 버릴 수가 없었다. 그럼으로써 나의 굴절된 성적 긴장을 바로 펴기가 힘들었다. 방금 나와 살을 섞고 난 양이가 돌아누워 자학에 겨운 한숨을 내쉬고, 소리 없는 눈물을 비칠 때, 내 마음에는 수많은 갈등이 얼룩을 키워 갔다. 그 얼룩들은 점점 뭉쳐지더니 커다란 두 개의 반점으로 떠올랐다. 하나의 반점은 '우리는 잘못 만났을지도 모른다'는 회한의 몸부림이었다. 나는 머리카락을 마구 쥐어뜯었다. 설혹 잘못 만났다고 하더라도 헤어질 수는 없을 것 같았고, 헤어지기도 싫었다. 이제

와서 어떻게 헤어진단 말인가(우리의 경우에는 '나 혼자' 헤어질 수도 없지 않은가. 양이의 동의를 얻어내야 할 것인데, 단언할 수 있지만, 그것은 거의 불가능했다. 또 전쟁 따위의 천재지변에 버금가는 우여곡절을 만들어 헤어질 수는 있을 테지만, 월남전 참전 용사임에도 불구하고 내게는 그런 우여곡절을 만들 재주도 없었고, 그러기도 싫었다). 다른 반점은 '나마저 무책임한 우량아가 될 수는 없다'는 또렷한 자각 내지는 자기반성이었다. 그 괴로운 심상은 어느 부도덕한 파렴치한에 대한 얼마쯤의 보복심리이기도 했고, 무너져 가고 있는 나의 성도덕관, 아니, 나의 몰인격(沒人格)에 대한 경종이기도 했다.

힘겨운 고투였다. 내 마음자리가 한 장의 커다란 방탄 유리라면 균열이 쉴새없이 일어나고 있었고, 모자이크 무늬처럼 잘게 부서진 파편 조각들을 하루에도 몇 번씩 주워 담느라고 나는 진땀을 뻘뻘 흘리고 있었다. 또한 그것은 내게 경련이었다. 이 시대 특유의 부도덕 전반에 대한 싸늘한 분노의 전신적(全身的) 경련이랄 수 있었다.

그러나 그런 갈등이 무슨 소용이 있겠는가? 양이의 아랫도리는 이미 내게 있어서 너덜너덜한 부전지를 달고 있는 헐어빠진 커다란 구멍의 시궁창인 것을. 그 시궁창 속에 어느 인간 말짜의 더러운 정충이 수억 마리나 지나간 흔적이 뚜렷하게 남아 있는 것을.

얼룩을, 두 개의 커다란 반점을, 균열을, 잘디잔 파편 조각들을 몽땅 바로잡을 수는 없을 것 같았다. 유신 치하의 모든 전비(前非)를 되돌려놓을 수 없듯이. 아니다. 도저히 불가능하다고 단정을 내렸다. 이 모든 갈등, 긴장, 내 나름의 심각한 결단마저도 양이를 좋아하므로, 그래서 버릴 수 없다고 생각했으므로 나는 그것들을 힘주어 끌어안아

버리기로 했다.

양이는 언제라도 내 곁에 있었다. 내 품에 다소곳하게 안기는 맞춤한 실물은 무엇과도 바꿀 수 없고, 어떤 희생을 감내하더라도 버리거나 빼앗길 수 없는 고깃덩어리였다. 나도 한낱 더러운 정충 덩어리에 불과하지만, 내 의식이 이 썩어 가는 시대의 도도한 성 물결을 얼마쯤은 정화시키는 세척제일 수는 있다고 생각했다.

3–8

누누이 말한 대로 우리를, 우리의 삶을, 극단 '시그날'의 존재 의의를 증명하는 길은 연극 공연밖에 없었다. 나와 나의 삶도 당연히 '우리'의, 극단 '시그날'의 일부였으므로 마찬가지였다. 그래서 우리는 9월 중순께부터 '다섯 개의 단막극 시리즈'를 공연에 붙이기로 했다. 일종의 워크샵 형식이었는데도, 밖으로는 '참신한 기획'이라는 미명 아래 극단 '시그날'을 화제의 도마 위에 올려 놓고, 안으로는 '미적미적'의 공연 불허령이 내려진 후, 느슨해져 가고 있는 단원들의 열기를 충전시키겠다는 바람직한 저의를 깔고 있었다. 물론 송 선생과 나와 민수가 그 해 여름의 어느 날, 순발력 있는 모의 끝에 착안, 강행하기로 한 정기공연이었다. 경비도 적게 들 것이고, 공연장은 예의 장 사장이 공짜로 빌려 주고 있던 극단 '시그날' 소극장으로 잡으면 될 터이며, 단원들마다에게 적합한 배역과 역할을 고루 맡김으로써 사기와 소속감을 북돋워 줄 요량이었다(모든 극단이 다 그렇지만, 단원들끼리의 배역에 대한 알력, 시샘이 자심하다). 그러나 그 기획 자체는 참신한 것도 아니었으며, 정기 공연물이라기에는 다소 머쓱한 구석이 없지 않은 일종의 편법이었다.

송 선생이라는 사람은 자신의 순발력 좋은 주의주장을 내세웠다 하면, 집요할 정도로 그 의미 부여를 스스로에게, 또 주위의 여러 사람에게 시위, 교사해대고, 결국에는 실천에 옮기고야 마는 식언가였다. 그때의 경우도 예외가 아니었다. 참으로 연극에는, 자기 말과 주견에는 지칠 줄 모르는 익애가(溺愛家)였다. 나는 아직도 송 선생만큼 자기애에 빠져 있는 사람을 만나 본 적이 없고, 동시에 자기가 방금 쏟아놓은 말과 행위를 까맣게 잊어버리고, 오로지 '일, 일을 하자, 일을 달라'고 외치면서 자신의 인생을 펼쳐 가던 무모한 위인을 책에서도 읽은 적이 없다. 어루증(語漏症)을 의심할 만한 다변가였고, 특이한 연극 탐미가였다. 아마도 뒤는 물론이고 옆도 돌아보지 않고 앞으로만 치닫는 코뿔소 같은 사람이랄 수 있을 것이다. 코뿔소는 시력이 워낙 약하다는 점에서도 송 선생과 동종(同種)이지만, 유달리 청각과 후각이 잘 발달되어 있다는데 송 선생도 이 시대의 징후를 예민하게 읽는다는 점에서 분명히 그랬다.

"전진이야, 앞으로 나아가자 이거야. 밀어붙여 보는 거야. 방금 말한 대로 두 가지 의미 부여를 시그날 안팎에다 공공연하게, 힘차게 궐기하자 이거지, 내 말의 요지는. 워크샵은 시들시들해져 가는 연극학도의 탐구열을 진작시키는 작업이야. 충전이지. 딴따라도 이제 공부할 때가 되었다는 게 오래 전부터 나의 한결같은 주장이야. 공부하고 있다는 걸 밖으로 알리고, 안으로는 공부해야 한다는 최면을 거는 거야. 일종의 세련미 과시고, 고양감을 심어 주는 장치지. 그것보다 우선 이런 다발식 연극의 무차별 확산, 연출가 민수의 전용 용어지만,

이런 기획은 알차지만 경비가 또 워낙 적게 들어. 단막극 다섯 개에 경비가 들어봐야 얼마나 들겠어. 쥐뿔만으로도 충분할 것 아냐. 그러니 속된 말로 누이 좋고 매부 좋지. 단막극이 머야? 연극의 진수에 접근하는 초보용 가이드 책자 같은 거 아냐? 그런 거지. 그러면서도 배역들마다의 연기가 오롯이 살아 오르는 거야. 좌우간 일종의 연극 페스티발이며 드라마 페어야. 그것도 일개의 극단이 독차지해서 벌이는 축제고 시장이지. 참, 지난 봄에 시극(詩劇)을 청탁했던 건 어떻게 됐어? 한두 개 슬쩍 끼워넣으면 빛이 날 텐데 말이야. 하기야 시인 놈들이 원래부터 나태해 빠졌어. 언어 감각도 워낙 무뎌 빠졌고. 시국이 온 사방에서 이렇게 팥죽 끓듯 하는데 시인 놈들이 무슨 시극을 쓸 맛이 나겠어. 그놈들은 원래 '전진'이라는 말도 천박하다고 온갖 수식어를 덧붙여 엉뚱하게 땜질하고 말지. 그래서 누구 말대로 시작(詩作)은 얼렁뚱땅 이름 짓는 작업에 불과해. 그러니 시인들은 언제나 제 언어를 모기 소리만큼 작게 외치는 치들이야. 제 말이 맞는지 안 맞는지 몰라서 늘 불안하거든. 불안은 시인의 다른 이름이고 전적으로 엄살이야. 어쨌든 실천에 옮기자구. 중언부언이야, 실천에 옮기자는 말은 틀렸어, 그냥 실천이지 머. 중아, 네 작품도 슬쩍 끼워넣어. 휘어진 시계 바늘, 그거 좋잖아? 새 것도 좋고, 아니, 두 개라도 다 좋아. 연출도 손수 맡고. 독특한 해석력이 나올 거 아냐. 자, 자, 결론은 이미 내려졌어. 중아, 또 중언부언이야, 결론이 내려지다니, 그냥 결론이고 실천이지 머. 말의 유희는 늘 이렇게 얼마쯤의 공소감(空疎感)을 조장해. 대체로 말해서 관념극에는 다 그런 공소성이 있지. 그게 또 좋은 거지만. 인생이나 언어는 연극처럼 본질적으로 얼마쯤의 무의미성, 애매성, 공소성이 있는 거 아냐? 중이 니 지론이지만. 자, 자, 일어서. 일을 하자구. 일주일 단위로 3, 4일씩, 아니 오히려 4, 5일이 좋겠네, 단막극 한 토막씩을 여기다 알차고 차분하게 올리는 거야."

긴장과 갈등은 파도처럼 겹겹이 몰려오게 되어 있는 모양이었다. 시월 초순께의 어느 날 오전이었을 것이다. 나의 작품이 무대에 올려지고 있던 주일이었다. 그즈음 나는 열 시쯤에 '시그날'로 나가고 있던 터였다. 그날 계단에 막 발을 올려놓았을 때 나는 층계참에서 허겁지겁 내려오는 어떤 여자와 마주쳤다. 낯은 분명히 익은데, 선뜻 누구인지 생각이 떠오르지 않는 이십 대 초반의 여자였다. 그쪽은 주춤하면서 나를 알고 있는 눈치였으나, 워낙 황망 중이어선지 내게 인사도 건네지 않고 부리나케 건물 밖으로 뛰쳐나갔다. 의아했다. 나는 돌아서서 달음질하고 있는 여자의 뒷모습을 한참이나 쳐다보았다. 옷매무새도 어딘가 흐트러져 있었고, 특히 머리 모양새가 창피할 정도로 부스스했다. 행색이나 행동거지가 멀쩡한 미친년이었다.

아침부터 별 꼬락서니를 다 본다고 생각하며 계단을 밟아 '시그날'로 올라갔다. 좁다란 문지기 방 앞을 관통했고, 소극장 무대와 층계식 관람석이 희끄무레한 정적 속에 누워 있는 텅 빈 공간에 발을 디밀어 놓았다. 평소대로라면 멀뚱한 정적이 와락 내 쪽으로 몰려와야 했다. 그런데 정적은커녕 "이 개같은 새끼야. 여기가 니네 집구석 안방이야? 불상놈의 새끼"라는 시끄러운 소음이 들려왔다. 민수의 고함 소리였다.

민수가 무대 앞에 서서 허리에 두 손을 얹은 채로 유격 훈련장 조교 같은 험악한 폼을 잡고 있었고, 재홍이는 민수의 바짓가랑이 앞에 꿇어앉은 자세로 고개를 푹 수그리고 있었다. 기합을 주고받는 꼴이었다. 극단 '시그날'에서는 좀체로 볼 수 없는 광경이었고, 나는 그런 물리적인 행사가 공공연하게 설치는 몰풍경을 체질적으로 못 봐주는 성미였다. 민수가 나의 인기척을 듣고 말을 죽이고 있었다. 언뜻 짚이는 바가 있었으나 나는 전후 사정을 묻지도 않고 다짜고짜 언성을 높였다. 그때 내 얼굴이 울그락불그락해졌을 것이다.

"야, 수야, 이게 무슨 짓거리야? 새까만 후배 앞에서. 여기가 무슨 군대야, 일제시대 학교야? 야만스럽게. 깡패들이나 하는 짓거리 아냐? 야, 홍아. 일어나. 무슨 일이야? 보기 싫어. 일어나. 내 앞에서 똘마니 폼 잡지 마. 민수 너도 건달 폼 잡지 말고."

민수는 잔뜩 화가 나 있었고, 나는 안중에도 없다는듯이 무시했다.

민수가 또 고함을 버럭 내지르기 시작했다.

"그대로 있어, 이 개상놈의 새끼야. 니가 도대체 정신머리가 있는 놈이야? 너야말로 진짜로 씹새끼 아냐. 이런 꼬락서니는 객기도 뭣도 아니고 길거리에서 흘레 붙는 개새끼들이나 하는 짓거리 아냐? 무슨 말인지 알아들어? 이 쓸개 빠진 놈아. 명색이 연극을 해보겠다는 놈이 해사한 계집년이나 꿰차고 다니면서 이런 데서 해프닝이나 벌려? 해프닝도 때와 장소를 가려 가며 벌이는 거야. 또 뚜렷한 목적 같은 것도 있어야 하고. 여기는 쥐불알만 하지만 당당한 공연장이야. 그런데 불알을 내놓고 공연장에서 떡을 쳐? 관객들이 보는 앞에서 실연을 해보시지 그랬어? 오늘 저녁에 무대를 제공해 줘? 이거 원, 정말 울화통이 터져 미치겠네. 이게 네 개인 전유물이야? 공연장에서 불알 까놓고 있는 게 니네 세대들 무슨 특권이야 머야, 도대체."

대충 짐작이 갔다. 재홍이는 민수보다 5년 후배로서 단역을 맡기도 하는 극단 '시그날'의 단원이었다. 그는 살이 주두룩하게 붙어 있는 덩실한 코가 특징이라면 특징인 얼굴을 가졌고, 그 또래에서는 말귀도 밝아서 그만큼 말발도 센 축에 속했고, 민수와 내게는 붙임성도 있어서 극단 '시그날'의 일급 일꾼 노릇을 자청하고 있었다. 또한 성국이를 몹시 따르는 만큼 어영부영 세월이나 죽이면서 연기에 대한 나름대로의 진지한 열의만 가다듬고 있으면 언젠가는 주연급 배우로 성장할 테고, 이름이 어느 정도 팔리다 운이 따르면 텔레비전 쪽에서 얼굴을 팔아댈 인물이었다. 나로서는 워낙 동떨어진 후배인데다가, 그의 조연급 연기가 늘 고만고만한 수준이라 눈여겨보지도 않는 형편이었고, 따라서 당분간 그를 상정하면서 희곡을 쓸 만한 위인은 아니라고 치부해두고 있었다(희곡에 등장시켜 볼 만한 외모나 성격을 가진 인물이 있는 법이며, 나는 그런 예외적인 인물을 유심히 관찰, 이해, 해석하고, 그를 무대에 올려놓았을 경우를 상상해보길 즐기는 편이다).

아무려나 허겁지겁 달음질치던 멀쩡한 미친년은 그즈음 재홍이와 사귀고 있던 여자였다. 몇 번인가 '시그날'의 술 자리에 껴묻어 있었고, 성국이와 재홍이의 은근한 추천으로 무대에 서고 싶어하는, 그러나 신원과 소속과 출신환경과 학력까지도 알려지지 않은 처녀였다(그런 류의 멀쩡한 백수건달, 알쏭달쏭한 처녀들이 연극계 주위에는 친구라는 신분으로, 애인이라는 명분으로 얼쩡거리고 있다. 그런 치들과 말을 나눠 보면, 놀랍게도 몇몇 유수의 희곡 작품조차도 읽지 않고 있음은 말할 것도 없고, 독서량이 너무나 얇아 감성은커녕 무식이 말끝마다에 뚝뚝 떨어져서 나는 혀를 내두른 적이 한두 번이 아니다. 그럼에도 불구하고 그들은 제 몸치장에는 꽤나 극성들이어서, 나는 흡사 무슨 엉터리 가장 행렬을 구경하고 있는 듯한 착각에 빠지곤 한다). 그들이 간밤에 '시그날' 소극장 무대를 여관방으로 유용(流用)했던 모양인데, 보나마나 작취미성의 상태에서 널브러져 있다가 불쑥 들이닥친 민수에게 못 볼 꼬락서니를 들킨 것이다.

나는 어안이 벙벙해져서 쉬 할 말이 떠오르지 않았다. 한마디로 개판이었다. 일시에 무력감이 덮쳐 왔고, 연극을 사랑한다고 꾸물거리는 나조차도 미워졌다. 아니, 연극에 매달리고 있는 모든 인간들, 그들의 덜렁대는 의식, 그런 의식의 주산물인 호사 취미 따위를 격렬하게 비난하고 싶었다. 지린내를 맡았을 때처럼 내 얼굴이 찡그려졌다.

나는 감정을 최대한으로 억누르고 작은 목소리로 말했다.

"야, 홍아, 일어나. 어디 가서 그 술독 같은 상판대기나 씻고 와. 아직도 푹푹 썩는 술냄새가 나."

나는 문지기 단칸방 안으로 들어갔다. 여닫이문을 소리내어 닫았다. 내 가슴이 답답해 왔고, 나 자신이 어떤 흉물처럼 징그러워졌다.

민수의 욕지거리가 마구 들려왔다.

"니네처럼 썩어빠진 놈들 때문에 딴따라 소릴 듣는단 말이야. 야, 이 개새끼야, 나가, 꼴도 보기 싫어. 나가."

재홍이의 울먹이는 통사정 소리도 들렸다.

"민수형, 다른 단원들에게는 제발 비밀로 해줘요. 제발 이렇게 빌겠어요, 네?"

"이런 배알도 없는 잡놈의 새끼 좀 봐. 그래도 낯짝은 있어서 창피한 줄은 아네. 사람 같아야 말을 하지. 내가 니깟 놈 같은 개새끼가 되라고. 야, 나가, 어서 나가라고, 내 눈앞에서 사라져, 다시는 나타나지도 말아. 니깟 놈 하나 없어도 막은 올라."

나는 정신이 퍼뜩 들었다. 징그럽게도 재홍이는 그날밤 무대에서 내 작품 '휘어진 시계 바늘'의 단역으로 나서야 할 판이었다.

"민수형, 아무런 변명도 않겠어요, 제 망신이고 술이 탈이었어요."

"야, 이 잡놈의 새끼야. 니만 술 처먹냐? 냄새나, 나가란 말이야. 나가도 냄새나 지우고 나가. 변명? 지랄하고 자빠졌네. 입은 달고 있다 이거지? 나는 니 같은 동생 둔 적이 없어. 어디 딴 데서라도 형이라고 부르지 마. 니깐놈이 이름이라도 좀 팔리면 서울 바닥이 온통 니네 안방 되겠지. 뭇 잡년들을 다 끼어차고. 한심하다, 이 개새끼야. 개새끼라서 한심할 수밖에 없겠지만. 나한테 구걸하지 마. 니 얄팍한 잡놈의 도덕성에게 물어 봐. 연극을 그런 구걸로 하려고 들지 마. 연극은 구걸도 아니고 니깟 것들한테 빌붙지도 않아. 알아들어, 이 흘레붙은 개새끼야."

"민수형, 믿어요. 다른 단원들에게는 제발 발설하지말아 줘요."

"시끄러워, 이 잡놈의 새끼. 입구멍 있다고 자꾸 나불거릴 거야? 손찌검까지 하게 만들 거야, 정말?"

3-9

그날 밤이었을 것이다. 그렇잖아도 불만투성이인 작품인데, 민수의 쌍말대로 '흘레붙은 개새끼'가 출연하는 〈휘어진 시계 바늘〉을 보기도 싫었고, 게다가 양이가 마석우리의 움막으로 내려가는 것을 배웅하기 위해 청량리 역까지 갔다가 나는 밤늦게 '시그날'에 들렀다(양이는 버스 편이 있는데도 굳이 춘천행 기차를 즐겨 타는 버릇이 있었다). 쫑파티란 명분을 달아 술판을 또 한 차례 벌여야 할 판이었다.

문지기 방에는 민수가 뺑 뚫린 얼굴로 나를 기다리고 있었다. 나는 민수의 시선을 외면하고 객석 안으로 들어갔다. 객석은 텅 비어 있고, 무대 위에는 양로원 대기실 분위기를 간신히 드러내느라고 길다란 탁자와(식탁으로도 쓰인다) 그 둘레에 의자들이 아무렇게나 널브러져 있다. 그 의자들 중의 하나에 방금까지 '흘레붙은 개새끼'가 침울한 늙은이의 얼굴로 앉아서 뜨적뜨적 나의 언어를 지껄인다.

—젊은이, 우리를 위안하겠다고 덤비지 말아요. 연말마다 이게 도대체 무슨 소란이요? 누가 우리를 위안해 달랬소? 늙은이들 마음이 젊은이들보다야 훨씬 더 편할 게 뻔한 이치 아니요. 그런데 무슨 위안이요? 좀 우습지 않소? 사실상 우리는 위안받을 건덕지가 없소. 또 위안받을 자격도 없소. 위안거리가 없듯이 말이요. 위안이 도대체 머요? 위안이란 말은 얼토당토 않는 말이요. 인생에 무슨 위안이 있겠소.

젊은이가, 그러니까 성국이가 거의 통사정에 가까운 애걸을 내놓는다.

—할아버지, 그러면 저희들은 뭣이 됩니까?

—그걸 우리 같이 늙고 병들고 무식한 것들이 어떻게 알겠소. 아마 젊은이들은 앞으로 천천히 늙은이가 되어 갈게요.

—그냥 오늘 하루만 우리들과 함께 즐거운 시간을 가져주세요. 여기 기타도 준비해 왔어요. 조그만 탁상시계도 선물로 가져왔구요. 저희들 오늘 하루 임무는 할아버지들을 위로해 드리는 거예요. 좋은 일

아니겠어요?

흘레붙은 개새끼였던 재홍이가 멀뚱하게 젊은이를 바라보며 힘없이 중얼거린다.

—그 젊은이, 말귀가 어둡구먼. 뭘 위안하냐구? 또 누가 선물을 달랬어? 우리는 이제 선물 같은 게 도무지 필요 없어(선물 꾸러미를 끄른다). 우리에게는 이제 시계 같은 게 당최 필요없어. 시간 같은 하찮은 것은 몰라도 돼. 세월 가는 것만 알면 되고, 그거야 다들 누구보다 잘 알고 있으니까. 젊은이들은 흔히 세월 가는 걸 모르지. 낭패야. 우리도 젊을 때 그랬지. 나는 지금 7년째 시간을 모르고 여기서 살아. 아주 건강하지. 오늘 아침에도 시금치 된장국을 두 그릇이나 먹었는걸. 우리 취사반장 보기가 민망스럽게 말이야. 젊은이, 우리는 부족한 것도, 불편한 것도 없이 잘 살고 있어. 세월 가는 것만 보고.

—할아버지, 그건 아마도 시각 차이일 거예요.

—이 시계가 가질 않아. 이것 보라구. 시계는 무용지물이야. 시계보다 세월이 훨씬 더 중요해.

—할아버지, 얼마나 외로우세요. 가족도 없이, 연말에 따뜻한 가정도 없이. 그 쓸쓸함을 저희들은 충분히 이해하고 있어요. 그래서 이렇게 위문을 온 것이고요. 사람은 늙어 갈수록 외로운 존재예요. 제 말도 아니고 책에 그렇게 씌어 있어요.

—책에 씌어 있다니 믿어야 할 것이요만, 외로운들 어떡하겠소? 그냥저냥 잊어불고 이겨내야 하지 않소. 진짜로 외롭다면 위안 받는다고 덜 외롭지도 않을 거요. 7년 전에는 조금 외로웠소. 그때는 세월이 너무 빨리 달아나서 조금 외로웠소. 그러나 지금은 외롭지 않아요. 오

히려 우리를 외롭다고 하는 사람들을 멀찍이 떨어져서 바라보고 있는 형편이요.

—정말 위안을 안 받으시겠어요?

—글쎄, 뭘 위안하겠다는 건지.

—저희들은 한가한 사람들도 아니고 실성한 사람들도 아니에요, 할아버지?

—그건 우리도 마찬가지요. 정신도 멀쩡하고, 머릿속이 아주 바빠요.

—그것 보세요. 인생은 결국 외로운 수레바퀴나 다름없어요.

—육이오 사변 때 내가 소 달구지를 끌고 피난길에 나섰소. 눈이 무릎이 빠지도록 쌓인 들판에서 사람들이 죽어 자빠지는 걸 숱하게 봤소. 사람이 아니었소. 동태 신세보다 못한 짐승들이 소 달구지 옆에서 마구 나자빠져 있었소. 그때 내 자식을 하나 잃었소. 사내 새끼였소. 팔뚝에 거뭇거뭇한 얼룩 반점이 찍힌 애였소.

—할아버지, 이제 시계가 가요. 정확한 시간을 매일 알려드릴 거예요.

—이제 와서 그딴 게 어디다 필요하겠소. 다시 소 달구지를 끌지는 못하게 되지 않았소. 그때가 그립소. 살려고 그렇게 버둥거리던 그 시절에 우리가 병신 놀음을 참 많이 했소. 지금처럼 말이요. 후회막심이요. 다시 그때로 되돌아가면 이런 신세가 안 될 자신이 있소. 이런 정신머리인데도 날보고 다들 노망했다고 하니 내가 어째 역정을 안 내겠소. 아마 곧 끼니 때가 닥칠 거요. 늘 이렇게 허기가 나서 죽을 맛이요. 내 뱃구레보다 정확한 시계는 이 세상에 없소, 젊은이.

퇴색하고 낡아빠져서 퍼석퍼석 삭아내리는 누런 종잇장 같은 내 말도, 내 의식도 하얗게 바래 가고 있다는 느낌이 들었다. 무대 위에는 실성기가 완연한 늙은이들이 저마다 미치지 않았다고 웅성거리기 시작했고, 이제 진지하고 성실하기 짝이 없던 두 사람의 젊은이조차도 미친놈들이 되어 "제발 과거로 되돌아가지들 마세요. 지금 당장 위안을 받는 게 중요해요. 과거를 돌이켜 본들 무슨 소용이 있어요?" 라고 떠벌여대고 있었다.

그런 웅성거림의 코러스는 오늘날이 신들린 시대라는 나의 시니컬한 해석이었고, 타성적이고 무비판적인 속물들의 세계인식에 대한 나의 반어법적인 증언인 동시에 현대인의 위선과 허위 의식을 까놓고 희화화한 나의 양심이었다.

나는 단막극 〈휘어진 시계 바늘〉을 민수의 독려를 받아 가면서 일주일 만에 탈고했는데, 그 속의 말들은 이제 내 의식의 파편들이 아닐지도 모른다. 그러므로 그 작품은 이제 내 것이 아니었고, 그래서 내가 너무 늙어 버렸다는 느낌도 들었다.

민수가 객석의 불을 켜고 슬그머니 내게로 다가왔다. '흘레붙은 개새끼' 때문에 그도 심사가 뒤틀려 있을 게 분명했다.

민수가 위로인지 뭔지 모를 소리를 지껄였다.

"무사히 끝난 셈이야. 눈 먼 돈들도 꽤 몰렸고. 그런대로 이번 기획은 성공적이야. 내가 작품을 제대로 소화시켰는지 어쨌는지는 모르지만 흘레붙은 개새끼는 아예 발모가지도 없는 짐승처럼 연방 슬슬 기다가 방금 나갔어. 어디서 기다릴 거야."

"보기도 싫어, 그 개새끼는."

"객기로 봐 줄라고 해도 그 미친년을 한사코 달고 다니는 게 아니꼬

와서 말이야. 아무리 선배라고 해도 그 미친년과 앞으로 연애하지 마라는 소리는 못하잖아."

"망해야 돼. 그런 연놈들은 썩어문드러져야 해. 연극한답시고 떠벌리고 다니면서 연극을, 우리를 모독하고 있는 연놈들이야. 그 따위 썩어빠진 새끼가 방금까지 여기서 내 말을 주절거리고 있었을 거 아냐, 관객들 앞에서 엄숙한 낯짝으로. 그 생각만 하면 속이 메시꼽아 미치겠어."

"잊어버려, 우리 중형은 그 꽁한 성격이 탈이야."

"잊긴 뭘 잊어? 어떻게? 누가 잘못했는데, 누가 부도덕한데 나보고 까탈을 잡아? 나도 때때로 그 짓도 하고 도덕적으로 완벽한 놈은 아니지만, 나름대로 이 개판의 시대를 고민도 하고, 연극한다는 걸 부끄러워 할 줄은 안단 말이야."

"글쎄, 누가 머래? 한 번쯤 나처럼 뒤가 없어 보란 말이야. 툴툴 털어 버려. 아무한테도 얘기 안했어."

"무슨 자랑거리라고 사람이 흘레붙은 걸 까발리고 다녀?"

"한동안 주눅이 들어 있도록 우리가 냉랭해 버리면 돼. 그것보다 더 심한 하더 타임이 어딨겠어."

"그 두꺼운 낯짝으로 여기서 관객들을 우롱하고 있었을 거 아냐. 속이 뒤집힐 거 같애. 연극할 마음이 싹 가셔져."

"형, 그런데 점입가경이야. 목불인견을 또 하나 봐 줘야겠어. 우리만 관객을 우롱하는 게 아냐. 내가 일찍이 우리 관객들 수준을 모르는 바 아니지만, 이건 너무 지독한 야유고 우롱이고 엿 먹이는 짓이야."

내가 잠시 뜨악한 눈길을 보냈다. 민수가 옆구리에 끼고 있던 얇은 공책을 내 코앞에다 들이밀었고, 곧장 고무밴드까지 달린 그 공책을 끌렀고, 그 속에 얌전하게 들어앉아 있는 조그만 책자를 끄집어냈다.

"어느 미친놈이 이걸 저쪽 객석 바닥에 놓고 갔어. 밑바닥에 깔개로 깔고 앉았다가 그냥 두고 간 모양이야. 한번 봐."

호치키스 알맹이로 중철(中綴)을 한 그 얇은 책자는 과연 지독한 포르노 사진만이 잔뜩 실린 '메이드 인 유에스에이'의 사진 잡지였다. 물론 칼라 사진만 실은 선명한 인쇄물이었다. 빨강 머리 글래머가 비정상적으로 굵고 긴 뱀대가리를 볼이 홀쭉해지도록 한입 가득 베어물고 있었고, 하나같이 젖통들이 유별나게 큰 세 마리의 암컷이 저마다 진짜 소시지를 제 음부에다 쑤셔 박아 댔고, 서럽도록 큰 엉덩짝을 바싹 치켜들고 있는 어느 암컷의 심부에다 성이 잔뜩 난 제 음경을 막 디밀어 넣으려는 수컷도 보였고, 한 마리의 수컷에 세 마리의 암컷이, 한 마리의 암컷에 세 마리의 수컷이 눌어붙어 있는 난교(亂交) 장면도 있었다. 구역질나는 사진잡지였다. 더 이상 볼 필요가 없었다. 갑작스럽게 나의 생식기가 애벌레처럼 움츠러드는 기분이었다.

"버려. 쫙쫙 찢어발겨서 버려."

민수가 농조로 대꾸했다.

"찾으러 오면 어떡하라고?"

"그런 것까지 우리가 책임져야 한단 말이야? 망할 놈들."

"누구 말이야? 사진 속의 짐승들 말이야, 아니면 이런 난잡한 책을 만들어 팔아 처먹는 미국놈들 말이야, 아, 또 있네. 이런 책자를 돈 주고 사서 가지고 다니는 성도착증 환자들 말이야? 개 같은 놈들이 한둘이라야 말이지."

나는 문지기 방 쪽으로 발걸음을 떼놓으며 아무렇게나 말했다.

"다들 망할 놈들이지 머. 그런 새끼들이 연극을 좋아하고 관람을 해? 그것도 내 작품을? 확 구겨 놓고 싶어, 내 작품이라도 먼저."

민수가 객석의 불을 껐고, 뒤따르며 말을 걸었다.

"참, 아까 막 내리자마자 허여멀건한 친구 하나가 형을 찾았어. 하숙 동기생이라나 머라나?"

"하숙 동기생? 그런 말도 있나? 뭐래?"

"지난 봄까지 옆방에서 함께 지냈다며 형을 잘 안대. 연극을 잘 봤다고 전해 달라대."

"가발 새끼군. 모자라는 친구야. 돈은 쓸데없이 많은 백수고."

"그 머리가 가발이야?"

"방위군이었을 때 가발을 뒤집어쓰고 다녔어. 지금은 제대해서 민간인이 됐을 테니 가발이야 아닐 테지만. 그 포르노 사진첩은 아마 그 가발 새끼 것인지도 몰라."

나는 이렇다 할 근거도 없이 그런 단정을 내렸고, 그 추단은 곧장 내게 흔들릴 수 없는 어떤 신념으로 자리를 잡았다. 왜 내가 걷잡을 수 없이 그런 심술에 휘말렸는지 알 수가 없었다. 아마도 내가 우리네 연극 종사자들의 고질적인 딜레탕티즘을, 나아가서 그 예술 도락 취미에 부화뇌동하여 연극 감상 자체를 단순한 소일거리로만 여기는 관객들의 저질을 그동안 꾸준히 매도해 왔기 때문일 것이다. 그렇지 않고서야 '연극을 잘 보고 간다'는 인사를 굳이 남기고 사라지는 으쓱거림과(깡패 같은 그런 자기 과시벽이야말로 꼴값 아닌가) 포르노 책자를 슬쩍 떨어뜨리고 가는 방만한 짓거리에 어떤 연상작용이 파딱거리지 않을 리가.

"틀림없어. 그런 덜렁이가 포르노 사진이나 들고 뭣하러 연극을 보러 다니는지 알 수가 없어. 미치겠구만."

우리는 시커먼 밤 속으로 불빛들이 떼를 지어 몰려나와 있는 거리로 나왔다. 나는 힘없이 뇌까렸다.

"정말 꼴 사나운 것들이 너무 많아서 연극을 때려치워야겠어. 공연 불허령을 내리지 않나, 공짜 구경하자는 놈이 없나, 포르노 사진이나 들고 계집 낚아채려고 연극 구경을 하지 않나. 정말 못해 먹겠어. 진절머리가 나. 솔직한 심정이야. 이건 머, 연극을 생업으로 삼겠다는 놈들이나 연극 보러 다니는 덜렁이들이나 어째 똑같은 저질의 한통속이야. 그 속에서 허우적거릴려니 온몸에 쥐가 나고 경련이 이는 기분이야. 이런 썩어빠진 웅덩이에서 내가 언제까지 멱을 감아야만 해? 내 자신이 비참해서 미칠 지경이야. 아무런 소득도 없는 자기 연소가 너무 오래 계속 돼서 내 심신이 고달프고 불쌍해 죽겠어."

민수가 침착하게 말을 받았다.

"과도기라고 봐야지 머. 포기하기에는 너무 깊이 발모가지를 디밀어 놓았잖아, 우리가."

"과도기? 이렇게 오랫동안 계속되는데도?"

민수는 할 말을 잃고 있었다. 어디다 버렸는지 그의 손에는 포르노 책자가 들어 있을 공책이 들려 있지 않았다. 이 판에서의 연극은 시커먼 밤이라는 현실로서의 무대에 간신히, 희미하게 붙박여 있는, 도저히 다가갈 수 없는 어떤 신기루인지도 몰랐다. 민수도 그 점을 어느 정도까지는 알고 있는 듯했다. 내가 헛다리를 짚고 있다면 그도 마찬가지였다. 그래서 그는 평소의 다변을 죽이고, 피폐한 몰골로 갈 길마저 잃어버린 듯이 발걸음을 주춤거리고 있었다.

3–10

목울대를 조여대는 조갈증 때문에 잠에서 깨어났다. 커피포트 속의 맹물을 컵에다 따라 단숨에 벌컥였다. 창문을 열었다. 언제나처럼 '또 새 날은 밝았다'는 상투적이면서 일종의 도착적(倒錯的)인 느낌을 간추렸다. 커피포트에 전깃불을 집어넣었다. 흐리마리한 정신이 차츰 가다듬어졌다.

객지에서 오랫동안 혼자서 생활해 온 사내에게는 늘 어떤 유폐감 같은 감정이 무슨 귀신처럼 따라다닌다. 나 뿐이다, 나 혼자다, 내가 누군가라는 그 생각. 그 따돌리고 있는 듯한 씁쓸한 감정은 얼마쯤 달콤한 고적감과는 판이하게 달라서 떨쳐버리려면 한동안 심한 우울감, 낭패감과 싸워야 한다. 그동안 자기 자신이 한심스러워지고, 거추장스러워지고, 어설퍼진다. 어떤 때는 죽고 싶어지기까지 한다. 바로 도착증세이며 조울증인 것이다. 그럴 때면 나는 종종 어떤 행동으로 내 내부에서 들끓고 있는 그 복잡한 감정의 낌새를 차단, 무화시켜 버리려고 두리번거린다. 예컨대 담배를 연거푸 두세 대 피워대서 혓바닥을 까끌까끌하게 만들어 버린다든지, 방안을 자발없이 서성여서 발바닥에 온 신경을 모아 버린다든지, 책 속으로 빠져 들어가서 연극 대사로 써먹을 수 있는 귀한 메타포를 찾고 그 구절에 다른 어휘를 대입시킬 궁리를 한다든지, 세수를 하기 위해 방 밖으로 뛰쳐나가든지 하는 성마른 동선이 그것이다.

그날도 예외없이 그랬다. 여단이 베니어판 방문짝을 기세 좋게 밀어붙이고 복도로 나갔다. 세포의 집 전체가 평소와 달리 정적 속에서 간신히 숨 쉬고 있는 듯했다. 복도에는 인기척이 전혀 없었고, 어떤 미궁 속처럼 괴기감마저 감돌았다. 기이했다. 나는 순식간에 온몸의 신경이 졸아드는 긴장에 휩싸였다. 걸음을 떼놓았다. 아래층으로 내려가는 계단을 턱 앞에 괴고 있는 방 앞에 유독 신발이 오골오골 모여 있었고, 방문도 활짝 열려 있었다. 세포의 집 2층 기식자들이 한 방 가득히 둘러앉아 라디오에 귀를 모으고 있는 참이었다.

방 주인이라기보다도 제 몸통만한 건전지를 등짝에 업고 있는 트랜지스터 라디오 주인이 득의양양하게 임시 중대 뉴스를 내게 들려주었다. 두 무릎을 가슴팍에 끌어안고 있던 그 늙은 대학생의 표정에는 제 구실을 톡톡히 하는 어떤 조그만 물건의 소유자다운 자족감이 곧이곧대로 녹아 있었다.

"각하가 유고래요. 회식 자리에서… 들어와서 좀 앉으세요."

여기저기서 뉴스에 살을 붙여댔다.

"세상이 하루 아침에 바뀌기도 하나봐요."

"죽었나봐요."

"벌써 말씨가 그러면 어째, 돌아가셨지."

"계엄령이 떨어졌대요."

더 이상 무르춤하니 서 있을 경황이 아니었다. 내 방으로 돌아왔다. 커피포트의 전깃불을 잡아빼 버렸다. 안절부절못했다. 서둘러 세포의 집을 벗어났다. 극단 '시그날'로 갈 작정이었다. 언덕길을 다 내려왔을 때, 나는 이런 때일수록 배를 채워 놓고 봐야 하며, 잠시라도 혼자

길에서 서성이기보다는 여러 사람과 더불어 있어야 된다는 생각이 들었다. 그래서 단골 식당으로 들어갔다. 거기서 호외를 주워 읽었다.

대단히 청명한 가을 날씨였다. 새파란 하늘이 티 없이 맑고 높았고, 다사로운 양광이 한껏 내리쪼이고 있었다. 거리의 표정도 여전히 변함이 없었다. 아마도 갑작스러운 한 사람의 죽음 앞에 다들 어리벙벙해 있는 듯했고, 그 죽음이 몰고 올 여러 가지 충격파를 따져 보면서 제 주위를 두리번거리고 있는 것 같았다.

극단 '시그날'은 세상이 발칵 뒤집혀졌는데도 근엄한 장막을 드리우고 있었다. 그 태연함이 미상불 믿음직스러운 것이었지만, 어떤 위장 같기도 해서 수상쩍었다. 나도 찬찬히 내 주위를 훑어보았더니 모든 사물이, 나의 모든 의식이, 세상살이가 이상스러웠고, 의문투성이였다.

이런 시점에서 나처럼 무력한 인간이 줄담배를 피우고 있어도 되는 것인가? 그 철옹성 같던 심부에 그런 허술한 구석이 있었다면 우리네 서민들의 이 엉성궂은 판자집 같은 삶은 얼마나 유명무실한가? 내일을 모르고 살아가는 우리의 삶이 허구라면 시시각각으로 줄변덕을 부리는 양이에 대한 나의 애증은 얼마나 부질없는 짓거리인가? 뿐인가, 갈팡질팡하는 나의 성 의식, 가치관, 나아가서 연극에 대한 어떤 소명감은 또 얼마나 가소로운 엄살인가? 결국 사람은 평생 동안 엄살만 피우다가 천천히 죽어가는 신음덩어리란 말인가? 회오감 때문에 몸둘 바를 모르면서도 나의 우격다짐 앞에서는 매번 잘 길들어져 가는 한 마리의 암컷이 되고 마는 양이의 엄살도 일종의 위장한 신음이고, 어릴 때부터 어느 누구에게서도 제대로 받아 보지 못한 사랑을 붙잡기 위한 집요한 몸부림이란 말인가? 그렇다면 그 각성을(물론 성에의 눈뜸까지도 포함해서) 나는 어떤 식으로 받아들여야 하나? 역사의 굴렁쇠는 결국 뛰어난 몇몇의 개인의 신념에 따라 굴라가는 것인가? 그렇다면 낙엽처럼 떨어져 죽은 어느 여공과, 애국가를 사절까지 몇 번씩이나 불러대던 최저 임금 노동자들과, 그들의 눈물겨운 농성을 멀뚱멀뚱 쳐다보던 나를 위시한 여러 우매한 군중과, 한 죽음을 위해 겨우 집단농성이나 벌이던 야당 의원들까지도 다 무용지물이란 말인가?

매번 그렇지만, 어떤 충격과 갈등 앞에서 나의 의문은 끝이 없었다. 또한 어떤 해답도 나는 찾을 수 없었다. 따라서 꼬리에 꼬리를 물고 일어나는 수많은 의문 자체가 곧 나의 충격과 갈등을 녹여 주는 진정제였고, 완충장치였다.

전화기가 평소보다 훨씬 요란하게 울렸다. 송 선생이었다.

"중인가? 소식 들었지? 뜻밖이지? 황당무계하고? 긴가민가하고 있지? 나는 전혀 그렇지 않아. 모든 일은 사필귀정이니까 말이야. 어쩔 수 없었던 거야, 그렇잖겠어? 사람의 힘으로는 어떻게 해 볼 수도 없는 일로만 가득 찬 게 이 세상이야. 그게 또 세상 이치지. 다들 어리둥절해서 일손을 놓고 있어. 내가 보기에는 좀 우스워. 곧장 또 다른 사필귀정으로 나아가는 일들에 매달릴 텐데 왜 저러는지 모르겠어. 지금도 사실상 사필귀정이 진행되고 있다고 봐야지. 그걸 무슨 수단, 목적, 음모, 노력이라고 단정 짓지 말아. 단지 사필귀정으로 나아가는 과정일 뿐이야. 막은 항상 오르고 내리게 마련인 것처럼 말이야. 어쨌든 그 모든 것이 커다란 테두리 속에 있는 사필귀정의 일부에 지나지 않아, 그렇잖아? 만유감 없이 노력, 매진한다는 게 사필귀정의 첫 토막이란 애기야, 무슨 말인지 이해가 되지? 쉽게 말해서 사필귀정의 토막들이 모여서 하루가 되고, 일 년이 되고, 인생이 되고, 연극도 되고, 정치 따위도 되고, 서부활극도 되고, 굿판도 벌리고, 술판도 벌리는 거야. 나의 지금 생각이 대충 이러해. 공중전화야. 대담자를 불러 모아야 해. 시나리오를 짜야지. 이 유신시대의 종말에 대한 얼렁뚱땅식의 정의라도 내려야 할 거 아냐. 말하자면 사필귀정으로 나아갈 시나리오가 있을 걸 아냐. 그걸 내가 짜야 해. 가짜로 말이야. 이 시대에 대한 정의는 사필귀정 앞에서는 전부 가짜야, 그럴 거 아냐? 그러니 당황할 것도 없고, 호들갑을 떨 것도 없어. 오늘 야근할지도 몰라. 그러나마나 만나야지. 만나고 말 거야. 아마 그렇게 될 거야. 사필귀정으로 말이야. 그러니까 기다려 줘."

오랜만에 왕십리 밖에 있는 어느 사립대학 병원에서 고참 레지던트로 일하는 동생에게서 전화가 걸려 왔다.

"둘째형이야? 뉴스 들었어? 머가 뭔지 모르겠어. 우리야 밤낮없이 새 생명이나 받아내는 산부인과 의사 주제인데 머. 방금 아버지한테서 전화가 왔었어. 어디 가지 말고 전활 기다려. 내가 형 전화번호 가르쳐 드렸어."

듣기에 따라서는 꽤 그럴 듯한 연극대사일 "사망은 곧 탄생일지도 몰라"라는 말을 들려주고 동생과의 통화를 끊었더니, 과연 기다렸다는 듯이 처자식들의 건사에는 극성스러운 이북 출신의 내 아버지께서 주뼛거리며 전화로 나를 찾았다.

"별 일 없갔지? 세상이 왜 이렇게 시끄럽냐? 큰일이야. 그러니 젊을 때 작량을 잘해야 돼. 독한 마음 먹고. 그러니 일언이폐지하고 내려오너라. 아래층 비워서 무슨 대리점 같은 거라도 담보 넣고 한번 벌여 보면 어떠냐? 사람은 그저 등 따시고 배 불러야 연극도 보고 춤도 추는 게야. 미국은 시방 깜깜 밤중이라는군. 니 형 있는 데 말이야. 니 에미가 무슨 궁량이 있는지 전화도 하지 말라는군. 거기서 산다고 지까짓 놈이 조선 종자가 아닌가? 그놈도 당장 불러들여야겠다. 이런 사태를 가만히 앉아서 당하고 보니 후회막급이야. 육이오 때 우리 가족이 흩어지지 않아서 살아남았다. 죽을 먹든 밥을 먹든 살아 놓고 봐야 하는 거 아니가. 이런 날벼락 맞아서 죽고 나면 무슨 소용이 있는가. 똥구더기라도 이승이 저승보다 낫다. 알갔지? 일간 내려와라. 내려와서 참한 색시 선도 한번 보고. 서울은 벌써 춥갑지? 추울 거야. 내가 육이오 때 겪어 봐서 잘 알아."

민수가 문지기 방 안으로 들어왔다. 내가 전화의 송수화기를 놓자마자 그는 예의 그 빈정대는 말솜씨를 넙죽넙죽 흘려대기 시작했다.

"인생은 결국 원웨이티켓이야. 왕복권이 없어. 편도행 승차권에 구멍이 빵빵 뚫려 버리면 그만이야. 다시 못 돌아와. 그런데 말이야, 우리나라 소설, 영화, 연극에는 유독 권총이 소도구로 등장하지 않지? 그게 등장하면 리얼리티가 확 죽어 버리잖아. 대개 또 시시하기 짝이 없는 것들이고. 육이오 소설의 한계가 바로 그거야. 총기류의 사용만 나오면 도대체 실감이 안 나잖아. 이건 아주 중요한 문맥일 거야. 왜 그러냐, 그 역사적인 연원이야 당장 설명할 수 있지. 총기 소지는 엄연히 불법으로 묶여 있는데다가 일제시대 때부터, 아니, 그전 근세조선 때부터 총이나 칼 따위의 무기가 우리 일상사에는 금물이었잖아.

요컨대 일찍부터 우리에게는 무기가 생활 필수품이 아니었다는 얘기야. 그러니 우리 소설, 영화, 연극은 크게 소재상 제한을 받지. 그런데 이게 무슨 곡절이야? 어젯밤에 그 금물이 불쑥 등장해 버렸잖아. 신화 속에 등장하는 무슨 이상한 물건처럼. 이 무슨 묘한 역설적인 조화야. 총기류는 일상사에서 송두리째 빼버린 유일한 민족이 말이야. 이런 평화로운 나라가 지구상에서 우리나라 밖에 더 있겠어. 나는 바로 이 대목에서 어리둥절해하고 있어. 왜 그놈의 무기가 불쑥 홍두깨처럼 튀어나왔을까. 이해가 가지 않잖아, 참으로 신기한 조화야."

사람을, 일상사를, 귀 밝은 사람의 사고를 마구 납작하게, 궁상스럽게, 편협하게 만들어대던 온갖 소문이 어느 정도까지는 말끔하게 가셔질 줄로 짐작했는데, 나의 예상은 완전히 빗나갔다. 온통 소문 천지였다. 내 주위에 모여들던 친구들은 먹이를 물고 오는 개미들처럼 쉴새없이 또 다른 소문을 갖고 돌아왔고, 다들 기갈이 들린 사람들처럼 그 풍문의 고깃덩어리를 포식했고, 새로운 소문을 지어 날개를 달아 어디론가로 날려 보냈다. 그런 소문들은 점점 불가사리처럼 커져 가고 있었지만, 누구도 어쩔 수가 없었다.

어이없게도 부하에게 총 맞아 돌아가신 일본 육사 출신의 그 양반과, 민수의 말대로 '미국까지 통틀어 유사 이래 가장 공공연하게 실내에서 총질을 해 본' 시해 사건의 주인공 이름들로 파자(破字) 놀이를 하는 것도 그런 소문들의 가장 대표적인 사례였다. 게다가 소문의 한 속성이기도 한 우스갯소리도 불가사리의 혹처럼 여기저기서 불거지고 있었는데, 그 중의 하나는, 비명에 돌아가신 양반이 그 높은 현직(顯職)에 오랫동안 재직하면서도 대단히 청렴결백한 일면이 있어서 빵꾸가 여러 개나 뚫린 내의와 양복을 입고 있었다는 사실이 숨을 거둔 직후에야 비로소 밝혀졌다는 따위였다. 고급스럽지도 않은 그런 우스갯거리 밖에 달리 기억에 남아 있지 않은 걸 보면 소문이란 역시 일과성(一過性)이 그 생명인 모양이다.

다만 소문이라기보다는 한 시대의 초라한 풍속도일지도 모르는 한 장면은 내 기억에 아직도 또록또록하게 남아 있다. 그 흑백 사진은, 어느 날 신촌의 어떤 술집에서 한 대학생이 벌떡 일어서더니 '그때 그 사람'인지 뭔지 하는 애잔한 유행가를 꽤나 정감있게 불러젖혔고, 민수와 나는 물론이고 술집 손님들의 대다수가 그 노래를 흡사 애국가를 사절까지 합창하던 최저 임금노동자들처럼 여러 번이나 불러대던 우중충한 모습이다.

3-11

시해사건이 역사적인 기정사실로 땅 속에 묻히고 난 직후, 그러니까 전혀 색다른 소문이 더욱 기승을 부려대던 십일 월 초순의 어느 날, 이번에는 내가 느닷없이 초주검을 맛보았다. 그날 점심때쯤 나는 세포의 집을 빠져나와 곧장 단골 식당에 들렀고, 아침 겸 점심을 먹었다. 그러나 맛있게 허겁지겁 먹은 게 탈이라면 탈이었든지, 아니면 조악한 조미료로만 맛을 낸 장삿밥에 오래도록 길들어진 내 위장이 그즈음 쌓이고 쌓인 피로와 술독 때문에 거부 반응을 불러일으켰던지도 모른다. 말하자면 장삿밥과 소주에 굳어진 내 위장이 어느 날 갑자기 불협화음을 내질렀던 셈이다. 지금 생각해도 그렇게 밖에 단정짓지 못하는 그 불협화음은 이상한 증세였다. 그 증세는 웩웩거리는 단말마 같은 외마디 소리와(그것이 바로 불협화음인데) 함께 우르르 쏟아진 구토였다.

식당을 벗어나 몇 걸음을 떼놓자 곧장 속이 울렁거렸고, 메슥거리기 시작했고, 입가에는 늘침이 흐르는 듯했고, 아래턱이 약간 뻣뻣해지는 기분이 들었고, 속에서 무엇이 치받쳐 올라오는 것 같았다. 골목 속으로 달려갔다. 외마디 소리와 함께 나는 방금 먹었던 장삿밥은 물론이고 그 전전날 밤에(그 전날 밤에는 술을 마시지 않았다) 퍼마셨던 술과 안주 찌꺼기까지 몽땅 토해 버렸다. 그것도 한꺼번에, 손가락 따위도 사용하지 않고, 뻣뻣하게 선 채로 나는 발 밑에다 오물을 쏟아놓아 버렸던 것이다. 눈 깜짝할 사이였다. 그뿐이었다. 창피해서 더 이상 그 자리에 서 있을 수도, 나의 오물을 물끄러미 관찰할 여유도 없었다. 뒤도 돌아보지 않고 골목을 벗어났다. 오물을 워낙 많이 토해낸 탓인지 속이 가벼웠고, 걸음마저도 날 것만 같았다. 신기할 지경이었다. 그런 구토라면 하루에 한 번씩이라도 하고 싶었다. 홀가분하다는 말은 그런 때 안성맞춤일 것 같았다.

아주 엄숙한 얼굴로 버스에 올라탔다. 순서대로, 각본에 맞춰 방송국에 들러 원고를 전했다. 그날 오후 내내 기분이 좋았다. 텅 빈 속이 그렇게 좋을 수가 없었다. 이 시대의 모든 오물을 내가 대신해서 토해 버렸다는 엉뚱한 의미 부여까지 휘둘러대고 싶은 심정이었다. 머리마저 맑아서 나는 우정 흔히 숙독하곤 하는 예의 《마의 산》의 한 대목을 읽어 갔다. 재성이도 감탄해마지 않았던 한 주인공이 죽어 가는 장면이었다.

—오후 여섯 시부터 요아힘은 이상한 동작을 하기 시작했다. 손목

에 금사슬 팔찌를 찬 오른손으로 이불 위에서 허리 쪽을 여러 번 쓰다듬었다. 쓰다듬을 때 손을 약간 쳐들어 무엇인가 끌어당겨 긁어모으려는 것처럼, 마치 무엇인가를 자기 쪽으로 끌어모으려는 것처럼 다시 손을 이불 위에서 끌어당기는 것이었다.

오후 일곱 시에 요아힘은 죽었다. 알프레다 쉴트크네히트는 그때 복도에 나가 있었고, 어머니와 사촌만이 방 안에 있었다. 요아힘은 베개에서 미끄러져 침대 발치로 내려가 있었기 때문에 더 높게 해달라고 짧게 명령을 했다. 찜센 부인이 그의 두 어깨에 한쪽 팔을 돌려 명령을 실행하고 있는 사이에 그는 약간 초조한 모양으로 휴가 연장 원서를 써서 제출해야겠다고 했지만, 그 말을 하고 있는 사이에 '어느덧 유명의 길'로 들어가고 말았던 것이다. 붉은 천으로 덮인 사이드 테이블용 전기 스탠드 빛 속에서, 한스 카스트로프가 경건하게 지켜보는 가운데서. 요아힘의 눈동자가 열리고, 얼굴 표정의 무의식적인 긴장이 사라지고, 괴로운 듯 부어올랐던 입술의 흔적이 곧 없어지고, 우리들의 요아힘의 온화한 얼굴에는 어른다운 젊음과 아름다움이 퍼지더니 그것으로 끝이었다.

루이제 찜센이 흐느껴 울면서 얼굴을 돌려 버렸기 때문에 한스 카스트로프는 요동도 하지 않고 숨도 쉬지 않게 된 요아힘의 눈꺼풀을 약지 손가락 끝으로 감겨 주고 이불 위로 두 손을 살짝 모아 주었다. 그리고는 그도 서서 울고, 영국 해군 장교의 볼을 얼얼하게 한 눈물을 볼에 흘렸다. 그것은 세계 도처에서, 어떤 시간에도 아낌없이 계속 흘려지고 있고, 시인(詩人)에게 이 세상을 눈물의 골짜기라고 읊게 한 투명한 액체로, 몸과 마음의 어느 한쪽이 심한 고통을 받았을 때에 신경의 충격으로 육체에서 짜내어지는 염분기의 알카리성 선분비물(腺分泌物)이었다. 한스 카스트로프는 거기에 점액소와 단백질이 조금 포함되어 있는 것을 잘 알고 있었다.

고문관도 베르타 간호부로부터 보고를 받고 나타났다. 그는 30분 전까지는 아직 거기에서 캠퍼 주사를 놓고 있었는데, 마침 그가 유명의 길로 들어선 순간에는 없었던 것이다. "드디어 끝났습니다"라고 고문관은 요아힘의 움직이지 않게 된 가슴에서 청진기를 떼고 몸을 일으키면서 담담하게 말했다. 그리고 근친자 두 사람의 손을 꼭 잡고 끄덕여 보였다. 그러고 난 후 그는 두 사람과 함께 한동안 침대 곁에 서서 군인 수염을 달고 있는 요아힘의 움직이지 않게 된 얼굴을 지켜보고 있었다. "무분별한 젊은이, 그러나 멋진 분이었습니다" 하고 그는 누워 있는 젊은이를 턱으로 가리키면서 어깨 너머로 말했다. "무리로 강행군을 했던 것입니다. 평지에서의 그의 군무는 모두 물론 무리한 강행군이었습니다. 열이 있는데도 그는 운명을 걸고 군무에 열중했던 것입니다. 명예로운 전쟁터에서 말입니다. 명예로운 전쟁터로 우리들 손에서 도망갔던 것입니다. 그러나 명예가 그에게는 죽음이었습니다. 그리고 죽음은 어느 쪽을 먼저 말해도 마찬가지입니다. 아무튼 그는 이렇게 하여 지금 '나는 작별할 영광을 가집니다!'라고 말한 것입니다. 멋진 젊은이, 무모한 분이었습니다." 이렇게 말하고 고문관은 큰 키를 구부려 목을 빼고 가버렸다…

폐침윤 때문에 오래도록 '수평상태'로 누워 있어야 했던 《마의 산》 속의 한 젊은이는 그런 식으로 죽어 갔던 것인데, 나는 유독 그 전후 대목이 좋았다. 결국 고집스럽게 죽음을 그려 가는 작품인 《마의 산》

이 그 대목에서 절정을 이루기도 해서 그럴 테지만, 토마스 만이 예의 그 고문관의 입을 통해 '우리들은 어둠에서 탄생하여 어둠으로 다시 돌아가는 것입니다. 이 두 어둠 사이에 여러 가지 경험이 있는 것인데 처음과 마지막인 탄생과 죽음은 아무도 경험할 수 없습니다. 그런고로 이 두 가지는 순전히 주관성이 없는 현상에 불과하며 순전히 객관의 세계에 속해 있는 것입니다. 죽음이라는 것은 그러한 것입니다'라고 유족을(곧 모든 사람들이다) 위로하는, 일종의 죽음의 향연을 읽을 때면, 이상하게도 진짜로 한낱 '무분별하고 무모한 젊은이'에 불과한 나는 왠지 생애의 어떤 집착과 보람, 희열을 만끽하고 있는 내 의식을 더듬고 있어서였다.

어쨌거나 그날도 나는《마의 산》의 그 대목을 읽어가면서 우리 사회가, 이 시대가 마(魔)에 들씌워 있다고 생각했을 것이다. 그러나 요아힘이 죽어 가던 바로 그 시간이 내게도 마의 시간이 될 줄은 까맣게 모르고 있었다.

민수와 나는 극단 '시그날' 주위에 있던 어느 술집에 앉아 있었다. 은어(隱語)처럼 한때만 즐겨 상용하는 개인적인 언어가 있는 법인데, 그즈음 나는 '망해야 돼'라는 말을 입에 달고 있었고, 민수는 '인생은 원웨이 티켓, 왕복권은 안 팔아' 어쩌구 주절대는 말버릇이 있었다. 그날도 그런 무의미한 말버릇을 한참이나 희둘러댔다.

"형, 정말 연말 공연 뒤치다꺼리도 안해 주고 내려갈 거야? 갈 테면 가. 형한테만은 꼭 왕복 기차표를 사줘야겠어. 죽으러 가는 건 아닐 테니까 말이야. 며칠 쉬다가 그 기차표로 다시 올라와. 언제 내려갈 거야?"

"모르지 머. 내 마음을 내가 어떻게 알아. 그러니 망해야지 머. 망해볼려고 해. 전자제품 대리점이나 음료수 대리점 같은 걸 하면서 망해보라는 게 우리 영감의 프로그램이야."

"또 그 레파토리야? 제발 그 말 좀 그만해. 잘 살아 보세란 새마을 찬가 아냐."

"한번 망해 보는 것도 좋을 것 같애. 잘 살면서."

"다 망해도 시그날과 연극은 망할 수 없잖아? 말로 지은 집은 부서질 수가 없어."

"내 인생을 한번 망쳐 보고 싶은 유혹이 생겨. 마에 들린 이 구석에서, 이번 겨울에 말이야. 도대체 얼마나 어떻게 망하는지 면밀하게 관찰하면서 말이야. 배가 난파하기 직전이나 지진이 일어날 조짐이 보이면 쥐새끼는 미리 알고 물 속으로 도망을 가. 그게 본능이야. 내가 그런 쥐새끼인지도 몰라. 그런 쥐새끼를 비겁하다고 말하는 놈들은 아둔하고 미련한 돼지일 거야. 이 시대가, 그리고 연극이 망해 가고 있다고 보지는 않으니까 쥐새끼가 아닌지도 모르지. 사실상 쥐새끼라는 짐승은 배가 난파한다고 저도 덩달아 죽을 이유야 없을 거 아냐."

"좋아, 어쨌든 쥐새끼가 한번 되어 봐. 일시적으로. 그럼 이번 겨울 동안만 폭싹 망해 보고 올라와. 좌우당간 왕복권은 사 줄 테니까."

"너는 내가 망하는 걸 보기 싫지?"

"말하면 뭣해."

"그런데 내가 망하는 꼴을 보여주고 싶은 사람이 꼭 하나 있어. 조금 있으면 이리로 올 거야."

"같이 망하려고?"

"모르지 머. 내 생각이 그렇다는 얘기야. 언제 또 변할지 모르지만. 망하길 좋아하는 사람이 어딨겠어."

그런 식의 말 같잖은 말씨름을 하다가 내가 한 차례 오줌을 누고 나서 자리에 앉았을 때부터 내 몸이 마에 들씌워 버렸다.

그것은 일종의 발작적인 경련이었다. 예의 그 구토로 속을 깡그리 비워낸 탓도 있었을 것이다. 그처럼 완벽하게 텅 빈 속에다 소주를 집어넣고 있었으니 알코올이 발효하면서 내 몸 구석구석을 마구 할퀴어 댔다고 해야 옳을까.

팔다리가 와들와들 떨리다가 가슴이 마구 옥죄어들기 시작했다. 뱃가죽이 쥐어짜지는 듯이 뒤틀렸다. 손발이 마비되어 움직일 수도, 가슴을 쓸어내릴 수도 없었다. 내 몸뚱어리 전체가, 특히 가슴팍이, 심장과 허파와 간과 쓸개와 위장과 췌장과 창자들이 후두둑 후두둑 떨어댔고, 그 떨림끼리 서로 더 심한 경련을 촉발시키고 있었다. 죽을 것 같았고, 이게 바로 재성이가 그렇게나 겁을 집어먹고 있는 심장마비 증세일지도 모른다는 생각을 얼핏 떠올렸다. 술집에서 어떻게 뛰쳐나왔는지 알 수가 없었다.

택시 속에서는 경련이, 산통(疝痛)이 더 심했다. 차체의 흔들림이 산통을 부추기지 않나 싶었다. 가능하다면 가슴을 쥐어뜯어 내버리고 싶었다. 내가 죽어가고 있다고 생각했다. 모진 죽음일 것이었다. 민수는 혼쭐이 나서 내 이름만 불러대고 있었다.

"형, 왜 이래. 정신 차려. 말이라도 좀 해. 이게 뭐야. 예정에 없는 일 아냐. 연극이야 머야? 예정대로 해. 형, 정신 차려."

민수의 부축을 받으며 응급실로 엉금엉금 기어 들어갔다. 침대에 눕혀졌다. 나는 한 움큼이나 되도록 몸을 움츠리고 부들부들 떨어대기만 했다. 의사가 멀뚱거리고 서 있다가 민수에게 "팔을 잡아 주세요" 라고 지시했다. 어느 인쇄공처럼 "이 개새끼들아, 날 좀 살려줘" 라고 땡고함을 질러댈 기력이 내게는 없었다. 노동자가 아닌 재성이와 나의 한계인지도 모른다고 생각했다.

살풋 잠이 들었던 모양이었다. 한기가 몰려오고 있었다. 그게 이번에는 내 몸뚱어리를 또 와들와들 떨게 만들었다. 그러나 그 경련은 부드럽고 감미롭기까지 했고, 참을 만했다. 지독한 허기도 몰려왔다. 바닥이 없는 구덩이 속으로 맴을 돌면서 내 몸뚱어리가 잦아지고 있다는 착각이 들었다. 진땀이 목덜미와 어깻죽지에 흥건하게 괴어들었다. 그제서야 팔뚝에 영양제 주사가 꽂혀 있음을 알았다. 민수와 양이의 얼굴이 보였다.

"가야겠어. 이게 무슨 지진이야. 강진(强震)이야, 강진. 지금이 몇 시쯤이나 됐어?"

"아홉 시 반이 조금 지났어요."

"주사 바늘 빼라고 그래. 내가 왜 여기 누워 있어. 가야겠어. 어디든지, 배가 고파. 뭘 먹어야겠어. 날계란이 먹고 싶어."

그들의 부축을 받으며 세포의 집으로 들어갔다. 기력이 쇠잔해졌다기보다도 내 몸이 재도 남기지 않고 다 타버린 것만 같았다. 좁고 긴 미궁 속을 한참이나 걸었다. 아침에는 구토를 쏟아놓고, 저녁에는 경련을 일으키는 내 몸이 마치 이 미친 시대를 닮았으며, 또 그 미쳐가는 징후를 예민하게 읽어내는 계기판 같다는 생각도 들었다. 시커먼 어둠이 넘칠 듯이 괴어 있는 어떤 짐승의 우리를 보기 싫어 나는 눈을 힘주어 감았다.

벽에 등짝을 기댔다. 내 몸이 나무토막 같았다. 으스스 추웠다. 따뜻한 방이 그리웠다. 배가 고팠다. 기차표를 사서 손에 쥐고 있고 싶었다. 귀에 익은 말소리가 들려왔다.

"사람이 살 데가 아니네요. 이게 무슨 집이에요, 방이에요?"

"그래서 세포의 집이라고 불러요. 이 속에 사는 사람들은 개미들이고."

"무슨 우리 같기는 하네요."

누가 양이의 베개를 내 머리 밑으로 들이밀었다. 눈을 스르르 감았다. 혼곤한 잠이 물결처럼 출렁이며 몰려왔다. 난파 직전의 배 속에서 이리저리 부대끼고 있는 승객들처럼 내 몸뚱어리가, 의식이 마구 흔들렸다. 그 흔들림이 다소 진정되자 침몰하는 배처럼 나는 잠 속으로 빠져 들어갔다. 아주 깊은 잠 속으로 빠져들 것 같은 기분이 들었다. 나의 한때의 조울증 시절이 화석화되더라도 누구에게 원망할 수 없듯이, 그리고 이 경련의 시대가 어디로 굴러가더라도 어쩔 수가 없듯이, 내가 잠에서 깨어나지 않더라도 나와는 상관이 없을 것이라고 짐짓 우기는 내 의식의 갈팡질팡을 억지로 물리쳤다.

한 마리의 짐승이 이 경련의 시대와 보기에 따라서는 연극의, 곧 의사 소통의 무의미성을 이해할 수 없다는 듯이 머리를 자꾸만 내둘리면서, 눈가에 약간의 물기를 묻히면서, 이윽고 자신의 그런 신체적인 반응을 감추려는 듯이 온몸을 대단히 왜소한 미물처럼 잔뜩 웅숭거리면서, 오랜 여행에 지쳐 꿈도 꿀 수 없는 또 다른 깊은 침몰의 시간 속으로 잦아 들어갔다. 다행히도 제법 따스한 양이의 그 작은 두 손이 점점

뻣뻣이 곱아 가는 내 손을 다급하게 조물락거리기 시작했다.(1581장)

↓

군소리 1 – 첫 장편소설이다. 어느 계간지에 연재할 당시에는 《짐승의 시간》이란 제목을 달았다. 연극을 매개로 1979년의 서울의 풍속도를 그려보겠다는 내 작의가 꽤 착실해서 그 시대상의 은유에는 이 제목밖에 없다는 자만이 딴에는 음흉했다. 그러나 꼭 40년 후의 지금은 그 거친 육성이 거슬린다. 아무리 폭폭했을망정 사람살이의 연대기가 짐승의 그것일 수는 없다는 철든 깨달음이 없지 않아서이다.

군소리 2 – 훨씬 더 실험적으로, 반상식적으로, (문체로는) 표현주의적으로 썼어야 했다는 후회와 자기 반성을 혹독히 치른 작품이다. 작가의식을, 평생토록 갈고 닦을 나만의 자의식을, 그 화두를 어떻게 다루고, 심화시켜갈지를 두고두고 고민한 '계기'도 마련했다.

군소리 3 – 이 작품의 모든 소재, 세목, 정서 등은 오롯이 내가 감당한 직접체험/간접체험에 기대고 있다. (보고 겪고 들은 것들로만 이야기를 꾸려갔으므로 소위 '상상력' 따위와는 철저히 거리를 두며, 소설은 결국 당대를 '증언'하는 풍속도라는 생활수단으로서의 신념을 늦추지 않았다.) 작품 배경의 연대가 1979년이므로 그 연결고리만을 이어붙이는 조작에 신들린듯이 매달렸다는 후일담을 덧붙여야 하지 않을까 싶다. 소설 엮기는 결국 조작미의 감지, 그 수습 능력의 선취(先取)에 따라 성취 여부가 정해진다는 깨달음도 덤으로 안겨 왔다.

회오리바람
(장편소설)

회오리바람

↓

요새는 먹물이 든 사람일수록 여러 가지 비용도 들고 귀찮아서 손편지 대신에 소위 이메일이라는 전자우편을 아무렇게나 활용하는 통에 어느 날 느닷없이 그것을 받은 사람이 아주 성가셔하는 수가 자주 있다. 특히나 컴퓨터를 하루에도 몇 번씩이나 켜봐서 무슨 지시나 공지 사항이 떠올라 있는지 알아봐야만 하는 직장인들이 속수무책으로 그 등쌀에 들볶여야 하는데, 개중에는 뒤넘스러운 소청이나 시답잖은 하소연도 더러 있어서 이내 시큰둥해지다가 차츰 비루해지는 이쪽의 마음자리를 돌려세우려면 다문 몇 분이라도 귀한 짬을 앰하니 죽여야 한다. (여기서 따따부따할 것까지는 없지 싶지만, 이메일의 그 글 솜씨조차도 조잡하기 이를 데 없는 게 숱하다. 작성자의 출중한 학력을 의심하도록 죄어치는 이런 현상은, 그것이 여론의 부분적 동향을 가늠한다는 댓글의 수준과 흡사한데, 이러니 SNS 상에 떠도는 온갖 개인적 발언/정보 따위는 날탕들의 무잡한 빵일 수밖에 없다. 따라서 현대의 사회적 관계망은 가짜의 수렁을 방불하게 몰아간다. 그러니 이 글의 주제의 일단이 바로 이것이라고 미리 찜해두는 자만도 양해의 여지가 다분할 터이다.) 그뿐만이 아니라 청첩장이나 부고 따위도 전자우편으로 대신하는 판이라, 그 배면에는 오면 좋고 아니면 말고 같은 막 보자 식의 행티까지 깔린 것 같아서 언짢은 기분이 쉬 가셔지지 않을 때도 왕왕 없지 않다.

그러거나 말거나 세태가 이처럼 즉흥적으로 돌아가니 이제는 누구라도 매사에 강심장으로 버티는 일방 유들유들하니 배겨낼 궁리를 차려야 그나마 그럭저럭 살아지는 형국이 되고 만 것 같다는 느낌도 완연하다. 이래저래 점점 착잡해지는 심사를 다독거려야 하는 나날이 무슨 액땜처럼 원망스러울 뿐이다. 시절이 이렇게 돌변했으니 어쩔 수 없이 마지 못해 '현대병'을 겪으면서 살아야 하는 판이라 씁쓰레하기 이를 데 없을밖에.

그러나 모든 이기나 제도가 그렇듯이 전자우편도 잘만 사용(私用)하면 사용자는 물론이거니와 그 수취인도 뜬금없는 선물처럼 받아서 요긴하게 쓸 수 있지 않을까 싶기도 하다. 이를테면 도대체 이 글발을 무엇 때문에, 하필 이 시점에서, 게다가 내게까지 디밀까 같은 그 곡절을 나름의 추리로 더듬게 하는, 달리 말해서 언제라도 떨떨하니 지낼 수밖에 없는 일상 중에서 잠시라도 훔훔한 긴장을 맛보게 하는 일종의 시혜 같이도 느껴지는 것이다.

↓

지방의 한 사립대학에 밥줄을 달고 사는 한모 교수도 최근에 꽤 진지한 글줄이 연거푸 두 종류나, 그것도 한때의 신문연재소설처럼 '하회를 기다리시라' 하는 투로 그의 연구실 속 컴퓨터 모니터 위에 속속 띄워 올려지는 바람에 이런저런 생각 꼬투리를 헤적이느라고 날밤을 새운 적도 있는데, 그 전후 사정을 간추리면 대충 아래와 같다. 우선 순서대로 지난 겨울방학의 들머리에 불쑥 날아온 글줄부터 소개해야 요령을 잡아챘다는 빈말이라도 들을 듯싶다.

서울 한복판의 어느 사립대학에 재직 중인 고모 교수를 접장 한모가 어떤 경로로, 또 언제 적부터 알게 되었는지도 이제는 흐리마리하다. 아마도 무슨 학회에 붙들려 나갔다가 질의자와 응답자로서 상면하고, "그동안 지면으로만 익히 봐온 선성(先聲)을 받잡고" 운운하는 넉살을 앞세우며 한참이나 연하인 고 교수가 먼저 인사를 청하지 않았나 싶지만, 막상 확실치도 않다. 그럴 수밖에 없음은 그때가 언제인지 까물거리는 데다가, 한모란 양반이 나이와는 별개로 엉뚱한 상상력을 제멋대로 휘둘러대며 혼자서 하는 말이라도 좋은데, 엉터리야, 되다 말았네, 재능도 좀 그런 듯해, 공부도 하다가 대충 말아 넣었지 싶은데, 잘 알 수야 있나 해대는 문학청년 기질을 여태 내버리지 않고 있어서이다. 아무튼 고 교수의 저서 한두 권이 한모 접장의 연구실에도 틀림없이 어디에 묻혀 있을 것이건만, 좀체로 눈에 띄지 않아 난감했다.

설마 잡지 따위와 함께 수시로 화장실 입구의 복도 한쪽에다 내다버리는 책더미에 섞여버리지는 않았을 텐데, 무엇이든 때맞춰 귀하게 쓰려면 제자리에 없거나 이쪽의 그동안 냉대를 호되게 나무라는 투라서 적잖이 찜찜했다. 그러고 보니 고 교수의 얼굴조차 아슴푸레해서 과연 대면한 적이 있었는지조차도 긴가민가했다.

아무튼 숫기 좋은 고 교수는 거의 수삼 년째 연락이 없다가 이쪽을 아직도 잊어버리지는 않고 있다는 듯이, 그야말로 살갑게도 "한 선생님, 잘 지내시지요? 올해 저는 안식년을 받아 8개월 남짓 동안 중국

땅 최남단 주하이(珠海)에 머무르다가 연말도 닥치고 해서 지난달에 허둥지둥 귀국했습니다"라는 서두를 앞세운 문안 인사부터 예의 그 이메일로 띄웠다. 뒤이어 좋은 경험을 했다는 자화자찬을, 이를테면 중국인의 통속적인 습속과 인성 일체에 대한 나름의 고찰을 신명내서 늘어놓더니, 중산(中山)대학에서 마련해준 외국인 교수용 숙소 곧 20평쯤 되는 '외교주숙(外教住宿)'에 묵으면서, 고 교수 스스로 "정말 이상하게도" 한 선생을 문득문득 떠올렸다고 했다. 별스러운 일이었다.

얼핏 '그가 나를 왜? 이 친구에게 묘한 변태 기질이 있나?' 같은 잡스러운 망령기 앞에서 한모는 고소를 억지로 베물었다. 하기야 얼굴부터 손끝까지 엄숙 제일주의자의 탈을 치렁치렁 걸치고 한 시대를 풍미했던 토마스 만조차 부인과는 평생토록 딴 방을 쓰며, 그러면서도 자식까지 줄줄이 낳아가며 동성애에 집착했다니 사람 속은 알다가도 모를 일이긴 하다. 어쨌든 마뜩잖은 기분을 잠시 추스르고 나서야 상투어대로 "정말 기가 찰 노릇이네, 세상이 아무리 급변한다기로서니 대학 접장까지 어쩌자고 이렇게 경망을 떨어대나, 좀 심한데" 같은 입속말을 구시렁거리다 말았다.

일주일쯤이나 지나서야 고 교수의 그 좀 묘한 '기림벽(癖)'의 연원은 저절로 풀렸다. 차곡차곡 보내주는 대로 읽게 된 그의 글 중에서도 드러나 있듯이, 근대 중국의 개화기 때 풍운아로서 서울 바닥을 뜨르르하게 "찔벅거리며 삐대기도 한" 탕샤오이(唐紹儀)가 소취(小娶)로서 데리고 간 정씨라는 조선 여자의 행적과 그 탕 아무개의 비사를 찬찬히 공부해보면 재미있을 것이라고, 한 교수 자신이 어느 좌석에서 흘리는 말을 귀담아들어 두었다는 것이었다. 금시초문이었다. 이런저런 잡서와 잡문을 닥치는 대로 읽는 게 본업이라 그 당 아무개라는 이름 석 자쯤이야 그때도 몰랐을 리 만무하지만, 한 교수 자신의 전공이 '근대'야 약방의 감초 같아서 그렇다 치더라도 '역사'랄지 이웃 나라의 '개화 이면사' 따위와는 한참이나 먼데, 게다가 명색 후학 앞에서 그처럼 찔락거렸을까 싶었다.

하기야 모르긴 하다, 고 교수가 워낙 다방면에 관심이 많고 그 너름새 좋은 호학 습벽에 군불을 지피느라고 이쪽에서도 공연히 이것저것 좀 알거냥하느라고 나부댔는지도. 흔히 술김에는 아마추어들이 남의 전공에 면박을 주고, 아무 화제에나 냅뜨며 무책임하게 큰소리를 내질러대기도 하니까. 그렇긴 해도 그 원형이 '집적거리다'와 '싸대다'에 가까운 인용부호 속의 그 투박한 말투가 실은 한 선생의 개인어라고 우기는 열정까지 고 교수는 숨기지 않으며 출중한 자신의 총기를 과시했다. 이래저래 일목요연하게 스스로 토로한 셈이 되고 말았지만, 고 교수는 혼자서 백과사전이라도 만들 수 있는 그 기민한 기억의 총량을 어떻게든지 써먹으려는 정력가였다. 만사는 총기가 관장하며, 영민하다는 단언도 결국 들은 말이나 읽은 글귀를 얼마나 오래도록 외우고 있는가 하는 기억의 총량에 달린 것이었다. 모든 시험도 결국에는 그것의 우열을 가리느라고 하등에 쓸데없는 비용을 허비하고 있는 판이니까.

"어쩔 수 없다, 자기 저서를 여러 권 가진 교수네, 학자네 하는 위인들이 무슨 증거랍시고 인용부호를 앞세운 구지레한 문장을 제 글보다 더 자주, 또 더 길게 남발하는 고질에는 모른 체해야 서로 편하며, 무슨 소리냐고 반박을 디밀었다가는 망신살을 입기 딱 좋다, 그러니 이쯤에서 내가 져주자, 그게 올바른 처신이다" 하며 한모는 청처짐하니 외어앉을 수밖에 없었다. 지는 게 이긴다는 말이 꼭 패배주의의 본색만도 아닐 테니.

고 교수가 자신의 글줄을 싫증 내지 않고 읽게 만들려는 일종의 전략으로서, 또 한모의 전공 용어를 잠시 빌려 써먹느라고 무슨 '복선'으로서 안 했던 말을 지어냈을 리야 만무하지 않나 하는 심정적 추인에 눌려 지내려니, 그러구러 그 안부 서신이 전자우편으로 날아온 지 이튿날 오후에는 벌써 '주하이 일기' 제1신이 득달같이, 그것도 '2009-12-10 오전 08:01:28'이라는 '날짜에 초 시간'까지 달고 날아와 있었다.

중국의 근세사 중 '되다 만 풍운아' 당소의를 아는 체한 국내의 발설자는 자연스럽게 달뜨는 어떤 망외의 기대감을 잠시나마 지그시 눅였다. 어느새 망칠(望七)에 접어들어 한숨이 늘어진 지체라서 한모의 시력으로는 이제 모니터 위의 긴 글줄을 읽어내기가 여간 고역이 아니어서 이내 그 제1신을 프린트물로 뽑았더니 A4 용지를 빼곡히 메운 세 장 분량이었다. 즉각 달려들다시피 읽어보니 일기답게 작성자의 하루 동정을 촘촘히 적어놓고 있긴 했으나, 당연하게도 날짜별로 원고 길이는 제가끔 달랐다.

이틀이 지나자 제2신이 또 날아왔는데, 이번에는 원고 분량이 두 장뿐인데도 일기는 하루치였다. 아마도 현지에서 적당히 컴퓨터로 작성해둔 것을 정리해서, 그럭저럭 읽히는 문장으로 수정, 가필하여 띄우느라고 그처럼 들쭉날쭉한 작문을 지은 게 아닌가 싶었다. 아무려나 그쪽에서 자청하여 읽어보라는 원고이긴 해도 통독하고 나서 아무런 말도 없는 꼴이 염치와는 담쌓고 지내는 불목하니 출신같이 여겨져서 한모는 우정 고 교수의 집으로 전화를 걸어, 재밌습디다, 부지런히 돌아다녔데요, 힘 좋은 사람한테는 당할 재간이 없어요, 만사는 오로지 힘이지요, 계속 보내주실 거지요, 이번 방학 동안에 공짜로 중국 여행하는 셈치고 열심히 읽어볼 게요 같은 덕담을 건넸다. 고 교수는 그런 면피성 인사치레에도 반색하며, 남루하기 이를 데 없지요, 일 년 동안 내내 빈둥거리며 책 한 권도 못 읽고 글 같은 글도 한 줄 못 썼다는 후회가 막심해서 그쪽 체류기라도 차제에 한번 정리해볼까 하고요 라고, 엄살, 겸손, 자만을 잘도 버무려 내놓으면서도 상당한 득의로 좋아하는 낌새가 역력했다.

↓

이미 반쯤이나 드러나 있는 바와 같이 '주하이 일기'는 탕샤오이의 유적과 행적, 따라서 조선에서 데리고 간 첩실들의(정씨 말고도 더 있었던 모양이다. 중국 여자나 조선 여자나 거기서 거기일 텐데, 당 아무는 조선말 선생으로 그들을 모셔갔는지 모른다. 실제로 당모는 어학에 비범한 재질을 지닌 조선어 통역관 출신으로 만주어를 해독하는 데 막힘이 없었다는 일화도 남기고 있으며, 거의 귀재였던 듯하다) 그 후 생애의 흔적을 몸으로 답사하는 한편, 한문을 웬만큼 해독할뿐더러 중국말로 의사소통도 꽤나 원활한 고 교수가(안식년 중임에도 그는 그곳 대학생들에게 한글을 가르치면서 돈까지 벌고 있었다) '물증'으로서의 여러 서지(書誌) 들을 찾으러 다니는 일종의 탐방기였다. 밥만 먹고는, 또 글만 읽고는 이 세상을 못 살아가듯이 그런 걸음 품앗이 말고도 재미있는 줄가리는 두 개쯤 더 있었고, 한모로서는 그쪽이 훨씬 더 흥미로웠지만 차마 가타부타할 수 없어서 안타까웠다.

곧 그중 하나는 고 교수 특유의 호고벽에 기인한 수집가적 기행인데, 그 물목으로 고서화는 기본이고 문방사우에 따르는 진기품(珍奇品), 골동품으로서의 탁상용 시계, 토기, 청동 향로, 약절구 등등으로 그 가짓수도 거의 무한대였다. 역시나 이 방면에서도 고 교수는 쨍쨍한 전문가에다 활달한 정열가로서의 솜씨를 현지에서 떨치고 있었는데, 어느 날의 일기에는 청화백자 하나를 집어 들고 방품(倣品)이라고 지적하여 골동품상 주인을 깜짝 놀라게 했다고 자랑하고 있을 뿐만 아니라 마음에 들었다 하면 굳이 그 물품의 진위에 집착하지 않는 자신의 기벽을 씁쓸하게 토로하는 그 회오의 글발에는 제법 페이소스까지 묻어 있기도 했다.

그런데 더 재미있는 것은 골동품상 주인과 차를 마시면서 값 흥정을 벌이는 쌍방의 심리적 암투를 '일합(一合)'이라는 무협지 용어를 쓰는 데서도 알 수 있듯이, 그 숱한 '진검승부'의 대결에서 그의 승률이 8할 이상이라고 자찬하고 있는 점이었다. 한모가 보기에는, 장사꾼들이 설마 손해 보고 팔았겠으며, 따라서 기완(器玩)에 넋을 놓고 지내는 중증의 수집가야 매번 졌다고 승복해야 옳을 텐데도 꼭 무슨 꼬투리를 잡아내서 자신의 신승(辛勝)을 고집해대는 그 좀 치근치근한 아집이 신기할 지경이었다. 그런 집념의 총체가 바로 호고벽의 진면목일 테지만, 한모로서는 도무지 이해할 수 없는 어떤 높다란 경지로 비치기도 했다. 이를테면 골동품상 주인에게 돈까지 빌려서 그동안 눈독 들인 물품을 수중에 넣고 마는 그 끈질긴 수완에는, 아니 그 미친 작태에는 문외한의 머리가 저절로 절레절레 내둘리는 것이었다.

또 다른 한 졸가리는 고 교수의 사생활 공개로서, 자녀 사랑, 아내

섬기기, 제자 거두기 같은 풋풋한 생색내기 및 인정 베풀기인데, 이런 대목들도 입담이 좋아서인지 여간 재미있는 게 아니었다. 원래 그런 자랑거리를 잘 늘어놓는 위인들이 제 잘난 멋에 취해 있기 마련이고, 잠시라도 찬찬히 뜯어보면 그 상대적 출중함은 전적으로 자아도취거나 이 말 했다가 저 말 하는 식의 분열성 사고의 생리적 방출일 뿐인데, 고 교수의 그것에는 어딘지 조촐한 정감이 무르녹아 있었다. 아마도 골동품을 사들일 때마다 안방마님에게 번번이 훌닦이고, 그 임시에는 온갖 너절한 변명으로 겨우 모면했을 터이나 돌아서면 그래도 내 갈 길은 내가 알아서 가고야 만다는, 그런 지조로 초지일관한 선비의 착잡한 마음자리가 솔직하니 지배(紙背)에 깔려 있기 때문인 듯했다. 그러거나 말거나 자신의 사생활까지 털어놓는 것은 좀 따져봐야 할 것 같았고, 그 저의도, 만약 그런 게 있다면, 수상쩍었다.

하루걸러 한 번씩, 그때마다 A4 용지로 두 장에서 다섯 장까지, 그 하루분에다 제8신, 제22신 등의 연번호를 매겨 띄워 올린 '주하이 일기'는 새해를 겅중 뛰어넘어 개강 직전까지 이어졌다. 물론 방학 중에는 2주 치나 한 달 치를 한목에 프린트물로 뽑아 읽기도 했지만, 그때쯤에는 한모도 이처럼 '치열한 발표 양식' 그 자체에 대해서 이런저런 상념을 떠올렸다가는 지우곤 했다.

이를테면 불특정 다수의 독자를 겨냥한 게 아니라 특정의 독자 한 사람에게만 읽히려는 글쓰기의 목적은 무엇일까? 그것도 '중앙'인 서울에서 '지방'인 시골로 글을 발표하는 이 전도(轉倒)라니. 이런 글쓰기와 글 퍼뜨리기도 장차 일반화 추세에 이를 수 있을까? 물증이 말하듯이 편지와는 전혀 다른 양식인데. 휴대전화로 문자 메시지를 주고

받듯이, 아니 입말로 조곤조곤 청자에게 무슨 사연을 일방적으로 들려주는 '하소연식 글쓰기' 형식? 말이 될까? 글의 길이와 그 내용이야 어찌 됐든, 또 그 형식이야 어떻든 컴퓨터 화면 위에서만 떠도는 이런 발표 양식이 과연 어떤 소용에 쓰일까? 보다시피 우리가 일상적으로 의식하지 않으면서도, 늘 겪는 대로 그런 게 없어도 살아가는 데 아무런 지장이 없는 '제도'가 너무 많은데, '주하이 일기' 같은 글쓰기 양식은 과연 필요악일까, 필요선일까?

그러다가 어느새 '주하이 일기'는 시작이 그랬던 것처럼 '말없이' 뚝 끊어졌다. 사생활 부분만 들어내 버리고 책으로 묶어내도 좋을 것 같다는 덕담을 전화로나, 전자우편으로나 건네고 싶은 생각이 목까지 차올랐으나, 또 그래야 독자로서 도리인 줄을 알고 있었지만, 한모는 공연히 주제넘게 나서는 것 같아서 잠자코 있기로 작정했다. 만사에 시들해지는 나이가 그렇게 하도록 강요했다면 빈말은 아닐 테고, 무슨 폐기물 같은 책이 지천으로 쏟아지는 이런 시절에 저작물로 펴내라는 강요성 덕담은 농담이 아니라 선의의 악담으로 비칠 수도 있지 않을까. 반복인지 모르나 '주하이 일기'의 상당한 부분은, 특히나 고 교수의 수집광다운 면모의 태동, 그 후 겪은 여러 낭패담과 특정의 골동품을 취득한 다음의 득의 같은 후일담 등등은 들어둘 만한 것이었고, 과문한 탓일지 모르나 이 바닥에서는 그 방면의 유일한 지침서가 될 소지마저 없지 않아 보였다.

클립에 끼워진 채 책상 위의 책꽂이 한쪽에 방치된 '주하이 일기' 뭉치를 볼 때마다 한모는 후학의 '굳이 그러지 마시라'라는 권유를 따르지 않은 듯 꺼림해지는 기분을 반추하고, 그 원고에 따라붙는 여러 잡생각을 떠올리면서 한편으로는 공연한 일에 치이고 있는 자신의 머릿살을 자발없이 내둘렀다. 만사가 그렇듯 마냥 착실히 내빼는 시간이 그런 부질없는 상념 따위를 끈기 좋게 희석, 마침내는 형체도 없이 마모시켜 갈 것이었다.

한모도 이제는 그런 세상 문리를 조롱하듯이 지켜볼 줄 아는 연배였으므로 어떤 '미련'의 표적으로 그 원고 뭉치를 잠시 눈길이 미치는 곳에 놓아두고 있을 뿐이었다. 조만간 무슨 계기가 닥치면 그 원고는 캐비닛 속에 쑤셔 박힐 테고, 언젠가는 쓰레기로 내버려질 것이었다. 한모 자신의 그런 관행은 수집가들의 그 집요한 페티시즘적 몰아 취향과는 대척점에 있는, 완벽주의자도 아니면서 '좀 마땅찮은데 어째' 같은 반물신 숭배에 사로잡힌 까탈스러운 성미에 불과했지만, 모든 글 나아가서 어떤 책이라도 버려질 운명의 회로에 휘감기고 만다는 점에서 앞으로의 '글쓰기/책 펴내기'는 만인 공유의 일시적 도락거리에 지나지 않을 뿐더러 좀 과하게 단언한다면 한 시절의 낭만적 객기의 발동일지도 모른다. '정보'라는 이름 아래 마구 날려 보내는 트위터도 그런 맥락으로 읽히고, 그 남발의 현장은 땀방울 같은 생리적 현상으로 이해해도 무방한 셈이며, 그것은 현실과 현장을 어떤 식으로든 다소 제멋대로 삐딱하니 부풀려서 퍼뜨리려는, 그 재미에 동참하라고 쉴 새 없이 교사하는 만인 공유의 심심풀이 더 이상도 더 이하도 아니라는 소신을 쟁인 채로. 내친김에 좀 더 바른 소리를 덧붙인다면 모든 신문, 논문, 저작물 등에 자욱하게 적바림해놓은 어떤 소신 따위는 일시적으로 설레발치는 한낱 소문이나 풍문에 불과할지도 모른다, 그렇고 말고. 더불어 그 속의 무슨 정보를 획득하는 즉시 자신의 신념인양 떠들어대는 뭇 식자나 서민들은 또 얼마나 한심한 데림추들인가. 하기야 극소수의 반골 말고는 다들 하나같이 추수주의자로 행세하다 사그라지고 말지만.

↓

또 다른 원고가 한 교수의 '창틀'을 불쑥 두드려대기 시작한 시기는 지난 4월 하순부터였다. 역시 출근하자마자 컴퓨터를 열어보니 어젯밤에 보낸 것이었고, 의례적인 안부 인사말을 앞세운 그 원고의 주인은 놀랍게도 한때 한솥밥을 먹고 지낸 동료로서, 지금은 주말에만 평택역에서 승용차로 20분은 좋이 더 가야 하는 시골에 칩거하고 있다는 노익장 임모 선생이었다.

한 교수의 눈길을 대뜸 잡아채 간 그 안부 편지에서마저 임 선생의 어떤 분위기를 읽었다면 과장이겠으나, 그이의 평소 언행과 나름의 체취가 저절로 떠오르는 것을 막을 수는 없었다. 사설을 줄이고 그 원문을 곧바로 공개하는 것이 여러모로 경제적일 듯하다.

↓

한 선생 안녕하시오? 한때 바로 옆방에서, 물론 낮 동안에만 기거했던 임가요. 어느덧 벌써 6년이나 세월이 흘러가 버렸소. 실로 덧없어서 아득해지기만 하오. 그쪽 명색 '글 귀신'들은 다들 잘 지내고 있소? 실상 궁금하지도 않지만, 막상 내가 지금 이렇게 겪고 있어 보니 그 따분하고 싱거워빠진 화상들의 말로가 낱낱이 떠올라져서 해보는 소리요.

각설하고, 어느 날 문득 소생도 자서전 비스무리한 것을 써보고 싶다는 '글짓기' 충동에 휘말려 버렸소. 이태쯤 전부터 그 돌풍이 막무가내로 불어닥치더니 이제는 곱다시 그 회오리바람에 갇혀서 어리바리한 채로 살길을 찾으려고 막무가내로 헤매는 중이오.

한동안 마음은 뻔한데 막상 엄두가 안 나고 막막해서 그쪽의 책들을 두루 섭렵해봤소. 정년 기일이 차서 그쪽 소굴을 벗어나며 구석구석 쟁여 두었던 장서의 8할을 버렸소만, 이런 경우를 나쁜 머리로나마 예상했던지 동서고금의 여러 위인의 전기, 자서전, 평전 같은 것들은 용케도 제법 많이 껴묻어 왔길래 찬찬히 다시 숙독해 보니, 어째 명주바닥 같은 질감은 하나같이 안 만져지고 어떤 치부랄지 흠절 따위를 얼금얼금한 위장막으로 덮어놓고 있다는 느낌이 무럭무럭 괴어들었소. 비유를 아무렇게나 끌어다 대자면 좋게 보이려고 못난 얼굴을 뜯어고쳐 놨더니 여기저기에 볼썽사나운 흠결이 비쳐서 남 앞에 나서지도 못하는 병신 꼬락서니가 되고 만 격이었소. 하기야 우리 조선족은 서양인에 비해 골상이든 화상이든 워낙 못나빠져서 뜯어고쳐본들 그게 그것일 테지만, 그 '배경' 전반이 열악하기 이를 데 없으니 글품이 저절로 사그라지게 마련이긴 하오.

그런데 막상 그 난데없는 불구자들은 꼴값을 하느라고 껍죽대고 있으니 가관일뿐더러 예의 그 '배경'으로서의 이 세상마저 삐딱하게, 문잣속을 드러내면 제멋대로 '왜곡, 폄훼'하고 있으니 그런 엉망진창이 달리 없는 꼴이었소. 세상을 나름대로 정확히 읽어야 하는 글줄이 오히려 엉터리 호작질을 일삼고 있으니 누구라도 나서서 '그렇잖다, 잘못 알고 있는 거 같다'하고 지적해야지 옳은거 아니오. 하기야 거짓말을 일삼고 이 엉망의 세상을 상대로 한판 걸판지게 사기를 치려고 덤빈 알건달들이었으니 제가끔 소기의 목적을 '임시'에는 이룬 셈이긴 해도 사기는 사기고, 온당치 못한 그 내숭의 잘잘못에 시비는 걸어야 할 텐데, 요즘에는 그런 탈을 말이나 글로 바루려는 노력은 안 보이고, 무조건 편을 갈라서, 그러니 당연히 떼를 지어 옳고 그르다는 판정만 내둘리는 풍조에 갑시어 지내는 판이라 안타깝기 그지없는 것은 사실이오. 실은 '안타깝다' '유감이다' 같은 미적지근한 언사의 횡행활보도 다들 먹고살 만하니 '막상 중뿔나게 따지고 나설 마음도 없는데 한마디 하라는 굿판을 늘 열어놓은 시절' 탓으로 돌려야 할 것 같소. 요컨대 남의 거죽을 뜯어보고 내 깜냥도 돌아보는 계기가 예의 그 '글짓기' 충동질을 일으켰지 않나 싶은데, 이런 자극도 늙마에 소일거리로는 요긴하게 써먹어야 사람 구실이라도 하는 게 아닐지. 이래저래 착잡해지는 대목이요.

어떻든 본론을 당겨오면 외양만 그럴듯할까 굴퉁이로서 빠지지 않는 그 형상에 써먹은 '내용'들은 긴가민가한 것투성이에다 엉성하기 짝이 없었소. 왜 그렇게 되고 말았는지를 따져보니, 논문 식으로 그 경위를 저저이 논증하자면 쓸데없는 말이 길어지니 생략하기로 하고, 기억/자료의 부실에 기댄 과장/축소가 제멋대로인데다가 그 '재생술'조차 형편없어서 그런 것이지 싶었소, 그럴 수밖에 없지 않겠소? 서술의 가락이야 흥분하지 않고 곧이곧대로 적바림하면 되겠으나, 내가 가물거리는 '기억'을 어떻게 끌어올지, 어차피 모든 기록물은 기왕의 '자료'를 참조해야 할 텐데, 그 작업에 내가 얼마나 싫증을 내지 않고 지성을 다할 수 있을지 자신이 서지 않아서 또 한동안 망설이기로 소일했소.

아무려나 차츰 손속이 나면 여러 착상과 감상, 구성에 따르는 분석과 종합에 나름의 상념을 보태갈 작정이지만, 지금 당장에는 예의 흐릿한 '기억'에는 분식(粉飾)이라는 치장이 불가피하게 올라붙지 않을까 싶고, '자료'로 참고할 여러 책자에 숨어 있는 편견, 축소, 생략, 과장, 왜곡, 곡해 같은 흠결에는 보이는 족족 칼질함으로써 어떤 분별을 강화해갈 속셈이오.

이러다가는 내 경우마저 혹 떼려다가 혹을 붙이는 꼴이 될 것 같아서 쓸까 말까로 또 달장근이나 망설이다가, 내 글의 수준에 대한 평가야 스스로 알아볼 정도는 된다고, 나름의 자위와 만용에 겨워서, 좋은 영화가 더러 그렇듯이 임시로나마 거짓말이 아닌 것처럼 보이게 만드는 '기술력'을 차제에 실험하겠다는 심정으로 달려들었소. 그래도 호랑이 그리려다가 고양이나 환칠하는 게 아닐까 하는 기우에 시달리면서, 그동안 읽은 책이 암만인데 설마 주마간산 꼴의 희뿌연 낙서를, 그것도 했던 말 또 하고 또 해대는 정신병자의 희떠운 소리야 안 할 테지 하며 내 딴에는 생기를 내보기도 했소. 이래저래 철들자 노망한다더니 내가 요즘 딱 그 짝이요.

한 선생이 늘 쓰던 상투어대로 '아무 하는 일 없이 바쁘게 사는' 줄 잘 알지만 귀한 짬을 내서 이 내 '신세타령'을 한번 읽어봐 주실라오? 다는 말고 한 꼭지만이라도(아직은 그럴 수밖에 없기도 하오만). 소생이 그동안 누구에게도 털어놓지 못한 사연을 군데군데 심어두긴 했는데, 이 '물건'이 과연 믿기는가, 아니면 예의 그 글로 지어놓은 '흉물'들의 자서전이나 전기들처럼 '사기에 불과하다' 하는 정도만 분별해주면 더 바랄 게 없소.

내용이야 그렇다 치고 '형식'은 나름대로 살펴본 결과, 어떤 '주제'

를 상정하고 거기에다 내가 겪은 경험담을 짜깁기하는 식으로 작성해 볼까 하오. 아마도 보충 설명 같은 것을 덧대야 할 테지만, 그것을 굳이 '각주'로까지 난외에다 달아낼 필요가 있을까 하고 고민 중이오. 읽는 사람이 답답하면 제 나름으로 우물을 파서 갈증을 해소하든지 할 테지 하는 생각도 여투고 있소. 하기야 딴에는 '초장르'적인 형식을 겨냥하지 못할 것도 없지 않을까 싶건만, 아무래도 이 나이에 객기를 부렸다가 망신살이라도 입을까 해서 늘 만만히 읽어오던 양식을 택했소. 역시나 재량껏 '조작'을 할 수 없는 데다가 '기억'이 아슴아슴해서 쓸거리가 건더기 없는 국물처럼 좀 심심해서 탈일 성싶은데 어떻게 읽힐지. 물론 과욕과 과장은 금물이므로 자제와 신중을 다짐하면서 임할 참이긴 하오.

어쨌든 가뭇없어지고 있는 총기와 대대적인 씨름을 한판 벌이면서 그것이 글로 바뀌는 도중에 어떻게 왜곡, 축소, 생략, 과장에 휘말림으로써 허상, 곧 거짓투성이의 위증이 되고 마는지를 치매 예방 차원에서 차곡차곡 뜯어볼 참이오. 사람이든 글이든 진짜와 가짜를 분별하는 일보다, 또 그것을 알아보는 눈힘을 기르는 일보다 더 만만한 여기로 달리 무엇이 있겠소.

여전히 격주에 한 번씩 주말에 상경하는 일정을 고수하고 있소? 언제 얼굴이라도 한번 봅시다, 서울역이나 평택역 개찰구에서. 불비례.

↓

이렇다 할 소견도 없이 여기저기 얼굴이나 팔리면서 천금 같은 월급에 코가 꿰어 투안(偸安)에 겨워 살아가는 동료 교수들을 '귀신'이라고 지칭하는 대목에서 한 교수는 "아무 밥상에나 오르는 간장 종지 같은 놈들"에 이어 걸핏하면 "다 차려놓은 밥상에 숟가락 들고 나서는 인간들이 너무 많아. 뒷북치기 전문가들은 어째 인물도 하나같이 헐개가 빠져 있으니 볼수록 신기하다고"라면서 이 땅의 추수주의를, 그 감바리와 데림추들을 한껏 매도하던 그이의 말버릇을 떠올리며 쓴웃음을 한동안 짓다 말았다.

그거야 어떻든 임 선생은 여전히 그 강강한 기운을 온몸으로 뻗대고 싶어서 안달복달하는 꼴이라 반가웠다. 이러구러 그 양반도 이제 망팔(望八)도 이태 전쯤에 찾아 먹었으므로 자서전 같은 읽을거리를, 그 내용과 형식이 기왕의 양식과는 좀 다르게 써보겠다니까 '반(反)'이라는 접두사를 붙여야 하든가, 스스로 비아냥거린 대로 소설 '비스무리한' 회고록 집필에 정색하고 달려들어 볼 연세였다. 한 직장에서 10년 남짓을 함께 보낸 만큼 그에 따르는 여러 장면이 속속 갈피를 잡을 수 없을 지경으로 떠올랐지만, 한 교수는 답신부터 띄우려고 자판기를 끌어와서 바뤄놓았다.

↓

임 선생님, 이렇게 뜬금없이 글로 뵙게 돼서 반갑기 이를 데 없습니다. 지하철로 내려가는 서울역 에스컬레이터에서 우연히 마주치고 나서 이내 손을 흔들며 헤어진 지도 벌써 두어 해 전이었던 것 같습니다. 저야 여전히 격주에 한 번씩 경향(京鄕)을 오르락내리락하며 죽은 듯이 잘 지내고 있습니다. 무위도식, 무능 무사, 무위무능, 무사분주, 무병신음이야말로 같잖은 먹물이 누리는 만년의 최후 보루라는 일념을 한결같이 기리면서요.

제번하고, 필생의 역작이 되도록 길게, 소상하게, 재미있게 쓰십시오. 읽는 족족 감상이야 없겠습니까만, 가타부타하는 비평은 삼갈랍니다. 그쪽 글을 안 쓴 지도 너무 오래돼서 어떻게 쓰는지도/쓰고 있는지도 모르거니와 공허한 말이나 뻔한 소리를 하기도/듣기도 싫어서 그렇습니다.

아무 글이라도 읽는 게 제 본업이자 천하의 무능한인 이 후학의 천직이니 언제라도 원고를 보내주십시오. 요즘에는 이런 사신(私信) 투의 발표 양식에 대해 이래저래 관심이 없지 않습니다. 장차 이런 글짓기/글 퍼뜨리기가 어느 정도의 영향력을 가질지/미칠지, 또 어떤 형태로 '제도화'의 길을 줄여갈지를 미리 그려보는 게 왠지 이중구조화되어 있는 이 세상의 운영에 대한 도전 같고, 진정한 '진실 까발리기' 같게 여겨져서 입니다. 이만 총총.

↓

다른 사람들은 분명히 그렇지 않을 테지만, 한 교수로서는 임모 선생의 외모나 입성 따위보다는 역시 그 특유의 말버릇부터 떠올리면서 그이의 인품이랄지 분위기 같은 것의 전모를 잡아채 가는 쪽이다. 이제야 따지기조차 뭣해도, 임 선생은 마흔 살 전후에도 자신의 전문 분야인 통사론은 물론이거니와 그 이면이기도 한 의미론에서도 일가를 이뤘다고 알려져 있고, 웬만한 국어문법 저작물에는 그의 논문이 적어도 다섯 군데 이상 인용되어 있어야 그나마 온축이 엔간하다는 소리를 듣게 하는, 명실상부하게 학덕(學德)을 겸비한 양반이었음에랴.

그때가 언제쯤이었는지 한 교수도 이제는 가물가물하다. 그래도 일년 중 두어 차례 이상씩은 꼭 있게 마련인 '전체교수회의'가 끝나고 기백 명의 참석자들이 뿔뿔이 흩어지고 있던 참이었음은 분명히 떠오른다. 회의장에서 벗어나자마자 뒤통수에 뭇 시선을 매달고 가기가 꺼림칙해서 한 교수는 좀 둘러서 가기는 해도 보행자가 드문 백합목 가로수 길로 접어들어 잰걸음을 떼놓고 있었다.

이윽고 저만치 앞서가는 임 선생의 '삼동(三胴) 같은' 뒷모습이 보였다. 아마도 뒷자리에 앉아 있다가 서둘러 나와, 잡다한 생각들을 간추리면서 연구실로 잽싸게 내빼는 중이었을 것이다. 한 교수는 슬그머니 그이 곁으로 다가가 보조를 맞추었다. 임 선생의 첫 반응은, 그 후 늘 그렇듯이, 아래턱을 밑으로 떨어뜨리면서 "어"하는 단음절의 소리였다. 뒤이어 누구든지 먼저 교수회의의 분위기에 대한 감상담을 주워섬겨야 할 계제이고, 아무래도 삐딱할 수밖에 없는 그 촌평을 후임자가 앞서 내놓기는 껄끄러웠다. 그는 한참이나 늦깎이로 대학 접장이 된데다 그것도 지방의 한 벽지에 처박힌 명색 이름 없는 국립대의 사범대학에서 네 해쯤 봉직하다가 지금 재직 중인 학교로 부임해온 지가 얼마 안 되는 신참이기도 해서였다.

잠시 후 후임자의 잗다란 기대에 부응이라도 하듯이 선행의 동행자가 또록또록하니 입속에서 외워둔 듯한 말을 내놓았는데, 연극 중의 무슨 방백처럼 상대방을 의식하는 낌새가 조금도 비치지 않아서 그때는 '과연 들은 대로다' 싶었다.

"천우신조야, 그 일종의 바보들이 팔자 좋게도 직장 복을 타고났으니. 아첨도 여러 가지에 질도 다양하다더니 그게 무슨 질의응답이라고. 도무지 민망해서 새겨들을 재간이 있어야지. 지나 내나 월급쟁이로 살아가자니 별 뾰족수도 없을 터이나 그래도 그렇지 앞뒤 말이나 맞추고 나대던지, 맥살이 저절로 후줄근해지네."

대충 그런 내용이었고, 피차가 방청객으로서 단상과 단하의 설왕설래에 반쯤 수긍하며 낯도 붉힌 신음성 독백의 한 자락이었다.

방금 주로 학교 '본부' 건물에서 별도의 사무실을 차지하고 일하는 이른바 보직교수와 청중석의 일반교수가, 양쪽이 다 이동식 마이크를 거머쥐고서, 학교 행정 전반의 일방적, 관료주의적 집행 과정에 대해 부드러운 성토와 너더분한 변명을 주고받았으며, 그런 입씨름 자체를 불러일으킨 총장의 복잡미묘한 낌새를 예의 주시하면서 더러는 옹잘거리기도 했는데, 대개의 사립대학이 그만한 전횡과 알력 속에서 선생들의 교권을 마구 짓밟고 있음은 관행이기도 할 뿐더러 이제는 제도화 국면으로까지 치닫고 있음은 공지의 사실이라, 한 교수도 청중석에 앉아 있는 내내 대동소이한 느낌을, 이를테면 '이게 무슨 진지한 골계극(滑稽劇)인가, 다들 제정신인가, 머리가 두 개란 소리지, 아니면 말 따로 머리 따로란 시위거나' 같은 속마음을 조물락거리고 있던 터여서였다.

그런데 좀 아리송한 어휘는 서두의 그 '천우신조'였다. 그것이 누구에 대한 지칭어인지, 제멋에 산다는 팔푼이를 보고 '너 잘났다'라며 시들하다는 핀잔인지 쉬이 분간할 수 없어서 머리가 갸우뚱거려지는 것이었다. 물론 잠시나마 그 말의 뉘앙스를 곱새겨보니 그처럼 긴가민가했다는 것이지만, 그 당장에는 좀 별난 발상이며 해학이 좋은 양반쯤으로 치부해버린 게 고작이었다. 그거야 어떻든 그때 연이어 또 다른 지청구를 더 주거니 받거니 하지 않았던 것은 분명하다.

그 후 임 선생은 가끔씩 그 탄식조 반어를 때맞춰 잘 구사했다. 이를테면 한 학기에 한 번쯤 소집하는 한국어문학과의 전임교원 회의 석상에서 그이는 발언을 가능한 한 자제하면서도 중뿔나게 아무 일에라도 간섭하기를 즐기는 듯한, 명색 자타가 '알아주는' 한 국문학자가 잠시 잠잠해지면 "천우신조다"라고 나직이, 그러나 분명히 들리는 음색을 좌중에 깔곤 했다. 그 여운도 묘했고, 그 배면에 깊숙이 들어앉은 의미를 짐작해보면 좀 섬뜩해지기도 했다. 능멸감이 반 이상 깔린 그 익살 감각을 감추지 않는 배짱이 분명히 두드러진데도 그럴싸하게 보이고, 다른 동료 교수들도 심술궂은 영감의 말장난이니 그냥 못 들은 체하고 내버려 둬야지 하는 투로 받아들여서 적이 놀라웠다.

대개의 먹물들은 그런 대목에서 속으로만 "이 오지랖 넓은 것아, 좀 나서지나 말면 이등은 하잖아, 그런 머리도 없는가, 잘 나왔다, 출신이 아깝네" 정도의 투덜거림으로 삭여버리고 말 테니 말이다.

마침 올해부터 한 과목당 일주일에 50분씩 서 번 하던 수업이 75분짜리로 두 번만 하도록 바뀐 첫 교시 강의가 있어서 한 교수는 서둘러 교재와 출석부를 챙겨 들고 나서, 컴퓨터를 끄려니 전자우편이 왔다는 신호가 명멸했다. 얼른 열어보고 싶었으나, 어쩔 수 없이 그는 복도로 걸음을 떼놓았다.

아니나 다를까, 임 선생의 전신이었다. 글의 길이는 짧았으나, 그 요지는 선명했다.

↓

한공, 승낙해줘서 고마우이(웬 옛말에 문어체 가락?). 이중적인 세계라고? 언제는 뭐 안 그랬나. 늘 장부가 두 가였을걸. 진짜 장부와 촌놈들처럼 지 신명 나는 대로 부풀리기 위한 위장 장부로. 우리가 지껄이는 일상적인 말의 대부분은, 아니, 그 의 전부는 거짓이고 형용이야. 눈치놀음으로 그렇게 얼렁뚱땅 둘러막고 있잖아. 일컬어 상투고 진부의 표본이고. 극단적으로 말하면 품사별로 명사(이 분명한 어휘도 태반은 그 본의=개념을 허투루마투루 사용하고 있지만, 특히나 복합어에서는), 조사, 지시부사/시간부사나 곧이곧대로 믿을 만할까, 나머지는 죄다 언외의 그 의미라는 뜻과는 달리 어휘가 앞뒤에서 서로 조응하는 즉시 말값들이 반 이상으로 떨어져 버린다고. 그러니 문장/문맥은 더 말할 것도 없다고. 길게 말할 것도 없이 그 소위 번지레한 현상과 본질, 실존과 허무, 기표와 기의가 한 덩어리로 묶어져 있으니 그걸 분별해버리면 남는 게 맹탕 아니겠어. 옳고 그럴 수도 있다가 아니라 어딘가 가짜가 상당한 비율로 뒤섞여 있다는 거야.

실은 소생의 우스꽝스러운 글발도 그 두 쪽 중에서 당연하게도 껍데기는 말고 속 알맹이를, 그러니 진솔하게 이 세상의 실물 중 한 부분, 한 대목을 발겨내 보려는 의욕에 불과하다고. 물론 장담도 겸손도 아니지만.

며칠만 더 기다려주시오. 아니다, 이런 일은 약속을 일방적으로라도 잡고, 거기다 비끄러매야 실행이 되는 터이니 사흘만 말미를 주시오. 글이란 추상(追想) 끝에 떠오르는 발상의 분명한 실물일 터이므로. 망언다사(妄言多謝).

↓

말이나 글자를 머리에 꼭꼭 새기면서 생각하고, 거기에 따라붙는 온갖 잡념도 이어가고 모아가는 사람답게 한 교수는 '기다리는 보람'을 또록또록 자각하며 누렸다. 어떤 자서전도 사실과 진실의 총체일 리야 만무하지만, 그 순도가 높을수록 또 내용의 포장술이 끌밋할수록 온당한 작품에 한껏 다가간 것일 수 있었다. 평소의 언행으로 미뤄 봐서라도 임모의 글과 그 바탕인 경험 일체에 거짓이 상대적으로 적으리라는 기대치는 시간이 흐를수록 부풀어 올랐으므로 현대소설 전공자로서 한 교수는 좀 설레는 가슴을 다독거리곤 했다. 그래서 이 나이에도 내 심사가 이처럼 들뜰 수 있다는 것이 그이와의 이때껏 인간적 관계를 반영한다고 그는 우겼다. 그쪽도 그렇게 생각할 테지만, 이 땅에서는 동년배의 친구 사이에만 그 말을 사용하므로 그이와의 '우정' 따위를 거론할 처지도 아니었다. 그러고 보니 이때껏 명색 대학 접장끼리나 제 딴에는 글쟁이라고 자부하는 문사들 사이에도 '진정한 우정' 같은 곡진한 마음의 움직임이 있다고 생각해본 적이 없기도 했다. 그런 자각조차도 한 교수에게는 새삼스럽게 생생한 느낌 같은 것으로 와 닿아서 적이 놀랐다.

원고는 예상대로 정시에 도착했다. 그것이 벌써 아마추어나 딜레탕트들의 치졸한 자기 과보호랄지 어리광부림 같은 자기기만의 작태를 선선히 벗어던지고 있어서 미뻤다. 한 교수는 그처럼 그이를 감싸고도는 자신의 심보에 안도했다. 이제는 못마땅한 것에 치이며 살기는 거북하다 못해 아주 언짢게 여겨져서, 그 때문에 무작정 솟구치는 역겨움을 일부러 잠재우기는 자못 힘겹다기보다 성가셨고, 그 생각을 안 하려면 과외의 품이 들었다.

임모의 원고 제목 '회오리바람(가제)'이 모니터 상단에 두둥실 떠올랐다. 가볍고 쉬운 것, 흔해 빠진 것, 직접적인 것, 즉물적인 것만 바치는, 요컨대 독창성과 이색성은 비치지 않고 딴에는 기발성만큼은 작정하고 억지로 욱여넣었다 싶고, 기껏 머리를 싸매고 지었다는 것이 '파도의 속삭임' 같은 의인법을 활용한 흔적이 비치긴 해도 독자에게 살갑게 다가가려는 저의가 아주 거슬리는 요즘 소설의 제목들과는 너무 동떨어져서 '다소 고리 삭았네' 하는 느낌이 압도적으로 꾸물거렸다. 그러나 그런 시대착오적인 발상도 글쓴이의 강한 자의식일 수 있었다. 어쨌든 제 주제꼴의 유치함을 모르고 마냥 겨워 지내는 그런 연소배가 아님을 임모 작가는 '나도 그 정도야 알고 있다마다' 하는 육성을 터뜨리고 있었다. 한때의 문학평론가 한모는 그런 자신의 감정을 거북한 채로나마 선뜻 챙겼다.

첨부파일로 보내온 '회오리바람(가제)'의 서두는 아라비아 숫자 '1'로 장(章)을 갈라놓았고, 그 분량은 A4 용지로 열다섯 장이었다. 말미에는 편집 체제 같은 것을 흉내 낸 듯 '(계속)'이라는 걸기대(乞期待) 투의 부호도 내걸어두고 있었다. 도대체 몇 장으로 나뉘어 있는지, 또 각 장의 길이는 어느 정도인지 따위를 감추고 있는 '자연스러운 모양새'가 전자 문명의 좀 방정맞은 틀거지와 어우러져서 짐짓 고달을 빼는 행태였다.

아무려나 그쪽도 '주하이 일기'와 마찬가지로 이쪽의 부담을 고려하여 차곡차곡 일정한 분량을 짬짬이 보내줄 모양이었고, 그것도 나름의 '발표 형식'에 준하지 않을까 싶었다. 한 교수로서야 이미 겪었던 글 퍼뜨리기 양식이라 낯설지 않았고, 별다른 느낌도 없었다. 강의도 없는 날이라 그는 '이메일' 원고를 느직이 읽으면 그뿐이었고, 그에 따르는 여러 느낌과 희번덕거리는 감상 따위를, 그중에서도 특출한 것만 새겼다가 갈무리해두는 일상 중의 본업에 매달릴 채비를 차렸다.

그러나 첫 페이지를 채 다 읽기도 전에 한 선생은 보충 설명 같은 것을 각주 형식으로 달아가며 읽어야 하지 않을까 하는 소감이 퍼뜩 떠올랐고, 뒤이어 "그걸 내가 해야 한다고? 어디다? 말로? 글로 말인가?" 같은 생각을 뒤적거렸다. 귀찮은 일이었지만 힘들 것 같지는 않았고, 충실한 이해가 이어지려면 그러기도 해야 하지 않을까 싶다며 무르춤해졌다.

진작에 글쓰기를 작파한 문인이 남의 글을 읽고 분별하기는 '내가 너의 부족함을 알아보리라'가 아니라 '글이란 어차피 허물투성이 아닌가, 그런데 그걸 가타부타하라니 얼마나 시틋해지는 노릇인가' 하는 느낌을 시종 밀고 당기는 감정싸움이었다. 그래서 쥐대기의 독서는 스스로 면죄부를 사고파는 씁쓸한, 누구도 '그 짓을 왜 해? 힘 빠지게' 라고 간섭도 하지 않는 자위행위나 다를 바 없었다. 오늘날 이 땅에서의 글쓰기, 나아가서 비평 행위는 매체의 눈치를 요리조리 살피면서 적당한 선에서 기왕의 선행 글들을 인용하며 자신의 소견을 얼버무리는 자기기만이거나 자가 선전의 한 방편이었다.

↓

내가 난생처음으로 이런 유의 글을 써보기로 작정한 직접적인 동기 두 가지부터 밝혀야겠다. 그에 앞서 간접적인 동기야 이미 수십 년 전부터 문득문득 챙겨왔다고 해야 옳을지 모른다. 언젠가 한갓진 은퇴 생활을 영위할 형편이 되면 그때는 남의 눈치는 볼 것도 없고, 부모는 앞서 돌아가셨을 테니 형제나 아내나 자식, 일가친지나 그동안 인연을 맺었던 뭇 동료와 친구들마저 의식하지 않고 내 깜냥껏 살아온 생애를 솔직하게 기록해보겠다고 말이다. 물론 그 글의 성취 정도도 미지수인데 미리 그 소용을 그려보는 망념이야 자제했을 테지만, 설혹 그런 시건머리가 있었다고 해도 장차의 내 인생이 남의 본보기는커녕 남루를 면치 못한다면 회고록이야 개 발에 편자일 게고, 언감생심 감히 글로 뭘 기록하겠다고 설칠까. 그러니 웬만큼 수를 누리는 팔자가 미구에 닥치면 그 적잖이 심심할 여생을 메워갈 도락거리 중에 하나로 회고록 집필을 염두에 뒀다는 소리다. 물론 철이 덜 들어서 겉멋이나 부린 소치로 봐야 할 것이로되.

요즘에는 여러 형편이 두루 좋아지고 개개인들의 능력도 예전보다는 월등해서 목에 힘깨나 주는 유명인들이 제법 그럴싸한 포장으로 자신의 생애를 되돌아보는 글을 여러 형태로, 내가 읽은 바로는 후학을 불러 대담을 나누고 그것을 녹취한 후 받아 적어 대화록으로 묶는다거나, 그동안 본인이 모아둔 자료를 건네주고 대필시킨 후 소위 그 대작자(代作者)와 당사자가 상호 협력하여 가필, 수정한 것을 회고록이랍시고 더러 남기고 있다.

그러나 반세기쯤 전에 이 땅의 누구라도 스스로 제 자서전을 써볼 궁리를 미리 일궜다면 그런 갸륵한 용심은 아무래도 서양 쪽의 숱한 선례가 워낙 출중해서 그 자극에 빚지고 있다고 해야 옳을 것이다. (한글권의 기록문학, 더 직접적으로는 글이나 활자로 남겨진 산문의 여러 장르마다 그 성취도가 워낙 수준 미달임은 새삼스럽게 강조할 것도 없지만, 그중에서도 개인의 전기류가 질적으로나 양적으로 열악한 이 땅의 실정은 차제에 주목할 만하고, 그 연원을 따져보는 작업이야말로 인문학의 아주 요긴하고 갸륵한 연구과제로서 급선무이기도 할 것이다. 이른바 양쪽 이웃 나라 글의 영향사를 돌아보는 게 아니라 우리 글이 그런 자성을, 치열한 각성의 기록물을 최근세사에서 많이 남기지 않은 요인을 늘 넝마 같은 '당대'의 압박 탓으로만 몰아댈 수 있는지 자문해볼 일이다.) 물론 나도 예외는 아닌데, 여기서 그 자극 매체, 곧 포장만 요란할까, 껍데기뿐인 저작물까지 주워댔다가는 공연히 독서량이나 자랑하는 것으로 비칠 터라서 삼가겠다. 모든 글은 어차피 그 방면에서는 웬만큼 안다고 껍죽대는 지식 자랑일 뿐인데 그 가락이, 요즘 세태어로는 너무 '튀어서'는 곤란하고 적당히 발을 빼는 여유를 가져야 할 텐데, 마음먹은 대로 성과를 올리기는 어렵다. (하기야 장르를 불문하고 모든 글은 세상만사와 인간세사를 두루 살피며 그 당대의 기류가 옳은지 그른지를 알아보는 부정 정신에 기대야 할테지만, 그 기본 조건으로서 각자의 눈씨가 얼마나 바른지 하는 의문 앞에 겸손해야 할 것이다. 물론 그런 시각 교정은 거의 불가능하다, 생리적으로 그렇고 사회환경적으로도 그래서.)

오래전부터 나의 유일한 취미는 영화 보기이다. 그 근원을 짚어가자면 한참이나 세월을 거슬러 올라가야 하지단 그럴 것까지는 없을 듯하고, 한창나이 때 대학입시 전문학원에서 강사 노릇을 하며 틈만 나면 서울의 종로 바닥 곳곳에 눌어붙어 있던 개봉관이나 재개봉관을 보리쌀 소쿠리 쥐 들락이듯 했던 나만의 별스러운 이력만큼은 특기해두어도 괜찮지 않을까 싶다. 그때는 외화와 방화를 굳이 가리지 않았는데, 내가 앞으로 털어놓을 어떤 은유로서의 '회오리바람'에 휘말려 있던 그 언저리서부터 국산 영화는 좀체로 보지 않게 되었다. 어느 것이라도 워낙 시시하고 유치할 뿐만 아니라 장면마다 억지스럽거나 단조로워서 하품을 연방 베물어야 함을 그때서야 비로소 깨달았기 때문이 아니라 '시간 낭비가 너무 막심하다'라는 자각이 저절로 트이고, 그런 돌연한 깨침이 예의 그 국지적, 한시적 '회오리바람'과 맞물려서 어느 날 나를 호되게 나무라서였다.

이런 나의 방화 매도벽을 아직 시정할 생각이 추호도 없다는 토로는 지금도 화제작이라고 떠들어대는 국산 영화를 만부득이 보고 있다는 실토에 값하지만, 매번 좋다, 걸작이다, 감동적이다는 그 호들갑스러운 세평과 내 감상이 완전히 동떨어져서 "이게 무슨 짜고 치는 고스톱이야, 도무지 어불성설인데, 장면 만들기에서조차 기본도 안 돼 있고, 쓸데없이 우락부락하고 고함이나 질러대는 선머슴애 같은 연기에다 동어반복도 여전히 자심한데, 흘리는 눈물조차 공연히 덜렁거린다 싶게 시늉뿐인 여배우들마저 그 소위(所爲)로서의 내면의 연기를 끌어낼 줄 모르는 얼치기고, 한마디로 엉터리 수거함이네 머, 참으로 가관 만발이야"라며 한동안 씩씩거리는 데서도 추인되고 있다.

그런데 나의 이 해묵은 도락거리를 위해 그동안 비디오테이프나 DVD를 숱하게 빌려보고, 또 사 모아가며 좋다는 외화는 필독서인 양 감상해왔는데, 이제는 그 열정이 몰라볼 지경으로 싸늘하게 식어버렸다. 여러 가지 이유를 댈 수 있다. 영화는 역시 TV 화면보다는 영화관 속의 대형 스크린으로 봐야 한다는 지론을 갖고 있지만, 나이 탓으로 그 소위 멀티플렉스를 혼자서 찾기가 여간 어색하지 않다. 다행하게도 노처를 비롯한 딸린 식구와 함께 주중 사나흘을 보내는 서울의 내 우거(寓居)에서 느직느직 산책하듯이 걸어도 15분이면 닿을 수 있는 곳에 대규모의 쇼핑센터 겸 복합영화상영관이 생겼건만, 집사람이나 자식들 중 누구를 번번이 대동할 엄두가 감히 나지 않아서이다.

뿐만이 아니라 엎친 데 덮친 격으로 두어 해 전부터 무단히 족저근막염(足底筋膜炎)이라는, 엄살꾸러기라고 책잡히기에 딱 좋은 지병이 유독 왼쪽 발바닥에 덮쳤다. 탄력고무를 두툼히 덧댄 푹신푹신한 신발을 신고 절룩거리는 걸음으로 영화관을 찾는 꼬락서니도 개그감이거니와 내 성질상 남의 놀림감이 되는 것은 질색이라서 난감해졌다. 물론 다른 바깥나들이야 얼마든지 할 수 있지만, 혼자서 호젓하게 영화 보는 것보다야 방구석에서 발바닥이나 주무르고 있는 게 낫지 않을까 하는 타산도 앞서니 말이다. 그렇긴 해도 통증이 심해졌다가 제멋대로 우선해지기를 반복하는 이 발바닥 내상(內傷) 말고는 뚝 불거지게 삐꺽거리는 데는 없는 몸이니 뭔가 즐길거리를 찾아야 했다.

그렇긴 해도 방구석에서 세수수건을 둘둘 감은 발바닥이나 주먹으로 두드려대야 할 팔자가 누릴 만한 여가 선용이란 게 워낙 뻔했다. 봤던 영화를 또 보기는 너무 따분했고, 단단히 작정하고 일단 다시 보기 시작하면 처음에는 그처럼 탄복했던 장면들이나 연기, 미장센, 대사, 촬영술 같은 게 온통 허점투성이라서 만정이 다 떨어져 나가는 내 까탈스러운 심사가 아주 언짢았다. 내가 까다로운 관객이 아니라 영화라는 장르 자체를 도구화하고 있는 감독들의 얇은 '주관적' 가상(假象)에 대한 눈씨가 싱겁고 헐렁하게 다가와서였다. 어느 분야라도 우리의 재능은 여러 제도의 각축과 고질의 풍토성 때문에 개인으로서의 끈질긴 정진에 제약이 따르고, 이 한계에 주목하지 않은 집단적 근성이야말로 나쁜 유전인자라고 단정해도 좋으리라.

책 읽기와 음악 듣기는 워낙 만만한 일상의 일부라서 도락거리랄 수도 없지만, 정년퇴직한 후부터는 어지간하다는 책들도 오류라기보다 독단이 심하다 싶으면 미련 없이 내팽개치게 되었다. 인문과학이나 사회과학의 책들과는 달리 문학에서는, 시야 글자도 몇 자 안 되니 논외로 치고, 소설에서는 오히려 작가 나름의 피상적인 유식과 부분적인 무식이 어느 정도까지는 어우러져야 읽히는 맛이 살아 오름은 사실이다. 그래서 이런저런 객관적 정보와 그런 정황을 견주어 가며 책장을 넘기다 보면 이내 한때 명작이니 고전이니 하며 '배우자'고 덤빈 치기가 열없어지고 마는 것도 역시 나이 덕분으로 돌릴 수밖에 없을 듯하다.

물론 내 진짜 속내는 좀 다르다. 명색 문인이 이쪽저쪽 눈치나 살피고, 남이 이미 지껄인 소리에 뒷북이나 치려고 껍죽대다니, 한숨이 저절로 터지는 데야 어쩌란 말인가 하는 탄식이 그것이다. 그런 유의 글쟁이들은 결국 이름 치레로서의 기득권이나 누리며 소위 '상황론/운명론'에 안주하는 추수주의자의 다른 이름이고, 그런 작자들이 써대는 소설이란 허풍스러운 글줄 뭉치들이 과대망상증 환자의 기담이거나 당대의 제반 풍토성을 제멋대로 곡해한 위증의 괴문서로서 이끗이나 바치는 모도리의 사날 같음에랴.

나로서는 이제 그런 '이바구'라면 이내 물려서 가뭇없어진 덧정마저 또 떨어져 나간다. 물론 읽히는 특유의 글맛은 작가마다의 그런 근본적인 시각의 차원 말고 다른 것이, 이를테면 자신의 고유한 눈금에 비끄러매인 문투가 좌우하게 마련인데, 한때의 내 전공이기도 했던 의미론/화용론을 들먹여야 해서 민망하지만, 그 점은 앞으로 이 글이 진행되는 도중에 슬쩍 끼워 넣을 기회가 있을지도 모르므로 여기서는 일단 접어 두는 것이 옳을 듯하다.

요컨대 그토록 탐했던 영화 보기가 심드렁해지자, 원래 나이 들수록 평소에 안 하던 짓을 하면 탈 난다는 말대로 예의 그 발바닥 탈과 한때 하지정맥류 수술을 받은 양쪽 종아리에 골병든 것 같은 둔통을 온종일 달고 살아가야 할 신세가 되고 만 것이다. 그런 육신의 갑작스러운 변화와 더불어 차츰차츰 다른 국량이 싹을 틔워갔다. 말하자면 정년퇴직 전까지의 내 본업이자 생업이 남의 '한글 문맥'을 흠잡듯이 뜯어보는 것이었으므로 그 생리적 안목을 내 글에 접붙이기해보자는 생각을 곱새기게 되었으니, 그런저런 궁리가 소위 돈오(頓悟)처럼 어느 날 갑자기 밀어닥친 게 아니었다는 말이다.

그래도 용단을 내리기까지는 상당한 신고가 뒤따랐다. 이제는 각주 같은 객관적 증거로서의 자질구레한 숫자 따위에 구애받지 말자, 이 책 저 책을 그토록 자주 뒤적거리며 써덕을 글들을 갈무리해왔는데 이제는 그 짓일랑 접어두자, 붓 따라가며 쓴다는 말은 엉터리 소리인데다가 생각을, 또 쓸 말을 간추리며 머릿속에간 쟁여둬서는 소용이 없으므로 매일 매시간 공책에다 일일이 끼적거려두자, 그것을 문장으로 정리해서 단락을 지으면 될 터이므로 책을 참고하지는 말자 등등의 여러 수단을 공글리는 나날도 술술 흘려보냈다. 이제는 그렇게 허송세월하는 일상이 한갓져서 좋기도 하지만, 예전처럼 무언가를 자꾸 더 알고 싶다는 강박증이 이렇게 훌러덩 빠졌으니 결국 '무골호인'이 되고 말았다는 자위가 너무 거슬리고 공연히 짜증까지 치밀어오른다. 망팔의 나이가 이렇게 허무하고 서글프다니.

두 번째 동기야말로 아주 구체적이고 직접적이다. 나로서는 너스레 같지 않으니 솔직하게 털어놓아야겠다.

어느 날 나는 땅거미가 야금야금 덮쳐오던 서울의 한 변두리에 있는 제2의, 아니면 제3의 로데오거리를 어슬렁거리고 있었다. 내 우거와 거의 붙어 있다시피 한 그 길거리는 이름난 메이커들의 각종 신사복, 레저복, 캐주얼복, 가방, 신발, 장신구 따위를 파는 상점의 도열로 빈틈이 없는 대로인데, 이제는 인가 쪽으로까지 가게들이 파고들어와서 벌집처럼 성시를 이루고 있는 판이다. 주말이면 주로 젊은이들이 제가끔 편한 복장으로 무리 지어 벌 떼처럼 붕붕거리므로 인도의 통행도 여의찮고, 차도는 미어터지기도 한다. 덩달아 먹자골목도 구석구석에 뿌리를 내려 문전성시를 이루고 있어서, 내 속으로는 과연 입성이나 입맛이 두루 번지레하고 걸어서 보기 좋네, 태평성대야 하는 호들갑스러운 과찬이 연방 쏟아진다.

아마도 그날 아침에 노처가 외손자 돌보미 노릇을 맡으러 신촌 쪽의 딸네 집으로 가면서 저녁은 동네 밥집에서 사서 자시라는 지시를 떨구었을 게고, 밥이야 어찌 됐든 쇼윈도마다 구경거리가 많아서 나는 꽤 진지한 한눈팔기로 시간 가는 줄도 모르며 노닐고 있었을 것이다. 이제는 저렇게 얼룩덜룩하고 화사해서 '튀는' 옷을 영영 못 입게 됐으니 내 신세도 볼 장 다 본 거지 같은 자괴감을 떠올렸을 텐데, 늙어서 쇼핑하면 돈 내버리고 사람만 등신 된다는, 떠올릴 때마다 실없이 허탈해지는 그 고언 때문에 무엇이든 일단 사고 싶은 구매 욕구를 억지로 죽이고 있던 판이었다. 실제로 울컥 내켜서 옷을 샀다가는 반드시 한 번도 안 입고 남을 주든가, 아파트 단지 내의 의류 수거함에 내다 버리게 되는 경험을 숱하게 치러봤으므로 그 그림의 떡을 흐릿한 시선으로 감상만 하면서 얼쩡거리는 것만으로도 오감하기 짝이 없었다.

그런 어슬렁거림 중에 문득 그걸 뭐라고 하지라는 의문이 떠올랐고, 나는 걸음을 멈추고 말았다. 후에 생각해보니 그 상점가에서 유독 그 어떤 어휘를 불러내려고 안간힘을 썼다는 사실에는 상당한 연유가 있는 것처럼 여겨졌다.

그것은 정자처럼 햇볕을 가리는 지붕만 있고 벽이 없다. 아마도 그 어원은 사막부터 떠올리게 하는 이슬람 언어권에 있을 것이다. 또한 그것은 세계 구석구석의 여느 길거리나 역의 플랫폼에는 반드시 설치되어 있고, 신문, 잡지 같은 읽을거리를 비롯해서 각종의 간식거리를 파는 간이매점이다. 눈에 훤히 그려지건만 그 말이 도무지 떠오르지 않았다. 이 땅에서는 그것이 벽까지 견고하게 두른 구조물에다 상품과 돈을 맞바꾸는 창틀만 빼꼼히 뚫어놓고 있지만, 일본은 이런 대목에서도 거의 '매뉴얼대로' 각종 여행용 도시락이나 먹을거리와 읽을거리로 울을 쳐놓고서는 그 좁은 공간 안에서도 매점 주인이 무슨 일이든 쉴 새 없이 하고 있다. 벽이 없으니 훤히 보이고, 그런 노동 자체가 무슨 보여주기 시위로 비치기도 한다. 달리 말하면 외국의 문물을 박래품으로 받아들이는 데서도 우리와 이웃 섬나라는 좀 다른데, 한쪽은 제멋대로 편리하게 원용해서 전혀 다른 변종으로 만들어버리고, 저쪽은 가능한 한 원형 그대로 고수하려고 버틴다. 그래서 그 외국어 명칭을 우리는 버렸지만, 일본은 저들 특유의 외국어 발음 장애 증후군에도 불구하고 그 호칭을 아직도 고집스럽게 상용하고 있다.

아무려나 그 외국어 명사가 머릿속에서 뱅글뱅글 돌고 있건만, 선뜻 불거져 나오지 않았다. 답답하기 짝이 없었다. 저녁을 찾아 먹을 염도 어느새 까맣게 달아나버렸지만, 먹은 게 체한 듯 갑갑궁금해서 마냥 걸음품을 팔고 있는 내 몰골이 언짢아지기 시작했다.

모르면 사전에 물어봐야 했으나, 찾으려는 표제어를 알 수 없는 이상 내가 명색 서재에 비치해두고 있는, 늘 책상 위에 펼쳐두는 네 종류의 사전 말고도 줄잡아 50종은 넘을 각종의 '어휘사전'은 전적으로 무용지물이었다. 개중에는 화영사전(和英辭典)도 몇 종류나 있었지만, 역시 쓸모없기는 마찬가지였다. 아니, 내 손때가 묻을 대로 묻어 있는 그따위 사전류만 하릴없이 뒤적거리고 있을 일이 아니라 전화로 한때 우의를 돈독하게 나누기도 했던 친지에게 물어보면 단숨에 그 옹송망송한 답답증이 확 풀려버릴 것이었다. 당장에라도 집으로든 휴대전화로든 찾을 수 있는 친지 중에는 한때 도쿄 총영사를 지낸 양반이 있는가 하면, 가나자와(金澤)에서 방문 교수인가로 1년간이나 체류한 위인도 있었다. 그러나 무슨 고집인지 그들에게 안부 인사를 곁들여 슬쩍 물어볼 수 있는 그 짓을 나는 하기 싫었다. 나의 이 경미한 건망증, 아니 일시적인 총기 휘발 증세와 끝까지 싸워서 두뇌의 체증을 삭혀 버려야 속이 시원할 것 같았다. 기어코 꼭 그 단어를 떠올리고 말겠다며 버텼다. 문득 어느 날 어느 때 그 어휘가 내 뇌리의 굳어가는 속살을 비집고 툭 튀어나올 거야 하는 믿음을 쓰다듬으면서. 그런 경우를 나는 이미 정년 후부터 수시로 경험하고 있는 터이기도 했으니까.

그즈음에 치렀던 총기 망실 증세와의 씨름에는 이런 조잡한 사례도 있다. 한때 이 땅의 외화 팬들에게는 꽤나 널리 알려졌었고, 서사를 풀어가는 명징한 기법에 다소의 낭만적인 멋 부림을 그럴듯하게 욱여넣곤 했던 미국의 배우이자 영화감독 시드니 폴락의 이름이 떠오르지 않아 애를 먹은 적이 있었다. 그가 즐겨 쓰는 배우로는 머리통이 잘생긴 미남 로버트 레드포드가 있으며, 또 다른 동시대의 영화감독으로서, 본바닥에서는 어떤지 몰라도 이 땅에서는 그 지명도가 상대적으로 좀 떨어지는, 그러나 미국 사회의 저변에 깔린 다급한 화두를 냉소와 해학으로 훌륭하게 빚어내는 시드니 루멧이라는 이름은 훤히 기억하고 있는데도 그랬다. 수중에 갖고 있던 여러 종류의 영화 관련 책들을 다 뒤적였지만, 이상하게도 두 소위 '거장' 감독의 이름은 코끝도 비치지 않았다. 어느 분야에서든 엉터리 잡서는 지천이었다.

책이란 한낱 지적 허영과 그에 덧붙여서 따르는 편견의 집적물에 불과해서 대체로 그처럼 무능했다. 얼어 죽을 놈의 책과 시르죽어 사라져야 마땅할 그 속의 얼치기 서술 가탁이라니. 툴툴거리고만 있을 게 아니라 인터넷을 통해 알아보면 될 테지만, 나는 나이 핑계를 대는 게 아니라 천성이 그런 일로 호들갑을 떠는 경망에는 철두철미 제동을 걸고 마는 버릇에 길들어져 있다. 그럭저럭 낑낑거리기조차 시답잖아서 그 시시껄렁한 화두를 슬그머니 놓아줘 버리자고 마음을 돌려세울 때쯤에 그 얼굴도 모르는 미국 영화작가 두 사람의 함자가 오롯이 떠올랐다.

그 당장에는 내 기억의 재생력이 고마워서, 이런 둔해 빠진 인간하고 더불어 남은 인생을 살자니, 참 막막하다 같은 신음이 저절로 괴어올랐다. 아무튼 그때는 대략 일주일쯤 만에 그 복원 능력이 웬만큼 작동했건만, 이번에는 꿈쩍도 하지 않았다. 답답했다. 그래서 더 집요하게 나는 기다렸다. 종무소식이었다. 만성화에 접어든 체증은 그럭저럭 견딜 만했다. 그렇긴 해도 그것이 완전히 풀리기 전에는 어떤 일에도 달려들 수 없을 것 같았다.

그 어휘는 키오스크(kiosk)로 물론 보통명사였다. 그동안의 신고로 며칠을 허비했는지 나는 굳이 따져보지도 않았다. 우선 그 말이 자다가 한밤중에 깨어나서, 아마도 두 번째로 잠에서 놓여나 마렵지도 않은 오줌을 누러 화장실에 들렀다가 다시 늙은 몸을 잠자리에 눕혔을 때 갑자기 떠올랐고, 안 잊어버리려고 머리맡에 놓아둔 작은 공책에다 우리말과 영자로 적어놓고 나자 속이 후련해서 그나마 살 것 같았다. 물론 그때도 잠 귀신은 까맣게 달아나서 양쪽 어깻죽지가 배길 정도로 뒤치락거리기를 반복했다. 뒤이어 모든 고생이 그런 것처럼 어떤 속박에서 풀려나 진정한 자유를 누리면 그동안의 멍에쯤은 말끔히 사라진다는 사실을 실감하고, 이 해방감을 한동안 철저히 누리다가, 그런 의미에서라도 하루빨리 내가 벼르고 있는 일에 매달려보자고 다짐했을 뿐이다.

말하자면 점점 눈에 띄게 사라져가는 내 총기에 대한 일말의 신뢰감 때문에 누리는 득의에 겨워서 그동안의 내 건망실어증의 경중을 일부러 무시했다고 봐야 옳을 것이다. 그런데도 내 천착증은 그동안의 묵은 체증에 어떤 보상이라도 받아야겠다는 듯이 여러 사전을 뒤적거리게 했다. 곧 그 말은 터키어로 정자(亭子)를 뜻하며, 일본에서는 왜 그런지 키오스크와 키요스크를 공용하는데, 철도공제회에서 운영하는 역 구내의 매점에만 한정해서 사용하고, 유럽 쪽에서는 신문 같은 가벼운 읽을거리와 꽃 등을 파는 노점에 상용하는 모양이었다. 요컨대 그것은 만국 공용어로서 모든 문물이 그렇듯이 박래품답게 '문화'의 일상화를, '지구 문명'의 만국 공용어를 대변하고도 남았다.

↓

이야기가 두 겹 세 겹으로 에두르는 감이 없지 않다고 지레 나설 사람이 있겠지만, 실은 그런 속단이야말로 출반주(出班奏)로서 경거망동이다. 왜냐하면 모든 일에는 나름의 동기가 착실히, 장기간 암류(暗流)하게 마련이며, 내 총기가 이제는 쇠잔 일로로 치닫고 있어서 그것의 기능을 얼마쯤이라도 회복해 보려는 한 방편으로 내가 좀 별난 형식의 글쓰기에 매달리게 되었다는 고백을 털어놓으려는 것이 아니어서 그렇다.

키오스크라는 말이 안 떠올라서 저녁도 굶은 그날의 내 배회 장소가 세칭 로데오거리였음은 이미 서술한 바와 같다. 그 거리를 동에서 서로 또 서에서 동으로, 심지어는 양쪽 다로변에 곁가지처럼 뻗어 있는 골목들 속까지 발길 닿는 대로 걸어 다닌 셈인데, 왼쪽 발을 절뚝거리는 그 서성거림 중에도 나는 연방 속으로 "이게 뭔가, 이걸 도대체 뭐라고 해야 옳지, 마땅한 말을 못 찾는 내가 바보란 소리지 머, 이 사실을 수긍해버리면 마냥 편하게 살 수 있다는 소린데, 어쨌든 답답하네, 좀 더 두고 볼까? 뭘? 기억력의 복원 말이야, 그걸 재생해본들 무슨 소용에 쓸라고, 이제와서 가리늦게, 원래 머리 나쁘고 공부도 일도 제대로 못 하는 얼치기들이 밤늦게 또 퇴근 때 설치는 꼴을 그렇게나 많이 봐오며 짜증을 내놓고선" 같은 중얼거림을 연방 토해내고 있었다.

요컨대 건망실어증과의 신경전에 지칠 줄 모르고 빠져 있으면서도 나는 뭇 잡생각을 떠올렸다가 지울 수 있는 정도의 체력, 좀 더 정확히는 정신력과 신체의 지구력이 웬만큼 원활히 작동하고 있었다는 말이다. 달리 말한다면 나 자신과의 그 실랑이가 재미있어서 언제까지나 그 즐거움을 누리고 싶음을 스스로 또록또록 인정하고 있었다. 그런 쉼 없는 심신의 요란한 운동 중에서 나는 불쑥 '로데오거리'라는 합성어를 주목하고 있는 내 의식을 깨달았다.

누구라도 알다시피 로데오(rodeo)는 청바지에 챙이 넓은 모자를 쓴 카우보이가 사나운 야생마나 소의 등짝에 올라타서 온몸을 출렁이다가 결국 땅바닥으로 꼬라 박히는, 가축을 길들이려다가 오히려 사람이 나가떨어지는 일종의 곡예 같은 공개 경연대회를 뜻한다. 사전의 또 다른 뜻풀이에 따르면 낙인을 찍기 위해 목우(牧牛)들을 한데 끌어모으는 연례 행사나 그 장소라고 한정해놓고 있기도 하다. 필시 후자가 전자의 여흥 진작용 경기를 만들어냈을 것이다. 어느 쪽이든 로데오는 미국 농촌의 인기 있는 풍속에서 유래한, 인공 국가 미국 땅이 만든 토속어임은 틀림없다.

그런데 그런 어원과는 달리 이 땅의 로데오거리는 주로 젊은 선남선녀들이 혼자서 또는 떼지어 장 구경도 하고 물건을 사러 돌아다니기도 하는 도시의 한 구역이다. 보기에 따라서는 자본주의의 은성(殷盛)한 활황 국면을 대변하고 있는 진풍경에 값하고 있기도 하다.

궁금해서 이번에도 그 상용 정도나 신빙성이 높아서 흔히 기대는 우리말의 어떤 '백과사전'을 뒤적거렸더니, '로데오거리'의 연원을 그나마 훨씬 곱다라니 밝혀두고 있었다. 그 지역명을 따온 역사적 유래를 일단 접어두기로 한다면, 미국 캘리포니아주의 대도시 로스앤젤레스의 서쪽에 할리우드와 나란히 붙은 위성도시로 베벌리힐스가 있는데, 바로 거기에 요란스럽기 짝이 없는 호텔, 식당, 백화점 등등이 소떼처럼 '몰려들어' 섰고, 특히나 그중에서도 '로데오거리'는 소위 '명품'만을 취급하는 상가로 유명하며, 인근에 배우들의 호화 주택, 또 다른 선망의 적인 캘리포니아 대학교 로스앤젤레스 캠퍼스(UCLA)와 해안의 휴양지 산타모니카까지 껴묻어 있어서 이래저래 사회적, 인공적 '천혜'의 관광지로 개발되어 있다는 것이었다. 그렇다면 그 호화찬란하기 이를 데 없는 소비의 최첨단 동네를 이 땅에서는 아주 엉성하게, 그것도 지리적, 물리적 여건이야 어떻든지 조악하게 베낀 셈이 되고 말았으니 이러나저러나 '로데오'라는 의미의 원초적, 파생적 전와(轉訛)가 매우 심한 단적인 예가 되고 만 것이다.

그 이후부터 나의 상념은 짙어졌고, 물줄기처럼 한 방향으로 가닥이 잡혀갔다. 주로 밤에 이런저런 생각들을 공글리기 마련인데, 여기에도 나름의 연원이 있다. 앞으로 밝혀지겠지만, 불혹(不惑)에 이르기 전부터 나는 처자식을 가진 몸이었는데도 불구하고 만부득이 독방 거처하는 망외(望外)의 분복을 누리게 되었는데, 그것이 화근이었던지 진작에 지독한 불면증을 달고 사는 팔자였다. 가령 잠자리에 들고 나서도 한 시간 이상씩은 좋이 잠들기와 악전고투를 벌여야 했고, 선잠이 들고 나서도 두어 시간마다 깨는가 하면 한밤중에 잠이 덧들면 온밤을 하얗게 지새우기 일쑤였다. 그런 잠 부족증이 이틀쯤 계속되다가 하루쯤은 다섯 시간 안팎의 숙면에 빠질 때도 있었으나, 쉰 줄에 접어들고는 하루 수면 시간이 네 시간 이쪽저쪽인 나날이 흔해졌다. 당연하게도 낮 동안에는 하체가 유별스레 대근해지면서 봄날의 아지랑이처럼 온몸이 가물거리지만, 그런 증세도 만성화에 이르자 그럭저럭 견딜 만해져 버렸다. 말하자면 몸이 제 주제를 알아서 얄궂은 조홧속을 발휘하는 꼴이다.

'로데오거리'와 '키오스크'도 마땅히 한밤중에 치르는 그 무명(無明)과의 치열한 대화에 주제로 떠올랐다. 하나는 그 명명이 가당찮다. 거의 엉터리라고 해도 과언이 아니다. 그러나 이런 명명법은 우리 주위에, 아니 이 세상 구석구석에 흔하다. 다만 모르고 있거나 알아도 별것이 아닌 일로 여긴다, 그러니 더 시끄러워지는 게 못마땅해서 거론하지 않고 있을 뿐이다. 다른 하나는 아주 적당한 말이긴 해도 내 경우에는 그것을 적시에 끌어다 쓸 수 없었다. 눈에 빤히 보이는데도 그것을 뭣이라고 지적하는 말을 잊어버렸다. 얼마나 창피스러운 일인가. 어휘를 까먹고 살아간다니, 사람 구실도 못 하고 겨우 연명이나 하며 짐스럽게 개긴다는 소리 아닌가, 망할 것.

누구라도 머지않은 장래에 나처럼 그런 어리뻥뻥한 한 시절을 겪는다. 유감스럽게도 그게 바로 한 인생의 정체다. 그러나 다행히도 한참 세월이 흐르고 난 후에야 한 시절의 그 망집, 몰아, 우매가 무엇이었는가를, 여전히 그때의 그 아슴아슴한 분위기랄지 내 심상에 얼쩡거리던 정서 일체를 적확한 말로 옮겨보려고 버둥거리기는 하면서도 여전히 긴가민가하는 판이니, 답답하기 짝이 없다.

한쪽에서는 부정확한 명명에 놀아나는 몰풍경이 중뿔나게 떠들고 일어나는데도 "이것을 뭐라고 해야 하나, 왜 말을 못 찾아, 말을 새로 지어내서라도 이 눈앞의 사태를 그려야 하잖아, 그것도 못 한다고? 못해도 살아가는 데는 하등에 지장이 없는데 왜 별나게 깝죽거리는가, 경망스럽게" 같은 속절없는 속생각으로 영일이 없던 내 한때의 처지와 그런 처신을 지금의 노안으로 조망해보면 다음과 같은 명색 서사의 한 가닥이 된다.

↓

그때가 1980년 봄이었음은 분명한데, 3월인지 4월이었던지 도무지 아리송하다. 위에서 불충분하게나마 설명한 대로 옳은 명명법을, 어떤 '사실'의 진위를 찾아가는 행로를 기록할 참이므로 월별이나 날짜 같은 하찮은 세목은 징검다리 건듯 건너뛰어야겠다.

아무튼 그 시절의 어느 주중이었을 테고, 그날도 나는 어떤 규칙적인 관행에 자신을 비끄러매는 데 이골이 난 사람답게 오후 네 시 반쯤 중앙도서관의 정기간행물실 앞의 신문 열람석을 막 벗어나고 있었다. 대략 한 시간쯤 낱장이 더러 너덜거리는 중앙지와 지방지를 대충 다 훑어보고 난 직후였다. 그 시각이면 그 날짜 신문을 찾아 읽으려는 학생들이 거의 없으므로 오전 중처럼 번번이 누가 독차지하고 있는 특정지를 기다리느라고 시간을 낭비하지 않아도 된다.

말이나 생각의 속성이 원래 그래야 하는 대로 차례를 좇아 써가야 하는 '서술'에 다소 두서가 바뀌어버렸지만, 그 당시 나는 서울에서 고속버스로 네 시간쯤 걸리는 한 지방대학에서 전임교원으로 강의 품을 팔기 시작한 지 겨우 1년쯤 채운 새잡이였으며, 그 전 해 연말까지 월 8만5천 원짜리 '고급' 독방 하숙 생활을 걷어치우고 현관문과 방문을 스스로 따고 들락이는 다세대주택 속의, 화장실과 간이 입식 부엌까지 딸린 널찍한 방 하나를 전세로 얻어 주중의 독신자 생활을 막 구가하고 있던, 꼬박꼬박 닥치는 끼니를 얼마나 간단하게, 후딱 때우고 마느냐는 생걱정을 머리에 달고 사는 자취생이었다.

지금도 그 집의 여러 풍경이 눈에 선히 떠오른다. 늘 뺄쭘이 열려 있던 나무 대문의 삐꺽거리는 소리, 울퉁불퉁한 암적색 벽돌의 외벽에 바싹 붙여 가파르게 쌓아놓은 시멘트 계단, 무슨 테두리처럼 좁다랗게 튀어나온 철책 난간이 달린 2층의 바깥 통로, 화장실 문을 열어놓고 변기 위에 올라앉아 있으면 남향 창틀을 온통 채우며 손에 잡힐 듯 다가와 있던 붉은 네온사인 십자가의 늦어빠진 점멸 등등.

그 숙소에서 하루의 반을 뭉그적거리고 나머지 반을 학교에서 어물쩍거리는 식의 단조로운 생활을 영위하고 있었는데, 점심은 주로 대학 구내의 여러 식당에서 때우고 아침과 저녁은 매식해야 했으므로 꼬박꼬박 닥치는 그 끼니때를 넘기기가 귀찮긴 해도 떡이나 미숫가루도 자고 일어나서는 먹을 만했고, 그 지방 특유의 음식인 돼지국밥도 손쉽게 찾아서 배를 불릴 수 있는 구뜰한 먹을거리였다.

아마 그때도 겨울방학 동안 내내 서울의 '우리' 집에서 죽치고 지내다가 2월 중순쯤 내려와서 내 나름으로 정해놓은 시간인 오전 여섯 시 이전에 학교의 연구실 책상 앞에 착석하는 버릇을 지키고 있었을 것이다. 숙소에서 학교까지는 버스로 20분쯤, 교정을 관통해서 걷는 데 10분 이상 족히 걸리는 출근길 내내 "대학 접장 노릇도 정말 별것이 아니야, 거저먹는다면 어폐가 많을 테지만 학생들이나 동료들이나 워낙 얼렁뚱땅이들에 엉터리 천지라서 상대할 잡이도 아니니 내 실속이나 단단히 차려야겠네" 같은 시쁘장스러운 다짐을 곱씹고 있었을 게 틀림없다. 실력이나 학력이 동떠서 그처럼 기고만장했던 것이 아니라 그전까지 초중고등학교 교사 노릇을 골고루 다 거친데다 부임하기 직전까지는 마지막 학위논문을 쓴다는 핑계를 앞세우고 '선생질'을 아예 그만둬버리고 나서 대입학원 강사에 어느 여자대학의 시간강사까지 2년쯤 했으니 그야말로 내 교직 경력 자체가 너무나 파란만장해서였다.

일일이 다 말하기로 들면 여남은 지면으로도 모자라지만, 학력도 그만큼 요란했다. 초등학교 교사 양성소였던 구제(舊制) 사범학교를 거쳐 꼬박 3년 동안 동해안 남쪽의 해변에 꼬막처럼 달라붙어 있던 '국민학교'에서 봉직하며 그야말로 주경야독한 덕분으로 서울의 어느 대학에 턱걸이로 입학만 해두고 나서는 기피자 신세를 훌훌 벗어버리려고 허겁지겁 군 복무를 마친 다음, 3년 반 동안 한 집에서 세 아이의 입주 가정교사로 졸업장을 만들고, 그즈음에는 사람을 가르치는 일에 진력이 나서 모 통신사에 입사하여 9개월 남짓 개기며 대학원에 적을 걸어두었고, 석사논문을 쓰려니 목구멍이 싸하도록 떠들어대는 수업시간이 지겨워서라기보다 모주꾼인 교감탱이의 눈치 등쌀이 은근히 아니꼬워서 야간부까지 있던 한 사립중고등학교의 국어, 영어 담당의 '두루치기' 올빼미 임시 교사직을 자청하여 6개월 동안이나 버텨내기도 한 바 있었다.

이런 딱한 형편을 그래도 무던히 견뎌냈으니 여느 대학 접장들보다 줄잡아 10년 안쪽의 늦깎이로 마흔 줄에 접어들기 직전에서야 겨우 천행으로 강단에 선 셈이라 동료들과의 수인사에서조차 주뼛주뼛해서 영 죽을 맛이었다. 그러나 한편으로는 이 몸의 사회 경력과 직장이력이 암만인데, 니까짓 것들의 그 알량한 실력, 자존심, 안목 따위에 내가 설마 쪽을 못 쓸까 같은 국량도 제법 단단히 여물어 있었다고 봐야 공평할 것이다.

실제로 같은 학과의 한 동료는 지 할배가 호적에 두 해나 늦게 올렸다면서도 실제 나이가 나보다 불과 한 살 많은 양반인데도 벌써 대학 강단에 선 경력이 10년을 넘겼다고 헛기침을 하는가 하면 교수 직위를 넘겨다보고 있었다. (대학의 학번으로 따진다면 그의 연배가 소위 '신제박사' 제도의 첫 수혜자인 셈이고, 나는 그보다 서너 해 뒤처진 꼴이 된다.) 그렇거나 말거나 내가 그 동년배를 가소롭게 여긴 것은, 그즈음에는 벌써 당신 손에서 그 거친 생업을 놓고 있던 내 부친이 여러 동배와 어울려 한잔 걸쳤다 하면, 우리 둘째 아들은 학비 한 푼 안 보태줬는데도 지 공부 지가 알아서 끝까지 다 마쳤다고 자식 자랑을 늘어놓는 데서도 알 수 있듯이 사범학교 시절부터 고학으로 학력을 만들었다는 내 나름의 자부심도 나무토막처럼 뻣뻣하기 짝이 없어서였다.

중앙도서관에서 문과대학으로 되돌아오는 길은 서너 갈래 이상이나 나 있었다. 비가 오면 건물 사이를 이어놓은 지붕 덮인 복도 두 개와 세 개의 건축물 속 통로를 지나면 닿을 수 있고, 플라타너스나 히말라야시더가 심어진 가로수 길을 택하면 걸음품이 좀 들긴 해도 수종(樹種)이 바뀌면서 꺾어질 때마다 운치가 새로워진다. 묘목장과 붙어 있는 뒷길은 한적해서 음침한데다 야산 자락과 이어진 공터에는 들쭉날쭉 키재기를 하는 풀들이 자욱한데, 더러 그 속을 휘젓는 한 쌍의 젊은이가 이쪽의 의뭉스러운 눈길에 화들짝 놀라는 노루 새끼처럼 자취를 감추기도 한다.

나는 그날 작정하고 이차선도로가 정문 쪽으로 길게 뻗어 있는 가로수 길을 걸어 내 연구실로 돌아가고 있었다. 틀림없이 딴에는 전직 기자 근성이 몸에 뱄답시고 교내의 어떤 표정, 학생들의 동정 따위를 유심히 눈에 담으려고 그랬을 텐데, 의외로 내 상념은 좀 들떠 있었을 것이다. 역시 추정이 그렇다는 소리일 뿐으로 당시의 내 '심사'는 기억으로 재생할 수도 없는 데다, 이런 '기록'에는 어차피 과장, 상투적 표현, 오지랖 넓은 상상력의 간섭 등이 빈틈없이 작동, 어떤 유기체로서 얽어 맞춰놓은 가상(假像)의 흔적이 곳곳에 투그리고 있다.

"이때까지의 내 삶이 땅만 발밤발밤 보고 걸어왔다면 이제야 나무도 보고 산세도 살피며 사는 격이고, 또 그렇게 살아볼 여건이 대충 갖춰졌으니 그것을 좀 느긋하게 즐기며 지내자."

그런데 그런 다짐은 좀 싱거웠고, 실제로도 심심해서 좀이 쑤시는 판이었다. 주위를 그윽한 눈길로 살펴보았다. 여느 날처럼 정문 앞의 버스정류장 쪽으로 하교 걸음을 떼놓고 있는 학생들과 통근버스를 타려고 종종걸음을 쳐대는 교직원들이 드문드문 보일 뿐이었다. 내게는 그 평온이 이상하다 못해 적잖이 수상쩍었다. 당장에는 숨을 껄떡거려가며 앙앙대던 갓난애에게 젖을 물리자마자 잠잠해져 버린 그런 고요처럼 생뚱맞은 것이었다.

도대체 '쥐 죽은 듯 고요하다' 같은 상투적인 비유의 연원이 무엇인지, 최초로 그 비유를 끌어다 쓴 문필가의 감수성 정도는 인정해야겠으나, 다들 휘뚜루마뚜루 쓰는 통에 말맛이 식은 죽사발 꼴이 나고 말았다는 것이 내 고정관념이다. 그거야 어떻든 이 생뚱맞은 고요, 지레 엄숙을 가장한 침묵, 나중에라도 꼭 좀 알아달라는 눈비음 같은 차분한 동선 일체가 너무 수상쩍지 않은가. 이 정황을 어떤 식으로든 우리말로 표현해두지 않는다면 옳은 국어학자도 아닐 뿐더러, 월급쟁이로서 통신사 기자 노릇도 일찌감치 작파한 그 잘난 경력조차 건성으로 적당히 때웠다는 방증이 아니고 무엇인가.

무슨 '특종' 대망 증후군에 시달리는 듯한 내 심상이 그처럼 착잡하고 어질더분했으므로 내 주변의 풍경이 도무지 제대로 다가오지 않았다. 개강 후의 어수선한 분위기가 이내 가라앉자 '세습 총장 물러가라'에 '총장 직선제 쟁취하자' 같은 종이 구호판을 들고 교내를 행진해대던 무리도 어느새 감쪽같이 사라진 풍경도 내게는 수상쩍다 못해 생뚱맞기 짝이 없었다. 볼일을 보고 난 후 밑도 안 닦는 그런 일부 학생들의 도발적인 수작도 딴에는 이해할 만한 것이 '계엄령 해제하라'와 '전두환 물러가라' 같은 거국적인 가파른 구호에 치였기 때문이겠는데, 그런 시국이 학교 당국의 조바심을 도와주는 꼴도 천우신조라면 하느님이 무소불위를 넘어서 그렇게도 할 일이 없어 심심하단 말인가, 실로 장한 장면이다, 이처럼 처음으로 옳은 직장을 꿰찬 나의 앞날까지 돌봐주고 있으니.

한때의 내 직분이 그만한 방정과 예단에 힘을 실어주고 있었다는 것은 대학 강단에 선 초짜로서의 쓸데없는 근심을 조그맣게 반영하는 한편 어느새 내 일신이 나태와 선생질의 관성에 꼼짝없이 얽매여서 투안(偸安)에 빠져 있다는 생활상이기도 했다. 월급쟁이란 그런 법이었다. 신문 따위의 하찮은 정보에 눈독을 팔고 사는 주제가 무슨 나라 걱정까지 하며, 학교 당국의 침침한 속내를 가타부타한들 고작 따비밭도 밭인데 갈아먹기 나름이다고 혼자서 잘난 체하며 씨부렁거리는 꼴이 아닌가.

어떻든 방금까지 촉각을 곤두세우고 들여다봤던 신문에 따르면 '서울의 봄'이라는 진부한 표현은 아예 시르죽었는지 싹수도 안 비치고,

계엄령 하의 포고령 9호 위반 사건 운운하는 기사들 뿐이었다. 서울 시청인가에 언론사 사전 검열단이 아침저녁으로 보도지침을 떨구고 있는 모양인데, 일설에는 그 주무자가 보안사의 일개 영관급 장교를 호위하는 위관급 장교와 말뚝 중상사 들이라니. 월남이 졸지에 무력 해방으로 통일한 후 이 땅에는 말로만 전쟁을 치를까 정보요원들의 민활한 오지랖 덕분에 기자 나부랭이들은 삶아놓은 호박으로 굴러떨어진지 오래였다.

그래도, 아니 그러므로 더 뭔가가 꿈틀거리고 있다는 흔적이 신문에는, 검열의 서슬을 피한 그림자가 행간에라도 비쳐야 했다. 물론 나는 그해 초부터 느닷없이 솔솔 불어대는 '서울'의 봄도 믿지 않았고, 지방의 그것은 아예 기대하지도 않았다. 그때나 지금이나 신문이 얼마나 엉터리투성이인지를 나는 웬만큼 알고 있다고 자부하는 쪽인데, '서울의 봄'은 어떤 염원이나 희망의 수사일 뿐이지 믿을 만하거나 그럴 수밖에 없는, 요컨대 가까운 장래에 사필귀정으로 드러날 어떤 징후가 아니었다. 적어도 내 형세 판단은 그처럼 신문과는 정반대로 달랐고 삐딱했다. 어떻든 그 간절한 바람의 주체는 유신체제 아래서 이런저런 '자유'의 한시적, 부분적 박탈과 생존권의 침해로 멍이 들대로 든 신문기자 일반이거나 그들의 싸늘한 등짝을 비빌 만한 둔덕으로서의 일부 깨어 있는 재야 정치인과 그에 상부상조하는 식자 전반일 것이었다. 그러나 한걸음만 바싹 다가가 들여다봐도 '서울의 봄'을 바라는 그런 계층의 숫자는 거의 미미한데다, 그것 자체의 수사적 표현이 노골적으로 가리키고 있듯이 애매하고 모호할뿐더러 '파도야 말하라' 투의 의인화 내지 동요적 감상벽일 뿐이어서 그 어리숙한 낭만기에다 아예 날뛰지 못하도록 동아줄이라도 칭칭 감아버리고 싶은 지경이었다.

'봄'이라니, 이 실없는 말을 최초로 구사한 인간이 누구란 말인가? 틀림없이 삼류 시인다운 발상을 휘두르는, 월급에 코가 꿰여서 밥벌이나 겨우 하는 다변증(多辯症) 위인일 테지. 시방은 보다시피 성찬을 앞에 두고서 어떤 세력이라도 먼저 어느 쪽엔가 '손대지 마'라고 말할 자격이나 능력이 없는 게 분명한데, 그들은 하나같이 우매하기 짝이 없는 민중의 모래알 같은 힘을 제 것으로 착각하며 부실하기 짝이 없는 사상누각을 짓고 있지 않은가.

'서울의 봄'이라는 그 실없는 구조물의 축조에 들일 재원과 인력이 있기나 한가. 그 간절한 열기를 부추기기만 하면 덩실한 집이 들어설 것이라고 믿는 쪽은 당연히 언론 매체이고, 그런 가상의 여론을 주도하는 신문기자들의 대세 판단력은 사실 발굴과 추구에 진력하는 민의의 대변자의 그것이라기보다 허구 조작자로서의 무책임한 망상이든가 정신병자 같은 망발의 발설일 뿐이잖은가. 비유가 진부하다, 그들이야말로 탑돌이와 새벽 기도 행차로 소원 성취를 비는 그 허무한 비손질과 무엇이 다를 것이며, 그런저런 달콤한 예언을 마구 퍼뜨림으로써 영리를 추구하는 언론 매체들이야말로 아예 내놓고 작화증 환자들임을 선언하고 있지 않은가. 그러니 신흥종교의 교주와 그 수하의 신도들이 우중을 상대로 교세를 퍼뜨리려는 사기 행각에 먹물들도 알게 모르게 세뇌되어 반 이상 돌아버린 소리나 지껄여대는 판이라서, 보안사의 무소부지한 정권 장악 야욕이 호기를 잡았다고 설치니 그 저녁 굶은 새벽 호랑이의 기세가 중이든 소든 가리겠는가.

사태가 이처럼 명확하니 '서울의 봄'은 애초부터 엉망으로 뒤틀린 수사 아닌가. 그런 계절의 변화가 국지적으로 일어날 리도 만무하고, 그래서도 안 된다. 그러니 결코 있을 수 없다. 한글의 모양새/쓰임새를 어떡하든지 바꿔보려는 한낱 지방대학 접장으로서 대놓고 물어보자, '서울'이란 한정어는 무엇을 의미하는가. 유사 이래 중앙집권 체제를 한결같이 고수하면서 지방과 여린 백성의 노력과 피땀을 긁어먹는 데만 혈안이었던 그 우람한 '대한민국'의 정체를 유독 꼭 '서울'이 대변해야 한단 말인가? 자연의 봄은 왔는지 몰라도 또 다른 봄은, 그 '봄'이 정말 뭔지 몰라도, '정치적 자유, 결사의 자유, 언론과 사상의 자유' 따위를 구가하기는커녕 그에 재갈을 물리려는 세력이 온갖 '정보'를 독차지하고 있으며, 검열을 통해 누수 흘리듯이 봄기운을 뭉청뭉청 삭제하고 있는 판에.

그것이 제 발로 굴러오도록 내버려 둔다면 작년 섣달 12일에 목숨을 걸고 일종의 반란을 주도한 세력이 죽을 쒀서 개를 주는 꼴인데, 쓸개 빠진 인간들이 아니고서야 그게 말이나 되는 수작인가. 시방 정국의 애매한 정체는, 정국이랄 것도 없이 유명무실해 빠졌지만, 그 주도권을 박통의 소위 그 친위 부대가 거머쥐고 있음은 이 맹한 긴장의 진공상태, 성찬 앞에서 침만 흘리며 어디선가 들려올 '어서 식사들이나 하시지요'라는 그 한마디 말을 기다리는 몰골에서도 일목요연하게 드러나 있지 않은가.

또 이해가 잘 안 돼서 묻는데, 도대체 '신군부'는 무슨 말인가. 그것을 정확히 짚는다면 정권 탈취의 야욕을 노골적으로 드러내고 있는 대머리 장성 전모와 그 일당 아닌가. 망할 것들, 글을 그따위 엉터리로 써대는 것들이 꼴값하느라고 엘리트 의식은 살아 있어서 누구에게나 '한번 봐 준다'는 식으로 저희들의 그 꼴같잖은 지면을 노가다 판의 웃돈 얹은 노임처럼 흔들어대며 아첨을 떨고 지랄이야.

그런저런 감회와 추단을 이마에 걸고서 중앙지 여러 신문의 그 알량한 지면을 샅샅이 훑고, 중앙도서관 로비를 뒤로 물리면서는 어떤 기대감으로 들떠 오르는 감정을 애써 눅이며 걷는 판인데, 교정의 분위기가 그 모양으로, 어떤 미동도 감지할 수 없었으니 일시에 맥살이 개숫물처럼 빠져나가는 기분이었다.

이럴 수가, 이 정적이 그 소위 돌풍 전야의 '태풍의 눈'에 해당하는가. 모르면 모르겠다고 실토하고 나자빠져서 등걸잠이나 자라고? 명색 배웠다고, 한때는 여러 통신사 중 그 세력으로나 연조로 동업계의 차석이나 그 다음 자리쯤 되는 명색 언론 매체의 문화부 소속 학술 담당 기자였으니 잠이 까맣게 달아나고 말았는데.

터덜터덜 걸어서 낮 동안의 내 소굴 속으로 들어서니 왠지 막막했다. 퇴근 채비를 차려야겠는데, 꼼짝하기도 싫었다. 이때껏 남들이 한 가지 일을 할 때 두 가지, 세 가지 일을 누구의 도움 따위는 손톱만큼도 받지 않고 동시에 치러내며 허둥지둥 살아온 바탕이라 '허무하다' 같은 실없는 감상과는 담을 쌓고 지냈으며, 언제라도 어떤 낭패감을 서둘러 물리치면서 살아 온 이 땅에서의 내 삶 자체가 온통 시시해졌고, 일시에 덧없어졌다는 느낌이 지배적이었다. 그러니 털버덕 주저앉아서 멍하니 넋을 놓아버린 꼴이었다. 그런 내 심경이야 어쨌든 이내 머리를 흔들고 나서 다시 그 뻔뻔스러운 신문 지면들을 떠올려보니 허구한 나날을 똑같은 음색으로 짹짹거리는 새 대가리나 다를 바

없는 민중의 정치적 무관심도 문제지만, 정치가나 식자계급 전반의 유치한 정치의식은 징치(懲治)의 대상을 넘어 선동을 부채질하는 몰매로서의 인민재판감이었다.

좀 과장스러운 당시 나의 심적 반응인데, 실은 혼자서 끼니를 때워야 하는 자취생이 그나마 대학 접장으로서, 그러니 비로소 배부르고 등 따시게 사는 처지로서 내지르는 거품성 기염이었다고 해야 맞을지 모른다. 그럴 수밖에 없는 것이, 내 식으로 표현, 강조하자면 '어쩌다가 공짜로 오입하다가 사정도 못 해뿔고' 그만둔 직장, 곧 '서울'의 뉴스를 지방의 여러 신문사에다 팔아먹는 한 통신사에 근무하며 단련된 게 아니라 거의 생리적인 정서 반응 정도라고 명명해야 옳을 것이다. 달리 말하면 나 스스로 역사의 현장을, 여느 언론 매체나 금과옥조로 내세우는 '불편부당한 시각'으로 지켜보면서 명색 먹물을 먹을 만큼 잡수신 식자다운 처신과 시국관이 어떠해야 하는지 정도는 의식하며 살아내자는 지극히 평범한 신념의 소유자였다는 소리다. 따라서 여느 시민이 아무 데서나 털어놓는 그런 수준의 반응을 혼자서 잡아채다 보니 다소 과장기가 묻었다고 봐도 무리는 없을 것이다.

물론 그런 반응과 그것의 실천적인 국면 곧 어떤 행동 양식은 전혀 다르고 또 천차만별일 수밖에 없으므로 당당히 거론하려면 별도의 전문적인/학술적인 지면이 따로 또 충분히 마련되어야 한다. (필시 독서량 부족 탓이겠는데, 지면이야 넉넉히 펼쳐져 있는 것 같아도 아직 '당시의 정치적 기상도에 대한 올곧은 해석/기록'은 미달인 듯하다.) 그렇긴 해도 이처럼 요긴한 때 '지방'에서 호구를 해결하기 위해 버둥거려야 하는 내 처지가 어쩔 수 없이 서글프기조차 한 소외감을 조장하는 통에, '주는 대로 처먹어라' 식의 정치적 시혜가 참으로 비루하게 느껴진 것도 사실이었다.

어수선한 심사인 채로나마 기계적인 손놀림으로 가방을 챙기고 있는데, 잰 듯이 짧은 간격을 지닌 똘똘한 노크가, 뜻밖의 단음절 음향이 세 번 울렸다. 다혈질 성미도 아니건만 늘 갑갑하게 느껴져서 나는 연구실 문을 활짝 열어놓고 지내는 터이긴 해도 아무나 함부로 넘어오지도 말고, 노크도 삼가달라는 표시로 걸상 한 짝의 등받이를 복도 쪽으로 향한 채 막아놓고 지냈다. 따라서 그 노크는 당돌하면서도 의도적으로 장난을 걸어오는 소리였다. 책상 위에다 높다란 책꽂이를 세워두고 복도 쪽과는 담을 쌓아두고 있으므로 나는 엉거주춤하니 책상 모서리를 돌아서 노크 소리를 맞으러 나갔다.

"저예요, 아직 안 나가셨길래. 오늘, 서울 올라가세요?"

영문과에서 현대영미희곡을 가르치고 있는, 왕년의 세습군주제 때 왕후를 두 사람이나 배출했다며 가문 자랑이 늘어진 성씨인 심 아무개 교수였다. 그쪽에서는 얼쩡거린 바도 없으므로 내 눈으로 문패를 확인해본 바는 없지만, 그녀의 연구실은 같은 3층에서도 더 구석진 곳에 들어앉아 있는 듯 가끔씩 복도에서 멀어지는 뒷모습이 보이곤 했다.

"갈까 말까 그러고 있습니다. 어쩐 일로…"

"좀 들어오란 말도 없으시고"라면서 그녀는 금(禁)줄 격인 걸상을 밀치고 연구실 속으로 불쑥 들어섰다. "자청해서 들어왔으니 차 달란 소리는 안 할게요. 그래도 앉으란 말이라도 좀 하시잖고."

"서서 말하는 게 서로 편할걸요. 피차 하루종일 걸상과 엉덩이 씨름만 했을 테니."

"그렇기는 하네요. 그럼 서서 간단히 말할게요. 한가한 소리는 이따가 나누기로 하고요. 누가 청해보라고 해서 메신저로 왔는데요."

"본인의 의사라고 해도 저는 전혀 상관없습니다. 권유자도 여성 동지라면 더욱이나."

"머예요, 어디서 많이 해본 말솜씨를 과시하는 거예요?"

"심심해서 지금 말장난을 걸고 있을 뿐입니다. 오해하지는 마시고요."

"무슨 오해까지나. 초면이나 마찬가진데."

"남녀 사이는 어차피 초면으로 만났다가 초면으로 끝날걸요. 그건 그렇고 이 무능한 사람에게 무슨 청까지나 들이미실라고."

"실은 별거도 아니에요. 오늘 밤에 시간 좀 내면 어때요. 저희들끼리 가끔씩 모이는 단란 집회가 있거든요. 혹시 들어보셨어요?"

30대 중반은 넘었을 것 같은데 너무 활달해서 나이를 짐작할 수 없게 만드는 여성이었다. 길에서나 복도에서도 남자 선생들과 스스럼없이 대화를 주고받는가 하면 큰 소리로 웃음을 터뜨리기도 하여 상대방이 누구든 손아랫사람으로 다루는 타고난 능력이 있는 듯했다. 언젠가는 문과대 들머리의 마름질한 돌계단 위에서 멀쩡한 양코배기가 상체를 꾸부정하니 꺾어 그 우뚝한 콧대를 그녀의 얄따란 가슴팍 계곡 속에다 겨눠놓고 무슨 농담을 속삭이자, 그녀는 즉각 "아이 씨, 아이 씨, 댓츠 소"라면서 깔깔 웃음을 길게 터뜨리기도 했다. 그때까지 내가 들은 소문이 대충 맞는다면 그녀는 나보다 2, 3년 앞서 임용되어, 영문학과에 수월하게 안착한 여선생이었다. 풍문에 굳이 기댈 것도 없이 그녀의 전신에는 혼기를 스스로 늦추고 있는 듯한 분위기가, 콧대가 세다는 말이 무슨 소리야, 그 얼어 죽을 콧대가 우리 노란 풍신에 맞기나 해 하며 돌아서는 소탈한 면모가 물씬 풍기는 것이었다.

"금시초문인데요. 그 저희들이 누굽니까?"

"이 삼류 지방대학에 재직 중인 싱글 여선생들이요. 주축이 그래요. 발기는 제가 아니라 여럿이서 합심, 의기투합했다면 얼추 맞지 않을까 싶고요. 우리 캠퍼스가 어질어빠진 가장처럼 너무 네모반듯하고 무슨 자극이라고는 눈곱만큼도 없으니 심심하잖아요. 물론 익히 잘 체감하고 계실 테니 사설은 이만 줄이기로 하고요."

현대희곡 전공자답게 대사가 방정했고, 그 준비해온 말의 주술 관계도 정상이어서 상대방을 알아보는 눈금에도 흔들림이 없었다. 좀 이상한 느낌이지만, 그녀의 말씨에는 영어 상용자로 한동안 미국 동부에서 굴러먹어서 그런지 이른바 파스텔톤 같은 부드러우나 선명한 기운이 넘실거렸다.

그렇다는 것은 이 회상담을 끼적거리고 있는 지금에도 그녀의 그 말씨가 무리 없이 들려오는 듯하니까. 역시 미국 현대희곡은 촘촘히 새겨읽을 만한 가치가 있는 듯하다, 나야 워낙 글이 짧아 잘 모르긴 하지만.

"싱글이라? 당분간 짝 없이 혼자 사시는 젊은 여선생들이란 말이군요?"

"당분간, 짝 없이, 두 말이, 듣고보니 조화가 아주 그럴듯하네요. 그래도 젊다는 말은 좀 그렇네요. 연령 같은 건 안 따지지만 나이 드신 분들은 아예 범접도 않고, 이 땅의 풍토가 그렇잖아요, 친구는 직장

밖 외부에나 있고요, 우리 쪽도 그런 사람과는 멀리해요. 구미가 안 당기세요? 나보다 열 살 연상인 여선생도 있다견 후지다고 안 나설라 나…"

"면면을 봐야 구미든 흥미든 당기고 말고 할 테지요."

나이도 있으므로 톡톡 튀는 말버릇이라면 호들갑일 테지만, 외국생활을 오래 한 사람답게 도랑도랑한 구석이 온몸에서 너울처럼 밀려들고 나고, 그 점은 그녀의 굵고 짙은 생태의 눈썹이나 다부져 보이는 입매와도 그런대로 어울렸다.

물론 그때 그녀의 구변을 그대로 재생할 수는 없으므로 대충 위와 같은, 또 아래와 같은 대화를 나눴다고 보면 대차가 없을 테고, 실은 그녀의 체취만을 떠올려도 나조차 어떤 실감으로서의 최면에 빠져든다고 설쳐도, 늙마에 망령기도 가지가지다고 비웃을 수는 없지 싶다.

"어쨌거나 그 재미난 결사에 왜 하필 불민한 저를… 잘 아실 테지만 저는 서울에 배우자를 두고 있는 몸인데 말이지요."

그녀의 즉답은 언제라도 누글누글해서 아무라도 삽시간에 무간한 사이로 만드는 친화력도 넘실거렸다.

"바로 그 배우자가 친정 간다며 오늘 밤 잠시 있어야 할 그 자리를 비우거나, 다른 배우자 곧 서방님이 출장을 가신 분들도 스페셜 게스트로 모시고 있어요. 그야말로 한시적인 짝 잃은 기러기지요. 오늘 상경 안 하신다면 자격이야 충분하잖아요."

"글쎄요, 호의가 고맙긴 한데…"

"참 딱딱하시네, 달리 약속도 없는 것 같건만 무슨 핑곗거리를 찾으시나. 공연히 비싸게 굴면 찍히지요."

"그런 엄포쯤이야 얼마든지 우습게 알지만… 그런데 말이지요, 누가 잔인하다 어떻다 해댄 이 신록의 계절에, 그것도 밤에 모여서 뭘 하시나요? 남자 선생님들도 더러 출몰합니까? 나 혼자라면 아주 곤란할 것 같아서요. 게다가 소인은 워낙 무재주에 장기라곤 눈곱만큼도 없어서 여러분을 지루하고 피곤하게 만드는 위인에 불과해서…"

"남자 선생, 있지요. 오늘은 몇 분이나 오실지 몰라도 여자들 사이에서 따돌리지는 않을 거예요. 절대로 심심치는 않을 겁니다. 뭘 하다니요, 그냥 이런저런 화제를 주고받고 수다도 떨고 그래요. 트럼프도 하고요. 누가 브릿지를 가르쳐주겠다는데 다들 관심이 없는 모양이고, 마작은 배우겠다는 사람이 몇 되데요."

"그러니까 머랄까, 일종의 단순 친목을 위한 모임이라고 보면 되겠군요? 결사 단체와는 거리가 먼…"

내가 그처럼 꼬치꼬치 물었던 데는 나름의 경계심이 발동해서였다. 다름이 아니라 그 당시 그 지방 사립대학은 어느 직장이나 대체로 그렇듯이 두 파로 나뉘어 있었는데, 체제 사수파와 변화 촉구파가 그것으로 그즈음은 내 또래의 젊은 총장이 제 엄친의 자리를 그 전해 8월부터 물려받은 야심만만한 해외 유학생 출신이라서(여담인데, 신언서판을 골고루 갖춘 그 총장이라는 양반이 미국 중부와 유럽의 한복판에서 고등학교부터 다년간 공부를 했다는 풍문이 들리고, 그이의 전공도 영어와 프랑스어가 골고루 구색을 갖춘 초기 근대소설이라기에 불쑥 '싱거워빠진 호기심이 떠들고 일어나서' 그 최종 학위논문을 구해보려고 여러 인편에 수소문해봤으나 헛수고에 그치고 말았다. 그 전말을 무심히 토로했더니 한 동료는 가소롭다는 건지 한심스럽다는 건지 종잡을 수 없는 웃음만 베물고는 "극어학 하는 양반이 중뿔나게 남의 나라 문학까지 알아서 머 할라꼬, 객기 같구마는. 꼭 찾아서 읽어야 맛을 알아? 점잖게 모른 체하고 있어야지" 해서 나는 고개를 끄떡거릴 수밖에 없었다) 한 축을 좌지우지했고, 그 반대편은 이렇다 할 구심점은 없었으나 '학교 운영자를 직선제로 선출하고 아무라도 돌아가면서 그 직위를 맡도록 정관을 바꾸자'라는 선명한 구호 아래 똘똘 뭉쳐져 있는 비주류였다. 두 쪽의 숫자는 어금지금하지 않았나 싶은데, 누구도 그 열세를 인정하지 않는 데서도 드러나듯이 서로 팽팽히 맞서 있는 형편이었다.

그러거나 말거나 직장 경력이 상대적으로 다채롭고 또 그만큼 많은 나로서는 그런 편 가르기에 따르는 기세 싸움의 정서랄지 그 분위기에도 웬만큼 달통해 있던 지체라서 어느 쪽과도 거리를 두자는 배짱을 확고히 지니고 있었고, 양쪽의 시비를 철저히 관망해보겠다는 처신을 평소에도 솔직하게 털어놓고 지내는 쪽이었다. 이를테면 점심을 함께 먹자는 제의를 그 전해 학기 초에 몇 차례 받았으나, 그때마다 "식빵으로 아침을 늦게 먹었더니요"라든지, "아이고, 서로 불편할 것 같네요. 다음에 하지요"라든지, "오늘 처분하지 않으면 버려야 할 파운드 케익이 좀 남아서 곤란한데요" 같은 거짓말을 둘러대며 짐짓 겸손하게 따돌려버렸다. 그 이후로 소문이 났는지 어느 쪽에서도 접근하려는 기색이 안 비쳐서 내심 잘됐다고 환호성이라도 지르고 싶은 나날을 보내는 중이었다. 접장은 모름지기 다른 선생과 겉돌면서 연구실 밖의 사정은 지척을 분간하지 못해도 좋으리 하는 내 신념과 처신에 누가 시비를 걸어온들 괘념치 않을 배짱이 있었다. 역시 나이도 있는 데다 딴에는 요행히 대학 접장으로 임용되었답시고 책이나 부지런히 읽자고 다짐한 터였으니까.

불쑥 튀어나온 나의 질문은 기아선상에서 허덕이는 적빈무의(赤貧無依)의 그것이어서 제법 심각한 투였다.

"그런데 말이지요, 거기 가면 머든 먹을 게 좀 있을까요?"

"참, 딱하기도 하셔라. 설마 싱글 여자들이 득시글거리는데 먹을거리가 없을라고요. 각자가 지 솜씨를 자랑할라고 재료를 갖고 오기도 하고요, 브라운 백이라고 맛있는 걸 사 오는 이도 있고, 먹고 싶은 거 있으면 중국 음식을 시켜도 돼요. 참, 경상도 남자들 국수 좋아하던데 시장할 때쯤에 그거라도 삶으라고 하지요 머."

"그렇다면 얼마라도 식비랄지 회비를 걷어야지요?"

"그런 거 걱정 안 하셔도 돼요. 회비는 저절로 내지고, 잘 굴러가게 되더라고요. 가실 거지요?"

"어디로, 어떻게 갑니까?"

"20분쯤 후에 정문 쪽으로 걸어가고 계시면 제가 뒤따라가서 제 차로 픽업할게요, 아시겠죠?"

갑작스럽게 닥친 일이긴 했어도 저녁 한 끼는 색다르게 해결할 수 있게 되었다고, 그 걱정을 덜어버린 것만으로도 홀가분하다고 여겼을 게 분명하다. 사람은 내남없이 근본적으로 이기적인 동물이며, 정권을 누가 탈취해간다고 아우성쳐대도 식사 한 끼에 비하면 그런 성토는 군소리에 불과할 뿐이다. 곧장 나는 뒷자리나 지키면서 배가 웬만큼 불러오면 틈을 봐서 슬그머니 내빼버리든지 해야겠다고 미리 내 행방까지 점치고 있었을 게 틀림없다. 서울행 고속버스는 거의 자정에 가까운 시간까지 승객을 기다리고, 주말을 내 집에서 푹하게 보내다가 화요일 오전까지 연구실에 당도해서 금요일 오후까지 세 과목의 강의를 끝내는 일정에 묶여 있는 신분이야말로 월급쟁이 천국의 표본이라 할 만했다. 계엄령을 해제하든 연장하든 선생은 모름지기 학생을 가르치고, 매달 꼬박꼬박 월급이나 받으면서 당국에서 조기 휴교령이나 떨구어주기를 기다리면 그뿐이었다.

아무려나 그때 그녀의 차는 첫 국산 승용차라고 시중의 반응이 꽤나 부산스러웠던, 꽁무니 쪽 외형이 빗금으로 마무리되어 있어서 엉덩이를 불쑥 내밀고 방바닥을 물걸레질 중인 젊은 여자를 떠올리게 하는 바로 그 포니였다. 차 이름이 그래서 자꾸 그런 연상이 떠오르지 않았나 싶은데, 뒤이어 출시한 포니 투는 말의 볼기짝에 더 탄력 좋은 살점을 붙여놓은, 그쪽 사투리로는 '둘벙한' 형상이라 좀 더 억지로 웃기는 꼬락서니였다.

아무튼 심모 선생과 그 차와 그 차 이름이 묘하게도 그럴싸한 화음을 내지르며 어딘가로 굴러가고 있었다. 아마드 그런저런 생각만으로도 정신이 펄떡거려서 그랬을 텐데, 일반주택과 상가들이 양쪽으로 한창 들어서고 있던 외곽지를 벗어나 어떻게 도심 한복판의 그 '유서 깊은' 집에 이르렀는지 가물가물하다.

심 선생과는 이런저런 말을 쉴 틈 없이 주거니 받거니 했을 테고, 그녀의 그 거침없는 붙임성 밑에 어룽거리는 물질적인 풍요와 정신적인 여유의 근거는 앞으로 풀어봐야 할 과제인 듯하다는 느낌을 추슬렀을 것이다.

나중에서야 그녀의 실토를 통해 알았지만, 그 집은 한때 잠시 명의로 소문이 자자했던 한 내과 전문의 심모씨의 여벌 집이었다. 가족은 물론이고 주위 사람들로부터도 '우리 원장님'으로 통하던 그 심모씨는 그녀의 백부로서 큰돈을 벌게 해준 조력가로서의 한 간호사 출신에게 그 집을 사주었다고 하며, 연전에 백부의 그 서모가 자식도 없이 치매를 앓다가 졸사(猝死)하는 바람에 그 집의 소유권이 공중에 붕 떠 있는 형편이었으므로 그녀는 당분간 주인 행세를 만판 누리고 있는 처지였다. 그럴 수밖에 없는 것이 그 백부의 소생들, 곧 그녀와는 사촌 간인 형제들도 반쯤은 미국에 있는 데다 서울에서 사는 사촌 언니 하나와 그 핏줄의 남동생 하나도 지방의 그런 부동산 따위는 안중에도 없어서 그녀가 어떻게 관리하든, 심지어는 어떤 식으로든지 명의 이전 같은 절차가 후딱 끝내지기를 기다리고 있어서였다. (남의 백부이긴 해도 이 양반에 대해서는 좀 더 언급할 기회가 있을 테지만, 후에 의학 교육에도 크게 이바지한 심 박사는 어느 대학의 총장으로 모셔갔을 정도로 공사가 분망했을뿐더러 간호사 출신의 그 첩실의 이래라저래라하는 간섭에는 꼼짝도 못 하고 늘 허허거리는 처신으로 이웃들로부터 오히려 점잖고 너그럽기 짝이 없다는 칭송이 자자한 지체였다고 하니 대충 그 분위기와 아울러 신언서판마저도 저절로 우람하게 떠오른다고 하겠다.)

2차선 국도에서 바로 기역 자로 꺾어지는 구불텅한 소방도로를 전봇대 사이만큼 나아가면 튼튼한 받침돌을 무르팍까지 쌓아 올린 그 위에 회색 벽돌을 기다랗게 두른 담장이 나온다. 이 담장은 거친 시멘트 반죽을 마구 흩뿌려서 그 균질감 좋은 우툴두툴한 표면에 낙서를 못 하도록 만들어진 것이다.

한참 후에 무슨 볼일로 그 부근을 지나다가 문득 그 집 담장이 보고 싶어서 한참이나 그 앞에서 면벽 상태로 있었더니 현대 추상화의 통사구조에 핵심적인 원리를 발굴해낸 잭슨 폴락의 그 흘리기와 튀기기, 흔히 액션 페인팅의 기본이라는 드리핑 기법이 저절로 안전에 괴어들던 정경도 나만의 감상적 정취이기는 할 터이다.

북향 문을 낼 수는 없으므로 동문 앞에다 좁장한 어귀를 만들어놓은 것도 첩치가는 원래 집치레란 말을 떠올리기에 충분했다. 차 주인이 능숙한 솜씨로 그 어귀에다 차를 쑤셔 박았고, 갓돌처럼 납작한 빗물받이 지붕을 얹은 튼실한 두 짝 나무 대문 옆에 별도로 달아낸 외짝 철책 문을 열고 들어섰다. 파릇한 초록기가 점점이 박인 누런 잔디밭이 짙어 오는 저녁놀에 물들어 숨을 죽이고 있었다. 대문께에서부터 엇비스듬히 깔린 징검돌이 거뭇거뭇했고, 검누런 타일로 둘러싼 이층집이 좀 되똑해 보이는 것은 아무래도 담장 둘레에 잘 가꿔놓은 정원수, 예컨대 배롱나무, 목련, 대추나무 등속과 이웃집들을 가리는 은행나무 울이 제법 거들먹하니 에워싸고 있어서 그런가 싶었다. 뚜릿뚜릿 집 구경을 하면서 나는 몇 번이나 탄성을 내질렀고, 이 참한 집의 진짜 임자가 심 교수라면 믿기지 않다 못해 부쩍 의심스럽다고 같잖은 너스레도 중얼거렸을 것이다.

실내도 끌밋했다. 테니스장을 얼추 두 개 이상은 집어넣을 만한 잔디밭을 한눈에 바라볼 수 있는 거실, 거실 둘레에 들어앉은 서너 개의 방들과 입식 부엌, 2층으로 올라가는 실내 계단, 무슨 대기석처럼 벽면에다 붙여놓았으나 장식이 없어 더 고풍스러운 벤치형 의자(곧장 알게 되었지만, 병원용으로 쓰던 것을 버리기가 아깝다고 비치해둔 것이었다), 뜨락만큼이나 널찍이 펼쳐놓은 카펫과 그 위의 교자상. 한마디로 고풍스러운 집으로 대뜸 살아보고 싶다는 충동이 일었다가 서운하게 사라지는 안타까움을 애써 눅여야 했다.

진작에 학교 울타리 안팎의 어디선가 마주친 적이 있는 듯한 여선생 서넛이 '이모님'이라고 불리는 중년여성의 눈짓과 손길에 따라 음식 장만을 거드느라고 소란스러웠다. 좋은 집을 때맞춰 가끔씩 살리기 위해 친목 단체를 꾸렸다고 봐야 옳지 않을까 싶었다. 알다시피 사람이 집을 만들고 살리는 게 아니라 그 반대로 주거 공간이 그 사용자의 인품에 무게를 얹어주는 경우가 허다하고, 그러므로 다들 집 간수에 잔신경을 쓰며, 옷도 그래서 차려입는데, 그러니 만사는 거죽을, 외형을, 더 직접적으로는 형식을 반듯하게 가꿔놓고 봐야 한다.

햇빛이 성큼성큼 빠져나가자 이내 실내가 대낮처럼 환히 밝아졌고, 집주인은 어느새 발등까지 치렁치렁한 얼룩무늬 원피스 위에 자주색 카디건을 입어 멋을 내고 있었으며, 참석 예정자들도 속속 곱상한 자태로 들이닥쳤다. 나는 신참자답게 예의 그 출입구 벽에 붙여서 진열해놓은 예의 그 벤치에 앉아 있다가 꼿꼿이 일어서서 인사를 나누고 나서는 이내 두런두런 속닥이는 그들의 말을 유심히 듣느라고 긴장을 풀지 않았다.

이윽고 교자상 두 짝 둘레에 참석자들이 촘촘히 끼어 앉았다. 남선생이 예닐곱 명은 되었던 것 같고, 여선생이 그 두 배쯤이었지 않나 싶은데, 막상 남녀 모두 기혼자가 반 이상은 되어 보였다. 왠지 그런 비율이 만만하다기보다 역시 대학 내의 주류와 비주류의 눈에 안 보이는 알력이 상당한 데다 그 잠재적 역량이 유로(流露)하고 있다는 느낌을 챙기면서, 이 몸도 이제는 이런 자리에까지 끼이니 명실상부한 대학 접장이 된 듯싶어서 나는 적이 안도했다.

곧장 집주인이 "시작하시지요"라는 선언을 떨어뜨리자 다들 큼직큼직한 쟁반에다 담아서 내놓은 일종의 별식 요리들을 앞앞에 놓인 노느매기 앞접시에다 주섬주섬 담아 허겁지겁 거머먹기 시작했고, 입가심으로 맥주와 국내산 와인 '마주앙'인가도 남녀 구별 없이 서로 따라주며 비위를 맞췄다.

한창 출출하던 판이라 뱃구레나 채우고 보자는 심정으로 아무 음식이나 집어 먹으면서도 나는 뭔가를 초조히 기다리고 있었다. 이를테면 이 친목 단체의 진정한 목적이 무엇인지, 다들 알게 모르게 쉬쉬하면서 베일 속에 꽁꽁 감춰두고 있는 결사(結社)의 내막 따위를 알고 싶어서 조마조마해지는 기대의 끈을 놓지 않고 있어서였다.

그런데 맹탕이었다. 시간이 흐를수록 '이게 도대체 뭔가, 사기잖아, 엉망인데, 총장과 같은 비칭은 유언비어로서 편 가르기로 먹고사는 무리의 엉터리 말인가' 같은 내 감상을 속으로 툴툴거리다가도, '이때껏 너무 가파르게 지 앞길만 닦아오느라고 사람끼리의 인정내기에 내가 너무 냉담했단 말인가 보네, 각박한 세상살이에 되게 치어버린 나 같은 고집쟁이에게 없는 여유를 사는 것같이 사는 이 촌것들이 보랍시고 시위하는 모양이니 이 몸도 이 부류에 섞여서 놀아야 하는가'라는 자기반성만 뒤적거리게 할 뿐이었다.

물론 그런 총중에도 떠들썩한 웃음소리는 여기저기서 연방 터져 나왔고, 방담도 끼리끼리 또 대체로 종작없이 자욱했으나 귀담아들을 내용은 하나도 없었던 게 분명하다. 하기야 그런 모임 자체를 지금껏 기억하는 것만으로도 좀 기이하게 느껴지고, 그 나머지야 심 교수의 언행 한 자락이라도 새겨 두려고 바짝 긴장하고 있었다는 내 처신만 오롯이 그려질 뿐이다. 첫 경험이란 대체로 그처럼 어리둥절한 채로 치르는 것이 아닐지, 그래서 막상 떠올릴 만한 세목이 없다는 내 경험담은 제법 그럴듯하지 않을까 싶다.

억지로 회상을 끌어와 보니 개중에는 동양철학을 전공한다는 늙수그레한 홀아비 선생이 단연 비윗살 좋게 좌중의 화제를 나름대로 주도하고 있었던 것 같다. 물론 그와 나는 학교에서 마주치면 서로 말없이 머리나 꾸뻑이는 처지인데, 평소에 과묵을 위장하고 있는 것 같던 그 양반의 다소 칙칙한 얼굴이 우스개를 조곤조곤 주워섬길 때는 의외로 밝아서 "어떻게 감쪽같이 저럴 수가 있나, 신기하네, 걸물은 못 돼도 별종이긴 한가, 지방에도 인재는 있다는 실례로서는 기중 양호하네"라는 탄성이 저절로 괴어올랐다.

그런데 동양철학 전공자의 그 재미없는 농담에도 여선생들은 짐짓 호응을 보이느라고 웃음을 터뜨리곤 했으나, 남선생들은 대체로 무덤덤한 표정으로 일관했고, 경청 자세를 허물지 않으면서도 자꾸 들어보니 나로서도 저런 때 묻지 않은 진솔성은 거의 멍청이 수준이 아닌가 싶은데다 미혼 여선생들의 관심을 끌어모으려는 저런 아부성 다변이야말로 만년 홀아비 신세를 못 면할 망조로 비치기도 했다. 그러고 보니 좌중의 몇몇 선생들은 하나같이 무슨 '야심' 같은 것과는 인연이 먼 고만고만한 인상들이었고, 그 점은 얼굴에도 또 말씨에도 완연해서 '우리는 후세를 가르치는 천직(天職)을 곱다시 받드는 데 한 점 부끄럼이 없다'라는 자세를 온몸으로 과시하고 있었다. 하기야 그런 과시가 시늉으로 비치는 것이야 어쩔 수 없는 일이고, 그것이 재량껏 드러난 자태야말로 직업적 성격 그 자체였다. 생업이란 그처럼 당사자의 실물을 어느 자리에서나 생생하게 드러내 주는 옷걸이 아닌가.

그런 사정을 훤히 알면서도, 또 지극히 평범한 생활인이자 직장인들이 명색 대학교수라는 허울을 쓰고 모여든 사적 자리에서 내가 이상한 기대심리를, 달리 말해서 무슨 '대망 증후군'에 들려 초조해하고 있었으니 내 정신상태야말로 요주의 분석 감이기도 하려니와 전 직장에서 몸에 익힌 신병 같은 상대방의 진정한 '정체 파악벽'이 중증이라는 시사(示唆)이기도 하다.

다들 그럭저럭 배가 불러오는지 젓가락질이 뜸해졌다. 이제쯤에는 사담보다 무슨 공지 사항 같은 당부가 나올 찰나지 않나 하고 있는데, 방금 들었어도 그 소속 학과가 자연계였는지 사회계였는지 헷갈리게 하는 넥타이짜리 남선생 하나가 그윽한 눈길을 한사코 내 쪽으로 보내서 눈이 부시게 만들며, "시절이야 하 수상하든 말든 우리끼리는 이런 자리라도 자주 가져서 소중한 우의와 귀한 생활 정보를 함께 나눴으면 좋겠습니다"라는 요지의 소탈한 의견을 내놓았을 것이다. 얼핏 듣기로는 묘한 함의가 깔린 듯했지만, 나를 직시하는 그 순진한 눈매에는 신참자인 이쪽의 의향을 곱다랗게 묻는 낌새가 역력했다.

그러나 내게 말할 기회는 주어지지 않아서 그나마 천만다행이었다. 여기저기서 격주로 하자고, 다달이 하자고, 방학 중이라도 좋잖냐고 해대며 집주인의 눈치를 살피는 것이었다. 심 선생은, 이 집에서 계속 모이겠다면 늘 이렇게 텅텅 비어 있으니 얼마든지 좋다고, 모이는 연락이야 서로 가깝게 지내는 사람들이 알아서 모셔 오면 될 것이며, 그야말로 미국식 파티처럼 부담 없이 브라운 백이나 한 봉다리씩 들고 우루루 모여서 떠들다가 흩어지고 말지 유난스럽게 회장, 총무 따위를 정하고, 회비 거두고 그런 짓일랑 제발 하지 말자고 했다. 다들 찬동하는 낌새가 완연했다.

옆 좌석의 친절한 설명에 따르면 그 이름도 없는, 그냥 막연히 '싱글 미팅'이라고 칭하는 그 모임도 지난해 봄 학기 때 심 교수의 즉흥적인 발의로 여선생들 예닐곱 명이 한 번 뭉쳤고, 뒤이어 후학기 때는 추석이다 뭐다로 차일피일하다 종강 무렵과 연말에 연거푸 두 번이나 '대소' 집회를 마련했다면서 그때마다 미혼/기혼 여부를 따지지 않고 '인품이 고상한' 남선생 몇몇을 양념 삼아 끼워 넣었다고 했다.

설왕설래가 오가는 중에도 방금의 그 집회 채근자가, 또 말을 많이 한다면서, 잔칫집에 가서 온갖 좋은 음식을 실컷 다 먹어놓고서는 김치가 제일 맛있다며 눈치 없는 소리를 무심코 내지르는 사람이 있듯이 자기도 오늘 먹은 음식 중에는 잡채가 기중 맛있다고, 집에서 기르는 순한 짐승의 트림 같은 답례의 말을 흘렸다.

다들 배울 만큼 배웠고 개중에는 서양요리를 벨기에에서 5년 동안이나 공부하고 온 여선생도 있던 판이라 즉각 만만찮은 대응이 속속 잇따랐는데, 그 내용을 당시의 주거니 받거니와는 전혀 다를 수밖에 없는 대화문으로 작성하면 다음과 같다.

이러니 모든 회고록의 '사실' 여부는 글쓰기에 임하는 당시의 작성자가 손에 익은 솜씨로 평소의 감성/지성을 휘두르고 휘갑침으로써 누가 읽더라도 즉석에서 '이럴 수밖에'나 '그렇기도 하겠네'라며 그 지어낸 '조작물'에 임시적 신뢰를 표하도록 몰아간다. 그거야 어떻든 나의 기억이 아무리 부실하다 하더라도 당시에도 이미 혼기를 놓친 노처녀 여교수들의 염원은 말끝마다에 분내만큼이나 무시로 확확 풍겨왔으므로 거의 틀리지 않으리라는 이런 언질들은 반쯤 믿어도 좋을 것이다.

그들의 대화 중 몇몇은 지금도 그 화자의 얼글과 교양 정도를 희미하게나마 떠올릴 수 있긴 해도 그런 구차한 분별은 이 자리에서는 무용하므로 익명으로 따돌리면 대충 다음과 같은 주거니 받거니로 짜맞출 수 있을 듯하다.

"누구야, 잡채 만든 사람이? 말속에 씨가 들어앉은 것 같애. 낌새가 비친다는 건 좋은 징조야, 그렇게 봐야지."

"어머, 그러셨어요? 저는 뒤적거리기만 했는데, 어쨌든 고마워요. 의미심장한 말을 일부러 골라서 한 것 같지는 않아서 좀 그렇지만."

"사귈라나 봐."

"어째 촌스럽다."

"원래 쿰쿰한 반찬 냄새를 서로 풍겨야 제격이지, 그렇게 돌아가는 거야."

"다음에는 나도 잡채 재료나 사 와야겠다."

"우리야 떡이나 먹고 소일삼아 구경이나 해야지. 손가락 빤다는 말이 저절로 떠오르네 머, 진풍경이 별거도 아니겠는데."

"머잖아 이 싱글 미팅에서 첫 커플이 나오게 생겼네."

"전 총장이 유독 교내 커플 선생을 좋아했다지, 아마?"

"머야 그게, 사교(邪教) 집단도 아니고, 난 부부가 한 직장에서 같이 근무하는 거 정말 보기 안 좋더라."

"무슨 한 직장? 단대별로 뚝뚝 떨어져서 점심도 따로 먹는데."

"알아서들 하세요, 스파크가 일어날 때는 앞일 걱정하지 말고 일단 몸부터 먼저 부딪쳐 봐야 한답디다."

"한 과에서 부부가 몇십 년씩 함께 재직하는 커플도 의외로 학교마다 흔하대, 주로 서울서 그러는 모양이지만."

"아이고, 지겹지도 않나 몰라, 온종일 코를 맞대고 있을라면."

"그것도 인연이라는데 어째. 인연은 어느 구름에 비가 들었는지 모르듯이 그렇게 덮쳐온다는 거야. 덮쳐오면 그러려니 하고 마냥 비나 맞으며 개기고 살아야지, 별수 있나, 머."

"혼자 살기도 벅찬데 어쩌자고 둘이 뭉쳐서, 그게 무슨 강제야?"

"원래 똑똑한 사람은 일단 일을 저질러놓고 나중에 고민한다고 그러데, 머리가 나쁜 것들은 일을 저지르기는커녕 고민 먼저 하다가 좋은 시기 다 놓치고 나중에 복장을 지 혼자 두드리면서 후회한다는 거지요."

"그러게, 실천력이 당장에 있냐 없냐가 사람을 가르는 제일 요긴한 삼각자야."

"공부 못하는 것들은 연필이나 깎으면서 계획만 세우다 말잖아."

"맞아, 이 사람 저 사람을 지 멋대로 전주고 이것저것 자꾸 따지는 버릇은 머리 나쁜 인간들이 지가 똑똑한 체하며 나댈라고 그러는 상습적인 지병 한 가지야. 버릇, 지병이고 원죄야, 그게 사람 형용을 정확히 갈라놓는 거야, 버릇은 생각할수록 무섭고 지독하고 의미심장하다고."

"만사는 버릇이 말하는 그대로야. 깜냥대로 정확히 일러주는 데야 어째. 이 쉬운 인생 원리를 모르고, 깜빡 잊고 허둥지둥 살아가니 다들 머리가 너무 나빠."

그때 사학과에서 근세조선의 망국사(亡國史)와 더불어 그 후의 일제 강점기 역사를 전공한다고 알려진 기혼의 남선생이 따분한 화제를 따돌리느라고 나를 직시하며 물었다.

"어떻습니까, 한 선생님은 서울에서 다년간 생활하셨으니, 시방 서울의 동태가 적잖이 시끌벅적거린다고, 다들 조마조마하니 멀 기다리면서 좀 거시기해져 있다는데 어떻게 돌아갈 것 같습니까? 우리는 머리가 나쁘니 요점과 정곡을 찌르는 발언을 삼가지 말아 주시면 좋겠습니다만…"

엉뚱한 생각만 이어가느라고 성적도 반에서 중간쯤이나 겨우 하는 학생이 질문을 받자 당황하는 처지가 되고 만 내가 그래도 신문에서 주워 읽은 말본새로 즉답을 내놓았다.

"거시기는 저도 잘 아는 말이고, 이쪽에서는 그쓱하고 머쓱하다는 말을 더 잘 쓰고 뜻도 한결 쉽지 않나 싶은데, 어쨌거나 아까 그 거시기는 대세 추진력이든가 세태 순응력쯤 될 것 같은데, 그거야 아무래도 서울 중심주의가 뿌리 깊은 유전인자로 작동해서… 서울만 잡으면 대세는 저절로 기울어지게 되어 있다는 신조로 기득권자들이 시방 긴장을 잔뜩 끌어모아 가는 중이 아닌지, 우리야 관망 일변도로…"

내가 대충 그런 말을 얼버무리자 좌석에는 대번에 엄숙한 공기가 깔렸다. 그래도 대학 접장들이라서 심각하거나 난해한 문제에 대해서는 하나같이 귀를 기울이고, 또 잘 들어두었다가 어디서든지 요긴하게 써먹으려는 응용력도 출중해서 화제가 이어지기를 바라는 낌새가 뚜렷했다.

"정말 알 수 없는 것은, 다들 잘 알다시피, 구한말의 단발령은 서울에서 터뜨려놓고 그 뒷감당은 지방에서, 우리는 죽어도 그런 쑥대머리로는 못 살겠다고 들고 일어났으니 대세 추진력에서는 오히려 서울이 지방 눈치를 보는 형국이 아닐까 싶고…"

"남선생 여선생이 한 학교에서 봉직하는 것은 아무래도 거시기하다는 주제에서 너무 겅중 뛰어버리니까 나처럼 머리 나쁜 사람은 따라잡기가 어렵습니다. 설명을 제발 좀 부드럽게, 실생활을 적극적으로 반영하는 쪽으로 순화시키는 쪽이 어떨지… 현재의 정세는 별로 어렵지도 않은 것 같으니 다들 짐작대로 챙기시고…"

일본어문학과에서 재직 중인, 규슈의 모 국립대학에서 박사학위를 따 왔다는 여선생의 그 다소곳한 반발에는 역시 호소력이 직접적이라서 다들 동조하는 눈치였다.

"직장과 혼인의 상관관계도 결국 세태 동조론과 대세 거부론으로 나눠질 수 있다는 거지요. 지방은 남녀 사이에 아직도 내숭이 심해서 다소 시대착오적이라기보다 시대 역행적이라는 지적을 내놓을 수 있을 테고요. 그 근거로는 심정적으로만 보수색이 강한 주위의 압력에 마지 못해 동조하는 내색도 무시 못하고요."

나도 화두를 내놓은 일말의 책임에 떠밀려 입말을 사양하지 않았다.

"사람이 세태를 주도하느냐, 아니면 장소 또는 시대적 변수, 그러니 특정의 상황이든가, 더 정확히는 어떤 정황이 시대의 유행, 의식을 좌우해서 선도하느냐는 게, 말하자면 언어권마다 다른 시기별 풍속성의 주체가 사람이냐, 환경이냐로 집약되고, 그 대세를 주도하는 일종의 세력이 식자 계층의 의식이냐, 외부의 영향이냐로 분별할 수 있겠는데, 그 실천적 국면이 서울과 지방이 빠르다, 느리다로 나눠진다는 거 아닌가 싶은데요. 요컨대 지금 화제의 핵심은 어쩌자고 자꾸 서울과 지방을, 또 그곳 사람들의 의식을 줄창 갈라쳐 버릇해서는 별 소득도 없고, 해답과 점점 겉돌다가 멀어진다는 거지요. 아직 이해가 충분치 않다면, 단도직입적으로 말해서 같은 학교에서 부부가 함께 봉직한다는 것을 남의 일로 볼 게 아니라 당장 실천해봐야 죽이 되든 밥이 되든, 그러니 의식과 생활을 따로 나눌 게 아니라 바로 한쪽이 다른 한쪽에 보조를 맞춰보라는 주문이라서 별로 어렵지도 않은데, 아무래도 지방은 문물의 유통이 느리고 그 의식도 좀 게을러서… 의식이야말로 실은 박래품이라는 것이 제 솔직한 의견인데, 그런 게 있다면 서울 의식이란 것을 바로 직수입해서 써먹으면 그뿐인데, 어쩌자고 지방은 늦어빠졌네 어쨌네 하는 맴돌이 생각만 되뇌는지…"

너스레가 길어지자. 누가 "실천이 최고라잖아, 우리도 그 실천 공부나 합시다"라고 선동하기를 마다하지 않았고, "그 실천이 지방은 어렵대요. 방금 그 말이야"라고 하니까, "의식이 비루하다는 소리 같은데, 실천이 없으면 의식이 없든가 가짜 의식일걸"이라고 거들자, "사람 사귀기에서도 서울과 지방이 다르다는 걸 이론으로 조지고 매듭을 지을라니까 말이 공연히 어려워지는 거 아닌가" 같은 나름의 해석도 따랐고, "실은 이런 우리끼리 모임이야말로 그런저런 정분 싹 틔우기, 나아가서 짝짓기의 도화선이라고 생각하시고 다들 분투 노력을 삼가지 말아야겠지요. 그게 결국 실천이잖아요, 지방이 서울에 비해서 상대적으로 뒤떨어져 있다는, 의식이든 빌어먹을 그 실천이든, 그렇게 들었는데요, 틀렸을까, 머리가 나쁠까, 헷갈리네" 같은 자조 섞인 툴툴거림도 이어졌다.

우리의 모든 토론이 어느 분야/부류에서나 그렇듯이, 처음에는 군살을 차제에 반드시 빼겠다고 서슬이 시퍼렇게 달려들지만, 어느 순간 흐지부지 끝나고 마는데, 그때도 그 전철을 밟았을 것이라는 추단이 여실해진다.

공부 때문이 아니라 다른 이유로 혼기를 놓쳐버린 것 같은, 줄잡아 말해도 30대 중후반에서 40대 중반까지의 여선생들이 어느새 만만해졌다고 내 쪽에서 먼저 제법 대담한 시선으로 쳐다봤더니, 대체로 한군데 이상의 고운 구석도 있긴 했으나 나머지가 워낙 빠지든가 모자라든가 못생겼든가 수준 이하라서 당분간 혼인의 결격사유로는 두드러져 보이는 면면들의 눈길이 차분한 가운데서도 분주살스러웠다. 그래도 굳이 따져본다면 집주인이 여러 점에서, 예컨대 펑퍼짐하지도 않고, 윤기 없는 피부가 다소 거칠지만 얼굴의 윤곽도 그런대로 갸름하고, 옷걸이에 맞는 옷을 걸칠 줄도 아는 듯한데다, 무엇보다도 눈길에 내숭스러운 기가 안 비쳐서 언제라도 상대방과 대등한 시선을 주고받을 수 있게 하는 그 눈매조차 한참이나 윗길로 봐줄 만한 것이었다. 그 모든 집주인의 상대적 장점의 배후에는 느긋하기 이를데없는 미국에서 닦은 학력과 그를 뒷받침하는 경제적 여유였다. 사족이지만 심 교수의 언행 일체에는 미국식 투안(偸安), 그 대범한 자세를 널리 퍼뜨리고 말겠다는 선교사적인 사명감이 무르녹아 있었다.

어느새 그 요긴한 화제가 고만한 분위기에 떠밀려 나고 말자 좌중에는 말도, 눈치도 한꺼번에 뿌옇게 메말라졌다. 그 호기를 기다렸다는 듯이 한 남선생이 슬그머니 일어서더니, 우리 동호인들은 전처럼 다른 자리를 보지요 라면서 방석을 들더니 제 등 뒤의 열어놓은 방 안으로 사라졌고, 그때부터 그 희한한 파티는 어수선한 가운데서도 두 팀, 아니 세 팀으로 나누어졌다. 곧 방구석에서 화투짝과 트럼프를 패대기치는 두 팀과 교자상 그 자리에 그대로 눌어붙어서 은행나무 곁에 매달린 노란 외등 하나가 비추는 잔디밭을 구연히 쳐다보며 뜸직뜸직 술잔 기울이기를 한사코 즐기려는 한 패가 그것이었다.

예로부터 흰옷 입고 모였다 하면 음주와 가무로 날을 지새운다는 무리답게 이 땅의 백성은 배운 사람이나 못 배운 것들이나 뭉쳤다 하면 술 마시고 나서 노래하든가, 재미도 없는 말시비로 타시락거리든지 돈 따먹기 노름에 빠져 버릇하는 것이다. 그날 그 자리도 물론 예외가 아니었고, 속물들이 벌이는 여느 세속계의 풍토성을 구색도 고르게 갖춘 꼴이었다.

그때쯤에서야 나의 엉뚱하고 덩둘하기 짝이 없는 어떤 기대감이 맥없이 허물어지면서 이 보잘것없는 지체가 거북해 하면 다른 사람들도 불편해할 터이므로 어떤 식으로든 이 자리에 동화되어야겠다고, 또 그러기를 은근히 바라고 있을 초청자 심 교수의 체면을 봐서라도 뻣뻣해지는 내 심정을 누그러뜨리자고 스스로 채근했을 것이다.

그러나 만만치 않았다. 나로서는 남자 한 사람을 포함하여 배우려는 여자들이 울을 치고 있는 트럼프 놀이 따위는 아예 그 카드조차 만져 본 적이 없었고, 남자 셋에 여자 둘이 번갈아 가며 들러붙어 있는 고스톱인가는 잔돈 따먹기를 하는 노름인 것 같았는데, 그 놀이도 할 줄 몰랐다. 자연스럽게 술판에라도 껴묻어야겠는데, 그쪽도 적잖이 난감하기는 매한가지였다. 왜냐하면 나와 가장 가까운 혈육 두 양반이 평생 술타령으로 주위 사람을 지긋지긋하게 치근거려대서 술이라면 진작에 아주 몸서리를 내고 있었기 때문이었다.

그 비화를 다 털어놓자면 이야기가 길어지고, 아마도 다음 장에서 그 일부를 털어놓을 자리가 마련될 것 같지만, 어쨌든 나는 시건머리가 웬만큼 트였을 때부터 장차 술만큼은 멀리하며 사는 인간이 되자고 별러왔다. 성인이 되고 나서도 그 맹세를 지키느라고 악착같이 버둥거려온 삶이 내 공적, 사적 행동거지를 그토록 고리타분하게 얽어맨 관건이었다고 해도 과장이 아니다. 친구들에게는 술에 약하고 또 술 마시기를 싫어하는 체질로 낙인찍히는 위장술도 불사하고, 직장생활 중에도 될 수 있는 대로 술자리를 피하든가 여자들처럼 한 잔쯤을 야금야금 받아마시는 일종의 생활양식 같은 것을 나는 한사코 실천하고 있는 쪽이었다. 술꾼들에게는 천하에 재미없는 인간이라고 손가락질을 받을 만한 처세이지만, 맹물에 조약돌을 삶아 먹더라도 제 멋에 산다는 말대로 유익한 점이 많은 것도 사실이다. 술값이야 안 써봤으므로 얼만지도 모르거니와 그런 낭비에 애달지 않아 기껍고, 평생토록 술상을 차리라는 말을 안 하니 집사람에게 늘 의젓할 수 있을 뿐만 아니라 무엇보다 술에 빠져 지내는 시간을 다른 도락으로 메울 수가 있으므로 여러 방면에서 꽤 진지한 생활감정을 누린다는 제멋도 오달진 것이다.

내 주제꼴이 그런 판이라 적잖이 난감했고, 재미 상이라고는 한 움큼도 없는 나란 인간의 무능이 못마땅해서 좌불안석이었다. 게다가 집주인이라서 그러는지 심 선생이 몇몇 비노름파와 더불어 연방 술을 권하는 데다가 화투짝을 두드려대던 노름꾼들도 번갈아 가며 술판에 들락거리며 무슨 낙으로 허송세월하냐고, 책만 읽고 사냐고 놀려대서 멀쩡한 사람을 아주 반쯤 등신으로 몰아대는 것이었다.

참으로 딱했다. 핏줄이 말하는 대로 술을 못 먹는 체질은 아니었다. 그렇다고 안 먹기로 했다는 말을 너덜너덜 주워섬기려니 당장 코앞의 심 교수의 눈치도 보였다. 그녀의 속셈이야 어쨌든 나보다 두어 해인지 먼저 임용되어 그 활달한 성격과 미국의 명문대학에서 학업을 마친, 그 당시로는 그 짱짱한 학력만으로도 모든 선생이 지레 기가 죽을 만한 여자의 호의를 멀겋게 무시할 수는 없는 일이었다. 설마 그녀가 자신의 쥐락펴락하는 여러 능력을 제때 마음껏 떨쳐보려는 무슨 꿍꿍이속을 가졌을 리야 만무하지만, 데면데면하기 짝이 없는 이쪽의 성정을 어루더듬는 듯한 그녀의 마음 씀씀이는 미상불 다사로웠다.

억지스럽다면서도 나는 맥주를 한두 잔 벌컥거렸다. 그런대로 맛이 괜찮았다. 이내 술기운이라는 어떤 기별이 내 머리와 복장 속에서 미묘한 화학작용을 일으키는 것이 빤히 들여다보이고 몸으로도 느껴졌다. 이를테면 '개강 스트레스'를 비롯한 학교 안팎의 어수선한 강압적 정서 일체에 따라붙는 온갖 짜증, 잔걱정, 신경질, 울화, 불평 따위가 한꺼번에 묽게 풀려가는 것이었다. 내친 김이라 손바닥 온기로 덥혀 가며 마시라는 집주인의 교시를 따르며 난생처음으로 와인이라는 포도주도 주는 대로 두 잔인가 마셨다. 술이 술을 먹는다는 경험을 난생처음으로 치르는 판이었다. 말도 겅중겅중 많아졌다. 말귀만은 재깍재깍 알아듣는 면추의 여선생들이 뿜어대는 화장품 냄새도 제법 고혹적인데다 이런 호사를 언제 다시 누려볼까 싶어 가슴께에서 뭉클한 것이 치받치기도 했을 것이다. 그럴 수밖에, 아직 불혹(不惑)이다 뭐다 하는 짙푸른 장년이었으니까.

어느새 아득바득 살아온 내 반평생이 허무해졌고, 그게 술의 위력이었다. 그런 내 심사를 아는지 모르는지 이쪽의 우스갯말에 주위의 여러 유식자 여성 제위가 호들갑으로 응수하는 일방 웃음이 끊이지 않으니 덩달아 고양감도 막무가내로 밀어닥쳤다. 기분이 아주 좋아졌다. 이 집에는 풍악도 없냐고 내가 짐짓 호기롭게 주정을 부리자, 집주인은 기다렸다는 듯이, 거실을 중심으로 기다란 안방과(거기서 노름판이 벌어지고 있었다) 마주 보는 똑같은 크기의 문간방으로 술자리를 옮겨주면서 사이먼 앤 가펑클의 엘피판을 틀어주었다(그 둘의 노래가 부드럽게 흘러나왔지 않나 싶은데, 물론 정확한 기억일 수는 없다). 화장실을 들락일 때마다 화투판과 카드 놀이판을 넘겨다보니 그쪽도 나처럼 진지했고, 돈 따기/잃기로 다들 제정신이 아니었다. 그것은 그것 나름대로 말로써만 학생들을 가르치고, 책과 이름으로 세상의 곡절을 풀어가는 대학 선생들이 한가롭게 여기에 빠져 있음으로써 평소의 그 몸에 밴 어떤 위선의 허름한 땟국을 말끔히 걷어내 버린 적나라한 모습이었다. 그 노름판을 구경 삼아 두 번째쯤 내려다보았을 때는 대학 선생이 도대체 푼돈 따먹기에 이토록 몰입할 수 있나 하는 생각이 저절로 술에 취한 내 머리의 혼란스러움을 더 좀 어질어질하게 몰아세웠다. 저러고서도 낮에는 강단에서 멀쩡한 얼굴로 남의 머리 굵은 자식을 가르치는 직분에 충실할 수 있다니, 저런 승벽(勝癖)이 있어야 두 얼굴을 번갈아 갈아 끼울 수 있겠지, 아니다, 이 지방에서는 그래도 대접받는 직분에 종사하며 다들 배가 부르니 그에 비례하여 머리는 후끈후끈 달아올라 있으므로 저럴 수밖에 없겠네, 머 하는 나의 '개안'에 더불어서 새삼스럽게 '두한족열(頭寒足熱)' 같은 문잣속을 떠올린 것도 소득이라면 작은 소득이었다.

일부러 짙게 뿌려놓았을 것 같지는 않은데, 병원에서나 맡을 수 있는 소독내가 등천하는 실내 화장실 변기에 앉았더니 졸음이 마구 쏟아졌다. 술에 취해서, 더 마셨다가는 실수할까 봐 잠시 쉴 생각으로 변기 뚜껑을 덮고 그 위에 올라앉는다고, 이것이 주사는 아니라고 스스로 우긴 기억은 어렴풋이 남아 있었다. 그다음은 온통 새카맸다. 아니, 사막처럼 지형이 오르락내리락하는 그런 굴곡 속에 발목이 푹푹 빠지면서도 그 단조롭기 만한 뜨거운 모랫바닥을 무작정 헤매고 있다는 느낌뿐이었다.

어느 순간 눈이 저절로 떠졌다. 낯설었다. 내 숙소가 아니었다. 신사복 윗도리는 보이지 않았고, 남방셔츠와 바지를 입은 채로 맨방바닥에 나뒹굴어졌던 모양이었다. 엘피판을 가지런히, 또 층층이 꽂아놓아둔 두어 뼘 폭의 4단 책탁자가 천장에 닿아 있었고, 그 옆에 큼지막한 구형 스테레오 전축이 쇠붙이 장식을 잔뜩 덧댄 3층 장 위에 올라앉아 있었다. 두툼한 백통의 금붕어 자물쇠까지 채워놓은 뒤주 두 짝을 나란히 세워놓은 이 문간방은 장롱만 한쪽 벽을 메우고 있는 안방에 비해 무슨 전시장 같은가 하면 고물상 창고 속에 들어앉아 있는 기분이었다.

나는 물을 흠뻑 뒤집어쓴 개처럼 머리통을 한동안 절레절레 흔들었다. 얼떨떨한 기운을 떨쳐버리기 위해서라도 기동을 해야 했다. 갑자기 조갈증이 심해져서 목구멍이 갈라지는 것 같았고, 오줌도 마려웠다.

나는 방문을 열고 거실로 나갔다. 간밤에 그처럼 떠들썩하던 집 안이 괴괴했고, 거실 전면의 통유리창 발치께까지 바싹 다가온 눈 부신 햇살이 실내와 바깥의 고요를 몽땅 뭉쳐서 담벼락까지 농담법(濃淡法)으로 펼쳐놓고 있었다.

몸통을 담요 한 장으로 말아서 미라처럼 소파 위에 꼿꼿이 누워 있던 집주인이 "어, 일어나셨네"라면서 화들짝 몸을 일으켰다.

"다들 갔군요?"

"네, 새벽녘에야 다들 자러 가야겠다면서 우루루 몰려나갔어요."

통행금지라는 인신 구속법이 '밤의 나들이 자유'를 4시간씩이나 묶어놓고 있던 시절이었다. 나는 우선 급한 볼일부터 보려고 화장실을 손가락으로 가리켰고, 곧장 "쓰세요"라는 집주인의 승낙이 떨어졌다.

볼일을 보고, 고양이 세수를 하고 나오자 집주인이 대뜸 "밥 잡수셔야지요?"라고 물었다. 그런데 그제서야 눈여겨 힐끔 훑어보니 그녀의 복장이 좀 특이했다. 속곳도 아니고, 그렇다고 허리와 발목만 잘록한 일본 농촌 여자들의 그 소위 작업복이라는 '몸빼'와 닮았으나 허벅지께가 더 부풋해서 그 속의 신체가 정상적으로 움직일 때마다 옷감이 물결처럼 흔들리고, 그 위에는 엉덩이까지 덮이는 보늬 같은 카디건이 출렁거렸다.

"주시면 고맙지요. 염치가 없지만."

내 시선에서 뜻밖이라는 표정을 읽었는지 그녀는 자기 옷차림을 내려다보며 말했다.

"왜, 이상해요? 어울리지 않아도 할 수 없어요. 너무 편해서 늘 입고 지내는 제 실내복이자 잠옷이에요."

대화가 엉뚱한 곳으로 흘러갈까 봐 나는 말길을 돌렸다.

"평소에 안 먹던 술을 난생처음 된통 다셨더니 속이 텅 비었달까, 냉방처럼 서늘하네요."

"앉으세요, 국만 데우면 돼요."

그녀가 싱크대의 한쪽 모서리에서 달아낸 4인용 크기의 식탁에 딸린 의자를 손짓으로 가리켰다.

"간밤에 제가 실수를 많이 안 했던가요?'

"하나도 기억을 못 하시나 봐? 웃겼어요. 자기가 먼저 노래를 딱 한 자락만 깔겠다면서 '케세라 세라'를 부르는데, 좌중은 안 보고 벽을 끌어안고서 몸을 비벼대다가 꼬기도 해서 다들 배를 잡고 난리였어요. 2절을 부를 때는 화투짝 쥔 사람들도 죄다 몰려와서 절창이라고 소리 지르고, 사학과 만두코 선생은 사람이나 시절이나 노래 가사하고 똑같다면서 앙콜, 앙콜이라며 박수치고, 간드러진 도리스 데이 음성을 리드미컬한 몸짓으로 번역하고 있다고 제법 그럴듯한 해설도 달고 그랬어요."

쑥스럽기 짝이 없어서 낯을 못 들 지경이었다. 나는 원래 숫기도 없고, 강의실에서와는 달리 여러 사람 앞에 나서면 말도 어눌해져 버려서 했던 말을 반복해대다가 스스로 얼굴부터 달아오르며, 노래 가사도 도중에서 잊어버리는 경우가 다반사다. 그래서 개발한 내 식의 가창법이 남의 시선을 의식하지 않아 그나마 완창(完唱)에는 간신히 이를 수 있는 '면벽 그림자' 투의 노래 부르기다. 그것도 좀처럼 저지르지 않는 나름의 장기이며, '케세라 세라'는 그 선율이나 가사가 워낙 쉽고 안정감도 있어서 고음 내기에 신경 쓰지 않고 부를 수 있는 나의 유일한 18번 외국 가요이기도 하다.

이게 도대체 무슨 망신살이 뻗친 돌출 행태이었단 말인가. 술이 불러온 해악에다 평생토록 문득문득 부끄러워서 선웃음을 흘려야 할 실수를 저지른 것이었다.

김이 무럭무럭 솟아나는 국이 냄비째 날라져 왔다. 그 뿌연 김조차 달아오른 내 창피를 그나마 가려주는 것 같아서 고마울 지경이었다. 미역국이었다. 검은콩이 박힌 쌀밥 한 공기도 놓였다. 냉장고에서 골라서 내놓은 반찬 그릇 서너 개가 제자리를 차고앉았다.

"누구 생일입니까? 미역국이네요."

"만들기가 워낙 쉬워서 자주 해 먹어요. 미국에 있을 때도 미역국이 먹고 싶다고 엄마를 짓조르고, 미역국만치 맛있는 음식이 달리 없다는 게 제 노래예요. 이 집 주인 숙모도, 큰아버지 서몬데 우리는 그냥 숙모, 숙모 그랬어요, 그이가 나보고 미역국을 너무 바친다고 넌 아무래도 전생에 산모였나보다고, 어째 어린 것이 삼신 할매에 홀렸을까, 참 신기하다고 그랬어요."

다진 마늘 조각들이 뽀얗게 떠다니는 미역국은 간도 맞춤해서 미상불 내 입에도 맞았다.

"먹을 만해요?"

"맛있네요. 사흘 동안 세끼 내내 먹어도 안 물리겠습니다."

아예 밥공기를 미역국 속에 들이부었고, 후루룩 들이켜다시피 퍼먹었다. 며칠 동안 빵 따위로 아침을, 점심, 저녁은 사 먹는 음식으로 주린 배를 그때그때 땜질하고 있던 판이었다. 국그릇을 내려놓자마자 나는 입식 부엌의 한쪽에 쟁여 있는, 간밤의 먹자판 잔반들이 교자상 한 짝 위에 잔뜩 포개져 있는 광경을 유심히 바라보았다. 저 설거짓거리를 언제 다 해치울까 하는 내 눈빛을 알아챘는지 그녀는 점심때 지나면 어제의 그 파출부 아줌마가 와서 치워줄 것이라고 했다.

지금도 분명히 떠올릴 수 있는 장면인데, 내가 그처럼 달게 빈속을 채우고 있는 중에도 그녀는 그 좀 이상한 외형의 아랫도리 차림을 과시라도 하듯 식탁 모서리에 붙어 서서 이런저런 말을 주워섬기고 있었고, 조금이라도 움직일 때마다 비단처럼 (잠시 후에 알았지만, 그것은 풍기에서만 독점 생산하는 인조견이었다) 매끄럽고 번들거리는 그 옷의 일렁거림이 유독 내 눈에 빨려들듯 다가들고 있었다. 그런 시선의 교차는 이내 예정된 조홧속으로 빨려들고 있음을 서로가 감지하고 있다는 시사였을 것이다.

그렇지 않고서야 숟가락을 놓자마자 바로 그녀와 내가 부둥켜안고 엎어져 버린 그 일련의 망측한 행태를 어떻게 달리 설명할 수 있을까. 더 이상의 설명, 묘사, 표현은 통속 취향의 여느 소설에서나 흔히 눈에 띄는 고만고만한 선정적인 장면의 재현과 다름없을 것이다. 그 남의 그림 베끼기를 여기서 되풀이했다가는 저작권 침해 소송을 벌여야 할지 모르므로 일단 다른 쪽으로 시선을 돌려야겠다.

그렇긴 해도 그 직전쯤에 나는 난생처음 겪는 작취미성의 상태로 어릴 때 생눈으로 목격한 천생연분의 배필 한 쌍이 나누던 실랑이 정도는 떠올렸을 게 거의 틀림없다.

소위 '간조'라는 임금을 받아 기분 좋게 술을 마신 날이면 하늘이

돈짝만해 보이는지 지아비는 시커먼 지 물건을 끄집어내서 아무 데서나 오줌을 갈겼고, 더러는 장난삼아 일부러 그러는지 오줌 줄기를 까짓것 공중으로 뿜어 올리는가 하면 갈지자걸음 중에도 꾸불텅거리는 오줌길을 그려갔다. 도랑, 개천, 남새밭, 울바자, 탱자나무길 같이 인적이 드문 곳이면 꼭 그처럼 오줌 줄기를 내갈기는 버릇은 평소에 과묵한 그 양반 특유의 해학이었다. 그러나 역시 오줌 떨어지는 소리만 들릴까 말이 없기는 마찬가지인 그 갈기기 짓거리가 가족에게는 몹쓸 행패였다. 언젠가는 지어미가 물 묻은 손을 털고 달려가 대뜸 지아비의 바지춤을 붙들고 흔들어대면서 "시방 삼이웃에 우사 당할라고 이카나, 자랑할 기 따로 있지 시르죽은 좆 자랑할 기 머 있노, 내가 챙피해서 못 살겠다 마, 으이, 와 카노, 술만 마시믄 정신이 오락가락하나, 빨리 안 집어넣나 마"라고 욕을 주저리주저리 퍼부었다.

하기야 그것을 흔히 팔자라고 거창하게 둘러대기도 하고, 인연이라고 소박하게 옹동그리기도 하지만 남녀 사이의 그 최초의 육체적 교환(交歡)은 사실상 나름의 순서를 차곡차곡 밟아 가기 마련이다. 훗날 되돌아보니 나를 그 모임으로 불러들인 그녀는 어땠는지 몰라도 내 경우는 분명히 그랬다. 그 전날 오후부터 무언가 조짐이 이상했던 것 같고, 그 일종의 숙명론에다 내 일신을 무작정 던져버렸다고 봐야 옳다는 심정적 판단만 유독 오롯했으니까. 저녁 한끼를 해결하느라고 그렇게 찜부럭을 부렸다는 것도 우연이라기보다 필연적이었던 듯하니 말이다.

저 멀리 아득한 곳으로부터 단조롭지만 아주 감미로운 하모니가 강약을 달리하면서 발 빠르게 들려온다. 그 일련의 선율이 어떻게 정점에 이를지는 웬만한 감상자들이면 다 알고 있다. 그러나 감질이 심부에서 차곡차곡 밀려온다고 해도 좋을 그 멜로디의 꿈결 같은 행진 앞에서는 무작정 귀를 맡길 수밖에 없다. 그 충일감은 매번 어떤 고양감까지 확실히 심어줌으로써 그 직후의 씁쓸한 감상을 더 애달프게 끌어가고 말게 되어 있다.

베토벤의 교향곡 중에서 제1번만큼이나 짧아서 들을 때마다 아쉽고 허전해지는 제8번의 2악장은 '알레그레토 스케르찬도' 답게 경쾌하고 익살스러운 가락으로 감상자의 심금을 흔들어놓곤 하는데, 어떤 운명의 조용하나 진지한 육박을 그 반복되는 선율도 어김없이 실어 나른다. 섬세한 마음과 몸짓으로 최대한 겸손해야 한다는 예술의 한 경지를 가장 소박하게 들려주는, 그러면서도 점점 세게 다가오는 그 파동이야말로 일개인의 갈팡질팡하는 넋이나 팔자 같은 것을 조롱 조로 일러주는 경적인 것을.

아, 언제쯤 다시, 꼭 한 번만 더 그 담쟁이덩굴을 뒤집어쓴 집 2층에서 그 감미로운 교향곡을 통째로 감상할 날이 있을는지.(계속)

↓

'회오리바람(가제)'의 제1장을 읽는 중에도 시종 그랬지만, 읽고 난 직후에도 '80년 봄'이라는 그 엄혹했던 시대적 배경이 한 교수에게는 적잖이 아리송했다.

가령 모든 이야기 양식의 밑바탕에 드리운 일반성, 이를테면 사람의 기본적 심성이나 만만한 일상과 구닥다리 관행에 버금가는 정치적 현실이나 여러 유기적 제도 따위가 서술의 7할 이상을 점유하고, 나머지 3할쯤이 특수성 곧 괴짜로서의 몇몇 인격체가 당면하는 탈일상성과 반체제적인 행위 일체를 그려가야 7할 쪽의 '교훈'과 그 행간의 3할 쪽 '재미'가 어우러질 것이라는 나름의 지론을 떠올려보아도 그 연대의 특별한 '역사성' 자체가 의외로 대학 사회의 먹자판이나 집중 조명하는 통에 '한가롭다, 아무리 지방대학 운운하지만 긴장을 모으기는커녕 풀어놓고서 어쩌자는 거야'라는 감상을 떨쳐버릴 수가 없어서였다. 달리 말하자면 그의 연배에는 지난날을 돌아볼 때마다 그 굽이굽이에는 후회막급의 회상만이 서릴 뿐인데, 임 선생은 어쩌자고 그 시절을 아지랑이가 아물거리는 농경사회의 한철쯤으로 그리고 있는지, 뜬금없다는 독후감만 자욱하니 괴어오르는 것이었다. 그 특유의 안이(安易)가 당대의 또 다른 전형성이고, 지방대학의 한 풍경에는 계엄령 아래서도 일상이 아주 착실하게, 궤도를 이탈하는 법도 없이 이루어지고 있었다는 증언은 좀 진부하지 않나. 전쟁 중에도 사랑은 이루어지고 있었다는 분별이야말로 낡은 영화 기법인데.

하기야 좋게 봐준다면 그 7할의 서술문 자체가 벌써 어리벙벙한 차원을 나름의 가락대로 벗어나 있긴 했으나, 그거야 평생 문장과 문맥의 적당한 어우러짐을 성문화시키는 작업에 매진해온 기술자의 실력을 떠올리면 그만한 성과야 새삼스럽게 입에 발린 소리로 좋다 어떻다 할 수도 없는 노릇이었다.

그러면서도 불과 30년 저쪽이라는 시간의 경과가 일반 독자에게는 상당한 착시현상으로서의 오해를 불러일으키지 않을까 싶고, 그 원인을 따져본다면 이미 숱한 책들이 대충 정리, 해석해온 여러 방면에서의 '의미 많은' 변화무상이 예의 그 조변석개하는 '의식'에 뿌리를 깊숙이 내리고 있을 것이기 때문이었다.

간단히 추슬러봐도 소련을 비롯한 구동구권 공산주의 체제의 갑작스러운 자멸, 미국발 대의 민주정치의 어설픈 정착, 시장 자본주의가 안겨준 설탕 덩어리 같은 돈맛의 기고만장, 백화제방식 문화산업에 달려드는 신세대의 조잡한 신바람 등등의 전지구적 득세, 또한 국가별, 민족별, 계층별 소득 격차의 극대화로 말미암은 반문명적 현상과 그 행태의 만연 따위가 30년 저쪽의 시간대를 어느 낯선 한데의 구덩이 속에다 감쪽같이 묻어버리고 있지 않나. 아마도 컴퓨터 화면 위의 깜빡이처럼 쉴 새 없이 명멸해야만 제 존재가치와 그 의의를 드러내는 만능의 전자 문명도 이와 같은 '역사의 주름살'에 대한 몰지각을 앞장서서 닦달하는 여의주였을 테니 말이다. 이제 싫거나 말거나 이 세상은 누구에게라도, 심지어는 문맹자까지도 하루하루가 어제와는 완연히 달라져 버린 오늘의 요지경 속을 허우적거려야 하도록 몰아붙이고 있지 않나. 그래도 한때의 흐릿한 풍경 같은 소설의 반역사적 회고 취향 일체는 눈여겨봐야 한다고? 소설은 어차피 작가의 중뿔난 편견과 그 연원인 부실한 지적 총량이 합세하여 일으키는 위증의, 사기술의 엉성한 조작 행위일 뿐인데.

요컨대 사람살이와 세상살이가 몰라볼 지경으로 편해진 만큼이나 각박해졌다면 너무 상투적인 진단이지만, 정부와 민간, 공동체와 개인 같은 대립 변수들의 저항과 길항이 오히려 더 드세고 가팔라졌다고 봐야 할 텐데, 그 갈등의 초점을 하필이면 지지면(紙誌面)에 이름이나 팔려고 잔머리를 굴려대는 인문대 접장에게 들이대서야 자가당착이 아닐까.

실로 머릿속이 사나워지는 정경이 아닐 수 없었다. '천우신조' 영감은 정녕 기억 건망증을 앓고 있는 거 아닌가. 늙으면 죽어야지 하는 말은 어폐가 많지만, 국으로 가만히 자기 방에 파묻혀서 사전이나 뒤적거리며 소일할 줄 모르고, 경망스럽게.

이제 20세기도 막바지에 이르렀다고 한창 호들갑을 떠들어댈 임시부터 한 캠퍼스에서 밥을 먹기 시작했으므로 한 교수는 그이가 정년퇴임하기 직전의 7년 남짓을 낮 동안에만 '이웃 사람'으로 지내게 된 인연이었다. 연구실을 나란히, 그래봐야 기역 자 건물의 제일 구석진 곳에서 한 방 건너에 두고 지냈다고 해서 그이를 누구보다 소상히 알게 되었다고 한다면 어폐가 다소 없지 않다. 그럴 수밖에 없음은 자기 주위에다 눈에 안 보이는 커튼 같은 것을 쳐두고 무슨 일이라도 제 편한 대로 처리해버리는 그 독불장군 맞잡이의 기질이 초대면에서부터 워낙 두드러져서였다.

어쩌다 운 좋게 임용이 되어 전체교수회의 석상에서 중인환시리에 총장 명의의 사령장을 받은 지 3주나 지난 어느 날 점심때였다. 계절과 무관하게 늘 무풍지대를 구가하는 판이라 임 선생의 연구실 문은 활짝 열려 있었고, 대오리 발을 복도 바닥에 닿을 정도로 쳐놓은 채였다. 노크하기도 뭣해서 한 교수는, 선생님, 계십니까? 접니다, 옆방 사람 한가요라고 주워섬겼다. 그런 말투는 쉰 고개를 넘긴 한 교수의 나이와 위인다움의 일부를 드러내지만, 상대방의 연령이나 인품 따위도 배려해서 미리 곱다랗게 준비해둔 말품이기도 했다.

실은 그동안 낯선 환경에 적응하느라고, 또 강의 자체보다는 이 학교 학생들의 청강 자세와 그 반응 같은 것을 예의 주시하느라고 한창 보깨던 판이라 한 교수는, 인사가 너무 늦은 감도 없지 않은데요, 라면서 점심이라도 함께하자고 청할 참이었다. 학과 교수들과의 면접과 시범 강의 때도 어느 정도까지는 감을 잡았고, 연구실 배정을 받고 나서 조교와의 몇 차례 업무 상의를 통해서 한국어문학과 소속의 전임 교원 다섯 사람이 서로 버성길 대로 버성겨서 밥은커녕 말도 주거니 받거니 안 한다는 현황을 알았으므로, 또 어느 학교 어떤 학과라도 구성원들끼리의 그런 알력은 개성들의 부딪힘이라기보다 성깔들의 치졸한 박치기에 불과하므로 서로가 눈알만 요령도둑놈처럼 굴리면 그냥저냥 버틸 만하다는 체념에 관록이 붙은 한 교수가 그나마 제일 연장자인 임 선생에게 최소한의 분별이나 차리자고 그처럼 소청을 들이민 것이었다.

그런데 연구실 안쪽에서 어, 어 하는 대답이 들리면서 황망한 기척이 다가오더니 방주인이 대발 한쪽을 뻘쭘하게 걷고는 먼저, 점심하자고요 라고 물어서 한 교수의 얼굴을 일시에 달아오르게 했다.

"예, 그렇습니다, 다른 약속이 없으시면…"

문밖의 앙청자는 굳이 학교 내 교수 식당이 마땅찮다면 제 차로 어디든 모실 수도 있다는 생각까지 여투고 있었다.

"아, 하지 말지 머. 밥 한 끼 먹느라고 서로 불편할 거까지야 머 있을까, 나야 참는다지만…"

한 교수는 순간적으로 말문까지 막혀서 얼굴을 더 붉히면서 좀 얼떨떨해져 버렸다.

"제 쪽이야 하등에 불편할 게 머 있겠나 싶습니다만…"

문밖에 선 이쪽도 어째 말이 배배 틀렸다는 생각과 함께 슬그머니 비위가 상했으나 참았다. 더욱이나 대발과 문짝 사이의 그 인색한 틈바구니에서 마주하는 꼴인데, 방주인은 그런 거절 중에도 입가에 웃음기를 베물고 있어서 그게 조롱인지 빈정거림인지조차 종잡을 수 없을 지경이었다.

"우리가 자잘한 칭병을 버릇처럼 들먹거리는 사람은 아닌데 동업자들과 밥을 먹고 나면 어째 소화도 잘 안 되는 거 겉고, 속이나 기분이나 죄다 아주 안 좋아져서 그래요. 뜻은 고맙지만 좀 양해를 해줘야지."

그야말로 생뚱맞은 구실로 떠다미는 문전축객이라서 어안이 벙벙해지는 국면이었다.

"그럼, 다음에 하지요."

막상 말해놓고 보니 그것도 앞으로 더불어 밥은 안 먹겠다는 사람에게는 어불성설이었다. 상대방의 그런 수작 때문이 아니라 이쪽의 선심이 무참하게 내동댕이쳐지고 대꾸마저 어리뻥뻥하니 겉돌았다는 생각이 들자 한 교수는 앵한 심정에 휩싸였다. 순식간에 점심 생각도 까맣게 달아나버려서 박사과정 중의 남학생 연구조교를 전화로 불러 알아봤더니, 선식(仙食)인가 하신 지 오래됐을 걸요 라고 해서 좀 더 어처구니가 없어졌다.

그 후 며칠 동안이나 대발을 사이에 두고 나눈 그 대화를 곱씹어보니 임모가 이쪽의 호의를 무시한 것 같지는 않고, 자신의 그 중뿔난 식성을 감추려고 그랬나 하는 추측도 몰려들고, 나잇값을 거꾸로 찾아 먹느라고 무슨 개뼈다귀 같은 선성(先聲)을 깃발처럼 흔들어대는 야비다리는 아닌 성싶고, 그렇다고 같잖게 신임 교원에게 우쭐거리느라고 그런다면 멀쩡한 체신 깜냥도 못 하는 얼치기일 것이라고 한 교수는 치부하고 말았다. 과연 그런 일련의 추측은 얼추 맞아 들어갔고, 차츰 속이 덜 부대껴서 그나마 다행이었다.

그 첫 학기 내내 한 교수는 '옆집 양반'을 동료라기보다도 요주의 인물로 간주하면서 예의 주목하는 자신의 버릇없는 골몰을 은근히 즐겼던 터이므로, 자주 목격되는 장면으로는 이런 색다른 정경도 있었다.

가령 어쩌다가 복도에서 마주치기라도 하면 이쪽에서 꾸뻑 머리를 끄떡이기도 전에 히죽 웃음기를 보이다가 이내 바람처럼 지나치고 나서 대발 속으로 콕 파묻혀버리는, 그 좀 작위적인 행동거지에는 상당한 해학이 묻어 있는 것 같기도 했다. 물론 당사자도 그 짓거리에 '나도 어쩔 수 없어서 이러고 사니 제발 양해해주시오' 하는 자신만의 어떤 포즈랄까 행태를 반드시 묻히고, 당연하게도 가식이나 내숭이 아님은 당신 눈에도 보이지라는 분위기도 물씬 내비쳤다. 그러니 출근하자마자 대발의 길이부터 줄였다가 늘였다가 마음 내키는 대로 조정하는 것도, 학부생이나 대학원생과 대발을 사이에 두고 한쪽은 복도에서, 방주인은 연구실 안에 서서 한참씩 주거니 받거니 하는 것도 자신의 주간용 아지트를 무슨 보물단지처럼 감추는 일방 악착같이 지키려고 그러는 게 아니라 예의 그 '서로가 제발 불편해 하면서 살지는 맙시다' 하는 생활방식에다 약간의 익살을 슬쩍 덧대고 있는 낌새였다. 그런 심리적 추이를 정리해둔 심사가 그의 전공인 문학사나 문학평론 쪽의 정서와는 전적으로 무관하지만, 어학 전공자인 동료 교수의 이색적인 일면을 알게 되었다는 작은 성취에는 이를 수 있었다.

하기야 보기에 따라서는 수요자 중심의 교육이 급선무다 어떻다 해대는 통에 선생이 오히려 학생에게 아첨을 떨어대고, 수강생의 '강의 평가'에 좋은 점수를 받기 위해서라도 학점을 일괄적으로 상향 조정해서 매기는 풍조가 뜨르르한 오늘날의 대학 풍토를 떠올리면 임 선생의 그런 우스꽝스러운 '거리두기'는, 꼬리가 몸통을 흔들어대서야 쓰나, 아무리 내남없이 월급에 코가 꿰어 사는 처지라고 해도 직업이나 직장이 내 몸통을 흔들 수야 없지, 나는 안 흔들릴란다가 아니라 너거들 멋대로 흔들어댈 그 수양버들 같은 몸이나 아끼고 사리며 살아가는 게 서로 편할 것 같다 조의 시위로 비칠 법도 했다.

오늘날의 지식 전수는 책이 귀하던 옛날과는 천양지차로 달라서 학생들에게 무엇을, 또 어떻게 가르쳐야 하는지는 굳이 거론할 필요도 없다. 또한 온갖 제도가 음양으로 찍자를 부려서 교권이 모양 사납게 울퉁불퉁하니 찌그러진 채로 기신거리는 것도 보는 바대로지만, 그러니 더욱이나 교육의 몫이 크다면 크고 작다면 작다. 큰 쪽은 못 배운 사람과 배운 사람의 언행에서도 대번에 속속들이 두드러지지만, 외부에서의 평가 잣대로서 학력이 워낙 막강하게 기능하고 있어서도 그렇고, 딴에는 번듯한 학벌을 봄날에 쑥 뜯듯이 때맞춰 얻어걸린 치들일수록 코끝에다 그것을 걸어놓고 으스대는 꼬락서니는 우리 사회의 전형적인 촌놈 근성이기도 하다. 작은 쪽은 학교 교육 자체가 다른 교육과(예컨대 가정교육, 사교육, 독학, 군대교육, 직장교육, 사회교육 등이 있다) 달리 지식의 크기에서 상대적으로 부실하고 알량한데다가 쓸모조차 워낙 별 볼일이 없어서 그렇다. 이런 형편이므로 대학교육에서는 '이렇게 해봐라' 하는 방법론 정도만 반복적으로 교시하는 것만으로도 족할 테니 강의 수준의 우열이나 그 성과 따위를 가름한다는 것이 무슨 소용에 닿냐고 성토할 수도 있다. (물론 임상 실습을 통해 의술을 시범적으로 전수하는 의학 분야의 교육자는 "그러고도 밥 먹고 사니 참으로 용타, 세상이 억지로 구색을 갖추느라고 별것도 아닌 것들이 아무 말이나 시부렁거려도 된다는 면허증을 집어주고, 돌팔이는 우리보다 그쪽이 더 많을 거 같네, 머"라고 할지 모르겠다.)

당연하게도 무슨 막말이냐고 대드는 양반은 입담이 좋은, 소위 현하의 변을 자랑한다기보다 어루증(語漏症)이 자심한데도 석학 운운하며 온갖 지면을 과점하는 작금의 범사회적 기풍이 아니라 그 떠벌이 '버릇'에 동조하는 얼치기일 확률이 높을 것이다. 교육에 대한 한 교수의 신조가 대체로 이와 같은데, 수업 중에 질문도 일절 받지 않고 계속 혼자서 떠든다는 임 선생의 그 교육 방법이 과연 옳은지, 또 중고교 교사가 대부분인 교육대학원생의 전언대로 평소의 과묵과는 판이한 강의실 안에서의 그이의 달변이 구수하기 이를 데 없다는 말을 떠올리면, 한편으로 그 이중성에 머리를 끄떡이면서도 다른 한편으로는 끽끽거리는 불협화음을 들을 때처럼 얼굴부터 찡그려지기도 했다.

첫 송고분을 받은 지 사흘 후에 임 선생은 예의 그 안부를 겸한 제법 기다란 '사담'을 앞세우고, '회오리바람(가제)'의 제2장을 한 교수의 컴퓨터 화면에다 띄웠다.

↓

한 선생, 강의다 머다로 여전히 바쁘시오? 그 빌어먹을 직업에 꼼짝없이 매인 몸이니 어쩌겠소. 그런데 사람은 두 종류밖에 없는 듯하오. 무슨 새삼스러운 말씀이냐고 다잡을지 모르나, 하나는 일을 끌어가는 유형이고, 다른 하나는 일에 질질 끌려가는 유형이 그것이요. 입도 짜른 것이 먹기 싫은 밥 먹듯이 깨작거리며 일하는 족속들이 시방 한 선생 주변에 많이 서식하고 있는 줄이야 나도 웬만큼 아오. 강의조차 하기 싫어하는 것들이 무슨 흰소리에 싱거워빠진 말을 연일 주워섬길지는 안 봐도 뻔하지 않소. 그처럼 요리조리 일을 피해 다니거나 남한테 떠넘기는 인간이 있는가 하면, 무슨 일이든 겁내지 않고 덤비는 축이 있음은 두루 보는 바와 같은데, 그 폐 끼침에서 전자와 후자가 어떻게 다른지야 여기서 굳이 명토 박아 가를 것도 없지 싶소.

일하기에 싫증이 나서 요령만 피우는 인간들은 온갖 구실을 다 끌어다 대니 우선 주위 사람들은 그 형용조차 거슬릴뿐더러 도대체 시끄러워서 귀를 막고 살아야 하니 그런 낭패가 어딨겠소. 물론 감정과 이성을 적절히 소화하며 살아야 사람 구실을 제대로 하는 것으로 여겨지는 만큼 수시로 덮치는 생업/직업에의 멀미를 털어버리자면 각자 나름의 꾀를 부려야 하지만, 그 일상 일탈극의 몸부림은 단시일 내에 그쳐야 그나마 윤리적 인간이라고 할 수 있을 거요. 그 되풀이가 장기간에 걸쳐 이루어지면 명색 장인이 될 텐데, 물론 이론적으로 그렇다는 말이오. 그러나 일을 척척 추슬러내는 위인들은 우선 남들이 보기에도 좋고, 또 그것이 조그마하게라도 '문명'의 소지에 티끌을 보태는 갸륵한 자세라고 할 수 있겠는데, 거기에다 '무엇'을 '언제'까지 이루어내겠다는 자신과의 약속을 촘촘히 의식해야 비로소 범인의 지위에서 벗어나는, 이를테면 '목적 지향적 인간'의 태동을 보장하는 셈이오. 그 분별에 게으르지 않은 위인들은 대체로 '지적 겸손'도 갖추고 있어서 소위 평범/비범을 가르는 두 가지 잣대인 '머리=근성'과 '성질=버릇'에서 차이가 두드러지는 현상을 목격할 수 있소. 그러니 꼴값한다고 같잖은 학력이나 납작한 코끝에 걸고 껍죽대는 교만, 탐욕,

나태 따위는 나쁜 머리를 예의 그 꾀쟁이가 대다수인 세상과 보조를 맞추며 잔풀내기로 살아가겠다는 소박한 처신과 다르지 않다고 지적해야 옳을 것이오.

이쯤에서 접장 퇴물로서의 군소리는 말아 넣고, 이번에 내가 같잖은 '회고담'을('회고록'이 아니오. 불특정 다수의 '무지한' 독자를 상대로 하는 '글'과 달리 청자로서 특정인 한 사람이거나 기껏해야 교실 하나에 찰 만한 수강생들에게 들려주는 형식의 '말'은 비록 조리도 안 맞고 남루를 면치 못했다 하더라도 '책'이 생득적으로 누리는 '부화하고 부실한 권위주의'에서 일단 놓여날 수 있어서 화자가 편해지니 말씀 '담'으로서의 그 '이야기'가 제격이지 싶소) 써가다 보니 바로 이 '무엇'을 '언제' 메워야 가장 능률적이고 경제적인가 하는 난문에 봉착했소. 쉽게 말해서 '구성'이고 '플롯 짜기'인데, 이 술어에 대한 숱한 개념 정의들이 책에는 쓰여 있으나, 나로서는 '지면의 안배'든가 '할 말/안 할 말과 먼저 할 말/나중에 할 말'을 분별하는 자리 찾기라고 일러왔소. (물론 한때의 내 전공과는 일정한 거리가 있지만, '전통문법/기술문법/생성문법'이니 '화용론/통사론/의미론' 같은 것을 설명할 때 곁다리로 말이요.)

곧 어떤 내용을 얼마만큼의 '길이/크기'로 어디에다 놓아두느냐가 그것이랄 수 있고, 이 쉬운 말을 이해 못 할 천치는 없을 터이나, 막상 실천은 전혀 또 다른 갈래라는 걸 이제서야 몸소 겪고 있다는 소리요. 전체 길이가 2백 자 원고지로 1천 장 분량이라면(이 예상은 쓰면서 무한정 달라질 수밖에 없으므로 미지수이고, 여기서부터 숱한 변수가 따르니 이런 계산이야말로 무익하기 짝이 없지만) 어떤 일화, 이런저런 심정/심사/심리, 화자나 글 쓰는 이, 곧 집필자의 생각, 단언, 이념 따위를 몇 장쯤으로 어느 대목에 집어넣을까는 참으로 작정하기가 어렵고, 시종 이럴까 저럴까가 헷갈릴 지경으로 머릿속을 사납게 긁어대니, 그때마다 하, 이것이야말로 창작이나 조작의 묘미네, 개미처럼 설계도도 없이 여기 집적, 저기 찔끔 식으로 무작정 굴을 파거나 땅을 뚫고 들어갈 수밖에 없는 꼴인데, 이런 제한적인 무모성의 작은 성취에다 그 수다스러운 '예술적 균형감각'이라거나 '플롯 감각의 일대 진전' 같은 사설을 태평스럽게 지껄이고 있으니 말이오.

또 말이 쓸데없이 길어진 감이 다분하오. 알다시피 '근대'의 특징을 이르는 두 어휘인 '사적 영역/공적 영역'의 구분을 위의 주제어에 대입해보면 '말로 하던 이바구'가 '글로 쓰는 서사물'로 제도화된 것이 일컬어 '자아=자의식'의 한 발명품인 '소설'이오. '사담'이 더 재미있다기보다도 그 쓰임새가 더 자주 또 넓어지게 된 셈인데, 그렇다고 《논어》 같은 번지레한 '공담'으로서의 처신론이 쓸모가 없어졌다는 소리는 아니요. 물론 오늘날의 '소설'은 왕성한 번식력과 자발적인 '땅따먹기' 활동에 힘입어 '사담/공담'의 상당한 혼성 내지는 조합에도 나름의 성과를 거두기에까지 이르러 있소. 그런데 문제는 그 둘의 혼성 비율이랄까, 그것의 혼재가 과연 알맞은가 버성기는가 하는 저울질이오. 달리 말한다면 '사담'이 왜 필요한지는 작가가 자나 깨나 머릿속에서 공글려온 어떤 '작의' 속에 포함된 일종의 '공적 담론'에 해당할 터이므로 일단 논외로 치고, 어디서 어디까지가 사적인 이야기인지에 대해서 작가는 물론이고 독자도 일정한 균형감각을(굳이 '도덕/윤리'라고 말하면 너무 허풍스럽소만) 갖고 식별해야 '소설'의 구실이나 덕목이 제자리를 잡지 않을까 싶소. 하기야 그 구실과 덕목도 자의식이 재량껏 기왕의 사례와 견주어보는, 그것도 대개는 일시적인 임시방편의 잣대에 불과하지만.

비근한 실례를 들어보겠소. 물론 '사담'이오. 전자통신이라는 희한한 '발표 매체' 덕분이긴 하오만, 내 회고담의 첫 꼭지 초고가 얼추 윤곽을 잡아가고 있을 때, 남의 것도 읽어가면서 참고로 삼아야겠다 싶어서 책 서너 권을 온라인으로 주문해서 샀소. 《마담 보바리》, 《인생의 굴레》, 《죄와 벌》, 《파우스트 박사》 등인데, 《삼대》야 웬만큼 꿰차고 있는 데다 그 속에는 온통 정치적 풍향계랄지 기상도만, 요컨대 그 '시대적 배경'이 워낙 일관성 좋게 듬성듬성 기록되어 있으므로 예외고, 위의 그 정평이 난 외국 작품들의 '스토리'야 대충 꿰차고 있으니 읽다가도 '엔간히도 한가하네' 하고 내물리는 일방 도대체 당대 '기운/분위기'가 어떻게 다뤄지고 있나 하는 것이 궁금해서, 그것을 찬찬히 뜯어보기 위해서였소. 말 그대로 참고자료로서 이번의 내 기억력 재생 시험에, '실험'이 아니오, 써먹으려고 말이오.

이제 내 나이쯤 되니 예의 그 화제작을 다시 읽어봐도 주인공의 개성 같은 것은 잘 보이지 않는다기보다 관심도 없소. 가령 라스콜리니코프나 보바리 같은 주인공의 가혹한 인생살이가. 그러니 그 역경의 설정/진전에 홀려서 가독성을 높이는 기량이 예술의 궁극적 목표라면 '사람살이' 자체를 사물화한 그 시각의 특수성이 '세상살이'의 고비들에서 부닥치는 반인간적 상투성을 희롱하는, 말하자면 가학적 몰염치를 작가 자신이 작정하고 즐긴 거 아니겠소.

많은 설명을 너절하게 이어가야겠으나 일단 다 생략하기로 하고,

어떻든 그 당대 특유의 사회적/일상적 '기류'를 주요 인물들의 성격보다 더 소상하게 그려야 하고, 그래야 주인공의 그럴듯한 인간적 실상/실격이 그 배경 아래서 우러나오리라는 소심한 예의 분배 감각을 나름대로 실천하고 싶어진 것이오. 내 분별이 가리늦게 그렇게 돌아갔으므로 그 '분위기'의 허실이 얼마나 짙은가 또는 어룽져 있는가만 뜯어보게 되니, 젊을 때 읽은 독후감이 오로지 주인공의 운명에만 관심을 가짐으로써 그들의 '너스레' 깨치기에나 열중했던 것 같아 적이 후회막심이었다면 소인의 지금 심회가 웬만큼 드러난 것 같소. (군소리지만 젊을 때는 우선 남독/다독을 즐기라는 고언은 전적으로 쓸데없는 시간 낭비만 사주하는 너스레가 아닐까 하는 의문을 이 나이에 새삼스럽게 캐묻고 있으니 참으로 투미하다 싶고, 인간의 본질적 우매성에 대해 낙담하지 않을 수 없소. 아무튼 이번에 다시 예의 명작들을 꼼꼼히 재독해 보니 문장부터 내용 하나하나까지 죄다 미시감뿐이어서 큰 충격을 받았는데, 젊었을 때 읽은 것은 감돌은 죄다 버리고 버력만 주워서 꼴같잖게 알거냥하며 떠벌인 셈이었소.)

어떻든 전공자들이 옮겼다는 '완역 결정판'이라길래 밑줄을 그어가며 통독해보니 예전에 읽은 그 날림 판본들과는 너무 달라서 명색 어학 전공자였음에도 꼴란 외국어 두엇에도 정통하지 못했으니, 참으로 헛살았다 싶고 아주 착잡했소. 그 독후감을 쓰자면 장황해지므로 여기서는 생략하기로 하고, 또 다른 책 하나는 이웃 나라의 노벨상 수상작가라는 양반이 가장 최근에 썼다는 아주 얄따란 장편소설이었소. (굳이 여기서 그 소설의 제목을 밝히지 않는 소신이랄까 속배포를 알아서 짐작해주기를.)

물론 한 선생도 그 양반의 여러 면모나 작품의 경향 등에 대해서는, 그이의 집요한 자가 선전과 그쪽 매스컴의 부화뇌동에 잠시나마 한눈을 팔지 않을 수 없어서 웬만큼 해박하리라 짐작하오만, 그 양반의 경험담, 그 섬나라의 정치적 풍향계나 세속의 풍속도 따위에 왠지 관심이 쏠려 나도 그이의 작품이 번역되면 속속 사 읽어오고 있는 편이오. 그렇게 읽다 보니 자연히 까막눈 신세는 면하게 되고, 그렇기도 하겠다 싶은 대목은 챙기면서 어째 좀 허풍스럽다는 느낌 정도는 간추릴 수 있게 되었소. 그래서 그이의 그 수 많은 작품(일본 작가들은 대체로 수상쩍을 정도로 부지런해서 탈이오. 아마도 여러 제도가 제가끔 또 끼리끼리 정직하고 성실하게 굴러가므로 무슨 글이든 그토록 열심히 써야 사람 행세를 하게 족쳐대는 국가적/사회적 '기운=풍토성'이 현저한 게 아닌가 싶소) 속에 관류하는 주의와 주장의 골갱이도 어느 정도는 알 만한데, 그 양반의 초기작은 그렇지도 않건만 성가가 비등해지고부터는 거의 자기 신변의 이모저모를(그들이 창출해낸 장르인 '사소설'일망정 설마 '자기'와 그 '사생활'을 곧이곧대로 곧 거짓 없이, 또 한 점 꾸밈없이 까발리기야 할까 싶지만, 그들의 그 자별한 '정직성'조차 자랑거리로 삼는다 싶게 엔간히도 솔직하다는 느낌이 지배에 철하는 것은 사실이오) 누가 자꾸만 내놓아 보라고 조른다는 투로 발표하고 있다는 게 내 감상이오. 그러니까 그 작품들의 희한하고 요란한 줄거리를 재미있게 술술 따라 읽다 보면 자기 자랑도(일본 사람들의 이 '자기 자랑 버릇'은 특유의 풍토성인 것 같소. 심지어는 학자입네 하는 지식인들도 그런 버릇에 곱다시 둘러 빠져 있는 듯하고, 막상 그 자랑거리인 저작물들을 읽어보면 별것도 아니고, 좀 심하다 싶게 동어반복투성이인데, 이제는 지구촌을 향해 나발을 불어대는 경향마저 자심하오. 따라서 이런 풍토성의 편만 아래서는 어떤 교만이나 겸손도 의미가 없다기보다는 가식임을 스스로 토로해버리는 격이요. 그런 일종의 관성이야말로 그들의 전통적인 고양이 애호벽과 일맥상통하지 않나 싶소. 물론 영역동물인 고양이의 그 고정된 특유의 응시벽이 섬나라 근성과 일맥상통하는 듯하오.) 숱하게, 또 반복해서 늘어놓는 집착 또는 강박관념에는 기가 질리고, 이런 '원용/변형'의 지루한 집합이 수시로 어떤 특정 제목의 '소설'이라는 양식으로 써지고 읽힌다는 사실 앞에서는 무참해진다는 느낌도 없지 않소. (작가가 스스로 무참해질 줄 알아야지, 독자인 내가 그럴 필요는 없는데 말이오.) 좀더 부언하면 '소설'이라는 엄연한 생활양식이자 그 기록의 생산자와 발표 형식이 워낙 빈틈없이 작동하는 통에 여러 독자의 세칭 '영혼'의 각성, 나아가서 그 세척 작업에 얼마라도 이바지한다는 이 막강한 제도랄지 회로 자체가 무색해져 버리고, 그런 일련의 유통 과정을 착잡한 시선으로 조망하지 않을 수 없다는 소리요.

요컨대 '소설'의 쓰기/읽기에 수반되는 노동 일체에 과연 '윤리의식' 같은 인간 실존의 기본 양심을 들이댈 수 있겠는가 하는 질문을 던져 본들 무슨 의미가 있을까, 이미 오래전부터 이런 고리타분한 질문을 철저히 깔아뭉개고 있는 '소설산업'의 소비적 회로라는 거대한 구조 앞에서 독자들이야 무력할 수밖에 없지 않는가 하는 탄식이 저절로 새어나오지 않소. 하기야 그 양반은 이번의 그 제목 긴 소설에서도(이른바 '상처'의 치유를 통해 '전후'의 한 인간상을 극복하고, 또 다른 '정체성'을 발견하기 위해 영화를 만들려다가 주저앉아버리는 뭐 그런 사소설입디다. 말이 나온 김에 덧붙이면 그의 소설에서 자주 전가의 보도로 써먹는, 한때 영어의 몸으로 고생을 많이 하는 통에 유명해진 우리 쪽 시인 김모의 석방 탄원을 위한 단식투쟁 경험담이 이번에 또 자랑삼아 나옵디다. 우려먹는 것도 한두 번이지, 자랑거리가 고작 그것뿐이라는 소리인지. 하기야 이 양반의 자랑거리로는 그 잘난 출신대학을 늘 한 목소리로 읊조리는 것도 특기해둘 만하오. 물론 이런 반복도 '예술 상의 그 소위 주제 심화'라면 그 고충에는 다문 여러 변이나 변종이 비쳐야 하건만, 동어반복에 겉차레로 일관하니 토톨러지가 이런 것 아니겠소. 요컨대 자랑거리 자체야 아무려나 그것을 아무 데서나 흘리는 상습화의 면면이 지겨운데, 그래도 발설자가 청자를 무시하는 조로 하냥 되풀이하면 결국 보속증이 뚜렷하다고, 치매의 초기 증세가 이런 게 아닐까 하는 추측에 휘둘려서 나 같은 시원찮은 독자도 머리를 절레절레 흔들지 않겠소) 아주 상투적으로 끼워 넣는, 주인공과 함께 상당한 지면을 배정받은 한 여자가 덜컥 '사랑도 없이' 삭막한, 삐꺽거리는 나무 바닥 위에서 후딱 치르는 듯한 정사를 나누던데, 이런 피치 못할 인간관계 엮기만 보더라도 '소설산업'의 치부에 작가가 알게 모르게 부화뇌동한 실적 그 자체가 아니고 무엇이겠소.

물론 그이만의 문제도 아니란 것을 새삼스럽게 지적하고 있는 셈이긴 하오. 따라서 '본격소설' 내지 '고급예술'과 '통속오락물'을 의식적으로 만들어내는 여러 예술가와 그들을 관습적으로, 더욱이나 상투적인 문맥으로 옹호해대는 숱한 추수주의의 본색으로 떵떵거리며 먹고사는 매스컴, 문학평론가, 문화 종사자들이 눈에 안 보이는 독자라는 똑똑한 우중을 한바탕의 굿판으로 여일하게 인도하고 있다는 말이오. 그런데 다행스럽다고나 할까, 그들의 소임은 무책임하게도 굿판까지 끌고 가는 것으로 끝나오. 요컨대 또 다른 모조품으로서 어떤 시장 바닥에 내놓아도 그럭저럭 상표 값을 하는 '명품'을 만드느라고 명색 작가라는 날탕들과 숱한 불특정의 독자들은 또 한바탕의 야합 꾸리기에 영일이 없는 꼴이니 말이오. 굿판이나 명품이 처음에는 볼 만하지만 두 번째부터는 실제로 그게 그거잖소. 이런 일대 사기술의 거대한 회로를 우리는 밝은 눈으로 훔쳐봐야 하지 않을까 싶은데, 좀 과민한 반응이라면 오늘날의 거대한 소비/생산의 흐름에 무작정 따라야 한다는 무능력한 한숨이 궁상스럽다고 할 수밖에 없소.

좀 너더분하게 글 읽기와 글쓰기의 이면에 웅크리고 있는 지적 권력의 향방에 대한 심사를 쓸데없이 늘어놓은 꼴인데, 앞의 그 노벨상 수상 작가의 그 근작에도 예의 그 '배경'이 어이없게도 체제 부정적인 그 '정답(定答)' 너스레를, 세상의 꺼풀에 해당하는 여러 제도상의 파행 국면을 피상적으로 단죄, 단색조로 일갈해댐으로써 자신의 이 '정답(正答)'이 그나마 옳지 않냐는 자부가 거의 아집을 넘어 횡포에 가깝게 느껴졌소. 다섯 종류의 도적놈 무리를 성토하는 예의 그 김모 시인의 고발문학도 실은 대세에 대한 뻔한 질타라는 점에서는 세태 아부적인 뻔한 정답에 해당하고, 이런 시류에의 편승은 문학이 피해야 할 근본적 자세인데, 그 농성에 참여했다는 일화가 독창적 '시선'과는 동떨어진, '사회 참여'만이 가장 양심적인 지식인/문인이라는 도식에 '숟가락 얹기'를 자랑스럽게 떠들어대니 참 오지게도 데림추답다고 중얼거리고 말았소. 강조하건대 다들 알고 있고 그러려니 여기는 세태의 한

단면을 꼬집는 그런 정해진 답이 아니라 진짜 정답(正答)을 찾는 눈은 당대의 '이 지배적인 기운'이 과연 맞을까 하는 의문과 맞서 시름겹게 싸워야 하는 '사유의 긴장'이라야 맞지 않소. 자기검열에 게으르지 않다는 그 '참여'라는 짱짱한 육성이 실은 생각하는 머리를 철저히 잠재우고 마냥 남들과 똑같은 소리를 지절대는 그 '총기' 과시에 불과하니 말이오.

아무튼 나의 비판적인 글 읽기에 따르면 자의식이 투명한, 그것의 여과 장치가 불필요한 게 아니라 생리적으로 거세되어 있는 고백 형식인 소설은 자기 자랑을 늘어놓기에 급급한 자서전 읽기와 자기변명으로 일관하는 가식투성이 일기의 경계를 저만치 따돌려버려야 할 텐데, 그런 구경거리는 필연적으로 자기 희화화에 이르러야 할 것이오. 진지한 바보들이 늘 그렇듯이 자기 신변담만 너절하게 엮어놓는 거야 가장 재미없는 수필의 경지가 오롯이 감당하면 그뿐이지 않소. 그것도 문학의 한 장르이기는 하니 말이오. 하기야 찬찬히 새겨들어보면 바보들은 언제라도 멍청해서 자기 자랑이 어디서 어디까지인 줄도 모르니 결국 똑같은 말만 씨부렁거리고 있는 셈이오. 그런데도 재미있다 어떻다 해대는 세평이 얼마나 허술한지, 이처럼 속이 훤히 비치는 도말연고(塗抹軟膏)로 명성을 띄우고, 엉터리 글 읽기에 견강부회하는 글쓰기 행태들이 인문학의 주류라면 적잖이 참담한 정경이 아니겠소. 이 시빗거리는 다른 장에서도 다시 언급할 작정이니 여기서는 차회를 기다리시라는 약속으로 가름하니 양해해주시오.

대충 소신의 일단을 늘어놓은 대로 대단히 어중된 늙다리인 내가 한사코 찾으려 했던 그 '기운'은 당대의 일상과 여러 다채로운 삶을 화학적으로 뒤섞었을 때 풍겨 나오는 특이한 냄새일 게고, 작가 고유의 필력으로 그것의 정체를 전후좌우로 살피며 풀어가는 소위 역사적 문맥이 도맡아야겠는데, 별로 어렵지도 않은 그 물질적 또는 문명적 '배경'이 대체로 천편일률적이라는 실적은 공허한 동어반복이거나 그에 비슨질로 덤비는 상투적인 문구 때문이 아닐까 싶소. 어떤 작품이라도 지니고 있어야 할 그 '배경/기운/냄새'가 보이지 않거나, 있다 하더라도 시류라기보다 '대세'에 적극적으로 동조하느라고 즉각 눈치 빠른 가성(假聲)으로 조작한 당대의 명작에 대한 나의 이 원성(怨聲)을 고명하신 이 땅의 소설가들과 문학평론가들은 어떻게 받아들일지, 또 그 정해진 답을 내놓는답시고, 모든 글이 시류에 아첨을 일삼는데 무슨 바른 답을 내놓으라고 난리야 하고 엉거주춤하니 물러서고 말지, 실로 그 귀추를 주목해야 할 것 같건만, 비평을 전공하는 한 선생의 고견을 듣고 싶소.

어떻소? 내 말의 요지가 어떻게 전달되었는지, 이해, 수긍할 만한지 궁금하오. 한때 내 일신에 덮쳐온 그 좀 야릇하고 수상쩍은 춘사(春思)를 털어놓고 나니, 왜 하필 그 어수선한 시절에 '사랑이랄 것도 없이 쌍방의 한창 나이가 시키는 대로 엉겁결에 치른 한낱 정사'에다 같잖은 감회를 새삼스럽게 소설식으로 얹어놓자니 열쩍어지고, 명색 기억력의 회복을 겨냥한다는 이런 객담 형식의 조각 글의 용처를 다시 되돌아봐야겠소. 모쪼록 건투를 비오(이 끈적끈적해서 지겨운 상투어, 못 들은 체하시오).

↓

만 스무 살도 되기 전부터 남의 귀한 자식들을 가르치는 명색 선생질에 나선 주제임에도 워낙 늦깎이였든지 나는 우리 집안 떨거지들이 다들 한통속으로 한가락 하는 어릿광대로서는 어디에 내놓아도 손색이 없는 팔불출들인지 어떤지를 오래도록 까맣게 모르며 살아왔다. 아마도 대충 감은 잡고 있었을 터이나, 마땅한 말을 찾지 못해 그처럼 어리숭한 채로 한솥밥을 먹고 지냈는지도 모른다.

덧붙이건대 코미디언이라면 시골구석답게 무대가 불비한데다 관중이 모자라서 부적합하고, 불쑥불쑥 괘꽝스러운 행동과 구변을 준비해 둔 듯이 척척 골라서 집어넣는 걸 보면 요샛말로 개그맨이라 해야 옳지 싶건만, 하나같이 상호도 그만하고 외양은 훨씬 더 훤칠해서 어딘가 빠진 구석이 있어야 제격인 우스개꾼 들과는 격이 달라서 그랬을 것이다. 내가 최초로 우리 일가의 그 타고난 장기자랑 경연장에 붙들려 가서 목격한 일화부터 가감 없이 털어놓아야겠다.

물론 오래전 일이다. 예전에는 방학을 혼자서 오붓하니 지 살림처럼 아껴 쓸 수 있어서 선생질도 여간 좋은 밥줄이 아니었다면 주책없이 호랑이 담배 먹던 시절 이바구를 늘어놓는다고 할지 모르나, 그 시절에는 일정 시절의 호칭을 한사코 고수하느라고 '국민'학교에서 명색 교편을 잡고 사는 주제임에랴.

그날도 나는 학교 교무실에서 매미 소리가 자지러지게 쏟아지는 운동장을 가끔씩 무연히 내다보며 대학입시 공부를 하듯 말 듯 하고 있었을 것이다. 학교에서 엎어지면 코 닿을 곳에 두 짝 대문이 달린 디귿 자 기와집의 방 한 칸에서 하숙 밥을 먹으며 세월을 삭이고 있었는데, 그 집 주인이 바로 농어민이 반쯤씩인 그 시골 바닥의 유지이자 만득자의 학부모이기도 했다. 하루에 두 번 다니는 털털이 버스가 뿌연 먼지를 일으키며 바닷가의 흙길을 구불구불 돌아서 한 시간 반쯤이면 떨어지는 곳에 본가가 있었지만, 그즈음 나는 청운의 꿈을 꾸고 있는, 그것도 가능하면 서울로의 대학 진학을 내다보고 있는 맥 빠진 헌헌장부였으므로 방학 중에도 하숙집 독상을 툇마루에 내놓자마자 학교로 꼬박꼬박 출근하고 있었다.

지금도 눈에 선한 그 하숙방에도 주인집의 퇴물 앉은뱅이책상이 있긴 했으나, 대가족인 주인집 식구들이 저마다 인정을 낸답시고 자꾸 말 같잖은 말에도 대꾸하라고 조르고, 삶은 고구마나 찐 옥수수 같은 군것질거리를 틈틈이 들이미는가 하면 벌거숭이 어린것들이 시도 때도 없이 나와서 놀자고 설레발을 떨어대서 학교는 내게 일종의 피신처였다. 그 덕분에 일직을 도맡고, 숙직도 짬짬이 얻어걸리게 되었지만, 그 당시에 그런 별도의 근무 수당을 받았는지 어떤지는 아슴아슴하다. (팔자는 길들이기 나름이라는 말을 언젠가부터 믿게 되었으므로 나는 숫자나 돈 단위에는 일부러 태무심해버린 '면무식꾼'인데, 집 전화도 성큼 떠올릴 수 없는 머리로나마 사람 행세를 웬만큼 하며 살아온 듯하니 이래저래 천우신조인 셈이다.)

아무튼 방학인데도 집에 올라와서 개새끼라도 한 마리 잡아먹으며 객지 밥에 시든 몸을 챙길 생각도 안 하는 둘째 자식이 내 양친에게는 입에서 침이 튀는 자랑거리였다. 안에서는 예배당에라도 들락거려서 좋은 말씀을 들은풍월이라도 있을 것이건만, 밖에서는 평생 막노동판에서 흙질꾼으로 굴러먹는 숭칙한 불학 무식꾼이었으므로 한 말을 또 하고 또 해대는 두 양주의 그 말솜씨야 아직도 내 귀에 쟁쟁하다.

"헐개 빠진 지 새이는 서울에서 그 잘나 터진 대학까지 나왔지만서도 우리 둘째 아 신발 벗어난 데도 못 따라간다.—하모, 텍도 없다, 지가 알아서 사범학교도 나랏돈으로 공짜 공부했지, 졸업하자마자 발령받아 갖고실랑 꼬박꼬박 월급 받지.—와 아이라. 그것도 반만 지가 쓰고 반은 노란 봉투에 담은 채로 지 동생들 학비에 보태 쓰라고 다달이 지 에미 손에 집어준다 아이가. 그 정경을 보만 애비된 도리로 내가 지한테 아무 해준 것도 없어서 돌아서서 닭이 운다. 눈물이 절로 쏟아지고 한편으로 너무 고맙고 한편으로 너무 서글퍼서 속이 뿌듯하다가도 긴 한숨이 저절로 터진다 카이, 암마, 와 아이라.—술을 묵나, 옷을 해 입을 줄 아나, 맨날천날 술이나 처묵을 줄 아까 허랑해 빠져서 돈조차 모리는 지 새이 하고는 달라도 너무 다리다, 내삐릴 것도, 입댈 것도 없이 진짜 똑바리다. 어릴 때부터 벌써 싹수가 완연히 다르던 거로, 자식이 아이라 부모가 가 눈치 본다 카이.—하모, 안 될 인간은 대학이고 나발이고 다 소용없다. 지 새이 밑에 들인 내 공을 생각만 하믄 내가 떡심이 탁 풀린다 카이, 지금이라도 지만 할라 카믄 내가 지 뒤를 쫄쫄 따라댕기미 학비라도 댈 낀데, 세 빠지게 일하미 안 묵고 안 쓰만 꼴란 그 학비사 못 대겠나.—지발 좀 그래주만 얼매나 내 뒷고개가 가볍겠노. 지 월급봉투 받을 때마다 에미란 기 이기 무슨 낯짝인고 싶으서 꼭 죽을 맛이라 카이. 한 달에 한 번씩은 꼭 땅이 꺼지듯이 한숨 쉬고 하늘 쳐다보는 낙을 가만이 앵겨준이 이런 효자가 이 세상에 어딧겠노.—학교서 암만 가르쳐도 안 될 인간은 할 수 없다. 지가 알아서 사람이 돼야지 머라칸다고 인간이 될빠께사 다 출세해서 찔락거릴 꺼 아이가."

가만히 따져보면 한마디 말 안에도 자가당착 어법이 꼭 하나 이상씩은 들어앉아 있는 그 넋두리가 좀 과장스럽긴 할망정 실제와 한참 동떨어지지는 않아서 겨우 밥이나 제때 먹고 사는 허름한 이웃들의 맞장구까지 불러일으키는 데는 부족한 점이 없었을 것이다. 당연하게도 두 양주가 서로 수작을 선도했듯이 콧물이라도 훌쩍거리면 주위에서 듣던 사람들도 소매로 눈물을 찍어내는 그런 구슬픈 광경이 60년대 초반의 지방에서는 그다지 드문 것도 아니었다. 그 당시 내가 선생 노릇을 하던 그 후미진 갯가에서는 5·16 군사쿠데타가 일어난 것도 한 달 후에나 전해 듣고, "나라가 바낏단다"며 하냥 청처짐해 있어도 살아가는 데는 아무런 지장이 없던 여린 백성이 들판에 풀처럼 편했으니까.

그처럼 졸음이 쏟아질 듯이 한가롭던 풍경을 뚫고 위에는 하얀 반소매 블라우스에 아래에는 까만 치맛자락을 팔락거리는 교복짜리 하나가 테두리를 다른 색실로 따문따문 홀치기해 놓은 외올베 무명 손수건으로 연방 콧잔등의 땀을 훔쳐대며 교문에서부터 교무실을 향해 대나무 자처럼 쭉 곧게 걸어오고 있었다. 점심 밑의 한낮이어서 학교 운동장에는 불볕더위만 이글거릴 뿐 인적 하나 없이 괴괴했다. 상큼상큼 거리를 줄여오고 있는 그 여학생의 윤곽이 점점 분명해지자 나는 공연히 두근대던 가슴을 내팽개치고, 그 당시 교직원이면 누구나 실내에서 신고 다니던, 발등에는 가위표 끈을 묶어놓고, 바닥도 투박한 타이어 고무로 만든 시커먼 슬리퍼를 끌고 복도로 뛰어나갔다.

기다란 2층 교사의 입구에 들어서서 숨을 돌리고 있던 여학생은 세 살 밑의 내 여동생이었다. 내가 우짠 일이고 라고 묻기도 전에 순덕이는 짐짓 씩씩거리는 기색을 감추지 않더니 성이 나서 못 참겠다는 표정을 잔뜩 끌어모으고는, 아부지가 작은오빠 어서 데리고 오란다 라며 비켜섰다. 짚이는 바도 없어서 명색 오래비가 분을 참지 못해 독기까지 품고 있는 동생의 눈치를 살펴야 할 판이었다.

되돌아보니 아마도 하숙집에 들러 동생과 함께 점심을 얻어먹고 시외버스 정류장까지 걸어갔을 텐데, 그 전후의 광경은 하나도 반듯하니 떠오르는 게 없다. 기억이란 대체로 이처럼 흔한 '배경'을 갈무리해놓을 여력은 없는 듯하다.

한참이나 뜸을 들이더니 동생은 그동안 벌어진 집안의 분란을 뜸직뜸직 풀어놓았다. 몰라도 될 것까지 알 만큼 알고 있는 체하는 그 나이에 차마 말문을 열기가 창피해서 그처럼 머뭇거렸던 모양이었다.

"큰오빠가 시방 술집 작부하고 살림 차릴라 칸단다―누가 그카는데?―어제 형부가 언니 앞세우고 와서, 큰일 나지 싶다고, 저라다가 여자가 알라나 배서 안 떨어질라 카믄 오도 가도 못 하고 곱다시 물릴 뿌릴 낀데 무슨 조치라도 취해야겠다고 아부지 엄마한테 일러바쳐서야 우리도 알았다 아이가―(자형과 형은 향리에서 제일 낫다는 공립 중고등학교를 함께 다닌 죽마고우였다. 그러나 내 자형은 그 전해 세밑에 그동안 눈독을 들여왔던 친구의 여동생과 천생연분을 맺은 터이다. 사돈댁은 중앙시장에서 제일 큰 지물 상회를 꾸리고 있어서, 그래봐야 장판지와 도배지 일체를 팔고 있고, 자형은 그 집의 둘째 아들인데 그 위의 형이 학도병으로 끌려간 후 유골도 없는 전사 통지서를 받았으므로 그때까지도 집안이 뒤숭숭한 판이기도 했으므로 장차 그 집안의 장자 노릇을 해야 할 처지인데도, 그즈음에는 자기 삼촌과 함께 전기 공사 설비업을 제법 딴딴하게 벌이고 있던 터이므로 수하의 전공들과 저녁에는 회식이 잦을 수밖에 없는 명색 중간관리자였다. 그즈음 내 고향은 군사정권이 들어선 후 특정 공업지구로 지정받는 통에 천지개벽을 조만간 두 눈으로 목격할 판이라 다들 어수선하니 마음을 졸이고 있었으나, 경기는 바야흐로 활황 국면 직전이었다. 물론 이런 개략적인 서술은 평소에 지참해둔 그 상식에 기초한 것이라서 되돌아볼 가치도 없다.)—그 술집이 어딨다 카드노?—학교에서 반구동 로타리 쪽으로 한참 내리오다가 철길 못 미쳐서 어디 들앉은 집인갑더라, 그 학교 선생들 단골집이라카고.—왜 해필 새이가 그 작부한테 물릿실까 모리겠네.—(그즈음 내 형은 환도 후에 얼렁뚱땅 만든 졸업장이긴 했어도 4년제 대학 학력이 워낙 반반한데도 향리에서 1년 남짓이나 빈둥거리다가 어렵사리 연줄이 닿아 휴전 직후 교문을 연 어느 사립 중고등학교에서, 학부 때의 간판 전공을 살리느라고 상업을 주로 가르치면서 그 당시만 해도 그쪽으로는 유자격자가 귀해서 국어와 영어도 가르친다는 교사였다. 준교사였지 싶은데, 방학 중 실시한 일련의 연수 과정을 이수하면 쉽게 정교사 자격증이 주어지곤 했다.)—큰오빠가 머시 모자라서, 학력이 좀 좋아, 주독이 올라 얼굴이 빨개서 그렇지 인물이 빠지나, 허우대가 작나. 작부가 설마 남자 보는 눈이사 없실까.—(나도 그것이 궁금했을 텐데, 내 모친이 먼저 물어본 모양이었다)—엄마가 그 여자 인물은 어떻더노꼬 형부한테 물었든이, 아부지가 댓빤에 이 여편네가 지금 미쳤나 카민서, 남우 지집년 인물을 우리가 알아서 머할 낀데 카고 고함부터 지르고, 엄마는 시방 며눌아가 될랑말랑 카는 판인데 그라믄 사람을 알고 인물도 뜯어봐야지 우짤 낀데 캐싸튼이, 언니 말대로 우리는 인자 남새스러버서 낯 들고 못 댕기게 생겨서 큰일이다. 술집 작부가 머꼬, 나이도 큰 오빠보다 서너 살인가 많다 카이 그기 도대체 무신 불여운지 알다가도 모리겠다고 아부지는 한숨이 늘어졌다. 작부가 머꼬, 작부가, 아무 남자 품에나 앤기미 술 따라주는 여자제?—그카대, 이런 시골에도 선술집에 중년 여자부터 늙수그레한 여자까지 여러 질로 많더라.—작은 오빠 니도 벌써 술 묵나?—안 묵는다, 우짜다가 우리 학교 선생들하고 모이만 막걸리 한 잔만 받아놓고 가만이 앉아 있다가 일어선다."

이쯤에서 내 부친의 생업을 밝혀야 이야기의 졸가리를 잡아가는 데 요령이 설 듯하다.

지금은 그 일거리의 모양새가 좀 바뀐 것 같지만 예전에는 미장이가 집 짓는 데는 대목(大木) 이상으로 요긴한 직종이었다. 물론 흙일을 하는 만큼 천하고 몸으로 때워야 하는 고된 직업인데, 옛날에는 집을 지을 때 벽치기라고 해서 댓가지나 나무 오가리를 얼키설키 얽은 외(根)라는 칸막이에다 짚북데기를 더러 섞기도 한 진흙을 이기어 발라야 칸살을 나누는 벽이 들어섰다. 잘 지은 집의 안방 같은 데는 물론 그 위에다 새벽이나 회반죽 따위를 덧입히고 그 반반한 면에 문종이나 벽지를 겹으로 발라서 바람벽을 세웠다. 그러나 한옥 짓는 일이 드물어지자 그런 벽치기 대신에 벽돌장을 차곡차곡 쌓고, 그 위에다 시멘트를 평평하게 바르며 덮어가는 일 곧 벽면 고르기가 미장이의 주업이 되었다.

내 부친의 솔직한 술회에 따르면 그 막일도 일본인 기술자로부터 비로소 제대로 배웠다면서 나름대로 자부심이 대단했고, 그에 따르는 반반한 대접도 받았다. 쉽게 말해서 흙일과 시멘트 일도 벌써 재료의 씀씀이에서 차이가 엄청나다고 했다. 곧 막토야 많이 쓰든 적게 쓰든 까탈을 잡지도 않지만, 시멘트는 기술에 따라 땅바닥에 떨어져서 버리는 양이 다르고, 결국 그 차이 때문에 재료를 그만큼 줄이고도 일이 빠르고 흠잡을 데가 없으므로 사용자는 재료 비용과 품값을 줄일 수 있고, 그런 숙달이 있고 없음에 따라 품팔이꾼의 일당이 달라질 수밖에 없다는 것이었다.

"갑이 두 포로 하는 일을 우리는 한 포나 한 포반으로도 너끈히 조져내는 기라, 또 갑이 한 층 쌓고 마무리하는 데 하루 한나절 잡으만 우리는 하루나 나절 가웃이면 거뜬히 해치우거든 암, 그 차이가 임금 계산 때 노임 차로 돌아오는 기지."

그런데 그런 자랑 끝에 빠뜨리지 않는 말로는 "쓰기모토라는 그 쥑일 놈이 껄핏하믄 흙손으로 내 이 이마빼기를 콕콕 찍어가민서, 하야시상 곤지쿠쇼 이칸다 말이야, 말이야 맞지, 일이 벌써 틀렸거든, 우째, 다시 입히고 깔아야지. 참 피나기 배았네. 일본 놈들이 일 하나는 깔끔한이 매닥지게 잘한다. 매조지가 좋다 마다, 우리가 못 따라간다, 농사도 그렇고 공사는 더하다, 마무리가 워낙 좋고 깨끗한데사 우짤 기라, 두 번 다시 입 댈 데가 없지"라고 멍해지는 눈매로 씨부렁거리며 비감에 젖어버리면 왠지 주위에는 싸한 기운이 모여들곤 했다.

6·25동란 직후였지 싶은데, 하학 후 책 보따리를 방구석에 집어던지고 나서 지척 거리에 있던 학성공원으로 달려가 동무들과 만판 뛰놀다 해거름에야 돌아올 때면 흔히 우리 집의 출입구 앞 신작로 바닥에서 엉거주춤하니 서거나, 말이 길어지면 주저앉아서 나뭇가지로 땅에다 선을 죽죽 그어가며 내 부친은 막일꾼들과 일종의 담합을 벌이

고 있었다. 함께 일할 사람에게는 이번에 맡은 일이 이러저러하다는 설명이든가, 십장과는 일거리의 전체 규모와 일당과 필요한 미장이 숫자 따위를 정하느라고 그런 길거리 업무 현황 소개와 수의 계약을 벌였던 셈이다. 일당은 얼마라야 하며, 공기(工期)에 맞추려면 수하에 부릴 수 있는 '시다'가 적어도 몇 명은 있어야 한다는 셈평에 관한 한 내 부친은 딱 부러지게 말하고 나서는 상대방의 반응을 찬찬히 어루더듬고는 했다. 흡사 개새끼나 집고양이가 오랜만에 먹음직한 대궁밥을 앞에 놓고 어떻게 시식해야 잘 먹었다는 시늉을 터뜨릴까를 잠시 궁리하듯이 당신은 십장의 표정을 핥듯이 훑어가며 보일 듯 말 듯 한 웃음을 베물고 있는 것이었다. 대개는 내 부친의 고집대로 구두계약은 이뤄지게 마련이고, 그때부터 가까운 선술집에서 술판을 벌이는데, 주로 말귀가 빠르고 심부름을 잘하는 나를 불러서 빨간 5환짜리 지폐를 집어주며, 저 다리껄에 사는 얽은이 박씨 알제, 거 가서 내일부터 일 나가야 된다카고 안 바쁘믄 지금이라도 이리로 한분 나오라캐라 라고 이르곤 했다.

미장이 일에 장인급일 뿐만 아니라 술꾼으로서도 호가 났지만, 또 다른 장기 하나로도 내 부친은 그 바닥의 공사판에서 이미 알아주는 '전설'이었다. 물론 내가 직접 목격하지는 않았지만(세탁소 주인인 칠칠이 아재한테서 들었을 텐데), '전설'답게 여러 사람의 입에서 무수히 회자해온 만큼 믿어도 좋은 사실일 것이다. 그것을 글로 옮겨보면 아래와 같은 선명한 활극이 되지 않을까 싶은데, 영화와는 달라서 시작과 끝이 워낙 단출하고 군더더기조차 있을래야 있을 수가 없게 되어 있다. 물론 영웅담으로 읽힐지 익살극으로 들릴지 나로서는 쉬 분간이 안 서지만.

하루는 깡패 예닐곱 명이 공사판에 나타나서 찌그렁이를 부렸다. 공갈과 완력으로 일종의 텃세를 걷으러 다니는 그런 불량배의 행패는 그 당시 치안 상태가 얼마나 엉터리였는가를 말하는 한편, 온전한 직업의 가짓수가 워낙 적어서 떼지어 다니며 남의 품값을 뜯어먹는 그 짓거리의 유세도 세무공무원 못지않아서 그들을 괄시했다가는 큰코다치는 짱짱한 직종이었다. 두 직업에 다른 게 있다면 일터가 있고 없다는 것 정도이며, 수시로 누구에게나 찍자를 부려서 영수증도 없이 혈세를 빨아먹는 정황도 대체로 일치한다. 이런 무단 폭력 시위는 지금도 노조 같은 집단이 아랫것들을 부려서 무시로 저지르고 있으니 시대의 추세에 발맞춰 그 기량이 다소 세련되었다고 봐야 할 것이다.

아무튼 사단의 전후가 맞춤하게 돌아가느라고 그랬을 테지만, 제법 추운 때라서 공사판 인부들이 오후 새참으로 화톳불에다 생돼지 고기를 구워 먹으며 막걸리를 사발로 한 잔씩 돌리고 있던 판이었다. 개중에는 내 부친보다 연상인 인부들도 두엇 있어서 그들이 준다 못 준다, 더 달라, 더는 안 된다로 실랑이질을 벌이는 십장과 깡패들에게 엔간하거든 받아 가라고 좋은 말로 이르는 일방 좀 더 집어주라는 눈짓도 보냈을 것이다. 무슨 까탈이라도 잡아서 큰소리를 쳐야 하고, 그래야 허술한 품삯 일꾼들의 오금을 저리게 하는 쌍욕에다 공갈을 때릴 기회가 생기며, 뒤이어 불량배의 본때를 보여주기 위해서라도 한두 사람에게 주먹다짐을 안겨야 하므로 깡패들이 대뜸, 이 늙은것은 멀 믿고 오지랖 넓게 나서나, 어쩌고 해대며 싸움을 크게 버르집고 나섰다. 그때까지 연방 막걸리 사발을 기울이던 내 가친이 시부저기 일어나며, 시끄럽다고, 목도 축였으니 일이나 할라 카는데 와 이래 분답냐고 툴툴거렸다니까, 아마 본정신이었을 리는 만무하고 그 힘으로 일한다는 진짜 노가다로서 웬만큼 술기운이 뻗쳐 있었던 것 같다. 그러거나 말거나 술을 마셨든 안 마셨든 내 가친의 입가에 늘 엉겨 붙어 있는 조롱기 가득한 웃음을 보고 깡패들은 다소 어이가 없었을 것이다. 그 겁 없는 비웃음 때문에라도 찍자가 대번에 내 부친 쪽으로 쏠렸다. 두목 비슷한 앞잡이가 성큼 나서며 가소롭다는 듯이, 이 쓸개 빠진 기 벌써 술에 쩔어 가지고 라며 막말을 씨부리자마자 내 가친의 멱살을 잡으려 들었다. 싸움이란 원래 매서운 눈빛이나 담대한 자세가 승패를 반 이상이나 갈라놓고 시작하는 것이지만, 멱살잡이를 당할 때까지도 내 가친은 의젓하게 그 특유의 조소를 깨물고 있었다고 한다. 그런데 멱살이 잡히고 뒤이어 완력이 날아오려는 찰나에 그이의 그 소문난 이마빡이, 예의 그 모진 일본인에게 흙손 손잡이로 피딱지가 앉도록 두들겨 맞느라고 차돌처럼 딴딴한 마빡이 그야말로 전광석화처럼 무뢰배 두목의 면상으로 날아가서 찍어버렸다. 더 기막힌 것은 그 한 방으로 그놈은 발랑 나동그라졌을 뿐만 아니라 한동안 코피를 줄줄 쏟아내며 기절한 채 땅바닥에 뻗어 있었다는 공지의 사실이다. 다들 눈이 휘둥그레져 있는데 활극 두 장면이 뒤쫓아 벌어졌다. 곧 부두목 격인 한 놈이 팔을 휘두르며 달려들었으나, 내 부친은 때려보라는 듯이 성큼 앞으로 나서며 한 손으로 깡패의 턱을 주먹도 아니고 손바닥으로 쳐올려 버렸는데도 패대기친 것처럼 엉덩방아를 찧고 나자빠져서는 쇠붙이에 맞은 듯 한동안 머리만 휘휘 내젓고 있는 것이었다. 뒤이어 졸개 하나가 이번에는 발길질을 앞세우고 달려들었는데, 그이는 통나무처럼 그 발싸심을 맞받아내고서는 동작도 빠르게 그놈의 불알을 냉큼 거머쥐었다. 대번에 죽겠다는 외마디 비명이 낭자하게 터져 나왔고, 그이는 여전히 그 작자의 음낭을 뜯어낼 듯이 잡아당기며, 그 누가 저기 자귀나 장도리 좀 집어도가, 내가 살인은 차마 못 하겠고, 이런 걸뱅이 씨종내기들은 오늘부터 고자로 만들어 씨를 말라뿌야 성이 차겠다, 설마 감옥소 밖에 더 가겠나, 걸뱅이 새끼들이 말라고 쓸데도 없는 부랄은 차고 댕기노 라며 소름 끼치는 공갈을 때렸다. 그제서야 술김에 무슨 큰일이 벌어질지 몰라서 화들짝 놀라며 다들 그이의 팔에 매달려 뜯어말리기 시작했다. 반쯤 넋이 나가 있던 나머지 깡패들도 중경상자나 다름없는 제 떼거리 세 명의 신병을 수습하느라고 우루루 달려들었다.

깡패들의 일진이 사나워서 임자를 잘못 만난 그 사단의 전말은 부풀려질 대로 부풀려져서 한동안 그 지역의 노가다 판에서는 심심찮은 화젯거리였고, 덩달아 누구 앞에서 힘자랑하면 코피 터지고, 면상 날아가고, 불알 뜯긴다는 우스개도 나돌았다. 그 후부터 십장들도 그이 앞에서는 말을 조심하고, 함께 일하는 막일꾼들도 길을 비켜서거나 담배를 권하는가 하면 흙일꾼들은 길을 나설 때라도 한 걸음 뒤처져서 따라오곤 했다는 '전설'이 자유당 치세 내내 회자한 것은 사실이다.

나는 지금도 심심하면 아예 작정하고 당신의 그 정의한다운 일거일동을 떠올리며, 그때마다 내 눈시울이 뜨거워지면서 눈앞이 흐릿해지는 걸 즐기는 편이다. 숱 짙은 곱슬머리인데도 이마 한가운데의 그 호난 흉터야 드러나든 말든 늘 상고머리로 깎던 그이의 머리통은 목탁처럼 어디서 보나 둥글둥글하고 또 반들거렸다. 나는 이때껏 살아오면서 그이만큼 자기 생업을 언제라도 흐뭇이 웃으면서 해치우는, 그것도 술 마실 때 말고는 매일같이 온 정성을 다해 매달리던 사람을 본 적이 없다.

당신은 언제라도 새벽같이 일어나서 밥상을 물렸다 하면 우쭐 기동하여 간밤에 던져두었던 광 속의 돌가루 색 가방을 한 손에 들고서는 공사장을 향해 가뿐한 발걸음을 떼놓곤 했다. 도직한 나무 판대기 밑에 뭉툭한 손잡이가 달린 흙받기와 나무흙손, 철판 흙손 각 한 자루씩, 땟국이라기보다는 시멘트 가루나 흙투성이라서 작업복이랄 것도 없는 일복 한 벌이 들어 있던 그 괴나리봇짐 같은 돛베 가방은 지금도 내 눈앞에 선히 떠오른다.

평생토록 어디가 아프다, 안 좋다는 말 따위는 아예 비치지도 않고, 또 당신의 그런 팔자를 기리며 살았던 그이는 원래 타고난 체질이 워낙 나무토막 같은 양반이었다. 그렇긴 해도 깡패 세 놈이 무쇠 주먹에 맞은 듯 즉석에서 까무러치고 엉덩방아를 찧고 만 그 완력은 전적으로 당신의 그 고된 중노동이 자연스레 몸에 배어서 저절로 우러나온 것이었음은 틀림없다. 하루종일 담장을 쌓거나 벽치기를 하느라고 왼손에는 시멘트 반죽 덩어리를 잔뜩 퍼담은 흙받기를, 오른손으로는 연방 벽돌장을 들어 올리거나 흙손으로 반죽 덩어리를 짓이겨야 했으니 말이다. 팔다리를 유심히 봐도 이렇다 할 알심이나 알통이 뭉쳐져 있지도 않았건만, 한 손으로 시멘트 포대를 밥그릇 집듯이 해깝게 쳐들고는 그 주둥이를 벌려 널빤지 위에다 쑥색 가루를 쏟아붓고 나서 양동이의 물을 부어 모래나 자갈을 개는 그 일련의 동작에는 무슨 쇠붙이 연장 같은 강기가 속속 내뻗치고 있었다.

말이 나온 김에 덧붙이면 그 일을 내 부친과 동료들은 '재세 일', '재새한다'고 했는데, 그 지역에서만 쓰는 사투리였던 듯하고, 늘 궁금해하던 참에 한때의 직장 동료였던 어원(語源) 전공자에게 물어봤더니, 나름대로 조사를 해 봤던지 개인어는 아닌 듯하고, 새벽질을 한다는 뜻이 그렇게 전와(轉訛)해온 게 아닌가 싶다고 하기에, 나는 속으로 그 정도야 누가 짐작을 못 할까, 설마 세상을 다스린다는 뜻은 아닐 테지 라고 농담을 건넸더니, 곧장 땅바닥을 고르니 그게 그것일지도 모른다는 대답이 돌아왔다.

잠시 엇길로 새어버린 말 가닥을 되돌려놓으면 그날 오후 느지막이 (아마도 향리에 떨어지자마자 방학 중에도 나라에서 주는 월급을 받는 신분이랍시고 우리 오누이는 제과점에 들러 팥빙수와 빵을 사 먹었던 듯하다) 동생과 함께 본가에 들렀더니 내 어른은, 여름이라 막일도 없었던지, 우리 집 가게 곧 우리 형제들이 칠칠이 아재라고 부르던 진외가 쪽 친척이 꾸려가던 세탁소에서 혼자 막걸리 사발을 기울이고 있었다. 그 세탁소 중앙으로 통로가 뚫려 있고, 그 안쪽에 기역 자로 앉은 안채가 우리 집이고, 나머지 니은 자 집이 새탁소와 칠칠이 아재 일가가 사는 명색 셋집인데, 헛간에다 행랑채를 달아낸 듯한 그 집채를 내 어른이 틈틈이 손보아 살기에는 나무랄 데 없는 거처로 만들어 놓은 것이었다.

어쨌든 통로를 중심으로 왼쪽에는 다리미질을 하는 좌대가 놓여 있고, 오른쪽에는 손빨래하는 빨래터 겸 빨아 다려놓은 세탁물이 천 장에 주렁주렁 매달린 옷 보관소인데, 바로 그 경계의 양쪽에서 한 사람은 다리미 좌대에 기대서고, 다른 한 양단은 남의 바짓가랑이들 아래에서 도마 의자를 사타구니에 끼워 넣고 앉아 술을 마시고 있는 꼴이었다. 칠칠이 아재가 거꾸로 타이른답시고, 행님요, 살살 곱게 곱게 타이르소, 단물 다 빨린 사내새끼가 기집한테서 떨어질라 카능교, 텍도 없심더, 까딱 잘못 하믄 부자간에 의절하구마, 신근이 가도 시건이 멀쩡한데 와 그카꼬, 기집년이 얼매나 양귀비길래, 나도 짬 내서 한분 가봐야 될따 라고 씨월거려쌓고, 그 말을 받아, 잘한다, 집구석, 아재비 조카끼리 한 요강에 오줌 싸겠다, 망할 놈우 소상, 그놈이 지 애비하고 무신 원수가 졌다고 이래 고랑태를 믹이노 라며 술 주전자에서 쏟아지는 뽀얀 술 줄기를 연방 길고 짧게 간드느라고 내가 그 통로 속을 빠져나가는 줄도 모르는 판이었다.

이윽고 한여름의 긴긴 해가 거물거물해질 무렵에 내 자형이 드라이버, 펜치, 송곳 따위가 매달린 굵은 가죽 혁대를 차고 나타났다. 자형이 그 공구 혁대를 툇마루에 끌러놓기가 바쁘게 내 어른은 나와 사위에게 눈짓을 하며, 가자, 너거가 앞장서라고 단호히 말했다. 세탁소 통로를 차례로 빠져나가자 칠칠이 아재가, 행님요, 절대로 왈기지 마소, 후지박으믄 부자간에 막 보구마, 지발 괭고함 지르미 머라카지 말고 살살 달래소, 그년은 체로 까불러서 털어내뿔고요, 알았능교 라고 주제넘은 소리를 지껄였다. 그 말을 받아 내 부친은, 저놈이 내 오야가다다, 온갖 간섭 다 한다, 귀에 매미 들어앉은 것보다 더 시끄럽다, 아이구, 언선시러버라, 딱 죽을 맛이다, 했던 말 또 하고 또 한다 라고 중덜거렸다.

그때 내 생각으로는 형한테 술 안 먹는 ㄴ 동생을 봐라, 부끄럽지도 않냐는 시위를 하느라고, 또는 거꾸로 너만은 니 새이의 저런 추태를 애비한테 보이지 마라는 참교육을 현장에서 직접 시키려고 일부러 나를 달고 가는 줄로만 여겼다. 어느 쪽이라도 나야 강 건너 불 보듯 하면 그만이지만, 나이가 있는 만큼 당장 목전에서 벌어질 그 불구경에 적잖이 재미있어 했다기보다 이런 사단은 반드시 눈으로 외워둬야 한다는 호기심은 반듯했을 것이다. 그러나 한편으로 한창 신혼 재미에 녹아나는 자형은 친구가 오입하면 지가 백지 좋다는 그런 싱거워빠진 작자는 아닌데도 그처럼 걸음걸이마저 가뿐하게 앞장서서 걷는 걸 보니, 처가 고우면 처갓집 말뚝에도 절한다는 옛말대로 장차 손위 처남이 술집 작부를 배필로 삼아 자식이라도 보는 그 망신살만은 어떻게 막아보자는 속마음도 비치고, 죽마고우의 그 곤경을 짐작할 만한 위인이 처가에 귀띔도 안 했다는 누명을 일찌감치 털어버리려고 그러는 것 같았다. 어차피 조만간 터뜨려질 사단인 만큼 그 당시 자형이 고자질을 한다 만다는 걱정을 떠올렸을 리도 만무하다. 네거리를 서너 개 지나자 길바닥으로 잔뜩 내놓은 옹기그릇, 시루, 독, 항아리, 장독 뚜껑, 소라기, 동이, 방구리, 버치, 뚝배기, 자배기, 족자리 같은 질그릇을 독전 안으로 끌어모으고 있는 막내 고모 내외와 마주친 기억도 여태 또렷이 남아 있다.

길라잡이인 자형이 이끼가 거뭇거뭇 앉은 네모돌이 벽들장을 정갈하게 깔아놓은 골목길로 들어섰고, 이내 두 짝 나무 대문을 활짝 열어놓은 한 여염집 속으로 기어들어 갔다. 지붕 없는 그 대문에서 부엌 옆방까지는 등나무가 짙게 하늘을 가리고 있었고, 어디서 엉겨 붙었는지 능소화도 우덜거지 위에 촘촘히 보였다. 오른쪽으로는 장작과 연탄이 반반씩 빼곡한 헛간도 보이고, 담벼락에는 시멘트 계단을 두 개나 붙박아둔 변소가 덩그렇게 붙어 있었다. 왼쪽으로는 축대가 안 보이고 주춧돌만 타일 바닥에 푹 파묻힌 일자집이 안방, 대청, 건넌방으로 나뉘어 있고, 그 세 칸살마다에 누런 전깃불이 훤히 밝혀져 있는 데다 문짝들이 활짝 열려 있어 그런지 들어앉은 술집이 아니라 무슨 짙은 살림집 같았다.

자형이 부엌 쪽으로 다가가 기웃거리자, 곧장 그 속에서, 가실아, 손님 오셨다, 어서 나오니라 라는 중늙은이의 깔깔한 말소리가 들렸다. 땅굴 속 같은 등나무 밑으로 들어섰을 때부터 내 어른은 이미 사정을 다 꿰찬 듯 연신 입속말로 예의 그 일본말, 곤지쿠쇼, 바가야로, 뒤이어 이 빌어먹을 놈, 개삼신이 백인 놈, 개천령 같은 놈 등을 중덜거리고 있었다.

그제서야 내 어른 곁에서 풍기는 홍시 냄새와는 다른, 쿰쿰하달까 매캐하달까 들척지근하달까, 하여튼 뭣이 삭는지 야릇한 냄새가 사방에서 물컥물컥 몰려왔다. 나중에 안 사실이지만 그 집의 숙수 하나가 맑은술, 동동주, 찹쌀막걸리 같은 우리 곡주를 잘 빚어 인근에 한창 호가 나던 판이었고, 더러 알음알음으로 찾아오는 선술집과 애주가들에게는 산매도 하는 바침술집이었으니, 누구의 표현대로 우리 일행은 '술 익는 마을'에 들어선 것이었다.

곧장 한 여자가 발목까지 치렁치렁한 주름치마 자락을 한 손으로 끌어모으는 일방 그렇잖아도 밭게 올라붙어서 가슴의 부드러운 살점이 부풀어 있는 모시 적삼의 아랫단을 끌어 내리며 안방에서 쪼르르 달려와 타일 바닥에 내려섰다. 자형이 말문을 열기도 전에 '가실옥'의 명색 주인 맞잡이는 벌써 모든 것을 한눈에 알아본 듯 자신의 황당을 어떻게 수습해야 할지를 잠시 생각하는 낌새였다.

사람끼리의 인연이란 실로 불가사의할 뿐만 아니라 괴상망측한 것이기도 하다. 촌수로는 내게 형수가 되는 그 천가실이란 여자가 나와 눈이 마주쳤을 때 순간적으로나마 무르춤하더니 한눈에 훤히 들여다보이는 서로의 신분과 사정에 말문이 막혀 멍해진, 그래서 잠시나마 되똑하니 서 있을 수밖에 없던 그 첫 '관계'가 평생토록 이어져야 했으니 말이다. 하기야 나도 마찬가지였다. 엄마 이상으로 만만하게 지낼 수 있다는 형수와 그때부터 말다운 말을 한 번도 나눈 적이 없고, 그쪽이나 나나 상대방의 안부에 관심을 가진 바도 없는 데다, 좋게 봐서 이심전심으로 그러려니 하고, 또 그럭저럭 살겠거니 하며 이때껏 살아오는 데면데면한 사이, 이처럼 엉성궂고 데되 빠진 처신을 직시하는 말이 국어사전에 등재되어 있지 않음은 물론이려니와 글깨나 쓴다는 문필가들도 이름 짓기에 꽤 딱해할 정경이 아닐 수 없다. 명절 때 마주치더라도 서로가 그냥 벙벙하니 소 닭 보듯 닭 소 보듯 눈 맞추기도 지레 피하고 말며, 나야 더러 그 '첫 대면'을 무심하니 떠올려보다 이내 머리를 흔들고 마는 사정이라니. 그러니 그 양반의 성질, 외모, 취향, 생활 태도 따위에 대해 내가 아는 것은 무슨 풍문이나 소문처럼 주위 친지들이 물어다 전해준 것뿐이고, 따라서 그 여자는 내게 허수아비나 무슨 그림자 같은 흐릿한 영상마저 드리울 건건이가 한 자밤도 없지만, 별로 딱하다는 생념조차 낼 수 없다. 가장 가깝다면 가까운 형과 해로하며 잘 사는 안방마님이 시동생과 평생 말 한마디 주고받지 않은 이런 희한한 친척도 있다니 실로 신기한 풍경이 아닌가. 생각을 조금만 여퉈 다른 일상사와 견주고 가름해보면 신문으로 매일 전해지는 온갖 소식들과 그 낱낱의 형세는 내 형의 그 집사람처럼 실물도, 그 자질이나 지금 당장의 형편조차 아리송하기 짝이 없고, 믿기지도 않는다.

나보다 다소 나을지 몰라도 나머지 한 혈육도 그 여자의 그 화사한 천직과 참찹한 자태에 기가 막히는지 곧장 좀 아리송한 자세를 드러내서 주위 사람들의 시선을 몽땅 비끄러맸다. 곧 숙수 하나와 반빗아치쯤 되는 젊은 여자 하나, 팔푼이인 게 한눈에 브이는 중노미 하나, 건넌방에서 번갈아 가며 얼굴을 내밀었다가 들이곤 하는 색시인지 논다니인지 알 수 없는 해사한 것들 두엇이 대청 끝도 아니고 타일 바닥에 철버덕 주저앉아 억장이 무너진다는 듯이 긴 한숨을 내쉬는 늙은이에게 감히 말도 못 붙이고 우두망찰해 있는 것이었다. 평소에도 술이나 시도 때도 없이 바쳐서 늘 얼큰히 취해 있을까, 담배는 누가 권하더라도 잠시 손을 내밀까 말까로 주저하다가 그래도 찬찬히 생각할 거리가 있을 때만 몇 모금 뻑뻑 달게 빨아대던 늙은 미장이가 그날은 사위에게 손짓으로 담배를 두 대나 얻어 피우면서 아무런 말이 없었다.

두 대째 담뱃불을 손끝으로 끊어내자마자 미장이 고수가 벌떡 일어섰고, 대청 끝에 서 있는 맏자식을 쳐다보지도 않고 일렀다.

"신근이, 니가 그만해도 애비보다 한결 나은 술집에서 기집 끼고 술 마신이 얼른 보기사 쪼매 낫다. 할 수 없다. 긴말이 와 필요하것노, 뻔한데, 대가리 굵어뿌린 니한테 이 말 저 말 더 해바야 무신 소용도 없실 끼고 내만 실없는 인간이 되고 말낀께 니 쪼대로 살아바라 칼 수밖에 없지 시푸네. 그래도 걱정이 태산인 기 아무리 방학 중이라캐도 니가 허구한 날 이런 데서 코를 처박고 지내는 기 말이 될랑가 몰따. 대가리 덜 여문 알라들 가르쳐서 인간 만드는 기 쉬운 일도 아이고, 그거야 내가 알 바도 아이지만서도 어렵게 얻어걸린 그 좋은 직장에서 언제 떨리나오까 싶어 한걱정이라서 이칸다."

학교 문전에도 못 가본 일자 무식꾼에다 술까지 가뿍 취한 양반치고는 말에 제법 조리가 서 있었다. 아마도 맏자식이랍시고 4년 동안 서울서 부쳐달라는 대로 학비서껀 하숙비를 올려 보낸 뒤끝이 이처럼 허무하게 사달이 단단히 나 버린 데 대한 소회도 착잡하고, 할 말을 곱씹으며 맛있게 태운 담배 덕도 톡톡히 봐서 그랬을 것이다.

그런데 벌써 닮아가는지 내 형과 천가가 앞다투며 나섰다.

"아버님, 그 걱정은 안 하시도 대예. 우리 집에 자주 오시는 교장 선생님, 교감 선생님도 얼매나 임 선생을 귀키 애기고 칭찬이 자자한지…"

"니는 시끄럽다 고마, 아부지, 내 일 내가 알아서 잘 할 테인께 걱정 마시고, 어서 올라 오시소. 사람 사는 집에 왔슨이 입을 다시고 가야지. 김 서방, 자네도 장승처럼 그래 서 있지 말고, 중근이 니도 어서 올라 오이라. 봐라, 여기 어이 술상 봐서 올려라."

언제라도 혈색이 그렇지만 그날따라 내 형은 취기가 잔뜩 끓어올라 목덜미까지 시뻘겋게 물들어 있었다. 형과 내가 외모, 체형에서 많이도 닮았다고 하지만 음성이나 행동거지까지 나이 들수록 내 어른을 그대로 빼다 박은 사람은 오히려 내 쪽인데도 나는 형의 그 술버릇, 애주벽, 술자리에서는 늘 만사 전폐하는 그 늑장에 진절머리를 내는 게 바로 그때부터였지 않았을까 싶다.

얼핏 단하의 늙은 술꾼이 단상의 자식을 꼬느는데 벌써 그 천성의 해학기가 온 얼굴에 고루 퍼져 있었다.

"에라이, 이 술 귀신에 씌어 썩을 씨부랄 놈아, 내가 아무리 술이 고파도 이런 참한 술집에서 아들하고 겸상해서 술 빨기 생겼나. 그 좋다는 대학을 나온 놈이 지 신발짝도 못 찾아 신은이 니한테는 도대체 붙여줄 이름도 없다. 중근아, 니는 내보다 많이 배았슨이 니 새이 별명 한분 지아 바라. 술 걸레 같은 말 말고 말이다."

천가가 술집 접대부다운 너름새로 감싸고 들었을 것이다.

"아버님, 선생님한테 우째 그래 모진 말씀을 하고실랑… 자식들이 따라하믄 우짤라고."

남자란 어떤 여자와도 말을 섞는 즉시 그 관계는 참으로 요상한 개골창으로 빠져들며 어리벙벙해지고 마는, 어물어빠진 족속이다. 명색 시애비 될 양반을 엉뚱한 곳에서 뜬금없이 대하는 처지인데도 대뜸 '아버님'이라고 호명한 천가의 그 야비다리 임기응변에 내 부친은 손등으로 눈물을 훔치면서 돌아섬으로써 맏자식의 그 찢어발겨도 시원찮을 사련(邪戀) 내지는 사통(私通)을 곱다시 인정하는 꼴이 되고 말았으니 말이다.

또 다른 그런 호칭의 슬기로는 그 후로도 내내 지보다 세 살이나 어린 내 형을 들으랍시고 '선생님'이라고, 나중에는 지 자식이나 친지들 앞에서도 꼬박꼬박 '교감 선생님' '교장 선생님'이라 불러 버릇하는 천 아무의 그 좀 능청스러움을 들 수도 있다. 나로서는 한동안 내 형수의 그 호칭이 너무 이상하다 못해 수상쩍기도 해서 저런 부부 사이에는, 특히나 남의 눈이 미치지 않는 밤 자리에서는 아무래도 해괴망측한 '변태'가 암약하지 않을까 싶고, 그런 허명의 어색함에도 불구하고 늘 허허거리는 내 형이 도대체 '부부유별'이란 말을 알고 있기나 한지 머리를 연신 갸우뚱거려야 하는 판이니 실로 별천지가 멀리 있지 않은 것이다.

당연하게도 내 형에 대한 미장이 영감의 호명은 그날 이후로 '지 신발짝도 못 찾아 신는 놈'이 되고 말았는데, 명절 같은 때 우리 3형제와 합석하면 맏자식은 "아부지, 인자 술 좀 적게 자시소, 으이, 제 말 알아듣겠능교"라고 진지하게 권면하면 늙어 빠진 애비 영감은 즉각 "미친놈, 에라이, 이 헐게 빠진 놈아, 니나 술 좀 작작 마시고 처신 잘해라, 허허털털이 같은 놈, 두 눈 멀쩡이 달고 있으믄 머 하노, 지 신도 짝재기로 신고 댕기는 팔푼이가"라고 별명 서너 가지를 한목에 지어 주는 식이다. 하기야 여자들의 그런 간살스러운 호명에 곱다시 넘어간 예가 어디 내 가친, 내 형뿐이겠는가. 나 역시 예외는 아니었다, 비록 축구(畜狗)는 간신히 면했지만 등신처럼.

이번에는 기억의 회로가 확 바뀌어 서울의 세검정 삼거리에서 의주로로 넘어가는 길목 부근이다. 서른세 살짜리 노총각은 방금 서울역 앞에서 택시로 제 모친을 모시고 오다 내린 참이다. 서울의 종로 바닥에서 치를 결혼식을 달장근 앞으로 바싹 끌어다 놓고 있으므로 안사돈끼리 상견례를 시키려고 장차의 며느리 친정집을 찾아가는 길인데, 인왕산 자락을 깔고 앉은 처가 동네의 길바닥은 언 땅이 녹아 질퍽거린다. 아마도 토요일이었던 듯하고, 세검정에서 흘러온 계곡 물소리도 제법 싱그러웠을 것이다.

먼 길을 시외버스로, 대구에서부터는 기차로 갈아타며 올라왔으므로 노친네는 파근할 터이건만, 술집 작부와 인연을 맺는 바람에 잔치도 한바탕 못 벌이고 사는 맏자식에 대한 포원이 하냥 깊어서라도 이번에 객지에서 치를 둘째 자식의 혼인에는 우정 생기를 내고 있기는 하다. 그렇긴 해도 바깥사돈도 없는 데다 장차 볼 친손자들이 외갓집도 없는 집구석으로 둘째 자식이 장가를 든다니 마음이 얼음장처럼 서늘하기 이를 데 없어서 입이 쓰기 이를 데 없다.

노친네는 지아비 이상으로 강단이 좋아 막동이를 한밤중에 낳고는 새벽녘에 손수 지은 밥 한 그릇을 미역국 한 양푼이에 말아 달 게 다 잡수었다는 양반이지만, 그렇게 가풀막이 아닌데도 숨을 몰아쉬고 있다. 아까 택시 속에서부터 노친네가 할 말이 많은 걸 나는 진작에 알고 있었긴 해도 그 심통이 저절로 터뜨려지기를 마냥 기다리느라고 짐짓 딴청을 부려본다.

"가실이 댁은 연해 그 장사를 잘 하는가 몰라…"

"장사는 무신… 버얼써 전 거두고 집구석에 들앉았지. 작년 봄에 학부모가 될라 카이 지도 삼이웃에 손가락질 받기는 그쓱했던지 그 가실옥인가 먼가하는 영업집은 그전 가을게 지 동무한테 떠넘기고서 다달이 월세 받는갑대. 일하던 사람이 손 놀리니 심심하다고 돈놀이라도 하는가 보더라만서도. 어째 그 술집 작부년은 손대는 일마다 지지리도 못나고 남우 손가락질받는 직업을 골라잡는지 알다가도 모리것네."

"그기 그거네 머. 돈놀이할 돈이라도 있슨이 그래도 천만다행이네. 돈이 얼마나 있길래 사채 장사를 해?"

"돈에는 빠꿈이라 카이 꽤 있것지. 너거 새이는 이래저래 호강한다.

장갠지 먼지 들기도 전부터 꼴란 학교 접장 월급은 이녁 술 자시고 사회 생활하는 데 쓰시라고, 집안 살림이나 자식 학비는 그 잘나터진 천가 가실이 지가 당하겠다고 나발을 불었다니 그 팔자가 좀 좋은 기가. 돈복은 타고 나야지 죽도록 땀 흘리바야 니 아부지처럼 겨우 밥이나 묵고 자식 공부도 원대로 못 시키주는 정도다, 세상 이치가 살아본이 그렇대. 머시든 하느님이 보우하사야 된다는 말이 빈말이 아이다 카이. 우짜든동 팔자가 따라가야지, 억지로 땀만 흘리가는 되는 기 아이더라. 부모 잘 만나야 되듯이 남자는 우야든동 기집 손이 건 여자를 만나야 행세하고 사는 기 요즘 세상 이치다. 오래 살아본이 이래 많이 배운다."

예삿말 속에 또 다른 뜻이 있다는 말 그대로 노친네는 형이든 동생이든 칠칠찮은 사내자식들을 싸잡아 책잡고 싶은데, 벙어리 냉가슴 앓기로 지내자니 저절로 울화가 들끓고 있음을 빙빙 에두르고 있는 것이다.

"너거 장모 될 이는 우짜다가 딸자식만 넷이나 줄줄이 보고 홀로 됐다카노?"

"몰라, 어무이가 오늘 한분 지그시 물어보든가."

"서방하고는 사별했는가 생이별했는가는 물어볼 거 아이가. 입 놔두고 그만 것도 안 물어보고 무신 혼인인가는 할라꼬 설레발을 떨어쌓는가 몰따. 니 누부가 입이 닳도록 권해쌓던 그 참한 혼처는 들은 둥 만 둥 하디이마는. 니 아부지 말대로 언제 메누리 밥상을 단 한 분이라도 옳기 차고 앉아볼라는지… 니한테사 아무 한 것도 없지만서도 니 새이 밑에는 학비서껀 술값을 댄다고 댔지만서도 저래 불효 자석만 불거졌은이 니 아부지 팔자도 참 기박한기다 마. 팔자를 그래 타고 났은이 우얄끼고, 억장이 무너진다 카든이. 자식 농사가 이래 허무하다카이."

평생 흙일만 죽도록 한 영감이 설마 '며느리 밥상' 같은 포시라운 말이야 흘렸을까마는, 이제 망칠도 훌쩍 넘긴 나이라 그런 바람을 토로하도록 지어미가 꽁시랑거리며 유도했을 성싶었다. 그랬거나 말거나 내 속을 시원히 털어놓자면 장인 될 양반이 월북이라도 할 만큼 세상을 지 멋대로, 요즘 말로는 지극히 주관적인 집단지성에 휘둘려서, 명색 껍죽대는 먹물도 아니었던 듯하고, 그렇다고 납북당할 정도로 행세깨나 한 인물과는 천부당만부당 동떨어진 지체였지 싶으니, 그만한 집안의 셋째 딸이 그나마 네 자매 중에 유일하게 대학 출신인 것도 오감하고, 비록 사립학교일망정 교편을 거머쥐고 있는 신분도 감지덕지해서 신붓감으로서는 이렇다 저렇다고 따지는 것마저 하등에 쓸데없는 말이었다.

"너거들 자취방은 여거서 먼가?"

무엇이 더 알고 싶은지 노친네는 말머리를 돌렸다. 노친네의 '너거들'이란 말은 그해 설밑까지 내 밑의 막동이 남동생 하나에다 고종사촌 동생 둘과 함께 살평상만한 방 두 개를 얻어 자취를 하고 있었기 때문인데, 그즈음에는 친동기가 번듯한 시중 은행에 공채로 갓 입사하여 수유리인가의 연수원에서 합숙 훈련을 받고 있었고, 그렇잖아도 이태나 궂다 좋다 말없이 한 냄비밥을 함께 긇여 먹던 한때의 독장사 아들들도 영등포 쪽으로 세간을 났으므로 나 혼자 독방 차지를 하고 있던 판이었다.

"아까 택시에서 내린 거서 버스로 쪼메 더 가면 녹번동이라고, 거 비탈진 데다."

"서울은 우째 맨 산삐알에다 이렇게 집을 짓고 사노. 우리 지방 갯가처럼 펀펀한 데가 하나도 안 비네."

"와 많다. 돈 모아 잘 살믄 저절로 평평한 데로 내리와질기다."

"너거 처가가 집은 지 집 맞다 카드나?"

"그라대. 월세 받아서 딸아들 네 자식 공납금 대가미 근근이 살았는갑더라. 인자는 처제 될 처자도 여상 나오자마자 큰 정유회사 경리사원으로 돈 벌고, 이래저래 살기가 많이 나아진 모양이더라. 저거다."

나는 삼거리께의 모서리에 구멍가게 간판을 달고 있는, 제법 우쭐한 2층 슬래브집을 턱으로 가리켰다.

"고 선생이 벌써 저 나와서 기다리네."

아내 될 여자가 더러 봐온 가지색 투피스를 입고 구멍가게 앞에 꼿꼿이 서 있었다.

"누구라도 집 찾기는 수월캤다. 큰길에서 내리가 산만디로 뚫린 길 따라 쭉 올라오다 오른쪽으로 한 분 꺾어서 구멍가게만 찾으믄 되것네."

잠시 짬을 두었다가 노친네는 후딱 말해버려야겠다는 듯이 걸음을 늦추며 작은 소리로 지껄이기 시작했다.

"누가 니도 인자 생고생 다했다 카드라. 지 혼자서 마른논에 물대고 자갈밭 매니라고 죽을 고생을 다하다가 인자사 절에 팔리간 황소 신세가 됐다고, 일소가 절간에 딸린 남새밭이나 갈아묵는 팔자니 오죽 좋냐고 그카대. 그래도 절 사람들이 고기 맛을 멀리하고 거섶만 즐기인까 일소의 숏금도 모리고, 시줏돈으로 사는 절 살림이사 우시장 시세를 알턱도 없슨이 도축장에 팔리 갈 신세는 면했고, 그런이 아무도 그 일소가 무슨 일을 하는지도 모릴 수밖에 없다꼬, 동무도 없이 산중에서 지 혼자 묵고, 자고, 일하고, 그기 낙인 팔자라 카드라. 좋다면 좋고 나쁘다면 나쁜데, 그래서 특별나다카고. 듣다본이 한편으로 다행이다 싶다가도 왠지 서운하고 먼가 아쉽고 허전하이 힘이 쑥 빠지고 그렇데. 사람 마음이 그렇게나 간사하다카이."

양쪽의 여러 약점과 결격사유들이 두드러져서 할 말과 안 할 말을 가리느라고 내 머릿속이 꽤나 시끄러운 가운데드 내 모친이 전하는 그 점쟁이의 예언은 '특(特)'자를 지 멋대로 풀이한 입담이라서 솔깃했지만, 나는 짐짓 엇먹는 수작으로 불퉁거렸다.

"밥묵고 설거지해놓고시는 부리나케 예배당에 뛰어가서는 두 손 모아 빌어쌓는 사람이 점쟁이는 와 찾아가서 씰데없는 예언은 듣고실랑, 공연히 마음이 시끄럽다 어떻다 카믄 우야노, 안사돈한테 그런 말 하지 마소."

"내가 알라가, 니 사주를 남한테 말라고 말하까봐."

내 입에서, 고 선생, 우리 어무이요, 인사 드리소란 말이 떨어지기 무섭게 구멍가게 앞에 선, 한눈에 벌써 제법 나이가 들어 보이는 처자가 머리를 깊숙이 숙였다.

"온야, 우리는 시골 사람이라가 이래 보는 기 인사다. 각시 될 처자가 몸피는 듬직허구마는 마음씨도 그런가는 인자부터 천연시리 두고 봐알따."

고부 사이가 될 두 여자가 앞서 뺄쭉이 열어둔 철 대문을 밀고 들어

갔다. 그 집 안방에서 나와 고 선생도 윗목에 진득이 앉아 두 안사돈이 주거니 받거니 하는 말을 경청했을 텐데, 기억에 남아 있는 게 하나도 없는 걸 보면 그때도 이미 알고 있었거나 짐작할 만한 그런 세속의 내평과 조만간 치를 혼사에 따르는 일 수세여서, 양쪽이 다 '수의대로' 하자는 쪽으로 쉬이 말을 모아서였을 것이다. 그렇긴 해도 내 모친의 쪽찐머리에 꽂힌 옥색 비녀와 기름이 자르르 흐르는 검은 머릿결이 바글바글 볶은 집주인의 파마머리보다 훨씬 특별했다는 내 인상만은 덧붙여두어도 좋지 않을까 싶다.

이윽고 미리 장만해둔 여러 음식을, 맵고 짠 시골 건건이들보다는 훨씬 심심한 서울식 반찬들로 저녁밥을 대접받고 우리 모자는 여전히 질척거리는 그 언덕길을 내려온 후, 내 자취방으로 시내 노선버스를 타고 돌아왔던 듯하다. 길에서도, 버스 속에서도 이런저런 말과 의논을 나눴을 테고, 내 모친의 반응은 호의적은 아니었을망정 내물리는 낌새도 없었던 것은 분명하다.

자취방에 들어서자마자 내 모친은 아직 무슨 염탐의 눈길을 늦추지 않았다는 듯이 물었다.

"고 선생인가 하는 그 얼굴 뽀얀 처자가 더러 여 와서 청소도 해주고 그라나, 그런 시건머리는 있어 보이더마는…"

실은 그 전해 겨울방학 들머리 때 고 선생이 작정한 듯 일찌거니 퇴근하여 내 자취방을 말끔히 치워주고, 자잘한 빨랫거리도 손빨래해서 옥상에다 널어준 그 손길 때문에 일방적으로 무너져버린 내 전비를 차마 엄마 앞에서 솔직히 털어놓을 수는 없는 노릇이었다. 그 별것도 아닌 청소와 빨래 때문에 남자의 일생을 한 여자에게 의탁하다니, 참으로 어리석다 못해 어이없는 짓이 아닐 수 없는데, 하기야 부부의 인연이란 여자의 그런 눈비음으로서의 잔꾀 부림, 그 내숭을 머릿속에서만 조물락거리고 있을 게 아니라 후딱 실천해버리는 과감한 투자 심리 때문에 맺어진다는 것을 생각하면 허무해지고 만다. 그 예정 조화야말로 손쉽게 조물주의 섭리라고 치부, 이해할 수밖에 없는 노릇이긴 하다. 일컬어 인연이 맺어지려면 그처럼 허무하게 허구렁에 빠져 버리니, 무슨 설명을 더 보탤 것인가.

"인자부터 그러겄지, 지가 알아서 해야지 시킨다고 될 일이가. 가르치고 이른다고 다 그대로 할밖에야 학교가 무슨 소용이 있노. 사람은 저절로 돼야지 가르치고 머라칸다고 되는 기 아이다."

"하모, 지가 알아서 사람이 돼야지. 간섭한다고 그대로 사람이 될밖에야 어른이나 선생은 허수아비맨쿠로 뒷짐이나 지고 어슬렁거리야지."

바로 그 자취방에서 신접살림을 꾸렸다가 가을쯤에나 처가의 세준 방을 빼서 처가살이를 겸한 맞벌이 부부로 생활하려고 말을 모아놓고 있었지만, 나와 고 선생의 그런 의중을 집에다가는 아직 털어놓지 않았는 데다가 봄 학기부터는 나도 야간부 선생 노릇을 작파하고 다른 학교로 출근하기로 되어 있던 참이었다.

그처럼 의뭉스런 코대답을 내놓고 있었지만, 나는 아까 그 사주 예언의 마무리를 듣고 싶어 속으로는 적잖이 안달이 나 있었다. 그런 내 심사를 아는지 모르는지 내 모친은 책, 옷가지, 이불 따위로 너저분한 자취방에 털버덕 앉더니 내가 방금 들고 와서 부려 놓은 당신의 두툼한 여행용 가방을 뒤적여 길쭉한 약병 두 개를 끄집어냈다. 담갈색 약병 속에는 무슨 환약이 빼곡히 들어앉아 있었고, 한쪽 것은 제법 커서 쥐눈이콩만하고 다른 것은 깨알보다 사춤 크다 싶게 작은 것이었다.

"매일 아직 묵고 나서 이 큰놈은 다섯 알, 작은 것은 열 알 남짓씩 꼭 물하고 삼켜보란다. 열두 경락에 팔 맥으로 치솟는 오장육부의 모든 부실, 허실이 순조롭게 다스려진다 카이 믿어봐야제, 믿으가 나쁠 기사 머 있겠노, 우야든동 시키는 대로 해라."

어디서 물어다 쏟아 내놓는 말인지 몰라도 얼핏 듣기에도 벌써 돌팔이 의원의 만병통치약이었다. 게다가 어떤 신흥종교의 맹신도 같은 내 모친의 그 진지한 지시도 거의 신탁(神託) 맞잡이여서 나는 입가에 서리는 고소를 마냥 내버려 두었다. 어처구니없는 일이었고, 아무리 부부는 닮는다지만 그 엄숙한 해학기마저 내 모친은 지아비와 한통속이었다.

"나도 들 대로 든 처녀 총각이 얼김에 부부의 연을 맺으만 무슨 사단이 벌어질동 모른이 우선 몸부터 챙기야지. 내가 여 서울 바닥에 몸 붙이고 살마사 곰국이라도 다달이 끓이서 멕이겠구마는 그 짓도 못하고, 니가 벌써 십수 년이나 집엣밥 한번 옳게 못 묵고 객지 밥으로 때았슨이 속이 얼매나 곯았겠노. 그 골병 때문에라도 지금 시늉처럼 붙이고 사는 니 살가죽 니 뼈마디는 언제 폭싹 허물어질지 모르는 모래성 한가지다, 명심하거라, 으이, 에미 말을. 하기사 보살도 그 말은 안 빠주코 하더라. 허울뿐이다 이기지, 맞는 말 아이가."

어느새 모든 맹신도들이 그런 것처럼 내 모친의 자태는 청자를 홀리게 만드는 열정과 엄숙으로 덧칠이 겹겹으로 둘러싸고 있어서 미상불 경외의 염이 한곳으로 쏠리게 쾌치는 힘으로 넘쳐났다.

“너거 내외는 장차 떨어져 살수록 좋단다. 또 저절로 그래 굴러가도록 돼 있다 카드라. 슬하에 식솔도 많이 거느린다 칸이, 내 짐작에, 너거 장모 될 이, 그 처제라 카는 처자, 앞가림이나 겨우 한다는 처형들도 장차 너거한테 군식구로 더부살이할지 우째 알겠노. 참, 그카고 니는 팔자에 마르지 않는 샘이 들앉아서 돈이 생기는 족족 씻뿌리야 또 생기고 또 생기게 돼 있다 카고, 니 처 될 가아는 돈을 쓸 줄도 모른이 사람을 옳기 볼 줄 모리고 지 서방도 닭이 소 보듯이 멀뚱거리도 금실은 그만해서 슬하에 자식은 두셋 본다 카더라. 우옛든지 성이 안 차도 열심히 살아봐야지 옛말 할 날이 있을 거 아이가. 니 고생이 인자 다 끝나고 남이사 알아주든 말든 추수하드끼 슬슬 거둘 일만 남았다 카이 만분 다행이다.”

사주팔자 타령은 듣기에 따라 반은 맞고 나머지 반은 엉터리라는 말대로 내 그것도 섬뜩하게 들어맞는 대목이 딱 하나는 있었다.

대학 졸업을 코앞에 두고 있던 그해 가을부터 무단히 입맛이 간 곳 없어지고 온몸이 나른해지면서 맥살이 빠지더니 잠자리에 들면 무슨 나락 같은 곳으로 떨어지는 것 같은 환각 속에서도 아랫배에서 끄르륵거리는 소리가 끊이지 않았다. 병원에 가서 진찰을 받아봤더니, 속이 안 좋은 것 같다고 대장 검사나 해 보자면서 밤새도록 설사를 하게 만들고 나서는 보라색 약병을(암포젤 엠이라는 위장약이었다) 쥐여 주면서 식후에 한 뚜껑씩 먹어보라고 했다. 그 일종의 현탁액은 먹어내기가 여간 역겨운 게 아닌데 한 달이 지나드 아무런 효험이 없었다. 낫기는커녕, 그새 취직시험을 두 군데나 보느라고 그랬든지, 뒤통수에 원형 탈모 증세가, 그것도 크고 작은 것 네 개가 휑하니 둘러 빠져 있었다. 더럭 겁이 나서 용하다는 종로의 한 내과로 찾아가 봤으나, 별다른 진단은 없고 또 한 달 치 알약만 한 봉다리나 지어주었다.

그런 신고 중에도 내 속병을 누구에게도 털어놓을 수 없는 처지와 그러고 싶지도 않은 내 성질이 좀 서글펐지만, 서너 달 동안 그렇게 허우적거려보니 악이 생겼다. 역시 30대로 막 접어든 젊은 나이의 회복력, 술, 담배를 멀리하는 후천적 생활 습관 덕분으로 그 이듬해 정월에는 뒷머리의 둥근 탈모증 자리에 성글게, 그만해도 짙다 싶게 머리털이 쑹쑹 자라고 있었다. 그즈음인가 첫 직장이었던 한 통신사의 사회부 소속 견습 기자로 취재차 한 명사를 만났더니, 대뜸 낯빛이 안 좋다기에 내 몸의 부조(不調)를 실토했고, 즉석에서 대추, 울금, 구기자, 미삼(尾蔘)을 한목에 넣고 달인 물을 매일 한 주전자씩 장복해보라는 조언을 내놓았다. (피취재자 겸 조언자였던 그 양반은 이때껏 환자를 완치시킨 경험이 단 한 번도 없었다면서 스스로 자신을 '박복한 의사'라고 실토한, 진폐증 전문의로서 내게 탄산음료는 백해무익하다면서 평생토록 먹지 말라고 조리 정연하게 설명, 설득한 구변가이기도 했다.) 그 길로 택시를 타고 경동시장으로 달려가, 마고자 차림으로 해바라기를 하며 건재 약국의 출입구를 지키고 있는 한 노인에게 그 약재 네 가지를 한 봉지씩 싸 달랬더니, 내 안색을 뚫어지게 쳐다보고 나서, 넷 다 건위제고 성질이 더운데 체질에 맞으면 큰 효험을 본다면서 위장만 활발하면 큰 병 모르고 산다고, 아직 한창나이라서 큰 고비는 넘겼다고 했다. 그동안 내 코가 석 자라며 허둥지둥 헐떡거리며 살아낸 객지 생활에다 거의 고학으로 학업을 마친 셈이어서 그랬는지 그때 그 말만큼 듣기 좋고, 덩달아 몸이 가뿐해지던 격려를 나는 그전에도,

그 후에도 다시 듣지 못했다.

그 후 10여 년이 지나 위내시경 검사가 보편화되고 나서야 그때 내가 된통 앓았던 그 속병이 십이지장 궤양이었음을 알았고, 정기 검진을 할 때마다 번번이 지적받는 그 흔적 때문에라도 나는 의사들의 진단을 반신반의하는, 이 불신벽에 따르는 생래의 조바심마저도 내 팔자의 일부이겠거니 하며 살아오고 있는 판이다.

되돌아보면 내 위로 형이 하나 있다는 말이야 안 했을 리 만무하지만, 형수의 출신을 쉬쉬하면서 감히 늦장가라도 들 궁리를 냈던 내 쪽이나, 장모가 아들을 못 본 소박데기에다 서출의 두 동생과는 내왕도 없을뿐더러 그쪽 마누라에게 얹혀 신병 치레로 세월을 낚고 있던 그 당시의 제 생부 말이라면 어벌쩡하니 둘러대기만 한 아내 쪽이나 서로 눈 감고 아웅 한 점에서는 피장파장인 꼴이었다.

남이 안 보는 밤에라도 코에 걸 것이 못 되는 양쪽의 그런 치부를 능히 짐작하고도 능청스럽게 얼추 콩알만 하고 깨알 같은 두 종류의 환약을 내밀며 내 몸 걱정부터 앞세운 어느 신실한 기독교인의 그 천연스러운 익살극 한 토막은 생각할수록 어떤 경지가 비치는 무당답게 다가온다. 어느 특정 종교를 얼마나 정성껏 믿는가와는 별도로 할 말은 진솔하게 해버리고, 당신 고집대로 무꾸리질도 마다하지 않는 양반이 언젠가는 "성경 말씀이 훌륭한 거야 내 같은 까막눈도 아지마는 너무 높고 멀어서 답답할 때가 더 많다 카이"라고 넋두리를 내놓기도 했으니, 설마 서로가 기이고 눈감아줄 집안 사정, 세상일을 분별할 머리마저 없었을까.

그러니 내 집사람이 '지 신발짝도 못 찾아 신는 놈'이라는 은유의 곡절에 대해 내게 더 캐묻지 않았던 미덕이나, 두 여자에게 씨말 구실이나 하다가 성씨나 물려준 그 '얼굴 없는' 명색 장인의 여러 본색과 죽음 따위에 대해서도 일체 모르쇠로 일관하는 내 눈치놀음도 실은 싫다 좋다는 내색을 억지로 삼가던 내 모친의 그 슬기와 크게 다르지 않은 셈이다. 이처럼 남녀 사이, 또 부부 사이란 서로가 서로에 대해 모르는 허울투성이로, 나아가서 각자가 하나의 불가해한 비밀 뭉치로서 조심조심 낭떠러지 위의 좁은 외길을 굴러가는 꼴이라고 해도 지나친 말은 아니다. 사랑은 눈물의 씨앗이란 유행가 가사가 있었지 않나 싶은데, 결혼은 불행의 씨앗인 동시에 말썽, 잔소리, 신경질, 짜증의 화근인 것도 사실이고, 그 가풀막 앞에서는 언제라도 모른 체하며 내 실속만 챙기며 살아가면 그뿐인 것이다.

당연하게도 나는 그 환약 두 가지를 교무실의 책상 서랍 속에 고이 비장해 두고 점심 식후에 누구도 몰래 꺼내 먹곤 했는데, 당시에도 그 약효가 별로였다는 짐작만 챙기고 있었으니 과학 같은 지식을 가르치고 배우는 것이 과연 무슨 소용에 닿는지 자꾸 더듬어보지 않을 수 없다. 아마도 그런 약이 대체로 그렇듯이 무슨 효험이야 있었을까 싶지만, 아내에게도 함구하라는 모친의 다짐을 아직도 지키고 있을 뿐이다. 그러니 그게 무슨 숨길 짓거리도 아니건만 매번 실내를 두리번거리면서 환약 두 종류를, 그것도 30분의 간격을 두며 잽싸게 입 안에다 털어 넣곤 했던 내 지난날의 우스꽝스러운 자태는 떠올릴 때마다 홍소 감으로도 제격이려니와 그 보약 제공자의 엄숙한 자태가 눈에 밟히면 머리를 조아리지 않을 수 없는데, 이런 장면은 자연주의에 기초한 소설들이, 이를테면 개울에 빠진 장돌뱅이를 업어서 건네준 동이가 왼손잡이인 줄 알고 지 피붙이인갑다고 여기는 〈메밀꽃 필 무렵〉의 그 소위 환경과 유전을 들먹이는 아리송한 실례와 맞먹거나 엇비슷하지 않을까 싶다. 요컨대 어느 인생이나 어떤 인물도 한낱 희작(戱作)거리일 뿐이지 자랑거리일 리는 만무하다는 소리다.

두 양주만이 아니다. 한여름의 땡볕 속을 타박타박 걸어서 나를 찾아왔던 예의 그 여동생도 진지한 우스갯거리를 무심코 터뜨리는 데는 도가 터서 역시 피는 못 속인다는 예증을 보여 주고 있다. 언젠가 집안에 혼사가 있어서 형제들 권속이 떼지어 서울의 내 집에 모인 적이 있었다. 어느 순간 그즈음 한창 화제로 떠올라 있던 대학교수들의 말썽 많은 처신, 곧 논문 한 편을 적당히 짜깁기해서 여기저기다 발표하는 이른바 '연구 성과'를 부풀리는 이중 발표와 제자가 쓴 것에다 제 이름을 올리는 '무임승차'를 거론하자, 한때 내 혼처를 시뻐하면서도 차마 내치지는 않고 환약이나 집어주며 속 차리라던 그 당시 내 모친 연배의 여동생은 즉각, 거기 도대체 머꼬, 똑같은 연애편지를 이름만 바꾸고실랑 이년한테도 주고 저년한테도 보낸다는 기 말이 되는 소리가, 글을 잘 몰라서 베끼는 연습하나, 에라잇, 순 사기꾼들, 커가는 학생들한테 좋은 짓 뻔 빌 일이 따로 있지, 제자 꺼를 지 꺼라 카는 것도 남한테 지 연애편지를 써달라는 기지 딴 기가, 니 꺼 내 꺼도 가릴 줄 모리는 인간이 무신 바른 소리를 하겠노, 알라들 달대로 입만 뺑긋하믄 뺑이나 쳐대는 빨갱이 자손이지, 둘째 오빠 니는 함부래 그라지 마래이, 라고 제법 그럴듯한 비유를 둘러대며 정색하고 지껄여 나를 잠시나마 헛웃음 짓게 했다.

바로 그날 각자 제집으로 돌아가기 전에 송별 인사를 나누는 중에도 내 형은 술살 오른 불그레한 얼굴을 바싹 디밀고는, 중근이, 니는 술을 멀리한다미, 그래, 잘하는 짓이다, 지발 술 묵지 마라, 내가 지금껏 겪어본이 좋은 기 별로 없디라, 돈 낭비도 크고, 이래저래 사람이 실없어지더라 라며 예의 그 진지한 만담가 흉내를 내고 나서 내 동생에게도, 정근아, 지발 니도 술 많이 하지 마라, 우야든동 안 좋은 줄 알았거들랑 남우 말은 일체 듣지 말고 니 머리 니 몸이 시키는 대로만 해라는 당부를 아끼지 않았다.

대충이나마 이상으로 내 출신의 배경이 윤곽을 잡았으므로 다음 장에서는 우리 집안 특유의 그 낙천적 기질을 좀 물려받은 이 몸이 세파를, 그것도 여난(女難)과 국난(國難)과 교난(校難)을 어떻게 겪어냈는지를 술회해보려고 한다.(계속)

↓

직장동료로서 한 교수가 학과 내의 다른 선생들과 냉랭하게 지냈던 데 반해 임 선생과는 무간(無間)하다기보다 다소 덜 소원하게 지낼 수 있게 된 계기는 의외로 금방 굴러왔다. 새 직장에서 심기일전의 기분으로 꼬박 1년 반 동안의 강의를 마치고 어영부영 맞닥뜨린 그 이듬해 겨울방학 때였다.

방학 중에도 임 선생은 연구실을 지키고 사는 모양이지만, 한 교수는 학기 중에도 반쯤 폐문 상태로 놓아두는 그 낮 동안의 우거를 아예 걸어 잠가놓고 자신의 생업으로부터의 홀가분한 일탈, 직장의 방기 같은 시들한 자유를 최대한 찾아 먹는 쪽이었다. 따라서 방학 동안에는 서울의 집에서 마냥 빈둥거리며 나름의 헐렁한 암중모색을, 장차 실행하면 좋고 엄두를 못 내거나 집적거리다 말아도 서운해할 것이 없는 '돈 안 되는 작업'을 머릿속으로만 굴리며 소일하게 마련인데, 마침 개학 직전쯤에 어떤 모임에 나와보라는 득달같은 호출이 떨어졌다. 한때 이런저런 연고로 장시간 토의도 나누고, 학위 논문이나 투고작의 심사도 함께 한 바 있는 학회나 문단의 지인들 여남은 명이 시방 아무개의 저서 출판기념회로 술판을 벌이려고 하며, 그러니 책값 대신에 회비 3만 원을 갖고 나오라는 독촉이었다. 공술 얻어먹기가 늘 찜찜해서 회비 운운은 깔끔한 짓이었지만, 명색 '도토리 키재기 식 연구 성과'로 월급도 연간 천만 원 이상씩 차이가 나도록 조작해둔 그 조잡한 '교수 평가 연계 연봉제' 때문에 다들 앞다투어 고만고만한 책들을 흔전만전 펴내고, 꼬박꼬박 친필로 기명한 후 '근정(謹呈)'한 그 우편물을 받자마자 내다 버릴 걱정조차 일로 삼기가 귀찮은 터이라서, 참석자의 면면도 한 번쯤 더 알아볼 필요가 있었다. 한 교수의 나이가 말하는 대로 이제는 조금이라도 이쪽에서 먼저 껄끄러운 사이 같으면 피하며 살고 싶어서 그러는 셈인데, 초청자가 주워섬기는 이름들이 하나같이 고만고만하니 제구실은 다 하는 작자들이라서 말이나 아끼며 따라주는 대로 술이나 마시다가 적당한 때 먼저 빠져나올 작정을 앞세우고 나서야 했다.

다들 기명한 책을 한 권씩 받았음에도 그 신간을 본 둥 만 둥 푸대접하는 그 술자리에서, 그것도 두어 시간이나 지난 뒤에 또 다른 지인 하나가 수하에 두 사람이나 달고 와서 한동안 그들과 통성명을 하느라고 좌중이 좀 소란스러워졌다가 가라앉은 다음이었다. 늘 그러는 대로 한 교수는 슬그머니 빠져나오기 쉽게 한쪽 귀퉁이에 앉아 있던 판인데, 바로 그의 앞자리에 뒤늦게 나타난 작자 중 하나가 끼어 앉더니 우정 손을 내밀고 명함을 달라고 청했다. 어렵지 않은 청이라 지갑에서 명함을 꺼내 건넸더니(그 자기 알림 쪽지도 학교 당국에서 규격화시켜 무료로 배부해준 것이었다) 막상 그쪽에서는 남의 신원만 책 읽듯이 한참이나 들여다보고 나서, 잠시 말할 짬을 챙기더니 그 학교의 같은 학과에 있지 싶은 임모 선생은 잘 계시냐고 물었다. 벌써 의례적인 안부 인사가 아님을 한 교수는 직감으로 알았지만, 그럴수록 더 태연스럽게 같은 층의 연구실을 나란히 쓰고 있으며, 아마 잘 계실 거라고, 이쪽도 게을러서 남들이 뭐 하는지는 잘 모른다고, 좀 별난 양반인 것 같더라고, 오지랖이 넓은 것 같지는 않아서 여간 다행으로 여기지 않는다고, 본 대로 느낀 대로 술술 말해줬더니 상대방은 알 만하다는 투로 벙긋벙긋하다가 고개도 끄떡였다.

또 한동안이 흘러 그새 한 차례 이상으로 자리들이 섞바뀌고 난 후였으므로 한 교수도 그때쯤에서는 자기 명함을 챙겨간 작자가 한때의 해직 기자로서 웬만큼 알아주는, 소위 반체제 인사였으며, 앞으로 누구라도 논픽션이나 소설을 쓸 때 참고할 만한 기록물 몇 종류의 필자 겸 저자 겸 편자였기도 한데다가, 돈 많은 물주를 무슨 수험서 전문 발행인으로 명의만 빌려 쓰는 명색 '의식 있는' 출판사도 꾸려가다 이내 들어먹었으며, 그 후로도 이런저런 직종들을 여러 번씩이나 전전할 수 있을 정도로 발이 넓은 수완가라서 예전이나 지금이나 이럭저럭 살아가는 데는 별로 어려움이 없는 동년배의 팔방미인임을 알게 되었다. 그러고 보니 김모라는 그 위인은 상식적인 발언이긴 해도 말주변이 상당하고 좌중의 몇몇 친구들과 호형호제하는 너름새에 구더운 가락도 없지 않았다.

한때는 폭음도 불사했던 한 교수도 그즈음에는 폭탄주 두어 잔에도 이내 머리가 산란해지고, 말도 어수선해지는가 하면 몸까지 흐트러지는 터여서 잔뜩 조심하는, 나이가 보신주의를 다짐한다는 신념에 최면을 걸고 있는 꾀죄죄한 접장일 뿐이었다. 그쯤에서 그는 그 팔방미인으로부터 임모 형이 한때 전공필수 한 과목의 학점을 못 따서 졸업이 되느니 마느니로 신고를 겪었으며, 첫 직장에서는 월급 인상 투쟁에 나섰다가 보기 좋게 잘렸고, 유신 치하에서는 모종의 사건에 연루되기도 했다는, 그래봐야 용의자 은닉 및 도피자금을 제공했다는 혐의로 끌려가기 직전에 빡빡머리 제자들이 보는 앞에서 기관원에게 수업이 끝날 때까지 기다려달라고 했다가 아주 혼쭐이 난 적도 있다는 증언을 들었는데, 술기운 때문이 아니라 너무 오래전 일이어서 그 투박한 일화들이 당사자를 감쪽같이 전혀 다른 사람으로 만들어버리는, 연극 무대의 분장술 같기도 했다. 들을수록 김가의 말주변이 워낙 구수해서 임 교수에 딸린 그 화려한 비화가 죄다 되다 만 영웅 활극의 영화처럼 끝에 '서사'만 잔뜩 욱여넣은 과장투성으로 비치기도 했다.

모든 무용담이 대체로 그렇듯이 일상 중의 평범한 면모도 집중적으로 과장해서 덧칠해버리면 그 대상물은 적잖이 왜곡되어버리며, 그때부터는 그 비뚤어진 면면이 전모를 대변하고 만다. 그처럼 지긋한 연배를 개성이 강하다거나 괴팍스럽다면 어울리지도 않을 테고, 그저 자기중심주의자로서의 열등감이나 우월감도 없이 남을 불편하게 하지 않을 정도의 염치를 코에 걸고 사는 사람일 뿐이며, 그만한 그릇도 대학사회에서마저 흔치 않다는 게 이 땅의 실정이 아닌가 싶은데, 임 교수에 대한 한 교수의 그런 평가가 그 순간에는 금세 실물을 엉터리로 베껴낸 무슨 조악한 흉상처럼 뻣뻣한 것이 아닌가 하는 의문을 품게 되고 말았다. 말하자면 이때껏 눈에 보이는, 또 이미 알려진 여러 선입관이나 정보에 따라 짜 맞춰서 형용뿐인 전신상이 그제서야 겨우 사람 시늉을 하는 정황과 어슷비슷했다. 더욱이나 3선 개헌 반대 시위로 하루가 멀다고 대학들의 캠퍼스를 요란하고 시끌벅적하게 달궈놓고 있던 그해 가을에도 만학도 임 모형은 "내 코가 석 자"라느니 "나는 늙은 뱁새라서 눈치는 빨라도 다리가 짧아 너거들 따라갈라믄 가랭이가 째진다" 어쩌구 둘러대며 데모대 주위에는 얼씬도 안 했다는 팔방미인 김모 씨의 생생한 전언이야말로 상당히 그럴싸한 캐리커처로 떠오르는 데야 어쩌랴.

개강 직전의 어느 날 오전 중이었다. 점심시간이 아직 한 시간 이상이나 남아 있는 때인데 누가 한 교수의 연구실 문을 두드렸다. 임 선생이었다. 그게 최초였지는 않았을 터이나 뜻밖이고 낯선 방문이었다. 이제 그 나이쯤이면 남이 무슨 책을 갖추고 있는지, 또 장서 수가 얼마나 되는지 따위에는 관심도 없어서 그럴 테지만, 임 선생은 아무렇게나 꽂아두거나 무더기로 쌓아놓고 있는 양쪽 책꽂이에는 일별도 주지 않고, "바쁘시오?"에 이어 "아래도 이맘때 문을 두드렸더니만 기척이 없대요"라면서 방주인이 손짓으로 권하는 대로 의자에 앉자마자 내방의 사유를 밝혔다.

"며칠 전에 김두철을 만났다고요?"

방주인이 잠시 옹송망송한 표정을 짓고 있자, 내방객이 대뜸 "아, 일전에 누군가 책거리한다며 모인 회식 자리에서 그 친구가 내 신상을 이것저것 다 주워섬겼다더구먼 머"라고 남의 투미한 총기를 잡아

채 주었다.

"아, 그 양반요, 팔방미인이라던… 명함도 없다며 우물거려서 이름도 모르고 있었네요."

"행색이 어떻습디까?"

난문이었다. 헐벗고 굶주리는 사람이 없어진 지 벌써 오래전이어서 '행색'이란 단어조차 죽은 말이 되어 있는 판에, 그것도 국어학 전문가가 사용하고 있으니 더 난감했다. 또한 그런 인물이 대체로 그렇지 않을까 싶게 뭔가 붙잡히는 게 있다가도 없어서 선뜻 말하기조차 어려웠다. 그래도 옷깃에 두툼하고 널찍한 우단을 달아 올린 반코트의 앞을 주욱 갈라놓자 팥죽색 자라목 셔츠가 돋보이던 장면은 얼핏 떠올랐지만, 그것 말고는 그의 외모나 행동거지에는 딱히 외워질 만한 게 아무것도 없었다.

"모르겠데요, 초면이라 그런지. 술을 마셔도 취하지도 않고, 말도 너풀너풀 재미있게 잘하고. 더러 재사 끼도 보이다 말다 하던데, 행색까지는 붙잡히는 게 없는 양반이 아닌가 싶데요."

턱을 쳐들고 책꽂이 위에다 시선을 못 박은 방문자의 시선에 회상이 어렸다.

"재주 많고 몸 가볍고 싹싹하니 인사성 밝든이만. 뭘 해 먹고 사는지."

기회가 생기면 팔방미인으로부터 들은 임 선생 자신의 묻어 둔 일화를 좀 더 소상히 캐물어 볼 작정이었는데, 한 교수로서는 별 관심도 없는 어떤 위인의 신상에 대한 탐문을 받고 있자니 주객전도란 말이 저절로 떠올랐다.

회상담이 엿가락처럼 뚝뚝 분질러져서 늘어졌다.

"그때가 언젠가, 10년도 더 전인지 안쪽인지, 그때도 몇 년 만에 지가 먼저 전화를 해놓고실랑, 형, 나야, 철딱서니 없고 버릇도 없고 몰상식한 두철이, 나 알지? 그놈은 늘 나야, 저라고 할 줄 몰라. 내가 좀 무식해서 말이야 이러고. 형, 요즘 살 만하지, 이러더니 다짜고짜 돈 몇백 좀 부쳐줄 수 없을까 이래. 한창나이 때부터 그 친구는 시간관념, 돈 관념이 전혀 없어, 지 말로는 늘 깜빡하고 까먹는다는데 헛소리고, 덜렁거리다가 한참 지나면 나 몰라라 하고 나자빠지는 버릇 때문에 그래. 약속 시간을 제대로 지키는 걸 한 번도 못 봤어, 그러고도 어떻게 신문사 노조에는 들어갔는지. 어쨌든 요즘 어떻게 사냐고, 밥은 제때 먹고 사냐고 그랬더니, 그 친구 부인이 아주 수완이 좋아, 그 친구 말만 나오면 나도 이렇게 두서가 없어지네. 다 생략하기로 하고, 밥 한번 제대로 살 일이 생겼다고, 당장 거래를 트려니 당좌에 잔고가 바닥났다고 그러면서 웬 아가씨를 바꿔주면서 은행 계좌번호를 받아쓰기시키고 나서는 급해서 그러니 오늘 중으로 꼭 좀 돈을 부쳐달라는 거야. 내가 뭣에 씌었는지, 예전에 신세 진 것도 떠오르고, 그거야 또 이미 여러 차례나 나눠 갚았으니 없었던 일로 치더라도 해직 기자 치고도 다른 직장을 쉬 못 잡은 경우라 그 불운이 안됐고, 내 마음도 그쪽으로 내키다 보니 이런 일도 한 번쯤은 당하리라 각오하고 있었던 것 같고 해서, 한창 더울 때야, 택시 타고 바로 국민은행인가에 가서 돈을 부쳤어. 그러고 문득문득 그 일이 떠올랐지만, 그때마다 머리를 흔들어버리고 잊고 있었는데 엊그제사 기별이 온 거야."

"그 친구가 내 연배인 모양이던데 한참 후배지요?"

"그 친구도 재순가 삼순가 하고 입학해서 제대 복학생 늙다리인 나하고는 한동안 학교를 같이 다녔어. 합반 때는 서로 대리출석도 시키고 머 그랬어. 세상을 어떻게 그렇게나 만만하게 보는지, 한평생이 잠시야, 너무 덜렁거리니까 지 운도 정신을 못 차려서 미처 따를 짬도 못 찾아 그런지 너무 허무해. 공연히 덜렁대는 직장을 잡은 것부터 길을 두고 뫼로 접어든 거지, 그 좋은 직장 다 놔두고 하필 신문사에 들어가서 들까불 건 또 머야."

"이것저것 아는 게 많던데요."

"모르는 게 있나, 만물박사에 달통의 경지지. 참 그때 누구한테 듣자니까 비디오 사업인가를 벌였다가 쫄딱 당했다대."

"비디오 대여점요?"

"아니야, 그까짓 거야 사업이랄 거나 머 있나. 16밀리로 에로물을 찍어서 판권 파는 거였나 봐. 막차 탔을 거야 아마. 내 짐작인데, 대체로 맞을 거야."

그날 그 김모의 근황 탐문 자리에서 들었는지, 그 후 어느 계제에 한 교수가 직접 물어서 알아냈는지 헷갈리지만, 임 선생이 한때 학점 미달로 졸업을 제때 못해서 아주 애를 먹었다는 일화를 듣고 보니 그것이야말로 전화위복이라는 것이었다.

늙다리 학생 임모는 다들 3학년 2학기에 따두는 전공필수 과목 하나를 어쩌다가 4학년 2학기에야 부랴부랴 수강하게 되었다고 했다. 담당 교수는 시집도 네 권이나 펴낸 짱짱한 명색 문인이라 수강생들에게 아주 박한 점수를 줄망정 학점을 '날리는' 법은 없다고 알려진 양반이었다. 그러나 별스럽게도 한번 본때를 보여 주겠다고 누군가를

'찍어' 버리면 어떤 통사정도 안 통하는 천하의 고집불통이기도 했다. 임모가 바로 그 고집불통의 시범 케이스에 걸려들고 만 데는 그만한 변명거리가 없지도 않았다. 우선 그 '나'라는 재주꾼 김 모가 그 고집쟁이의 학점은 걱정하지 말라고 개인 결강을 사주하는 통에 그 말을 따랐으므로 저절로 '시간 실격'의 대상자가 되고 말았다는 것이다. 아무리 동급생이라지만 나이도 어린 것의 그런 무책임한 허언을 믿었으니 변명거리라기보다는 운수가 사나운 셈이었다. 두 번째 변명도 그 김모가 언론사 취직시험을 함께 쳐보자고 꼬드겨서 그 공부에 한창 열을 내고 있었으므로 경황이 없던 판이었다. 선견지명이 있어서가 아니라 해 본 경험으로는 선생질이 그나마 만만해서 교직 과목을 이수해두었으므로 기자직이 딱히 솔깃한 것도 아니었지만, 이왕 내친걸음이었다. 이래저래 강의는 반쯤만 듣자고, 설마 학점이야 안 주겠냐고 늙다리 복학생 임모는 김칫국부터 마시고 있었다. 시절도 아주 작정한 듯이 시끌벅적했다. 1학기 때도 3선 개헌 반대 데모로 수업일수를 겨우 채웠을 정도고, 2학기 때는 국민투표를 한다고 그 홍보로 어수선해서 다른 선생들은 덩달아 결강이 잦았다. 그처럼 보대끼고 있던 처지가 화근이었을 텐데, 어느 날 갑자기 명치께가 쿡쿡 쑤셔대고 입맛이 싹 가셔지더니 묽은 변이 수시로 나올락 말락 해서 책상 앞에 30분을 진득이 못 앉아 있고, 일상생활도 겨우 꾸려가는 중병이 덮쳤다. 울고 싶은데 뺨 때린다는 식으로 듣기도 싫은 강의는 당연히 관심 밖으로 내팽개쳐버렸다.

그런 와중에도 취직시험을 봤더니 한 군데에서 면접을 보러 나오라고 했다. 나이도 팔팔한 것들보다는 네댓 살 많고, 연령 제한에도 아슬아슬하게 통과하는 판이어서 그래도 신문 쪽보다는 통신사가 덜 재발라도 될 것 같다는, 그쪽 업무에는 당연히 맹문이인 주제에도 막연한 짐작으로 그런 소견을 들이댔던 셈이었다. 다행인지 불행인지 입사통지서를 받았고, 1월 15일부터 출근하라고 했다. 그 통신사는 그 후 이내 자폭하다시피 이 땅에서 영원히 사라졌지만, 월급날이 15일이어서 근무 개시일도 그렇게 잡았던 걸 보면 나름의 체통은 다른 어떤 사이비 언론사들보다 반반하게 꾸려가던 회사였다.

그러나 막막했다. 회사 근무야 때 되면, 또 시키는 대로 배워 가면서 한다지만 볼일 보고 밑을 안 닦은 것처럼 그 고집쟁이 영감 때문에 졸업장도 없이 일해야 하는 딱한 '팔자'가 난감했다. 부득불 '고집불통'에게 찾아가서 취직이 됐으니 졸업을 시켜달라고 통사정했다. '고집불통'이란 별명을 아무렇게나 얻은 것이 아니라는 듯 이미 학적과에 성적을 통보했으니 정정은 불가하다고 돌아앉았다. 덧붙이기를 취직과 졸업은 아무 상관도 없으니 가서 일하라고, 후학기 때 재수강을 신청해서 학점을 따라고, 졸업이야 1년 늦게 하나 일찍 하나 그게 그거라고 태평하니 일렀다. 막상 회사에서는 졸업장 따위야 안중에도 없는지 졸업식을 언제 하는지조차 묻지 않았다. 그러나 마음 한구석은 늘 켕기고, 취재하거나 기사를 쓰다가도 문득 시답잖아서 떨떠름해지고, 이러다가 평생 대학 중퇴자로 살고 마는가 하는 가위눌림 때문에 애를 태우려니 죽을 맛이었다. 더욱이나 집에다가는 취직까지 제때 해서 월급을 받는 자식이 졸업도 못 했다는 난해한 곡절을 알릴 수조차 없는 노릇이어서 그야말로 벙어리가 냉가슴 앓는 꼴이었다. 그나마 봄이 성큼성큼 다가오자 몸이 조금씩 회복되는 조짐이 완연해서 그나마 생기를 억지로 일궈낼 수 있었다.

"그때 평생 나는 문인이 되지도 않을뿐더러 그 말 많고 시끄러운 것들과는 상종하지 않겠다고 맹세했을 거야."

임 선생은 처음으로 문인을 대하는 사람처럼 명색 등단한 이력이 짱짱한 한 교수를 새삼스럽게 멀뚱히 뜯어보았다.

"그 잘나 터진 문인 교수가 어떻게 한 입에서 두말하게 만드나 이거지. 조교 시켜서 성적 정정계를 내면 되는데 말이야. 하기야 나도 한참 멍청한 짓을 자청했지. 그 김가에게, 야, 너 취직됐다고 인사하러 가야 할 테니 그때 내 학점 구걸을 좀 대신해달라고 부탁한 거야. 그 놈은 그러겠다고, 걱정하지 말라고 호언장담하더니, 갔다 와서는 그 영감탱이 취직됐다니 아주 좋아하던데, 어쩌구 지껄여서, 야, 내 부탁은 어째 디밀어봤냐고 물어보니, 그래? 알았다고 그러더라는 거야. 그 말을 태산같이 믿었지. 믿을 수밖에. 그 말도 지가 다 즉흥적으로 둘러댄 말이었을 거야, 그럴 거 아냐, 벌써 반 이상 기자가 됐다는 쪼로 설치고 다닌 친구였으니까. 내가 가끔씩 그토록 참 멍청하고 맹해빠졌어. 그때 그놈한테 부탁할 게 머 있어, 내가 손수 담배라도 한 보루 사 들고 찾아갔어야지, 나잇살이나 먹은 게 밑에 놈을 시켜서 학점을 달라고 했으니, 직접 찾아와도 줄까 말까 한데, 나라도 준 학점조차 날려버렸을 거 아냐. 그때는 그러는 게 그렇게 싫대, 구걸하고 사정하는 게. 몸이 삐꺽거려서 그랬는지. 주변머리가 어떻게 그다지도 없었던가 몰라. 그 선생 욕할 게 머 있나, 내가 더 고집불통이었는데, 참, 엔간히도 어수룩했네. 철딱서니가 그렇게 없었어, 나만 그런 것도 아니고, 다들 그러고 개기며 한 시절을 지 멋대로 헛산다고."

은근히 한쪽 겨드랑이에 앙심을 품고서 월급날이 언제 닥쳤는지도 모르며 하루하루를 '한 건 기사화' 주의로 헐레벌떡 살아가고 있던 그해 여름의 어느 날 오전이었다. 문화부 소속의 기자로서 주로 중견급 이상의 문인들이 펴낸 신간들을 소개하는 원고 작성이 주업무였고, 그런 기사는 지방신문들이 잘 따서 쓰기 때문에 사내 '전문어'로는 '잘 팔리는 꼭지'였다. 오전에 그 전날 취재한 내용을 정리해서 길게는 열다섯 장 안팎에서 짧게는 다섯 장 분량의 기사를 쓰곤 하는, 하루 일정의 반을 대충 마무리시킬 때쯤, 누가 등 뒤에서 슬그머니 다가오더니 임 기자의 책상 위에 놓여 있는 청자 담뱃갑을 집어서 한 가치 빼내 물었다. 그 담배도 피취재자가 제 것을 사면서 거저 건네준 것으로 임 기자는 기사를 쓸 때나 어쩌다가 피우다 말다 하는 터라 책상 구석에다 늘 버려두고 있었다.

남의 담배를 말없이 빼내 피워 물고 책상 모서리에 붙어선 사람은 강모 편집부 부국장이었다. 편집국장은 얼굴마담 격인 한직이고, 부국장이 소위 부서장의 문장 교열을 마친 기사 중 '쓸만한 물건'의 교정과 아울러 취급 순위를 매기는, 심지어 각부서 부차장까지 불러서, 이거 재밌는데 좀 더 키워, 요즘 반응도 좋다며 라든지, 이거는 반 이상으로 줄여, 언제 적 노랜데 벌써 낡았잖아, 라고 시큰둥해하면서 담당 기자에게 기사 원고 뭉치를 퇴짜 놓게 만드는 실권자였다.

그 실권자가 짐짓 거드럭거리느라고 담배 연기를 입가로 길게 내뿜으며 신임 기자에게, 할 만해? 왜 술을 마다하고 술자리를 피하냐, 대대로 금주령이 내린 집안이야? 술 못 먹는 핏줄을 타고난 거야 머야, 무슨 곡절이 있어, 다른 신문사로 옮길 생각일랑 말아라, 차라리 진학은 봐줘도 전직, 이직은 곤란한 게 아니라 절대로 안 돼, 알았어? 왜 노총각 딱지를 안 떼는 거야, 중매 설까? 같은 실없는 말로 문화부 데스크 곧 부차장 두 명이 들으랍시고 호의를 보였다. 두 개비째 청자 담배를 빼내 책상 바닥에다 톡톡 두드리며 실권자는, 자네 모교의 아무 선생이 위층에다 내 제자 임모가 그 회사에 근무하고 있을 텐데 잘 배겨내고 있는지, 부디 잘 좀 챙겨주라는 털털한 청탁을 디밀었다고 했다. 그 아무 선생이 바로 졸업을 한사코 지연시킨 당사자여서 그 당장에는 속으로, 그 고집통이 영감쟁이가 이제와서 괘꽝스레 무슨 제자 감싸기야, 죽을 날이 머잖아 노망 기가 발동했나 하고 임 기자는 속으로 투덜거렸다.

그런데 그런 전화를 받은 '위층'이 아리송했다. 거기에는 일주일에 한두 번 들를까 말까 하는 사주도 있었고, 사내에서는 '임원'이라고 부르는 경영자인 중역 두어 명에, 자금 관리와 차 심부름을 도맡는 여남은 명의 남녀 직원까지 모두 다 깔끔하게 빼입고 조신 제일주의로 근무하는, 늘 소란스럽고 헐레벌떡거리는 아래층과는 전혀 다른 무풍지대 같은 별세계였다. 그렇다고 그 '위층'이 누구냐고 눈치 없이 물을 수도 없었다. 아니, 그 '나'라는 김군의 전언에 속았다는 자격지심이 피멍처럼 앙가슴에 맺혀 있어서 이번에는 이 건달 같은 부국장이라는 전언자가 또 무슨 해코지를 끼얹으려고 이럴까 하는 의구심부터 일었다.

그러거나 말거나 그 미친 옹고집쟁이가 '미졸업' 사단은 발설하지 않았는지 전언자는, 잘해봐, 은사의 기대에 부응해야지, 잘 좀 지켜보란 특명을 두 번이나 직접 받아서 이러는 거야 라고 씨부렁거리며 담배 연기처럼 멀어져갔다. 왠지 조마조마하던 가슴이 탁 까부라지면서, 이 직장이, 또 여기서 하는 내 일이 나와는 안 맞고, '위층' 같은 데서 주시 내지는 감시하는 이런 체제가 싫다는 생각으로 이제는 머릿속이 복잡해지고 아예 두근거리기 시작했다.

정년을 앞둔 어학자 임 선생이 구성지게 말했다.

"1년 동안은 로테이션으로 정치부에 잠시, 사회부에서 두 달 이런 식 맛보기 근무도 했나 봐. 아무튼 문화부에서 학술 담당으로 근무할 때, 통지해온 대로 학술대회장으로 찾아가 사전에 프린트해놓은 요지를 받아와서 간추려 써내는 게 내 할 일이야, 별거도 아니지, 제법 호평이 난 저작물과 문인들의 화제작도 단신으로 취급하고, 주로 지방지에서 그런 기사를 받아쓰기하니 별거랄 거도 없어. 아무튼 우편으로 부쳐 보낸 온갖 책을 꺼풀만 훑어보며 세월을 낚고 있는 중에도 그 놓친 학점을 따려고 씨근벌떡 달려가서 강의도 듣고 그랬어. 들어봐야 강의가 귀에 들어오나, 몸만 잠시 부려놓고 있는 거지. 이쪽이야 그렇다 쳐도 그 미친 영감쟁이는 나 때문에 그러는지 출석만은 꼬박꼬박 부르면서 막상 나한테는 일언반구도 없고. 그렇게 신경전을 벌이며 강의가 끝나면 회사로, 아니면 취재원을 만나러 뛰어다니는 중에 문득 묘한 생각이 들데. 둘러맞추는 소리가 아니라, 그 부국장의 거동이나 말이 자꾸 문득문득 이 티미하고 아둔한 머리 한구석을 꿀밤 먹이듯이 쥐어박는 거야. 담배는 물론이고 니 몸, 니 머리도 니끼 아이다, 위에서 시키면 머든 해야 하고 또 '위층'에서 일거수일투족을 주시하고 있으니 알아서 기어라. 그 당시는 벌써 옳은 기사도 제대로 쓸 수 없을 정도로 제재가 심했어. 에라, 잘됐다, 그만두자 하고 튀어나와 버렸어, 교실에까지 쳐들어와서 이래라저래라하지는 않을 테니까."

결국 그 '위층'이 누구인지도 모르고 그 좋은 직장을 그만두게 되었지만, '미졸업'을 한시라도 빨리 바꿔놓으려다가 대학원 석사 과정만 모교에서 밟게 되었고, 문인이라면 어딘가 '인간 실격자'라기보다도 '인품 미달자'같이 다가와서 문학보다는 어학을 전공하게 되었으니 새옹지마란 말은 임 선생의 경우를, 좁게는 그이가 그토록 신물을 켠 교편을 다시 잡게 된 기막힌 사연에도 써먹을 수 있는 셈이 되었다. 하기야 그이의 상용어 '천우신조'가 두루 써먹기에는 좀 더 그럴싸하고 그 은유적 기능도 적절해 보이지만. 요컨대 직장도 그렇지만 생업, 직업마저도 전적으로 우연에 의해, 더 직접적으로는 팔자에 따라 정해지고 마는 것이었다. 학교 운도, 결혼 인연도, 돈복의 뭉치도 어느 날의 일수가 좌우한다는 어떤 고정관념이 달라붙은 계기가 그 통신사에서 뛰쳐나올 때였으니 사람의 운명은 실로 불가사의한 것이었다.

↓

일하기가 좋아서, 또 무슨 일이든 하고 싶어서 떠벌이는 사람답게 임 선생은 점점 속도를 내서 '회오리바람(가제)' 제2장을 보낸 지 이틀 후에 사신이라기보다는 당신의 글쓰기에 따르는 몇몇 단상을 먼저 띄워 올려서 한 교수에게 어떤 생각거리를 집어주었다.

언젠가 단대별 하기 교수 수련회로 팔공산 자락의 한 대찰 들머리에 있던 호텔에서 1박 2일 일정의 단체 생활에서 겪은 일화지만, 그 사찰 입구에 줄지어 널려 있던 한 상점 속으로 슬그머니 기어들어 간 임 선생은 죽비(竹篦), 악력기, 등줄기 안마기, 바리때, 두가리 등을 집어서 유심히 살피더니 "이놈들은 말이 없어서 좋아"라고 신음 같은 말을 내뱉고 나서 그중 몇 개를 손짓하며 주인에게 가격을 묻고 난 후, 저것하고 이것을 비닐 봉다리에 담아달라고 일렀다. 그가 지적한 목기는 목탁처럼 생긴 목덜미 안마기와 나중에 보니 연구실에서 붓 여러 벌과 다른 필기구를 꽂아놓았던데, 그 모양이 양쪽에 손잡이가 달린 족자리로서 얼추 옹자배기만치나 큼지막했다.

이윽고 그 가게를 벗어났을 때, 한 교수가 "목기 수집 취미가 있는 모양입니다?"하고 물었더니, 임 선생의 대답은 의외기도 했지만, 그의 숨은 면모가 일목요연하게 드러나는 대목이기도 했다.

"우리는 말이지요, 반려동물이라는 그 개새끼, 고양이들과는 눈 맞추기도 겁나요. 그것들 눈만 보면 등줄기에 소름이 쫙 끼치면서 무서워 피해 다닌다고. 그것들이 사람을 얼마나 귀찮게 하고, 또 얼마나 비위생적이야. 내 제자 중 하나는 고양이를 좋아하다가 목에 그 짐승 털이 박이는 인후농양증에 걸리고서도, 당장 버리라고, 하루빨리 그것들과 상종하지도 말고, 방 밖에서 키우든가 딴살림을 살든지 하라고 일러도 내 말을 끝내 안 듣더라고. 두 쪽 다 희한한 망종들이지. 지 몸을 애완동물의 병원 매개체로 갖다 바치고 희생시키겠다고 설치는 그것들이 제정신으로 공부할 리가 있나, 미친것들이지. 물론 세상도 미쳐 돌아가고, 반려동물이 도대체 무슨 말같잖은 소리야, 세계 인구의 5분의 1이 아직도 끼니 해결을 제때 못 한다는데 반려동물인가를 집안에서 키우는 족속들은 틀림없이 머리가 나빠, 그렇거 아냐, 그것들 눈치나 살피는 꼬라지에 무슨 별난 생각이 고이겠어."

한 교수는 멍한 채로, 한참이나 난해하다는 표정으로 임 선생의 옆얼굴을 직시했으나, 국어학자는 앞만 보면서 걸음을 떼놓으며 자신의 소신이 맞는다는 고집을 완강히 드러내는데 한 오라기의 빈틈도 없었다.

그때부터 임 선생의 외모에 얼른거리는, 닭 같은 짐승을 본체만체하는 소 대가리 형상을 지우자니 이래저래 곤혹스러웠다. 학교의 연구실에서도 그 나무토막들을 늘어놓고 무슨 말 없는 '대화'를, 아니 상념을 이어갈지, 도대체 남을 의식하지 않는 게 아니라 아예 거치적거리는 미물쯤으로 여기는 그 이기주의의 본바탕이 무엇인지를 넘겨짚어보면 대번에 '별종도 가지가지야' 하는 자탄과 함께 난색을 짓지 않을 수 없는 것이었다.

↓

한 선생, 별일 없지요? 제번하고, 오래전부터 머릿속에서만 공글리며 어디에도 필기해두기는커녕 발설도 안 한 내 나름의 천착 하나를 심심풀이 삼아 풀어놓을 테니 들어봐 주시오. 내 필력이 얼마나 핵심을 잡아챌 수 있을지 적이 조마거리긴 하오만.

음악이나 미술 같은 인접 예술 분야에 대해서는 이 몸의 소양이 워낙 미비해서 논외로 치고, 어차피 현실과의 밀착에 기대는 사실성과 다소의 개인적 상상력을 가미해야 하는 조작성을 웬만큼 거느려야 그 장르의 구색이나 성과가 드러나게 마련인 소설 쪽만 예로 들어보겠소. 주제는 간단하오. 곧 실물과 그것을 문자로 형상화한 후의 실적을 비교해볼 때 부등호를 어떻게 매겨야 옳을까 하는 것이오.

알다시피 부등호는 세 개밖에 없소. 어느 쪽이 다른 쪽보다 낫거나 못하거나, 아니면 다르거나가 그것이요. 그런데 같지 않다는 마지막 부호는 일단 논외로 쳐 버리는 게 편리할 듯싶소. 왜냐하면 실물(또는 현실이나 현상, 이 두 가지 대상물도 개념 구성과 범주 설정에 따라 천차만별이지만, 그 개인적 시각을 일단 논외로 묶어둔다면)과 다르다는 것은 워낙 엉터리거나, 시대착오적이거나, 좀 엉뚱한 의도나 목적 아래 다소 주관적인(물론 어폐가 다분한 어휘인데, '과학'이라기보다는 '정보'의 힘이 좋아서 그것의 수집, 정리에 지나지 않는 어떤 주체의 '주관'이라고 해봐야 기껏 그때그때의 객관적인 '취합 능력'에 불과할 테니까) '환상'이라는 탈현실성을 과감히 욱여넣은 것이기 쉬우므로 자리를 바꿔서 거론할 사안이기 때문이오.

그렇다면 작품이 현실보다 곱고, 낫고, 좋고, 이쁜가, 아니면 밉고, 떨어지고, 나쁘고, 못나든가 둘 중의 하나일 것이오. 작품이 현실과 거의 똑같거나 최대한으로 근사한 경우는 하나의 이상적인 목표일 뿐이니 역시 상정하지 않아도 되지 싶소. 그나마 조작 자체에 일관성 좋은 조리가 반듯한 서사성이 그 특유의 강물 같은 자연스러운 흐름, 일종의 '시간대'로서가 아니라 한 조각의 단절 형태로 어떤 틀 속에 갇혀서 숨 쉬고 있는 미술이나 사진 같은 장르의 좋은 작품들이 가장 유사한 현실이랄 수 있을지 모르지만, 그것 자체의 압도적인 전폭성이나 생생한 부분성이, 순수하다기보다 순진한 상태로서의 그 뛰어난 돌올성 자체가 태생적으로 그 배면이나 바깥의 모든 현실을 깡그리 죽여버림으로써 어떤 특이한 과장과 미화의 정점에 이르고 있다는 사실이오. 따라서 그 의도적인 사상(捨象)이 예술의 기막힌, 일컫는 대로 유일무이한 효과를 최대한으로 살려서 작품 스스로 지복(至福)을 누리거나 감상자가 카타르시스를 맛보게 할 뿐이고, 그런 향수 자체도 이미 반현실적인 상태로의 유리거나 이탈이 될 테니 인간은 그런 반이

성적 착각에 수시로 매몰되기를 바라는 한낱 감상(感傷)의 향유자일지도 모르오. 물론 그 경지는 현실을 정확하게 읽어내는 일련의 훈련 과정에 매달려야만 이를 수 있고, 그런 감상의 표현 매체는 불충분한 대로나마 언어일 수밖에 없어서 그것에 기대야 할 것이오.

이제 내 발설의 요지가 좀 쉽게 풀릴 지점에 와 있는 듯하오. 어차피 실경에 근접하려는 서사물은(소설이든, 회고록이든, 실화든, 실록이든, 전기든) 상당한 미화를 자체적으로, 아니 내발적으로 구축하고 있지 않을까 싶소. 부언컨대 그 미화 본능은 현실에 대한 불만을 눅이거나 일상에서 벗어나려는 몸부림으로서의 상상력이, 일컬어 자유의지가 어떤 승화로서의 비경에 이르기를 추구하는 것인데, 일컬어 예술이오. 그러니 부등호를 매기자면 쐐기 표가 현실을 등지고 작품 쪽으로 열려 있어야 할 것이오. 난문은 지금부터일 것이오. 왜 이처럼 작품보다 현실이 열등해 버리는지, 다시 말해서 작품이 현실보다 우등한 선경(仙境)이 되고 마는지를 따져봐야 하는 일 말이오. 이를테면 명사, 동사 따위의 '자족어'는(내가 즉흥적으로 지어낸 말이오, 객관어라고 해야 할지 어떨지) 어쩔 수 없다 하더라도 형용사, 부사 같은 '간섭어'를(역시 위와 같소, 해석은 불필요하지 싶소, 주관어라고 해도 될지, 좀 생각해봐야 될 거 같소) 남용함으로써 알게 모르게 과장하지나 않았는지, 그처럼 임의로 솎아낸 어휘들 자체가 천부적으로 안고 있는 부실이나 한계 때문인지, 기성의 여러 관습적 제어장치에 세뇌된 나머지 이런저런 단어, 말, 금기 사항 따위를 반강제적으로 따돌려버렸는지, 또 그런 자의의 생략과 삭제 기능은 당대의 여러 막강한 이념, 집단 심성, 풍토성 등에 침윤, 휘발된 흔적이므로 그 결과물은 어차피 태생적인 불구 상태를 못 면하게 되어 있는지 따위를 한목에 톺아보아야 할 벅찬 작업이오.

이런저런 서사물을 많이 써본 사람도 그것을 과연 어느 정도로 심각하게 받아들일지, 또 자주 실감하고 있는지 알 수 없으나, 글은 써짐과 동시에 현실과 일정한 정도로 갈라서는, 좀 과감하게 표현하면 동떨어져서 자체적으로 또 다른 세상을 구현해 버리는 괴물이오. 굳이 제2의 현실 같은 말로 이해와 해석을 헷갈리게 할 것도 없소, 보다시피 그 실물이 명색 작품이고, 자칭 '예술'이라고 불러 버릇하니 말이오. 손쉬운 도식을 빌어오면 모든 독자는 순수문학이라는 괴문서에 일정한 속도로 세뇌되고 마는 독서 경험이 무방비 상태로 노출되어 있는 게 아니라 그 월등한 반현실적 성취에 '감상'을 투사한 나머지 공손히 항복문서를 바친 노예가 아닌가 싶소.

요컨대 그 잘난 문학/예술은 이미 또 다른 유사 현실이라서 잘났거나 못났거나 그냥저냥 목숨을 부지하게 되는, 주위에서 얼쩡거리는 실상을 꾸준히 힐끔거려야 하는 무지렁이와 다를 바 없소. 그러므로 모든 서사물은 과장, 축소, 생략, 왜곡, 삭제 따위의 지저깨비만 흩뜨리는 엉성궂은, 온당한 사람이 들어가서 살기에는 언제 무너져 내릴까 겁이 나는 그런 오두막에 불과하오. 소우주라니, 천부당만부당한 소리가 아니고 뭐겠소. 그처럼 삐꺽거리는 오두막을 지어놓고도 기고만장 떠들어대는 것은 사실(어떤 우뚝한 현상이든, 조악한 현실이든 똑같은 말인데) 평가에 작가 나름의 판단이 따르고, 그 시각에는 근본적으로 그만의 특유한 안목이 있을 터이므로 보는 것만 눈에 담는 것이 아니라 보이는 것만을 침소봉대하기 때문일 것이오. 물론 그런 시각도 없이 남들도 똑같은 시력으로 늘 보는 것을 열심히 주목하는 헛똑똑이는 남몰래 추수주의자라는 점잖은 명찰을 달고, 대개의 독학자가 그렇듯이 그들은 온갖 것이 다 중요하고, 버릴 것이 하나도 없으며, 무엇이든 착실히 베껴보려고 불철주야 애쓰는 무룡태에 지나지 않소. 재미없는 '작품'도 꼭 그렇지만 안 읽히는 '글'들의 밑바탕에는 추수주의자 내지는 독학자의 그런 만용이나 얌심이 배어 있다는 것이 내 생각이오. 앞서 간단히 들려준 사례로서 누구라도 웬만큼 꾸리고 앉았는 그 정해진 대답이나 자기 글재주로 덧붙여 설명하려는 그 납작한 시각, 세상의 진로를 미리 예견이나 한다는 듯이 내놓는, 결코 출중하지도 않건만 대다수 식자들이 기린다는 조잡한 그 반체제적 발상 말이오.

뭔가 설명이 부족하고, 내 소견의 호소력이 미흡한 것 같아 덧붙여야 할 것 같소. 현실보다 한결 또는 월등히 (물론 그 질적 차이는 그야말로 천차만별이오) 좋아 보이고, 심지어는 생지옥 같은 대목이라도 곱다시 봐줄 만한 것으로 비치는, '작품'이 탄생하자마자 그 소위 '아우라'와 함께 드리우는 이 천부적 미덕이자 결함이 위에서 말한 '과장/축소' 같은 '어휘 다루기' 때문이라면 그런 언어 일체를 시의적절하게 통제, 사용(私用)하는 정신을 한 번쯤 문제 삼아야 하지 않을까 싶소. 그것을 기왕의 미흡한 용어로 '세계관'이라고 한다면, 아무래도 제 신바람에 일방적으로 놀아나는 주관적 감상주의라든지, 무협 소설처럼 써 잘 데 없는 분장술/과장벽을 앞세우는 선정주의도 그렇고, 지식의 호환 구조가 즉각적인 오늘날에도 '너는 아직 모르고 있네' 투의 밉살스러운 교양주의 등이야말로 '현실'과 점점 멀어지는 별세계로서의 저질스럽고 황당무계한 '작품'의 모태신앙일 것은 자명한 이치 아니겠소.

더 손쉬운 실례로 우리는 '서사물' 일반에서 흔히 '~견딜 수 없었다'라는 종결어미를 자주 읽는데, 화자나 서술자가 과연 그 말의 진가를 곧이곧대로 실감하며 썼는지 의심스러워서, 속으로 '이런 엉터리를 여기서 또 보네'하는 낭패감과 매번 맞닥뜨린다는 소리요. 지금 당장 아무 책이나 펼쳐서 어떤 페이지를 읽더라도 그런 상투적인 과장의 문장은 부지기수인데도 모든 독자는 그러려니 하고 '이해'가 아니라 암묵적으로 추인, 세뇌당하고 있다는 소리요.

이제 착잡해지는 국면이긴 하오만, 이번의 나' 회고담에도, 그것을 명색 '작품'이랄 수 있다면, 그 속의 유사 현실이 그 당대의 여러 정황보다 지나치게 잘났거나 못나버려서 부등호로 견줘보기는커녕 거적때기로 햇빛이나 겨우 가린 움막이 아닐까 싶어 한걱정이오. 하잘것없는 이설(異說) 한 자락을 풀어놓고 한 수 배우겠다는 수작도 참으로 못나 빠진 작태긴 하오만.

실은 내 본의는 다른 데 있소. 망가진 내 총기를 소생시킨다기보다 점점 착잡해지는 심사를, 이 화근거리의 정도를 추적해보려는 이번의 글쓰기 작업 중에 역시 통절히 느끼게 되는 소회는 예의 그 '배경'이 아무래도 살아나지 않는 게 아니라 백지상태로, 아무것도 안 보여서 결국 얼버무릴 수밖에 없었다는 독백의 토로요.

이를테면 장차 아내 될 처자와 자취방에서 시시덕거리던 시절, 야간 고등학교까지 터덜터덜 걸어 다닌 그 정경이 아슴푸레하니 떠오르긴 해도 그 앞이나 뒤에 틀림없이 어려 있었을 정감이랄지 기운 같은 것이 도무지 잡혀 오지 않으니 결국 송두리째 빼버릴 수밖에 없었다는 고백이오. 또한 예의 그 통신사에서 학력도 없는 주제가 기자랍시고 여기저기 뛰어다닐 때는 박통의 3선 개헌 전후였으니 제법 살벌했던 '시중의 분위기'가 나 자신의 생생한 기억의 재생력에 따라서가 아니라 그동안 알게 모르게 상습적으로 머릿속에 새겨진 '어투'를 통해 그럭저럭 불충분한 채로 대충 살아 오르긴 해도, 졸업도 못 했으니 '학력 위조범'으로서 사기 행각을 저지르고 있다는 내 자격지심이 그토록 심해서 하루하루가 뒤숭숭하기 짝이 없는 중에도 매일 꼬박꼬박 기사도 쓰고, 하숙집 밥도 달게 먹었다는, 아주 수상쩍게도 그처럼 태평한 처신으로 서울에서의 정상적이고 원만한 첫 사회생활을 영위하고 있었다는 자족감을 뿌리칠 수 없으니 말이오. 그 당시의 칙칙한 원경에 지나칠 정도로 밝은 일상을 근경으로 그리는 작업이야 그림의 명암으로서도 가당찮을 텐데, 정치적/사회적 배경과 개인적/심정적 심사의 괴리는 분명히 모순 관계인데 이 정경을 곧이곧대로 기록하자니 어째 사기를 친다기보다 주제어와 겉돈다는 생각으로 자꾸 헷갈리고 난감해지니 말이오.

달리 말하면 창작의 괴로움이자 즐거움인 이런 난제를 어떻게든 자기식으로 풀어가려는 수단/의지와의 고투가 직간접 경험의 재현일뿐인 '서사 조작'의 재미인 성싶은데, 같잖은 남의 선례나 참조하면서 논문이랍시고 괴발개발 그려온 내 솜씨로는 역시 벅찬 과업이 아닐 수 없소. 맞춤한 사례로 주말마다 발길 닿는 대로 헤매는 야산에서 자주 맞닥뜨리고, 그 튼튼한 뿌리의 흔적을 짓밟아대면서 그 이름을 떠올리려고 보름 이상을 허비하여 어느 날 문득 그게 '고주박'임을 떠올렸으니, 모든 글은 그때그때 생각나는 것만 발겨 잡고, 나머지는 땅속에 더 실팍하게 뻗어 있을 소나무의 썩은 그루터기처럼 영영 사장(死藏)시키는 특출한 기능을 누리지 않나 싶소. 그러니 모든 글의 주제어는 그 밑바닥에 깔린 '생장점'과는 무관한 피상적인 글 뭉치인 게 분명할 것이오. 요컨대 아무리 정치한 글이라도, 독자야 어떻게 받아들이든 그것은 현실/실상/일상과는 동떨어진 가상이거나 허상, 곧 가짜스러운 위증의 도구란 소리요, 전체적으로든 부분적으로든.

↓

식상하기 딱 좋은 논란이 될 테지만, '80년 서울의 봄' 훨씬 이전부터, 가깝게는 72년의 10월 유신과 멀게는 69년의 3선 개헌 전부터 우리의 신문들이 얼마나 영악한 권부의 시녀가 아니라 잔심부름이나 일삼는 중노미 역할을 도맡았는지, 더 노골적으로 말하면 서로 앞다투어 '기쁨조' 내지는 '동고동락조'와 '치부선취(致富先取)조'의 반열에 기어오르려고 암약했는지는 이제 웬만큼 알려질 대로 알려져 있다. 새삼스럽지만 그동안 여러 직장으로부터 버림받은 외곬수의 필력 과시자들이 거의 한 세대 이상에 걸친 군부 독재정권 시절의 혹독한 '민권억압사'를 흥미 본위로 정리해서 90년대 중반부터 마구 펴낸 기록물들이 그것이다. (이른바 '해직 기자'들이 공밥이나 먹고 빈둥거리지 않았다는 사실은, 그들에게 '무직' 상태를 무한정 허락하고서도 그런대로 개길 수 있었다는 것, 아니 전 직장에 대여 있을 적보다 더 씩씩거리며 그럭저럭 살아가도록 돌본 우리 사회의 여러 능력과 시혜 덕분임은 말할 나위도 없는데, 그 배면에는 박통의 줄기찬 소위 '개발독재'가 이룩한 전반적인 '민간'의 막강한 경제적 여력이 깔려 있는데도, 식자들마저 흔히 이 실물경기 전반의 성숙을 모른 체하며, 아니 알거냥하는 글쟁이 특유의 그 직업적인 거드럭거리는 포즈로서 무시, 간과, 삭제하고 있다)

나는 한때 잠시 통신사에 매인 몸으로, 그것도 불과 10개월 남짓 데스크에서 시키는 대로 기사 작성에는 최선을 다함으로써 받는 월급의 2분의 1 이상을 꼬박꼬박 저금통장에 꼬불쳐두면서도 대개의 직장인이 그러듯이 박봉이네 어쩌네 하는 상투적인 불평을 '의식적으로' 되뇌곤 했을 텐데, 막상 어떤 막연한 자괴감, 부당성, 반감 등에 휩쓸리지 않고 그 당시의 여러 '후일담' 기록물들을 구하는 족족 읽어왔다. 하기야 일어났던 일을 곧이곧대로 게재하지 못하고, 설혹 신문의 어느 귀퉁이에 싣더라도 '적당한' 크기로, 어떤 문구를 사용하라는 '보도지침' 슬하의 시절을 우리가 살아왔다는 사실은 무슨 야사(野史) 속의 기담 같지만, 그런 여론조작이 비단 우리만의 경우도 아니었다는 숱한 외국의 사례 때문에라도 예의 촉각을 곤두세우지 않을 수 없었다. 영화까지도 포함한 그런 반체제 성향의 '숨겨진 역사'를 바로 알리는 비사나 논픽션 기록물들을 나는 요즘에도 주섬주섬 읽으면서 한때 연구실에 틀어박혀, 더러는 강의 시간이 닥친 것도 잊고 탐독했던 시간을 떠올리곤 했다. 그 당시 이미 나의 생업과는 전적으로 무관해져 버린 그쪽의 기록물들, 곧 언론의 왜곡사를 통독하면서 나름으로 간추린 내 지론은 권부의 수장을 비롯한 그 하수인과 언론사의 사주 이하 그 아래의 한낱 월급쟁이인 기자들은 그 성향에서 일란성 쌍생아일 수밖에 없다는 것이었다.

두 직업, 곧 일반 서민을 상대로 '알아 들어라'는 권력 행사에서 일방적으로 기세등등한 정치와 언론의 속성상 다방면에서 숱한 업무가 한꺼번에 밀어닥치는 것도, 그것들을 속전속결로 처리해버려야 하며, 시한을 정해둔 고지 점령 같은 '작전'에는 상명하복이라는 계급 체계가 엄격히 시행되어야 할 테고, 그 '목표'를 달성한 후에는 방금까지의 온갖 수모와 악전고투를 까맣게 잊고 또 다른 '전투'를 기다린다는 점에서 완전히 동질적 집단이니 말이다. 지휘봉으로 지도 위에다 보이지 않는 선을 그어대는 브리핑이나 기사를 쓸 때마다 금과옥조로 섬기는 육하원칙도 공히 그 전후의 살벌한 희비극과 가슴을 에는 여러 사연과 기상천외한 우여곡절 등에 대해서는 힘주어 눈을 감아버려야 한다. 이내 또 다른 '사건'이 터져버리니 되돌아볼 여유가 없으니까. 모든 기자는 언제라도 나무토막처럼 뻣뻣하지만, 그러므로 단호해짐으로써 점령군 같은 갱퉁이로서 꼴값을 떨어대는 한편 더러 눈치 빠른 피취재자로부터 상당한 향응도 받는 사례는 널리 알려진 비밀이기도 하다. 아무튼 일단 고지 하나를 점령했으니 평정이 된 셈이고, 또 다른 작전을 수행할 때까지는 늑장을 부리며 잠시나마 이성과 심성을 내팽개친 순진무구한 욕감태기로 자족을 누릴 수도 있다. 딴에는 피취재자를 '봐준답시고' 들이미는 홍보용 기사화, '사회 정의'를 앞세우는 우발적 사건/사고의 고발화라는 자신의 문필업에 목숨을 걸고 덤비는 만큼 언제라도 권력을 제멋대로 휘두를 자격이 있다고 스스로 최면을 걸며, 그런 직업적 인성은 교만과 방자를 불러오고 안이와 방만과 나태를 자초하지만, 또 다른 사회적 이변을 추적함으로써 생업상의 여러 반인간적 속성을 홀가분하게 잊어버린다. 단언하면 그런 타성 일체는 신문기자의 생업상 촌스럽게 거느리는 야비다리 치기이다. 교만한 것들의 하는 짓이 늘 그렇듯이 공(功)은 부풀리고 과(過)는 깔아뭉개기에 급급하는데, 땀 흘리지 않는 생업의 생리가 바로 이것이다.

되돌아볼수록 희한한 상동 관계라고나 해야 할 현상이 내 신변에 야금야금 밀어닥쳤다. 내 기억에는 남아 있는 게 하나도 없고 부득불 기왕의 여러 엉성한 기록을 참고하면 그해 5월 중순의 정황이 틀림없는데, 별일이 없는 한 나는 내 일상의 낙인 오후 한때의 신문 읽기 순례를 꼬박꼬박 빠뜨리지 않았다. (물론 하루를 거르거나 사흘째는 좀이 쑤셔서 연구실을 일찌감치 나서기도 했다.) 하루를 대과 없이 마무리했다는 자위, 오늘은 반드시 바람직한 이변이 어느 신문의 한쪽 귀퉁이에 실리리라는 초조한 기대감 따위를 머릿속으로 주물럭거리며 석양이 반쯤 비쳐드는 그 낭하를 걸어 도서관으로 발걸음을 떼놓곤 한 것이다. 그러나 번번이 오늘 일과도 꺼림칙하니 끝나고 말았다는 미흡과 불만감에 휩싸여 터덜터덜 연구실로 되돌아올 때의 그 시금털털하던 감상이라니.

이미 드러난 대로, 또 그 당시에도 충분히 짐작하고 있던 대로 신문들은 벌써 어떤 세력의 정권 탈취 야욕을 곱다라니 보듬어서 어떻게 '대중 조작'에 써먹느냐는 잔머리 굴리기로서의 예의 그 '보도지침'에 떠밀려 있는 들때밑이나 마찬가지였으므로 '신군부'를 비롯한 여러 집단의 자중지란과 망조, 대학생과 재야 세력의 서슬 시퍼런 민주화 열기, 심지어는 사북 탄광의 그 지반 붕괴가 불러일으킨 난동 같은 대형 재난으로 수천, 수만 명의 인명 피해 사건이라도 터져서 신문이 저절로 보도관제의 철책을 깨부수고 뛰쳐나오기를 학수고대하는 한 대학 접장의 '시대 역행적' 기대는 어처구니없는 망상에 불과했다. 그렇긴 해도 그 조마조마한 '대형 사건 대망증'은 빨아댈수록 감미롭기 이를 데 없어서 나는 한사코 '오늘은 무슨 괴변이든 터지겠지' 하는 초조한 성원으로 우쭐거리면서 도서관의 2층 정기간행물 열람실로 올라가는 계단을 차곡차곡 힘주어 밟아갔다. 참으로 수상한 아집이었고, 심각한 중독 증세였다.

나만의 가슴 설레는 또 다른 집착이 없지도 않았다. 그것은 수많은 눈을 의식하면서 금단의 열매를 따 먹으려는 섣부르나 성급한 열정이자, 내숭스럽게 난생처음 겪는 어떤 색다른 성적 소망이었다. 나의 그런 심리적 갈등이 그즈음의 신문과 신군부, 신군부와 일반 대중의 눈치놀음과 너무 닮았다는 느낌을 떠올린 것도 예의 그 신문 읽기 순례길에서였다.

언제쯤 서로가 상대방의 실체를 공공연히 인정하게 될까, 이제까지와는 전혀 다른 남녀관계 맺기가 나의 사생활을 얼마나 뒤바꿔놓을까, 양쪽은 곧 나와 심 교수의 앞날은 과연 무사할까.

따져보니 그런 물음들은 절차상의 여러 단계를 찬찬히 밟아나가면 어떤 식으로든 결말이 나는 시간과의 싸움에 지나지 않았다. 그 당시 내 식의 표현대로라면 '머리 벗거진' 신군부의 실권자가 스스로 중앙정보부를 접수하여 군홧발로 깔아뭉개고 있으니 정권 탈취는 이제 말 탄 장가 길이었다.

실제로 심 선생과 나는 어쩌다가 출석부와 교재를 옆구리에 낀 채로 복도에서 한두 번 마주치곤 했는데, 그때마다 서로 의미심장한 눈짓과 웃음만 잠시 주고받고 나서는 누구에게 그 수상한 낌새를 혹시라도 들킬까 봐 황급히 눈길을 돌리는 그런 사이로 벌써 한 달 이상을 보내고 있었다. 하기야 봄볕이 다사롭게 내리쬐고 있던 그 날 한낮에 서로가 황망히, 무언가에 쫓기듯 짐승처럼 몸을 비비고 난 뒤, 그녀는 아, 이게 무슨 해프닝이야, 어이없어 같은 탄성을 내놓긴 했던 것 같다. 그 헐렁한 인조견 속바지와 땀으로 더 후줄근해진 카디건을 느긋이 여미면서 말이다. 우리나라 말을 좀 더 정확히 공부하기 위해서 연방 영한사전을 뒤적거리면서 영어 문장을 뜯어 읽을 수 있는 수준까지는 익혔지만, 그때 그 '해프닝'이란 말의 실감은 내게 적잖이 각별했다.

"해프닝, 정말 그렇네. 의미심장하고."

나는 카펫 위에 두 다리를 쭉 펴고 앉아서 등짝은 소파에 기댄 채로 낮게 중얼거렸던 듯하다.

방금까지 자신의 삼단 같은 머리카락이 비벼대던 소파의 한쪽 모서리에 엉거주춤하니 엉덩이를 걸치고 있던 그녀가 삐쭉 쓴웃음을 베물은 듯했고, 한동안 이쪽의 눈치를 어루더듬더니, 지금이라도 서울로 가실 거에요라고 물었다.

"가긴 가얄 테지만, 이 몸으로 갈 수 있을까 싶네요, 아, 머리가 복잡하네…"

그때까지 내 또래의 누구보다도 나름의 도덕적 품성에 쫓겨서, 그럭저럭 방정하게 살아온 내가 그처럼 무심한 말을 흘리고 있었다니. 나는 아내와 두 자식과 장모와 처제가 기다리고 있는, 언덕배기에 추레하니 지어진 그 위세 덕분으로 집을 내놓은 지 1년이 지났는데도 복덕방에서 기별이 없는 '대궐 같은' 슬래브 이층집을 떠올렸다.

말 그대로 해프닝답게 그것이 다였다. 그 현장에서는 더 이상의 대화도, 어떤 '포즈'도 없었던 게 분명하다. 아무리 당시의 분위기를 떠올려보려고 머리를 쥐어짜 봐도 맹탕일 뿐이다. 여느 영화나 소설과는 너무 달랐다. 두 주인공의 신분이나 소양이 말과 행동을 억지스럽게 자제하도록 몰아갔다고 둘러대야 할 것이다. 그러니 기억할 거리가 없다고 할 수밖에.

(역시 다들 그러는 대로) 나는 곧장 양달을 찾아 신고, 윗도리와 가방을 챙겨 현관으로 나섰을 것이다. (나름의 익은 풍경 묘사를 잇대면) 여전히 환한 햇살이 누릇누릇한 잔디를 나른히 잠재울 듯이 쏟아지고 있었다. 나는 그녀의 침실과 옷장, 책장이 있다는, 간밤에 어떤 여선생이 남성 금지구역 운운하던 맞배지붕 아래의 2층을 힐끔 쳐다보았다. 그때 아마 나는 언제쯤 저기에 발을 디딜 날이 있을까 하는 한갓진 상상을 떠올렸을지도 모른다. (내친김에 상투적인 '장면 소묘'에 가필을 덧대면) 대문 앞까지 따라 나온 그녀는 나의 선걸음을 재촉하는 듯이 제 옷차림을 슬쩍 훑고 나서, 이래서 더 못 나가요, 살펴 다녀오세요, 학교에서 또 봬요 라고 말하고는 떠다밀다시피 배웅했다. 당연히 나와 눈길 맞추기도 일부러 피하고 난 후, 내 등 뒤에서 외짝 철 대문이 소리나게 닫혔다.

그렇게 봐서 그럴 테지만, 그녀는 이제 많이 달라져 있었다. 카랑카랑하니 도전적이던 그녀의 음성도 한결 눅어진 듯했고, 제 잘난 멋에 사는 것처럼 도도하던 자태에도 어느새 나긋나긋한 자족감이 배어났다. 여느 여자들과는 상당한 거리를 떼놓고 있던 그 좀 유별나게 잽싼 걸음걸이도 이제는 많이 차분해져서 한 번쯤 세파가 흔들어대는 대로 온몸을 맡겨보겠다는 듯이 다소곳하게 걷는, 차라리 몰개성적이랄까 속물적인 성향까지 내비쳤다. 물론 내 눈에 그렇게 보였다고 해서 그녀가 내게 유달리 다소곳해졌다는 말은 아니지만, 종전보다는 어딘가 성숙한 여자로서의 자태에 바싹 다가가 있다는 내 심정적 정서는 점점 덩두렷하게 떠올랐다.

역시 5월 중순쯤이었을 것이다. 이때껏 서로 신경전만 벌이고 속수무책으로 허송세월했던 반벙어리 놀음이 후회막급이란 듯이 교내 곳곳이 갑자기 떠들썩하니 소란스러워졌다. 우선 학생들이 병영집체훈련을 거부하면서 학원 전반의 민주화를 요구하는 시위가 연일, 그것도 여기저기서 산발적으로 일어났다. 가다가 서고 섰다가 가곤 하는 털털이 화목 차량처럼(6·25동란 전후에 나무를 때는 그런 트럭들이 흔했다) 단대별 시위대가 캠퍼스 안을 돌아다니며 데모꾼을 호객하듯이 끌어모으고 난 후, 대운동장에서 총학생회가 선도하는 비상시국타개 선언문 같은 것을 낭독하면 삽시간에 얼추 5백여 명쯤으로 불어난 촘촘한 머리통들이 한쪽 팔로 하늘을 찔러대며 '계엄 해제하라' '유신잔당 물러가라' 같은 구호를 부르짖곤 했다. 어느새 학기 초의 '세습 총장제 철폐' 같은 그 대학 특유의 말썽거리가 감쪽같이 자취를 감춘 것만도 학교 당국으로서는 감지덕지할 시류적 시혜였다.

그거야 아무려나 학교 당국도 '상부' 곧 '서울'의 문교부 당국이 꼭두각시처럼 읊조리는 강압적인 지시를 추상같이 받들어야 했으므로 가만히 좌시하고 있을 수는 없었다. 그러나 직원들만으로는 교내 시설물이나 기물의 손괴를 막기에도 역부족이었다. (하기야 전국적인 대학생 숫자 증원이 이루어지기 전이어서 교직원의 수도 지금의 반

이하로 적었고, 시설물도 마찬가지였다) 그래서 교원 곧 전임강사 이상의 월급쟁이 선생들에게 학과별로 학년에 따라 수십 명씩 할당하여 그들의 시위 참여 여부와 데모 중의 여러 동태를 지도, 감독하라는, 심지어는 그 보고서까지 매일 제출하라는 학교 본부의 막무가내식 행정지침이 떨어진 것도 그즈음이었다. 아무리 무딘 칼이라도 휘두르면 무엇이든 그 자리에서 두 동강이 날 것 같은 팽팽한 긴장감이 강의실 주변은 물론이고, 단대별 건물들 입구에, 키조차 가지런한 가로수가 죽 늘어선 교내의 차도와 인도에, 도서관 앞 광장에, 크고 작은 운동장들 주변에 음흉하게 웅크리고 있었다.

덩달아 이런 빳빳한 분위기 속을 헤치며 발 빠른 암약으로 구성원 개개인을 낮 동안만 다짜고짜로 위협하다가, 자고 일어나면 두려워서라도 누군가에게서 들은 풍문을 옮김으로써 또 다른 유언비어를 염탐질하도록 들쑤시는 그 소위 '카더라 통신'이라는 풍문도 자객처럼 온 사방에서 설레발을 쳐댔고, 그렇게 퍼지는 낭설을 주워듣는 재미도 감질났다.

신문들이 호들갑스럽게 지어내서 더 막연한 게 아니라 어불성설에 값하는 예의 그 '서울의 봄'이란 말을 좇아 '서울'의 여러 대학 총학생회 연합이 대대적인 총궐기를 준비하고 있다 카더라. 지지부진한 안갯속 정국에 속이 터져서 신군부 일당이 총 먼저 쏘는 놈이 장땡이라고 쿠데타를 일으킬라 칸다 카더라. 근무지 야전침대에서 안 자고 관사로 퇴근했다가 직속 부하가 진두지휘한 일개 중대급 졸병들에게 하극상을 당한 전 참모총장 누구는 자살할까 봐 대오리로 짠 용수를 덮어쓰고 있다 카대. '머리 벗거진' 그 부하는 요새 일정한 거처도 없이 여기저기서 등걸잠을 자고, 낮에는 동에 뻔쩍 밤에는 서에 뻔쩍한다 카더구마는. 정권을 누가 잡아도 현재 대학교수의 반 이상을 직무유기, 강의 태만, 실력 미달, 어용, 아첨, 치부, 비리, 관제언론에 뻔질난 이름 팔기 같은 그동안의 고질적인 반학자적 행태를 트집 잡아 해직시킨다 카는데 헛소릴끼라, 저거가 그랄만한 배짱이야 있겠지만서도 그 깡통 머리로 학생들을 우째 가르칠라고, 그 개선책을 누가 짤라고, 입에 발린 말이사 누가 못 하까.

한숨 돌리고 찬찬히 따져보면 '카더라 통신'은 얼토당토않은 횡설수설에다 어느 것 하나라도 좋은 소설처럼 '그럴듯하지도' 않거니와, 미치광이가 아니고서는 그처럼 사리에 닿지 않는 일을 저지를 수는 없을 테고, 만에 하나 그랬다가는 세상이 단 하루도 성하게 굴러갈 리 만무한데도 그 당장에는 무슨 감언이설처럼 솔깃해지고, 아첨처럼 그 효력이 뛰어난 최음제였다. 권력을 누가 거머쥐느냐는 데만 온갖 촉각을 곤두세우고 있는 판이니, 흡사 마약에 취해버린 것 같은 세상인데 어느 미치광이가, 무슨 해괴한 작태를 어느 날 갑작스럽게 터트린다고 해서 놀랄 일도 아니었다. 아무리 이성적인 사람이라도, 심지어는 냉정하고 근엄한 사람일수록 긴가민가하는 낭설 한 마디에 이내 얼떨떨해졌고, 멍청하니 턱을 떨어뜨리기 일쑤였다. 딴에는 이성적으로, 따라서 법조문이 지시하는 대로 굴러가는 듯한 사회도 어느 순간 그런 어불성설의 회오리바람 앞에서는 삽시간에 속수무책으로 얼떨떨해지고 마는 것이었다.

그런 꼬락서니들을 일일이, 드문드문 관찰하는 재미도 수월찮긴 했으나, 당장 어김없이 속속 닥치는 강의 준비로, 강의실에 들어서면 시국처럼 훅훅 몰아쳐 오는 더위 속에서 무슨 말을 지껄이는지 알다가도 모르는 나날이 끝도 없이 이어지는, 그것이 숨 막히는 당시의 일상이었다. 물론 학교에서만 그렇게 쪼들리고 시달렸을 뿐 명색 내가 전세로 등짝을 붙이고 사는 그 2층의 우거로 돌아오면 그때부터는 단조로워서 신물이 나는 규칙적인 일상에 휘감기고, 담벼락 너머의 서민들도 만사태평으로 한 치의 흐트러진 행동거지조차 비치지 않건만 나 혼자서 왠지 자꾸 초조해지는 나날이었다.

모든 시위가 대체로 그러는 것처럼 첫걸음을 떼놓기가 어려울까, 그다음부터는 나날이 그 치열의 정도가 점증해지게 마련이다. 참가 학생 수가 부쩍부쩍 늘어나고, 정의는 우리 편이라는 각오가 점점 딱딱하게 여물어가며, 여학생들조차 '척결하자'나 '박살 내자'는 구호를 서슴없이 외치고, 땅바닥에 퍼대고 앉아서 서로의 땀투성이 어깨를 겯고 있으면 이 짙푸른 하늘과 신록이 우리 것이라는 자부심에 꼼짝없이 들리고 만다. 그러나 여전히 삼엄한 계엄령이 하늘을 뒤덮고 있으므로 학생들의 시위는 교문 밖을 뛰쳐나가면 당장 포고령 위반으로 그 자리에서 어떤 폭력 앞에 무참히 거꾸러질지 누구도 모르는 일이었다.

한편으로는 그런 우물 안의 평온 같은 시위 현장이 가소롭다가도 교문을 넘어서는 순간 벌어질 숱한 만행을, 이를테면 경찰들이 진압봉을 휘두르며 학생들을 마구잡이로 구타하고 뒤이어 팔다리를 한 짝씩 들고 닭장차에 실어 연행하는 일련의 폭력 행위를 떠올려보면 순간적으로나마 온몸에 소름이 돋는 현실이 가증스러울 뿐이었다. 그런 부대낌 중에도 시국의 추이에 편승해서가 아니라 오로지 울컥하는 다

혈질 성미에 떠밀려 몇몇 교직원들이 우르르 몰려가서 허수아비 화형식 현장을 뜯어말리다가 북새통을 만들어놓고, 일부러 붉은 글자로 쓴 플래카드부터 압수하느라고 지도부 학생들과 옥신각신하다가 오히려 선생이 멱살을 잡혔다가 패대기쳐지는 촌극도 매일같이 벌어졌다. 그런 아수라장을 동료 교수들과 함께 삼삼오오 짝지어 둘러싼 채로 뭉개고 있으면, 어느새 시위대 무리가 어영부영 내일을 기약하며 교문 밖으로 뿔뿔이 흩어짐으로써 해산할 조짐을 보이면 서둘러 교수식당으로, 또는 각자의 연구실로 종종걸음을 때놓는 일정이 신명 없이 이어지곤 했다.

그토록 심신이 두루 파근해 오던 어느 날 해거름이었다. 역시 시위대를 가두리에서 보호하는 울짱 노릇을 하다가 떼지어 문과대 건물로 돌아오는 길목에서 한 동료 교수가 짜증스러운 음성으로, 신군분지 먼지 하는 이 미친것들은 후딱 집권해버리지, 와 이래 늑장으로 뜸을 들이고 지랄이야, 고생도 할 걸 해야지, 나날이 이게 무슨 생고생이야라는 요지의 시국관을 펼치자, 앞서거니 뒤서거니 하던 연배의 한 접장이 곧장, 큰일 날 소리, 애먼 목숨을 얼마나 지레 죽이려고, 총질하면 큰일 나, 총 없는 백성만 여럿 상하고 나면 그 뒤치다꺼리를 누가 감당하라고, 모름지기 기다려야지, 어리석은 민중이 무슨 힘이 있어서라고 받았다. 나이로나 근무 연한으로나 나설 처지가 아니어서 나는 꽁무니에 붙어 늦추 걸음을 떼놓고 있었지만, 그런 신푸녕스러운 승강이질조차 속으로는 살갑게 성원하고 있는 쪽이었다.

물론 두 쪽 다 선소리는 아니어서 머릿속에 잠시나마 선뜩한 찬 기운이 뻗치는 것은 어쩔 수 없었다. 뒤이어 누군가가 시절이 시절인 만큼 고달픈 대학 접장 노릇에 대한 배부른 푸념을 쏟아냈을 테고, 덩달아 여러 입에서 고만고만한 말참견, 말추렴, 말 휘갑치기가 뒤따랐을 것이다. 아마도 따로 떨어져서 무리 지어 걷고 있던 여선생들도 저희끼리 나직나직하니 비상시국에 따르는 이런저런 '카더라' 정보를 주거니 받거니 했겠는데, 그 속에 심 선생이 껴묻어 있었는지 어땠는지는 잘 모르겠다. 내 온 촉각이 그쪽으로 쏠려 있긴 했어도 시선을 내둘리며 그녀를 찾기가 머쓱한데다가 혹시라도 다른 동료들에게 우리의 내밀한 일회성 통정이 의심이라도 살까 봐, 조바심을 감추느라고 그랬을 것이다. 시국이야 한 치 앞을 볼 수 없을 지경으로 굴러가더라도, 또 연일 데모하는 학생들의 뒷갈망을 도맡고 있었어도 남녀 사이의 그런 꿍꿍이속이 어룽거리는 것도 엄연한 일상이었다.

바로 그날이었든지, 아니면 그즈음의 어느 날이었든지 내 총기는 흐릿하다. 예의 그 말뚝처럼 어정쩡하니 서 있는 시위대 구경꾼 노릇으로서도 영일이 없었던데다가 걸핏하면 임시 전체교수회의가, 또는 단대별 교수회의가 열려서 학생의 관리와 단속, 문교부의 지침 사항, 학교 당국의 시국 대응책 따위를 전달, 그 지시 따위를 받아쓰기하는 처지였고, 다른 대학들에서는 이미 임시휴강 조치가 떨어졌다는 소문까지 파다해서 어수선하기 이를 데 없던 나날이었다.

아무튼 그날도 신문 읽기 순례를 연거푸 거르게 된 것이 못내 아쉬워서 나는 연구실의 책상 앞에 착석할 엄두도 못 내고 우두커니 서서 창밖의 교정을 멍멍한 심정으로 쳐다보고 있었다. 그즈음에는 시국처럼 학교가 비상사태였으므로 토요일 오후에 상경했다가 일요일 오후에 내려와서 꼬박 엿새 동안 밤은 숙소에서, 낮은 학교에서 죽치고 지내는, 월급쟁이랍시고 가족과 떨어져 사는 불혹의 사내는 저녁 끼니 때가 닥치면 난감하고, 이런저런 수심이 엉겨 붙어 떨어질 줄 몰랐다. 끼니를 해결할 때까지는 온갖 잡생각이 걷잡을 수 없이 피어오르는데, 그 두 시간 가량이 곤혹스럽기 이를 데 없었다. 그 당장에라도 이 모든 치사스러운 일상을 걷어치우고 싶은 짜증을 잠재우려면 책이라는 미약이 그나마 잠시 유효하다. 그렇긴 해도 가방을 꾸리기조차 귀찮아서, 정말 이러지도 저러지도 못하고, 지랄 같은 신세네 라는 입속말이 저절로 흘러나오고 있는 순간에 저 멀리서 또각또각 울려오는 구둣발 소리가 유독 내 청각을 파고들었다.

도심과 뚝 떨어진 외곽지이기도 해서 교정이 일찌감치 텅 비어버리기도 하는 데다 그날따라 한바탕의 소란스러운 시위대 광풍이 휩쓸고 간 뒤끝이라 문과대 주위에는 인적이 드물었고, 복도에는 괴괴한 정적이 감돌았다. 어느 순간 일정한 간격을 두고 울려오던 그 단정한, 잠잠하다 못해 고요가 잔뜩 도사리고 있는 기다란 복도를 도전적으로 울려대던 그 구둣발 소리가 멎었다. 뭔가 느낌이 수상해서 출입문 쪽으로 고개를 돌렸더니 늘 봐오던 그 맹한 정적이 무릎까지 늘어뜨려 놓은 대발에 걸려 있었고, 그 너머에는 흐릿한 복도의 조명이 스멀거리고 있을 뿐이었다. 쓸데없는 과민반응이라고 생각하며 나는 머리를 흔들었다. 내 연구실과 엇비스듬히 마주 보고 있는 곳에 교수용 남녀 화장실이 문짝을 나란히 맞대고 있으므로 누가 거기에 볼일이 있었던 모양이라고 치부했다.

집 떠나 사는 홀아비 맞잡이답게 출출하기 이를 데 없어서 나는 서둘러 책상 위에 펼쳐진 서너 종류의 사전들을 덮고 가방 속에 읽을거리를 챙겨 넣었다. 그런데 갑자기 복도에서, 계세요 하는 귀에 선 음성이 들려왔고, 곧장 대발 한 자락이 뻘쭘히 들리고 나서 눈썹 짙은 심 선생의 갸름한 얼굴이 얼핏 비치더니, "먼저 들어갈게요"라는 말이 떨어지기가 무섭게 예의 그 흐트러짐 없는 그뜻발 소리가 차츰 멀어져갔다. 급히 출입문 쪽으로 다가가서 대발 자락을 차마 걷어 올리지는 못하고 귀를 기울였더니, 심 교수는 두어 번 캑캑거리면서, 먼지 구덩이 속에 꼬박 세 시간을 서 있느라고 목이 잠겼나 봐 라고 두덜거리고 나서는 똑같은 음색의 걸음을 떼놓고 있었다.

잠시 얼떨떨한 가운데도 이 좀 껄끄러운 말속을 어떻게 이해, 해석해야 옳은가 하고 나는 머리를 굴리기 시작했다. 아마도 당사자가 화장실에 들러서 오랫동안 별러 온 말을 되뇌다가, 일은 일단 저질러놓고 보는 거야, 지금 이 나이에 명색 덩실한 이층집의 거주자 신분으로서 남의 눈치까지 챙기면서 살아야 해에 이어, 그쪽도 국어학자이니까 내 말의 진짜 뜻이 무엇인지나 알아맞혀 봐하고 불쑥 들이민 것인가? 평소의 그 거침없는 성격으로 미뤄볼 때 이것저것 따진 것 같지는 않지만, '먼저 가 있을게요' 보다는 훨씬 그 뜻이 애매한 '먼저 들어갈게요' 라니, 이게 도대체 무슨 암시란 말인가? 유진 오닐의 《수평선 너머로》와 아서 밀러의 《세일즈맨의 죽음》을 가르치는(영문과 학부생들이 보랍시고 그 얄따란 포켓북 원서들을 들고 다녔다) 현대 미국희곡 전공자답게 우리말의 말뜻을 정확히 따지지 말고 발설자의 진의를 새겨보라고 나를 시험하고 있는가? 도발? 선의의 유혹? 그동안 나의 무심한 체하는 가식 내지는 무언의 냉대가 주위의 눈을 의식한 나머지 몸을 적극적으로 사리는 시늉인지, 아니면 엉겁결에 저지른 그 일과성 통정에 대한 때늦은 후회를 곱씹고 있는지, 서울의 안방마님에게 혹시라도 꼬투리가 잡힐지 몰라서 안절부절못하고 있는지, 이쪽의 그런저런 내막을 알아보자고 덤비는 수작이라면, 아무래도 내 쪽이 덜 떳떳한 처지이니 어떤 변명을 둘러대야 한단 말인가. 좀 난해한 생각거리였지만, 심 선생과 나 사이에 새삼스럽게 '사랑'을 도마 위에 올려놓을 정도로 유치한 통속소설의 경계는 여러 정황상 진작에 벗어나 있다는 서로의 '정신 연령'과 대학 선생이라는 '신분'이 명백한 해답을 지레 내놓고 있기도 했다.

감미로운 나의 고민거리는 그쯤에서 끝났을 테니까, 그 시간은 불과 2분 안쪽이라고 해야 맞을 것이다. 잠시 후, 이런 감질나는 눈치 보기가 대학사회 안에서, 그것도 초비상 시국 아래서 벌어지는 것도 흔한 표현대로 '태풍 전야의 고요'를 누리는 먹물 특유의 잔풀호사라고 단정했다. 그런 사태 파악은 안도의 길을 열어주는 구실로서는 제격이었다. 이래저래 '서울'과는 다른 지방의 조촐한 정서가 만사에 투안(偸安)을 강제, 그 포장 속에서 '우물 안 개구리'의 시야, 의식을 촉구, 그 편재(偏在)의 탐심을 잠정적으로 보장하고 있는 것이었다.

후에 내 나름대로 보고 듣고 나서 단정에 이른 사실이지만, 그녀는 유창한 우리말의 구사력에다 언제, 어디서나, 또 누구 앞에서라도 대든다 싶게 자기 의사를 터뜨리고 마는 후천적 장기를 사춘기 때부터 그 좀 유별난 환경적 요인으로 몸소 수습, 체득한 성격답게, 좋게 봐서 연극적인 임기응변을 천성으로 누리는 낙천적이고, 더러는 낭만기를 즉흥적으로 발산하는 그런 여자였다. '여권주의' 같은 화제를 남먼저 휘두르는 여선생이 아니면서도 미국에서 오래도록 공부한 경력 때문인지 '자기주장'이 온몸에 무르녹아 있는, 좋게 봐서 소탈한 지성을 아우르고 사는 그런 여성으로서 60년대 말부터 미국의 대학사회를 풍미했던 히피 스타일을, 일컫는 대로 머릿수건, 헝겊 허리띠, 티셔츠, 청바지 엉덩이 등에 작위적으로 덧대는 그 '플라워 파워'를 즉석에서 구가해 버릇하는, 그 '튀어야 한다'라는 개성의 표현이 몸에 배어 있는 인물이었다. 물론 귀국 후 지방 대학에 운좋게 임용되자 그런 저런 미국식 사고방식은 알게모르게 순화, 지역색으로까지 동화되어 있었지만.

이런 대목에서는 기억을 더듬어가거나 달뜻을 캐기보다는 '감각'의 기능을 좇아가야 할 듯싶고, 자기 집으로 찾아와달라는 요청으로 받아들여야 옳지 않을까 싶었다. 가야 할 것 같았다. 아니다, 심정적으로는 벌써 나는 그 집으로 뛰어가게 되어 있었다. 죽이 되든 밥이 되든 어떤 사정인지를, 서로의 솔직한 심사를 알아봐야 하지 않을까, 서로가 어느 선에서 몸 간수를 바르게 한다는 것도 일단 부딪치고 난 후의 일일 것이다. 훤한 대낮에 골목길 속의 그 희한한 추상화 담장을 주목하면서, 지금의 이 풍경을, 내 이 착잡한 심정과 후들거리는 발걸음을 반드시 외워두자고 다짐하며 내 갈 길을 재촉한 지도 어언 몇 주나 흘려보낸 시점이었다.

황황한 발걸음을 죽이느라고, 또 목이 싸하다는 말을 떠올리며 남의 집을 처음 방문하는 차림을 그 동네의 이웃에게 우정 드러내느라고 오렌지 주스 같은 과즙 음료를 사 들고 갔던 듯한데, 역시 대개의 자잘한 돈 씀씀이가 그런 것처럼 옹송망송하다.

길눈은 워낙 밝은 편이라 나는 그 집을, 아니, 시멘트 반죽 덩어리가 일정한 무늬로 촘촘히 흘러내리는 그 담장을 쉽게 찾았고, 똑딱단추 같은 초인종을 길게 눌렀으며, 예의 그 주방과 거실을 갈라놓고 있는 길쯤한 식탁 앞으로 조촘조촘 다가가 앉았다.

그때 그녀가 무슨 옷을 입고 있었던지도 기억에 남아 있지 않다. 내 심신이 두루 경황이 없었기 때문일 것이다. 그래도 그녀의 시원시원한 말발은 웬만큼 그럴싸하게 재생해낼 수 있을 듯하다. 물론 나의 선입관과 기왕의 글줄에서 익히 따온 그 수더분한 수식으로서의 '묘사'에 기대면 대충 아래와 같다고 해도 무리는 없을 듯하다.

"잘 찾아오셨네요. 굼뜬 양반이 말귀도 엔간히 밝으시고." 조롱기가 짙게 묻은 말이었으나, 그녀의 말버릇이 그러므로 듣기 싫지는 않았다. 내 쪽에서도 쉽게 임기응변의 말이 뚝뚝 부러져서, 그러나 말을 고르느라고 더듬거리며 흘러나왔다.

"해프닝이란 게 우발적으로, 예상치 못한 자리에서, 즉흥적으로, 다 비슷비슷한 말이지만, 일종의 유희 본능에 따라 단 일회로 끝나는 그런 돌발적인 사고나 사건이거나 행위 아닙니까. 그때 너무 실감 나는 말이라서 사전까지 뒤적거려봤다면 믿을란가 모리겠네요."

"둘러대기도 잘하시네, 누가 강의하는 선생님 아니랄까 봐, 사전까지나 찾아보시고."

그녀의 눈에는 말 잘 듣는 학생에게 격려와 다짐을 내놓는 투의 웃음기가 연신 번지고 있었다.

"사전 뒤적거리기야 제 전공이지요. 근데 놀리지만 마시고 머 좀 먹을 거라도 주시면 감지덕지하겠네요."

"막상 불러놓고 보니 아무것도 대접할 게 없네요. 저도 며칠째 빵과

떡으로 적당히 끼니를 때우고 있거든요. 열무김치는 맛있는 게 많이 남아 있고 밥은 지금 하고 있어요."

그녀는, 좀 기다리셔요 라고 말해놓고는 식빵 봉다리를 끄르면서 내 앞의 식탁 의자에 마주 앉았다.

"사전 같은 한가로운 이야기는 나중에 하고요, 시국도 그렇지만 우리 학교도 너무 시끄럽잖아요, 어때요? 단도직입적으로 말하면, (갑자기 그녀는 목울대로 손을 가져가더니 칵칵 소리 내며 목구멍을 틔웠다) 소금물로 가글을 했는데도 목이 칼칼해지네, 미안하고요, 어쨌든 우리만 이렇게 달달 볶이는가요? 아시는 대로 저는 학교도 그렇고, 이 땅을, 땅? 머 우리나라든 대한민국이든 어쨌든 이 땅의 동태에 대해서 너무 아는 게 없어요. 머가 뭔지 도통 모르겠어요. 그래도 이건 정상이 아니란 것은 분명히 알겠어요. 지난달부터 학생들이 떠들고 일어나면서, 그동안 경찰서 유치장에도 한번 갔다 왔네요, 우리 과 남학생 여학생 도합 일곱 명을 신원보증하고 나서 귀가시키려고요, 남자 선생님 한 분과요. 아무튼 매일같이 곰곰이 생각해보는데요, 너무 엉터리 같애요. 어느 쪽이든 다요. 유신헌법이 개밥처럼 지저분해서 보기 싫다면 시한을 정해서 고치면 될 테고, 그동안을 왜 못 기다려요, 이때껏 다들 잘 참아왔으면서. 젊은 학생들이야 성질이 급해서 그렇다 치더라도 3김씨를 비롯한 여러 정치인이나 또 신군부의 여러 별짜리들도 힘겨루기, 눈치 보기만 할 게 아니라 정상적으로 또 상식적으로도 가장 바람직한 길을 서로 머리를 맞대고 찾으면 될 거 아니에요. 설마 두어 달 안에 그 일정을 못 짜겠어요? 그러고 나서 서로 못 박은 대로, 합의해서 서명한 대로만 실천하면 그뿐이잖아요, 안 그래요? 누가 그 못을 뽑아버리겠다고 나서면 그때는 서부극에서처럼 단판 승부로 총질을 하면 될 거 아니에요, 총 놔뒀다 어디에, 어느 때 쓸라고요, 머가 어려워요, 근데 왜 이래 배배 꼬고 다들 실을 헝클어 놓으려고 난리들이에요?"

전혀 예상 밖의 주제어로 토론해보자는 그 당돌성이 처음에는 좀 웃긴다 싶다가도 '나는 이 땅의 좀 이상한 풍토성이랄지 그 버릇을 잘 이해할 수 없다'라고 나대는 대목에서부터 나는 그녀의 화술이 꽤 진지해서, 이것도 연극적인가, 외워야 할 장면이 속속 불거지니 과연 볼만하네 라며 속으로 느낌표를 그으며 경청에 온 정신을 집중했다.

말을 이어가는 도중에도 더러 캑캑거리기는 했으나 의외로 차분하게, 또 그런 만큼 순진하게 토로하는 심 선생의 정치의식은 너무나 원론적이라서 더 들을 것도 없다는 내 지론을 애써 감추면서 나는 식빵 조각을 생으로 뜯어 먹고 있었으나, 시장기도 착실히 몰려오는 데다, 그녀의 남다른 사정들, 이를테면 가족 관계랄지 부럽다 못해 당장에라도 빼앗고 싶은 그 2층 단독주택에서 혼자 사는 배경 같은 것을 캐묻고 싶어서 통신사 기자 출신답게 아주 상식적인 작금의 정치적 풍향계를 늘어놓았다.

"요컨대 심 선생 말씀은 신사협정을 맺자는 건데, 그거 절대로 안 돼요. 이 땅의 유명인들은 근본적으로 신사도 못 되고, 어린애가 아니거든요, 그들은 머랄까, 우리집 영감 말대로 지어줄 별명이 없는데, 사람은 누구라도 정직하지 않다는 걸 가르치고 배우면서, 거짓말을 해놓고서도 부끄러워할 줄 모르는 이상한 종족이라니까요. 쉽게 결론을 내리면 그들은 정상적인 인간이 아닙니다. 뻔뻔스럽기 짝이 없는

데, 참으로 이상하게도 하늘은 믿지요, 미신 말입니다. 지 아니면 안 된다는 미신요, 그 미신도 신앙이고, 소위 똑똑한 사람들이 머라든 말든 상대적으로 그 힘은 아주 짱짱합니다. 그러니 말을 자꾸 해봐야 겉돌아요. 소용이 없어요, 이 땅에서는 말이든 문서든 약속이든 계약이든, 다 그게 그거지만. 하늘만 믿는다는 건 결국 나 혼자만 옳고 남은 안 된다는 맹신이에요. 모든 종교가 그렇듯이 그러고 있어요, 나만 옳다는. 그래도 학생들은 아직 거짓말을 안 하려고 하니까, 어째 수상쩍다는 거고, 못 믿겠다는 거고, 빨리 원칙대로 하자는 건데, 정권을 거머쥐겠다는 사람은 자기만 옳고 다 글렀다고 믿는 사이비 교주예요. 원칙이 내가 해야겠다는 건데 더 이상은 뻔한 원론이고, 기득권을 쥐고 있는 신군부가 벌써 대규모의 추종 세력, 아첨 집단을 거느리는 한편, 우리 앞에서 공연히 퍼덕거리는 원칙주의자들은 단김에 혼내주겠다고 주먹을 흔들고 있는 깡패 한가진데 무슨 사정이 통하겠어요."

"불공평하잖아요, 이쪽은 손발을 다 묶어놓고 저거만 지 멋대로 무장하고요."

"허 참, 이렇게 순진하기는. 권력 자체가 한쪽 힘을 빼앗았다는 말인데. 세상만사는 한판의 연극이기도 하지만, 실은 연극만도 못하잖아요. 그 좋다는 나라 만들기의 골격이 결국 일반대중을 적당히 을러서 가지고 놀다가 물리면 언제라도 내팽개치는 병정놀이라니까요. 삼권분립이다, 인권이다 머다 온갖 미사여구로 그때그때 분칠해대면서, 그래도 큰 말썽 없이 그냥저냥 굴러가는 것처럼 보이는 것은 우선 사람들이 워낙 그런 놀이를 즐기는 데다가 잘 까먹고, 쉬쉬 덮어버리고, 이것이 맞는다고 사기 치는 먹물들의 말재주가 출중해서가 아니라 그 임기응변에 못 우중(愚衆)이 놀아나서 그래요. 권력이 얼마나 달콤한데 그 마약에 빠지면 빠져나오기 힘들어요. 마약의 약효를 무시하면 바보지요. 온통 미쳐서 제 정신들이 아닌데."

그쯤에서 비로소 서로 눈을 맞춰가며 저녁밥을 먹었을 테고, '우리'는 밤이 깊어가는 줄도 모르고 미친년이 널 뛰듯 이런저런 화제를 닥치는 대로 식탁 위에 올려놓고 난도질을 해대며 때로는 동감과 합의를, 어떤 화두에 대해서는 그러려니 하는 승낙을, 서로의 의견이 동뜨면 더 따지지 않는다는 예의 그 존이불론(存而不論)을, 방금 한 말과 다르다는 이의(異議) 등을 주고받았을 것이다.

'미친년이 아이를 씻어서 죽인다'라는 상스러운 속담만큼 적당히 써먹기 딱 좋은 말도 드물지 않나 싶은데, 이런 생경험으로서의 솔직한 기록물을 비롯해서 동서고금의 숱한 '지어낸 이야기들'이 베끼고, 우려먹고, 둘러맞추고, 뻥튀기하느라고 제 딴에는 갖은 기량을 다 발휘하는 그 '심상찮은' 남녀 간의 수작과 동침, 그 배면에 드리운 자잘한 심리, 정서 따위를 여기서 세세히 옮겨놓을 필요는 없을 듯하다. 그렇다고 심 선생과 나의 심정적 변화가 대동소이했다면 다소 불만스러우므로 배냇냄새나 지운다는 셈속으로, 달리 말하면 '유치찬란한' 장면은 건너뛰고 지금도 성큼 붙잡을 수 있는 각자의 사연만을 적는다는 요령도, 좀 허풍을 친다면 다년간 대학입시 전문학원에서 문면(文面)을, 곧 출제자의 의도를 후딱 파악하는 요령을 가르친 명강사로서 내 득의의 장기대로 간추리면 대충 이럴 것이다.

물론 이런 적바림은 지금에사 감히 엄두를 내보는 것이지 한창나이인 당시에야 머릿속으로 떠올리기도 바빠서 언감생심 메모해둘 생각조차 사렸다는 사실만은 덧붙여두어야겠지만.

첫째, 심은 교내의 그 어연번듯한 총장파도, 그렇다고 떨떨한 비주류도 아닌 것만은 분명한 듯하다. 그렇다면 관망파거나 기회주의자든지, 남의 의견에다 말만 몇 개 바꿔 끼워서 제 것처럼 떠벌이며 따라다니는 대다수의 대학 접장처럼 추수주의자라야 하는데, 의외로 입도 거칠게 "도대체 머야, 편이나 가르고, 꼴사납게" 같은 험한 말을, 대학사회에서는 자칭 반지성주의 운운하며 죄악시하는 소리도 서슴지 않고 마구 내지른다. 나야 말조심하며 산다고, 그래서 비주류에 가깝다고 자위하지만, 하기야 때와 곳에 따라 의견이 달라질 수밖에 없다는 편의주의만큼 배짱 편한 처신도 달리 없지 않을까 싶긴 하다.

이제는 누구라도 그 윗대야 언급할 거리도 아니고, 불과 5년 전부터 차근차근 가친으로부터 물려받은 총장 직위를 평생 직업으로 삼겠다는 양반이 장차 일으킬 여러 분란을 생각하면 나부터라도 이번에는 마지막이라는 각오로 서울로의 전직을 호시탐탐 노려야 옳을 듯 하나, 그게 생각처럼 만만할 리는 만무하다. 인생이, 하루하루가 임시방편인데 하물며 직장이야. 지금 봉직하고 있는 이 직장이야 심 선생에게나 나에게도 아무 기차나 서다 말다 하는 간이정거장일 테지. 심은 사촌 언니 내외가 서울에서 제법 짱짱하게 군림하고 있어서 그쪽으로 연줄을 대고 있는 눈치다, 전직이나 혼담을. 수틀리면 언제라도 미국으로 줄행랑 놓겠다는 걸걸한 언질을 몇 번이나 실토한 바 있으니. 과연 믿어도 될지. 혼기 놓친 노처녀의 줄변덕과 가물거리는 정신 상태는, 내 처제를 보더라도, 도무지 종잡을 수 없다. 아무리 반반한 직장이라도 마뜩잖다고 걷어찰 형편만 된다면 오죽이나 좋을까. 그런 처지가 악머구리 끓듯 하는 이 땅을 과연 제대로 보는 눈이나 갖고 있을지도 의문이긴 하다. 만사를, 내 아닌 남을, 심지어는 형제의 말도 따지며 의심하는 나로서는 심 선생 아니라 내 집사람의 말조차 어디서부터 내숭인지를 캐보는 성미인데.

둘째, 자기 인생을 집시 같다고, 무슨 영화의 한 장면처럼 싱크대 앞에서 커피포트를 들고 자잘한 멋을 짐짓 몸에 밴 듯 부리고 있지만, 막상 듣고 보니 그녀의 출신이나 가족 관계는 의외로 조촐하다. 그녀의 백부는 이 지역에서는 열 손가락으로 헤아릴 정도로 희귀했던 일본 본토의 한 지역일망정 그곳의 짱짱한 제국대학 의학부 출신으로, 10여 년 동안 고향의 한복판에서 개업한 명의로 활약하다가 해방 후에는 혼자 상경, 의사를 교육, 양산하는 한 사립 의과대학에서 임상 담당 교수로 봉직하다, 한국동란 후에는 또 다른 사명감에 쫓겨서 향리의 국립 의과대학장까지 지낸 양반이었다. 그녀의 부친은 50년대 말에 벌써 미국 동부지역의 어느 대학과 연줄이 닿아 초빙교수로 불려갔다가 아예 거기 눌러앉았다고 한다. 그의 전공은 생리학인지 생화학이었던 모양인데, 그쪽으로는 문외한인 나야 진찰이나 진단이 그게 그것인 것처럼 들린다. 두 형제는 워낙 우애가 두터워서 그녀의 부친은 심 학장 앞에서 언제라도 두 손을 모아 잡고 단정히 서 있거나, 무릎 꿇고 앉아 있었다고 하니 머리 좋은 집안의 형제들은 어떤 권위주의에도 잘 따르는 심성을 타고난 듯한데, 감히 비교급도 아니지만 우리 형제간의 띠앗머리가 워낙 버성겨서 내놓는 짐작일 뿐이다. 대체로 짐작은 맞게 마련이고, 이윽고 속가량은 추단까지 불러와서 세상을 어느 한쪽으로 몰아가는 편견이나 고정관념을 사수함으로써 남보다 출중한 판장원으로서의 지위를 스스로 누려 버릇한다. 그런 사례로는 "그 당시 명망으로나 돈으로나 행세하는 집안이나 직업은 으레 의사잖아요. 그런 양반들이 축첩은, 흔해 빠졌고 엽렵한 여자들이야 쌔고 쌔었으니 그중 조촐한 명색 처녀 하나를 골라잡아서 이쪽 말로는 적은이고 본딧말로는 소실 치레하기야 여반장이지요. 다들 그랬으니 우리 집 큰아버님도 그 물에 휩쓸려 점잖은 이중생활을 누렸다고 보면 맞을 거예요. 친구들 집을 보면 너무 따분했어요. 자기 아버지가 술 마시고, 겨우 바람피웠다는 거 가지고 집안에 분란이 있네 마네 하는 게 어린 나이에도 재미없고, 시시하게 비쳤으니까요. 못 살면 다들 자잘한 일로 옥신각신 아옹다옹하더라고요. 참으로 한심한 시비거리지요. 돈과 명성이 여자를, 집을 늘리는 게 아니라 불어나는 재물을 갈무리하고 늘리려면 집이, 여자가 따라붙어야 하는 이치지요. 희한하게도 세상 이치가 그렇게 돌아간다고 봐야지요" 같은 반여권주의와 당대의 풍속을 아우르는 달통한 경지를 내놓기도 한다.

백부의 그런 첩살림이야 어떻든 형제 사이의 정을 떼고 붙이는 뺀질이는 어느 집구석에나 있게 마련이어서 그녀의 모친이 성정상 그 악역을 자청했던 것 같다. 곧 개성 출신으로 서울의 모 여전 영문과 졸업생이기도 했던 그녀의 모친은 유별나게 이 지방의 사투리도 귀에 거슬린다고, 더욱이나 사람이나 인심도 두루 우락부락해서 싫다는 까탈을 내놓으며 지아비의 미국행을 적극적으로 권유, 사주했다니까 통속소설의 주인공다운 구색이 뚜렷하다. 더욱이나 당시의 주부로서는 눈감아 줄 만했던 시아주버니의 축첩질을 아주 못마땅하게 여겨서 지아비도 그 본을 받을까 봐 노심초사했다고 하니 내주장이 심한 깍쟁이였던 모양이다.

지금 심 선생이 임시로 몸 붙이고 사는 2층짜리 양옥집의 안주인으로, 그녀에게는 큰집 사촌들의 서모가 되는 그 간호부 출신은 "앞뒤꼭지가 툭 불거진 짱구 머리에다 옴팡눈에 콧잔등이 우묵한 벽장코의 추녀"였다고. 그녀의 모친은 그 손위 동서 맞잡이를 "천하 박색에 이마만 빤질거리는 앙발이"라며 아예 상종도 하지 않았다고 하니까. 막말하다가 코 꿰인다는 말대로 두 자식을 데리고 미국으로 솔가하자니 그녀의 모친은 중학생짜리인 장녀를 꼼짝없이 그 '박색 앙발이'에게 맡길 수밖에 없었다고. 그녀가 '작은 엄마'라고 불렀던 그 제2의 엄마는 위생에 좋다고 사시장철 내내 옻칠한 일본제 두가리를 식기로 상용해서 백부의 굄을 오달지게 받고 사는, 눈비음하기에는 출중한 샘바리였다고. 여자 팔자는 뒤웅박 같다더니 얼굴색이나 백설기처럼 뽀얬을까 그처럼 박색 바가지였는데도 주인이 쓰기 나름인 듯. 심 학장과 소실 사이에는 다행히도 소생이 없어서 그녀는 '작은 엄마'의 친딸이나 다름없었다고. 더욱이나 심 학장 내외도 그녀를 친자식 이상으로 거둘 수밖에 없었던 것은 아들 둘과 딸 둘을 속속 미국으로 유학 보내서 그들의 작은 아버지 거둠손에 맡겨야 해서였다. 사춘기를 '작은 엄마' 슬하에서, 그것도 반 이상 의사 노릇을 하며 이재에도 밝았던 '적은이' 밑에서 볼 것 안 볼 것을 다 보며 다사롭게 자란 그녀는 친사촌과 고종사촌 형제들이 여자는 아래층, 남자는 위층에서 끼리끼리 기거하던 서울의 고모네에 껴묻어 대학 생활을 시작했다고. 부모와 떨어져 살았어도 늘 주위에 친척들은 득시글거렸으니 자칭 '군중 속의 고독'은 일찍이 체험했다고. 용돈이 아쉬운 줄도 몰랐지만, 늘 허기진 사람처럼 돈 쓸 일이 줄줄이 앞을 가로막을 때는 '천애의 고아'로서 막막했다니 알조다. 비가 오거나 몹시 추운 날이면 "새처럼 서울을 훌쩍 탈출하여" 제2의 엄마 품에 안겼다고. 그런 포옹을 '영화처럼' 즐겼다니 그녀의 실루엣이 문득 초승달처럼 진작에 떠오르기도. 한 부모 밑에서 앞뒷집으로 나누어 자란 꼴인 친사촌 오빠 하나와 언니 하나는 일찌감치 미국에 정착해 있었으므로 그녀는 유학 간다기보다 친부모와 동생들을 보기 위해서라도 출국을 서둘렀다고. 그러나 개성댁은 맏딸에게 꼭 거기서 대학을 졸업하고 오라고, "우리 모녀간에는 무슨 이별살(離別煞) 같은 게 끼었는지" 상봉을 한사코 뒤로 미루었다고.

셋째, 심 선생의 2층 방은 계단 양쪽으로 큰방과 작은방이 나뉘어 있고, 니스 칠한 마룻바닥 너머에는 기역 자의 복도 같은 발코니가 야트막한 난간을 두르고 있는데, 그 장식용이자 추락 방지용 울에는 두 줄의 동그란 구멍이 촘촘히 뚫려 있다. 오뚝이 같기도 한 그 구멍의 도열은 한쪽 면을 초승달 크기로 파낸 벽돌장을 서로 맞붙여서 2층으로 쌓아 올린 것이다. 평생 미장이로 산 영감쟁이의 공력을 더듬느라고 내가 그 이음매를 유심히 쳐다보는데, 이제는 명실상부한 집주인 격인 심 선생이 한여름 밤에는 사방에서 바람이 몰아쳐 오므로 이 발코니만큼 시원한 데가 없다고 한다. 그런데 수상쩍게도 2층에는 실내에 화장실이 없고, 기역 자 발코니의 끝자락에, 곧 실외에 원두막 꼴로 변기와 세면대를 달아내 놓고 있다.

일부러 그렇게 지었다고, 말이 될까? 위생 때문에 볼일을 한데서만 보라고? 방사 후 어떡하란 말인가? 벌거벗은 채로 발코니를 대각선으로 질러가서 볼일을 보라고? 그래서 예전에는 여자들이 감잡이란 비상용품을 요강 이상의 필수품으로 챙겨서 잠자리에 들었다는 전설은 설득력이 좋은 소설에서 꼭 써먹을 만한 세목다운데 제대로 활용한 사례는 없는 듯하다. 물론 그것 자체가 벌써 수많은 말과 몸짓과 손짓을 불러일으키는 선정적인 도구일 테지만. 그것을 아는지 심 선생은 기겁하며, 아, 곤란해요, 여기서는, 내려가야지, 볼일 볼 데도 없고 씻지도 못 해요라며 온몸을 옹동그리기도.

군이 보충 설명으로 그녀의 좀 튀는 성 의식을 두둔, 규정한다면, 그녀는 1960년대 후반부터 미국인들의 생활관을 유별나게 바꿔놓았다는 그 소위 자기중심주의, 곧 미국에서 상용하는 보통명사로는 '미-데케이드'(me-decade)의 한복판을 관통했다. 그 변혁기가 그녀의 유학 시절과 정확히 일치한다. 거기서도 부모와 떨어져 살았다니까 모르긴 해도 그녀의 면학 기간은 개인적인 행복부터 먼저 추구하고, 자기만족을 위해서는 모든 기성의 관습과 불문율을 내팽개칠 수 있다는 미이즘(meism)의 숨 가쁜 실습기였을 수 있다는 말이다.

그 자기중심주의의 정점은 널리 알려진 대로 우드스탁 록 페스티벌이 대변하고 있다. 1969년 8월 15일부터 꼬박 3일 동안 50만 명 이상의 젊은이들이 뉴욕주 베델 평원에서 곤죽 같은 일상을 마음껏 질펀하게 누려봐도 세상은 여전히 변하지 않는다는 확신, 그 신념이야말로 미-제너레이션(me-generation)의 성문법이었다. 요즘 유행하는 말로는 노마디즘인 그 유목민적 생활, 이해 못 할 것도 없다. 밥 먹고, 배울 나이니까 학교에 갔다가, 잠자리에 드는 그 단조로운 생활을 위해서라면 어느 일가친척 집이라도 몸을 부릴 수 있다는 것만으로도 오감하고, 얼마든지 떳떳하게 살아지더라는 사고방식. 더 뭣을 바란단 말인가. 사람은 어차피 한평생을 방랑객으로 살아야 하지 않나. 보는 바와 같이 세상은 오로지 방랑하는 처소만 제공할 뿐이고, 또 그러라고 사방 곳곳에 널려 있으니 누구든 이용할 수밖에 없다. 자식도 부모의 그런 낭만주의, 그 정점인 방랑 의식이 만든 최초의 생활적, 생리적 흔적일 뿐이다. 연극 속에서나 흔히 일어나는 갈등, 욕망, 방황은 전적으로 호들갑이다. 그 호들갑조차 자기도취적 의식의 갈팡질팡하는 유영에 지나지 않으므로 이내 또 다른 방황으로 이어지도록 굴러간다. 그런데 무슨 지레 걱정인가, 육신의 방랑과 정신의 방황에 온몸을 맡기고 살아가면 그뿐인데, 그곳이 미국이든 한국이든 어차피 임시 간이역일 뿐이잖은가.

적어도 정신적으로는 아내보다 훨씬 살갑게 다가오는 여자라는 느낌을 얼른 털어 버리려고 나는 머리를 연신 절레절레 흔들었다고 둘러맞춰야 그나마 대학 접장으로서의 배짱이 버젓해진다. 그래도 끈질기게 들러붙는, 저쪽은 격식을 따지고 이쪽은 내용을 챙긴다는 얼뜬 생각만 얼핏얼핏 떠올리곤 했을 것이다. 난생처음으로 겪는 첫 외간 여자와의, 좀 더 솔직하게 까발리면 아내가 내게는 처음으로 성교를 받아준 첫 여자였으니까 심 선생은 여러 의미에서 제2의 이색적인 여성이었다.

그녀에 대한 내 호칭도 적잖이 수상쩍을 수밖에 없어서, 버리기가 아까워서 보관하고 있던 빈 쌀 뒤주 곁의 요때기 위에서도 '선생'이었다.

"심 선생, 대학 접장 노릇 못하게 되면 머 할 거요? 생각해둔 것 있으면 좀 가르쳐줘봐요, 나도 배워서 밥이나 제때 좀 먹고 살게."

내 형수가 지아비를 부르는 말본새와 같은 말을 쓰고 있음에도, 물론 정반대의 경우인데도 어째 나도 어느새 변태 심리로 옭매인 당사자 같은 기분이었다. 성 심리란 당해보니 정말로 헷갈릴 정도로 묘했다. 내가 권위주의자일 리는 생리적으로도 천만부당하고, 가부장은커녕 처가살이하는 주제임에도 그랬으니까. 그러니 성 심리는 아무리 그려봐야 공염불일지도.

그런데 미국식이 그런 건지 어떤지 알 수 없지만, 그녀의 여러 행태와 동작, 이를테면 그 손의 도발적 꼼지락거림, 아랫도리의 도발적이고 추상적인 꾸불거림, 흔들릴 만한 부피감도 없지만 땀이 흘러내릴 정도로 밴, 부피감이나 융기도 없이 그냥 도두룩한 가슴팍의 아기 젖무덤 등등이 이런저런 말을 쉴 새 없이 걸어오는데도 불구하고, 또 실제로도 그녀의 입에서 말이 아닌 분명한 의사 표시가 간간이 새어 나오는 데도 그런 교태, 교성은 일종의 포즈로써 '시늉' 같게만 여겨졌다. 그렇다고 그녀가 미국에서 의당 치렀지 싶은 성적 환희 따위를 넌지시 캐물을 줄 아는 말주변도 내게는 없었으니. 가령 은유적으로도, "진짜 이처럼 진지해지면 장차 우리 사이가 큰일 나잖아요, 학교에서야 시치미를 떼고 지낸다지만" 식으로 떠볼 수도 있지 않았냐고 지금에서야 되돌아 보이지만, 당시에는 내 숙맥 같은 후천적 기질이 도저히 허락지 않은, 그런 염탐 자체가 언감생심이었다.

이제는 바람끼가 얼른거리는 여자를 먼눈으로 관찰하는 경우가 닥쳐도 가슴이 벅차오르기는커녕 서늘해지고 마는 망팔의 신세라서 심선생이라는 환상 속의 그 실체를 오롯이 떠올려봐도 어떤 실감이 없다. 그러니 허술한 망상만 더 살이 두두룩하게 찔 수밖에 없다.

쾌감 결여증이란 기질적 특성도 여느 여성에게나 두루 통하는 생리 현상일까? 이 꽤 의미심장한 추측이 실없이 나의 의식을 지분거린다. 포즈? 적당한 우리말로 무엇이 있을까? 만부득이한 가짜 시늉? 거짓 작위? 젊은 한때는 누구나 그렇게 살듯이, 그 달이지. 반강제적인 꾸밈? 꾸밀 게 우리 사이에 뭐가 있었나? 좋다면 좋다고 드러내면 그뿐이었는데. 그것을 곧이곧대로 교성, 교태로 방출하지 못하는 여러 사정이 있다고요. 부끄러워서? 오해를 살까 봐? 무슨 오해? 또 그래봐야 소용도 없고, 오히려 장기적으로는 역효과가 날지도 모르는데. 무슨 장기적까지나, 그게 당장 좋자고 하는 짓인데. 논란은, 교성이나 말이나 몸짓 이전에 특유의 생리적 반응이 그녀의 신체 일부에, 또 그때그때 다른 강도로 있는가 없는가 하는 것 아니었을까. 포즈라면 그게 없든가, 감지할 수 없을 정도로 약하다는 것이든지. '그럴 수도 있었겠다'로 이해해야 하나. 곧 짜릿한 쾌감이 뭔지 몰랐다는 그녀의 신체적 반응이 내숭은 아니었던 것 같다고? 말이 될까? 숱한 정보가 그 짓을 할 때는 성감이 일어나서 흥분하게 되어 있다고 가르쳐주고 있는데. 그것도 신체적인, 더 정확히는 성기 안팎의 국소적 흥분 체계가 일시적으로 온몸을, 구체적으로는 불과 수초에 그치고 말지만, 그동안만큼은 부르르 떨리는 정신적 쾌감이 반사적으로 전신을 휘저어놓는다고 알려져 있다.

친구들 간의 잡담 중에서도, 잡지, 영화, 소설 같은 볼거리에도 그런 정보들은 쉴 새 없이, 다양한 음색으로, 허풍스럽게 보여지고, 실제로 겪어보라고 등을 떠다민다. 짐작건대 여느 미국의 미혼여성들과 다를 바 없이 그녀도 그런 시시껄렁한 정보의 홍수 속에서 허우적거리고 있었을 게 분명하다. 브로드웨이는 미처 못 가봤다지만, 어쨌든 희곡을 전공했으니까. 물론 희곡과 연극은 남자와 여자만큼이나 다르다, 말과 글이 다르듯이. 아는 것과 느끼는 것은 다를 수밖에 없기도 하다.

이쯤에서 참으로 이상한 발상에 횡설수설이라고 매도하기를 서슴지 않은 어느 시인 지망생의 객설 하나를, 한때는 중앙 도서관 앞의 벤치에서 함께 시시덕거리기도 했던 그 친구가 요즘 무슨 생업으로 호구를 때우고 사는지 궁금하지만, 여기서 덧붙여두는 것도 나름의 의미는 있지 않을까 싶다.

어느 시인이 유행가 가사로도 인기를 누린 어떤 시에서 '그 사람 이름은 잊었지만 그 눈동자 입술은 내 가슴에 남아 있네'라며 나름의 특별한 정서를 남겼는데, 그것이 과연 절창일 수 있는지는 의문이다. 왜냐하면 시구에서도 드러나 있듯이 한쪽은('이름' 말이다) 좌뇌가 담당한다는 지각적 총기이고, 다른 한쪽은('입술' 말이다) 우뇌가 맡는다는 감각적, 직관적 느낌인데, 그 둘을 동렬에 올려놓고 저울질할 수 있는지 아리송해서이다. 뿐인가, 잠시만 추리를 이어가더라도 그 두 기능은 사람마다 별날 수밖에 없고, 인물의 미추와 입술의 선천적 생김새와 입 맞추던 당시의 여러 수많은 정황이라는 변수에 따라 달라질 수밖에 없는데, 그처럼 일반화할 수 있다니, 시인의 자질을 일단 의심해야 하지 않나. 게다가 시대적 변수를 들먹이면 더 기가 막힌다. 혼전순결을 금과옥조로 여기던 옛날의 처녀, 총각과 학기별로 사귀는 사람이 달라졌다고 공공연히 실토하는 요즘 대학생들이 '이름'과 '입술'로 각각 뭉뚱그려놓은 그 정신적/감각적 기능의 보유 연한이 같을 수는 없을 테니 말이다. 또한 '이름'과 '입술'도 남녀 모두 다종다양할 수밖에 없다. 남의 말귀를 제때 못 알아듣는 미치광이 환쟁이나 신문조차 안 읽어도 음악성만큼은 비상한 '언더 그라운드'의 베이스 기타리스트 같은 조선족 별종이 어떤 종족처럼 시커멓고 두툼한 입술을 가졌을 수도, 또 그 코가 유태인의 그것처럼 보기에 민망할 정도로 클 수도 있다.

요컨대 시인이든 메조소프라노든 각자의 특수한 경험을 일반화시키기에는 무리가 따르고, 그런 의미에서라도 총기 둔한 어떤 시인의 그 시는 시적 성취 정도에 상당한 결함이 있다기보다도 인체의 해석에 관한 한 허룩한 구석이 있다고 해야 옳을 것이다. 하기야 '입술'의 감각을 오래도록 보관하는 능력도 결국은 '이름'을 기억할 수 있는 총기가 관장하고 있다는 명명백백한 '과학적 근거'를 내놓는다면 냉큼 꼬리를 사려야 할 것 같기도 하다. 이런 경우도 해법이 안 나와서 골머리만 아픈 난제라는 그 존이불론(存而不論)을 들먹일 수 있는지.

아무튼 감히 심 선생에 대한 나만의 특별한 정서를 언급해도 된다면 아직도 그 '이름'은 말할 것도 없고 말하는 가락도 간신히 떠올릴 수는 있다. 버스 노선 서너 개를 1년이 지나도록 돛 외우던 그 딱한 총기, '입술'을 비롯한 여러 나머지 기관들의 충분하거나 미흡했던 기능과 그때그때의 반응 등등을 말이다.

한때는 너무 선명했으나 이제는 많이 낡은 채로나마 간신히 복원하면 '비가 줄줄 흘러내리는 낡은 필름' 상태일망정 흐릿한 상태로 그 윤곽 같은 것이 떠오르긴 하지만, 그런 영상에는 '이름'만 남았을까

'눈동자'나 '입술'은 흔적도 없다. 하기야 내 주제가 어떤 시인보다 여자 경험이 워낙 보잘것없어서, 성 경험도 다채롭기는커녕 빌빌거려서 그럴 수도 있겠으나, 그것만으로도 '이름'과 '입술'은 개인마다 전혀 다른 기억력과 그 저장력이나 재생력에 기댈 수밖에 없다. 바람둥이들은 대체로 예의 그 좌뇌의 기능은 잠재워두고 탁월한 감각적 능력을 여자와의 접촉 때마다 자동으로 발휘하게 되는 천부적 종자들인지 어떤지.

아침잠이 없어서 그럴 텐데 나는 성인이 되고 나서부터 어둑새벽이 성큼성큼 밝아오는 그 빛살의 착실하고 너무나 진지한 소명 의식 같은 것을 가만히 지켜보다가 어느 순간 벌떡 자리에서 일어나 대기 속으로 내 전신을 일단 밀어 넣기를 즐기는 편이다.

어느 날 동틀 녘도 꼭 그랬다. 예의 그 골방 같은, 내가 벽을 끌어안고 비비대면서 노래를 부르다가 쓰러져 잔, 옻칠로 검누렇게 낡은 골동품 쌀 뒤주가 한쪽 모서리에 버티고 있던 그 문간방에서 희붐해 오는 창문을 노려보다 슬그머니 몸을 일으켰다. 새벽 다섯 시가 막 지났는데도 벌써 동이 터오고 있었다. 두어 시간 전쯤에 그녀는 어울리지 않게 애교를 부리는 건지 나른한 목소리로, 아, 나는 아침은 못 해줘, 뭘 만들 게 아무것도 없어, 곧이곧대로 들어야지 엉뚱한 해석은 하지 말아요, 라고 잠꼬대처럼 중얼거렸다.

나는 도둑 걸음으로 그 집의 짙푸른 잔디를 밟고 빠져나왔다. 꼭두새벽에 가방을 들고 태평스럽게 주변의 온갖 사물이 어떻게 다른 모양새로 다가오는지를, 어떤 '분위기'를 끌며 다가오는 햇살이 주변의 정물과 생명들을 어떻게 거느려 가는지를 눈여겨보면서, 그 '기운' 일체를 체에 걸러 갈무리할 듯이 연신 코를 벌름거리며 발걸음을 떼놓는 중년 사내를 행인들은 어떻게 보았을까?

밤새도록 웬 여시한테 그 귀한 정력을 다 빨리고 이제사 본 집으로 돌아가는 모양인가. 그런데 저 가방은 또 머야, 채권 장산가?

인가들 사이사이로 밝음과 어둠이 두드러지면서 모든 사물이 이제 좀 살아보자, 기를 펴며 되게 설친다고 누가 흉을 본들 어쩌겠어, 라며 애먼 내게 마구 덤비고 있었다.

그런데 참으로 사위스럽게도 나는 광주사태에 대한 '카드라 정보'를, "아주 난리가 났다네요, 수백 명이 총칼질에 죽어 나갔다는데 정말 믿거나 말거나 하고 뭉그적거려야 하는지" 하는 '속이 다 타들어 가는 진상'을 심 선생으로부터 전해 들었다.

이런저런 잡생각과 잔걱정을 일구느라고, 또 무슨 투정처럼 구시렁거리며 연방 입술을 부르르 부풀린다 싶게 불어대는 그녀의 숨소리에 귀를 맡기느라고 날밤을 새우고 나서 새벽길을 줄이며 숙소로 돌아온 후 며칠이 지났을 때였던 것 같다. 경상도의 반대편에서는 한 도시가 아수라장으로 온통 결딴이 나고 있는데도 한쪽에서는 막 중년에 들어선 남녀가 사련에 빠져 허우적거리고 있었다니, 말이 될까? 그러나 그런 모순적 정경과 당치도 않는 정분 나누기도 세상사의 엄연한 한 단면이었다.

역시 나까지도 당시에는 우뇌의 작동만 원활했던지 그 시점이 아슴푸레한데, 여러 정황으로 미뤄보아 겉늙은 싸전쟁이 같던 당시의 계엄사령관이 텔레비전에 얼굴을 비치며 광주사태에 대한 '허위' 경과 보고를 내놓던 때는 아니었을 테고, 진압군이 아예 시위대열에서 아무라도 잡아내서 세칭 '시범 케이스로 아주 작살을 내버렸다'는 유언비어가 파다하던 그 전후였다고 봐야 할 것이다. 정말 이상하게도 내가 아는 한 전라도 옆구리를 맞대고 있던 그 지역의 한복판은 그즈음 광주 일원의 '진상'은커녕 거기서 그 천인공노할 '비상한 사태'가 벌어진 줄도 까맣게 모르고 있었다.

이 기록물에서는 남들이야 알았든 몰랐든 따질 것도 없지만, 내 성질과 생활 반경이 워낙 정해놓은 길만 왕복하는 터라서 과문하기 이를 데 없고, 또 기껏 제 앞가림에나 허덕거리며 '너희들이 안 가진 것을 이 몸은 지니고 산다'라는 자존심만 쓰다듬고 개기는 골동품상 같은 대학 접장이었대서 그처럼 시국의 '뇌출혈성 재난'에 태무심했다니, 그 직후든 지금이든 '내가 그렇게 살았다고, 천만에, 그러니 더욱이나 그럴 수밖에'하고 반신반의하지 않을 수 없는 대목이다. 한때 그쪽에서 호구를 해결해서가 아니라 체질적인, 아니 정신적인 타성 때문에 그토록 도하 신문들을 열심히 뒤적거리던 주제인데도 말이다. 도무지 타당한 설명을 들이댈 수 없고, 변명도 늘어놓을수록 말 같잖게 들리는 국면이다.

어쨌든 그날은 태풍 전야가 그렇듯이 마침 교내 시위가 없어서 수상할 정도로 잠잠했던 것 같고, 그때나 지금이나 나는 규칙으로 정해놓은 일과 외에는 다른 볼일을 여간해서 만들지 않겠다는 주의로 혼자 꿍얼대며 사는 사람이라 이틀거리나 사흘거리로 나다니던 도서관 순례에서 돌아오는 길목에서였다.

규칙적인 일과를 차곡차곡 꾸려가야 일상이 반듯해진다는 사람의 단점은 늘 다음 차례를 기다리는 일이나 용무에 쪼들린다는 심정적인 갈등으로 헉헉거린다는 것이다. 그런 내 부대낌이야 어떻든 해가 길어져서 제법 짙은 그늘을 드리우고 있던 가로수 길을 좀 빠른 걸음으로 줄여 밟고 있는데, 문과대 건물의 입구에서 심 선생이 기껏 열 개 남짓뿐인 낮은 계단 두 층에 양쪽 발을 각각 딛고서, 무릎 밑까지 내려오는 통짜 스커트가 책상보처럼 펴진 채로 멈춰 서 있었다.

혹시나 누구를 기다리고 있나 싶어서 내 뒤와 주위를 훑어봐도 이렇다 할 사람은 없었다. 돌아설 수는 없어서 짐짓 느긋한 본새로 다가갔더니 그녀가 대뜸 연극적으로, 아주 당돌하게 물었다.

"들었어요? 요새 광주가 송두리째 홀랑 둘러 빠져서 온통 난리가 났다는데요."

흔히 쓰는 '쾌재를 부른다'라는 상투어가 그때 내 심정을 제법 근사하게 맞췄다면 결코 과장이 아니다. 하여튼 그 당시 나라는 인간은 엔간히 들떠 있던 날라리에다, 시국도 그렇지만 내 생업에도 워낙 불만이 많아서 무슨 일이라도 저지르기 직전의 예비 망나니 마찬가지였기 때문에 그처럼 방정을 떨었다면 얼추 맞는 말일 것이다. 어떻든 뭔가를 초조하게 기다리고 있었던 셈인데, 우리의 식자들 대다수가 그동안 알게 모르게 정치적 피해의식에 길들어 살았으므로 어떤 이변이 터뜨려지기를 바라는 '대망 증후군'의 한 반증이기도 했다. 그 심정적 갈등을 좀 더 부연한다면 집권 야욕을 감춘 채 인쇄 매체와 방송 매체를 철저히 장악, 검열로 통제하던 신군부 세력의 자중지란 정도를 기대하는, '백마를 타고 홀연히 나타나서 계엄군을 두찌르는 정의의 사나이' 같은 만화 식 공상이었다.

나는 어리벙벙한 머리를 흔들고 나서 서둘러 물었다. 의외로 내 반응은 이미 예상하던 일이 이제야 터졌다는 투로 침착했다.

"아니요, 금시초문인데요, 어떻게 돌아간답니까? 방금 중앙지를 죄다 섭렵하고 오는데 하루 전 소식들이라 그런지 별난 뉴스가 없어서 심드렁한 판인데요."

나 이상으로 이성적인 발상을 휘두르며 말귀도 빠른 심 선생의 대꾸도 꽤 직설적이었다.

"착실하시네요, 여전히 신문에 적힌 피상적인 글줄에다 온 신경을 비끄러매고 사시니. 아, 공수부대 군인들이 술 취해서 시민들을 눈에 띄는 대로 죄다 엠식스틴 소총 개머리판으로 짓이겨놓고, 대학생들을 길다란 진압봉으로 개 잡듯이 두드려 패면서, 아, 글쎄, 너무 끔찍해, 별아별 흉측한 만행을 골고루 다 저지르고 임신부 배를 걷어찼다가 반항하자 총검으로 찔러서 현장에서 죽였대요. 하필 여자만 골라서 온갖 만행에 추태를 저지르는 꼴도 괴상한 변태 아니예요? 유언비어가 아니라고 다들 씩씩거리니 정말로 믿어도 될란지 모리겠네요. 설마 그럴 리야 싶지만, 도대체 이따위 깡패 같은 나라가 법치국가 맞아요? 신문에 나는 거하고는 너무 달라. 계엄령 아래서는 아무 짓을 해도 괜찮다는 거예요? 누구 말을 믿어야 할지. 우리나라가 밥술이나 제때 뜨기 시작하자 최근에 갑자기 진짜 이상한 나라로 변한 게 맞아요?"

넋두리처럼 말을 술술 쏟아내던 그녀의 똘방똘방한 눈보다 말씨에 먼저 그렁그렁한 물기가 비쳤다. 경악할 노릇이었다. 내 머릿속을 시커멓게 지워버리는 벼락이 긴 여운을 끌었으나 역시 뉴스를 매일 '생산'해서 퍼뜨리는 생업의 현장에서 뛰어본 출신답게 나의 가슴에는 벌써 '일단 거리를 두자, 생각을 추슬러서 객관적인 시선을 확보하자'

하는 직업적이라기보다 생리적 반응을 수습하는 중이었다.

"유신 초기야 잘 모리지만, 말기 때도 이러지는 않았잖아요? 벌써 그때가 까마득하네요."

"유신이야 과거사고, 방금 그 광주사태는 실제로 정말이랍니까?" 주위를 둘러봤으나 인적이 없었다. "누구한테 들었습니까? 혹시 카더라 통신 아닙니까?"

"미국인한테서요. 우리 과에 영어 회화 가르치러 나오는 꺽다리 우디 파커라고 있어요. 피스코 출신이에요. 콜롬비아 대학에서 석사 마치고 박사학위 논문 때문에 나와 있는 사람인데 우리말도 잘해요. 한국 군부가 또 이상한 짓을 저질렀다고 그러면서요, 이해할 수 없다, 폭력이 너무 일방적이라고… 정말 이렇게 당하고 참아야 하는지, 우리 국민이 너무 순종적이라 그러고요."

더욱 놀랄 일이었다. 직업을 좇아 잠시 남의 나라에서 '방황하는' 미국인도 알고 있는 군인들의 집단 만행 사태를 내가 모르고 있다니. 그동안 신문은 무슨 하등에 쓸데없는 사건만, 쓰레기 같은 정보만 늘어놓고 있었는가? 문맹자가 거의 없다는 우리의 민도를 그토록 악랄하게 역이용했다니, 말이 되나? 나도 그런 타성에 길들어서 마냥 몰라도 세상살이에는 지장이 없는 정보만, 그것도 글로 만든 가짜 사실만 끌어모아 놓은 신문에 시선을 팔고, 그러니 서로 짜고 치는 낭비성 농락에 먹물들은 한통속이 되어 놀아난 꼬락서니 아닌가.

의심과 경악으로 점점 더 어리벙벙해지고 있는 내게 심 선생이 이래도 못 믿겠냐는 듯이 물었다.

"그 사람 좋은 나무꾼이, 지 성씨가 공원지기이고 이름이 그거래요,

전해준 말을 영어로 그대로 옮겨드려요?"

나는 즉답으로, 그전은 물론이고 그 후로도 단 한 번도 쓴 적 이 없는 완벽한 영어 회화를 구사했다.

"오, 노." 나는 손사래를 치고 나서 덧붙였다. "여기저기 좀 알아봐야겠네요, 정말 개새끼들이네. 어째 그토록 무지막지할까?"

전면의 외양만은 석조건물이어서 석양볕 속과는 달리 꽤 서늘한 문과대 건물 안으로 우리는 들어섰다. 나는 어느새 그 뜻밖의 소식에 따라붙은 충격과 혼란을 반 이상 걷어내고 나름의 평정을 찾고 있었다.

"무지막지한 것들은 원래 음성부터 다르다니까요. 그 인상부터 무식이 뚝뚝 듣는 일당을 얼마나 오래도록 봐야 하나 싶더니만, 결국 죄 없는 사람들을 저렇게 학살이나 해대고… 우디가 매스커, 슬로오터, 대량 학살 그러면서 나치 못잖다고 그랬어요."

연구실에 들어서자마자 나는 전화 송수화기를 들고, 수첩을 꺼내 전화번호를 확인한 다음 다이얼 버튼을 누르려다 움찔 놀랐다. 황급히 송수화기를 내려놓았다. 학교 전화를 사용해서는 안 될 것 같다는 생각이 들어서였다. 그 당시에도 나는 기자 출신으로서의 어설픈 확신에 따라 공공기관의 하급자 사무실조차 도청 따위에 신경 쓰는 것이야말로 엄포에 세뇌된 기우라고 여기고 있었지만, 사람의 일수란 알 수 없는 일이었다. 비록 허무맹랑한 선동으로서의 유언비어라 할지라도 조심해서 나쁠 거야 뭐 있겠는가. 도저히 믿기지 않는 유언비어지만, 백주에 임부가 칼부림을 당한 것도 일진이 사나웠다는 핑계 이전에 위험한 장소에다 자신의 몸을 무심히 드러낸 무책임도 한 번쯤 돌아볼 여지가 있지 않은가. 보도랍시고 활자화된 글도 액면 그대로는 '절대로 믿지 않는' 나의 근거 많은 체질적 의심증은 한때의 직장이 떠넘긴 고질이긴 했으나, 한편으로 가담항설이 자체적으로 지니는 빈약한 상상력, 구멍이 숭숭 뚫린 사실감 때문에라도 내 머리는 저절로 절레절레 흔들리곤 했다.

나는 꽁무니에 불이 붙은 듯 무언가에 쫓겨서 책상 앞의 걸상도 밀쳐버리고 나서, 다급한 손길로 퇴실 채비를 챙기면서 공중전화가 있는 곳을 머릿속으로 떠올렸다.

천재지변보다 더 중차대한 그런 급보의 진위에 대한 탐문이라면 내게도 알아볼 만한 데가 여러 사람이나 있었으나, 그쪽 역시 내가 먼저 손을 내밀자니 여러 점으로 껄끄럽다는 것을 자각했을 때쯤에는 내 심사도 벌써 웬만큼 평정을 찾았다는 실토가 된다.

곧장 다급한 걸음으로 캠퍼스 정문 쪽 게시대 옆에 길게 늘어선 공중전화 설치대 안으로 파묻혀 들어갔을 때는 나도 세상일에 도가 터져서 입만 살아 나불거리는 우국지사로 돌변해 있었다.

내 뜬금없는 전화를 받은 사람은 서로가 총각이었을 때 두 해 남짓 자취 생활을 함께했고, 모 신학대학 재학 중일 때부터 영등포 지역의 도시산업선교회 일로 동분서주하다가 나중에는 각종 노사쟁의를 조용조용히 거들고 정리해냄으로써 일찍부터 반세속적인 목사의 길을 밟고 있던, 나보다 세 살 밑인 고종사촌 동생이었다. 일찍이 우리 집 영감이 "가는 원래 여 땅 우에서 살 아가 아이다, 버틀도 와꾸도 우리하고는 영 다르다, 독 장사가 아들 하나는 제대로 봤다"라고 자식뻘 항렬을 애비뻘로 올려서 대접해주었던 대로 그의 울먹임을 들은 대로 재생해보면 대체로 다음과 같은 절규였을 것이다.

"형님, 참 떡 해먹을 세상이네요. 공수특전단이 총도 안 든 민간인들을 포로로 잡아 굴비 엮듯 줄을 세우고, 아예 씨를 말릴 듯이 광주 형제들을 마구잡이로 조졌다니 이런 신인(神人)공노할 일이 어딨겠습니까. 이러니 우리 민중은 쉴 틈 없이 학습과 단련을 거듭해야 한다니까요. 방금도 그쪽 교우가 엉엉 목 놓아 울면서 도와달라고 그러는데 억장이 무너지네요, 목사 된 기 지금처럼 원통하기는 정말 처음이네요. 이 땅에는 우째 테러리스트도, 암살조나 자객단도 배양해놓지 못했을까 싶네요. 기도를 대충이라도 할라 캐도 내가 참 뻔뻔스럽다 싶어 눈만 껌뻑이고 있으려니 한숨이 저절로 터지네요"라며 한숨이 늘어지다가 "그쪽은 조용하지요? 형님 신세를 너무 많이 졌는데 거기 내려간 뒤로 아직 인사도 못 닦아서 뵐 낯이 없습니다, 언제라도 옛말하고 살 날이 오겠지요"하고 덧붙였다.

그가 말한 신세란 그에게 '도피자금'을 제공했다는 '혐의'를 '사실'이라고 실토하라는 주문에 따라 모 경찰서 정보과에서만 이틀 동안 추궁을 받고 나온 나의 갸륵한 자선 행위에 대한, 게다가 한방에서 살아도 그 동생이 그런 일을 하는 줄도 모르고 돈이 아쉽다고 할 때마다 농담 삼아 "후제라도 연보가 많이 걷히거들랑 반드시 갚으라"라며 더러 주머닛돈을 짚이는 대로 집어주기도 했다고 대꾸한 나의 전비에 대한 말빚 갚기였다.

그날 저녁 끼니를 혼자서 사 먹느라고 맛도 없고 따듯하지도 않은 장삿밥을 씹으면서 이런저런 들은 말을 맞춰보니 죄다 남의 말을 그대로 옮기는 심 선생이나 고종사촌 동생의 전언에는 구어보다 문어, 곧 소위 육하원칙도 제대로 지키지 않은 부실한 정보를 엉성한 문맥으로 적바림해서 활자 매체로 실어나르는 신문 같은 데서 읽게 되는, 그 앞뒤가 뒤틀리는 문맥, 문투가 '살아 있다'라는 내 느낌이 점점 여실해졌다. 하기야 모든 '사실'이야말로 글로 지어낸 당대의 부분적 왜곡 상이긴 했다.

특히나 심 선생의 그 호들갑에는 여자들의 수다스러운 발언에 반 이상 껴묻어 있어서 그나마 생동감이 퍼덕거리는 예의 그 상투성이 무르녹아 있었다는 채점도 불거졌다. 개척교회를 어렵사리 꾸리고 있는 목회자의 울먹임도 평생토록 동어반복을 일삼아야 할 그의 말주변을 일찌감치 예상하도록 쾌치는 선의의 선동성까지 비쳤다.

그만한 해석에 따라야 할 내 속의 반응은 의당 비아냥거림이어야 할 텐데, '이게 뭔가, 지만 알고 있다는 유식이 기껏 남의 말을 들은 대로 옮기는 데 그친다면 누가 먼저 듣고 깨쳤다는 것이 무슨 큰 의미가 있나, 그것도 대개 다 허름하기 짝이 없는 낭설에다 그조차도 맞춤한 말은커녕 진부한 어투로' 같은 내 심부의 육성에 귀를 기울이지 않을 수 없었다. 그러나 한편으로는 '그래도 비 맞은 중 담 모퉁이 돌아가는 소리'라도 귀담아들어야 하거늘, 하는 각성을 챙겼을 터이나, 이내 한숨에 따르는 체념을 수습하기도 벅찼다. 공주사태야 어떻게 굴러가던 내 망상, 집착이 한 시절의 직업에서 얻은 반골 의식의 심화일 테니, 어떤 식으로라도 그 심정적 갈등을 털어버려야 대학 접장으로서의 도리를 지키는 것이었다.

그때부터 하루하루의 일상다반사를 누리기는커녕 제때제때 지키기도 어려웠다. 무언가가 못마땅했고, 출근하는 길목과 교정의 짙푸른 녹음 속을 걸으면서도, 복도를 줄여가는 도중에도, 점심을 먹으려고 학생 식당을 찾아갈 때도 몸과 마음이 뿔뿔이 겉돌았고, 머릿속에는 '이게 아닌데, 어쩌자고 내 일상을 이처럼 방치하고 있냐' 하는 투덜거림을 내버려 두는 꼴이 야속해서 짜증스러웠다. 평상시대로 낮 동안에는 책상 앞에 앉아서 죽치고 지내야 하건만, 공연히 들떠서 서성거리며 오전 일과를 때우고 나서는 오후 내내 책을 뒤적거리지도 않으니 사전을 찾을 일도 없었다. 책 같은 것이 끝없이 시시하게 보였다면 허튼소리지만, 눈앞에 얼쩡거리는 생면부지의 사람들에게조차 왠지 악감정이 치받친다는 내 심사에는 솔직해지고 싶었다. 나의 의심증은 덩달아 마구 날뛰기 시작했다.

"어차피 모든 사건, 사태는 일과성에 그치고, 국지성을 면치 못할 걸. 청일전쟁도 실은 한반도의 서쪽에서 회오리바람으로, 일시적으로 휩쓸다 말았다고. 그 피해도 그냥저냥 썰물 빠지듯이 스러져 갔던 건 역사적 사실이야. 그 후유증을 촘촘히 기술해놓은 진짜 기록물이 우리말로는 없는 듯하지만. 어떻든 나는, 이 지역은 광주 쪽의 지금 광풍에서는 빠져 있다고. 거기에 출장이라도 가서 목격할 신분도 아니니 여기서 이 현장이라도 옳게 기억해두고 말아야지, 별 뾰족수도 없잖아. 이때껏 배우고 가르친 게 고작 이렇게 엉거주춤할 수밖에 없다는 처신에 그치니, 뭘로 잘난 체해, 누구 말대로 시부랄하고 말아야지."

속말이 연구실 안이라서 입말로 토해지다가 어느 순간 모래처럼 자금거렸다.

뭘 봤다고? 만행 현장을 봤다니 그 근거로 충분하지 않냐면서 믿어라, 믿어라며 다들 똑같은 말만 퍼뜨리고, 그 동어반복은 어떤 말보다 위력적으로 민중의 가슴을 쥐어뜯는다, 맞잖아? 맞다고? 못 믿겠는데도?

취재 후 회사로 돌아오면서 기사에 쓸 갈을 머리로 간추릴 때, 취재 수첩에 적어둔 몇 마디 중심어 밑에다 밑줄을 그어댈 때는 벌써 반 이상의 사실, 그 배후의 곡절과 원인은 어디론가로 다 내빼버려서 나머지 알맹이는 기껏 무거리만 잔뜩 긁어모아 놓은 것 같은 글 뭉치에 불과한 줄 잘 알면서도 명색 기사랍시고 한 꼭지를 데스크에 디밀어놓은 후 퇴짜를 맞을까봐 얼마나 가슴을 졸였던가. 그 부실한 사실을, 반쯤만 대충 엉구어 놓은 그 허술한 가상의 기사를 수많은 독자가 그러려니 하고 믿을 테고, 그 임시방편적인 반 토막의 허위 사실이 엄연한 현실의 한 부분을 왜곡하는 일련의 관행에 얽개여 '내일'이면 벌써 '어제'의 가짜 기록을 깡그리 잊고 지낼 텐데. 진정한 현실은 그런 수많은 '가식의 반토막 사실' 너머에, 그 총체적 부실 위에 있거늘. 그런데도 온갖 미비한, 미숙해서 수준 미달의 글들이 하루치 기사처럼 마구 쏟아져서 영영 바뤄지지 않을 '역사적 사실'에 덧칠하기를 이어갈 테고. 그 관행을 익히 체험한 나야 한때의 그 처신대로 사태의 추이를 역시 '활자'에 의지해서 살펴 갈 수밖에 없다, 그렇잖나. 이런 구조가 현대의 조악한 정보나 사실의 수집 체계다. 광주의 만행은 물거품 같은 수면의 파랑만 주시하다가, 그 심부에서 소용돌이친 조류에 무심해버리면 어떤 전환의 국면을 맞기 어렵다, 그럴 수밖에.

뭔가가 나를 옥죄며 다가오고 있다면 결코 과장이 아니었다. 비록 즉흥적인 연극 대사이기는 했을망정 "정말 우리가 이렇게 살아도 되는 거예요"라며 눈물을 그렁거리던 심 선생의 얼굴이, 한순간에 그치긴 했지만 가지런한 위 대문니로 아랫입술을 반쯤 물어 감추던 장면이 퍼뜩퍼뜩 떠올랐다. 그 표정은 지식인들의 상투적인, 그러나 버릇으로 지어 보이는 작위적인 몸짓이라서 당장에는 다소 절박해 보이기도 하지만, 이내 모든 신문의 부실한 '기사'처럼 쉬 잊히고 말 과장의 표정에 불과하다.

연구실 문을 열어놓기도 언짢아서 발을 반쯤 걷어 올리고 문짝을 처닫아두었더니 노크 소리만 들려도 가슴이 철렁했다. 대개는 학과 조교가 공문 따위를 전갈하러 들렀는데, 그때마다 고갯짓으로 그쪽 탁자 위에 두고 가라며 문전 축객하다시피 내보냈다.

역시 당시의 뒤숭숭한 학교 안팎의 정황상 날짜는 미상일 수밖에 없는데, 기말시험도 담당 선생이 리포트 같은 것으로 대체하여 학점을 내라면서 학사일정을 후딱후딱 마무리 짓고 있을 때였던 것 같다.

아마도 5월의 마지막 주였을 것이다. 전체 교수회의를 소집하니 전 교원이 반드시 참석하라는 통보가 떨어졌다. 어딘가 낌새가 달랐다. 대개다 연구실을 비우기 시작하는 금요일 오후 세 시에 개최한다는 일정도 적잖이 수상쩍었다.

말투부터 고분고분한 기를 한껏 드러내려는 학교 내 권력 서열 3위인 교학처장이 사회를 보게 되었다면서, 아시는 대로 시국이 극도로 경직 일변도로 치닫고 있는 만큼 총장님께서 종강을 앞두고 당부의 말씀을 여러 선생님께 드리려고 전체 교수회의를 소집했다고 아뢰었다. 그래서 그럴 텐데 2백여 명이 빼곡한 소강당 안은 긴장으로 터질 듯 부풀어 있었다. 흔한 표현대로 숨소리도 죽이며 연단을 주시하는 교원 일동은 평소에 개발해둔 커다란 귀만 열어두고 어떤 소식이든, 허튼 당부라도 듣겠다는 꼴이었다.

들을수록 한참이나 뻔한 말 같아도 시국 핑계로는 들어둘 만한 소리를 사회자가 잇대다가 마침내 본 무대의 주인공이 늘 그렇듯이 아주 끌밋한 복장으로, 눈에 띄지 않으면서도 품위를 잔뜩 덧입혀놓은 넥타이마저 시선을 붙잡는, 구색 맞춘 일습으로 등장했다. 새치가 아니라 조백인 듯한 머리털도 워낙 하얗고 반드레하니 기름기가 발려 있어서 멋졌으나, 바로 그런 조화가 사람으로서의 진정한 기품과는 짝이 안 맞는 허세로, 굴침스럽게 학사(學事)만 챙기는 본인의 본분을 우리 학교 구성원들은 꼭 알고 있어야 한다는 조로 비쳤다.

역시나 입에 익은 상투어만 골라서 늘어놓는다 싶게, 총장은 이번 학기도 대과 없이 유종의 미를 거두기 직전이라면서 여러 선생님 한 분 한 분께 한없는 존경과 신뢰와 감사를 드린다는 치사를, 이런저런 말을 바꾸고 있으나 어휘력이 워낙 그만해서 그게 그것인 언변으로 말품을 열기 시작했다. 하품이 저절로 터지고 민망해서 고개부터 숙여야 하는 대목이지만, 그래도 그런 말이라도 연단에서 주워섬기는 지체에 대한 일말의 존경을 표하기 위해 나는 머리를 가슴팍에 묻고 귀만 기울였다.

(만부득이 본론을 잠시 미룬다면) 연단 위의 좌장께서는 전에도 그러더니 그날따라 또 말실수를 저지르고 있었는데, 본인은 물론이고 좌중의 고명하신 접장 제위들도 거의 모르고 있지 않나 싶었다. 곧 여러 선생님의 자별하신 협조로 우리 학교가 이만큼 발전했다고 누누이 강조한 것까지는 뭐라고 감히 트집 잡을 수 없었지만, 그토록 신세를 많이 졌기 때문에 본인 자신은 늘 빚쟁이가 된 기분으로 산다고 했다. 신세나 빚을 졌다면 빚꾸러기여야 할 테고, 흔히 돈을 빌려준 사람은

물론이고 빚을 진 사람까지 '빚쟁이'로 통칭한다는 시중의 화법을 빌린다 해도, 지금부터 달달 볶아서 빚을 갚으라고 날뛰는 채권자 역할을 도맡겠다는 소신의 피력인지 뭔지 도무지 헷갈렸다. 사전을 찾아봐야겠다고 머릿속에 단단히 갈무리해두었으나, 때가 때인 만큼 그럴 수도 있겠다는 생각도 들고 다들 나름대로 그 분야에서는 출중하다는 자부심으로 똘똘 뭉쳐진 접장들인 만큼 불민한 내가 잘못 알고 있거나 말뜻을 새겨들을 줄 몰라서 저처럼 근엄 일색으로 턱까지 쳐들고 있는지 머리통이 저절로 흔들렸다.

뒤이어 본론이 나왔는데 그것도 해석의 여지가 너무 많아서 애매한 것투성이였다. 지내놓고 보니 그런 두루뭉술한 말을 적재적소에 내놓을 줄 알아야만 한 집단을 대표하는 유자격자일 수 있을 것 같았다. 내가 잘못 들은 것이 아니라면 그 요지는 이랬다.

오늘과 같은 이런 시국에 매일같이 출근할 데가 있는 게 얼마나 다행스럽고 자랑스러우며 남 보기에도 떳떳한지는 여러분이 더 잘 아실 테니 긴말을 줄이겠고, 그러므로 우리 구성원들은 합심 협력하여 이 귀한 삶의 터전을 굳건히 지켜야 하지 않겠느냐고 했다. 백번 맞는 말이었으나, 때가 때인 만큼 그 울림이 미묘한 구변이었다. 종속절일 것 같은 앞부분은 섬뜩해지는 공갈 같게도 들렸지만, 주절 비슷한 뒷부분은 파리 코뮌의 노동자 정권 대표가 결사적 항전을 촉구하는 결의문 같기도 했다.

그때 문득 떠오르는 말로는 그쪽 방면으로는 워낙 입이 싸고 전문가인 고종사촌 동생이 울먹이며 토로하던 말도 그랬는데, "다문 며칠만이라도 차제에 우리나라에서도 광주에서 파리 코민 같은 민의의 대

결사체를 실천해봤으면 좋겠네요. 그래야 사람의 탈을 뒤집어쓰고 사는 꼴인데, 왠지 자꾸 비감해지고 억울하다는 감상에 빠지네요"가 그것이었다.

한참 후에 생각해보니 그 말도 서울 중심주의가 뿌리 깊은 우리 형편에는 언감생심에다 지방자치는커녕 그 분권 의식도 빈약하기 짝이 없는 우리 처지로서는 얼토당토않은 막말이었고, 틀림없이 남의 말을 그대로 옮기는 순발력 좋은 입담꾼의 헛소리일 공산이 크지 않을까 싶었다. 말을 골라가며 잘들 한다는 연단 위의 사람들, 예컨대 목사, 선생들이 대체로 남의 말을 적재적소에 잘 써먹으려고 귀담아듣고, 거기다 자신의 어떤 사유를 덧붙이는 법도 없이 그대로 곧장, 가만히 따져보면 적실성이 떨어지는 사례로서 옮기는 그 본대로 그날 총장의 그 허두도 새삼스럽게 뒤틀려 있는 게 분명해 보였으나, 바로 그 이유 때문인지 청중석은 숙연을 넘어 거의 저릿허지는 공포 분위기였다.

누구라도 당장 내일부터 이 좋은 직장에서 쫓겨날 수도 있으니 합심 협력해서 이 일터를 사수하자고? 쫓겨날 판인데 몸을 부려놓고 있는 지금의 직장을 지키라면 파문해서 이름을 지워버린 교우에게, 그래도 어디 가서든지 우리 종단을 섬기라는 말과 다를 게 뭐 있나. 그러니 전적으로 형용모순이 아니고 무엇인가.

두 번째 화두도 이상스럽기는 마찬가지였다. 다들 여러 경로를 통해서 대충 감을 잡고 있을 줄 아는데, 장차 어떤 정부가 들어서더라도 대대적인 개혁 조치가 시달될 것은 뻔하고, 따라서 우리 대학사회도 혁파해야 할 여러 제도적 모순을 너무나 많이 끌어안고 있지 않냐고, 이 점은 선생님들이 평소에도 소상히 숙지하고 계실 것이므로 이 자리에서는 재론하지 않겠으나, 본교도 이제부터 그런 불합리한 구석을 근본적으로 바꿔나가겠다고, 그러니 앞으로 여러분들의 관심과 협력과 양해를 미리 구해놓는다고 자상스럽게 다짐을 두었다. 그런데 듣자하니 참으로 이상한 언변이라서 나는 머리를 저절로 외로 끄덕였다. 곧 관심, 협력, 양해 같은 추상명사 세 개의(각별히 경청했더니 반드시 세 말을 용케도 연달아 꿰어맞추곤 했다. 청산유수의 장기가 그런 언어 구사력의 타성에서 비롯되지 않나 싶었다) 나열은 직업상 현하의 변을 내두르는 목회자들의 설교단 앞 언설(言舌)에서 자주 들을 수 있는 대목이지만, 그 전체적 대의도 귀고리인가 싶은데 가락지로 써도 될 것처럼 아리송하기 짝이 없었다. 내 머리가 엔간히도 나빠서 그런 갑다고 체념하기에는 뭔가가 찜찜하다 못해 꺼림칙해서 당장에라도 본인이든 청중이든 누가 먼저 나서서 통역 겸 해설을 좀 해줬으면 얼마나 속이 시원할까 싶기도 했다. 이래저래 어느 시인이 힘들여 사색의 밑바닥에서 끌어 올려 쓴 그 함의 좋은 '무명(無明)' 같은 어둠살이 내 머리를 칭칭 동여매는 기분이라서 숨길조차 거칠어졌다.

일찍이 모든 말이, 나아가서 어떤 글이나 문장/문맥이라도 현실을, 역사적 진실은커녕 그 뻔한 '사실'까지도 알게 모르게 왜곡, 변형, 전복시키고 있다는 것쯤은 알고, 그 제2의 만들어진 실상은 결국 사적 견해를 훌쩍 뛰어넘어 사견(邪見)에의 매몰과 안주를 강제적으로 사주해 버림으로써 우리의 모든 생각, 심지어는 삼라만상에 대한 아주 비근한 느낌마저 과연 옳은가 그른가 하는 미망(迷妄)에서 놓여날 수 없게 한다는, 이른바 존재의 본질적 허무감에서 허우적거리는 대개의 인간이 불시에 선무당이 되고 말았다면 강단 위의 저 양반은 도대체 어떤 종류의 괴뢰인가? 결국 여러 사람 앞에서 말을 함부로 지껄인 경범죄를 일단 뒤로 물린다면, 대학사회 안팎의 만사를 총찰한다는 그 막강한 직위가 말하는 대로 사바세계를 오래전에 떠난 양반이어서 쏟아내는 말마다 어떤 의미나 함의조차 초월해버리는 외계어 구사의 달인이란 말인가? 어떤 개혁이라도 '함께' 해서 나쁠 리야 있을까마는 늘 그래왔듯이 '따로' 해서 탈이 생기고, '위에서만' 부르짖고 말아서 저희끼리만 한탕 해 먹는 사기나 협잡에 그치고 말며, 그 기득권 보존 세력이 노리개 삼아 갖고 놀아서 결국 빛 좋은 개살구로 나가떨어진 실례를 그동안 우리는 수없이 봐오지 않았는가. 그런데 지성의 전당이라는 여기서 또 허울뿐인 그 짓을 되풀이하자고? 그거라도 안 하면 너무 심심하고, 방학이다 뭐다로 소인들을 한가로이 내버려 두면 딴 짓을 할까 봐 그 꼴이 밉살스러워서 오지랖을 펼쳐야겠다고?

마지막이자 세 번째로 쏟아낸 단상의 말씀도 '분열성 사고'의 지리멸렬을 너무나 맞춤하게 대변하고 있어서 기가 막혔다. 곧 '로마에 가면 로마인처럼 행동하라'라는 유치한 판박이 격언을 앞세우면서 학교마다 교풍이란 것이 있다, 나라와 민족마다 전통과 습속과 관행이 있듯이 교풍도 구성원들이 따르고 꼭 지키라고 있는 것인 만큼 우리가 반드시 사수해야 한다, 서구의 학문 방법론이 얼마나 엄격하고 논리정연하며 증거가 분명하냐, 그것을 고수하고 연찬을 거듭하니 서구의 지적 수준이 우리보다 얼마나 월등하냐, 그 본을 우리도 차제에 배우며 답습해야 한다.

답습? 얼토당토않은 신소리에 잡소리였다. 한국동란 직후에 설립되었다니 불과 30년 남짓인 그 교풍과 서구의 실증주의적 고구(考究) 방법론을 대비하다니. 도무지 비교급이 아닌 걸 끌어다 쓰고 자화자찬식의 흰소리를 떠벌렸다고 거드름을 부리고 있으니 우리도 어서 제2의 아인슈타인을 많이 양성하자는 말 이상으로 허황한 선동이 아니고 무엇인가.

더 따질 것도 없이 광주사태에서 쏟아진 해괴한 유언비어의 근거도 실은 같은 맥락의 어리숙한 상상력이 빚어낸, 이런 대목에서 적용해보라고 만들었을 같은 '그 나물에 그 밥'이란 소탈한 속담이 떠올라서 나는 속으로 신물을 삼켰다.

그 밖에도 작정하고 나온 연사답게 내 연배의 총장은 열변을 안개처럼 실내에 몽롱하게 덮어씌웠는데, 사랑, 진리, 관용, 진실, 정의, 평등, 자유, 윤리, 협동, 합리, 창조, 개방, 세계, 인류 같은 좋은 말이 쉴 새 없이 쏟아져서 들으면 들을수록 점점 더 청중을 긴가민가하게 몰아세웠다. 예전 사람들은 나이가 지긋해질수록 '떡심이 풀어졌다'라는 말을 흔히 씨월거렸지만, 남의 구변을 듣고 폭삭 늙어버린 기분에 젖었던 경험도 나로서는 그때가 처음이었다. 내 전공을 돌아보더라도 나는 궁극적으로 한글전용주의자일 수밖에 없지만, 진리, 정의, 자유 같은 외래어가 글로서야 어찌 됐든 말로 할수록 실속 있게 쓰이지 않고는 청자 한 사람의 마음을 얻기도(다른 '청중'의 동의 여부야 알 바 없는 터이므로), 더불어 무슨 제도를 바꾸기도 백년하청이 아닐까 싶었다.

치사인지 격려사인지가 끝나자 사회자는 총장님의 시국 담화문으로 여겨달라면서 질의응답은 생략하겠으니 양해해주십사고, 이것으로 전체 교수회의를 끝내겠다고 했다. 좌중이 더 썰렁해졌고, 연단의 두 그림자는 늦가을 볕에 동면하려고 꽁무니를 사리는 뱀처럼 맵시나게 자취를 감추었다.

단대별로 무리 지어, 또 친소 관계에 따라 삼삼오오로 흩어지는 동료 교수들의 어깨도 하나같이 축 처져 있었고, 그렇게 봐서 그럴 테지만, 발걸음도 쇠사슬이나 찬 듯 터덜터덜 무거웠다. 그때쯤에서는 나도 총장의 그 청천벽력 같은 전언의 골자를 내 나름의 늦어빠진 순발력으로 웬만큼은 넘겨짚고 있었다.

조만간 구성원 중 상당수를 교단에서 퇴장시킬 터인즉, 그런 만부득이한 폭거는 광주를 지끈지끈 짓밟아놓은 그 망나니 같은 신군부 실세들의 '자율정화' 조치에 따른 타의일 뿐, 학교 운영 주체의 자의와는 전혀 무관하니 오해하지 말라는 사전의 변명조 예방주사가 아닐까 하는, 그 저의를 제대로 못 읽었다면 '당신'이야말로 숙청 대상자 명단의 첫대바기에 올라앉을 것이라고. 이미 그런 사례는 유신 치하에서 이런저런 흠을 들먹이며 직장에서 해고 통보를 받은 숱한 기자들 때문에 알 만큼 알려져 있기도 했다. 한 다리만 건너면 서로 호형호제할 만한 소수의 신문쟁이나 방송쟁이 들이 그 특유의 '사실 및 진실 옹호벽'과 '양심 선언벽' 때문에 경영주와 간부에게 늘 '찍혀' 지내다가 어느 날 느닷없이 '상부'에서 지명하는 삐딱한 '비협조자 명단'에 '끼워 넣기'로 말미암아 직장에서 꼼짝없이 들려 나와야 했던 그 선례를 다시 재연하겠다니, 어이가 없었다. 아니 미구에 닥칠 그 실직자 신세가 바로 코앞에 닥쳤다는 실감 나는 상상력이 내 발길에 채었다.

그다음 날부터 별의별 흉흉한 소문이 걷잡을 수 없이 나돌기 시작했다. 방학 중에 반 이상을 '잘라내는 명단'이 이미 검토 단계에 들어갔다는 둥, 반이 아니라 3할 안쪽이라는 말도 있다는 둥, 무능한 고령자가 우선 대상자라는 둥, 출근하고 나면 그 전날의 풍문에 살이 붙어 이설(異說)이 두어 배로 불어나 있는 식이었다. 다른 대학의 풍문까지 고물처럼 껴묻어 온 것이라 믿을 수밖에 없을 듯싶었고, 그런 소문의 진원지가 못내 궁금했으나 나로서는 딱히 알아볼 데도, 물어볼 사람도 마땅찮았다. 연구실에 가만히 죽치며 생각을 이어가자니 그 교내 분위기마저 저쪽 남도의 '빛고을'에서 벌어지는 '소탕전'의 재연 같이 여겨져서 점점 어수선해지고 으스스해졌다.

앞에서 이미 말한 대로 나로서는 대학 접장으로 나선 지가 불과 일 년 남짓한 새잡이인데다 붙임성 없는 내 천성도 그렇고, 두어 다리 건넌 연줄 연줄로 나를 자기 후임으로 심어놓고 나서 간신히 서울 지경으로 떠나간 전임자의 조언도 귀에 쟁쟁하던 판이었다.

"대학이란 데가 참으로 요상한 데 아니오, 인간관계부터 그렇다마다. 그러니 동향, 동문 같은 것은 찾지도 말고 제자리나 지키고 있어야지 공연히 곁을 주고받았다가는 좋은 세월 허송하고 말아요, 술렁술렁 겉날리고 만다니까. 또 교수라는 별종들이 원래 한가락씩 다 한다고 날뛰는 것들이라서 삐끗했다간 삐치고 볼 장 다 보게 되니 아예 멀찌가니 떨어져 사는 게 좋다마다. 여기가 지방 아냐, 그러니 만사에 불퉁하니 더 상스럽기 이를 데 없다고 봐야지요. 밥을 같이 먹을 때도 밥값은 반드시 되갚는다는 신조로 살아야지. 그 정도로 근신해야 한다는 소리지 머. 하기야 그렇게 처신을 삼갈 새도 없이 곧장 안일, 안심, 안분지족에 겨워 지내다 보면 언제 세월이 가는지, 월급날이 벌써 왔나, 방학이 또 코앞에 닥쳤네 하고 허둥거리다가 말지, 누군들 별수도 없잖아. 겪어보면 알아, 여차하면 속물도 여러 질이란 걸 깨닫고 속으로 가슴을 치고 그런다고, 한심하게도."

아무리 따져봐도 나처럼 주변머리 없고 무능하기까지 한 사람이 달리 있을까 싶고, 그나마 할 수 있는 재주라고는 연구실에서 하루종일 엉덩이 씨름이나 하는 것인데, 세상이 시끄러우니 그동안 내왕 없이 지내던 이웃의 동료 교수들이 걸핏하면 내 방으로 쳐들어와서 어슷비슷한 소문을 풀어놓곤 했다. 심란하기 짝이 없는 나날이었다. 방학인데도 자리를 지킨답시고 우물쭈물거리는 그들의 평소와 다른 행동거지조차 언제 불어닥칠지 알 수 없는 해고 돌풍에 자기들만은 휘말리지 않겠다는 그런 긴장과 조바심을 에둘러 대변하는 꼬락서니였다.

자연스럽게도 하루가 다르게 인품의 서열이랄까, 계보랄까, 그릇의 크기 같은 것도 내 눈에는 일목요연하게 비쳤다. 식당으로 가는 가로수 길에서나 복도, 화장실 등에서 인사를 나눌 때 혈색 좋은 얼굴로 환하게 웃으며 허리를 꼿꼿하게 펴고서 그쪽이 먼저 등을 보이는 사람은 단단히 믿는 구석을 가진 양반이 아닐까 싶었다. 그들을 꼭 총장두둔파라고 단정할 수는 없을지 몰라도 나처럼 소심해서 매사에 기신거리는 사람과는 벌써 교내에서의 서열이 다르다 마다였다.

한편으로 전에 없이 싹싹한 자태로 말이 많아진 부류도 덩달아 그 수를 부쩍 불리고 있었는데, 내 눈에는 그들이야말로 염량세태에 재바른 기회주의자나 남의 말을 적당히 갈아 끼우는 데 능한 데림추 같아서 경계색으로 무장하느라고 시선이 저절로 굳어지곤 했다. 모르긴 해도 그동안 학교법인이 정관에 따라서 꾸려가는 이사회에서 거의 지

명제나 다름없는, 차제에 좀더 교묘한 간선제로 총장 선출 방식을 바꾸려고 공개적으로 '빚쟁이'를 자청한 만큼 주류파보다 반(半)주류 계열인 기회주의자들이야말로 보신을 도모하는 한편 학교 내의 다른 보직까지 넘볼 수 있는 '출세' 상 절호의 시기라고 여기는 것 같았다.

내 애창곡의 가사대로 '될 대로 되라지'에 이어 팔자가 그렇게 굴러간다면 다시 대입 전문학원 강사로 돈이나 벌지, 어차피 한세상 살건데 하고 책상 앞에서 청처짐하니 눈만 껌뻑이고 있으면 낙담에 풀이 죽다가도 어느 순간에는 속에서 욕지기가 마구 치받쳤다.

물론 그런 울컥증이야 치기일 수도 있고, 섣부른 소영웅심리가 무엇인지를 나는 모르지 않았다. 기혼자로서 미혼인 동료 여교수와의 성적 일탈은, 시국 자체가 우격다짐으로 덤터기 씌우는 해직 사유가 아니더라도, 학교 당국으로부터의 어떤 징계나 견책이라도 감수해야 할 대죄 감으로 손색이 없었다. 아마도 그것이 백일하에 드러나면 일시적으로 좀 창피할 테고, 누구보다도 우선 내 부친을 뵐 낯이 없어지는 데다 형과 형수를 그토록 노골적으로 경원했던 내 위선이 징그러워서라도 어떻게든 그 사달만큼은 결사적으로 틀어막고 싶었지만, 매사가 그러는 대로 내 주제에 달리 손쓸 뾰족한 수단도 없었다. 하기야 그런 외도에 관한 한 누구라도 창피해서 목숨조차 내던져야 할 판이고, 그 결말은 '일신상의 사유로' 운운하는 사직서를 들고 총장실을 찾아가는 것이었다. 심 교수 쪽이야 내가 알 바도 아니었고, 무엇보다 그 안성 맞춤한 2층 양옥을 지닌 신분부터 떠올리면 거지가 과부 살림 걱정하는 꼴이라 쓴웃음이 저절로 입가에 걸리곤 했다.

그러나 한편으로 그것은 엄연한 사생활의 핵심으로 누구로부터도 훼방 받아서는 안 되는, 관념어 세 개를 연달아 꿰는 '빚쟁이'의 어법을 무단으로 빌려 쓴다면, 심지어는 부모 형제나 아내로부터의 간섭, 제재, 처벌 일체까지와 맞붙어 싸우며 무찔러야 할 나의 권리이자 의무이며 체신이기도 했다. 심 선생을 좋아한다든지, 언감생심 사랑 운운을 떠나서, 나로서는 미처 그것까지 생각해보지도 않았고 제3자들이야 굳이 알 것도 없을뿐더러 물어볼 이유나 권리도 없을 텐데, 내 사생활은 교직에 목을 매고 있는 한 내가 지켜야 할 최소한의 자위권이었다.

이런 너스레를 지금에서야 늘어놓는 곡절도 그 당시의 시국과 나의 어정쩡한 그 외도가 맞물려 있는 데다가 그만큼 내 번민이 깊었다는 사정을 털어놓고 싶어서이다. 더불어 대학 교원이라는 직업이 얼마나 자폐적 투안에 빠져서 꼴란 책 읽기에나 매달리는, 소위 소인한거위불선(小人閒居爲不善)에 빠져 무자맥질로 소일하는지를 내가 몸소 체현하고 있는 꼴이었다. 이래저래 망신살이 야금야금 닥쳐오고 있었고, 그 수모가 내 남은 평생을, 아니 내 어쭙잖은 국어학 쪽의 연찬 의욕을 송두리째 망가뜨려 놓고 말 것이었다.

그러나 생각을 골똘히 이어갈수록 알 수 없었다. 어떤 횡액이 망신살을 불러올지, 세상이 한참 어수룩해 보여도 실은 얼마나 비정하고, 제 딴에는 오죽 조를 빼고 엄숙하니 거드름을 피우는가. 광주를 보라, 맨주먹밖에 없는 서민 대중을, 기껏 고함이나 목청껏 질러대는 학생을 저처럼 무참하게 난도질해놓고도 얼마나 뻔뻔스럽게 거들먹거리는 지랄을 떨어 쌓는가.

멀뚱거리며 머리만 굴리고 앉아 있어서는 안 될 것 같았다. 나도 무슨 대비책을 가져야 했다. 사전 뒤적거리기가 내 전공이자 도락거리임은 이미 소상히 드러나 있지만, 사전 사 모으기도 내게는 고질이다. 그것도 사전으로 분류하기에는 걸리는 구석이 너무 많긴 해도, 어쨌든 우리의 모든 법규를 한목에 수록해둔 '법전'을 이번 기회에 사서 민법 중의 사생활 규정을, 만약 그런 조항이 있다면, 미리 참고삼아 숙독해두어야 할 것 같았다. 보나 마나 우리 법전 문구야 '빚쟁이'의 그것처럼 악문투성이일 테지만, 스탕달은 매일같이 나폴레옹 법전을 일정 분량씩 독파, 필사해감으로써 정확한 문장 감각을 익혔다고 하지 않는가.

사람이 몸과 정신이란 두 바퀴로 굴러가는 동체임은 누구나 다 알고 있다. 그런데 우리의 마음도 꼭 그렇게 이원화되어 있음을 나는 그 당시에야 비로소 깨달았다.

비상시국이란 핑계가 워낙 그럴듯하고, 그렇잖아도 맞벌이 주말부부로 살아가는 우리 내외의 '팔자소관'을, 늙마의 장모와 혼기 놓친 처제까지 모시며 나에게 처가살이를 시키는 아내 쪽이 오히려 여간 다행스러워하지 않는 터이라 나는 방학 중이라도 일찌거니 학교로 나가 꾸물거렸다. 당연하게도 시국의 추이가 속속 점입가경이라서 그 판세의 이면을 더듬어보려고 도서관으로의 신문 읽기 순례는 내게 빠뜨릴 수 없는 일과였다. 학기 중과는 달리 주로 점심 식사 후에 졸음을 쫓기 위해 느작느작 소걸음으로 도서관 쪽의 긴 낭하를 이용했던 것은 그 시각이라야 오가는 교직원과 학생들이 드물고, 고시 수험 준비로 얼굴이 누렇게 뜬 학생들의 정기간행물실 이용이 뜸해서였다.

어떤 날은 한두 시간 동안 신문이나 읽으려고 학교를 들락이나 싶어서, 또 그런 내 몰골에 화딱지가 치밀어 다시는 도서관 출입을 안 한다고 침까지 뱉었으나, 그 일과성(一過性)은 일상의 한 토막에 대한 관성이거나 사람이면 누구나 갖게 마련인 어떤 집착이나 고집 같은 것이었다. 실제로도 그즈음의 신문은, 국보위라는 임시 행정부의 수렴청정기관이 연일 터뜨리는 치적과 행사만을 싣는 관보에 불과해서 기사들의 배경을 유추해보면 여간 재미난 거 아니었다.

누구나 아는 대로 그해 6월 초에 '자율정화' 차원의 대대적인 언론사 기자 해직 사태가 일어났고, 뒤이어 '사회정화'를 구실 삼아 '악성의 유언비어'를 정론으로 둔갑시켜 유포한다는 혐의를 들이대고 기백종의 정기간행물을 폐간시키는가 하면, 과외 금지령, 대학 졸업정원제, 4년제 대학에서 '국민윤리'를 필수과목으로 지정, 해외여행 전면 자유화, 삼청교육대에서 불량배 순화 교육의 시행 같은 하등에 쓸모없는 '아이디어 차원의 개혁 조치'가 장기 자랑 쇼처럼 연방 터지고 있어서 하루라도 신문에서 눈을 뗐다가는 천하의 아둔패기로 굴러떨어지기에 꼭 알맞은 시절이었다.

지금 되돌아보면 과장만 일삼는 만화 같기도 하고, 무슨 광신도 집단의 일시적 발광 행태에 불과했지만, 그 당시에는 그 하나하나의 아이디어 상품들을 찬찬히 점검해보면 그런대로 만만찮은 것들로서 내 밥줄 터도 조만간 치외법권의 울타리를 훌렁 걷어치우고 무간지옥으로 만들어버리는 어떤 '힘'의 시험장으로서는 제격일 듯싶었다. 한마디로 매조지면 군대에서 졸병 길들이기에 흔히 전가의 보도로 써먹는 '시범 케이스'에 누구라도 찍히면 귀때기에 불이 나거나 조인트가 깨지는 그 공갈이 아무렇게나 통하는 어리숙한 시대였고, 누구라도 그 폭력 행사 앞에서 기신거리는 한심한 세월이었으며, 몸은 그런대로 꿈틀거리건만 머리가 꽁꽁 얼어붙어 있던 멍청한 처신의 나날이었다.

'빚쟁이'가 언제 연구실을 빼달라고 할지 모르는 판세라서 하루가 여삼추인데도 내 본마음의 한쪽 구석은 유들유들하다고 해도 좋을 정도로 배포가 늘쩍지근해지고 있었다. 역시 '케세라 세라'만큼 만만한 경구도 달리 찾기 어려워서 머리를 아래위로, 좌우로 연방 끄덕거리는 한편 생각을 이어갈수록 아리송한 것투성이였고, 그만큼 수상쩍었다. 마음자리가 한쪽은 살얼음 위를 걷는 듯이 조마조마한데 다른 한쪽은 주제에 어울리지도 않는 마고자에 핫바지까지 껴입고 군불 땐 안방의 아랫목에서 다담상이 언제 나오려나 하고 기다리는 꼬락서니였다. 모순어법을 들먹이는 것조차 민망할 지경으로 말이 안 되는 작태의 연속이기도 했다.

전후 문맥을 따져보니 국가를 보위한다고 나선 것들이 설마 대학 교원의 반을 자를 리야 있겠으며, 학교 당국도 그 눈치를 봐야 일을 벌일 것이라는 내 나름의 추측에다, 정권을 탈취하려는 작자들은 시방 제정신이 아니어서 대학 쪽의 비상사태쯤이야 개학 후 닥치는 대로 적당한 선에서 땜질해버리기로 미뤄놓고 있다고 점쳐졌다. 나의 그런 억측은 그 후의 파렴치한 정권 승계 일정에서도 속속 드러난 것처럼 대체로 맞아 돌아갔는데, 그것도 여론 조작용 삐라에 불과했던 '관보' 맞잡이인 신문을 열심히 읽어온 덕분이었음은 말할 나위도 없다.

게다가 이때껏 홀바지로 끼니도 더러 거르고 살던 허수아비가 뺄때추니 같은 참한 여자를 여벌 집처럼 거느리게 돼서 그런지도 모른다는 생각에 미치면, 역시 외부의 자극은 많을수록 자기 점검을 촉발하는 게 아닐까 싶고, 그런 뜻에서라면 그 모든 유언비어의 생산자는 물론이거니와 권력 장악을 착착 획책하는 일군의 '군바리' 집단이 고맙기도 했다. 어떻든 뜻밖에 어떤 여자가 아닌 밤중의 호박처럼 내 일상의 중심으로 굴러옴으로써 공연히 들떠 돌아가는 심사야 겪어본 사람만이 알 텐데, 그런 설렘도 한창나이가 저절로 저지르는 경거망동임은 곧장 깨닫게 되는 일종의 돈오(頓悟)임은 더 말할 나위도 없다. 더불어 덧붙이면 여성들은, 특히나 탄탄한 직업을 가진 여자들은 세파야 어떻게 굴러가던 '내 한입 못 살겠어' 하는 항심을 누리는 일등 고정배기임을 확신한 때도 그즈음이었다.

내일 당장 연구실에서 쫓겨나는 한이 있더라도 저녁마다 다담상을 받고 싶은 마음을 물리치기는 좀체로 어려웠다. 분지 특유의 무더위가 저물녘까지 기승스럽던 어느 날 예의 그 푹해지는 마음자리 쪽을 추스르고 나서 나는 연구실 전화로 심 선생에게, 저예요, 영어 모르는 학생이오, 오늘은 제가 먼저 들어갈까요 라고 물었더니 잠시 말뜻을 해석하느라고 주춤한 뒤 대번에 송수화기가 떨리도록 깔깔웃음을 터트리고는, "그래요, 그러세요"에 이어 "내 시간은 좋아요, 그때처럼 해지고 나서 들르세요"라는 나긋나긋한 승낙을 떨구었다. 그런 전화질도 예의 그 지역색이, 교단에서 지식을 전수하는 한가로운 직능이 체질적으로 떠안긴 안분지족의 생활 습관이, 직장인들의 생활세계 전반에 달라붙어 떨어질 줄 모르는 투안에의 매몰을 그대로 반영하는 '분위기' 그 자체였다.

학생은 선생이 시키는 대로만 하면 꾸중 들을 일은 없는 법이다. 한참 후에야 나는 우리 대학생의 반 이상은 시먹어서 선생의 말을 귀담아듣지도 않고, 나머지 반 이하는 멍청해서 책을 읽지 않으면서도 주제넘게 아는 체한다는 알거냥 시늉으로 평생을 낭비한다는 나름의 지론을 새겨두었지만, 그 당시 나는 누구의 말이라도 온몸으로 받아 적는 모범생으로서의 자세만큼은 남달랐다고 단언할 수 있다. 그만큼 옳은 첫 직장이자 나머지 반평생을 그나마 최선을 다해서 바쳐야 하는 생업에 조바심이 나서 버둥거리며 덤벼든 단면이기도 하다.

내 숙소는 학교에서 운동 삼아 15분쯤 걸어가면 닿는 거리 안에 있고, 그녀의 집은 고속버스 터미널까지 가는 길목의 중간쯤에 있었다. 둘러 가지 않는 한 서울로 가자면 경유해야 하는 위치에 버티고 있는 셈이고, 승객이 웬만큼 찰 때까지 마냥 기다리곤 하던 그 당시 노선버스의 배차 간격을 돌아보더라도 20분 이내에 이를 수 있다.

안이(安易)와 초조로 마음이 들볶이던 그 설레던 상경길에서 꼭 도중하차해야 하는 그 남의 집에서 탐할 것은 집주인만이 아니라, 그 추상화 풍의 담장, 계절별로 달라지는 잔디밭과 수목, 무슨 도량(道場) 같은 2층의 마루방이라는 구조 자체가 내 정서를 한동안씩 빼앗아놓기에 부족함이 없었다. 맞배지붕이었던 만큼 비스듬한 정사각형의 채광창을 두 개나 뚫어놓은 그 번들거리는 마룻바닥을 선원(禪院)의 강의실 같은 장소로 활용하면 그럴듯하겠다고 했더니, 집주인은 동호인을 규합해서 팬터마임을 정기적으로 공연하던지 "읽는 희곡 낭독회"를 정기적으로 개최하면 딱 좋겠는데, 황무지 같은 "이 바닥의 빌어먹을 여건" 때문에 그 꿈을 진작에 접었다고 했다. 그 집이 '내 거라면' 같은 부질없는 소망을 어루만지면서 나는 매번 맹수처럼 달리는 택시의 등짝에다 내 성급한 마음을 맡기곤 했는데, 환경이라든지 주거 공간이 그 사용자의 의식을 얼마나 실속 좋게 또는 허랑하게 몰아가는지를 '지금 체험하고 있다'라는 당시의 느낌이 내게는 언제라도 낯설지 않았다기보다 구더웠다.

백부의 박색 소첩 품에 안겨서 포시랍게 자란 출신이라서 말씨야 좀 또랑또랑하지만, 닥치는 대로 살다 보면 제 자리가 저절로 생기더라는 듯이 표정도 늘 밝아서 이 여자가 도대체 언제쯤 해괴한 사유로 직장에서 들려 나올 대학 교원이 맞나 싶게 심 교수는 활달하고 마냥 싱글벙글이었다. 무슨 믿는 구석이 있어서가 아니었다. 다들 제 살기가 바빠서 그 '끔찍한 광주사태' 따위야 어느새 감쪽같이 흘러가버린 '과거사'로 물러난 시중의 공기도 그녀 특유의 낙천적인 성격에 톡톡히 부조하는 데다가, 어릴 때부터 부모와 떨어져서 살아오는 통에 무슨 일이든 수월수월 스스로 알아서 결정해 버릇한 제2의 천성 때문에라도 직장에서의 퇴출 따위는 그녀에게 걱정거리도 아니었을 것이다. 아니, 그런 지레 걱정을 가다듬을 머리가 아초에 없었고, 그래서 어떤 경황없는 처지랄지 그런저런 불우 따위가 그녀의 신변에 발을 못 붙이게 만드는 성격은 그녀 고유의 '집시다운' 팔자가 불러와서 부풀려 놓은 '케세라 세라'적 처신이었다. 찬찬히 따져보던 그런 낙천성은 지역 감정을 넘어서 늘 외침(外侵)을 당하면서도 그냥저냥 목숨을 이어온 우리 겨레붙이들이 늘 오지랖에 거느리는 집단 심성이지 않았을까 싶기도 하다.

하기야 여자들은 대체로 '생존' 그 자체에 관한 한 태생적으로 남자보다는 천연덕스러울 정도로 의젓하다. 왜 그런지는 면밀한 분석 감이지만, 그 지독하다는 산통 속에서도 자식을 낳아서 온갖 수고를 마다하지 않고 키워내는 본능적 재간을 타고났으니 먹고 사는 문제 따위야 애 보기, 자식 기르기보다 쉬울 수밖에 없다고 치부하기 때문일지 모른다.

따라서 여성 일반은 직업이나 직장을 우습게 여길 수밖에 없다기보다 가정과 자식이 먼저고 집 밖의 일은 생리적으로 부차적일 뿐이다. 오해가 없기를 바라는데, 직장에 대한 충성도에서 여자가 남자보다 약하다는 말이 아니다. 물론 그들도 직장 상관에게 남자들보다 더 간지럽게 아첨을 잘 떤다. 그렇긴 해도 직업 갖기나 직장 섬기기도 결국 자식 낳아 사람 만드는 일보다는 하위개념이라는 그들의 본능은 거의 천성의 생래적 우월권이므로, 그 점은 남자를 우습게 여기는 여자들의 근본적 속성과 맥락을 같이한다고 보면 거의 틀림없을 것이다.

그 집에서 먹은 음식이라면 그것부터 먼저 떠오르므로 그날도 삶은 국수 위에 굵은 통멸치 우린 묽은 조청 빛 국물을 넉넉하게 쏟아붓고, 애호박나물과 대파를 숭숭 썰어 넣은 양념간장을 한 숟가락씩 끼얹은, 계절과 상관없이 정구지 나물이나 시금치나물을 고명처럼 수북하니 집어넣으면 금상첨화인데, 그쪽 말로는 '예전 잔치국수'라는 그 구뜰한 먹을거리를 맛있게 먹었을 것이다. 그 음식이 그 계절에 어울리기도 하려니와 만들기도 비교적 수월한데다 심 선생도 좋아하는 만큼 국수사리를 찬물에 헹구는 그녀의 손놀림에도 살가움이 한껏 올라붙어 있곤 했다. 내 형도 들앉은 받힘술집의 외동딸 겸 작부 가실이의 칠칠한 음식 솜씨에 녹아나서 불알이 저절로 늘어졌다는 망상을 주물럭거리면서 이런 외도도 무슨 내림일까 하는 연상을 그때 나는 무수히 지우곤 했을 것이다.

"거기 일차 지정석에 앉으세요. 남의 집에 처음 온 사람처럼 어리둥절 서성거리지 마시고. 늘 저래, 어설프게, 깨질 때 깨지더라도 의젓하면 좀 좋아."

숫기가 없어서 어느 자리에서도 내가 '안 째인다'라는 자각을 이마에 붙이고 사는 나에게 그녀가 자주 건네던 말이다.

이처럼 즉각 받들 수 있는 지시라면 얼마든지 시키는 대로 고분고분한 눈치꾼인 나 같은 위인을 '빚쟁이'가 지 편이 아니라고 찬밥 신세로 따돌리는 것은 아무래도 용인술이 부족하든지 제도 자체가 불합리하든지 둘 중의 하나였다.

국수 대접을 식탁에 내려놓으면서 그녀가 준비해둔 말을 내놓았다.

"벌써 말이 많이 퍼졌더라고요, 임 선생이 흘렸다는 그 별난 모놀로그요, 머라더라, 아, 그란다고 나라가 망할 리야 있겠습니까 캤다든가, 또 이리 가나 저리 가나 살길은 뚫립니다, 걱정 안 해도 됩니다 캤다면서요? 교수 식당에서…"

"누가 그럽디까?"

"왜 전에 여기서 우루루 떼지어 화투 치고 놀 때 잡채 잘 버무렸다고 칭찬받은 그 둥실둥실한 하 선생이라고 있었잖아요. 그 여자가 어제 아래 재미있는 뉴슬 들려주겠다면서 차 다시자길래 따라갔더니 그러데요. 그 여자가 보기대로 발이 넓고 빅 마우스예요."

나는 곧장 윤곽도 큼직큼직하고 솜뭉치 같은 살점이 옷 위로 디룩디룩 불거져서 육덕이 좋아 보이던 화보를 떠올렸다가 지웠다.

"아, 그 말은 평생 노가다 노릇으로 겨우 밥이나 제때 먹고 이럭저력 살아온 우리 집 가장께서 한 말을 내가 적당히 패러디한 겁니다. 지난 연말에 생신이라고 온 가족이 모였더니 영감이 그럽디다. 나라가 쪼맨해서 안 망한다, 망할 기나 머 있나, 걱정하지 마라, 내 말 믿어봐라, 빨갱이들하고 싸우라고 귀한 자식들 군대 보내 놨더니 부대 양식, 군대 군복 다 빼돌리서 높은 놈들 저거만 호의호식하고, 그때 굶어 죽고 얼어 죽은 졸병이 숱했어도 안 망한 나라가 우리밖에 더 있나 이러면서. 성골인지 색골인지 죽는 임시에도 예나를 둘이나 양쪽 겨드랑게 끼고 있은 복 많은 임금 하나가 하세했다고 나라가 덜렁 망할 일이야 있나 이카고. 그 말이 귀에 쟁쟁한이 남아 있다가 가끔씩 때맞춰 울리는 바람에 그나마 이런 개차반 같은 시절을 꽥꽥거리지 않고 보낸다 생각하면 우습다가도, 에이, 갈 데까지 가보자고, 누가 먼저 망하는지 보고 말아야지 하는 뺄다구도 생기고 그럽디다."

그쯤이면 그녀는 반드시, 사리 더 드려요, 또 너무 많이 삶았나 봐, 국수는 혼자 먹으면 맛을 몰라, 또 후루룩 후루룩 소리를 내며 먹어야 맛도 나고, 같은 말을 지껄이곤 했다.

"어떻게 될 거 같아요, 우리 학교 말이에요?"

"모르지요, 어떻게 돌아가는지. 모진 놈 옆에 있다가 벼락 맞는다고 재수 없으면 당하는 거고, 당하면 또 살길이 터지겠지요. 그렇다고 이때껏 안 하던 알랑방구를 누구한테 언제 뀌어야 하는지도 모르니 너거 쪼대로 해봐라고 없는 깡다구라도 부려보는 거지요."

"우리는 그 모진 사람과 너무 멀리 떨어져 있는 거 아닌가요?"

"누가 모진 사람인데요? 시키면 다 모질어지고, 지만 살아남으려고 일부러 어리숙해 보이려는 세칭 기회주의자가 반도 넘어요, 어느 직장이나 다 그래요. 막상 지 주장, 자기 소신을 가진 인간이 1할도 안 되더란 게 제 경험담이라면 믿어집니까? 국장파, 이사장파, 교장파, 원장파라는 게 다 지 혼자 먼저 살아놓고 보자는 이기주의자를 외부에서 그렇게 부르는 호칭일 뿐이지 그들은 결국 생각이 같은 떼거리거나 갈 길이 똑같은 무리가 아니라니까요. 뿔뿔이 다른 생각을, 그것도 두 가지 이상의 상반된 생각을 뒤죽박죽으로 가지고 있는 날탕들인데요. 그러다가 어느 날, 어느 한시에 문득 어느 한쪽으로 기울어지면서 지 일신을 통째 맡겨버리고, 그러고 나면 이때껏 옳았던 지 생각을 깡그리 짓밟아서 쓰레기통에 쑤셔 박아버리고 말아요. 나머지 그 소위 반대파는 이내 흐지부지 삭아버리니 더 말할 잽이도 못 되고요."

"아, 나는 너무 보기 싫어요, 누구랄 거 없이 다요. 만년 여기저기 발길 닿는 대로 굴러다니는 집시로 살아야 할까 봐. 팔자가 그러니 난들 무슨 뾰족 수를 찾아. 빌어먹을…"

"하나도 걱정스럽지 않은 표정인데요, 그러는 게 진짜 포즈는 아닌 거 같네요, 내 눈이 아직 안 썩었다면. 다들 조마조마하면서도 될 대로 되라지 하는 심정일 테고요."

"누가? 내가 걱정을 안 한다고요? 왜 해요, 집시니까 언제라도 훌쩍 떠나면 그뿐인데 무슨 걱정을 사서 해요? 내가 미쳤나."

아까부터 얼핏얼핏 떠올리던 말을 내놓을 적기라고 나는 판단했다.

"이 집에 머든 필요한 거 없습니까? 제가 밥값이라도 할라고요."

"돈 줄라나 봐. 집시가 무슨 돈이 필요해요. 닥치는 대로 사는 거지. 철두철미 사양할랍니더, 어째 나한테는 늘 돈 줄라는 사람이 이렇게 많아. 이것도 팔잔가 봐. 하기야 나도 한때는 걸핏하면 아무한테나 나

돈 좀 줘, 주머니가 텅텅 빈 지 너무 오래됐어, 지금 당장 사고 싶고 하고 싶은 게 너무 많아, 나보다 더 돈이 간절하게 필요한 사람도 이 세상에 다시 없을 거야, 돈 기갈증 같은 병명을 고질로 지닌 인간도 있나 봐, 그런 팔자가 있든지 하고 씨부렁거리며 너풀너풀 산 적도 있지만, 지내놓고 보니 그때가 진짜 좋았어요."

"그 돈을 누가 주겠답니까?"

"많아요, 미국에서도 두 사람 이상이 생명보험 운운하며 절대 비밀이라면서 그러고, 여기서도 이 집을 연고권이 기중 가까운 순위라면서 물려받게 생겼다니까요."

"발코니에나 나가서 한 시간 이상 서로 팬터마임이라도 했으면 좋겠네요."

"그러세요, 모기가 있을 텐데 몇 방 물려 보지요 머. 커피 타서 갈 테니 먼저 올라가세요."

곰곰이 전후 사정을 그럴싸하게 조작해보면 그날에서야 비로소 그녀 자신의 숙명이라고나 해야 할 제 부모와의 갈등극을 털어놓았다고 해야 경험과 기억과 사실을 적당히 반죽해서 알맞은 언어로 버무린 기록으로서의 이 글에 입체감이 그나마 다소 살아 오를 듯하다.

이 지역 사투리가 듣기 싫다면서 입에 담지도 말라고, 왜 하기 좋은 서울말을 벌써 까먹었냐고 닦달하는 엄마를 그녀는 도무지 이해할 수 없었다. 그렇잖아도 학교에서는 서울말을 쓴다고 놀림을 받는 터였고, 초등학교 5학년이라서 두 동생 때문에라도 일찌감치 응석을 부리지 못하게 된 것만도 여간 서운하지 않았다. 엄마가 아빠보다 오히려 더 언성을 높일 때는 꼭 일본말로 주고받는 것도 마뜩잖아서 점점 더 따돌림을 당하고 있다는 생각에서 놓여날 수 없었다. 외돌토리가 의지할 데라곤 책밖에 없었고, 그 속에는 그녀가 평소에 삭이고 지내던 숱한 욕지기나 생각들이 마구 말을 걸어와서 어리광을 피우고 싶었다.

중학생이었을 때, 한번은 교복을 입은 채로 그녀는 엄마 손에 이끌려 학교로 아빠를 찾아간 적이 있었다. 사택은 건평이 불과 열두어 평쯤 되는 정사각형 속에 방 두 개에다 마루 하나와 움푹 파 놓은 부엌을 각각 열십자로 갈라놓은 벽돌집으로, 아랫도리가 훤히 뚫린 마름질한 나무판자 담장이 이웃과 경계를 나눠놓고 있긴 해도 남새밭을 일굴 만한 땅뙈기가 제법 넉넉했고, 옥외 화장실이 붙박인 그 옆의 문짝 대문을 나서면 기다란 양쪽의 나무 담장이 좉다란 골목길 사이로 한길까지 뻗어 있었다. 그런 골목 세 줄과 그것들을 가로지르는 기다란 한길이 하나 뚫려 있었으니 50호쯤은 실히 되지 않았나 싶은 그 국립대 교원 사택 일대는 온통 벌건 둔덕이나 채소밭으로 이어진 국유지였을 것이다.

인부들이 짝지어 가마니때기 들것으로 흙을 나르느라고 불그레한 둔덕 한쪽이 희끗희끗했다. 그 허허벌판 속을 타박타박 걸어가다 이윽고 담쟁이덩굴을 덮어쓴 낡은 벽돌 건물 앞에 이르렀다. 그제서야 엄마는 밀짚 가방 속에서 누런 각봉투를 끄집어내 그녀의 단풍잎 같은 손에 쥐여주면서 아빠에게 갖다주라고 일렀다. 아빠가 어디 있느냐고 물었더니 복도에 지나다니는 아무한테나 물어보라고, 그러면 가르쳐줄 것이라고 했다.

복도에는 인기척이 없어 괴괴했다. 시커먼 문짝들이 양쪽으로 죽

늘어서 있었고, 번호들이 붙어 있었던 듯하니 아마도 강의실이었던 모양이다. 그녀가 2층으로 올라가려는데 마침 하얀 실험용 가운을 입은 사람이 내려왔다. 그 사람에게 아버지 이름을 대며 찾아왔다고 했더니, 그녀를 한참이나 빤히 쳐다보고 나서, 따라오라며 지하실로 내려갔다. 거기 문짝들은 철문처럼 견고해 보였고, 1층과 달리 두 짝 문들도 간간이 있었는데, 한 문짝 앞에서 정중하게 노크하자 이내 흰 가운 입은 사람이 나타났다. 뒤이어 그녀의 아빠도 역시 하얀 가운을 입은 채로 불쑥 복도로 나서서는 그녀에게서 봉투를 낚아채듯이 건네받고는, 다짜고짜로 엄마가 어디 있냐고 물었다.

방금까지 시퍼렇게 닦아세울 듯하던 아빠의 기세가 막상 엄마 앞에서는 툴툴거리는 선머슴애처럼 양순해지던 것이 그때 어린 나이에도 참으로 이상했다. 두 사람이 한참 옥신각신하더니 아빠는 올 때와는 달리 힘없이 건물 속으로 터덜터덜 걸어 들어갔고, 그녀는 엄마 손에 붙들려 왔던 길을 줄여갔다.

"옛날이나 지금이나 결혼 10년 차쯤 되면 어떤 쌍이든 다 서로 이를 갈며, 마지못해 그냥저냥 산답디다. 그때 심 선생 양친도 그랬나 보네요."

"그랬던가 봐요. 이 바닥에 사는 제 중고등학교 동기생들도 시방 저거 신랑이 밥 먹는 것도, 잠자는 것도 보기 싫어 미치겠다고 그러데요. 애들 때문에 어쩔 수 없이 말도 안 하고 코대답이나 하면서 설렁설렁 산다고 그러면서, 임 선생은 어때요?"

"머 뻔하지요. 저희 쌍이라고 그런 일반성에서 예외일 리야 만무하지요. 다만 보호장치 같은 게 마련되어 있어서 그나마 다행이랄까. 주중에는 이렇게 떨어져서 살아야 한다는 것, 당분간 처가살이에 매여 있으니까 장모, 처제 같은 처가 식구들이 저희 두 사람끼리의 덧정 없음을 원천적으로 가로막아 준다기보다 다소나마 줄여주는 접착제 구실을 한달까, 수문 조절 역할을 해주니까요. 실제로도 제 경우에는 짐짓 언성을 착 깔아서 말할 때가 많다는 것을 요즘에사 자주 의식하는 걸 보면 권태기에 처가살이는 이용하기 나름으로 득 볼 일은 많아도 실은 별로 없는 것 같습니다. 물론 이것까지 일반성이 있는지는 경험을 안 해봤으니 잘 모를 수밖에 없지 싶고요."

모범생의 정답 같은 나의 대응은 풋풋하니 차오르는 내 심사만큼이나 진심에 가까웠다. 여자라면 누구라도 믿을 만한 사람을 따르고, 그 말씨에 진정이 묻어 있느냐를 재보며, 대체로 그런 기량에는 큰 차이가 없는데, 바로 그 점에서 일단 눈에 콩깍지가 씌어버리면 그전까지 그렇게나 소중히 간직해 오던 정조쯤이야 싫증 난 헌 옷가지처럼 잘됐지 머, 차제에 하고 내던져버린다. 그러나 바로 이 대목에서 잊지 말아야 할 것은 그렇게 제 몸을 던질 때처럼 언제 갑자기 돌아설지는 여자 본인조차 전혀 모르기 일쑤라는 신비스러운 사실이다. 아마도 그 당시 나는 정직한 심성으로, 소년 같은 자세로 여자 '들'을 대했던 듯하고, 심 선생은 나의 그 점을 그나마 곱게 봐주었을 게 틀림없다.

"천우신조네요, 이래저래, 그렇게 생각해주니 집에서는 한결 마음이 가볍겠지요. 여자 마음이 무거워지면 그때부터 걷잡을 수 없이, 자기 스스로부터 그렇고 주위도 이내 망가지기 시작하잖아요."

"제 이야기는 그만하고요, 미국으로 솔가해 갔어도 양친께서는 늘 그렇게 벋버스름하니 냉전 상태였습니까?"

"아니요, 무슨 냉전까지나. 엄마는 그냥 내주장이 좀 심한 편이지만 아주 살갑고 엽렵한 양반이었어요. 그에 비해 아빠는 실험실에서 흰 가운이나 걸치고 있어야 당신도 편하고 또 어울리는 사람이라서 세상일은 늘, 아, 그래, 나는 모르고 있었네 그러며 엄마한테 맡기고 천하태평이었어요. 말썽날 일도 없고 언성 높일 사단을 아예 봉쇄해놓고 사는 커플이었다면 대충 맞을 거예요, 그랬을 거 아니에요."

"인연이란 그런 거지요, 그게 또 조물주의 조홧속이고요."

"나야 편지로 대충 그쪽 사정을 듣고 짐작으로 때려잡으며 훤히 잘 알고 있는 체하고 살았지만, 엄마는 아빠보다 자기 영어가 서너 배는 더 유창하다고 매번 자랑이 늘어졌댔어요. 우리 엄마는, 머랄까, 낭만기가 좀 다분한 여자였어요. 부부란, 제가 관찰한 바로는 참으로 그 꿍꿍이속을 알다가도 모르게 신기한 관계였어요. 이 집의 옛날 주인만 해도, 작은숙모 말이지요, 얼굴이 그렇게 못났어도 원장님, 학장님, 총장님이라고 부르던 당신의 배필과 성적 거래 같은 것은 도저히 있을 수 없을 것 같은 처신으로도 밥을 해주고, 양복을 찾아서 입혀줄 때는 곁에 붙어서서 일일이 이래라저래라 간섭하고, 손수건도 꼭 챙겨주고, 현관에서 구두코도 바뤄놓고, 지팡이를 본인이 직접 고르라고 신발장을 열어놓고 찬찬한 눈길로 지켜보고 있곤 했어요. 서로 아무런 말도 나누지 않으면서도 어떻게 정분 같은 것을 일구며 살았는지, 내 짐작으로는 엉겁결에 어쩌다가 엎어지면서 최초의 그 소위 성교라는 거사를 치르고 나서는 그냥 서로가 편리하게 이용하며 사는 사이로, 재산과 관록이 점점 짙어지고 붙는 대로 여자 하나쯤이야 그 지체를 거드는 수족으로 당연히 필요하다는, 아주 단순한 세상살이의 문리를 좇아 사는 그런 식이었어요. 내 이런 짐작이 대체로 맞지 않을까 싶어요. 어린 나이에도 그런 처첩 살림살이를 맨눈으로 똑똑히 지켜보며 사춘기와 처녀 시절을 보낸 그 덕분에 저도 이렇게 어중간한 반편이 되고 말았지만요."

"심 선생이 어디가 어때서 반편이라니요, 소위 성공한 커리어 우먼이라고 자부해도 괜찮을 텐데요."

"미국식으로 고맙다는 말을 지금 당장 하기는 좀 그렇고, 이를테면 이런 거예요. 미국은 어디까지나 임시로 그냥 멋있게, 편하게, 아쉬운 것 없이, 안전하게 사는 낙원이다, 말이 중간에 또 끼어들지만, 실제로 미국의 일반적인 결혼생활은 영화에서처럼 그렇게 요란하지도 않고, 이혼을 밥 먹듯이 치르지도 않을 뿐만 아니라 너무나 보수적으로 해로하는 쌍들이 대다수예요. 그들의 그런 결혼 양태도 물론 넉넉한 살림이라는 공통분모가 있긴 하지만, 만사는 경제적 여유가 별난 양식, 이혼, 혼외정사 같은 우여곡절을 적당히 잘 조절해준다는 거지요. 그거야 어떻든 우리 집 사정은, 자식 하나쯤은, 나지요, 고국에서 확실히 뿌리를 내리고 있어야 당신 내외가 만년에 귀국해서 살더라도 떳떳하고, 되돌아볼 추억거리가 무진장이어서 멋있을 거다, 이런 공상이랄까 꿈을 실천하며 사는데 극성스러운 여자가 바로 우리 엄마였어요. 대충 그려지잖아요, 어떤 여자인지…"

"정도의 차이가 있을 뿐이지 어느 여자라도 그런 낭만기, 푸석푸석한 꿈은 다 갖고 있을걸요?"

"맞아요. 그래도 그 심한 정도가 아집으로까지 굳어버린 사람은 어떻게 해서든 그 꿈을 실현해 보려고 버둥거려요. 그 고집을 누구도 꺾을 수 없으니 맏자식이 당신들과 뚝 떨어져서 사춘기를 어떻게 보냈는지 따위야 안중에도 없는 거예요. 그렇게나 자주 또 많이 부쳐 보낸 편지나 선물 따위도 실은 당신의 그런 달콤한 허영을 만족시키기에 편리한 수단이자 제도 같은 거였어요, 멋있잖아요? 이 땅에서 대학까지는 정상적으로 마쳐야 내 혼인 발이 선다는 것도 우리 엄마의 편협한 정조관, 늙어서는 이 땅에 수시로 들락거릴 수 있는 당신만의 쩌렁쩌렁한 명분 쌓기, 그런 달콤한 허영과 맞춤한 욕심에 둘러맞춘 자기식의 편법, 말이 되잖아요. 자신의 그 소박한 꿈을 위해서는 남의 사정, 심지어는 남편이나 자식들의 의사 따위도 깡그리 무시해도 좋고, 당신의 그 공상이 철두철미하게 합리적이라며 주위 사람들을 달달 볶아대며 세뇌시키고 마는 그런 사람이에요."

"지금도요?"

"사람의 성격은 안 변해요. 물론 나이가 있어서 많이 늘어지고 축처졌달까 눅어졌지만요. 나한테는 요즘에사 미안하다고, 용서하라고 사정사정 빌고 그래요. 리치먼드라고 들어보셨어요?"

나는 금시초문이라 고개를 흔들었다.

"버지니아주 주도예요. 우리 동포가 꽤 많이 모여 사는 거기서 두어 시간이나 차를 몰아 오곤 했어요. 학위 과정 이수할 때 전 기숙사에만 틀어박혀 지냈거든요. 그때도 우리 엄마는 자켓 깃에 하얀 테두리를 따문따문 박은 옷을 잘 차려입고 이것저것 챙겨준다면서 들르곤 했지만, 캠퍼스를 거닐 때라든지 유심히 보면 자아도취에 빠진 사람이 저런 거구나 하는 생각을 하게 만들었어요. 그 학교가 아주 유서 깊고 쭉쭉 뻗어나간 키 큰 아름드리 고목으로 캠퍼스도 고풍스러워서 누구나 청춘의 한때 열정을 불러내고 싶어지게 해요. 그렇게 멋을 내면서도 문득 니가 어릴 때 엄마가 못 거둬준 것 이제사 벌충하련다면서, 또 자기가 못해본 공부 니가 다 해서 소원 풀어달라면서 눈물도 뚝뚝 떨어뜨리고 그랬어요."

"멋있는 양반이군요. 모녀가 아니라 자매처럼요."

"그래요, 멋있지요. 그 멋 부림을 그때도 제가 알고 속으로 제발 고만해, 속 보여, 진심을 보여줘, 이러는 줄을 당신도 알면서, 진심이 머야, 이게 바로 진심이지, 눈물도 가짜가 있어? 저절로 흐르고, 내가 하고 싶어 하는 건데 라고 빡빡 우겨요."

"무언가 서로 호흡이 안 맞군요. 우리말로는 흔히 서로 살(煞)이 꼈다고 그러지요."

"살이 꼈달 것도 없어요. 어릴 때의 생이별에 대한 포원이라면 진작에 툴툴 털어버렸는데도 우리말로는 앙금 같은 게 차곡차곡, 저쪽 말로는 트라우마가 내 속에서만 영영 지워지지 않고 남아 있다고 보면 틀림없을 거예요, 물론 상대방도 이쪽의 그 상처를 대강 알기는 하지요. 그것의 크기, 모양, 색깔 같은 거야 알 바 없지만, 그게 뻔한 거지머 하고 다 아는 체하지요."

"소설이나 희곡으로 그런 내용이 있었던 거 같기도 한데요, 우리 쪽이야 아무려나 영미 쪽으로요?"

"있겠지요, 비슷한 건 많아요, 당연히 색깔은 다르지만요. 막상 제가 겪은 가족과의 생이별은 그런대로 다채롭고 화사한 면면이, 더러는 내 젊은 날의 추억에 비처럼 아늑하게, 때로는 추적추적 하염없이 쏟아지기도 했어요. 그이가 안 듣는 데서는 다들 경주댁이라고 호칭

했던 작은 엄마는, 이 집 주인이요, 제가 눈치도 빠르고 머슴애처럼 소탈하니 선뜻선뜻 내 멋대로 알아서 머든 해치운다면서 자기를 닮았다고 아주 좋아했어요, 큰아버지도 절 귀여워했고, 저는 또 우리 본집이 미국에 있다는 묘한 자부심으로, 큰집 식구도 누구든 저를 허술히 못 대한다는 걸 알고, 말하자면 두 집안의 중심인물이 바로 나라는 자부심 같은 것도 은근히 내비치는 애로 클 수 있었으니까요. 또 수시로 까마득한 천국 같은 데서 날아오는 편지나 미제 물품 같은 것을 받고서는 작은 엄마와 함께 미국 엄마의 안목과 배려를 저울질하면서 흉도 보고 칭찬도 하는 재미도 수월찮았어요. 그렇게 컸어요, 겉은 반지르르해도 속은 구멍이 숭숭 뚫린 푸석돌로요, 지금도 아마 그럴지도 몰라요. 차돌 같은 여자들은 대체로 내숭을 떨어서 그렇게 비치는거고요."

"저도 눈치가 보이는데요. 남의 집에서."

"눈치 보지 마세요, 사람은 어차피 눈치로 사는 거지만, 저는 그런거 안 보고 사는 법을 일찌감치 터득한 게 여간 다행하지 않다고 생각해요. 학교에서도 그래요. 학과 회의 때도 쓸데없는 눈치놀음에 도가 튼 사람들은 대개 다 달 보고 짓는 개처럼 오지랖이 넓어서 남의 일을 알려고 설치고 그러더라고요. 도대체 그게 머예요. 자기가 허술한 구석이 있으니 그러겠지요. 너무 모지라대요."

"엉터리들이 많지요. 대다수가 그런데, 본인들도 함량 미달이지만, 우리 학교가, 아니, 우리 사회가 그렇게 만들어요. 그 뿌연 구정물에 휩쓸리면 죽도 밥도 안 되고 말 거예요."

"자꾸만 내가 달라져야 한다고 채찍질한 지는 오래돼서 이제는 아무런 효과도 없고요. 저만치 서로가 떨어져 사는 게 거치적거리지 않고 좋지 않냐 하는 생각은 떼칠래야 떼칠 수 없네요. 어쩌다가 구질구질하게 내 사정만 너무 많이 풀어놓았네요, 속도 없이."

어느 날 느닷없이 휘몰아친 광주의 드센 시위와 그 진압사태처럼, 원래 일시적일뿐더러 소규모에 그치고 제한된 지역에만 기둥 모양으로 감아올린다는 그 회오리바람에 잠시 시달리느라고 어리둥절한 채로 자잘한 신경질에 겨워 지내다가 결국은 시궁창 속으로 굴러떨어지지 않고 살아남았다는, 그런 방정맞은 예단을 주물럭거리면서 그해 여름방학을 나는 허송세월해버린 셈인데, 개강을 앞둔 임시에는 무슨 오물을 함빡 뒤집어쓴 것처럼 기분이 아주 고약했다. 이 대목이 시험에 분명히 나온다고 예상했는데, 빗나가고 말아 시험 성적을 영 망쳐버렸다고 허탈해 하는 꼬락서니라서 그 낭패감만으로도 멍하니 숙소와 연구실을 왔다리갔다리한 기억은 여실하다. 사사건건마다 짜증스러웠고, 사람이, 특히나 훤한 신수의 동료들을 대하자니 그쪽에서 먼저, 너도 별수 없잖아하고 비아냥거리는 듯해서 내 안면이 저절로 실룩거려지곤 했다.

알려진 대로 그해 여름부터 맹렬하게 들볶아댄 신군부의 개혁 폭풍은 점점 부풀어 오르는 부화뇌동 세력에 힘입어 득세를 구가하고 있었고, '대중 조작'이라는 고급스러운 아첨으로 한세상을 말아먹겠다는 예의 그 기회주의적인 북잡이들, 곧 신문사 경영주와 그 수하의 기자들이 칠수록 소리가 커진다는 속담대로 북을 마구 두들겨대는 광경은 정말 가관이었다. 광주에서의 그 광풍이, 그 원인과 결과는커녕 그 진상조차 우물쭈물 글로 쓴 '가짜 사실'로 덮어둔 채, 차라리 달갑다는 투로 시국의 그런 꼴을 그대로 베껴대는 내 직장의 패거리들마저 유독 나한테만 징글징글하게 다가왔을 리는 만무하지만, 그들이 앞장서서 송곳 같은 긴장을 연방 반추하도록 몰아대는 데는 주효했다.

그런 긴장 속에서 툴툴거린 내 속생각의 일단을 토로하면 다음과 같은 이불 속의 땡고함이 될 것이다.

일신의 영달과 몰락은 개인의 능력과는 전적으로 무관한, 시류가 덤터기로 덧씌워준 행불행일 뿐인데, 그 때문에 한쪽 구석에 처박혀서 우는 사람은 너무 억울하지 않나. 따라서 웃는 사람은 부당한 홍복을 누리는 꼴이고, 점점 드세지는 그들의 기고만장은 냉소주의자를 백안시하다 못해 한뎃잠을 자도록 내몰고 있다. 냉소주의는 언제라도 몹쓸 짓이라며 부질없다고, 멀찍이 떨어져서 국으로 가만히 있으라며 시큰둥하니 비웃지 마라. 적어도 그들에게는 배알이 있고, 앞뒤가 통하는 말을 하려고 머리를 쥐어짜며, 비록 전후 대목의 이음매를 알아듣기가 어렵겠지만, 별것도 아닌 그 주장을 몸에 익혀서 맞춤한 때 실천하려고 기를 쓰고는 있다. 내 말이 어디가 틀렸는지 지적해봐라, 간도 쓸개도 없는 이 협잡배에 아무 말이나 얼렁뚱땅 발라맞추는 아첨꾼들아. 온갖 너스레 글로 직접 본듯이 말하는 그 위증의 '역사'를 손대지 마라고 봉인하는 작태가 과연 기록인가. 그게 옳다면 당대의 모든 '서술'은 엉터리가 아니고 무엇인가. 하기야 모든 '글'은 당대에, 그것도 소수에게만 통하는 임시방편의 '거짓 진술'일 뿐이긴 하다.

고만고만한 자기주장으로 분칠하고 있지만, 밥벌이에 겨우 목줄을 매달고 있는 행색이 완연한 무리로 득실거리는 문과대 교수회의나 학과 회의에 참석하고 나오면 욕지기가 목울대까지 치밀어올라 내 몸이 저절로 부르르 떨어대던 그해 가을 들머리의 경험은 지금도 꽤 여실하다. 왜 하필 그런 말을 내게 물었는지 의아스럽기 짝이 없지만, 어느 날 세미나실에서 제일 먼저 빠져나오려는데, "인자 그 5할 내지 3할 배제설은 일단 물 건너갔다고 봐야겠지요"라며 제법 곱상한 눈길로 나의 안면을 훑어내리는 반백의 인사에게 나는 불퉁하니, 그러나 평소의 속짐작을 무책임하게 쏟아냈다.

"알 수 없지요, 한건주의자들이 언제 대학에다, 특히 사립대에 딱총을 겨누고 으르딱딱거릴지. 지금은 개혁 인플레가 너무 좌충우돌식으로 심해서 잠시 주춤거리고 있는 거 아닌가 싶긴 하네요. 개혁이 무슨 소립니까. 우리는 걸핏하면 조선조 개국 임시부터 대대로 개혁 타령을 입에 달고 사니, 명색 글줄이나 읽었다는 먹통 식충이들은 도무지 문해력도 깡통인 주제들이 아닌지, 참, 어이가 없네요. 말이 모자라면 하지를 말든가. 머리부터 꼬랑지까지 말만 번지르르하게 해대는 생무지들을 제대로 솎아낼 재주만 있다면 오죽 좋겠습니까."

반백이 남의 말을 잘랐다.

"소위 염량 세태주의를 이마에 붙이고 사는 교언영색파를 말이지요?"

내친 김이라 나도 즉각 가로막고 나섰다.

"어차피 도려낼 거면 대대적인 수술도 불사해야 그나마 목숨이라도 살릴 수 있을 테지요. 교육이야 누가 하든 알아서 맡아야겠지요. 이 바닥이 너무 썩은 거야 만인 공지의 사실인데 다들 선생 사회라고 쉬쉬하며 문대고 있는 것이기도 하고요. 개혁 돌풍이 하루빨리 대학사회에도 불어닥쳐야 한다는 공론을 저울질하는 모양인데, 그 구실을 집권 세력에게 공짜로 집어준 게 분할 따름이지요. 방금 연단에서 떠들어댄 소리들은 죄다 헛소리든지 망언일 겁니다. 어떻게 그토록 피상적인지, 무슨 말을 하는지 도통 못 알아듣겠대요, 머리가 나빠서 그런지. 여기서 목이 잘려도 살길이야 또 나서겠지요."

반백은 쾌활한 어투를 짐짓 드러내며, "임 선생 말씀은 늘 당언이고 직언입니다"라고 맞장구를 치더니, "그럼, 본인도 먼저 소관을" 운운하며 뒤로 물러섰다.

문득 내가 처음으로 부임하던 당시만 해도 교정 전반에 물안개처럼 자욱하니 서려 있던, 지방 특유의 그 아늑하고 나른한, 흡사 우물 속 같던 분위기가 말끔히 사라지고 혼탁한 물살이 이리저리 소용돌이치는 여울이 되고 말았으니 이 북새통 속에서는 아무리 독한 마음을 먹는다고 하더라도 연구고 나발이고 다 쓸데없는 공염불이라는 체념이 온몸을 휘감았다. 이래저래 머릿속만 북적거릴까, 속에서 치밀어오르는 역정에 안절부절못하는 하루살이 삶이었다. 출퇴근 때면 꼭 내 시선을 한동안씩 붙잡던 캠퍼스 곳곳의 가로수와 잔디밭조차 '어째 그토록 무심하냐'라며 나를 타박하는 것 같았다.

동료의 말 밑을 새기며 그 진의와 사람 됨됨이를 품평하느라고, 무슨 말을 골라야 할지를 챙기다 보니 어느새 내 안면이 다시 부르르 떨렸다. 그런 경련은 흔히 긴장 후에 덮치는 예후라고 알려져 있고, 그 증상을 유독 심하게 겪었다는 것은 내가 그만큼 어리석어서 해직사태에 조마조마하니 겁을 잔뜩 뒤집어쓰고, '또 직장을 알아봐야 하는 팔자라니' 하고 시름겨워하는 유경험자였다는 실토이기도 하다. 물론 내 특유의 소심증, 내 천직에 대한 지나친 집착과 결벽증이 그처럼 가소로운 신체적 반응을 불러왔다고 풀이할 수도 있다. 그렇긴 해도 어떤 집단이나 남에게 터뜨려지는 그런 신경질이 나 혼자일 때는 가뭇없이 사그라들고 말아 거의 시건방지다 싶게, 할 테면 해보라고, 나도 살길은 있을 거야라며 신둥부러지는 내 작태를 표현해낼 마땅한 말이 막막해서 속이 쓰리고 밥맛조차 없어지는 나날이기는 했다.

하기야 같은 학교의 여선생과 엉겁결에 저지른 불의의 동침에 가위눌린 죄의식이 늘 머리 뒤 꼭지에 매달려 있어서 그런 불퉁거림을 입에 달고 살았다고 해야 맞을지 모른다. 그런 심리적 안달이야 겪어본 사람만이 알 테지만.

마침내 동어반복을 피하기 위해서라도 이야기를 간추려야 할 지점에 이른 것 같다. 장구도 치고 북도 두드리는 것들이 통을 짜고서 시국을 제멋대로 꾸려가자 그것은 그것대로 하루가 다르게 틀을 갖춰갔듯이 대학사회도 저절로 성숙한 티를 내려는지 골라볼 정도로, 흡사 바보들이 어리둥절해서 눈만 껌뻑이는 모양새로 착 가라앉아버린 정경이 한눈에 비쳤다. 역시 돌풍이든 회오리바람이든 그런 자연 이변이 꼭 나쁜 것만도 아니었다.

내 눈이 삐뚤어지지 않았다면 그 이듬해 초봄부터는 태풍이 할퀴고 간 수해 지역처럼 캠퍼스 구석구석이 비실거리는 몸으로나마 살아볼 생기를 추스르고 있는 몰골을 완연히 드러내고 있었다. 단대별로 불어난 학생 수를 감당하느라고 조직을 쪼개서 늘리고, 그 호칭도 애매한 '사회대'가 생기더니 문과대가 인문과학대와 외국어문학대로 나눠지는 식이었다. 신설하는 학과들도 단과대마다 경쟁하듯이 불어났고, 겨우 석사과정을 마친 새파란 것들이 연줄을 달고서, 학력도 미상이고 실력은 거의 건달 같은 50대 중반의 교원이 부쩍부쩍 늘어나서 이제는 그 신임 동료들이 예의 그 있는 듯 마는 듯한 '교풍'을 발 빠르게 바꿔 가느라고 캠퍼스 안팎을 주름잡다시피 어슬렁거렸다.

그해 겨울 들머리쯤에 나는 같은 지역의 또 다른 사립대학에서 국학연구소를 개설할 예정이니 그 조직과 운영 체계가 나름대로 꾸려질 때까지, 향후 2년에서 3년 정도만 창설 요원으로 일해달라는 제의를 받았다. 그 대학도 학과 증설, 입학생 숫자 증원에는 예외가 아니어서 일단 외형을 키워놓고 보자는 주의로, 외부에서 초빙해온 총장이 요란하게 일을 떠벌이는 틀거지로는 그 급수가 단연 출중하다는 평판이 나 있는 소위 '제국대학' 출신의 인사였다. 직위나 직급도 월등히 '선처'하겠다고, 그쪽 총장의 고향 족벌로는 직계이자 한문학자로서는 그 성망이 제법 두텁던 예비 국학연구소 소장의 전언은 내게 그야말로 불감청이언정 고소원이었다. 우선 언제 불륜의 사달이 들통나서 망신살을 덮어쓸지 알 수 없는 조바심에서 일단 놓여나면 한결 살 것 같았다. 대학 강단이든 후세 교육이든 직장도 결국에는 내 한 몸부터 살아내고 봐야 하는 수단이지 별것인가.

미룰 일이 아니라서 사직서를 학장 편에 제출하고 난 후, 이직 인사를 하겠다고 총장 면담을 신청했더니, '빚쟁이'의 무사 분주한 일정을 챙기는 여비서가 도무지 자투리 시간도 못 빼내겠다고 알려주었다. 만나기 싫다는 소리로 재깍 알아듣고 늘 술에 물 탄 듯 밍밍한 같은 과의 동료에게, 내가 어쩌다 그렇게나 밉보였을까 하고 물었더니, 임모라는 위인이 끝없이 만만찮은데다가 조직에서 겉도는 사람인데 누가 탐탁하게 여기겠냐면서, "더구나 라이벌 대학으로 전직한다는 판에"라고 남의 말 하듯 바른 소리를 내놓았다. 속으로 좀 가소로워서, 학문 연찬에는 무슨 맞수나 호적수가 있을 수 없을 텐데, 대학끼리에도 그런 게 과연 있을 수 있겠나 싶었다. 어차피 상대의 모든 제도나 구성원까지 얕잡아보기는 두 쪽 다 마찬가지일 텐데. 역시 지방 특유의 배짱 편한 기고만장이 아무라도 일단 깔보고 내로라하는 근성의 발로였다.

학교 내에서 웬만큼 소문이 퍼지기 전에 심 교수에게는 불시에 굴러온 행운 같은 내 이직 사단을 알려야 할 것 같아서 연구실 전화를 사용했더니 대뜸, 머야, 나 혼자 내버려 두고, 내뺄라는 거지, 의리도 없이, 내가 싫어졌나 봐, 아, 너무 안 좋아, 어째 그럴까, 정말 너무 싫은 걸, 별로 해준 것도 없지만, 그래도 그렇지, 이제 와서 이별이 머야, 이런 일방적인 통보가 도대체 말이 되는 거야 하고 울먹였다.

참으로 난감했다. 그런 말버릇은 여느 사람이 그런 처지에 좀체로 주워섬길 수 없는, 야살쟁이가 함부로 내뱉는 치기 어린 어리광에 가까웠다. 이직을 함께할 수도 없으려니와 내가 그녀를 싫어할 리야 만무했으나, 그렇다고 사랑한다거나 좋아하고 있다는 새삼스럽고 열없는 느낌을 다독인 바도 없었다. 1분쯤이나 내 말문이 막혔다.

거의 본능적인 생존 감각 같은 것이 민첩하게 작동하여 누구보다 빠른 이해력을 불러들이고, 그 즉석에서 자기 식대로 안하무인의 처신을 깔아버리고는, 해볼 테면 해봐, 나는 이렇게 사는 사람이야 라는 투로 가만히 앉아서 말갛게 치떠 보는 여자의 즉흥적 성깔이랄까, 줄변덕에는 어떤 능청스러운 남자라도 막상 대놓고 상대하기가 쉽지는 않을 것이다. 언제 꼬리가 잡힐지 알 수 없는 나와 그녀의 불륜 행각을 어떤 식으로든 미리 비켜나가려면 직장을 바꿔 앉아야겠다는 내 작심은 명분으로서야 얼마든지 떳떳한 것이었다.

내가, 그게 말이지요, 말하기로 들면 길어지는데, 실은 운운하며 엉너리를 치기도 전에 그녀는, 보일러가 아주 단단히 탈이 났나 봐요, 차제에 확 뜯어고쳐야겠어요 라고, 안 믿을 수도 없는 임기응변인지 연극적인 기지인지 헷갈리는 '대화극'의 한 토막을 읊조리고는 또 전화할게요 라고 둘러대면서 서둘러 꽁무니를 맵시 좋게 사려버렸다. 그 나이의 여느 여자들과는 달리 엉덩이의 입체적 양감이 다소 빈약했던 그 실물이 이내 내 시야에서 사라졌다.

전화기를 내려놓고 생각해보니 방금 심 선생의 연구실에 누가 들려서 그런 엉뚱한 말로 둘러대지 않았을까 싶었다. 설혹 그렇다 하더라도 우리 사이가 미적지근한 관계로 간신히 이어지고 있음을 서로가 '호흡'으로도 감지하고 있던 계제였으므로 차제에 '거리두기'와 '멀어지기'에서 또 다른 신경전을 감내할 만한 정열마저 미적지근해져 버린 것도 사실이었다.

그 둘러댄 난방 장치의 탈처럼 우리 사이의 온기가 급속도로 식어가는 촉감이, 그녀의 일거수일투족이 내 손아귀에서 모래알처럼 쑥쑥 빠져나가는 정경이 훤히 보였다. 그래도 꼴같잖은 미련은 남아서 나는 하마나, 하마나 하고 그녀의 전화 기별을 기다렸으나, 어느새 겨울방학이 닥쳐와서 학교 전화로는 '누구'와의 어떤 전달도 '불통'이었다. 엄두가 안 나는 이삿짐 꾸리기로 며칠을 허비하다 나도 불쑥 즉흥적으로 그녀에게 전화를 걸었지만 받지 않았고, 점점 벌겋게 달아오르는 내 얼굴의 열기를 의식하며 영문과 조교를 찾아 물어봤더니, 심 선생님은 방학 중 내내 미국에 있을 거라면서 진작에 출국했다고, 그쪽 주소와 전화번호는 알고 있다고 했다. 그녀의 집시 같은 팔자소관과 새의 날개처럼 연해 파드닥거리는 성미를 돌아보더라도 그 미국행이 별러오다 결행한 계획일 리야 만무하지만, 나와 사적으로 가깝게 지낸 이후로는 그녀가 처음으로 자기 본가를 찾아간 장기체제 여행이지 않을까 싶었다. 이내 내 마음자리가 싱숭생숭해져서 가뭄 때의 강바닥처럼 쩍쩍 갈라졌다. 체념과 미련은 곱씹을수록 달콤하고 쓰디쓰다가 떫고 시었다.

그 이듬해 새 캠퍼스에서의 첫 학기를 마무리할 때쯤, 꼬박 2년 반 동안 밥벌이를 했던 그쪽 대학으로 무슨 볼일인가로 전화를 걸었더니 막 그 임시에 심 선생이 웬 미치광이의 행짜 같은 투서질에, 여기저기 수소문해봤더니 실은 가짜 투서였든가 그런 투서질 자체가 과연 있었는지도 의심스러운 소동에 휘말려 단단히 곤욕을 치르고 있다는 뜻밖의 소식을 들었다. 내가 중뿔나게 나서서 간접적으로나마 도와줄 일이야 전무했지만, 한때의 그 어설픈 사련을 생각해서라도 차제에 그 내막을 알아는 봐야겠다며 몇 군데에다 전화를 넣었다. 속속 그 전말이 드러났고, 누구는 양쪽이 이미 되돌아설 수 없는 다리를 건넜으니 영영 갈라섰다고 보는 게 정답에 가깝다고 단언했다. 갈라섰더니, 무슨 말인가 하고 의뭉스럽게 물어보았더니, 한쪽이 알아서 보따리를 싸기를 바라는데, 교편을 강제로 빼앗았다가는 공연히 말썽을 자초하는 꼴이라서 서로 신경전을 벌이고 있다고 보면 대충 맞을 거라, 어차피 비주류의 총장 직선제 선호파로 분류되어 있으니 전향하기 전에는 상당한 불이익을 주겠다고 작정한 거야라고 했다. 한쪽은 물론 총장을 위시한 그 수하의 대학본부 쪽 보직자들이고, 다른 한쪽은 심 교수였다.

그 내막을 들려주는 사람마다 본 듯이 무슨 한정된 공간 안의 상황극과 흡사한 그 장면만을 반복해서 틀어댔으므로 나도 그 깔밋한 무대 위에서 펼쳐진 명연기만을, 그녀의 그 활달한 우리말 대화 솜씨를 내 식으로 손쉽게 번역해내기는 그야말로 여반장이었다.

덧붙여둘 군소리는 앞의 여러 자잘한 이야기 낱낱은 굳이 그 성분을 따져볼 것도 없이 대체로 나의 체험을 희미해져 가는 기억력을 재생시키려는 안간힘에 기대서 다소의 과장법을 빌어 풀어 썼거나, 남의 말을 들은 후 그 구전에 살을 붙여서 옮긴 것들이고, 그 서술 기조에는 당대의 사회적 '분위기'를 일부라도 끼워넣으려는 의욕으로 여러 조악한 기록물을 참조한 흔적이 여실하지만, 다음의 삽화는 전적으로 나의 허술한 상상력에 의지해서 그린 캐리커처로서 그 밑바닥에는 심 선생에게서 들은, 나야 그쪽으로는 일자무식일 수밖에 없는 미국 대학의 학제가 드문드문 녹아 있는데, 나름대로 작정하고 쓴 것이라서 좋게 봐주면 약간의 풍자를 무딘 필력에 실어두었다는 점이다.

이미 얼핏 언급해 두지 않았을까 싶은데, 이 회상록을 구상하면서 염두에 두었던 것은, 고명하신 이웃 나라 대문호의 그 자기 자랑에 질려서 일단 내 식으로 일을 저지르고 보자며 나선 걸음이라 철저한 자기 희화화(戱畫化)에 주력하겠으며, 그런 가락 일체가 이 글의 성격을 살린다기보다 산문의 한 구경(究竟)인 '가짜 짜집기'를 면할 수 있다는 근거에 힘입어서이다. 물론 내 소견이 그렇다는 허풍치기에 지나지 않으므로 동의하든 말든 더 가타부타할 여지도 없는 일이긴 하다.

강의 시간의 배정에서 한 과목 이상 혜택을 받고 있으므로(대체로 세 과목 중 두 과목이나 한 과목만 하는 둥 마는 둥 꾸려가는 관행이 그즈음에도 여느 대학에서나 널리 통하고 있었다) 대학본부에서 주로 근무하는 보직자의 일정이 늘 그렇듯이 때는 어느 날 오후 세 시 경이다. 회의가 있을 때만 미리 닫아놓는 총장실로 부총장, 교무처장, 심 교수 세 사람이 간발의 차이로 들어선다.

이미 방주인께서 상석에 앉아 있었으므로 그의 손짓에 따라 보직자 두 사람은 방 안쪽의 소파에 서열대로 나란히, 심 교수는 출입구를 등지고 각각 착석한다. 부총장은 사회대 소속의 누구라는데 나는 그 이름도 처음 듣는 사람이고, 교무처장은 한대 한 건물에서 지내며 복도나 화장실에서 마주치면 서로 누가 먼저랄 것도 없이 눈인사 정도는 나누던 사이로 중국 및 한국 근세사인가 하는 자기 전공 분야에서는 더 공부할 게 없는지 어떤 보직이라도 계속 맡아야 대학교수임을 매일 새록새록 새기고 있는 듯한, 여기저기서 자주 출몰하는 통에 어딘가 돌팔이 약장사거나 돈벌이에 혈안이 된 전형적인 시중의 정형외과 전문의 같다는 인상을 뿌려대는 그런 양반이다.

예의 그 명연기에 명대사가 속출한 장면을 떠올려보니 아무래도 그 돌팔이 선생은 영어에는 손방이었던 것 같고, 따라서 우쭐한 경력이나 기왕의 저작물 한두 권을 제출함으로써 오로지 '공정한 심사'에 따라 통과 여부를 결정한 그 말썽 많던 국내의 '구제(舊制) 박사'든가 일본의 어느 벽지 대학에서 최종학위를 취득했을 게 거의 틀림없을 것이다. 물론 전언자 중 하나가 그의 세부 전공까지 알려주었으나, 내가 여기서 그까짓 경력마저 들춰내서야 도리가 아닐 것 같다.

방주인인 예의 '빚쟁이'가 눈짓으로 독촉하고, 교학처장이 서류뭉치에 건성으로 일별을 주고 나서 눈비음에 능한 아랫것들이 더러 그러듯이 잠시 지릅뜨다 만 눈시울에 짐짓 힘을 준 다음, 그때까지 일부러 꾹 다물고 있던 입술을 열어 간다. 전언자들도 누누이 강조했듯이 동석한 두 본부 실력자들은 통칭 '세습직' 총장의 오른팔들로서 심 교수의 임용 절차에는 무식하다기보다도 전적으로 무관했는데, 이제 이사장으로 물러나서 수렴청정하는 전임 총장 곧 '빚쟁이'의 부친께서 관장, 임용했기 때문이었다.

"심 교수님, 바쁘신데 이렇게 시간을 내주셔서 대단히 감사합니다. 단도직입적으로 말씀드리겠습니다. 심 교수님께서 받으신 최종학위, 박사학위 말이지요, 거기에 하자가 있다는 투서가 들어 왔습니다. 아시다시피 우리 학교가 정부 소속의 행정기관은 아니므로 민원이랄 수는 없겠습니다만, 이런 말썽에는 본교의 명예를 위해서라도 명백한 사실 증거를 확보해놓고 있어야 하고, 사달이 불거지기 전에 대비해야겠기에 이런 자리를 서둘러 마련했습니다. 잘 양해해주시리라 믿고…"

졸지에 피의자 신분으로 굴러떨어지고만 심 교수가 어이없다는 표정을 지으며, 더 듣고 있기조차 버겁다는 듯이 신문인의 말을 자르고 나선다. 그런 당돌한 대응을 예상이라도 했다는 듯이 세 사람의 동석자들은 순식간에 다소곳한 경청자의 자세를 취한다.

"저는 박사학위를 딴 적이 없어요. 아직은 그래요. 석사학위를 잘못 말씀하신 거 아닌가요? 그건 물론 진작에 땄어요."

세 사람이 일시에 뻥 뚫린 표정을 짓고 만 다음 번갈아 가며 눈을 맞추자, 여섯 명씩 마주 보고 앉을 수 있는 기다란 두 줄의 소파와 그만한 길이로 뻗어 있는 유리 덮은 회의용 탁자 위에는 갑자기 생경한 침묵이 멀뚱멀뚱 엉겨 붙는다. 그때 마침 다행하게도 놀면한 데다 투명하기까지 한 인삼차 네 잔이 여비서의 섬섬옥수로 앞앞에 놓여서 그 어색한 묵언의 시위에 아첨하듯이 달라붙는다.

구릿빛 혈색으로 반질거리는 이마를 손수건으로 여러 차례나 훔치고 나서 교학처장이 다시 닫힌 말문을 힘겹게 열어 간다. 그는 교내 테니스 동호회 회장까지 역임한 바 있고, 전국 대학교수 테니스 정기대회에 출전하여 2회전에서 탈락한 경력까지 있다는 전언이 유독 생생하니 남아서 메아리를 쳐대는 것을 보면 역시 스포츠에서도 일가를 이뤄야 대학 접장 자격이 한결 돋보이는 게 아닐지.

"그러시다면… 이 투서의 사실 판단은 합당하고, 심 교수님께서 채용 당시 제출한 증빙서류에 문제가 있다는 것이네요?"

이제 심 교수의 표정에는 당황, 경악이 다소 누어지면서 평소에 그 발그레하니 고운 낯빛이 단풍잎처럼 타올랐으므로 그것을 감추기 위해서라도 말을 해야겠다는 듯이 냅떠 나선다.

"무슨 문제를 말씀하시는데요, 제가 거짓말을 했다는 건가요? 저는 그런 적 없어요, 보시면 아실 테지만."

신문인이자 참고인이고 증인이자 협의자이기도 한 세 사람은 인삼차로 입술을 축였으나, 심 교수는 찻잔이 탁자 위에 놓인 줄도 모르는 투고, 상석의 방주인은 그때까지 실내의 유일한 여자를 직시하던 눈초리를 슬그머니 거두고 나서 무안해서인지, 아니껀 이 골치 아픈 사안에서 빨리 놓여나고 싶어서인지 오른손 검지와 중지로 이마의 주름

살을 연신 쓰다듬으며 탁자에다 시선을 꽂아두고 있는데, 낭패라는 기색이 뚜렷하다.

천하의 자존심으로 똘똘 뭉쳐 있는 데다가 어릴 때부터 자력갱생으로 자기의 삶과 앞길을, 오로지 자량처지(自量處地)로 자신의 성격을 좀 덤벙거린다 싶게 개척해온 집시 형 여전사 심 교수가 먼저 칼을 뽑는다. 그녀의 대담한 눈길은 먼저 베어서 처치해야 할 사람이 그라는 듯 돌팔이 의사를 겨누고 있다.

"뭘 잘 모르시는 모양인데, 차제에 명명백백하게 알려드리지요. 박사과정 코스웍(course work)을 다 마치고 통상 프리림이라는, 프리리미너리의 약칭이지요, 논문 제출 자격시험인데요, 여기서는 종합시험이라고 하나 보데요, 아무튼 저는 그거 통과했어요, 소위 에이비디, 올 벗 디서테이션, 머라고 번역해야 하나, 논문 쓰기, 논문 제출만 남은 사람이요, 제가 그거예요. 다른 전공 쪽은 케이스 바이 케이스라 언급할 것도 없고요, 인문학 쪽은 흔히 에이비디로 취업합니다, 미국에서는요. 논문을 쓰는 데 몇 년이 걸리더라도, 어쨌든 그동안 먹고 살아야 하니까요. 그걸 권장하고 있다면 다소 과장일지 몰라도 자식이나 부모나 성인이 되면 서로가 도움을 주지도 않고 받을 생각도 일절 안 하면서 제가끔 홀로서기로 살아가는 것이 당연시되는 그쪽 풍토에서 시혜자 곧 학교 쪽에서는 에이비디를 활용하는 셈이고, 수혜자 쪽에서는 그 자격 기간을 선용함으로써 자신이 받은 그동안의 숱한 혜택을 대학사회에 앞서 돌려주는 길을 밟는, 소위 통과의례지요. 물론 미국의 경웁니다만. 모르겠어요, 미국의 동부 쪽은 그래요. 물어보세요, 우리 대학에는 그쪽 출신이 있는지 모르겠고, 이웃 대학들에

더러 있을 거 아니에요. 아니, 우리 과 영어 회화 담당 강사로 나오는 우디 파커 씨에게 여쭤보면 되겠네요. 그 친구도 제가 에이비디인 걸 알아요. 아무튼 그건 그렇고요, 제 여기 학부의 모교 은사가, 물론 대학이나 은사가 둘다 서울 소재인데요, 에이비디로도 충분하다, 지금이 적기다, 앞으로는 어렵다, 어서 자리 잡아라, 추천서 써줄 테니 빨리 지원 서류 갖춰 내라고 해서 그 명을 좇아 브랴부랴 이 학교에 어플라이했더니 천우신조로 임용됐어요. 그런데 시방 제가 뭘 잘못했다는 건가요. 하자가 뭔데요? 허위 기재? 거짓말? 그런 게 어디 있습니까? 증거 대보세요. 내가 거짓말했다고요? 무슨 엉터리 같은 음모로, 모함이 한결 더 맞겠네요, 사람을 농락하려고, 참 어이가 없네요. 저는 거짓말 같은 거 안 하고도 얼마든지 잘 살 수 있다고 늘 자기를 닦달하는…"

부총장이 아무래도 미심쩍어서 떠보려는 듯이 묻는다. 그러나 음성도 드레진 틀거지답게 점잖기 이를 데 없다.

"논문 쓸 준비는 하고 있습니까?"

"준비요? 벌써 테마, 아웃라인 다 잡혀 있어요. 근데 엄두를 못 내고 있어요. 제 개인적인 사정은 너무 복잡해서 이야기할 거 없고요, 지난 3, 4년이 우리 학교도 교내외적으로 너무 시끄러웠잖아요, 지금 헐레벌떡거리는 별 거지 같은 시국을 말씀드린 거예요, 자고 나면 매일같이 세상이 바뀌어 있는 판이라 논문 쓸 생각이 제풀에 까부라지더라고요. 그러면서도 재밌다, 이것부터 눈여겨봐 두는 게 나한테는 더 급선무다 싶으면서도 한편으로는 겨우 밥벌이 한답시고 제가 너무 농땡이 치고 있다고, 자성도 많이 하고 있어요. 물론 타성이지요. 어쨌든 논문이야 써야지요, 쓸 거예요, 그거라도 안 쓰면 할 일이 머가 있겠어요. 제 성질이 마음먹고 실천하기까지 뜸을 좀 들이는 편이고요, 일단 작정하고 달려들면 혼이 빠진 채로 덤벼서 성에 안 차도 밀고 나가는 스타일이에요. 그런 내가 싫어서 스파크가 저절로 일어날 때를 기다리고 있는 도중이라면 얼추 맞을 거예요. 대충 무슨 말인지 알아들었을 거라고 믿어요."

"그쪽 지도 교수와, 미국 말입니다, 요즘도 더러 연락은 주고받습니까."

"그거까지 여기서 털어놓아야 하나요? 계절별로 편지 쓰고, 가끔씩 전화하고 그래요, 지난 겨울방학 때 출국해서는 자주 뵈었어요. 컨퍼런스, 미팅이지요, 오랜만에 미뤄오던 그걸 한목에 다 한 셈이에요. 전공이 미국 현대극이라서 공사로 워낙 바쁜 양반이지요. 꼭 그래서는 아닌데 저보고는 천천히 쓰라고, 학생들 잘 가르치라고 그런 덕담도 해주고 그랬어요."

교무처장이 제 소임을 부총장에게 빼앗겨서는 체면이 안 서겠다 싶은지 조심스럽게 말한다.

"대충 정리가 된 거 같습니다. 심 교수님께서 이실직고하신 대로 최종학위가 없는 것은 확인이 됐습니다. 그러니 하루빨리 학위를 따십시오. 여러 가지 사정으로 미국의 모교에서 따기가 어려우면 여기서라도…"

여전사의 눈길에 매서운 독기가 번득인다.

"가만요, 제가 좀 말귀가 어두워서요, 지금 여기서라고 하셨는데 그게 우리나라를 말하는 건가요, 아니면 우리 학교라는…"

"오해는 마시고요, 지금 우리 학교에서도 전국의 여러 대학에다 마지막 학위 과정에 적을 걸어놓고 있는 선생님들이 비일비재합니다, 잘 아실 테고요. 구제 박사 제도가 한물 지나갔으니까 지금은 일종의 과도기지요. 어쨌든 앞으로는 최종학위가 없으면 주체와 피주체 사이의 고용계약이 껄끄러울 수밖에 없을 게 뻔하므로 선의에서 해본 말입니다."

여전사의 눈길에 얼핏 깨달음이 고인다. 곧장 그녀의 입에서 탄식 같은 말이 흘러나온다.

"비일비재라, 알다가도 모른다더니. 그건 그렇다 하고요, 제 쪽의 사정은 충분히 해명이 됐다고 봐지니, 이제 그 문제의 투서를 실물 그대로 저에게 좀 보여줄 수 없나요?"

"그건 곤란하지요. 물론 기명이 돼 있습니다만, 익명으로 보호해줘야지요. 이해 당사자에게 그걸 공개하는 법은 없어요. 말썽을 키우고 서로 말꼬투리를 잡아 물고 늘어질 필요까지는 없으니까요. 말하자면 불필요한 잡음의 사전 차단 조치로서 이런 경우에는 대체로 다 그렇게 대처해야 쌍방에 이롭습니다, 양해해주시리라 믿고요. 물론 우리 대학본부의 기본 방침도 쓸데없는 말썽은 적극적으로 피해야 마땅하고요."

"물고 늘어진다니요? 무슨 말인지, 헷갈리네요, 좀 자세히 설명해주시겠어요?"

"당시의 임용 자격에 따르는 시시비비가 과연 얼마나 옳았는가 같은 하등에 불필요한 잡음을 자꾸 크게 부풀려서 키우고, 그런 언쟁이 소모전으로 비화하면 심 선생님께서야 가소롭겠지만, 우리 학교의 공신력에 득이 되지도 않고요. 그런 시비를 걸어오는 부류들은 밑져야 본전이니 말썽을 키울수록 잘코사니라고 말 같잖은 허세로 골탕이나 멕이는 짓을 능사로 삼는, 말이 길어집니다만, 남이 잘되는 꼴을 못 봐주겠다는 족속들은 곳곳에 우글우글 많이 서식하는 형편이 지금 우리의 솔직한 대학 현실입니다. 배부른 투정을 소일거리로 삼으면서 딴에는 자기 실력을 안 알아준다고 설쳐대는…"

이제 여전사의 눈매와 입가에는 차츰 비난, 저주, 비아냥, 능멸, 조소 같은 복잡한 감정들이 한목에, 또 번갈아 가며 떠올랐다간 지워지곤 해서 방금이라도 그 갸름한 팽이형 얼굴 전체가 뒤틀어질 것처럼 부풀어 오른다.

"말썽이요? 제가 너무 둔했네요. 제 전공의 잣대로 보면 지금 다들 저를 모함하고 있는 것 같아요, 투서를 핑계로. 아니면 다른 목적으로 망신을 주고 있든가요. 아무튼 투서란 게 있다니 있을 테고, 누가 됐든 자기도 밥벌이를 하려면 저를 씹을 수도 있겠지만, 서로 짜고서 저를 능멸하려고 작정한 것 같네요. 그렇지 않고서야, 도대체 무슨 목적으로, 또 이제 와서 무슨 저의가 있어서 저에게 이토록 창피를 주는지, 요컨대 선의가 아니거나 그 말뜻을 오용하고 있는 것 같아요. 악의로 최종학위 운운하면서 사람을 망신 주려고 작정하고서…"

그때까지 부하 보직자들의 시시비비에 공연히 참견했다가 말꼬투리나 잡힐까 봐 그러는지 열심히 경청하는 자세를 허물지 않고 있던 방주인을 여전사는 말을 잇댈 때마다 슬쩍슬쩍 노려보다가 종내에는 째려보기까지 하면서 어느 쪽 말이 맞는지 좌장으로서 판결을 내려보라는 무언의 시위를 멈추지 않는다. 그래도 방주인이 아무런 반응을 보이지 않자 서로 시선이라도 부딪치면 오뉴월에도 서릿발이 비친다는 그 앙심이나마 비춰볼 판인데, 역시 헛수고다. 하기야 그때쯤에는 이 모든 '가짜' 투서 소동이 어딘지 '조작'되어 있고, 누군가에 의해 '조종'되고 있을지도 모른다는 의심이 더 이상의 어떤 항의나 시시비비 가리기에 힘을 쏙 빼놓고 있기도 하다.

언제라도, 또 누구와라도 그래왔던 것처럼 여전사는 그 자리에서까지 주객전도를 선도하고, 나아가서 여권 신장에서는 이론적으로나 실천적으로나 절대로 밀리지 않겠다는 결기가 몸에 밴 사람답게 벌떡 일어선다. 연극 무대에서 자주 목격하게 되는 그 성급한 작위적 동작처럼, 뒤이어 이미 작심해둔 듯 일갈을 내지르는데, 교원 인사를 좌지우지하는 세칭 '완장파' 세 사람의 그런 속 보이는 조잡한 만행 앞에서는 어느 여자라도 터뜨릴 만한 말이 쏟아진다.

"죽이 되든 밥이 되든 제 처신은 제가 알아서 할 테니 간섭하려 들지 마시고, 더불어 허튼 관심도 꺼주시고 그쪽 처세들이나 잘하세요. 이런 막강한 조직을 제대로 꾸려가려면 당연히 그래야 할 테고요. 최종학위를 언제까지 딸까요, 차제에 이 자리서 못 박아주시면 명령대로 실천하겠습니다. 이상 제 할 말은 다 한 듯싶군요, 그럼 이만…"

여전사는 말을 마치자마자 꼿꼿이 선 채로 다시 한번 방주인 '빚쟁이'에게 싸늘한 일별을 내질렀으나, 좌장은 어서 물러가라는 뜻인지, 알았다는 손짓인지 한 손을 휘휘 내젓기만 할 뿐 여전히 함구로 일관한다. 무슨 악귀를 쫓아내기라도 하는 것 같은 방주인의 그런 자태에 응수라도 하듯 여전사는 들릴락 말락 한 콧방귀를 흥 뀌고는 출입구 쪽으로 당당히 걸어 나간다.

전언자들도 내로라하는 먹물로서의 비슷비슷한 추측을 내걸었던 대로 그 투서 소동은 보직자들이 아예 작정하고 짠 한판의 '으르기' 내지 '길들이기' 작전이었던 것 같다. 무슨 말이냐 하면 심 선생의 그 좀 튀는 왈가닥 기질이랄까, "우리 학교는 빳빳하니 무슨 군대도 아니고 너무 심한 거 아니에요"라든지 "매번 총장이 내놓는 좋은 언변을 자세히 뜯어보면 무슨 억지 춘향이도 아니고 아무렇게나 끼워 맞추는 견강부회 수준이 거의 코미디 급이야, 무슨 되잖은 설 풀인지 나는 도무지 알아듣지를 못하겠어요" 같은 바른 소리를 여러 동료 접장들이 모인 자리에서 마구 흩뿌리는 그 특유의 성깔을 차제에 한 번쯤 머라카면서 조져놓자는, 소위 그 주류라는 총장파 보직자들이 작당하여 벌인 한바탕의 약식 인민재판이었는지도 모른다는 추정이 그것이다.

역시 그 '양쪽'의 성향과 기질과 소양 정도를 두루 잘 알고 속속들이 체험한 나로서는 그 약식 인민재판설에 전적으로 공감, 동의의 성원을 보내지 않을 수 없다. 왜냐하면 그 당시 그 학교 교원의 반 너머가, 아니 아무리 줄여 잡더라도 7할 이상이 석사학위 소지자였지 않나 싶고, 구제 박사도 그 수를 우쭐우쭐 불려 나가고 있던 차에 너도나도 그 소위 신제 박사를 후딱 따버리려는 묵은둥이 교수들이 우글우글했던 것을 고려하면 심 교수에게 최종학위의 소지 여부를 따지는 것 자체가 무리를 넘어 불공평한 처사이고, '투서' 운운은 그녀의 쩌렁쩌렁한 학력과 실력에 대한 시기일 수는 있겠으나, 그 투서가 설혹 '진짜'였다 하더라도 교권을 무엇보다도 앞장서서 보호해주어야 할 보직자의 소행치고는 상식 밖의 치졸한 만행이라고 보는 것이 타당할 것 같아서이다.

그즈음 서울의 경우는 알지 못하나, 필경 대동소이하지 않았을까 싶지만, 지방의 사립대를 운영하는 주체들의 소행 일체는 '우골탑'이라는 말에서 드러나 있는 대로 전횡을 일삼고, 건물 짓기에만 급급하여 교직원을 흡사 머슴 부리듯 '먹여주고 재워주며 새경까지 주잖냐'는 식으로 다뤘다고 해도 결코 과언이 아니다. 물론 그 긴가민가한 두루뭉수리 말재간으로 반지르르하니 싸 발라서. 하기야 명강의 운운하는 헛소리를 고려하지 않더라도 말발을 못 세우는 대학 접장은 드물다는 것도 나의 소신 중 하나다.

그러거나 말거나 그 엄혹했던 시절에 필마단기로 적진 깊숙이 붙들려가서 제 목숨, 제 밥줄 따위는 내팽개치고 '빚쟁이'와 그 수하의 추종 세력을 숙연하게 만들고 나온 한 여장부의 기상은 톡톡히 기려야 마땅하지 않을까. 전언자 중 하나는 그녀의 좋은 성씨를 떠올렸는지 "그야말로 침선파부(沈船破釜)의 기개로 덤빈 거지"라며 푼더분한 칭송을 아끼지 않았으나, 나는 그녀로부터 크게 찬잡혔던 한때의 전비를 떠올리면서 "와 아이라, 니내 할 것 없이 다들 지 몸 하나만 안 다치려고 눈치나 힐끔거리는 보신주의자들은 병신 소리 들어도 싸지, 이래 살다가 늙마에 억울해서 그 분을 우째 삭일란지"라며 짐짓 시무룩하니 물러서지 않을 수 없었다. 더 말이 길어졌다가는 나와 여전사와의 그 불륜 행각의 낌새가 만에 하나 터트려질까 봐 앙가슴을 졸이면서.

털어놓는 김에 다음의 비화 한 토막도 어떤 명화의 거장이 촬영 현장에서 즉흥적으로 떠오른 아이디어를 삽입한 것인데도 두고두고 골수 팬들에게 회자하는 그런 명장면처럼 내가 자주 들어보는 회상 거리라서 만부득이 끼워 넣지 않을 수 없다. 좀 창피한 채로나마 또 한

번 예의 그 낡은 필름을 풀어보면, 내게는 성찬이었던 예의 그 예전 잔치국수로 요기를 하고 난 후, 이런저런 화두를 서로 질세라 뒤섞고 있다가 문득 떠올랐다는 듯이 심 선생은 나를 빤히 직시하면서 눈가에 웃음기를 설핏 피워올리며, 가실 거지요 라고 묻는 게 관행이었다. 그것은 신호이자 보챔이었다. 우리는 즉각 마음이 바쁜데도 앞다투어 웃음을 베어 물었다. 그런데 그날따라 그녀는 대충 몸 수세를 다독거리며 내 곁으로 다가오자마자 별러 온 듯이 정색과 눈웃음을 줄줄이 바꿔 끼우면서 아까까지의 그 연극적인 묵직한 대화와는 생판으로 다른 조롱기를 잔뜩 버무려 주워섬기기 시작했다.

"또 언제 이렇게 우의를 덮어쓰고 있네, 도대체 이게 머예요, 번번이, 사람이 소심한 것도 아니고, 누가 누구 걱정을 하는데. 지 몸도 아니면서, 뺍시다, 빼요, 아니요, 보기 싫으니 내가 오늘은 벗겨버릴 거야, 너무 흉물스러워. 이기주의자가 따로 있나, 이런 것으로 지 몸이나 챙기는 사람이 그거지. 누가 꼭 그렇다니까, 내가 사람을 잘못 보지는 않았을 거야, 연극 대사가 아니라 통속소설에 자주 나오는 명대사 그대로 정말 나쁜 양반 같다니까. 이럴 때 외국 영화에서는 여자 주인공이 남자 주인공 뺨때기를 안 아플 정도로 올려붙이고 놀리잖아요. 참말로 어처구니가 없어. 쓸데없이 돈으로 체면치레나 하려고 나서질 않나. 아주 제 깜냥도 옳게 못 하는 국어학자라니까."

일부러 말을 헤프게 주워섬기면서도 연방 그 수다스러운 손으로의 성적 희롱을 보태다가 그녀는 어느 순간 내 신근을 깔끔하게 뒤덮고 있는 그 반투명의 정액 분출 막이용 고무 제품을 확 잡아채서 머리맡으로 던져 버렸다. 그것은 제법 자극적인 미태(媚態) 그 자체였다. 그 팔

동작 때문에라도 송두리째 드러난 그녀의 아기 무덤 같은, 간신히 그 융기가 보일 듯 말 듯 한 가슴을 환히 쳐다보며 나는 동성애도 딱히 타기(唾棄)할 것까지는 없겠다는 생각을 그때 난생처음으로 떠올렸을 것이다.

그 좀 거칠고 방자한 행태가 어울리기도 하고 밉지도 않은, 누구든 무엇이든 마땅찮으면 즉석에서 덤비고 봐야 직성이 풀리는, 자기 성질을 그렇게 드러내야 성에 차는 그런 여자가 심 선생이었고, 보기에 따라서는 그런 일상적 행위야말로 여권주의의 한 권리 행사가 아닐는지. 의미심장한 성씨대로 마음에 '심'을 그토록 빳빳하게 간직하고 있는 여자가 요즘 세상에도 드물지 않을까 싶지만, 외간 여자와의 외도 경험이 기껏해야 딱 한 번뿐인 나로서는 긴가민가할 따름이다.

누가 당했는지도 분간하기 어려운 그 약식의 '골탕 먹이기' 최종학위 소동이 있고 난 후, 다섯 학기 동안이나 더 심 선생은 의기양양하게 그 학교에서 재직하다가 당시에는 의엿한 최종학위 소지자로서 어느 날 홀연히, 누구에게도 알리지 않고 영영 돌아오지 않을 '집시의 유랑 길'에 올랐다는 말을 나는 두 명 이상의 한때 동료 교수에게서 들었다. 그중 한 사람은 나와의 그 '부질없고 무상한 인연'을 은근히 사주했다고 알려진, 듬직한 덩치에 걸맞게 온몸과 얼굴에 뿌연 살점이 수북수북하던 그 화보인 하 선생이었다. 시치미를 떼고 있었지만 내놓고 독신주의자를 자처하던 그 하 교수는 심 선생과 나와의 관계를 웬만큼 때려잡고 있는 눈치였다. 아마도 마땅한 임기응변을 두어 개쯤 장만해두고, 이쯤에서 일방적으로 자신의 소신을 밝힘으로써 나와의 '성적' 접촉만은 물리쳐야겠다고 작정했을 떠쯤부터 심 선생은 나와의 '별' 볼일 없는, 할수록 감질이나 일구는 통정 사실을 하 선생에게만은 은근슬쩍 실토했던 것 같다. 아마도 나만의 이런 짐작에 큰 착오는 없지 않을까 싶다. 이미 서로 좀 시들해지는 성적 긴장이 분명히 내연하고 있기도 했고, 그 하 선생도 미국에서 학위를 따온 여자였던 만큼 속내를 털어놓기에는 부족하지 않은 자격자였을 듯하니까. 가령 이혼 후 재혼 같은 '리셋트' 작업이 풍속 차원에서 철두철미 금기시되는 이쪽의 대학사회를, 아니 일반적인 '분위기'를 한껏 매도하면서, 정말 너무 재미없어, 연애도 아니고, 정분 낼 여지도 없는 이런 관계가 꼭 대학 접장이라서 그런 것도 아닌 것 같애, 그쪽이나 나나 미치기에는 너무 이성적인 것도 사실이고, 이런 게 위선이지, 별거야 같은 소회를 주절거리면서.

심 선생은 그 정도의 소탈한 실토에 거리낌이 없을 성정의 여자였고, 한때의 '추억거리'도 연극처럼, 또는 그 속의 화려한 대사처럼 얼마든지 지어낼 수 있는 그런 자기 정체성을 언행에 두루 칭칭 휘감고 있던 '중성적 인물'이었다.

사족을 하나만 덧붙인다면, 심 선생 이상으로 내가 속으로 아끼고, 밤새도록 눈앞에 그리곤 했던 그 발코니 딸린 넓은 잔디밭의 이층집은, 한참 후에 예의 그 '머리 벗거진 양반'이 직선제 개헌을 받들겠다는 항복문서를 친구끼리 주고받던 날, 우연히 그쪽에 약속이 있어서 지나치는 길에 둘러봤더니 그 특이한 담장도 상단 부분은 안이 훤히 들여다보이도록 철책으로 둘러 막아놓고, 한살림인지 뭔지 하는 한정식 영업집으로 바뀌어 있었다.

몇몇 다리를 놓아 수소문해봤더니 시내 한복판에서 윗대로부터 물려받은 붉은 벽돌 건물에다 내과의로 개업 중인 심 선생의 사촌오빠, 곧 그녀의 백부의 둘째 아들이 그 집을 연간 사용료로 2천4백만 원인가를 받고 세놓고 있다고 했다. 내가 전해 들은 모든 '정보'가 전적으로 옳다면 그 거금의 사용료 중 반쯤은 관리비, 수리비, 기타 경비로 떼고 나머지 반의 반 이상이 심 선생 몫인 것은 확실하고, 그 집의 연고권을 따져봐도 예의 그 숙모이자 '작은 엄마'의 수양딸 맞잡이였던 재미동포 심 아무개에게 그 부동산의 소유권 등기가 마쳐져 있어야 옳은데, 돈 문제에 관한 한 우리의 관습이 워낙 지저분한 말썽을 일로 삼고, 민사소송 법정에서 형제끼리의 시비 가리기도 더러 엉뚱한 쪽으로 판결이 나버린다니 정확히 알 수는 없는 일이다.(제1장 끝)

↓

임 선생은 두어 개 이상의 소일거리를 늘 오지랖에다 붙들어 매고 이것저것을 번갈아 집적거리며 살아야 성이 차는 사람처럼 세 번째 꼭지를 보낸 지 이틀 후에 '임가 회고담 제1장 후기'라는 제목으로 한 교수에게 또 전자통신을 보내왔다. 과연 부지런한 양반으로서 타성에 굴러떨어져 소일하는 자신을 도저히 용서할 수 없다고 여기는 억척보두다웠다. 일하고 싶어서 말년까지 둘째 사윗집의 담장과 욕실을 손에 익은 솜씨로 깔끔하게 뜯어고쳐 주었다는 어느 미장이의 피를 제대로 물려받은 게 틀림없었다.

그것은 또 그쪽 사정이고, 이쪽은 하기 싫은 월급쟁이로 꼼짝없이 매인 몸이기도 하려니와 오늘날의 문학 평단에 떠도는, 한 시절에는 소품문(小品文)으로 그 장르를 규정해두고 있었으나, 요즘은 신변 잡담이라고 분류해야 할 명색 문학평론 '에세이'들이 대개 다 그렇듯이 그런 들쩍지근한 감상담에 지나지 않을 독후감이나 들려달라면, 미리 전자편지로 본을 보이고 있듯이, 그것을 말도 아니고 글로 써서 보내라면 난감하리라는 예상 때문에 한숨을 내쉬고 있던 판이었다. 그러니 한 교수의 입에서 우선 터져 나오는 것이라고는 이런 투덜거림 뿐이었다.

"영감도 참, 성질 한번 급하네. 한 사람뿐인 독자를 칙사 대접은 못 할망정. 그러니 여자가 진작에 내빼버리지, 이기주의자라고 욕먹어도 싸고말고. 젖가슴이야 작든 말든 꽤 똘방똘방하니 괜찮았던 여자 같은데. 아직도 철이 덜 들어 지 주제를 못 깨치고선, 지만 잘났으니 지 것만 먼저 챙기는 작태가 이기주의지 별건가. 결코 기회주의자로 밥을 빌어먹지는 않았다고 행간에다 넌출처럼 너절하게 밝혀본들 무슨 소용이야."

임 선생 이상으로 무슨 글이든 읽는 게 버릇이자 일상이고, 삶 그 자체일뿐더러 세상만사이기도 한 한 교수는 저절로 모니터를 주목하는 자신의 눈길을 마냥 내버려 둘 수밖에 없었다. 다들 책 대신에 휴대폰과 컴퓨터 화면만 주시하면서 '관람 천국'의 세상이 되고 말았으니.

그도 한때는 남 따라 뒷북이나 치는 그따위 문학평론만큼은 안 쓴다는 결의로 똘똘 뭉쳐져 있던 판장원 중 하나였다. 그래서 퉁바리나 놓는 그런 글을 주문받는 족족 써대는 통에 그쪽의 '쪼가리 글' 모음집을 명색 저작물이랍시고 두 권이나 펴내 놓고 있는 터이지만, 어언 10여 년 저쪽부터 옳은 모자이크화이기는커녕 어디서 주워온 사금파리인지조차 분간할 수 없는 그쪽 글의 문맥들에 아주 진력이 나버렸다. 이제는 자기처럼 한미한 지방대학의 한낱 접장에게 왜 꼬박꼬박 부쳐 보내는지 알 수 없는 문학지를 받자마자 목차나 대충 훑어보다가, 바로 그 뒷장부터 펼쳐지는 그 꼴사나운 인물 화보부터 보기 싫어서 곧장 내팽개쳐버리고 마는, 자기과시에 명줄을 대고 사는 일체의 '영업적/사행적(射倖的) 문학 행태'가 역겹기 짝이 없어서였다.

↓

한 선생, 지낼 만하시오? 성적표를 받기 직전의 수험생 같다면 상투어겠지만 빈말은 아니지 싶소. 아무리 이 나이라 할지라도 제 나름의 공력을 경주한 글에 대한 감상을 듣기 마다할 리야 있겠소. 허나 여러 '사정'이란 눈치놀음과 누구에게나 익숙해져 있는 관행 때문에 조심스러울 수밖에 없는 품평, 또 그런저런 변죽 울리기로서의 독후감 따위야 이 나이니까 이제는 단연코 사절하겠다고 해야 그나마 체신이 덜 떨어질 것 같소. 아, 물론 한 선생의 귀한 시간을 빼앗았으니, 한두 마디의 독후감이라도 내놓으려면 이래저래 곤혹스러울 심정을 추측하면, 또 그 평가를 들어야 할 내 사정도 그려보면 어정쩡해지고 마는 게 사실이오. 그러니 읽어주는 것만으로도 고맙게 여기고, 한 선생의 독후감은 사양하는 게 도리가 아닐까 싶소.

나로서는 소일거리 이상의 '다목적용'으로 시작한, 급속도로 그 형태가 망가지고 있는 '기억의 총량' 훑어보기와 그것을 자기자랑이 아니라 자기조롱의 수단으로 '풀어놓기'에 따르는 여러 고충과 필력의 한계를 통해서 깨우친 바가 적지 않소. 이번 꼭지에서도 반쯤은 그 실상이, 그것도 상당한 정도로 수채화풍에 기대서 그려져 있다고 생각하는데, 이 땅의 그 직장 풍속도는 정말 개선의 여지가 너무 많은, 도

떼기시장 바닥을 아주 조악하게 베껴놓은 것처럼 칙칙한 게 사실이오. 도대체 그게 무슨 풍경화 수준에나 들 수 있는지. 지식을 전수한다는 미명으로 헛소리나 내지르면서 허구한 나날을 방정한 거죽으로 교정을 싸대고 다니는 그 꼴들하고서는. 한 선생도 워낙 신물을 켜고 있을 테니 이만 객설을 줄이겠소.

내 경우에 한하는 걸 두고 일반성이란 줄자로 묶어버리면 물론 엉터리라고 지탄받아 마땅하지만, 내가 옮겨 다닌 열 군데 남짓의 그 직장들을 떠올려보면 위의 내 단언은 결코 과장이 아닌 것 같소. 오죽했으면 내가 이때껏 그만두고 떠난 전 직장을 한 번도 다시 찾아간 적이 없다면 도무지 믿기지 않으니 말이오. 한때의 내 밥줄이 걸려 있던 곳인데도 그만큼 되돌아보기 싫다는 것은 그 일이 내 능력이나 성향에 안 맞아서가 아니라 그 구성원들이, 그들이 내뿜는 분위기가 당최 못마땅해서 그랬다는 말이오. 숱한 사례를 들 수 있지만 다 생략하기로 하고, 이런 대목에서야말로 예의 그 일반성이라는 잣대를 사용할 수 있을 듯하오. 곧 어떤 '제도'를 운영하는 것은 결국 '사람'인데, 그 편리한 인간의 습속과 이 땅의 관행의 조직화인 '제도'를 불특정의 여러 '사람'들이 각자 제멋대로 할퀴고, 흔들고, 까부수고, 갉아먹다가 종내에는 악용, 남용, 오용, 도용해대면서 그 얽히고설킨 그물망에 치이며 살아가니 말이오. 그러니 그 '제도'는 이미 그 본의를 잃어버린 괴물이 되고 말았으며, 이제는 죽이지도 살리지도 못하는 그 흉물이 제 슬하에 거느린 수족들을 어떻게 처치할 수도 없는 형국이오, 너무 과한 진단인지 어떤지 고견을 바라마지 않소.

이를테면 매사에 겅중거리느라고 사건/사태의 핵심을 철저히 깔아뭉개면서도 그 전횡에 종사자들과 이용자들이 철두철미 놀아나는 '제도'인 신문/방송 같은 언론 매체가 얼마나 흉물스러운지는 예의 그 광주사태를 다룬 치적에서도, 곧 글/영상 같은 기록물로서 여실히 드러나고 말았소. 북한군의 침투, 선동 같은 유언비어 수준의 온갖 음모론을 금기시하더니, 아예 '민주열사'의 명단과 행적의 신빙성을 의심, 지적하는 '소행'조차 유신치하의 긴급조치처럼 '더 말하지 마라'고 족쳐대면서 법으로 대못을 박으려 하니, 누군가의 쓰디쓴 신음을 적당히 변용하면 신성불가침이 신성모독의 조건과 가짓수를 늘려가는 꼬락서니의 재연이 아니고 무엇이겠소. 언론을 비롯한 우리의 모든 글, 문장속, 저작물은 날조의, 위증의, 가짜의 남발에 불과한 허위문자라는 나의 속단이 이번의 내 회상록에 솔직하게 깔려 있긴 할거요, 물론 민망한 수준이긴 하오만. 다들 저지르는 문잣속으로서의 자기자랑만큼은 극구 피했다는 변명을 앞세우고.

위의 참괴한 심정을 좀 더 확대해보니 변변찮은 내 출신학교들조차 나는 그 교문들을 떠나온 이후 한 번도 다시 찾아가 본 적이 없음을 요즘에사 깨달았소. 졸업장을 간신히 따느라고 온통 시달린 기억만 남아 있고, 그 알량한 지식 전수를 통해 맺은 인간관계, 곧 오늘의 내가 나일 수 있도록 가르친 양반들조차 나쁘게 굴러가는 그 '제도'에 곱다시 얽매이고 녹아들어 가서 저마다 세모, 네모, 마름모 같은 흉물이었다는 나름의 판단이 여실하니 굳이 내 처신을 해망쩍다고 나무라야 옳겠소. 그런 연유로 나는 자기 스승을 기리는 글들을 보면 이 무슨 야바윗속인가 싶어서 이내 속마음이 얼음장처럼 싸늘하게 돌변하는 것을 똑똑히 자각하는 편이오.

물론 그 스승들이 제가끔의 고유한 학덕에 따라 자상하고, 소탈하고, 근엄하고, 출중하고, 명석하고, 부지런한 면이 있기야 할 테지만, 그것은 겉으로만 드러내는 시늉이기가 십상일뿐더러 '제도' 속의 그들은 전혀 다른 면면의 소유자로서 일컫는 대로 한낱 어릿광대로 살아왔을 테니 말이오. 그런데도 다들 한 입으로 스승을 기리는 제자들을 의리가 있다고, 은혜를 안다는 예의 그 '일반성/상투성' 대로 침을 튀기며 칭송하는 관행이 이어지고 있소. 그 칭송 뒤에 감추진 예외성, 무류일 수 없는 여러 허실을 내팽개치고 있으니 어차피 '제도로서의 글쓰기 행태'는 시행과 동시에 수혜자와 피해자를 가려내는 나쁜 관행이 아니고 뭣이겠소.

그러므로 우리가 지금 알고 있는 세상사의 반 이상은 거짓인 셈이고, 실은 그 거짓투성이를 실상인 양 익히고, 배우고, 가르치는 셈이니 이런 야바위판이 어디 있겠소. 뿐만 아니라 그렇게 굴러가도록 만들고, 지금도 줄기차게, 지칠 줄 모르고 교사해대는 '제도' 일반의 잘잘못은 반드시 점검해야지 않겠소. 또한 그 괴물을 점점 더 흉포하게 변형시키는 데도 이력이 난 '사람'의 함량 전반도 착실히 공부해봐야 옳을 것이오. 요컨대 그 두 항목을 상식적인 눈으로, 결국 학교에서 배우고 가르친 대로 훑어보는 '글줄 일체'야 이미 쓰레기나 마찬가지라는 소리요. 물론 이론이 그렇다는 말이고 내 이번 글의 한계야 워낙 여기저기 두드러져 있음을 모르고 있지는 않소.

이쯤에서 그 두 수레바퀴가 영일 없이 삐꺽거리며 굴러가도록 방치해버릴 것인가, 무슨 해결책을 내놓아야 할 것 아닌가 하고 대들지 싶소. 다른 글쓰기 양식은, 예컨대 현대소설이나 영화 같은 데서는 알

듯 말 듯 한 대책을 여운이 길게 늘어놓고, 또 그럴수록 미덕인 것으로 지은이나 만든 이가, 또 읽는 이와 보는 이가 서로 격려를 일삼던데, 이번의 내 조잡한 회고담에서는 장르의 특성상 나름의 또렷한 대안 정도는 (물론 그 적합/부적합 여부야 한 선생을 비롯한, 혹시 있을지도 모르는 몇몇 읽는 이가 판단할 몫이오만) 내놓을 수 있지 않을까 싶소.

이미 드러나 있는 대로 나는 일찍이 초등학교부터 중고등학교를 거쳐 대학교까지, 심지어는 한때 사교육의 본바닥이었던 서울 종로통 소재의 정통적인 학원에서도 각각 무수한 인재를 가르쳐왔소. 그들이 죽지만 않았으면 다들 제 앞가림을 잘하고 있다고 봐야겠지만, 내 직분이란 사실상 뻔한 지식의 전수에 지나지 않았소. 그 따분한 소임에 싫증을 안 냈다면 거짓말일 테고, 소신껏 열과 성을 다 쏟아부었다고 해도 참말은 아닐 것이오. 그런데 40년 이상 동안이나 그처럼 열심히 가르쳤는데도 예의 그 삐딱해진 '제도'를 올곧게 바뤄놓으려는 '사람'을 하나도 못 만들어놨으니 이런 낭패가 어디 있겠소. 그야말로 도로(徒勞)인데, 이런 헛수고의 행진이야말로 이미 '제도'의 한 부분이거나 마지못해 다들 추인하는 난맥상의 극치일 것이오. 모르는 것은 당분간 그대로 내버려두라는 말도 알고 있으나, 끝까지 따져보는 것도 인간의 본원적 도리 이전에 심리적 추이일 텐데 말이오.

비근한 예로 박사학위를 여러 개나 갖고 있던 명색 석학인 어느 총장 하나가 차마 입에 올리기조차 부끄러운 명색 '제자'를 키운답시고 설치면서 스스로 자신이 꾸려가는 그 '제도'의 난맥상, 또 그것의 힘 좋은 타성태에 무감각으로, 주관적 반성 없이 덤벼들고 있는 판이니 이런 현상이야말로 지식 전수라는 교육 현장이 전적으로 야바위판이란 소리지 달리 어떻게 명명하겠소. 그러니 대안은 간단하오. '사람'을 만들 게 아니라 '제도'가 기계처럼 정확하게 굴러가도록 연구를 해보자 이것이오. 법으로 다스리기에는 사회적 경비도 많이 들고, 이미 그 결과가 형편없는 졸작임이 드러났으니 '제도'의 정직한 운행을 조금이라도 방해하는 '사람'이나 관행이나 도구나 기관 같은 제2의 제도가 있다면 즉석에서 감전사를 당하도록 조치하거나 그것의 작동이 한동안 멈춰버리게 하는 장치나 기술의 개발은 그렇게 어렵지도 않을 것 같소.

실은 전자 문명을 이끌어가고 있는 그 기기들이 (이것이야말로 이제부터 제3의 자연으로서의 전자 문명을 드세게 활성화시키는 전자제품들이겠는데) 벌써 그런 바람직한 조짐을 예견하고 있어 그나마 한시름 놓을 수 있지만, 그 경과 조치 일체를 관장하는 것도 결국 '사람'이니 방심이 금물이기는 할 것이오.

말이 나온 김에 한마디만 더 덧붙이겠소. 이즈막에도 예의 그 '빚쟁이' 같은 총장들이 경향 각지에서 제 아들을 비롯한 수하의 여러 마름을 부리며 '학교'나 '교육'을 '이것은 내 거다'라고 줄기차게 부르짖고 있는 형편이니, 이런 삐딱한 '제도' 속에서 과연 정의와 진리를 깨우치려는 '사람'이 붙어 있고, 배겨낼 수 있는지 의심스러울 뿐이오.

쓸데없는 사설이 길어졌소. 사족을 두어 개 더 붙이고 말을 줄이겠소. 앞서의 전자통신에도 잠시 운을 띄우려다가 자라목처럼 말아 넣지 않았을까 싶은데, 재미만 바치는 글의 윤리적 오류에 대한 논란을 이번의 내 시시한 회고담에 대입해보면 다음과 같은 내 지론이 지레 저절로 도출되지 않을까 싶소.

이미 고백한 대로 심 아무 선생은 박정스럽기 이를 데 없이 그렇게 이 땅을 떠나버렸소. 자신의 뿌리를 통째로 버렸다기보다도 내동댕이쳤다고 해야 더 맞을지 모르겠소. 나와 나눈 한 때의 불장난이야 그 '뿌리'에 비하면 가지에 붙은 못난 옹이에 불과할 테니 불쏘시개로 태워버리기에 딱 좋은, 무심코 길을 걷다가 '행인1'로 붙잡혀버린 영화 속의 한 장면 같은 가치나 있을지 의문이오. 나의 편견이라고 해도 좋지만, 그녀는 언제라도 그럴 수 있는 '사람'이고, 또 그런 능력 때문에라도 미국에서 자신의 '뿌리'를 경원하면서 잘 살아갈 수 있는 여자임에는 틀림 없지 싶소. 당연하게도 그 후 내게 어떤 연락도 없었고, 그런 처신은 내 정도의 불민으로도 충분히 예상할 수 있는 바였소. 불민이나 마나 남녀관계란 그처럼 허무하게 종말로 치달을 수밖에 없는, 불에 타죽는 줄도 모르고 그 당시에는 자기 대가리를 한사코 처박는 불나방의 행태와 유사함은 여러 실례가 증언하고 있으니 더 말할 필요도 없소.

그런데 참으로 희한하게도 나는 최근에야 그 '뿌리'의 한 실낱을 주워듣고 대뜸 아득해지다가 허탈해지는 심경에 빠졌소. 그 내막은 다음과 같이 어수룩하면서도 신문 기사 같은 잡문 일체에는 그 자취가 송두리째 빠져 있는, 제법 실팍한 디테일에 값하는 것이었소.

내 셋째 자식이 여식인데 지금 서울의 어느 사립대학에서 명색 '서사학' 전공으로 박사과정을 밟고 있소. 과연 본심이 그런지는 알 수 없으나 시집은 한사코 안 가겠다면서 이런저런 돈벌이로 대학 졸업 후부터 지 학비를 스스로 벌며 내게는 손을 벌리지 않는 아이인데, 지

난해부터 지 모교의 한글교육센터에서 일주일에 열 시간씩 시간강사 노릇을 하게 되었다고 알려주었소. 알다시피 요즘은 웬만한 대학이면 서울이든 지방이든 외국인 학생들이 기백 명에서 천여 명까지 바글거리므로 그들에게 한글을 가르치는 부설기관을 어차피 자체적으로 꾸려가지 않을 수 없는 형편이잖소.

거기에 내 딸애가 임시직으로 취업을 한 셈인데, 그런 쪽에는 관심이 없어서 보수 따위는 물어보지도 않았소. 아무튼 내 딸애가 하루는 무심코 흘리는 말로, '잭콕'을(잭 다니엘이라는 싸구려 양주에 콜라를 1:2 또는 1:3으로 섞어서 마시면 꽤 '환상적'이라며, 요즘 젊은 사람들의 음주 풍속인 것 같소) 즐겨 마시는 외국인 교환학생들의 모임에 초대받아 갔더니 지가 가르치는 학생 중에 한국인 2세로서 미국인 여학생이 있는데, 한때의 여배우 문정숙을 닮아서 (내 딸애는 학부 때부터 영화 동아리 활동에 꽤 열을 올렸고, 그 연줄로 지금도 그쪽 동호인들과 나름의 아르바이트거리로 돈벌이도 하고 있다 하오) 눈썹이 굵고 시커멓다는 걔 말이 자기 이모도 '예전에 한국'에서 영어를 가르친 적이 있다고 했다는 것이었소. 전후 맥락을 산술적으로 셈해보니 내 딸애는 심모 선생과 내가 그 좀 어정쩡한 인연을 맺은 직후에 잉태한 늦둥이였소. 캐어묻고 싶은 말이 너무 많았으나, 나는 이마에 땀을 빠작빠작 흘리며 입을 다물고 있을 수밖에 없었소. 그 학생의 이모 성씨가 희성인 심인지, 재직했던 대학이 서울이었는지 아니면 지방이었는지 알아보라고 할 수 있는데도, 나와 심 선생이 예의 그 회오리바람에 휘말렸던 전비가 드러날까 봐 걱정해서가 아니라, 어떤 사실의 전모가, 진실이 아니라 그 진상의 일부라도 저절로 불거질 때까지 내버려 두면서 숙고와 연찬을 거듭하는 것도 '역사'를 바로 아는 길이다는 소신에 따라 나는 꿀 먹은 벙어리 행세를 자청하고 말았소.

내가 이 좀 이상한, 굳이 비유를 들이대면 '소설적인 또는 영화적인' 이 일화를 공개하는 뜻은 물론 다른 데 있소. 확률로 따질 수도 없는 이런 기연을 확대해석하고, 심지어는 공상을 부풀려서, 달리 말하자면 적당한 '조작' 기술을 발휘하여 '재미'를 욱여넣는 글쓰기는, 그 글이 비록 실화에 기대고 있다 하더라도 어색할 뿐만 아니라 돈벌이 수단 같다는 비난을 감수해야 하지 않을까 하는 의심때문이오. 내 지론이 그러므로 나는 당연히 내 회고담의 제1장 '회오리바람(가제)'에서는 그런저런 모티브 일체를 빼버렸소. 어째 팔불출의 하나라는 자식 자랑을 시답잖게 늘어놓아 민망하기 이를 데 없소만, 내 말의 요지는 웬만큼 수월하게 전달되지 않았나 싶은데, 한 선생의 감상이 적이 궁금 천만이오.

물론 내 진의는 당연히 다른 데 있소. 내 기억력이 얼마나 허술한지, 심지어는 낡고 삭아서 여기저기 구멍투성인 헌 옷가지 같아서 그 남루를 좀 때우고 기워 보려고 회고담 집필에 달려든 셈인데, 아시다시피 얼추 비슷하게 기우려면 본바탕과 비슷한 다른 천 조각이 필요하지 않소. 이번에 깨달은 것인데, 그 천 쪼가리가 그동안 내가 갈무리해온 온갖 자질구레한 지식에 겹겹으로 포개지고 스며드는 상상력이라는 일종의 '조작 덮개 씌우기'였소. 그럴 수밖에. 심 선생과 나눈 숱한 대화, 비록 우리 시선에는 절대로 붙잡히지 않았겠으나 학교 안팎 곳곳에서 서식하는 요령도둑놈처럼 남의 간통 현장에 눈독을 들이는 뭇 선남선녀의 염탐을 따돌리느라고 더 감질이 나서 불과 '열 손가락으로'(이 상투적인 말본새를 유념해둘 필요가 있소) 헤아릴 정도에 그친 그 정사의 골골이 내 총기로는 까맣거나 희끄무레할 뿐이오. 그러니 내가 그나마 형용이라도 그린 것은 예의 그 '이름'과 배경으로 제법 그럴싸했던 그 2층 집의 베란다만 사실일까, '입술'은 물론이거니와 '눈동자'도 까맸던가 좀 노르께했는지 어떤지 도무지 떠오르지 않소. 하물며 심 선생의 벌거벗은 몸뚱이야 더 말할 것도 없소. 말하자면 상상력이라는 엉터리 말을 빌린 '상투'에 기대고 있으니 반 이상이 명색 소설이란 미명으로 지어낸, 이야기를 그럴듯하게 보이려는 나름의 조작술에 기댄 실없는 글품의 흔적이란 소리요. 모든 글이, 서사가, 명색 역사까지도 믿거나 말거나가 아니라 이해/해석하기 나름이라 그럴 것 아니오.

흔히 《삼국유사》나 《삼국사기》를 믿고 인용하는 얼치기들은 글의 구색 갖추기에 대한 숙고에 등한한, 더 쉽게 말하면 기왕의 '허드레 글줄들'을 베껴 쓰는데 급급한, 상식과 맞먹는 그 상투조차 가감승제 없이 옮겨 적어 버릇하는 무리에 지나지 않을 것이오. 필사도 무슨 자랑일 수 있는지, 남의 글을 인용하여 제 글의 육성에 뼈까지 갈아 끼우겠다는 수작이 과연 말이 되는지 알다가도 모르겠소. 그러니 그런 남의 글줄이란 것들은 몇 쪽 읽다 보면 지레 지겨워져서 내팽개칠 수밖에 없지 않소. 소설이든 논문이든 그 형용들이 대체로 이 지경이니 그 근원이 무엇인지, 이런 현상이 우리만의 풍토성에 딸린 코뚜레나 고삐인지를 찬찬히 새겨보기 위해서라도 이번에 소인은 작심한 대로 비록 허술할망정 회고담 서사물을 계속해서 좀더 진솔하게 이어갈 참이오.

제2장은, 인간의 심적/정신적 덕성 중 충성, 효심, 우정, 사랑을 기중 기릴 만한 것으로 친다면, 마지막 것은 먼저 '회오리바람(가제)'에서 소략하게나마 토로해놓았으니 역순으로 친구 간의 신의에 대해서 내 나름의 경험담을 다룰 작정이오. 효심과 충성 같은 덕목은 이 시대와는 동떨어진 주제어이므로 당연히 역사적인 사례를 통해, 역사적 시각을 철저히 불식한 '현대소설'을 한낱 잡글로 치부하는 내 장르 감각에 기대서 성찰해볼 작정이오. 그거야 나중 일이고, 둘도 없는 친구 사이의 자별한 우정을 동서고금의 모든 사례는 칭송하기에 바쁜데, 나로서는 그것이야말로 가장 허무맹랑한 막말이며 거추장스러운 멍에일 수 있다는 내 논지를 풀어갈 생각이니 기대해주시오.

긴장을 모아가면서 한편으로 펼쳐가야 하는, 누구라도 눈여겨보지 않는 여러 진풍경 중 '이게 그거다'라고 할 만한 어떤 현상과 사실을 골라서 풀어가는, 일컬어 조잡한 조작의 글짓기 재미를 이제야 어렴풋이 깨닫고 있으니 둔재가 꼴값한다는 소리가 들려오는 듯하오.

어쨌거나 나는 나의 보잘것없는 생애는 말할 것도 없고 지난날의 '우리'(이 대명사의 적실한 사용에는 이미 상당한 '역사적 문맥'이 스며들어 있지 않소) 삶과 생업에 누구 말대로 침이라도 뱉고 싶소. 그런데 망신스럽게도 이따위 '회고담'을 실패에 감아둔 실처럼 주저리 주저리 풀어놓고 있으니 이런 아이러니를 어떻게 불러야 할지 궁리 중이고, 그 흔적이 다음 글에서 풀려나오리라고 만소. 여불비례.

↓

한 교수는 달변의 장광설을 듣고 났건만 그 요지를 정리해보자니 막막할 때처럼 잠시 연구실 천장의 얼금얼금한 냉난방 설비에 시선을 못

박고 있었다. 그러면서도 자기가 낳은 자식을 누가 다리 밑에서 주워 온 애랄까 봐 굳이 남 앞에서 어떻게 배태했고, 태몽이 어땠고, 그나마 순산이었으며, 병치레 없이 커서 한시름 놓았다는 넋두리를 자꾸 듣는 것처럼 민망해서 저절로 머리가 절레절레 흔들려졌다.(1116장)

↓

군소리 1 – 첫 장편소설 《젊은 연극》과 이 《회오리바람》은 여러 점에서 대조적이다. 한쪽은 1979년 10 · 26 사태를, 다른 한쪽은 1980년 5월의 광주 민주화 운동을 간접적으로 다룬다는 점에서도 그렇지만, 주요인물의 연령대, 그 배경도 정확히 대척점에 가로놓여 있다. 서술 기조도 전자는 단일 가락이지만 후자는 이중적 음색이다. 소설관 · 주제의식 · 작의의 심화가 25년의 경과 속에 녹아 있다고 봐야 할 것이다.

군소리 2 – 우리의 모든 말/글/앎은 거칠고 부실하기 짝이 없다. 소설/기록물/저작물도 마찬가지다. 그 연원이 어디에 있는지는 나의 해묵은 화두이다. 문장/문체의 부재, 지식인 일반의 지리멸렬성 사고, 토막글의 완강한 정착과 여일한 유행, 일이관지하는 정서가 희귀한 풍토성, 열악한 민도, 두루뭉술한 봐주기 식 지적 답보성/무잡성, 선입견/편견으로 무장한 담판한(擔板漢)의 시각, 제도/법/체제의 실천 의지 미달 등을 열거할 수 있겠는데, 모든 개혁/개선이 그렇듯이 단숨에, 개인이, 정치가, 치세력이 넘볼 범위 밖에 있다. 실재와 사유의 형식 분별에도 무조건 등한으로 일관하며, 무지막지한 잡문/잡담 일체가 뿔뿔이 겉돌다 도중하차하는 지적 풍토에서야.

군소리 3 – 메타 소설은 내용/현실/사실을 의심, 부정하는 한편 형식/언어-문장/현상을 중시, 의식화한다. 상상력의 확산보다는 그 제약을 선호하는, 자의식의 확충을 겨냥하므로써 나름대로의 자기중심적/자기완성적 미학 추구에 매달린다. 기왕의 모든 소설에 관류하는 일체의 관습을, 그 타당성을 조명, 비판하려는 의욕은 메타 소설의 윤곽을 무한대로 넓히고 열어간다. 허구를 딛지 않는다기보다 그 조잡한 상상력의 성취가 현실/사실을 축소-조정하거나 확대-과장하는 일련의 답습-회로를 예의 점검하자는 취지가 메타 소설의 골격이다. 어떤 결말은 끝에 있는 있는 게 아니라 문장/문단 속에 숨어 있거나 녹아 있으며, 그 경과를 보여줄 뿐 상투적인 해결책은 무용하다는 것이다. 모든 지식, 어떤 글줄이라도 당대에만 익시로 유통-호환하는 가상(假象)이므로.

군소리 4 – 이런 '형식'도 메타 소설의 한 한시적 양식으로서 기능하지 않을까 싶어서 착상 즉시 기고한 작품인데, 당시에 나는 이메일은 커녕 컴퓨터를 켜는 법도 몰랐다.

젊은 연극 / 회오리바람

1쇄 발행일 | 2026년 01월 30일

지은이 | 김원우
펴낸이 | 정화숙
펴낸곳 | 개미

출판등록 | 제313 – 2001 – 61호 1992. 2. 18
주소 | (04175) 서울시 마포구 마포대로 12, B-103호(마포동, 한신빌딩)
전화 | (02)704 – 2546
팩스 | (02)714 – 2365
E-mail | lily12140@hanmail.net

ISBN 979 – 11 – 24204 – 03 – 0 03810

값 30,000원